Arno Surminski
Sommer vierundvierzig

ARNO SURMINSKI

SOMMER VIERUNDVIERZIG

oder Wie lange fährt man
von Deutschland nach Ostpreußen?

Roman

ULLSTEIN

Die Orte der Handlung sind authentisch, die vorkommenden Personen frei erfunden. Ähnlichkeiten mit lebenden Personen sind zufällig und nicht beabsichtigt.

Die Deutsche Bibliothek – CIP-Einheitsaufnahme

Surminski, Arno:
Sommer vierundvierzig oder wie lange fährt man von Deutschland nach Ostpreussen? : Roman / Arno Surminski. – Berlin : Ullstein, 1997
ISBN 3-550-08243-6

© 1997 Ullstein Buchverlage GmbH, Berlin
Alle Rechte vorbehalten
Fotos: Ullstein Bilderdienst
Karte (S. 378): Erika Baßler
Satz: Dörlemann Satz, Lemförde
Druck und Verarbeitung: Graphischer Großbetrieb Pößneck GmbH, Pößneck
Printed in Germany 1997
ISBN 3 550 08243 6

Gedruckt auf alterungsbeständigem Papier
mit chlorfrei gebleichtem Zellstoff

Es wird Kriege geben, wie es noch keine
auf Erden gegeben hat.

Friedrich Nietzsche

Die Provinz Ostpreußen vor 1939

Man sollte ihn nicht geringschätzen, den sechsten Monat des alten römischen Kalenders. Ein Kaiser gab ihm den Namen; im August feierte er seine Triumphe, eroberte das ägyptische Alexandria und ließ sich zum Konsul wählen. Das Augusteische Zeitalter begann, die Pax Augusta: Frieden, Frieden, Frieden! Aber das ist lange her. In neuerer Zeit ist er ein Monat des Krieges geworden.

Im August fuhr die Mutter Gottes zum Himmel. Im Masurischen ließen die Bauern die Arbeit ruhen, denn sie glaubten, der 1. August sei ein Unglückstag: Gott warf den Teufel aus dem Himmel.

An Blut hat es nicht gefehlt. Die Geschichte ließ einen Weltkrieg im August beginnen; den 31. August bestimmte sie zum letzten Friedenstag vor einem elend langen Krieg. In einer Bartholomäusnacht schlachteten sie in Paris an die dreitausend Hugenotten; die Überlebenden flohen ostwärts, einige gelangten in den entlegensten Winkel Preußisch-Litauens, wo die Ströme Memel und Pregel mündeten. Stolz trugen sie ihre hugenottischen Namen durch die preußische Geschichte.

Im Erntemonat des Jahres 1914 fielen Tausende in den masurischen Sümpfen. Auch der Held von Tannenberg bestand darauf, im August zu sterben, zwanzig Jahre nach seiner Schlacht. Am 2. August 1944 gedachten sie seines zehnjährigen Todestages mit einem Kranz am Tannenbergdenkmal, die letzte erwähnenswerte Feier, bevor das Monument sich im Chaos der letzten Tage auflöste. Der Wehrmachtsbericht meldete, zwischen dem Wald von Augustowo und der Memel sei es zu schweren Kämpfen gekommen, in deren Verlauf die Orte Kalvaria und Wilkowischken verlorengingen. Zum erstenmal erhielt der große Strom, der in früheren Meldungen stets als Njemen bezeichnet worden war, den deutschen Namen Memel ... und danach immer wieder.

Im August 44 ahnte niemand, daß der große Krieg noch neun Monate dauern sollte. Die Welle war gebrochen und flutete zurück zu der

Grenze, von der sie ausgegangen war. Der Provinz im fernen Nordosten stand eine besondere Prüfung bevor. Zweimal in dreißig Jahren wurde sie vom Krieg überrollt, ihre Schrecken waren schrecklicher, ihre Schreie lauter, und die Feuer schlugen höher. Zum Schluß verschwand ihr nördlicher Teil vom Erdboden und tauchte erst nach einem halben Jahrhundert wieder auf.

Im August kommt der Sommer zur Reife, sagt das Sprichwort. Der August bringt die schwülen Nächte, die sich mit Blitz und Donner entladen. Seine Luft ist milchig, weit entfernt von der grellen Klarheit der Hundstage. Gelegentlich erinnert er an den Herbst, wenn morgens die Kühe im Nebel stehen und den jungen Tag anbrüllen. Die ersten Vogelschwärme ziehen südwärts, die Störche sammeln sich, um auf die Reise zu gehen. Nach Sonnenaufgang das schmerzhafte Geräusch des Sensenschärfens, dumpfe Schläge im taunassen Korn. Weiße Kopftücher heben und senken sich. Erntefuhren schwanken heimwärts und werfen lange Schatten. In keiner Zeit des Jahres traben so viele schweißnasse Pferde auf Chausseen und Feldwegen, von Fliegen und Bremsen umschwärmt. In der Ferne wummert ein Dreschkasten. Staubfahnen ziehen über Stoppelfelder. Ein Strohberg wächst in den Himmel. Hier und da die ersten Fäden des Altweibersommers und gelegentlich Rauch von Kartoffelfeuern.

Die Sterngläubigen vertrauen auf Löwe und Jungfrau. In der Mitte des Monats stürzen Meteoritenschwärme auf die alte Erde, verlöschen aber, bevor sie Häuser anzünden oder Menschen erschlagen können. Jeder darf sich etwas wünschen. Jener August, von dem hier erzählt werden soll, brachte unzählige Sternschnuppen. Die Alten rätselten, ob das ein gutes oder schlechtes Zeichen sei.

Der Sonne ist nicht zu trauen, sagen die Bauernregeln für den Erntemonat. Doch in jenem August meinte sie es gut. Seit Pfingsten, so berichteten die, die diesen Sommer erlebten, sei es strahlend hell und warm gewesen. Im nachhinein kam es vielen so vor, als habe sich die Natur mit einem großen Fest verabschieden wollen. In den Hundstagen registrierten die Seismographen gewisse Erschütterungen, als kündige sich ein großes Beben an; Schiffer auf dem Memelstrom hörten gelegentlich ein Grollen aus dem Litauischen. Im Südosten vernahmen die Bewohner der Grenze ein Donnern, das nicht von den masurischen Gewittern kam. Heiß und trocken begannen die Ferien. Die Königsberger reisten wie gewohnt an ihre Bernsteinküste und in die Dünenwelt der Kurischen Nehrung. Aus den Seen tauchten Hitzeinseln auf, die Teiche verloren ihr Wasser. Mit gelben Kornfeldern, endlosen Hockenreihen, heimkehrenden Erntewagen und Pferden in der Schwemme malte der August noch einmal seine unvergänglichen Bilder. Es fiel nicht sonderlich auf, daß mit den Erntefuhren auch schwarzbunte Rinderherden im Schatten der Alleen westwärts zogen zu einem Ziel, das keiner kannte.

Am 20. August erlebten die Bewohner der östlichsten Großstadt des Reiches dieses Schauspiel: Zur Mittagszeit erschien am wolkenlosen Himmel ein Flugzeug, kreiste gemächlich im Uhrzeigersinn und so hoch, daß die Flakgeschütze erst gar nicht zu schießen begannen und die Jäger das Aufsteigen vergaßen. Zweimal überflog es die Stadt, bevor es sich davonmachte in westlicher Richtung dem Meer zu. Bald verbreitete sich das Gerücht, der Flieger habe die Stadt aus der Höhe fotografiert, jedes Haus, jede Straße habe er vermessen, die Pregelarme und die Teiche, ja sogar die Bäume im Park und die Liebespaare auf den Bänken.

Die modernen Kriege machen viele Menschen unglücklich, so lange sie dauern, und niemanden glücklich, wenn sie vorüber sind.

Goethe

Und immer wieder die alte Geschichte: Wenn der Zug über
die Weichselbrücke rasselt, kirchturmhoch über dem träge
fließenden Strom, wenn das Eisen vibriert, ein hohles Poltern
aus der Tiefe heraufklingt, die ziegelrote Burg, das mächtigste
Bauwerk des Ostens, am Horizont auftaucht, stellt sich das
Gefühl des Nachhausekommens ein. Von Schneidemühl bis
Dirschau hatte Hermann Kallweit geschlafen, dann weckte
ihn die Brücke, und sofort überwältigte ihn dieses Gefühl. Im
Norden, wo sich Sommerwolken mit der Küstenlinie vereinigten, glaubte er, die Wellen der Ostsee zu erkennen, sogar
Seebäder mit flatternden Fähnchen. Möwen flogen dem Zug
entgegen, und der Himmel weitete sich vor ihm, als wäre im
Osten ein großes Tor aufgegangen.

Nachhausekommen an einem Sonntag. In feldgrauer Uniform. Über ihm baumelte die Jacke, im Gepäcknetz lagen Koffer und Mütze. Er malte sich die Überraschung aus: Mutter
läßt vor Schreck einen Geranientopf fallen, Vater sucht fahrig
die Brille, um den Heimkehrer zu mustern und zu prüfen, ob
noch alles dran ist an seinem Soldaten. In der Küche kocht die
Milch über.

Für kurze Zeit beschäftigte ihn der Gedanke an Sandstrände, Brandungswellen, Mädchen, die in den Dünen lagen und
bräunten. Du kehrst heim zu einer Insel des Friedens, dachte
er. In München, Leipzig und Berlin hatte er Zerstörungen gesehen, im Osten fand er keine Trümmerberge vor den Bahnhöfen, keine Krater neben der Schienenstrecke, die Erde war
gänzlich unversehrt. Und es war Sommer.

Auf den Bahnhöfen beherrschten die Uniformierten die
Wartesäle und Bahnsteige. Verwundete humpelten an Krük-

11

ken, Armamputierte mit baumelnden Jackenärmeln lehnten an Eisenträgern und schienen auf irgend etwas zu warten. Die Rote-Kreuz-Schwestern, die Kaffee, heiße Suppe und Schmalzbrote austeilten, lachten nicht mehr so fröhlich, sie sahen auch zweieinhalb Jahre älter aus. Martialische Transparente schmückten die Hallen. Sie beschworen die Räder, für den Sieg zu rollen, warnten vor dem schwarzen Mann und dem Kohlenklau, forderten Spenden für das Winterhilfswerk und wußten vom nahen Endsieg zu künden.

Wieder kamen Kontrolleure. Nicht, daß sie seine Fahrkarte sehen wollten, wichtiger war ihnen der Urlaubsschein.

Es reisen nicht mehr viele auf Urlaub, sagte der eine. Seit der Invasion herrscht Urlaubssperre. Wie kommt es, Kamerad, daß du von Italien nach Königsberg fahren darfst?

Tscherkassy, sagte er. Jene Einheiten, die im Winter 1943/ 1944 ein zweites Stalingrad bei Tscherkassy verhindert hatten, bekamen Sonderurlaub bewilligt.

Die Kontrolleure wünschten ihm eine gute Zeit bis zum 31. August. Sie hatten gelesen, daß sein Urlaub am letzten Tag des Monats endete.

Zehn Sommertage lagen vor ihm. Mutter hatte in ihren Feldpostbriefen geschrieben, daß es ein schöner Sommer sei. Anfang Juni schwere Regengüsse, danach brütende Hitze. Die Linden der Alleen hatten so üppig geblüht, als wollten sie nur noch dieses eine Mal blühen und dann nie wieder. Am 15. Juli begannen die Sommerferien und waren, als er nach Hause kam, immer noch nicht zu Ende. Die Stadt wird ihn menschenleer empfangen wie immer in den Schulferien, wenn es die Bewohner hinauszieht an die Samlandküste oder zu den Fischerdörfern der Kurischen Nehrung. Als erstes wird er sein Fahrrad aus dem Keller holen und die Alleen des Samlandes abradeln. Natürlich nicht in Uniform. Die Erlaubnis, während des Urlaubs Zivil zu tragen, hatte er sich in den Urlaubsschein eintragen lassen. Er hatte nichts gegen Uniformen, aber nach zweieinhalb Jahren Feldgrau sehnte er sich nach einer anderen Verkleidung: eine helle Tuchhose, am liebsten Knicker-

bocker, buntes Oberhemd, Sandalen oder Turnschuhe. So ungefähr wollte er spazierenfahren.

Welch ein Sommer! Die Alten, die noch nicht wußten, daß
es der letzte Sommer sein würde, sprachen über die ziehen-
den Wolken. Daß sie in großer Eile von der See kämen, über
dem Land verweilten, als sträubten sie sich, weiter ostwärts zu
fliegen, wo sie hingehörten. Das Heu trocknete, ohne einmal
naß zu werden. Zeitig kam es in die Scheunen und duftete
stark nach Pfefferminz. Rot oder weiß leuchteten die Klee-
felder, der Honig floß reichlich. Die Wintergerste reifte früh.
Man sagt, daß am 20. Juli, als die Bombe im Herzen der Provinz explodierte, die Schnitter schon ihre Sensen auf die Felder trugen, um die Vormahd zu schneiden. Haferhocken standen wie Zeltlager auf weiten Stoppelflächen. Wäre es nicht
Sonntag gewesen, hätte er Erntefuder gesehen und Frauen,
die die Garben von den Forken abnahmen und zu Bergen
türmten. Die Strohberge glichen Türmen, die den Himmel
hielten. Der Klatschmohn färbte das Land, und der Mohn in
den Rüben wollte ihm nicht nachstehen.

Vom Zugfenster aus sah er auf einem Stoppelfeld schwarz-
weiße Vögel, eine Versammlung von Jungstörchen. Er zählte
über hundert Tiere, noch nie zuvor hatte er so viele Störche
auf einem Acker gesehen. Das wird Vater interessieren. Am
20. August 1944 hat mein Sohn an der Bahnstrecke zwischen
Marienburg und Elbing über hundert Störche gezählt, wird er
in sein ornithologisches Tagebuch schreiben.

In den Straßengräben wucherten Lupinen, blau wie der viel-
besungene Golf von Biskaya. Am Bahndamm steckten Margeri-
ten ihre Köpfe zusammen und neigten sich vor dem Fahrtwind.
Man müßte an Böschungen im hohen Gras liegen, umgeben
von Grashüpfern, Libellen und Heuschrecken, aber nicht allein.

Von Gewittern ist in jenem August wenig in Erinnerung geblieben. Es war ein stiller Sommer, in dem klagend die Ha-
bichte ihre Kreise zogen und der Wind früh einschlief. Nur
einmal gab es ein Erschrecken, als in einem masurischen Wald
ein Kartenhaus zusammenbrach.

13

Der letzte Krieg in der Geschichte Europas. Der europäische Krieg kann nicht lange anhalten; die entscheidenden Ereignisse spielen sich innerhalb von zwei Monaten ab.

Russischer Zeitungsbericht zum Kriegsbeginn im August 14

Im August 14 feierte der Zar seinen letzten großen Sieg. Die Sieger nannten es die Schlacht von Gumbinnen, die Verlierer sprachen von einem Gefecht. Im Kriegstagebuch der russischen Nordarmee hieß es:

Zentrales Ereignis des Tages ist unser Vormarsch auf breiter Front nach Ostpreußen hinein. Auf unserem Weg liegen viele Wälder, aber sie sind von Schneisen durchzogen, stellen kein Hindernis für das Vorrücken der Kavallerie und der Infanterie dar. Gestern kam die Nachricht vom Fall von Gumbinnen. Dadurch ist ganz Ostpreußen in unserer Gewalt.

Nach dem Fall von Gumbinnen ritten die Kosaken auf Königsberg zu, erreichten die Stadt aber nicht. Bevor sie ihre Türme sehen konnten, ereignete sich im Masurischen die letzte Schlacht der Weltgeschichte, die nach dem Vorbild von Cannae geschlagen wurde. Hannibal, der Lieblingsheld aus Studienrat Priebes Geschichtsunterricht, ließ grüßen. Als Halbwüchsiger war Hermann per Fahrrad zu den Stätten von Tannenberg und der masurischen Winterschlacht gefahren. Er kannte die Heldenfriedhöfe, die für Freund und Feind errichtet worden waren. Nun fuhr er mit dem Zug durch diese Landschaft, die ihm so still vorkam, als sei sie von Menschen verlassen. Wieder war Krieg oder noch immer, und das neue Unheil näherte sich nach dreißig Jahren den alten Schlachtfeldern.

In einer Stunde wirst du zu Hause sein. Morgen oder übermorgen wirst du ans Meer fahren, ins Wasser springen, lange im heißen Sand trocknen, wieder in die Brandung laufen und so fort und so fort bis zum 31. August.

Als der Zug sich der Stadt näherte, fiel ihm Luxenberg am Pregel ein, obwohl er hätte wissen müssen, daß dort alle Tanzvergnügen längst zu Ende gegangen waren; weil im Krieg ständig gestorben wurde, hielten sie es für ungehörig, Walzer zu tanzen. Als Fünfzehnjähriger hatte er am Fenster des Tanzsaals gestanden und den Paaren zugeschaut, die sich im Schein roter Lämpchen drehten. In seiner Erinnerung gab es ungewöhnlich hübsche Frauen. Der Gedanke, daß viele ihrer Tänzer schon unter der Erde lagen, jagte ihm einen Schrecken ein. Er kannte Mädchen nur aus der Ferne. Bis zu seinem siebzehnten Geburtstag war er nur mit Jungen zur Schule gegangen, dann meldete er sich freiwillig. Bei den Soldaten gab es Frauen nur als Erinnerungsfoto an den Spindwänden. Sein älterer Bruder hatte schon vor dem Krieg eine Freundin. Flieger haben immer eine Freundin; sobald sie landen, steht ein Mädchen für sie bereit. Heinz hatte seiner Freundin versprochen, sie nach dem Krieg in einem »Fieseler Storch« über die Kurische Nehrung zu fliegen und danach zu heiraten.

Zweieinhalb Jahre Soldat und noch keine Ahnung von Mädchen. Aber schon befördert. Als Vater von der Ehrung erfuhr, schrieb er an die Feldpostnummer 58282 C, daß das wohl etwas früh sei, in den Kriegen zuvor hätten sie länger warten müssen. Ach Vater, die Kriege zuvor waren andere Kriege. Heute sterben so viele, sie können mit den Beförderungen kaum noch nachkommen. Vater empfahl ihm, sich zu einem Offizierslehrgang zu melden, gewiß mit dem Hintergedanken: Wer zu einem Offizierslehrgang fährt, kann nicht an der Front totgeschossen werden.

Um 16.54 Uhr lief der Zug in den Hauptbahnhof ein. Albert Florath beendete im Deutschlandsender seine Märchenstunde. Danach folgte, so weit die Ätherwellen trugen, das Konzert »Was sich Soldaten wünschen«.

Bis lange nach Mitternacht drängte sich auf dem Münzplatz eine große Menschenmenge … Unausgesetzt wurden patriotische Lieder gesungen, Hochrufe auf die Herrscher des Dreibundes ausgebracht. Jeder Soldat, der sich zeigte, wurde stürmisch bejubelt.

»Königsberger Hartungsche Zeitung« vom 2. 8. 1914

Vor dem Bahnhof hing schlaff, von keinem Windzug bewegt, ein Transparent mit der Aufschrift »Ein Volk. Ein Reich. Ein Führer«. Wie auf allen deutschen Bahnhöfen patrouillierten auch hier Uniformierte, unter dem hohen Dach roch es nach Kohlenruß. Seine Stadt empfing ihn mit Himbeersaft. Mädchen in BDM-Tracht mit langen blonden Zöpfen reichten gefüllte Becher durch die Fenster, ein Liebesgruß der Stadt an ihre Soldaten.

Er umkreiste den Blumenstand, weil er dachte, daß ein Sohn, der nach langer Zeit auf Urlaub kommt, wohl etwas mitbringen müßte, entweder Früchte aus dem Land, in dem die Zitronen blühen, oder Blumen aus heimischen Gärten. Ein Strauß Dahlien, jede Blüte so groß wie ein Kinderkopf, wäre ihm am liebsten gewesen, aber weil sie so unhandlich waren, entschied er sich für die schlankeren Astern, gemischt mit lila Phlox.

Der Sommer hat die Blumen gut wachsen lassen, erklärte die Frau, während sie den Strauß band.

Er sah ihren Händen zu, die an den Blüten zupften, ein grünes Bändchen um die Stengel wickelten, zur Schere griffen, hier und da schnipsten. Lange weiße Hände, die nach verbrauchtem Zeitungspapier griffen.

»Großangriff bei Warschau«, las er die Schlagzeile der Zeitung. Was ging ihn Warschau an? Außerdem war die Zeitung drei Wochen alt.

Nun kann der Herr Soldat zur Braut gehen, sagte die Frau lachend, als sie ihm den in Zeitungspapier eingewickelten Strauß gab.

Vermutlich errötete er. Jedenfalls war es ihm unangenehm, daß die Blumenfrau dachte, es wäre ein Strauß für die Braut, die Verlobte oder eine Freundin, also etwas Weibliches. Soldaten mit Blumensträußen boten einen komischen Anblick, Blumen paßten nicht zum feldgrauen Kleid. Soldaten durften auch nicht Kinderwagen schieben, in der Öffentlichkeit Säuglinge auf dem Arm schaukeln oder ihre Uniformjacke bei großer Hitze über die Schulter hängen.

Als er zahlte, trafen sich ihre Hände. Ihre Hand war kühl und blaß, an den Fingerkuppen hafteten Reste des grünen Pflanzensaftes, auch duftete die Person, oder waren es die Blumen oder Frau und Blumen zusammen? Italienerinnen in den Straßen von Florenz, Ukrainerinnen hinter geöffneten Fenstern in Kiew, Französinnen am Brückengeländer der Seine, es war durchaus nicht so, daß Soldaten keine Frauen zu Gesicht bekamen. Aber immer nur aus der Ferne wie verschwimmender Nebel. Hermann Kallweit jedenfalls hatte nach zweieinhalb Jahren Fronteinsatz zum erstenmal die Fingerspitzen einer Frau berührt.

Mit dem Strauß in der Hand bummelte er über den Platz, der den Namen des Reiches trug. Der weiche Asphalt strahlte Wärme ab, von den Hauswänden fiel die Hitze und erinnerte daran, daß aufgeheizte Steine tagelang glühen können. Sommerlich gekleidete Mädchen flanierten eingehakt, miteinander tuschelnd und kichernd, vor dem Bahnhof. Es gab Eisverkäufer.

Er entschloß sich zu einem Fußmarsch. Die Vorstädtische Langgasse hinauf ins Herz der Stadt, ein Weg, den er mit geschlossenen Augen gefunden hätte. Vertraute Gerüche wehten ihm entgegen. Königsberg roch in jedem Sommer nach Fisch und Pferdeschweiß, ganz entfernt auch nach Meer; obwohl es kaum noch Pferdefuhrwerke in den Straßen gab, haftete dieser Geruch an seinen Mauern.

Eine Elektrische überholte ihn und hielt an der nächsten Straßenecke. Sie schien auf ihn zu warten, also stieg er ein. »Deutsches Mädel, werde Schwester!« empfing ihn ein Plakat, das mit der Straßenbahn durch die Stadt fuhr.

Die Bahn war überfüllt, viele standen. Frauen unterhielten sich über Schuhwichse und Kernseife, über den Aufruf von Haferflocken und Frühkartoffeln, einige handelten mit Rauchermarken. Ihre Sprache, die er so lange nicht gehört hatte, brachte ihn endgültig nach Hause: Hat der Lorbaß wieder was berissen ... Dem Grigoleit geht's koddrig ... Und die Marjell is beschwiemt ...

Ein Mädchen, kaum jünger als er, sprang auf und bot ihm seinen Platz an. Das überraschte ihn, denn er war nicht verwundet, lahmte nicht, trug keinen Verband, keinen Arm in der Schlinge, keine Krücke. Aber das Mädchen hatte es so gelernt, das Aufstehen galt auch mehr dem feldgrauen Ehrenkleid als seinem jugendlichen Träger.

Danke, die paar Stationen kann ich stehen.

Das Mädchen war nun einmal aufgestanden und mochte sich nicht wieder setzen, also blieb der Platz frei. Sie standen nebeneinander, zwischen ihnen der Strauß, in altes Zeitungspapier gewickelt. Ihm fiel auf, wie klein das Mädchen war und daß es Sommersprossen hatte und Haare wie Haferstroh, die in einem dicken Zopf mündeten.

Es gab noch Lichtspielhäuser, die heitere Filme von Liebe und Sommer zeigten. »Du kannst nicht treu sein ...«, las er im Vorbeifahren. Eine Straßenecke weiter sang Zarah Leander.

Verstohlen blickte er auf das Mädchen herab. Sollte sie auch am Gesekusplatz aussteigen, würde er sie ins Kino einladen. Er wäre bereit, ihr den Blumenstrauß zu schenken, wenn sie mit ihm »Eine Nacht in Venedig« besuchte. Das immerhin hatte sich geändert. Als er zuletzt hier war, wäre ihm »Eine Nacht in Venedig«, in der weiter nichts geschah, als daß Paare sich zu Walzermelodien drehten und züchtige Küsse tauschten, als nicht jugendfrei verboten gewesen. Mit siebzehn Jahren zu den Soldaten gehen war jugendfrei, aber Filme, in denen geküßt wurde, blieben verboten. Schießen und Töten waren erlaubt, Küsse auf der Leinwand verdarben die Jugend. Nun war er zwanzig, und alle Lichtspielhäuser standen ihm offen. An Filme hatte er oft denken müssen, mehr noch an Kinobesucherinnen. Wenn im Saal das Licht ausgeht, wird das Mädchen mit den Sommersprossen nicht aufstehen, um dem Herrn Soldaten einen Platz anzubieten, sondern es wird sich an ihn schmiegen, während Willy Birgel für Deutschland reitet, die Leander ihre Lieder singt und in Venedig die Paare Walzer tanzen.

Neben dem Mädchen hing ein Bild des Kohlenklaus, jener verschlagenen Gestalt, die, einen Sack auf dem Rücken tragend, durch Städte und Dörfer schlich, um zum sparsamen Umgang mit Brennstoffen aufzufordern. Am Fenster der Straßenbahn klebte die Mitteilung:

Nach Luftangriffen: keine Privatgespräche am Fernsprecher! Du gefährdest luftschutzwichtige Gespräche.

Der Turm des Schlosses grüßte von der Anhöhe, den Dom fand er umringt von den Häusern der alten Universität. Wenn es mit rechten Dingen zugegangen wäre, hätte er schon vier Semester an der Albertina studiert. Aber er hatte in vier Semestern weiter nichts gelernt als Schießen, Marschieren und Singen. Dem letzten Brief nach Italien hatten Vater und Mutter einen Zeitungsbericht über die 400-Jahr-Feier der Universität beigefügt, eine stumme Aufforderung, nicht zu vergessen, daß er dort eigentlich hingehöre. Sofort nach dem Krieg. Die Philosophie hätte der Mutter wohl am ehesten gefallen, weil der größte Sohn der Stadt von diesem Fach war. Vater neigte der Ornithologie zu, aber dafür gab es keinen Lehrstuhl. Hermann hatte mehr an Sterne gedacht, weil auch die Astronomie in Königsberg einen guten Namen besaß. Nun dachte er gar nichts mehr. Architektur müßte man wohl studieren, denn vieles wäre aufzubauen. Er zweifelte daran, daß er jemals zurückfinden würde in Hörsäle und Bibliotheken. In den langen Ferien, die ihn quer durch Europa geführt hatten, war ihm vieles entfallen, nur in Geographie war er einigermaßen auf der Höhe.

Vor dem Kraft-durch-Freude-Haus verließ er die Bahn. Als sie anruckte, sah er, daß das Mädchen sich auf den freien Platz setzte. Also ging sie nicht ins Kino.

Die Stadt kam ihm ungewöhnlich trocken und ausgedörrt vor. Die Straßenbäume dursteten, einige Kastanien warfen schon ihre Blätter. Zur Münzstraße war es nur ein kurzer Spaziergang, aber er schlug einen Bogen zum Schloßteich, der ihm viel bedeutete. Auf dem Schloßteich hatte er Schlittschuhlaufen gelernt, und vom Schlittschuhlaufen ging es ab zu den Soldaten im Kriegswinter 42. Jetzt zogen Ruderboote durchs grünliche Wasser, auch die Schwäne waren zu Hause. Wenn es dunkel wird, werden sie den Schloßteich illuminieren und die Lampions auf den Booten anzünden. Oder mußte auch der Schloßteich wegen der dauernden Fliegergefahr verdunkelt werden?

Über die Brücke flanierten Spaziergänger, auf den Bänken saßen knutschende Paare, der männliche Teil in Zivil, denn auch das war den Soldaten verboten: in Uniform engumschlungen auf Parkbänken zu sitzen. In der Ferne spielte Musik, die letzten Töne des Wunschkonzerts schwebten über das Wasser, Melodien aus »Frau Luna« für den Obergefreiten Lehmann, der in Hammerfest auf Posten stand.

Am Schloßteich spürte er, daß die Stadt zwar äußerlich unversehrt war, aber innerlich vibrierte und von einer erwartungsvollen Spannung, einer ungewohnten Aufgeregtheit erfüllt war. Passanten hasteten vorüber, blickten sich nicht an, lächelten nicht. Wie am Band gezogene Spielzeugfiguren gingen sie ihrer Wege, sahen grau aus wie nach fünf Jahren Krieg. Sicherlich gab es in dieser Stadt viele Witwen, auch junge Witwen. Auf der Promenade begegneten ihm Verwundete, an Krücken humpelnd. Schwestern schoben Rollstühle, in denen verstümmelte Männer kauerten.

Im Café Schwermer, dessen Terrasse in Friedenszeiten mit Hunderten von Gästen besetzt gewesen war, hätte er mühelos einen freien Tisch finden können. Im Innern klimperte ein Klavier. Nach dem berühmten Marzipan von Schwermer wagte er nicht zu fragen, es war sicherlich ausgegangen und nicht einmal auf Zuckermarken erhältlich.

Ein Lastwagen ohne Verdeck polterte vorbei, vollgepfercht mit stehenden Menschen, der Kleidung nach Kriegsgefangene. Vermutlich hatten sie in der Zellstoffabrik, bei Schichau oder in der Munitionsanstalt Ponarth gearbeitet und wurden nun in ihre Baracken zurückgebracht. Gelangweilt standen sie auf der Plattform, die Gesichter ausdruckslos und traurig.

Worauf wartete die Stadt? Über ihren Dächern lag ein Hauch von Herbst und Totensonntag. Alle wußten es, auch die Häuser und Bäume, sogar die Wasserhydranten. Es mußte etwas geschehen, so oder so.

Vor dem Hansa-Wochenschaukino – nun schon nahe der Münzstraße – traf er eine Menschenschlange. Wieder dachte er an ein Mädchen, dem er den Blumenstrauß hätte schenken können. Aber er sah nur Männer, Verwundete aus dem Lazarett, die ins Kino gingen. Bevor er in die Münzstraße bog, warf er einen Blick in die Schaufenster der größten Buchhandlung Deutschlands, stellte sich ein gewaltiges Feuer vor, das diesen Tempel der Bücher nebst Kantstube und den gesammelten Werken des Philosophen einäscherte. Das wäre auch eine Art Weltuntergang. Sie müßten von vorn beginnen zu schreiben, zu lesen, vor allem zu denken.

In der Münzstraße stieß er auf eine Sammelstelle für Knochen, die es früher nicht gegeben hatte. Nur trockene Knochen in vollen Kilomengen wurden angenommen, erklärte das Schild. Für fünf Kilogramm gab es einen Gutschein zum Bezug von Kernseife. Was hatten Knochen mit Seife zu tun? Daß Knochen ein nachwachsender Rohstoff sind, der in Kriegszeiten in Hülle und Fülle anfällt, hatten sie in der Schule nicht gelernt. Wer prüfte, ob diese Knochen aus den Schlachtereien oder von den Friedhöfen kamen?

Die Sonne verschwand hinter den westlichen Dächern. Von den Hauswänden strahlte die sommerliche Wärme ab, es fielen auch Schatten. Hätte es keine Verdunkelungsvorschriften gegeben, wären nun nach und nach die Lichter aufgeflammt, auf dem Schloßteich hätten die roten Lampions den Booten den Weg geleuchtet. Aber im fünften Kriegsjahr hatte sich die Stadt längst an ihre Dunkelheit gewöhnt.

Sieben Thore führen zur Stadt, nämlich das Steindammer, Tragheimer, Roßgärtner, Gumbinner oder Neusorger, jetzt Königsthor, Sackheimer, Friedländer und Brandenburger Thor.
»Topographisch-statistische Uebersicht des Regierungs-Bezirks Königsberg«, Tilsit 1848

In seiner Erinnerung war die Münzstraße immer ein Ort geschäftigen Treibens gewesen, nun kam sie ihm wie gestorben vor. Die hier wohnten, hielten sich am Meer auf oder lustwandelten zwischen Schloßteich und Oberteich, einige saßen wohl in den Cafés oder warteten auf Einlaß in den umliegenden Lichtspielhäusern.

»Bis auf weiteres geschlossen«. Mit dieser Nachricht empfing ihn die messingbeschlagene Tür. Dem Uhrmacher Albrecht Kallweit war die Arbeit ausgegangen. Einen kriegswichtigen Betrieb hatte Vater gerade nicht. Die Zeit lief auch ohne ihn wie der Sand aus Mutters Eieruhr, aber weil doch die Uhren schlagen müssen und die Stunden gezählt werden wollen, hatte er immer noch genug zu tun. Es galt, die Uhren anzustoßen, damit sie weitertickten bis zu einem grausigen Finale, bei dem alle schlagend und bimmelnd sich vereinigten und mit großem Getöse die Zeit anhielten. Nebenbei und in Kriegszeiten gänzlich überflüssig, betätigte sich Vater als Juwelier. Am Eingang des Ladens stand eine Vitrine, in der Ringe, Ketten, Broschen und Armbänder auslagen, vorzugsweise aus Bernstein. Vater war ein Meister in der Bearbeitung des samländischen Goldes.

Vaters Uhren stießen eine Tür auf zu den Kindertagen. Sein Leben, so glaubte Hermann, hatte in einem Raum mit tickenden Uhren begonnen. Wanduhren, Standuhren, Tischuhren, goldene Armbanduhren, Westentaschenuhren mit römischen und arabischen Ziffern, an silbernen Kettchen baumelnde Uhren, Porzellanuhren, Uhren so klein wie Hosenknöpfe und Turmuhren mit Zifferblättern wie Wagenräder. Zu jeder vollen Stunde ertönte eine Symphonie schlagender Uhren, komponiert vom Uhrmacher Kallweit und abgeschlossen mit dem Ruf eines Kuckucks, der frech aus dem Holzkasten über dem Bild des alten Hindenburg sprang, um zur vollen Stunde, aber stets etwas später als die anderen, dafür auch im tiefsten Winter, den Frühling in die Stadt zu rufen. Den ersten richtigen Kuckuck hörte er Jahre später auf der Kurischen Nehrung in den Wäldern zwischen Cranz und Sarkau. Vaters Uhren haftete etwas Bedrohliches an. Wenn der kleine Junge auf dem Fußboden lag, umgeben von tickender Zeit, und die Ladenbimmel aufgeregt schlug, legte Vater sein Werkzeug aus der Hand und ging nach vorn. Das Kind blieb allein mit den Uhren. Sie bekamen Gesichter, sie grinsten ihn an, sie glotzten böse, riefen ihm etwas zu, das er nicht verstand. Auch kamen sie näher, umkreisten ihn mit ihren ewig drehenden Zeigern, endlich rief der Kuckuck, und Vater betrat wieder den Raum.

Über dem Laden befand sich die Wohnung. Er drückte den Klingelknopf neben dem Namensschild und erwartete, daß sich wie früher, wenn er aus der Schule kam, im ersten Stock ein Fenster öffnen und Mutters Gesicht zwischen blühenden Geranien erscheinen werde. Als nichts geschah, klingelte er noch einmal, schlenderte hinüber auf die andere Straßenseite und sah, daß niemand zu Hause war. Die Fenster nicht verdunkelt, die Gardinen zurückgezogen, davor die rote Pracht der Geranien. So geht es, wenn du unangemeldet nach Hause kommst. Sie sind ausgegangen oder verreist, vielleicht ins ferne Bad Pyrmont, wo Mutter Verwandtschaft besaß.

Im Parterre neben dem Laden wohnte Agnes Rohrmoser, die, solange er denken konnte, immer zu Hause gewesen war, schon deshalb, weil sie nicht recht laufen konnte. Das wiederum kam von dem zu kurz geratenen linken Bein, und das kam von Gott. Vielleicht auch von den nassen Füßen. Die Tante Rohrmoser kam nämlich aus der Gumbinner Gegend, hatte dort an einem Fluß gelebt, der zur Schneeschmelze regelmäßig über die Ufer getreten war, um nicht nur die Gärten zu überschwemmen, sondern auch die Häuser heimzusuchen.

Wer so nahe am Wasser baut, soll wohl nasse Füße bekommen. Viele Stunden seiner Kinderzeit hatte er bei ihr auf der Chaiselongue verbracht in der immer dunklen Stube, die überquoll von Bildern, Porzellanfiguren, ausgestopften Fasanen und patriotischen Wandsprüchen. Über der Tür hing ein Bild des jugendlichen Kaiserpaares, blieb dort auch, als sich die Republik ausbreitete, und ließ sich nicht einmal von dem braunen Führer verdrängen. Wie oft hatte er der Tante Rohrmoser zu Füßen gesessen. Über ihm klapperten die Stricknadeln, und von Masche zu Masche erzählte sie, nicht etwa Märchen von Prinzessinnen und bösen Wölfen, sondern wahre Begebenheiten aus der Kosakenzeit und vom Kaiser, der in sein Jagdschloß Rominten reisen wollte, sich zuvor auf dem Gumbinner Bahnhof einer jubelnden Menschenmenge zeigte, darunter auch Agnes Rohrmoser. Ihre Geschichten reichten zurück ins andere Jahrhundert. Manchmal schlug sie ein Büchlein auf und las vor, wie die salzburgischen Exulanten vor dem preußischen König erschienen waren und um gnädige Aufnahme gebeten hatten. Der König schickte sie in den äußersten Nordosten seines Reiches, wo sie die Stadt Gumbinnen gründen und das umliegende Land bewirtschaften sollten. Was muß das für ein Zug gewesen sein, der sich aus dem Salzburgischen bis nach Preußisch-Litauen auf den Weg machte. Zu Fuß und auf Ochsenkarren, in Sommerhitze und winterlichem Schneegestöber. Als sie in die Gumbinner Gegend kamen, sahen sie keinen einzigen Berg und wollten am liebsten umkehren.

Im August 14 flüchtete die Salzburgerin noch einmal, und zwar vor den Kosaken. Sie kam bis Königsberg und blieb dort in der Münzstraße, denn bis Königsberg werden die Kosaken nie und nimmer kommen, hieß es damals schon und heute immer noch.

Er läutete und stellte sich die Frau an der Nähmaschine sitzend vor oder strickend mit einem Knäuel weißer Wolle im Schoß. Im kalten Dezember 41 strickte sie nicht nur ihm, sondern vielen Soldaten im eisigen Rußland dicke Fausthandschuhe, aber sie kamen wie so vieles zu spät.

Jenseits der Tür hörte er ein schlurfendes Geräusch, die Frau Rohrmoser kam auf Wollwuschen über den Flur, ihr Krückstock schlug klick, klack auf die Fliesen. Bevor sie aufschloß, fragte sie nach dem Namen.

Ach, mien lewet Gottke! hörte er sie rufen.

Der Schlüssel rumorte im Schloß, die Kette rasselte, die Tür sprang knarrend auf.

Das Hermannke lebt noch! Und so groß gewachsen und so braungebrannt!

Sie war in seinen Augen immer eine stattliche Frau gewesen, die lange schwarze Röcke trug und am Sonntag, wenn sie zum Kirchgang das Haus verließ, eine weiße Haube auf den Kopf setzte. Nun kam sie ihm wie ein kleines Häuflein vor, das er um mehr als Kopfeslänge überragte.

Richtig mannbar, sagte sie und erklärte, daß sie den Besuch ab sofort mit Sie anreden werde, was schon die Uniform verlangte. Sie vergaß es dann aber doch wegen der alten Gewohnheit, denn sie hatte das Jungche von seiner kleinsten Hosenscheißerzeit bis zur feldgrauen Einkleidung begleitet, es puscheit, wenn es weh tat, ihm die Tränen abgewischt und Milch mit Honig gekocht, wenn der Hals schmerzte.

Er schenkte ihr den Blumenstrauß.

Schade, daß keiner zu Hause ist; die Herrschaften sind in die Sommerfrische gefahren.

Das hättest du dir denken können. Im August reiste die Familie Kallweit zur Kurischen Nehrung. So war das immer gewesen. Das Haff, die See, Dünen und Fischerhäuser begleiteten seine Sommerferien von klein auf. Daß seine Eltern auch in diesem Sommer, in dem der Krieg sich den Grenzen näherte und jedes Reisen als unzeitgemäßer Luxus galt, an der alten Gewohnheit festgehalten hatten, erstaunte ihn trotzdem.

Die Frau Mutter wollte ja nicht mehr reisen, erzählte die Rohrmoser. Und wenn schon, dann nach Baden-Baden oder Bad Gastein, aber dein Vater sagte: Laß uns fahren, Dore, wer weiß, vielleicht ist es der letzte Sommer. Er hängt ja auch sehr an den Zugvögeln, schon deshalb mußten sie nach Rossitten fahren.

Wie in früheren Jahren hatten seine Eltern den Schlüssel ihrer Wohnung der Tante Rohrmoser übergeben, damit sie hinaufgehen und die Blumen begießen konnte, was ihr sauer genug fiel, denn die Treppe zählte an die zwanzig Stufen, und der Sommer war heiß und trocken, so daß die Blumen jeden Tag nach Wasser verlangten. Sie reichte ihm den Schlüssel fürs Zuhause, wie sie es nannte, bat aber, in einer halben Stunde zum Abendbrot zu kommen. Wer zweieinhalb Jahre unterwegs ist, muß doch Hunger haben. Im Weggehen fragte sie, woher er komme. Als sie Italien hörte, wollte sie wissen, ob er durchs Salzburgische gefahren sei.

Nein, über Innsbruck.

Tirol soll ja auch eine schöne Gegend sein, sagte sie. Kein Wunder, daß du so braun und gesund aussiehst, Hermannke. In Italien ist doch ewiger Sommer. Ja, unsere Soldaten kommen weit herum und kriegen viel von der Welt zu sehen.

Als er oben an der Tür war, rief sie ihm nach, er solle die Vorhänge zuziehen, bevor er das Licht einschalte. Wegen der Vorschriften!

Über den die Stadt von Osten gegen Westen durch-
strömenden Pregel führen sieben von Holz erbaute
Brücken, nämlich die Krämer-, Schmiede-, Holz-,
Honig-, Hohe-, Kittel- und grüne Brücke, außerdem
in der Gegend der letzteren auch zwei Fähren.
*»Topographisch-statistische Uebersicht des Regierungs-
Bezirks Königsberg«, Tilsit 1848*

Er betrat die Wohnung, in der er, wie es so feierlich heißt, das
Licht der Welt erblickt und ein Kinderleben lang gelebt hatte.
Zum erstenmal war niemand zu Hause. Einmal quer durch
Europa gefahren, um niemand anzutreffen.

Was ihm früher nicht aufgefallen war: Die Wohnung glich
einem Museum. Alte, verschnörkelte Schränke, ein Spiegel
in geblümtem Holzrahmen, flauschig gepolsterte Stühle, ein
Plüschsofa, Kissen mit Brokatrosen, es gab nichts, das nicht
so aussah, als käme es aus dem vorigen Jahrhundert. In der
Küche hingen, sorgfältig aufgereiht, die Töpfe und Pfannen,
darunter die hellblauen Gefäße für Salz, Zucker, Mehl und
Grieß. »Bloß ein bißchen Grieß«, dieser Spruch hatte ihm bei
der schweren Orthographie geholfen.

Abgestandene Luft entwich, als er das Fenster öffnete. Das
Schloß sah er nicht, weil es nicht angestrahlt wurde. Der
Turm des Domes glich einem schwarzen Daumen, der in
den Himmel wies, kein Mondlicht über den Dächern. Die
Stadt schien zu schlafen, sie war nicht nur verdunkelt, sondern auch zum Schweigen gebracht. Sehr fern bimmelte
eine Elektrische. Auf der Straße unter ihm Mädchenstim-
men. Sie kamen wispernd näher, ein unterdrücktes Kichern,
er verstand kein Wort, nur soviel, daß sie lachten. Gewiß
gingen sie ins Kino. Hermann Kallweit wird auch ein Kino
besuchen, und zwar nicht allein. Er könnte das Mädchen
nach der Vorstellung in die elterliche Wohnung einladen, aus
Vaters Weinschrank, der hoffentlich noch gefüllt war, eine
Flasche Burgunder holen und … So träumen große Jungs,

die schießen gelernt haben und Mädchen nur aus der Ferne kennen.

Er lehnte an der Fensterbank und spürte den herben Geruch der Geranien. Sonntag abend. Alle Mädchen schliefen schon oder hörten die Schumannschen Liebeslieder im Deutschlandsender. Aus einem offenen Fenster am anderen Ende der Straße leierte der Tanzstundenschlager:

> An der Donau steht Marika,
> denn sie will nach Budapest.
> Mit dem Dampfer zu dem Geiger,
> der ihr keine Ruhe läßt.

Für Tanzstunden hatte er keine Zeit gehabt. Nach dem Krieg können wir tanzen, nach dem Krieg wird vieles möglich sein.

Auf dem Telefontischchen hatte die Frau Rohrmoser die Post der Eltern gesammelt, darunter auch den ungeöffneten Feldpostbrief, in dem er sein baldiges Kommen angekündigt hatte. Ein Handzettel forderte zum sparsamen Umgang mit Wolle, Papier und Blechdosen auf, ein anderer verlangte Spenden für die Winterhilfe. Eine Tante aus Preußisch-Eylau zeigte die Geburt eines sechs Pfund schweren Enkelkindes in einem kurzgefaßten Briefchen an. Der glückliche Vater lag mit einem Lungensteckschuß in einem Lazarett bei Mährisch-Ostrau, befand sich aber auf gutem Wege. Und dann ein sonderbarer Brief: Post aus dem Ausland. Auf der Briefmarke ein leibhaftiger König, Absender ein gewisser K. K. aus Göteborg. Fand denn überhaupt noch ein ordentlicher Postverkehr zwischen dem belagerten Deutschland und dem Ausland statt?

»An der italienischen Front keine größeren Kampfhandlungen«, meldete die Zeitung auf dem Telefontischchen. Weil es ruhig war an der Gotenlinie, hatte er auf Urlaub reisen dürfen.

»Schwere Kämpfe bei Raseinen«, hieß es dagegen von der Ostfront. Kaunas war in die Hand des Feindes gefallen. Kaunas lag – in Geographie war er immer noch gut – weit im Litauischen. Das Blatt druckte auch den Steckbrief eines gewis-

sen Dr. Goerdeler ab, der zu den Verschwörern gehört hatte.
Eine Million Reichsmark war für seine Ergreifung ausgesetzt.
Dem letzten Feldpostbrief hatte Vater den Zusatz beigefügt:
»Daß das Attentat ausgerechnet bei uns passieren mußte!« Vater war um den guten Ruf der Provinz besorgt und hätte das
Unglück lieber an anderen Orten gesehen.

Das Oberkommando der Kriegsmarine rief per Zeitungsanzeige deutsche Frauen und Mädel auf, sich für den Landdienst in den Häfen zu melden, damit die Marinesoldaten auf
die Boote geschickt werden konnten. Der Reichsbeauftragte
für Chemie gab bekannt, daß Schuhwichse nur gegen die vorgesehenen Abschnitte der Reichsseifenkarte abgegeben werde.

Er durchwanderte die Räume, blätterte in der Zeitschrift
»Der Vogelzug«, die er auf Vaters Schreibtisch fand, eine alte
Ausgabe des Jahres 1941, denn für neuere Vogelzüge fehlte es
an Papier, sie waren auch nicht kriegswichtig. Vaters Lieblingsbeschäftigung, wenn er nicht an Uhren und Bernsteinketten bastelte, war die Ornithologie. Zu Zeiten des Vogelprofessors Thienemann hatte er den berühmten Ornithologen in
seiner Beobachtungsstation Ulmenhorst auf der Nehrung oft
besucht. Über das Wunder des Vogelzuges plaudernd, spazierten die beiden vom Haff zum Meer und wieder zurück.
Nur der Zugvögel wegen reisten sie Sommer für Sommer
nach Rossitten, weil nirgendwo sonst im deutschen Reiche so
viele Vögel Tag und Nacht ihre Bahnen zogen.

Ab 21. August werden die Post- und Fernmeldedienste eingeschränkt und Päckchen nicht mehr angenommen, meldete
das Blatt. Der Abreißkalender des Jahres 1944 war bis zum
8. August verbraucht, also waren sie wohl am 9. August aufgebrochen. Er sorgte für Ordnung im Kalender und riß die alten Blätter ab, fand auf einem Heraklits Spruch vom Krieg als
dem Vater aller Dinge und dachte, daß ihm die Mütter lieber
seien, vor allem die künftigen Mütter.

Sein Zimmer fand er unberührt. Auf dem Bücherbord ein
Bombensplitter. Am 22. Juni 1941, wenige Stunden nach dem
Angriff auf die Sowjetunion, fielen die ersten Bomben in

29

Königsberg. Ein harmloses Bombardement, eigentlich nur eine Demonstration, die wenig Schaden anrichtete. Nach der Schule rannte er hin, um die Bombentrichter zu besichtigen und Splitter zu suchen als Andenken, denn damals galt es als sicher, daß eine bessere Gelegenheit, Kriegssouvenirs zu sammeln, so bald nicht wiederkommen würde.

Er berührte Gegenstände, die stets um ihn gewesen waren, ihm nun aber fremd vorkamen. Bücher wie ausgehöhlt. »Volk ohne Raum« mit einer Staubschicht bedeckt, Immanuel Kant neben Mutters Kristallvase. Was hatte der heute zu sagen? Das Bild seines Bruders fehlte. Mutter wird es mitgenommen haben in die Sommerfrische.

Den Zeitungsbericht über die 400-Jahr-Feier der Universität hatten sie aufbewahrt, sicherlich für ihn. Beginn der Festlichkeiten im Schauspielhaus am 6. Juli mit »Maria Stuart« ... Der Lord läßt sich entschuldigen, er ist zu Schiff nach ... Wohin segelte man heute? Am liebsten nach Schweden. Dort könnte man in den Schären liegen und bräunen wie die schwedischen Mädchen, von denen es hieß, daß sie gelegentlich nackt badeten. Im Opernhaus gab es zur 400-Jahr-Feier »Fidelio«, zeitgemäß dazu den »Chor der Gefangenen«. Am Freitag, dem 7. Juli, Festveranstaltung mit Reichsminister Dr. Funk, Empfang des Gauleiters. Am 8. Juli akademischer Festakt im Krohnesaal der Stadthalle. Empfang des Oberbürgermeisters im Parkhotel. Gleichzeitig fanden akademische Sportveranstaltungen im Stadtgarten, Haltestelle Linie 7, statt.

Dort wirst du auch einmal sein, hatte Mutter früh entschieden, als sie, den kleinen Hermann an der Hand, vor der Universität stand. Heute fühlte er sich der Albertina nicht mehr gewachsen. Der Pythagoras war ihm entfallen, ebenso der gallische Krieg; der germanische Krieg hatte alles verdrängt.

Er fühlte sich beobachtet von dem Ankleidespiegel in seinem Rücken, sein militärischer Aufzug wirkte komisch. Der Kerl im Spiegel sah braungebrannt aus und so erwachsen. Wer an den südlichen Fronten zu tun hatte, brauchte sich nicht um bräunende Sommerfrische zu kümmern. Die Haare kurz geschnitten nach militärischer Vorschrift; Polkalocken oder Tangomähne galten als unsoldatisch, außerdem waren sie ein ständiger Anziehungspunkt für Läuse. Immer noch blaue Augen, die Nase etwas klein geraten, die Narbe unterhalb des rechten Auges kam nicht vom Krieg, sondern von den Pflastersteinen am Roßgärter Tor, die er kennengelernt hatte, als er radfahren lernte.

Das Kinderzimmer eine Puppenstube. Für einen, der am Atlantikwall auf- und abmarschiert war, in Tscherkassy in Schneewehen gelegen und im Wüstensand Schatten geworfen hatte – nie hatte er so oft an die Dünen der Nehrung denken müssen wie in der libyschen Wüste –, sahen die vierzehn Quadratmeter wie ein winziges Versteck aus. Bis November 1939 hatte er den Raum mit seinem Bruder geteilt, dann war Heinz davongeflogen. Ein Bild, das ihn mit Freunden vor einem Segelflugzeug auf der Schulungsdüne des Pawelberges zeigte, hing noch an der Wand. Ein weiteres Bild zeigte die beiden Brüder in HJ-Uniform bei einem Morgenmarsch die Steilküste entlang nach Brüsterort. Darunter der Text des Liedes, das sie gesungen hatten:

Vorwärts! Vorwärts! schmettern die hellen Fanfaren.
Vorwärts! Vorwärts! Jugend kennt keine Gefahren …

Was mag aus den Marschierern geworden sein? Morgen wird er Studienrat Priebe anrufen und fragen, wie viele aus seiner Abiturklasse schon gefallen sind. Priebe war stolz auf diese Klasse gewesen, als »Friedensware« hatte er sie im Februar 42 in der Schulaula verabschiedet, nachdem zwölf Schüler sich freiwillig gemeldet hatten und ihr Abiturzeugnis ohne Prüfung ausgehändigt erhielten.

Sein Bett frisch bezogen; Mutter hatte auch während seiner Abwesenheit regelmäßig die Wäsche gewechselt. Jacken und Hosen hingen unberührt im Schrank, die Bügelfalten der Anzughosen scharf wie Rasiermesser. Bunte Schlipse, Requisiten eines bürgerlichen Lebens, baumelten an der Innenseite der

Schranktür. Nichts, auch nicht jene Stücke, aus denen er längst herausgewachsen war, hatte Mutter denen geopfert, die mit Lumpen, Eisen, Knochen und Papier den Krieg gewinnen wollten. Da hing die schmucke HJ-Führer-Uniform seines Bruders. Die Litewka mit den Schulterstücken und drei silbernen Sternen. Die weiße Kordel, genannt Affenschaukel, Führermütze mit Silberrand, Koppel, Reithose, Langschäfter. Wie hatte er Heinz darum beneidet.

Er entkleidete sich. Als er die Uniform auf den Bügel gehängt, sie in den Schrank gegeben und die Tür abgeschlossen hatte, dachte er für einen Augenblick, daß er dieses Feldgrau nie wieder anziehen würde. Auf seinem Kinderbett liegend, sah er den Fliegen nach, die an der Decke spazierten. In der Küche tropfte ein Wasserhahn. An den Fenstern Eisblumen. Ein kleiner Junge stand davor und hauchte Gucklöcher in die Scheibe. Von draußen Glockengeläute. Ein Glücksgefühl durchströmte ihn, eine unerhörte Geborgenheit. Erst jetzt wurde ihm bewußt, daß ihm in diesem langen Krieg kein einziges Haar gekrümmt worden war. Und er war zu Hause angekommen.

Die Menagerie von J. Butschkowski ist nur noch bis 28. August zu sehen. Von heute Freitag bis Sonntag wird Madame Butschkowski die beiden blutdürstigen Hyänen in einen Käfig zusammen lassen, mehrere Produktionen vorzeigen und namentlich beide mit einem Stück Fleisch reizen, auch werden die beiden Hyänen die Madame liebkosen. Zum Schluß werden sie um ein Stück Fleisch aufs fürchterlichste kämpfen, und nach dem Kampfe wird Madame wieder eine jede nach ihrem Käfig zurückführen.

Anzeige im »Intelligenzblatt für Litthauen«, August 1844

Von unten klopfte es an die Decke. Tante Rohrmoser wartete mit dem Essen. Mit Vaters Reserverasiermesser, das er in der Küche gefunden hatte, befreite er sich von seinem stacheligen Bart. Ins Haar schmierte er Pomade. Vor dem Spiegel stehend, pfiff er den Schlager »In der Nacht ist der Mensch nicht gern alleine«, auf den es ein halbes Dutzend Parodien gab, am bekanntesten die von den Bombern, die nachts kamen, um dem Alleinsein ein Ende zu bereiten.

Er wählte den hellblauen Anzug, schließlich war es noch Sommer. Wann zuletzt hatte er ein weißes Hemd getragen? Wie bindet der Soldat Kallweit ohne Vaters Hilfe einen Schlips? Unter schwarzen, braunen und grauen Paaren, die im Schränkchen standen, entschied er sich für die glänzenden Lackschuhe. Tangojüngling fiel ihm ein, als er sich ausstaffiert im Spiegel sah.

Tante Rohrmoser staunte über seine Verkleidung, sie hatte ihn eher in Paradeuniform erwartet.

Macht nuscht, winkte sie ab, der Mensch muß auch mal was Feines anziehen.

Sie hatte ihm Eier gekocht, dazu Schwarzbrot aufgeschnitten. Vorweg gab es eine grüne Suppe, von der sie behauptete, sie werde in der Gumbinner Gegend gern gegessen, die Salz-

burger hätten sie von ihren Bergen mitgebracht und in Ostpreußen heimisch gemacht. Tatsächlich war es eine gewöhn-
liche Sauerampfersuppe, von Alpengräsern fand sich darin
keine Spur.

Von einem Onkel Rohrmoser hatte er nie gehört. Hermann
erinnerte sich nicht, jemals eine Mannsperson in der Parterre-
wohnung neben dem Laden gesehen zu haben. Ein Alois Tie-
fenthaler, Kandidat der Feldmeßkunst, hatte sich einmal be-
worben, noch im vorigen Jahrhundert, doch bevor es zu einer
Verbindung kam, verschwand er Richtung Deutsch-Südwest,
wo es viel zu vermessen gab. In Tante Rohrmosers Wohnung
blieb er als vergilbtes Foto an der Wand hängen.

Essen ist das erste Hauptstück, sagte sie und nötigte ihn, die
Butter fingerdick zu streichen. Vom Lande, wo sie ihre salzburgische Verwandtschaft hatte, bekam sie Pakete mit Wurst,
Schinken und Butter. Zu essen haben wir genug, wir können
nicht klagen.

Ihre Sorge war, die Gumbinner Gegend könnte wie im ersten Krieg unter die Russen fallen, womit alle Lebensmittel-
lieferungen ein Ende fänden. Wenn das geschähe, so hatte sie
an die Verwandtschaft geschrieben, sollten alle nach Königsberg flüchten, denn in die Gauhauptstadt kommt der Russe
nie und nimmer.

Seit dem ersten Krieg lebte sie in der Münzstraße neben
dem Uhrmacherladen. Die Geburt der Söhne Heinz und Hermann hatte sie mit großer Anteilnahme begleitet, die grüne
Suppe lernten die Kinder kennen, als sie noch keine Zähne
besaßen. Wenn sie durchnäßt und durchfroren vom Schloßteich kamen, kehrten sie bei Tante Rohrmoser ein, um sich
zu wärmen, hörten wunderliche Geschichten von den Marzi-
panversteigerungen in den Gumbinner Bäckereien zur Weih-
nachtszeit und von den zähnefletschenden Hyänen, mit denen die Madame Butschkowski jeden Abend um sieben Uhr
aufs fürchterlichste kämpfte.

Nach ihrem Umzug in die Hauptstadt fand sie Anstellung
als Schwester in dem Waisenhaus, das der preußische König

34

aus Dankbarkeit für seine Krönung im Jahre 1801 stiften ließ. Dort war sie alt geworden, konnte nicht mehr arbeiten, sondern nur noch erzählen. Wenn der Krieg zu Ende ist, wird sie ins Salzburgische reisen, um die Stätten ihrer Vorfahren zu besuchen. Im Gasteiner Land lebten noch einige Rohrmosers, die damals den katholischen Glauben angenommen hatten und nicht nach Preußisch-Litauen gezogen waren. Ihre Berge wollte sie sehen, bevor der Herrgott sie zu sich rief.

Während sie zu Tisch saßen, begann jener schaurige Lärm, den nach fünf Kriegsjahren jeder kannte. Er drang durch Wände, ließ Fensterscheiben vibrieren, ein an- und abschwellender Singsang, unheimlich und drohend. Das elektrische Licht erlosch.

Die alte Frau winkte lachend ab. Bis hierher kommen sie nie. Alarm gibt es dreimal die Woche, aber nach zwanzig Minuten meistens schon Entwarnung.

Sie zündete Kerzen an, Hindenburglichter, die ihren Namen in der Notzeit vor dreißig Jahren erhalten hatten. Er dachte an die Lichtspielhäuser, in denen es nun auch dunkel wurde. Die Besucher nehmen ihre Mädchen in den Arm und verschwinden im Bunker am Paradeplatz, oder sie gehen mit ihnen nach Hause, leeren eine Flasche Rotwein aus Vaters Beständen und warten auf Entwarnung.

Im April 43 hatten russische Flieger die Stadt bombardiert, ein Ereignis, von dem Hermann nichts wußte, denn in Feldpostbriefen durften unangenehme Dinge nicht erwähnt werden. Nun, da es die Tante Rohrmoser erzählte, wunderte er sich, daß die Russen, als die Front noch tief in ihrem Land verlief, die Kraft besaßen, deutsche Städte mit Flugzeugen anzugreifen. In Tilsit waren auch Bomben gefallen. Sogar die Stadt, aus der die grüne Suppe kam, kannte unruhige Nächte, denn sie lag nahe der Grenze. Wenn der Krieg kommt, besucht er die Gumbinner Gegend immer zuerst.

Sie legte ihm vor, schenkte Tee ein, bedauerte es, daß sie den Tee nicht mit Rum stärken konnte – ihre Alkoholration hatte sie ebenso wie die Rauchermarken den Verwundeten

35

gespendet –, und erzählte, während die Kerzen unruhig flakkerten, wie er erste Bekanntschaft mit Schnittkesuppe gemacht hatte. Der rote Saft tropfte ihm aus dem Mund, als er zur Mutter hinauflief, und die Treppe sah aus, als hätte jemand einem Hahn den Kopf abgeschlagen und ihn Stufe für Stufe bluttriefend in den ersten Stock getragen.

Sie erkundigte sich nach der Verpflegung aus der Gulaschkanone. Gutes Essen werden sie den Soldaten doch wohl geben. Sie kannte es von früher so, daß die Soldaten immer das Beste bekamen. Gab man es ihnen nicht, nahmen sie es sich wie die Kosaken des Generals von Rennenkampff, die sich keineswegs mit grüner Suppe begnügt, sondern auch ein paar Gänsen den Hals umgedreht und Schweine am offenen Feuer gebraten hatten.

Er mußte ein Weckglas mit gelben Pflaumen, die sie Spillen nannte, öffnen, weil ihre Hände zu schwach waren und, wie sie sagte, nur noch zum Stopfen und Stricken taugten. Als sie ihm Nachtisch auffüllte, heulten die Sirenen Entwarnung.

Es geht schnell und kommt schnell, sagte sie.

Sie wußte noch viel zu erzählen von ihren Nichten und Neffen, den vielen Kindern und Kindeskindern ihrer Brüder, von denen der männliche Teil auch meistens schon unter der Erde lag, und vom Christinchen aus Bajohren im Memelland, das in den ersten Augusttagen plötzlich vor ihrer Tür gestanden hatte. Wegen der näher rückenden Front hatte sie einen Räumungsbefehl erhalten, war mit dem Schiff von Memel übers Haff gefahren, mit der Bahn von Cranzbeek in die Stadt gekommen und hatte, bevor sie weiterreiste, Zeit gefunden, bei ihrer Tante an die Tür zu klopfen.

Willst nicht mitkommen, Tantchen? hatte das Christinchen gefragt. Wenn der Krieg an die Memel kommt, geht er auch weiter zum Pregel.

Aber sie wollte nicht mehr reisen, weil sie schlecht zu Fuß war, auch keinen Menschen im Reich kannte, den sie hätte besuchen können. Die ganze Verwandtschaft lebte zwischen den Strömen Memel und Pregel, also gerade in anderer Richtung.

Im übrigen war Agnes Rohrmoser dieser Meinung: Es muß nun bald zu Ende gehen, fünf Jahre sind genug. Wenn das Ende kommt, wird jeder bleiben, wo er hingehört, und sie wird, wenn sich alles beruhigt hat, ins Gasteiner Land reisen.

Bedenk mal, Christinchen, wie weit die Menschen damals fliehen mußten, nur um an ihrem Glauben festzuhalten. In der Russenzeit sind sie auch geflüchtet, aber nur ein paar Kilometer in den nächsten Wald. Nach zwei Wochen kehrten sie heim zu ihren Häusern und Höfen, aber die Salzburger mußten für immer ihre Berge verlassen. Nun leben sie schon mehr als zweihundert Jahre in Preußen, die Leitlechners, Rohrmosers und Tiefenthalers, wie auch die vielen Franzosen, die ihres Glaubens wegen in den kalten Nordosten flüchten mußten und ihre hugenottischen Namen der preußischen Geschichte gaben. Nein, das Christinchen mußte allein fahren. Sie betrachtete es eigentlich auch nicht als Flucht, sondern als eine schöne Reise vom Memelland zum Rhein.

Nach dem Essen ging er hinauf, legte sich aufs Sofa und blickte durchs geöffnete Fenster zum Sternenhimmel. Er atmete den Geruch der Stadt, spürte ihre Wärme, die von den Häusern abstrahlte, gerade so wie von Tante Rohrmosers Kachelofen im Winter.

Er köpfte eine Flasche Rotwein aus Vaters Beständen, trank das rote Zeug hastig wie ein Dürstender das Wasser. Dann öffnete er den Schrank, nahm die HJ-Uniform seines Bruders, hängte sie an die Tür, setzte sich davor und betrachtete die blanken Knöpfe, die Sterne und Ärmelstreifen.

Die Jacke paßte ihm. Auch die Mütze.

Es Heinz gleichzutun, sich seines Bruders würdig zu erweisen, war sein Herzenswunsch gewesen, als er sich freiwillig gemeldet hatte.

Nun Reithose und Stiefel.

Er trat vor den Spiegel, grüßte vorschriftsmäßig den Fähnleinführer Kallweit, der ihn aus dem Glas anlachte. Wie komisch das aussah. Es lag nicht nur daran, daß die Hose zu groß war, sondern auch an dem zu hastig getrunkenen Wein. Er mußte lachen, hob die Weinflasche, prostete der Figur im Spiegel zu und trank den Rest.

Vom Wein beschwingt, durchstöberte er Schiebladen und Schränke, fand Vaters Armeepistole aus dem Ersten Weltkrieg und sein Fahrtenmesser aus der Jungvolkzeit. Aufeinandergestapelt in chronologischer Reihenfolge die Feldpostbriefe, die er nach Hause geschrieben hatte, die seines Bruders hatte Mutter wohl mit auf die Nehrung genommen. Er blätterte sie durch und sah, daß einige Sätze unterstrichen waren:

Ich bin stolz, als Kriegsfreiwilliger zur Wehrmacht einrücken zu dürfen …
Wir können unseren Dank an den Führer nicht in Worte fassen …
Denn es geht um Sein oder Nichtsein unseres Volkes. In diesem Kampf garantieren nur Opfer den Sieg. Wenn jeder Soldat aus Furcht um sein Leben zum Feigling werden würde, dann wäre der Untergang Deutschlands vorbestimmt …

Wer hatte das unterstrichen und warum? Die Sätze kamen ihm jetzt, Jahre nachdem er sie geschrieben hatte, sonderbar vor. So fern, so übertrieben pathetisch.

In der Uniform seines Bruders legte er sich aufs Sofa und starrte in die Nacht. Kaum war er eingeschlafen, läutete das Telefon.

Ihr müßt alle sterben! rief eine Frauenstimme.

Die Person am anderen Ende der Leitung atmete schwer, sie hatte auch eine Flasche Rotwein getrunken.

Und sollte es mal einen Sarg
so krumm wie ich bin geben,
so möchte ich in Königsbarg
begraben sein und leben.
Joachim Ringelnatz

Montag, 21. August 1944. Eine dicke Fliege, die mit dem Kopf
gegen die Scheibe flog, brummte ihn wach. Er riß das Fenster
auf, gab Mutters Blumen Wasser und der Fliege die Freiheit.
Die Sonne stand über den Dächern. Aus der Ferne hörte er
den Lärm des Hafens, quietschende Kräne, tutende Schlepper.
Um den Turm des Schlosses flatterten Dohlen. Eine Elektrische bimmelte Richtung Nordbahnhof, Pferdegetrappel und
das Klappern eisenbeschlagener Räder folgten ihr. Gelegentlich kamen Fuhrwerke in die Großstadt; die Herren Gutsbe-
sitzer ließen ihre Kutschen vor dem Café Schwermer halten
und genehmigten sich auf der Terrasse ein Getränk, das wie
Kakao aussah, aber stark mit Alkohol durchsetzt war.

Im Telefonbuch fand er Studienrat Priebe. Er wählte die
Nummer, bekam aber keinen Anschluß, dachte sich, während
er den Hörer ans Ohr hielt, zurück in die Geschichtsstunde
der Unterprima. Die Schlacht bei Leuthen: »Nun danket alle
Gott ...« Zorndorf und die Schnupftabakdose des Alten Frit-
zen ... »Sie haben Tod und Verderben gespien, wir haben es
nicht gelitten ...« Heldentaten, weiter nichts als Heldentaten.
Der Dreißigjährige Krieg war das größte Unglück des Jahr-
tausends, erklärte Priebe, ohne zu bedenken, daß das Jahrtausend noch nicht zu Ende war. Das Reich ein Spielball äußerer
Kräfte. Landsknechte aus allen Teilen Europas traten sich in
Deutschland die Füße ab. Wer kennt weitere Beispiele dreißigjährigen Ringens?

Die Kriege Friedrichs des Großen.

Gelächter in der Klasse. Du kannst wohl nicht richtig zählen! Vom Ersten Schlesischen Krieg bis zum Ende des Siebenjährigen Krieges waren es dreiundzwanzig Jahre.

Trotzdem ist die Antwort nicht völlig falsch, verteidigte Priebe den Schüler Kallweit. Drei zusammenhängende Kriege, der letzte fast ein Weltkrieg. Danach begann Preußens Größe. Die französischen Kriege von der Revolution bis zur Verbannung Napoleons dauerten ebenfalls fast dreißig Jahre. Die Einigungskriege wieder dreiundzwanzig Jahre. Werfen wir nun einen Blick auf das alte Rom. Der Erste Punische Krieg dreiundzwanzig Jahre, der Zweite immerhin noch siebzehn, der Dritte drei Jahre. Der Unterlegene schöpft Atem, um es noch einmal zu versuchen. So wiederholen sich Kriege, und jedesmal kostet es mehr. Auch wir befinden uns in einem dreißigjährigen Ringen, das im August 1914 begonnen hat und jetzt seinem Höhepunkt und Ende zustrebt, behauptete Priebe.

Tante Rohrmoser mühte sich die Treppe herauf, um zu sagen, daß es halb elf sei und er endlich frühstücken müsse. Alte Frauen schweben ständig in Angst, junge Männer könnten verhungern.

Nach dem Frühstück ging er zur Kommandantur, um sich anzumelden, traf dort nur Frauen und Schwerbeschädigte, die Urlaubermarken für Brot, Fleisch, Zucker und Nährmittel austeilten. Obwohl er nicht rauchte, schob eine Frauenhand Rauchermarken über den Tisch, obwohl er nicht trank, gab es einen Gutschein für eine Sonderration Schnaps. Die Stadt sorgte für ihre Soldaten.

Er bat um einen Passierschein, der es ihm erlaubte, die Stadt zu verlassen und seine Eltern auf der Nehrung zu besuchen. Als Adresse gab er an: Fischer Fritz Kurat, Kirchenstraße, Rossitten. Sie müssen damit rechnen, den Urlaub vorzeitig abzubrechen, sagte die Kommandantur. Wenn es dazu kommen sollte, werden wir Ihnen ein Telegramm schicken.

Auf dem Rückweg geriet er ins Wochenschaukino am Paradeplatz, erfuhr dort, daß die U-Boote immer noch im Nordatlantik siegten, Vergeltungswaffen gegen London flogen, sich die Festung Cherbourg heldenhaft verteidigte. Mädchen traf er keine, wohl aber Verwundete aus den Lazaretten am Oberteich. Sie pfiffen, als die Wochenschau Bilder von der erfolgreichen Abwehrschlacht im Mittelabschnitt der Ostfront zeigte. Von dort kamen sie her mit ihren lahmen Beinen, verbundenen Köpfen, durchschossenen Schultern. Sie wußten, daß die Front in einer Tiefe von fünfhundert Kilometern eingebrochen war und allgemeine Ratlosigkeit herrschte, wie das Loch zu stopfen sei.

Wegen der Pfiffe unterbrach der Filmvorführer die Vorstellung. Ein Offizier trat an die Rampe und hielt eine kurze Ansprache. Von Defätisten und Miesmachern war die Rede und dem voraussehbaren Endsieg. Danach lief der Film weiter mit Bildern von der Gedenkfeier zum 10. Jahrestag des Todes von Hindenburg. Das Tannenbergdenkmal erschien in seiner ganzen Monumentalität, über ihm der masurische Himmel mit weißen Sommerwolken. Eine pathetische Stimme erklärte, daß hier vor dreißig Jahren die größte Schlacht des Ersten Weltkrieges geschlagen wurde. Damals brachten die deutschen Heere die russische Dampfwalze zum Stehen. So werde es auch den Bolschewisten ergehen, sollten sie ins ostpreußische Grenzland vorstoßen.

Statt kriegerische Bilder anzusehen, wollte er lieber durch die sommerliche Stadt bummeln, die wie keine andere deutsche Großstadt noch im fünften Kriegsjahr zeigte, wie Frieden sein kann. Hier wurde eine letzte Vorstellung vom Frieden gegeben und dann nie wieder. Er spazierte ums Schloß, berührte mit seinen Händen den alten Dom, ließ sich am Steindamm in einem Café bedienen, hörte einem Stehgeiger zu, der das Lied vom schönen Gigolo spielte. Vor dem Fotoatelier Krauskopf bewunderte er die im Schaufenster ausgestellten Bilder, darunter viele Hochzeitsfotos, die Braut in Weiß mit einem Rosenstrauß im Arm, der Bräutigam in Feldgrau. Pausbäckige Kinder, ein Hitlerjunge neben der Fahne stehend, am Tage seiner Vereidigung.

Hinauf zum Turm des Schlosses. Die Stadt aus der Sicht der kreisenden Dohlen betrachten. In der Tiefe das silberne Band des Flusses, der mit zwei Armen das Häusermeer durch-

41

strömte. Über den Dächern lag ein später Sommer. Ein Tag, an dem die Mädchen ans Meer fahren. Baden wäre angebracht. Er sah Segelboote, die auf dem Frischen Haff kreuzten, einige kamen den Pregel herauf. Im Osten dunkelgrüne Wälder und Rauchfahnen aus schlanken Ziegeleischornsteinen. Hoch im Norden, nicht erkennbar, aber er konnte es sich vorstellen, das Meer und die weißen Dünen der Kurischen Nehrung.

Er bummelte zum Nordbahnhof, dem Ausgangspunkt aller Reisen an die See, wo die einlaufenden Züge Sand und gebräunte Haut mitbrachten. Er erkundigte sich nach Fahrgelegenheiten. Memel und Schwarzort seien nicht mehr erreichbar, sagte die Auskunft. Nach Nidden und Rossitten gingen noch Schiffe. Am besten sei es, morgen mit der Eisenbahn nach Labiau zu fahren und von dort auf die Nehrung überzusetzen.

Am späten Nachmittag packte er. Seine Wehrmachtsuniform ließ er im Schrank, da sie für Spaziergänge in der sandigen Gegend ungeeignet war. Sie hing wie eine Vogelscheuche neben der HJ-Führer-Uniform seines Bruders und sah zum Erschrecken aus. Bade- und Strandkleidung waren gefragt, statt der Militärstiefel packte er Sandalen und graue Lederhalbschuhe ein. Er wählte den hellen Anzug, ein Kleidungsstück, das auch für Konzerte im Kurhaus und dem auf der Terrasse üblichen Tanztee geeignet wäre. Die gesammelte Post seiner Eltern steckte er ein. Als Lesestoff nahm er Felix Dahn mit: »Ein Kampf um Rom«. Vor anderthalb Jahrtausenden kämpften sie um Rom, und es hatte immer noch kein Ende. Damals zogen die letzten Goten von den Bergen am Vesuv zum Meer. Vor zwei Monaten hatten die letzten Germanen die Ewige Stadt kampflos aufgegeben.

Als es dunkelte, bat er das Fräulein vom Amt um die Vermittlung eines Gesprächs zur öffentlichen Fernsprechstelle Rossitten. Er wollte seine Ankunft melden, erhielt aber die Auskunft, daß die Kurische Nehrung wegen der gerade in Kraft getretenen Beschränkungen des Post- und Fernsprechverkehrs für Privatgespräche nicht erreichbar sei. Gespräche im Ortsverkehr waren dagegen erlaubt. In den Abendstunden erreichte er Studienrat Priebe.

Ach, Kallweit aus der Münzstraße! Du fehlst mir noch von meiner Friedensklasse.

Er fragte, ob er verwundet sei, von welchen Fronten er komme, erkundigte sich nach Orden und Beförderungen. Von den vierundzwanzig Jungen seiner Oberprima waren nur vier wegen angeborener Plattfüße oder starker Kurzsichtigkeit nicht kriegsverwendungsfähig gewesen. Zwanzig gingen sofort von der Schulbank zu den Fahnen, die meisten freiwillig. Sieben waren verwundet, fünf schon gefallen. Priebe zählte auf, was aus den anderen geworden war. Von Kurtchen Gönnat wußte er, daß er Adjutant bei einem hohen Tier im Generalstab sei. Heinz Sablowski befindet sich mit einer Nachrichteneinheit in Norwegen, kürzlich schickte er seinem alten Lehrer ein Bild, auf dem er aussah wie ein bärtiger U-Boot-Kapitän. Der kleine Naujok fährt auf einem Schnellboot, Günther Grabert hat einen Arm verloren und sitzt in der Schreibstube eines Fliegerhorstes. Der lange Froschmann bekam ohne Kriegseinwirkung die Motten und hält sich in einem Sanatorium in der Hohen Tatra auf.

Eigentlich bin ich schon im Ruhestand, sagte Priebe, aber weil alle jungen Lehrer an der Front stehen, müssen wir Alten weitermachen.

Es knisterte gelegentlich in der Leitung, deshalb sprachen sie nicht über den Krieg, nicht über Italien, von der Zukunft nur so viel, daß Priebe nach dem Krieg ein Klassentreffen arrangieren wollte. Er werde einen Tisch im »Blutgericht« reservieren lassen und viel Rotwein bestellen.

Weißt du noch, daß du in der Geschichtsstunde aus dem Siebenjährigen Krieg einen Dreißigjährigen Krieg machen wolltest? Während die ganze Klasse lachte, habe ich dir recht gegeben. Jetzt sind es wieder dreißig Jahre. Es wird Zeit, daß es aufhört.

Wieder knackte es in der Leitung.

Hermann versprach, sich zu melden, entweder vor seiner Abreise oder im nächsten Urlaub oder nach dem Krieg. Er dachte an den grauen Februartag, als sich die Oberprimaner des Friedensjahrgangs 1924 von ihrem Lehrer verabschiedeten. Priebe reichte jedem die Hand und gab ihnen den Ratschlag mit auf den Weg: »Jungs, es ist besser, fünf Minuten Angst zu haben, als ein Leben lang tot zu sein.«

Königsberg vor der Zerstörung

Müßiggang und Langeweile sind, wenn ich nicht
irre, die Schutzgötter von Königsberg.

Kronprinz Friedrich von Preußen in einem Brief an
seinen Vater, 1739

Dienstag, 22. August 1944. In der Morgendämmerung verließ
er die Wohnung mit der Gewißheit, sie vor der Abreise nach
Italien noch einmal zu betreten. Er warf einen Blick in Vaters
Laden, wunderte sich, daß in dem Raum, in dem früher unzählige Uhren getickt hatten, Grabesstille herrschte. Die Zeit war
stehengeblieben, Vater hatte sie angehalten. Sogar der Kuckuck
schwieg. Die Vitrine am Eingang fast leer. Die wertvollsten Ketten und Broschen hatte Vater sicherlich in den Tresor gegeben,
den er hinter einem schwarzen Vorhang versteckt wußte. Das
Stahlungetüm hatte ihm stets Furcht eingeflößt, die Vorstellung,
da hineinzugeraten – die schwere Tür fällt hinter ihm ins
Schloß –, war einer seiner Alpträume aus Kindertagen gewesen.

Tante Rohrmoser kam mit Broten und steckte ihm zwei
hartgekochte Eier zu. Damit du unterwegs was zu pulen hast.
Sie plagte die Sorge, wer auf Reisen geht, könnte auf halbem
Wege verhungern. Auf der Nehrung werden sie dir kurische
Fischsuppe auftischen, aber bis du ankommst, dauert es seine
Zeit, und es könnte dir der Magen knurren.

Sie trug ihm Grüße für Vater und Mutter auf, bat darum, geräucherte Flundern mitzubringen. Vor dem Krieg trugen die
Sarkauer Fischfrauen die goldgelben Flundern körbeweise zum
Königsberger Markt, aber jetzt mußt du dir sie selbst holen,
und es genügt nicht allein Geld, du brauchst auch gute Worte,
um sie zu bekommen.

Sie versprach, die Blumen zu begießen, bis die Herrschaften
heimkehren. Sie wird die Post sammeln, bei Fliegeralarm wird
sie die Hindenburgkerzen anzünden, aber nicht in den Luftschutzkeller laufen, denn in einem Viertelstündchen gibt es ja
doch schon Entwarnung.

Der neue Tag begann, wie der alte geendet hatte. Von den Ponarther Flußwiesen trieben Nebelschwaden pregelaufwärts. Straßenkehrer begannen mit der Arbeit. Immer noch legte die Stadt Wert darauf, sauber auszusehen, die Trottoirs staubfrei zu halten, keine Trümmer zuzulassen, ein Schaufenster nach Osten zu sein, vor allem nach Osten.

Zum Nordbahnhof marschierte er zu Fuß, las im Vorbeigehen eine Meldung der Morgenzeitung, über die er sich nicht wunderte:

> Der flüchtige Oberbürgermeister a. D. Dr. Carl Goerdeler konnte durch die Aufmerksamkeit einer Luftwaffenstabshelferin unter Mitwirkung von zwei Angehörigen der Luftwaffe in Westpreußen festgenommen werden.

Im Gerichtsgebäude am Nordbahnhof brannte schon Licht, dort nahm die Rechtsprechung ihren Lauf. Die beiden Wisente, Symbole ostpreußischer Dickschädeligkeit vor dem Richterstuhl, standen sich Tag und Nacht mit gesenkten Häuptern gegenüber. Aus der Ferne hörte er eine Turmuhr schlagen, die sein Vater vor Jahren repariert hatte, als ihr in einem Schneesturm die Stimme versagt war.

Den Bahnhof fand er menschenleer, das Herumfahren war aus der Mode gekommen. Die Samlandbahn verkehrte noch regelmäßig, sie brachte die Mädchen aus der Stadt zum Bräunen an die Meeresstrände, obwohl auch das nicht kriegswichtig war.

Laut Fahrplan hätte sein Zug über Labiau hinaus nach Tilsit fahren müssen, aber den letzten Teil schenkte sich die Deutsche Reichsbahn, Tilsit war in die Nähe der Front geraten. Natürlich war Labiau ein Umweg. Alle bisherigen Reisen zur Nehrung hatte er über Cranz angetreten, von Cranzbeek weiter per Schiff nach Sarkau, Rossitten, Pillkoppen, Nidden, Schwarzort und Memel, Namen wie Perlen auf einer Schnur, wie im Sommerwind wehende Wimpel, sehr fern und umgeben mit einem Geruch von Fisch und Meerwasser.

Die Stadt Labiau lag immer noch am Flüßchen Deime. Aus dem Heimatkundeunterricht war ihm im Gedächtnis geblieben, die Deime kehre gelegentlich ihren Lauf um und fließe südwärts, wenn starker Nordwind die Wellen des Haffs in den Fluß drücke. Er marschierte über die Adlerbrücke zum Hafen, wo der Dampfer nach Rossitten wartete. Bevor er das Schiff betreten durfte, mußte er sich ausweisen, seinen Urlaubsschein vorlegen und den Passierschein, der ihm gestattete, die Nehrung zu betreten. Die Zeiten, in denen jedermann ohne zu fragen auf dem Haff herumfahren und im Dünensand der Nehrung spazierengehen durfte, waren nur noch Erinnerung.

Um 11.30 Uhr legte das Schiff ab, tuckerte gemächlich durch die Schilfwälder dem Haff zu. Zwei Stunden und zehn Minuten bis Rossitten, sagte der Fahrplan. Früheste Rückreisemöglichkeit am Freitag, den 25. August, um 9.15 Uhr.

»Fahr mich in die Ferne, mein blonder Matrose«, dudelte ein Grammophon und gab der Fahrt etwas von der Stimmung heiterer Ferienreisen. Er vermißte die bunten Fähnchen, die früher die Haffdampfer geschmückt hatten, auch sie waren nicht mehr kriegswichtig. Das Schiff fand er mäßig besetzt, es fehlten vor allem Kinder, deren Ausgelassenheit frühere Bootsreisen begleitet hatte.

Linker Hand lagen unsichtbar unter der Wasseroberfläche große Steinhaufen, deren Herkunft der Bootsführer so erklärte: In grauer Vorzeit habe sich ein Riese bei seinem Spaziergang von der Memelniederung zur Nehrung unterwegs die Stiefel abgetreten. Jedenfalls kamen die Steine aus sehr fernen Vergangenheiten, als die Gegend noch den heidnischen Göttern gehörte, die Bewohner des Haffufers litauisch sprachen und die Nehrunger kurisch.

Im Windschatten des Schornsteins saßen alte Männer und rauchten ihren Krüllschnitt. Frauen in langen grauen Röcken hockten neben leeren Fischkörben. Ein Uniformierter stellte sich neben ihn und versuchte, eine Zigarette anzuzünden. Nach dem dritten Streichholz meinte er beiläufig: Gestern er-

48

reichte der Russe die ostpreußische Grenze bei Mariampole. Das sagte er so, als sei es gar nichts.

Das Kurische Haff ist das fischreichste Gewässer Deutschlands, erklärte der Lautsprecher. Er sprach von Zander, Plötzen, Barschen und Brassen, nicht zu vergessen den Stint, der an der Mündung des Skirwiet-Stromes in großen Schwärmen auftrat.

Milchig der Himmel über dem Haff, ungestört von Flugzeugen, nicht durchkreuzt von Kondensstreifen. Das Wasser still, als wäre es durch nichts zu bewegen. Kreischende Möwen folgten dem Dampfer. Über ausgeworfene Reusen schwappte die Bugwelle. Auf Pfählen saßen Reiher, ihr Spiegelbild betrachtend.

Als sich das Haff öffnete, kam eine leichte Brise auf, dem Schornstein entwich blauer Rauch, der hinter dem Schiff ins quirlende Wasser fiel. Fischerkähne lagen wie aufgegeben draußen. Im Osten grüßte der Küstenstreifen der Niederung. Alleebäume ragten wie Streichhölzer aus dem Wasser, zitternd in der flimmernden Luft des Mittags. Kriegerisches war diesem Gewässer völlig fremd. Kein U-Boot hatte sich je ins Kurische Haff verirrt, kein Schlachtschiff wurde hier versenkt. Für solche Abenteuer war das Haff zu flach, es besaß gefährliche Sände und von Riesen in grauer Vorzeit abgeworfene Steinhaufen. An seinen Küsten fand sich nichts, das es wert wäre, in einem Krieg zerstört oder erobert zu werden.

Das Kurische Haff ist das größte Binnengewässer Deutschlands, sagte der Lautsprecher. Das zweitgrößte befindet sich auf der entgegengesetzten Seite des Reiches, es ist das Schwäbische Meer, über dessen Eis, wie Conrad Ferdinand Meyer erzählt hat, nur ein einziges Mal ein Reiter geritten ist. Das Kurische Haff dagegen friert jeden Winter so tief zu, daß nicht nur Reiter, sondern auch Pferdefuhrwerke und Schlitten beliebig passieren können. Es ist die kälteste Gegend Deutschlands, in der die Schneestürme aus Rußland hereinbrechen, das Haffeis sich zu Bergen auftürmt und im Frühling mit gewaltigem Getöse bricht.

Wie kommt es, daß Sie in Zivil reisen? fragte der, der den Grenzort Mariampole erwähnt hatte.

In Feldgrau und Knobelbechern spaziert es sich schlecht am Ostseestrand.

Der andere lachte und ging weiter.

Das Schiff fuhr Richtung Norden. Dort oben war nichts, kein Küstensaum, keine Wolke, nur ein blaßblauer Himmel. Hätte es diesen Kurs beibehalten, wäre es geradewegs in jenen Trichter gefahren, den Festland und Nehrung im Memeler Tief bilden, einer Reuse vergleichbar, in die jeder fahren mußte, der aus dem Haff zur offenen See wollte. An der engsten Stelle lag die Stadt Memel, noch weiter hinaus Nimmersatt, das nördlichste Seebad Deutschlands, in dem niemand mehr badete, weil die Front zu nahe war.

Nach dem Verlassen des Deimeflusses änderte das Schiff seinen Kurs auf Nordwest. Auf dem Vordeck versammelten sich Passagiere und hielten Ausschau nach den Dünen der Nehrung. E. T. A. Hoffmann schrieb über die Kurische Nehrung, daß es eine rauhe und öde Gegend sei. Andere Reisende des vorigen Jahrhunderts empfanden sie als »abscheuliche Wüstenei« und einen »traurigen Teil des Erdbodens«.

Nicht das Weiß der Dünen, sondern der Leuchtturm von Rossitten tauchte als erstes auf, danach die hohen Pappeln des alten Friedhofs, das Erkennungszeichen für die heimkehrenden Kurenfischer. Bevor das Schiff in die Bucht einlief, kreuzte ein von Norden kommender Kutter seinen Kurs. Beim Näherkommen sahen sie, daß er mit Frauen, Kindern und alten Leuten beladen war, die zwischen Kisten, Handwagen, Säcken und Körben saßen oder standen und stumm herüberblickten. Niemand winkte.

Der Uniformierte trat zu ihm und sagte: Das sind Flüchtlinge. Sie kommen aus Memel und fahren nach Cranzbeek, von dort weiter mit der Eisenbahn ins Reich.

Zum erstenmal tauchte das merkwürdige Wort wieder auf, das er in den Kleinkindererzählungen seines Vaters und der Tante Rohrmoser so oft gehört hatte: Flüchtlinge. Die letzten

50

hatte es vor dreißig Jahren gegeben. Als die Kosaken von Gumbinnen her auf Königsberg zuritten, waren Flüchtlingswagen in großer Zahl in die Stadt gekommen. Sogar der noble Steindamm und die vornehme Lawsker Allee wurden mit Pferdewagen zugestellt, und die feinen Damen rümpften ihre Nasen über Pferdeäpfel und Strohhaufen, die die Straßen verschandelten. Nach der Tannenbergschlacht mußten russische Gefangene den Unrat zusammenkehren, den die Flüchtlinge in der Stadt zurückgelassen hatten. Als Kind war ihm das Flüchtlingsleben immer spaßig vorgekommen, so heiter wie in dem Lied von den lustigen Zigeunern, die dem Kaiser keinen Zins zu geben brauchten. Welch ein Abenteuer! Menschen verlassen Haus und Hof, um mit dem Pferdewagen durch die Welt zu vagabundieren.

> Unbeschreiblich ist das nur von nervenstarken Men-
> schen zu ertragende Gefühl der Öde und Verlassen-
> heit auf der Kurischen Nehrung.
>
> *Aus einem Reiseführer des 19. Jahrhunderts*

Umgeben von aufgewehten weißen Bergen, die der ewig rie-
selnde Sand in Bewegung hält, liegt wie in ein grünes Nest
gekuschelt die Oase Rossitten mit ihren Wäldern, Äckern,
Wiesen und Teichen. Eine sichelförmige Bucht des Haffs, in
die eine Mole ragt, Kähne am Strand, dahinter flache Häuser,
wie ans Ufer geworfen.

Das Schiff verlor an Fahrt, es trieb der Mole zu, den grau-
en Segeln und den zum Trocknen aufgestellten Netzen. Ein
kurzes Zittern lief durch das Boot. Zu Beginn des Jahrhunderts, als es die Mole noch nicht gab, wurden die Besucher
draußen in Fischerkähne ausgebootet, jetzt spazierten sie mit
ihren Taschen, Körben und Rucksäcken vom Schiff direkt ins
Dorf.

Der Wind hatte jede Kraft verloren, über den Dünen flimmerte die Hitze. Vater war einmal eine Fata Morgana begegnet. An einem heißen Tag und bei westlichem Wind erschienen ihm über der Düne die weiße Brandung der Ostsee und
weiter entfernt, in der Luft schwebend, rote Dächer, Kirchtürme und Schlösser, vermutlich die schwedische Insel Gotland.

Aus einer Baumgruppe grüßte ein roter Kirchturm. Auf der
Terrasse des Kurhauses leuchteten bunte Sonnenschirme, er
sah Frauen in weißen Kleidern mit Strohhüten auf dem Kopf
um einen runden Tisch sitzen. Einige winkten. Vom Krieg,
der überall seine Abdrücke hinterlassen hatte, war in diesem
Fischerdorf nichts zu spüren. Keine Bunker im Dünensand wie
am Atlantikwall oder an der dänischen Nordseeküste, keine
Flakstellungen, die die Latschenkiefernplantagen verunstalteten. Auf der Nehrung wird es nie Krieg geben, dachte er. Hier

wird immer nur der Sand singen, das Meer rauschen, die Zugvögel werden kommen und gehen.

Im August 14 hatten deutsche Soldaten bei Sarkau einen Stacheldrahtverhau zwischen Ostsee und Haff gezogen, um den General Rennenkampff am Weitermarsch auf Königsberg zu hindern. Aber der Rennenkampff kam nicht. Der französische Imperator, der überall, wo er Wasser erblickte, eine baldige Landung der Engländer befürchtete, ließ die Nehrung mit Schanzen versehen und an der Küste optische Telegrafen errichten, die die Ankunft der englischen Flotte signalisieren sollten. Aber die Engländer kamen nicht.

Im Süden die Korallenberge, im Norden die Schwarzen Berge. Er vermißte die kreisenden Segelflieger, die früher bei gutem Wetter die einkommenden Schiffe begrüßt hatten. Sein Bruder war einmal mit einem Segelflugzeug dem Schiff entgegengekommen, das den Rest der Familie auf die Nehrung brachte. Er geleitete es, in zweihundert Metern Höhe kreisend, in die Rossittener Bucht und erhielt für dieses Husarenstück einen Verweis wegen Gefährdung der Schiffahrt auf dem Kurischen Haff.

Weiße Sommerwolken quollen vom Meer über die Berge, trieben dem Leuchtturm zu, blieben an seiner Spitze hängen wie vergessene Wäschestücke auf der Leine.

Genießen Sie die letzten schönen Tage! rief ihm der Uniformierte zu, bevor er von Bord sprang.

Die auslaufende Bugwelle erreichte die Kähne. Sie steckten die Köpfe zusammen und schaukelten heftig. Am Strand lief eine kleine Brandung auf. Die herumspazierenden Hühner rannten gackernd auseinander. Bei früheren Ankünften hatten immer Pferdefuhrwerke an der Mole gewartet, um die Sommergäste abzuholen. Heute fehlten sie, Rossitten erwartete keine Gäste mehr. Eine Kinderschar stürmte den Ankommenden entgegen, den Kindern voraus die kläffenden Schudelchen. Ihr Bellen machte aus jedem Anlegemanöver etwas ungeheuer Aufregendes. Einen Steinwurf vom Schiff entfernt machten die Kinder halt, musterten erwartungsvoll die An-

53

kommenden. Er sah Mädchen in schwarzen Röcken und weißen Blusen. Sie liefen barfuß wie die Jungs, die in kurzen Hosen mit nackten Oberkörpern herumstanden. Ihre Köpfe waren fast kahlgeschoren, nur über der Stirn wuchs ein blonder Haarpusch, der sie keck und verwegen aussehen ließ.

Er suchte nach den Mädchen des Fischers Kurat, konnte sie aber in der Kinderschar nicht entdecken. Vielleicht hatten sie sich in den drei Jahren, die er nicht auf der Nehrung gewesen war, so verändert, daß sie ihm fremd waren. Sie mußten wohl sechs oder sieben Jahre alt sein, ihre Namen wußte er nicht mehr.

Ein Vogelprofessor hatte Rossitten berühmt gemacht, nicht als Seebad, sondern wegen der Zugvögel, die im Herbst von Litauen über das Haff kommen, in der Oase Rossitten verpusten, bevor sie sich weiter auf den Weg machen. Nach dem Ersten Weltkrieg lernte Vater ihn kennen, als er einen Vortrag über den Vogelzug in der Aula der Universität hielt. Seitdem ließen ihn die Zugvögel nicht mehr los, so daß die Familie Sommer für Sommer nach Rossitten reisen mußte. Der Monat August gehörte der Nehrung, dem Sand, den Fischern, dem Meer und der Vogelwarte.

Einige Fischer, die auf ihren Kähnen gearbeitet hatten, kamen zur Mole, um zu sehen, wer gekommen war. Mit nackten Füßen in Holzschlorren, die blaue Schiffermütze auf dem Kopf, die Hände vergraben in tief hängenden Hosentaschen, im Mund die erkaltete Stummelpfeife, so standen sie zusammen, taxierten die Fremden und verständigten sich untereinander mit Blicken. Einige fragten, ob Kofferträger gewünscht würden.

Der Wind war gänzlich eingeschlafen. Vom Land her flutete Wärme zur Mole. Dünne Rauchsäulen standen über unscheinbaren Schornsteinen, in der Luft lag der Geruch des Mittags. Er hörte die Kette eines Ziehbrunnens quietschen, ein Kind plärrte, Möwen kreischten, die schaukelnden Kähne ächzten und knarrten. Als das Schiff ablegte, lief erneut eine Welle auf, dann verstummte das Wasser.

Unversehens fand er sich allein, umringt von den Kindern, die ihn neugierig anstarrten und darauf warteten, daß er nach dem Weg fragte. Das war nicht nötig, denn er kannte alle Wege. Dort ging es nach Klein-Berlin, drüben begann die Gartenstraße. Auf den Kirchturm mußte er zugehen bis zu der Stelle, wo die Kirchenstraße von der Dorfstraße abzweigte und sich Richtung Kunzen in Wiesen und Feldern verlief. Ringsum holzverschalte Fischerhäuser, einige strohgedeckt. Als Giebelverzierung trugen sie gekreuzte Pferdeköpfe. Die Windbretter des Daches leuchteten in hellem Blau, der Farbe der Nehrunger, ebenso die Tür- und Fensterrahmen.

Irgend etwas hatte sich verändert. Nicht die alten Häuser, die Ziehbrunnen in den Gärten, die aushängenden Netze, es kam von den Menschen. Dem Dorf fehlten die Sommergäste. Keine bunten Kleider flanierten am Haffstrand, keine Namen wurden gerufen, es kam nicht zu herzlichen Umarmungen wie früher bei jeder Schiffsankunft, Tränen des Wiedersehens vergoß niemand. Die wenigen Passagiere, die von Labiau gekommen waren, hatten stumm das Schiff verlassen und sich rasch verlaufen. Im Gasthaus »Zur Mole« klimperte ein Klavier, jemand gab sich Mühe, sein Herz in Heidelberg zu verlieren. Unter einem Sonnenschirm saßen Soldaten und kämpften gegen ihren schlimmsten Feind, die Langeweile. Vor dem Kurhaus sah er im Schatten der Bäume einen Wehrmachtskübelwagen, der hier eigentlich nichts zu suchen hatte, denn die Kurische Nehrung war eine automobilfreie Gegend. Busse verkehrten nur bis Sarkau. Wer weiterwollte, mußte ein Pferdefuhrwerk anfordern, aufs Wasser umsteigen oder mit dem Fahrrad die Nehrungsstraße abradeln. Nur den Soldaten war alles erlaubt, sie durften die Nehrung mit dem Auto befahren.

Siebenhundert Einwohner lebten in dem Flecken, die ihr Dorf als Geschenk des Herrgotts ansahen, weil es nicht nur Sand besaß wie die anderen Fischerdörfer, sondern auch fruchtbare Erde. Hier rauschte nicht nur das Meer, sondern auch das reifende Korn, die Kartoffeln wuchsen kräftig, Kühe standen am Haffufer und brüllten den Leuchtturm an. In den Sommermonaten verdoppelte sich die Einwohnerzahl, mischten sich weiße Rüschenkleider, Strohhüte und Knickerbockerhosen unter die Bewohner, die auf Gänserumpen durchs Dorf klapperten, hier und da am Gartenzaun stehenblieben, um über die Witterung, die Fischschwärme und das Reißen in der Schulter zu plachandern. Den Berliner Dialekt, Sächsisch, ja sogar Bayerisch konnte man im Sommer hören, denn der Ort warb im ganzen Reich um alle Nasenkranken. Die Rossittener Fremdenwerbung behauptete, Heuschnupfen sei auf der Nehrung ein völlig unbekanntes Leiden.

Staketenzäune begleiteten ihn, die gutmütigen Augen der Sonnenblumen schauten ihm nach, als er die Dorfstraße entlangwanderte, die ein schlichter, von Telegrafenmasten gesäumter Sandweg war, voller ausgefahrener Kuhlen, die sich nach Regenschauern zu kleinen Teichen weiteten. Rossitten besaß – auch darauf wies die Fremdenverkehrswerbung stolz hin – nicht nur Fernsprechanschluß, sondern elektrisches Licht, eine Apotheke und außer dem berühmten Vogeldoktor einen Arzt für Menschen. Die Gasthöfe »Zum Treibsand«, »Kurisches Haff«, »Zur Mole« und »Wanderers Ruh« standen nicht nur im Werbeprospekt, sondern in der Wirklichkeit und waren längst nicht mehr so verrufen wie vor hundert Jahren, als ein Reisender, der die Poststraße von Cranz nach Memel befuhr, darüber klagte, daß die Schenken und Krüge am Wege fürchterlich aussähen und Wein in ihnen kaum dem Namen nach bekannt sei. Gasthöfe für die gebildeten Stände gäbe es überhaupt keine. Im ganzen hielt er die Gegend für nur mäßig schön. Erst seitdem Seebäder, namentlich bei Damen, fast zur Leidenschaft geworden seien, habe die Nehrung einen gewissen Ruf erhalten.

Er begegnete einer Frau, die einen Korb Wäsche zum Haff trug und ihn freundlich grüßte. Eine Entenschar watschelte ihm voraus. Hühner scharrten im warmen Sand. Im Kurhaus sangen die Küchenmädchen. Es sah nicht danach aus, als ob es dort noch Tanzveranstaltungen gäbe. Sein vier Jahre älterer Bruder war ihm in diesem Punkte weit voraus. Während

Heinz im Kurhaus tanzen durfte, hatte der kleine Hermann die Tanzkunst durch die Ritzen des Staketenzauns verfolgt, ihn erreichte diese Muse nicht mehr. Als er endlich alt genug war für den Tanztee im Kurhaus, ließ der Krieg die Puppen tanzen. Zu den schönen Dingen im Leben bist du immer zu spät gekommen, Hermann Kallweit.

Zu bewundern bleibt es, wie bei so ärmlicher Nahrung hier noch ein so kräftiger Menschenschlag gedeiht. Getrocknete Fische müssen oft Monate lang die Stelle des viel zu teuren Brotes ersetzen, und Fleisch ist den Armen kaum dem Namen nach bekannt.

Cornelius: »Wanderungen an der Ostsee«, 1841, über die Bewohner der Samland- und Nehrungsdörfer

Sie hielten sich viel darauf zugute und erzählten es ungefragt jedem Fremden, daß in ihrem Dorf königliches Blut übernachtet hatte. In Preußens Unglücksjahren weilte die Herrscherfamilie in Königsberg, mußte aber vor den anrückenden Franzosen das Weite suchen und nach Memel fliehen. Im Morgengrauen des 3. Januar 1807 verließen die königlichen Kinder mit sechs Pferdewagen die Stadt, erreichten bei stürmischem Wetter am Abend Rossitten, wo sie im Pfarrhaus Quartier bezogen. Noch bevor der Pfarrer morgens zum Gottesdienst läuten konnte, reisten die Königskinder weiter nach Nidden. Ihnen sollte die Königin folgen, der ebenfalls im Pfarrhaus ein Nachtquartier bereitet war. Da sie kränkelte, reiste sie eine Woche später ihren Kindern nach, kam per Kutsche bis Sarkau, wo sie auf einem Felsen ausruhte, der später den Namen Luisenstein annahm. Vor der kalten, windigen und unwegsamen Nehrung erschauerte die Königin so, daß sie auf eine Weiterfahrt verzichtete und sich lieber im Schlitten über das vereiste Haff nach Memel kutschieren ließ. Indessen warteten die Rossittener, die schon kräftig den Ofen für die zarte, blasse Königin eingekachelt hatten, vergeblich auf den hohen Besuch. Sie hielten später daran fest, daß nicht nur die königlichen Kinder, sondern auch die Königin bei ihnen gewesen sei; zumindest war sie nahe dem Dorf mit dem Schlitten vorbeigefahren.

In Preußens Unglücksjahren zeigte sich der französische Kaiser im fernsten Nordosten. Er siegte bei Deutsch-Eylau und Friedland, verbot seinen Soldaten aber, die Sandwüste der Nehrung zu betreten, denn bis ins ferne Paris war die Kunde gedrungen, daß dieser Streifen Landes nicht geheuer sei. Die bei Friedland geschlagenen Russen flohen dagegen nordwärts über die Nehrung. Da die karge Gegend ihnen kaum Nahrung bot, starben einige unterwegs vor Hunger und Erschöpfung, so daß der kurische Sand später immer wieder Skelette aus napoleonischer Zeit freigab. Bevor der Korse nach Rußland zog, bekamen auch die Nehrunger und Niederunger seine Einquartierung. In Tilsit sah Napoleon zu, wie im Juni des Jahres 1812 bei schönstem Sonnenschein die ersten Regimenter der Großen Armee den Memelstrom überquerten, um sich in den Weiten Rußlands zu verlaufen. Bei der Rückkehr im Winter flohen französische Soldaten über das Haff, klopften an die Türen der Fischer und baten um weiter nichts, als in Ruhe ausschlafen zu dürfen, ohne zu Stein zu erfrieren. Nach der Völkerschlacht von Leipzig trieben die Kosaken französische Gefangene über die Nehrung nach Rußland, von einer Rückkehr wußte keine Chronik zu berichten. Im Juni 1941 kampierten wieder Soldaten in den Tälern der Wanderdünen, bevor sie dahin aufbrachen, wo Napoleon hergekommen war.

Den Ersten Weltkrieg überstanden die Fischerdörfer ohne Einquartierung. Ihre Fänge mußten die Fischer auf Befehl des Kaisers abliefern – bis auf fünf Pfund je Person und Woche –, damit die hohen Herren in Berlin auch einmal Bratfisch auf den Tisch bekamen. Die Mütter verboten ihren Kindern, am Seestrand zu spielen, weil gelegentlich Minen antrieben und mit schrecklichem Getöse detonierten. Ein Dampfschiff, das Fracht ins belagerte Memel bringen sollte, blieb am 3. Januar 1915 vor Rossitten im Eis stecken und durfte von den Kindern besichtigt werden. Auch Flüchtlinge gab es zu bestaunen. Als die Zarenarmee im März 1915 Memel stürmte, flohen die Memeler die Nehrung hinab. Die Güter des Samlandes schickten Leiterwagen, um die Flüchtlinge abzuholen. Auf der alten Poststraße von Memel nach Cranz rollten ihre Wagen, und die Rossittener standen am Wege, um die Fliehenden mit geräuchertem Fisch und heißem Grog zu versorgen. Vier Tage später war Memel frei, die Flüchtlinge durften heimkehren.

Den Franzosen sagte man eine besondere Zuneigung zur Kurischen Nehrung nach. Im Jahre 1917 sahen Spaziergänger unweit Nidden im »Tal des Schweigens« französische Kriegsgefangene hinter Stacheldraht vor ihren Hütten sitzen. Der Obersten Heeresleitung war zu Ohren gekommen, daß die Franzosen deutsche Gefangene in die Wüste Sahara verbracht hatten. Sie revanchierte sich und schickte französische Gefangene für eine Weile in die preußische Wüste. Nach dem Kriege kamen sie als Herren auf die Nehrung zurück. Als internationale Aufseher richteten sie in Schwarzort ihr Hauptquartier ein und sorgten dafür, daß der nördliche Teil der Nehrung litauisch werden konnte. Im Herbst 1940 kamen wieder französische Gefangene, aber nicht ins »Tal des Schweigens«, sondern als Arbeiter auf die Höfe. Auch das Kurhaus bekam einen Pierre, der die Öfen beheizte, jeden Morgen die Terrasse fegte und die ukrainischen Stubenmädchen neckte.

Der Zweite Weltkrieg begann in Rossitten im Juni 41, als tieffliegende Bomber über die Ostsee kamen, die Sandberge mit einem kleinen Hüpfer übersprangen und im Litauischen verschwanden, um ihre Bombenlast abzuwerfen. Danach spielte sich der Krieg nur am Himmel ab, wo er Kondensstreifen und weiße Wattebäusche platzender Flakgranaten malte. Nachts, wenn die Fischer ihre Netze schleppten, hörten sie über sich das Wu ... wu ... wu ... der russischen Aufklärer, von Osten kommend und wieder dorthin verschwindend. Was den Fischreichtum des Haffs betraf, so ging er wie im ersten Krieg aus den Netzen der Fischer auf die Lebensmittelkarten und von dort zu den weißgedeckten Tafeln Königsbergs und Berlins. Fritz Kurat aber warf nach jeder Heimkehr einen Pungel Fisch über die Schulter und trug ihn nach Hause, damit die Bratpfanne nicht kalt wurde, denn ein Fischer, der mit leeren Händen kommt, ist eine traurige Gestalt.

Kurat heißt in der alten Sprache kleiner Kure. Das traf aber

60

nicht zu, denn Fritz Kurat war bei der letzten Musterung vom Stabsarzt mit einem Meter neunundsiebzig in die Liste aufgenommen worden, ein gutes Maß für Soldaten. Da er noch keine fünfzig Jahre zählte, hätte er längst seine Fischerkluft gegen das Blau der Marine oder andere Ehrenkleider vertauschen müssen, aber der Hexenschuß, den er auf das ewige Schaukeln seines Kahns zurückführte und der ihn alle vier Wochen einmal heimsuchte, besonders in den Wintermonaten, wenn die Fischerei daniederlag, kam solchen Einberufungen in die Quere. Es half auch, daß die Haffischerei seit kurzem zum kriegswichtigen Betrieb erklärt worden war und die Meinung vorherrschte, Kurat könne mit seinem Keitelnetz mehr zum Endsieg beitragen, als wenn er seinen Körper den feindlichen Kugeln aussetze.

Seine Frau kam aus dem Memelländischen. Ihren richtigen Namen kannte Hermann nicht, weil sie immer nur Huschke gerufen wurde. Drei Kinder gehörten ins Fischerhaus, Erwin, der älteste, und die beiden Mädchen, deren Namen ihm entfallen waren. Geboren wurden die Töchter in dem Jahr, als der Vogelprofessor Thienemann das Zeitliche segnete, die eine im Januar, die andere im Dezember, was Mutter gern erzählte, weil es ihr so seltsam vorkam, daß eine Frau in einem Jahr zwei Kinder zur Welt bringen konnte. Und es waren nicht einmal Zwillinge!

Der Menschenschlag der Nehrung ist arbeitsam und anspruchslos. Eine gewisse Rückständigkeit, Anzeichen von Inzucht und reichlichem Alkoholgenuß, ist unverkennbar.

Aus einem Reiseführer des 19. Jahrhunderts

Am frühen Nachmittag, als selbst der Wind eingeschlafen war, bog er von der Dorfstraße in die Kirchenstraße und marschierte zügig auf den roten Ziegelturm zu, der die flachen Fischerhäuser überragte, aber nur mäßig, denn in dieser Gegend hielt sich jedes Bauwerk bescheiden zurück, sogar die Gotteshäuser. Hinter der Kirche wußte er das Haus des Fischers, ihm gegenüber das Pfarrhaus auf einem aufgeschütteten Hügel, damit der fromme Mann keine nassen Füße bekam, denn das Grundwasser stieg zuweilen mächtig an, und zur Eis- und Schneeschmelze plätscherten oft des Haffes Wellen über die Dorfstraße. Weiter oben sah er die alte Schule, verschlossen und stumm wie das Gotteshaus; auch die Nehrungskinder hatten Sommerferien. Rechter Hand wäre die Vogelwarte zu besichtigen, für seinen Vater ein kleiner Spaziergang, den er regelmäßig vormittags und nachmittags antrat, wenn ihn nicht schönes Wetter ins Möwenbruch zog oder noch weiter hinaus nach Ulmenhorst.

Vor dem Haus des Fischers ein grauer Staketenzaun, dahinter ein Blumenmeer. Sonnenblumen steckten ihre Köpfe zusammen und lachten ihn an, die Fenster umrahmten rosa Malven. Die Laube aus Fliederbüschen stand an der erwarteten Stelle, davor ein runder Tisch und eine Bank. Er hatte sich vorgestellt, dort Mutter, in Zeitschriften lesend, anzutreffen, aber ihr Platz war leer. Den Ziehbrunnen fand er neben dem Haus, dahinter den windschiefen Schuppen für das Geflügel und die Schweine, im Gemüsegarten Zwiebelbeete und Pflaumenbäume, deren übervolle Äste von Stangen gehalten werden mußten, damit sie nicht brachen. Das Haus schien verlassen, als wären die Bewohner zu einem Begräbnis gegangen

62

oder mit dem Kahn hinausgefahren. Die Haustür weit offen, ebenso die Fenster. Eine grau-weiße Katze rekelte sich in der Sonne und hütete die Schwelle. Die Nehrunger hatten die Gewohnheit, ihre Häuser niemals abzuschließen. Sie kannten keine Diebe, das siebente Gebot erschien ihnen überflüssig. Einen Nachtwächter hielten sie sich nur, damit jemand auf das Feuer achtete. Gegen den bösen Blick schützten die gekreuzten Giebelbalken und die mit Ölfarbe über die Haustür gemalten Kreuze, die dem Teufel Einlaß verwehrten. Andere Bösewichte gab es nicht.

Niemand war da. Er lehnte sich an den Zaun, dachte an Rufen oder Pfeifen, stieß dann vorsichtig die Gartenpforte auf, spazierte an blühenden Dahlien vorbei der Haustür zu. Auf dem Tischchen in der Fliederlaube lag die »Berliner Illustrirte«, eine Ausgabe des Jahres 1940, als sie noch bunte Bilder in die Zeitungen setzten. Sicher hatte Mutter sie mitgebracht und wird sie wieder mitnehmen, wenn sie in die Stadt fährt, ein Erinnerungsstück an schöne Zeiten und schöne Bilder.

Die grau-weiße Katze gab die Schwelle frei und flüchtete ins Innere. Den Eingang fand er bekleckert mit Hühnerdreck. Neben der Tür wartete ein struppiger Besen darauf, aus der Ecke geholt zu werden. Übertrieben laut trat er die Schuhe ab, um auf sich aufmerksam zu machen. Zwei Hühner rannten aus dem Flur und suchten das Weite. Im Innern hörte er eine Uhr schlagen. Das Haus roch nach Bratfisch und Abwasch. Ihn empfing eine geräumige Diele, deren auffallendstes Möbelstück die schwarze Standuhr war. Neben dem Ungetüm stand ein leerer Schaukelstuhl, in den die Katze gesprungen war. Die Wand schmückte ein Gemälde, das den Herrn Jesus zeigte, wie er über das Wasser schreitet, ein Bild, das so recht in das Haus eines Fischers gehörte. Der Uhr gegenüber eine Truhe aus verschiedenfarbigen Brettern, die der Fischer von havarierten Schiffen geborgen hatte. Auf der Truhe ein Mohrenkopf mit der eingeritzten Aufschrift »Batavia A. D. 1844«. An langweiligen Abenden hatten sie oft gerätselt, ob der Mohr von einem Schiff namens »Batavia« gesprungen war oder von jener fernen Stadt auf der anderen Seite der Erdkugel die Reise über die Weltmeere angetreten hatte, um vor der Kurischen Nehrung an Land gespült zu werden. Kurat hatte dem Mohren den Dreck aus den Zähnen gerieben, ihn mit einer neuen Glasur versehen und Huschke zum Namenstag geschenkt, damit sie nicht so allein sei. Anfangs fuhr ihr der Schreck in die Glieder, wenn der schwarze Geselle sie morgens mit seinen bleckenden weißen Zähnen anlachte, aber bald freundete sie sich mit ihm an. Manchmal hörte Kurat sie reden, und es war niemand bei ihr außer dem Mohr.

Von der Diele führten Türen in die übrigen Räume, in die gute Stube, die den Sommergästen gehörte, in Huschkes Reich, das mit Küche, Speisekammer und Abseite für allerlei Gerümpel genug umschrieben war, in die Kammer, in der die Mädchen schliefen und die im Sommer für die Gäste geräumt werden mußte. Eine Leiter ging hinauf zur Lucht, wo in der warmen Jahreszeit der Junge schlief, der sich »König der Lüfte« nannte, obwohl er mit der Segelfliegerei nichts im Sinn hatte und mehr für das Wasser war.

Ist da einer? rief eine alte Stimme.

Aus der Kammer drang ein surrendes Geräusch. Als er hineinschaute, sah er eine alte Frau vor einem Spinnwocken sitzen und Wolle haspeln. Wie im Märchen, dachte er.

Ich bin allein zu Hause! rief sie, fingerte ihre Brille aus dem Futteral, setzte sie mit zitternden Händen auf die Nase, um den Besucher zu betrachten.

Ach, das ist ein feiner Herr aus der Stadt. Falls Sie den Erwin suchen, der ist nicht zu Hause, der hat mit seinem Vater auf dem Haff zu tun, aber vor Sonnenuntergang wird er wohl eintreffen. Lina und Gesine hat die Mutter zum Schischkesammeln in den Wald geschickt, Huschke selbst ist zum Friedhof gegangen, um die Toten zu besuchen und die Blumen zu gießen, denn seit drei Wochen ist kein Regen gefallen.

Es war Huschkes Mutter, die auf der anderen Seite des Haffs am Mingefluß lebte und die der Fischer Anfang August, als es dort oben laut zu werden begann, mit dem Kahn abgeholt hatte. Sie sollte Erwins sechzehnten Geburtstag feiern und danach wieder zurückkehren ins Memelland.

Ihre Kammer wurde ausgefüllt mit einem Bett, das hohe Endstücke besaß und auf dessen Pfosten Holzkugeln wie Granatäpfel prangten. Daneben eine Anrichte mit Waschschüssel, ein Spiegel in schwarzem Rahmen. Auf dem Fußboden ein Eimer voller Wasser, im unteren Fach der Anrichte der blaugeblümte Nachttopf. Gegenüber ein Kleiderschrank, hoch und alt, davor ein runder Tisch, auf dem sich ein Berg noch zu spinnender Wolle türmte. Zwei Stühle mit hohen Lehnen. Tiefhängende Holzbalken, schwarz angekohlt, als hätten sie an einer Feuersbrunst teilgenommen. Schmale Bretter bedeckten den Fußboden; aus den Ritzen krochen Kakerlatschen und veranstalteten ein Wettrennen von der Tür zum Wassereimer und wieder zurück, bis die alte Frau einen Schlorren vom Fuß riß und nach dem Ungeziefer warf.

Er nannte seinen Namen und sagte, daß er Vater und Mutter suche.

Ach, du bist der Jung' vom Uhrmacher!

Vor sechzehn Jahren, als der Erwin geboren werden sollte und sie übers Haff gekommen war, um ihrer Tochter behilflich zu sein, hatte sie den kleinen Kallweit schon einmal gesehen, auch im August. Damals war er gerade aus dem Wingelschieteralter heraus, nun war aus ihm ein junger Herr geworden und so groß, daß er sich bücken mußte, um über die Schwelle zu treten.

Deine Mutter ist mit Huschke zum Friedhof gegangen, und dein Vater ist da, wo er immer ist, bei seinen Vögeln.

Sie griff in den Uhrenkasten und hielt das Pendel an, damit das laute Ticken ihr Gespräch nicht störte und das Schlagwerk ihnen nicht alle Viertelstunde einen Schrecken einjagte.

Wer unverhofft kommt, muß Zeit mitbringen, sagte sie, zog einen Schemel heran und bat den Besucher, Platz zu nehmen. Wir werden schabbern und uns die Zeit vertreiben, bis die anderen kommen.

Die grau-weiße Katze, die die Oma Peterle nannte, setzte sich vor die Standuhr und wartete darauf, daß das Pendel wieder zu wandern begann.

Wenn du Hunger hast, mußt mir Holz vom Hof holen und das Feuer anpusten. Dann werd' ich dir Fischsuppe aufwärmen. Nach der Suppe können wir ein bißchen vom Geburtstagspierag schmengern, den Huschke für den Jungen gebakken hat, denn am 26. August wird er sechzehn, und danach kommt ihn der Führer holen.

Der Regierungs-Bezirk Königsberg wird von 838 000 Einwohnern bewohnt. Davon sind 662 000 evangelischen, 170 000 katholischen und 43 griechisch-katholischen Glaubens. 354 bekennen sich als Mennoniten und 5124 zur mosaischen Religion. Von den Bewohnern sprechen 664 000 deutsch, 133 000 polnisch und 41 000 litauisch.

»Topographisch-statistische Uebersicht des Regierungs-Bezirks Königsberg«, Tilsit 1848

Die Nehrunger besuchten gern die Elchniederung, wenn sie festen Boden unter den Füßen spüren wollten und genug hatten von ihrem ewig singenden Wind und dem rieselnden Sand. Nicht nur, daß die Fischer die Märkte in Ruß und Heydekrug beschickten, am Skirwiestrom dem Stint auflauerten, bei aufkommendem Sturm in der Mingebucht Schutz suchten, sie ernteten auch Heu auf den Wiesen der Niederung, denn die Nehrung gab wenig her, um Kuh und Pferd durch den Winter zu bringen. Einige Nehrungsfischer besaßen Pachtwiesen auf der anderen Seite des Haffs. Um Johanni fuhren sie mit Frauen und Kindern, während die Alten das Haus hüteten, zum Festland, um das Heu einzubringen. Sie sahen malerisch aus, die hochbeladenen Kähne, die unter Vorsegel behäbig an den Buhnen der Mündungsströme vorbeiglitten und als Heufuder über das Haff schaukelten. Im Heu saßen Kinder, die, wenn die Hitze unerträglich wurde, zur Abkühlung in die Fluten sprangen. In stürmischen Jahren, wenn der Wellengang des Haffs keine Heufahrten zuließ, schichteten die Nehrunger das Heu auf den Wiesen zu Bergen auf, befestigten es mit Stangen, um es im Winter, wenn das Haff hielt, per Schlitten über das Eis zu holen.

Die jungen Fischer fuhren gern zum Festland, um Brautschau zu halten. In der flachen Niederung des Memeldeltas wuchsen kräftige und schöne Mädchen, die Litauisch, Deutsch und ostpreußisch Platt zu sprechen verstanden, sich in Küche und Garten gut auskannten, ihre Arbeit zu jedermanns Zufriedenheit verrichteten und an einen Gott glaubten. Von den Niederungern hieß es, sie seien evangelisch oder heidnisch; jedenfalls wußten sie, wo der Herr Jesus über den Memelstrom gegangen war und wo die alten Götter hausten. Während die Nehrunger sich ihre Frauen vom Memelfluß holten, gaben sie ihre Töchter lieber ins Samland und nach Königsberg in Stellung. So wurde alles gut vermischt. Mit den Frauen kam das Litauische über das Haff, so daß auf dem schmalen Sandstreifen viele Sprachen zu hören waren, neben dem Deutschen das Litauische, auch Kurisch, das die Alten in Sarkau und Pillkoppen verstanden, ostpreußisch Platt nicht zu vergessen und die Dialekte der Sommergäste.

Vor siebzehn Jahren war Kurats Mutter gestorben. Sein Vater wurde so hinfällig, daß er nicht mehr fischen konnte und seinen Kahn mit den Rechten an den Sohn übertrug. Dabei redete er ihm ins Gewissen: Ein Fischerhaus ohne Frau ist wie ein leeres Netz. Es wird Zeit, daß du dich umsiehst, damit das Leben weitergehen kann.

Eines Morgens setzte sich Fritz Kurat in seinen Kahn Neringa, ließ den Wind die Richtung bestimmen und landete bei steifem Südwest ungefähr da, wo die Minge sich ins Haff ergießt, eine Stelle, die zu jener Zeit litauisch war, weil es ein Großdeutschland noch nicht gab. Mit vollgeschöpften Schlorren kam er an Land und dachte, daß es ein ziemlich feuchter Tag werden würde. An der Minge lebte ein Mädchen, das hieß Malwine Bruschkat, war jüngstes von fünf Kindern und wurde im Dorf nur Huschke gerufen, nicht weil sie verhuscht oder verhubbert aussah, sondern weil sie wieselflink war, ein Wirbelwind gewissermaßen, eine Frau, die geschickt Fische zum Räuchern auf Draht zu ziehen verstand und in der Küche mit Töpfen und Pfannen zu hantieren wußte. Malwine war im achtzehnten Jahr, als Fritz Kurat sie sah, und zwar auf einem Heufuder.

Na, so hoch hinaus, Fräulein Malwine! rief er ihr zu.

Mit dem Heu fing es an. Er wollte sie haben, und Huschke

rutschte vor Schreck vom Wagen. Sie sagte, ihr liege das Haff
nicht so, die Ostsee schon gar nicht, von der Nehrung habe sie
nur Schreckliches gehört, am liebsten verrichte sie ihre Arbeit
im Garten und auf den Heuwiesen, aber nicht am Wasser. Zu
denken, daß ihr Mann die Nächte auf dem Wasser verbringe,
während sie sich um seine Heimkehr sorge, bereite ihr keine
Freude.

Einen schönen Garten hat die Nehrung auch, versprach
Fritz Kurat. Nur an Heuwiesen mangelte es. Dafür war reichlich Sand gewachsen, den der Kurengott Perkunos gesiebt und
zu ansehnlichen Bergen aufgeschüttet hatte.

Huschkes Mutter war zu der Zeit eine resolute Frau, die
früh Witwe geworden war, weil ihren Mann, einen tüchtigen
Ziegler, beim Holzrücken im Winter ein Baum erschlagen
hatte. Geboren war sie im Jahre 71, an dem Tage, als die vereinigten Heere die Schlacht von Orléans schlugen. Eigentlich
hätte sie den Namen Johanna erhalten müssen, aber als sie ins
Geburtsregister eingetragen wurde, wußte noch niemand von
jener Schlacht. Also bekam sie den Namen Luise nach der
großen Königin. Ihre Tochter wollte sie nicht hergeben, denn
sie brauchte sie für die Wirtschaft. Huschkes Brüder waren
auf und davon, der eine diente bei den Soldaten, der andere
war schon im ersten Krieg gefallen. Der älteste arbeitete als
Kommis im Laden eines Tilsiter Heringsbändigers, Huschkes
große Schwester war verheiratet in Heydekrug und besaß
selbst schon Kinder. Nun kam einer auf Schlorren von der
windigen Nehrung rüber und wollte ihr das letzte Kind wegnehmen. Sie erbat sich Bedenkzeit, erging sich in Andeutun-
gen, es komme ihr vor, als müßte sie ihr Kind nach Amerika
verschicken, auch gab sie zu verstehen, daß es nach Hörensagen auf der Nehrung nicht geheuer und die Gottlosigkeit dort
stärker verbreitet sei als anderswo. Das Fräulein Malwine
stand indessen auf dem Mingedeich und sah fern über dem
Wasser die weißen Dünen vor Nidden, von denen der Fischer
behauptete, sie seien aus reinem Zuckersand.

Die Nehrungsfischer pflegten bei ihrer Arbeit auf den

Ukelei zu achten, einen seltenen Fisch, der leuchtende Schuppen besaß. Aus diesen formten sie Perlen, zogen sie auf ein Band und schenkten die Ketten ihren Frauen. Als sie auf dem Mingedeich standen und zum Zuckersand der Kurischen Nehrung blickten, legte er dem Fräulein Malwine eine Kette aus Ukeleiperlen um den Hals. Da waren sie versprochen.

Woraus denn folgt: daß ein Ausrottungskrieg, wo die Vertilgung beide Teile zugleich, und mit dieser auch allen Rechts treffen kann, den ewigen Frieden nur auf dem großen Kirchhofe der Menschengattung stattfinden lassen würde.

Immanuel Kant: »Zum ewigen Frieden«

Von der Hochzeit an der Minge ist zu berichten, daß sie zweisprachig gefeiert wurde. Op Dütsch verschrewe, op Litauisch getruut. Wenn es nach dem Fischer gegangen wäre, hätte er seine Frau nach der Trauung sofort auf den Arm genommen, um mit ihr heimwärts zu segeln. Die Hochzeitsnacht wollte er auf dem Kahn verbringen, weil daraus nach dem Glauben der Kuren kräftige Fischerburschen entstehen. Aber die Niederunger ließen sich ihr Hochzeitsfest nicht nehmen. Sie sperrten die Braut, kaum daß sie das Jawort in der Kirche gegeben hatte, in den Hühnerstall und gaben sie erst frei, als der Bräutigam sie mit drei Flaschen Rubbeljack ausgelöst hatte. Es kam zu dem üblichen Besäufnis, das alle Feierlichkeiten in der Niederung, sogar die Begräbnisse, begleitete. Ein Musikant mit Quetschkommode spielte pausenlos: »Lott is dod, Lott is dod, Lieske liggt em Groawe ...« Die Jugend tanzte, die Alten rauchten dicke Zigarren, mauschelten mit französischen Spielkarten und erinnerten sich vergangener Feste, so des Tages von Sedan und der Feiern zum Einzug in Paris.

Huschke fürchtete sich ein wenig, nicht vor der Hochzeitsnacht, sondern vor der Reise über das Wasser. Deshalb bat sie den Fischer, noch ein paar Tage an der Minge zu bleiben. Am dritten Morgen nach der Hochzeit, als alles gegessen und getrunken war, die Sonne über Heydekrug stand, der Wind günstig wehte, traten sie die Fahrt an, eine Hochzeitsreise übers Haff. Als erstes brachten sie die Kuh auf den Kahn, ein Geschenk der Mutter, damit auf der Nehrung die Milch nicht ausgeht. Was nützt eine Kuh, wenn kein Futter da ist? Also stakten Huschkes Brüder ein halbes Heufuder in den

Kahn. Aufs Heu legten sie die Standuhr, das gemeinsame Geschenk der Geschwister. Ein Pungel mit Brot, Wurst, Speck und gekochten Eiern wurde als Reiseverpflegung an Bord gegeben, dazu eine Kanne Himbeersaft. Schließlich brachten sie ein zappelndes Ferkel im Kartoffelsack in den Kahn und verwahrten es im weichen Heu. Unter den Fischern der Nehrung galt nämlich dieser Spruch: Der Mensch lebt nicht von Fisch allein, ab und zu muß es auch Schweinebraten geben.

Zur Abreise hatte Huschkes Mutter die Marischka bestellt, die vor Sonnenaufgang erschien, um den Kahn mit Hammelblut zu bespritzen. Den Schafbock dafür hatten die Nachbarn der Braut gestiftet. Nachdem er sein Blut für eine gute Reise und ein glückliches Leben der jungen Leute gegeben hatte, durfte die Marischka den Hammel behalten, denn jede Arbeit ist ihres Lohnes wert, auch die Hexerei. Es drehte sich daraufhin auch gleich der Wind, so daß der Kahn, vom Nordost getrieben, Kurs auf die Nehrung nehmen konnte.

Bevor Huschke den Kahn betrat, nahm die Marischka sie beiseite und gab ihr gute Ratschläge, die Gesundheit betreffend. Um die Rose zu heilen, mußte man Katzendreck in Milch verrühren, davon ein Quartierchen heiß aufkochen und mit einem Zug austrinken. Frischer Kuhdreck mit Milch hilft gegen hohes Fieber und Lungenentzündung, aber nur, wenn vorher der Schmand abgeschöpft wurde. Was die Fortpflanzung anging, gab die Marischka den Rat, vorher und nachher ein bißchen zu singen, die neumodischen Verrenkungen zu meiden und es so anzustellen, wie es die Väter getan hatten. Zum Abschied schenkte sie Huschke ein Büschel Kalmus. Das sollte sie nach der Ankunft über die Tür hängen, um dem Teufel den Zutritt zu verwehren.

Endlich stachen sie in See. Die Kuh blökte, die Standuhr fing an zu schlagen, das Ferkel grunzte im Kartoffelsack, das Heu duftete, und die Sonne stand über Heydekrug. Unterwegs zeigte Fritz Kurat seiner jungen Frau die Tiefen des Haffs, die Sände und Steinhaufen, auch jene Stellen, wo Brassen und Aale sich gern aufhielten, die Stichlinge in Schwärmen auftraten und die Plötzen im Modder suhlten.

Als die Neringa in die Bucht einlief, fanden sich Leute an der Mole ein, um die junge Frau zu besehen. Es sah wunderlich aus, wie Huschke, die Kuh am Strick ziehend, das Ferkel im Sack tragend, daneben Fritz Kurat mit der Standuhr auf dem Rücken, Einzug hielten. Wie ein Pracher kehrte Kurat nicht heim, sondern reichlich beschenkt, wie jeder sehen konnte. Huschke verwahrte als erstes die Tiere im Stall, malte mit weißer Kreide ein Kreuz über die Stalltür, was helfen sollte gegen den bösen Blick. Dann betrat sie das Haus und ließ sich vom Fischer ihr neues Reich zeigen. Vor dem Küchenherd kniete sie nieder und entfachte ein Feuer. Die Standuhr, kaum aufgestellt, fing an zu schlagen. Der alte Vater zeigte Huschke, wo die Hausbibel lag, und als er mit seinem Sohn allein war, gab er zu verstehen, daß der einen guten Fang getan habe.

Anfangs war der jungen Frau ein wenig beklommen ums Herz. Der sandige Landstreifen kam ihr gefährlich schmal vor. In den Nächten, wenn der Wind ging, bekam sie kein Auge zu, weil sie denken mußte, das Meer könnte die Nehrung überspülen. An einem Sonntag nahm der Fischer das Fernglas und spazierte mit seiner Frau im Abendlicht auf die Hohe Düne. Dort zeigte er Huschke den östlichen Horizont, dazu eine weiße Rauchfahne, die er der Ziegelei von Ruß zuordnete. Trotzdem bangte sie sich noch lange, erst als ihr Junge geboren wurde, fühlte sie sich auf der Nehrung zu Hause.

Wo man Soldaten braucht, da ist auch Krieg, und wo
Krieg ist, da muß der Unschuldige sowohl als der
Schuldige herhalten.

Grimmelshausen: »Simplicissimus«

Du altes Dorf mit den flachen Dächern. Blau leuchten deine
Fenster und Türen, ein Geruch von Fisch und Brackwasser
weht durch deine Straßen, im Schilfwald ein ständiges Rauschen und Wispern. Von den sandigen Hängen fällt der Duft
harziger Kiefern, dort wächst der Bernstein für die kommenden Jahrtausende. In der Hitze platzen die Zapfen mit einem
Knall und verstreuen die Saat, Lina und Gesine sammeln Kie-
fernzapfen, die gut sind für das Herdfeuer. Möwen hängen
über vertäuten Kähnen. Am Horizont Starenschwärme auf
der Durchreise. Im Möwenbruch fällt ein Schuß, und augenblicklich verdunkeln Tausende von Vögeln die Sonne. Immer Sand auf den Lippen und gerötete Augen, kaum hörbar
der Wellenschlag. Flachsblonde Kinder lugen verstohlen durch
Staketenzäune. Alte Frauen hantieren am Ziehbrunnen, tragen mit der Peede Wassereimer in die Häuser. Hier und da
verläßt Rauch die Schornsteine, hellblau kräuselnd. Der Anger beschmutzt mit Gänsedreck, auf der Dorfstraße trockene
Kuhfladen. Fliegenschwärme auf frischen Pferdeäpfeln. Eine
Kutsche, beladen mit Sommergästen, rumpelt durch Klein-
Berlin. Fast ausgetrocknet der Jordan, ein schmaler Graben,
aber jeder weiß hier, woher die Redensart »Über den Jordan
gehen« kommt.

Er verließ die alte Frau, um ihnen entgegenzugehen. Irgendwo im Dorf wird er sie treffen, Vater und Mutter,
Huschke mit Gießkanne und Harke, die beiden Mädchen mit
dem Schischkesack. Auf der Terrasse des Kurhauses saßen
junge Frauen, tuschelten und kicherten. Er bestellte gelbe Limonade.

Sie machen sich über dich lustig, dachte er.

Es waren wohl Blitzmädel von der Luftwaffe oder Rote-Kreuz-Schwestern, vielleicht Kindergärtnerinnen, möglicherweise auch Lehrerinnen, die die Sommerferien auf der Nehrung verlebten. Sehr jung, denn je länger der Krieg dauerte, desto jünger wurden die Lehrerinnen.

»Kornblumenblau« dudelte ein Grammophon im Innern des Hauses. Er trank gelbe Limonade und stellte sich vor, wie eine der Frauen an seinen Tisch käme und behauptete, es sei Damenwahl. Was tanzt man zu »Kornblumenblau«?

Später kam tatsächlich eine und fragte, ob er Feuer habe.

Nein, ich rauche nicht, konnte er nur antworten, bevor ihm die Röte ins Gesicht schoß.

Sie ging ins Haus und kam mit einer Schachtel Streichhölzer wieder.

Der Junge hat kein Feuer! hörte er sie sagen.

Wieder lachten sie. Der Rauch ihrer Zigaretten zog an seinen Tisch.

Die jungen Frauen werden durch den Krieg ganz und gar verdorben, hatte Mutter einmal gesagt. Während die Männer an der Front stehen, fangen sie zu Hause das Rauchen an. Solche Sorgen hatte Mutter.

Jedenfalls war Rauchen erlaubt und Tanzen verboten, »Kornblumenblau« dudelte völlig unnötig. Man müßte es heimlich tun, in den Dünen die ersten Schritte lernen, dazu die Tanzmusik selber singen.

Nein, ich tanze nicht, würde er sagen. Er rauchte auch nicht, er hatte noch keine Frau gehabt und wußte nicht mal, wie Küssen ging. Aber den Karabiner 98 konnte er in fünfundfünfzig Sekunden auseinandernehmen und wieder zusammensetzen, am MG 42 kannte er jedes Rädchen.

Bevor noch Schlimmeres geschah, trank er die Limonade aus und ging. Es waren Blitzmädchen oder Arbeitsdienstmaiden, jedenfalls lachten sie.

Die Sonne stand schräg über den Dünen. Pappeln und Birken warfen Schattenstreifen ins Wasser. Bald wird das Froschkonzert im Teich beginnen und in jenem Graben, den

75

sie Jordan nannten. Die Elche verließen das Dickicht und wateten zum Baden ins Haff. Fischerkähne trieben der Bucht zu, darunter die Neringa.

Zweihundertzwanzig Stunden noch, bis sein Zug fuhr. Eine Reise ohne Rückfahrkarte. Was geschähe, wenn er den Zug verpaßte, im Dünensand die Zeit verschliefe? Hier wird es niemals Krieg geben. Daß Bomben und Granaten die Dünen umpflügen oder Flammenwerfer den Sand schwärzen könnten, hielt er für ausgeschlossen. Die Nehrung kann nicht brennen, sie ist von Wasser umgeben, sie schwimmt auf dem Meer, auch die Dünen nehmen das Feuer nicht an. Nur im Gewitter, wenn Blitze einschlagen, schmilzt der Sand, und es entstehen Donnerkeile, die die Kinder Pillermänner nennen. Pikollos, der Gott des Todes, schlägt die langen, runden Steine mit seinem schweren Possekel aus dem Sand.

Der Krieg ist der Vater aller Dinge, meinte Heraklit
... aber die Mütter haben es auszubaden, während
die Herren sich mit dem Heldentod ins Höhere verabschieden.

Die Oma hatte das Haus in Aufregung versetzt. Alle waren da
und warteten auf sein Erscheinen. Mutter kam ihm mit kleinen Trippelschritten entgegen, Vater klammerte sich an die
Gartenpforte und konnte nicht davon loskommen. Wie ange-
kettet stand er neben dem Holz, sah seinen Jungen kommen,
nicht wie erwartet in Uniform, sondern in sommerlichem
Zivil, ein Student der Albertina, den es in den Ferien auf die
Nehrung verschlagen hatte. Huschke, auf der Schwelle stehend, hielt sich an einem blauen Handtuch fest, an dem sie
ihre Hände abwischte und wischte und wischte. Lina und Gesine kamen ihm barfuß entgegengelaufen. Die Mingeoma
wippte aufgeregt im Schaukelstuhl, streichelte das grau-weiße
Peterle und hatte durch die geöffnete Tür die ganze Begrü-
ßungsszenerie vor Augen.
Mutter war eine zierliche Person mit weißem Hut und
blauen Schuhen, aus denen ständig Sand rieselte. Sie hatte
Mühe, ihre Arme um seinen Hals zu legen.
Du bist ja gewachsen! war das erste, was sie rief. Dann berührte sie Arme und Schultern, klopfte an seine Beine, wie
um zu prüfen, ob das, was sie auf die Welt gebracht hatte,
noch da sei und vor allem unversehrt.
Es gibt viele Arten heimzukehren, aber heil aus einem
Krieg zu kommen ist etwas ganz Besonderes. Es wäre das
Größte, wenn nicht mit jeder Heimkehr eine Sanduhr aufge-
zogen würde, aus der beständig die Sekunden und Minuten
rieselten. Ist das letzte Körnchen durchgelaufen, muß der Urlauber zurück an die Front.
Mutter war ihm immer wie eine zeitlose Person vorgekommen, nicht jung, nicht alt, nicht schön, nicht häßlich. Nun, da

sie neben ihm auf der Dorfstraße stand, es gar nicht fassen konnte, auch ihre Hände zu tun hatten, die Tränen abzuwischen, sah er, daß sie älter geworden war. Schatten unter den Augen, die ersten Krähenfüße, graue Fäden im braunen Haar, sehr blaß sah sie aus, um nicht zu sagen bleich, was auch daher kam, daß sie sich ungern der Sonne aussetzte. Gebräunte Haut fand Mutter unschicklich, ein Zeichen derber Landarbeit; Pferdeknechte und Kuhmägde sahen so aus. In Rossitten war Mutter nur mit Hut unterwegs, einem runden Gebilde, fast wie ein Wagenrad, das ihre weiße Haut beschützte. Er erinnerte sich nicht, Mutter jemals badend in der Ostsee erlebt zu haben. Das Meer war ihr zu rauh, sie sah es am liebsten aus der Ferne. Vermutlich konnte sie gar nicht schwimmen.

Wie leicht sie war. Keine hundert Pfund, dachte er. Dabei hatten sie Nahrung genug, auch im fünften Kriegsjahr. Das Seeklima und Huschkes gute Küche werden ihr guttun. Sie wird an Gewicht zunehmen, etwas bräunen und gesund aussehen. Am Meer entlangzuwandern ist wie ein Spaziergang durchs Hydrierwerk, pflegte Vater zu sagen, wenn Mutter hüstelte und sich unpäßlich fühlte. Der Krieg war weit entfernt, die Nächte blieben ruhig. Es gab keinen Grund, weniger als hundert Pfund zu wiegen. Oder waren es die Gedanken? Mutter dachte viel. Sie konnte ganze Nächte durchdenken.

Während sie an seinem Arm hing, kettete sich Vater von der Gartenpforte los und kam zögernd näher. Lina und Gesine drängten sich vor, um verlegen ihren Knicks anzubringen. Wer ist wer? Gesine hat Grübchen und Lina dicke Pausbacken.

Vater kam ihm unverändert vor. Noch immer trug er ein kleines Bäuchlein vor sich her, knöpfte die Weste bis zum vorletzten Knopf, ließ die goldene Uhrenkette aus der Tasche baumeln, spreizte die Hände über der Brust und hakte die Daumen unter der Weste ein. Der kahle Fleck auf seinem Kopf, groß wie eine Untertasse, hatte sich nicht ausgeweitet. Sein Gesicht war gerötet wie immer, wenn er über die Nehrung streifte. Arme und Hände sahen braun aus.

Junge! Junge! sagte er nur, schlug ihm auf die Schulter und wollte die Hand nicht loslassen.

Huschke warf das Handtuch hinter sich, um den Besuch zu begrüßen. Auch sie wußte nur zu sagen, daß er mächtig gewachsen sei. Sie versprach, gleich eine gute Mahlzeit zu kochen nach dem Rezept, das sie von der Niederung mitgebracht hatte und das folgendermaßen lautete: Fleisch ist das beste Gemüse. Bei den Nehrungsfischern rechneten auch die Früchte des Meeres zu diesem Gemüse.

Mutter drängte ihn zur Bank in der Fliederlaube, wo die »Berliner Illustrirte« auf dem Tischchen lag neben ausgelesenen, vergilbten Romanen. Huschke wischte mit einem nassen Lappen über den Tisch, Vater fuhrwerkte mit seinem Taschentuch im Gesicht herum, die beiden Mädchen saßen auf der Schwelle und bestaunten den Besucher. Maulaffen feilhalten nannte Huschke das.

Als erstes erkundigten sie sich nach der Dauer des Urlaubs. Als Mutter neun Tage hörte, war sie glücklich, neun Tage erschienen ihr eine lange Zeit. Neun Tage auf der Nehrung! Konnte es etwas Schöneres geben? Aber dann wurde sie doch traurig, weil es ja nur neun Tage waren. Bevor der September begann, mußte er wieder fahren.

Er erzählte von seiner Ankunft in der heißen, ausgedörrten Stadt und von der rührenden Fürsorglichkeit der Tante Rohrmoser. Mutter fragte nach den Geranien. Kein Wort fiel über den Krieg. Niemand wollte wissen, von welchen Fronten er kam und welche Heldentaten er dort vollbracht hatte.

Huschke beteuerte, es bereite keine Mühe, den Besuch unterzubringen. Die Mädchen werden mit den Eltern ins Gartenhaus ziehen, Erwin schläft auf der Lucht.

Früher war er mit seinem Bruder nach jeder Ankunft sofort ans Meer gelaufen, um zu baden und Bernstein zu suchen. Daran war heute nicht zu denken, denn Huschke breitete die Feiertagstischdecke aus und bestand auf Essen. Schon kam der Pierag auf den Tisch, der eigentlich für Erwins Geburtstag bestimmt war, aber Besuch geht vor. Was trinken Soldaten? Lindenblütentee, warme Milch oder Kaffee-Ersatz, also Plurksch? Schnaps ginge auch, denn das Hermannche war ja bald mündig. Aber die Buddel lassen wir lieber in der Röhre, bis die Männer vom Fischen kommen.

Als erstes servierte sie die aufgewärmte Fischsuppe von gestern. Dann Bratenfleisch. Huschke legte vor, und die anderen sahen zu. Ein heimkehrender Soldat mußte Hunger haben. Wer denn sonst?

Keiner fragte nach dem Krieg. Einmal meinte Huschke, versonnen in der Suppe rührend, es sei doch schade, daß er die Uniform nicht mitgebracht habe, die Mädchen hätten gern einen richtigen Soldaten aus der Nähe besehen.

Die hängt in der Münzstraße im Kleiderschrank.

Da hängt sie gut! rief die Oma aus dem Schaukelstuhl. Uniformen gibt es sowieso zu viele.

Schließlich kam er doch noch, der Krieg. Vater bemerkte, es komme ihm wie ein Wunder vor. Zweieinhalb Jahre im Felde ohne die kleinste Verwundung. Er sprach von den Zeitungen, die seitenlang Anzeigen derer brachten, die sich von Führer und Vaterland verabschiedet hatten. Die Gefallenen wurden immer jünger wie die Lehrerinnen im Kurhaus. Fast waren es Kinder. Nichts vom Leben gehabt, aber schon auf dem Felde der Ehre geblieben. Und du, mein Junge, bist nicht einmal verwundet!

Mutter stand auf, um sich eine Kopfschmerztablette zu holen.

Die herrlichen Heldentaten wären höchlich zu rüh-
men, wenn sie nicht mit anderer Menschen Untergang und Schaden vollbracht wären.

Grimmelshausen: »Simplicissimus«

Ein heiterer Nachmittag. Mutters Kopfschmerzen verflogen
rasch, Huschke tischte, weil immer noch nicht genug war, den
Raderkuchen auf. Vater erzählte, daß am frühen Morgen die
rostroten Strandläufer durchgezogen seien. Im Frühjahr und
Herbst kommen und gehen sie als erste.

Ist es wahr, daß die Italiener unsere kleinen Singvögel mit
Netzen fangen und in ihren Pfannen braten? fragte Huschke.

Davon wußte Hermann nichts, in der Gulaschkanone hatte
er jedenfalls noch keinen Vogel gefunden.

Mutter legte ein gutes Wort für die Italiener ein, die die
zierlichen Vögel, jeder nur ein Fingerhütchen Fleisch, als De-
likatessen verzehrten. Jedes Volk habe eben seine eigenartigen
Eßgewohnheiten. Die Franzosen verspeisen Frösche, gewisse
asiatische Völker delektieren sich an Vogelnestern, die Wilden
in Afrika braten Heuschrecken, und in Indien werden Schlan-
gen für die Mahlzeiten zubereitet. Im rauhen Norden liebte
man gröbere Kost. Die Nehrungsfischer fingen, wenn sie nichts
Besseres zu tun wußten, Krähen und gaben sie als Winternah-
rung in ihre Pökelfässer. Im Sommer Fisch, im Winter Krähenfleisch, so kamen die Kuren über die Jahre. Die einen geben Singvögel in die Suppe, die anderen Krähen, so groß ist
der Unterschied doch nicht. Mutter verspürte eine tiefe Zuneigung zu dem Land, in dem die Zitronen blühen, ein Gefühl, das ihr auch nicht abhanden kam, als Badoglio 1943 die
Seiten wechselte und aus den Freunden Feinde wurden.

Die aus der Elchniederung machten sich gern lustig über
die Krögenbieter der Nehrung. Am Memelfluß besaß man
anderes Federvieh: genudelte Gänse, fette Enten und jeden
Sonntag ein Huhn im Topf. Die Mingeoma hatte sich noch

nie an Krähenfleisch vergriffen. Die Not mußte schon sehr groß sein, bis ein Niederunger eine Krähe für ein Huhn hielt. Vorher gab es noch Hammel, Truthähne und Vierzentnerschweine zu verzehren, die mit Stichlingen so gründlich gemästet waren, daß ihr Fleisch einen tranigen Beigeschmack bekam und jeder Schweinebraten wie ein Fischgericht schmeckte. Aber die Hungerleider auf der Nehrung mußten essen, was da war, wie gesagt: im Sommer Fisch, im Winter Krähenfleisch. Die Oma hatte Huschke bei der Heirat ermahnt, sich nicht mit den schwarzen Vögeln einzulassen. Wer Krähen ißt, bekommt Läuse im Bauch! Aber ausnehmen, rupfen und einpökeln mußte sie die Vögel doch, gegessen hat sie sie erst viel später, und das auch nur aus Versehen. Nachdem sie probiert hatte, schrieb Huschke an die Minge, daß Krähen so zart und wohlschmeckend seien wie kleine Täubchen. Da wußte die Mutter, daß ihre Tochter eine richtige Nehrungerin geworden war. Im Sommer Fisch, im Winter Krähenfleisch.

Aus der Fliederlaube drang Gelächter, Tassen klirrten, Zigarrenrauch flüchtete aus dem Geäst. Vater hatte sich zur Feier des Tages, wie er sagte, eine holländische Zigarre, richtige Friedensware, genehmigt. Er erzählte von einem Strandläufer, den sie in Ulmenhorst gefangen hatten. Der Vogel trug eine Kugel im Gefieder, konnte aber recht gut fliegen. In Ulmenhorst entfernten sie das Geschoß, gaben dem Vogel einen Ring und schickten ihn auf die Reise.

Eine deutsche oder eine russische Kugel?

Das Metall trug keinen Namen.

Gottes Kreatur muß am meisten unter dem Krieg leiden, klagte die Oma und erzählte von den Störchen, die im August 14 unter die Kosaken gefallen waren. Im Juni 41, als der Rußlandkrieg anfing, waren sie auch so verstört von dem Lärm, daß einige ihre Jungen aus den Nestern warfen.

Für Vater war das ein Stichwort, um von den berühmtesten Zugvögeln der Vogelwarte Rossitten zu erzählen. Der Vogelprofessor hatte den Storchenzug erforscht und Vater ihn bei seinen Besuchen in den Storchendörfern Lawsken und Seligenfeld begleitet.

Auf der Nehrung nisten keine Störche, weil es an Nahrung mangelt, behauptete Huschke.

Dabei gibt es Frösche genug, meinte Mutter. Jeden Abend quaken sie mir die Ohren voll und lassen mich nicht einschlafen.

Auch ohne Störche hat Huschke drei Kinder auf die Welt gebracht, mischte sich die Oma ein, und die Fliederlaube lachte.

Irgendwo mußten die Zugvögel die Front überqueren. Sie kamen aus dem Litauischen zum Memeldelta, überflogen das Haff, erreichten die Nehrung bei Rossitten, flogen den Sandstreifen abwärts auf den Leuchtturm von Brüsterort zu, von dort die Samlandküste hinunter zur Spitze der Halbinsel Hela, dann auf die Insel Rügen zu, um in den flachen Boddengewässern bei Rügen, die auch ein Vogelparadies sind, zu rasten. Alle Zugvögel verlassen uns in südwestlicher Richtung, nur die Störche fliegen nach Südosten zum Balkan hin. Zweimal mußten die gefiederten Reisenden die Front passieren, im Litauischen und im Süden oder Westen, wo es auch eine Front gab. Was konnte da alles geschehen? Und schließlich die italienischen Kochtöpfe. Womit sich der Kreis wieder schloß.

In Ulmenhorst sprachen sie davon, daß der Herbstzug früher begonnen habe. Schon im Juli seien die ersten Schnepfen durchgekommen, Anfang August folgten die Jungtiere. Die Elchniederung habe der Vogelwarte telefonisch gemeldet, daß sämtliche Störche in den Süden aufgebrochen seien, so früh wie lange nicht mehr.

Das macht der Krieg, sagte Huschke leise.

Der Herbstzug ist kleiner ausgefallen als der Frühlingszug, erklärte Vater.

Das kommt auch vom Krieg.

Mutter ging in ihre Stube und kam erst wieder, als ihr Junge von Zitronenbäumen und reifenden Orangen erzählte. Er

83

habe die Früchte mit eigenen Händen gepflückt und auf der Stelle gegessen.

Die Kinder wissen nicht, was Orangen sind, klagte Huschke und blickte die beiden Mädchen an, die immer noch Maulaffen feilhielten.

In Königsberg gab es die letzten Apfelsinen 1940, erklärte Mutter. Bananen gingen schon früher aus. Aber wenigstens Korinthen lieferte das besetzte Griechenland noch bis ins Jahr 1943.

Hast du die feuerspeienden Berge gesehen? fragte Vater.

Hermann hatte ein Stück Lava mitgebracht und zu Hause auf die Fensterbank gelegt als Andenken an Italiens Vulkane.

Ist der Vesuv noch in deutscher Hand? wollte Mutter wissen.

Er schüttelte den Kopf.

Unsere Vulkane sind alle erloschen, meinte Vater. Wenn es jetzt noch räuchert, hat es andere Ursachen.

Mutter erwähnte die Uffizien. Als er sagte, daß er sie nicht gesehen habe, war sie enttäuscht. Wenn ihr Sohn in Italien ist, muß er doch wenigstens Venedig, Rom und die Uffizien anschauen.

Wir sind am adriatischen Küstenabschnitt, entschuldigte Hermann sein mangelndes Interesse für die italienische Kunst.

General Kesselring hat das Höhengelände von Cerasa zurückerobert, erklärte Vater. Es kam heute früh durch die Nachrichten.

Wenn du zurückkehrst, mußt du unbedingt Florenz besuchen, beharrte Mutter. Florenz und die Uffizien.

Vater und er warfen sich verstehende Blicke zu.

Aber Dore, sagte Vater, weißt du nicht, daß wir Florenz Anfang August kampflos geräumt haben? Kesselring meinte, in einer Kunststadt wie Florenz könne er keinen Krieg führen.

Vater machte sich daran, die mitgebrachte Post zu öffnen. Er überflog die grauen Zettel, die wichtigen Mitteilungen an alle Königsberger Haushaltungen, ließ die Zeitungen raschelnd durch die Finger gleiten, legte einen amtlichen Umschlag, offenbar Post vom Finanzamt oder Gewerbeamt, ungeöffnet zur Seite und traf zuunterst den Brief aus Schweden.

Onkel Karl aus Göteborg hat geschrieben! Vater erzählte, den Umschlag hin- und herschwenkend, wie sein Bruder gleich nach dem Ersten Weltkrieg beruflich Schweden besuchte und dort, gegen seine ursprüngliche Absicht, bis zum heutigen Tage geblieben ist, was nicht allein mit der Schönheit der schwedischen Schärenlandschaft zu tun hatte, sondern auch mit einer Person, die den Namen Freya trug wie die germanische Göttin.

Weißt du noch, wie wir Onkel Karl bei seinem letzten Besuch in Pillau abholten? Es muß 1936 oder 1937 gewesen sein, jedenfalls kam er mit einem Schiff des Seebäderdienstes, er allein, ohne diese Freya. Zu unserer größten Überraschung sprach er kein richtiges Deutsch mehr. Fünfzehn Jahre Schweden, und die Muttersprache war ihm abhanden gekommen.

Vater öffnete vorsichtig den Umschlag, las aber nicht, sondern erzählte, wie Onkel Karl darauf bestand, vor der Rückreise nach Schweden die Kurische Nehrung zu besuchen. Es war März und schauriges Wetter, aber er wollte zur Nehrung. Vater begleitete ihn, sie schliefen zwei Nächte im Kurhaus. Am letzten Abend gingen sie bei klirrendem Frost durchs Weiß einer spärlichen Schneeschicht auf die Düne. Oben angekommen, orientierte sich Onkel Karl an den Sternen und gab ungefähr die Richtung an, in der Göteborg liegen mußte. Dann sagte er: Wenn es mit Großdeutschland zu Ende geht, kommst du mit deiner Familie nach Göteborg.

Ich habe ihn damals ausgelacht. Großdeutschland fängt ja erst an, sagte ich. Warum sollte es schon zu Ende gehen?

Aber es sieht nicht gut aus, antwortete Onkel Karl.

Über Schweden sprach die Familie Kallweit zum letztenmal im Frühling 1942. Als bekannt wurde, daß britische Bomber die Stadt Lübeck verwüstet hatten, bemerkte Vater: Wenn es ernst wird, müßten wir nach Schweden reisen. Das wäre nur ein Katzensprung übers Wasser.

Vater las laut. Sommerausflüge in die Schären kamen vor.

85

Auf seine alten Tage hatte Onkel Karl Spaß am Angeln gefunden. Seine Tochter – Vater blickte Hermann an und sagte: Das ist deine Cousine – hatte gerade das Diplom als Zahnärztin erhalten und eine Praxis in Uppsala eröffnet. Schließlich kam folgender Satz: »Es sieht so aus, als sollte der Krieg bald zu Ende gehen. Rettet Euch vor dem Ende, wenn Ihr könnt!«

Mutter richtete sich steif auf, als wäre etwas Unerlaubtes gesagt worden.

Es folgte noch ein weiterer Satz, den Vater für sich behielt: »Vor allem Deine Söhne mußt Du retten, Albrecht. Wenn das Morden weitergeht, werden sie unweigerlich umkommen.«

Mutter nahm ihm den Brief aus der Hand. Nachdem sie den letzten Satz gelesen hatte, wischte sie flüchtig über ihre Stirn und ging, den Brief fallen lassend, auf ihr Zimmer. Hermann fand sie abwesend am Fenster stehen und hinausblikken.

Vater vergräbt sich immer mehr in die Ornithologie, flüsterte sie. Seitdem Heinz vermißt ist, befaßt er sich nur noch mit den Vogelzügen.

Zwischen Himmel, Wasser, Tod
sucht der Fischer sich sein Brot.
Inschrift eines kurischen Fischerhauses

Den Nehrungsfischern war es zur Gewohnheit geworden, am
Abend hinauszufahren und morgens heimzukehren. Diesmal
hatte sich die Neringa verspätet. Erst als die Sonne eine goldene Färbung anzunehmen begann, hielt der Kahn auf die
Mole zu. Das Großsegel hing schlaff am Vordersteven, die
Gaff am kleinen Mast. Der schwarz-weiße Wimpel zeigte an,
daß der Kahn nach Rossitten gehörte; die Fischer von Sarkau
und Nidden fuhren mit anderen Erkennungszeichen.

Fritz Kurat lehnte am Holz, die Hände verwahrt in den Hosentaschen, blickte er dem Land entgegen. Auf dem Kopf trug
er wie alle Fischer eine Schirmmütze, darunter ein Gesicht
aus gegerbtem Leder. Er war ein stattlicher Mann mit zu-
packenden Händen wie ausgewachsene Flundern, die großen
Ohren etwas abstehend, was er dem ständig wehenden Wind
zuschrieb.

Am Bug kauerte der nun bald sechzehnjährige Erwin. Das
Tau in der Hand, wartete er darauf, den Kahn an der Mole
festzumachen. Der Junge war sein ganzer Stolz. Er kam äußerlich mehr auf Huschke, sah blond aus wie ein Haferfeld im
August, trug die runden Backen der Niederunger, war in der
Schule gut im Rechnen und mäßig im Schönschreiben gewesen, wußte aber auf der Neringa herumzuspringen, als wäre er
auf dem Kahn geboren und dort zu Hause. Huschke hätte es
gern gesehen, wenn der Junge zu einem Krämer gegangen
wäre, um das Kaufmännische zu lernen, aber für Kurat stand
fest, daß Erwin nur Fischer werden konnte. In ein paar Tagen
wird er seinen sechzehnten Geburtstag feiern, was danach wird,
weiß keiner. Huschke fürchtete, sie werden ihn zu den Soldaten holen.

87

Kurat war Halbfischer, der nur das Haff befischte, während die Ganzfischer auch ein Kielboot für die Ostsee besaßen, das auf der anderen Seite der Nehrung am Strand auflag. Manchmal begleitete er einen Ostseefischer auf Dorsch und Flunder, aber es lag ihm nicht sehr. Ein richtiger Nehrunger liebt das Haff und fürchtet die See, die in dieser Gegend nicht geheuer war. Größere Schiffe mieden den sonderbaren Sandstreifen aus Furcht, sie könnten stranden. Die Unglückschronik der Kurischen Nehrung hatte viele Seiten, und wenn Leichen angespült wurden, kamen sie meistens von See. Das Haff gab nur selten einen Toten ans Land, allerdings fanden sich im fünften Kriegsjahr häufiger Leichen, die den Memelstrom abwärts kamen und den Haffischern in die Netze gingen. Über solche Fänge verlor Kurat kein Wort, denn er wollte niemand erschrecken.

Bevor sie anlegten, hängte der Fischer seinen Kopf über die Bordwand, drückte den Daumen aufs rechte Nasenloch und rotzte aus dem linken kräftig ins Wasser. Er rief dem Jungen zu, das Tau zu werfen, sah zu, wie der Junge erst warf, dann sprang und dachte bei sich, daß er ihm später ein Schiff für die See kaufen müßte. Wenn der elende Krieg zu Ende ist und alle noch leben, wird er es tun. Es bereitete ihm Freude, sich vorzustellen, wie sein Sohn zur Insel Bornholm und in den Finnischen Meerbusen fahren wird. Die Neringa war nur fürs Haff gebaut, sie kam wie Huschke vom Festland, wo die Wälder wuchsen und es dicke Bootsplanken gab. Von seinem Vater hatte Kurat den Kahn »Wilhelmine« übernommen, der zu einer Zeit gebaut worden war, als der Kaiser noch regierte; ihn »Wilhelm II« zu nennen verbot der Anstand, weil alle Schiffe weiblichen Geschlechts sind. Nachdem er die Neringa gekauft hatte, wozu auch Huschkes Aussteuer beitragen mußte, ließ Kurat den alten Kahn in seinen Garten schleppen, damit er als Geräteschuppen und Hühnerstall gewissermaßen sein Gnadenbrot bekam und die beiden Pochel ertragen mußte, die Huschke Jahr für Jahr mit Küchenabfällen und Grünzeug aus dem Garten mästete, um sie, einen zu Weihnachten, den anderen um Lichtmeß, zu schlachten.

Der Junge vertäute die Neringa. Vater und Sohn trugen die Netze zum Trockenplatz, brachten, was sie gefangen hatten, ins Lagerhaus der Genossenschaft. Nur ein paar Aale und Brassen behielt Kurat im Eimerchen, denn ein Fischer, der mit leeren Händen nach Hause kommt, ist ein trauriger Anblick.

In wiegendem Schritt, wie die Nehrungsfischer gehen gelernt hatten, klabasterten sie auf Holzschuhen nach Hause. Hier und da blieb Kurat stehen, sprach ein paar Worte über den Zaun, fragte nach Neuigkeiten und erfuhr, als sie in die Gartenstraße einbogen, daß er sich beeilen müsse, er habe Besuch bekommen.

Am Krug bat Erwin seinen Vater um ein paar Dittchen für Limonade. Der Fischer holte zwei Münzen aus der Westentasche.

Mit sechzehn bekommst du Geld, wie es einem Gehilfen zusteht. Dann kannst du dir deinen Sprudel selber kaufen. In Kurats Wirtschaft war es Brauch, daß die Frau die Scheine verwahrte und der Fischer mit dem Hartgeld umging. So hatten sie beide etwas.

Bedächtig kam er auf seinen Staketenzaun zu, wunderte sich, daß die Mädchen, die sonst immer die ersten waren, ihm nicht entgegengelaufen kamen, verweilte kurz an der Pforte, holte die Pfeife aus der Fupp, stopfte sie in Ruhe, gab Feuer, kam unter ziemlichem Dampf auf die Haustür zu, spuckte in den Garten, bevor er eintrat, blieb auf der Schwelle stehen, setzte den Blecheimer mit Fischen polternd ab, kratzte seinen Hinterkopf, wischte umständlich die Hände an den Hosen ab, spuckte noch einmal hinter sich, um endlich den Mund aufzutun: Gut, daß du noch lebst, Hermannke.

Im Haus verbreitete sich ein strenger Geruch von Fisch und Tabak. Kurat hängte die Mütze an die Tür, reichte Huschke, dabei flüchtig ihren Arm berührend, den Eimer, marschierte zum Küchenschrank, holte die angebrochene Flasche Meschkinnes aus dem Schaff, schenkte ein, murmelte, während er die Tropfen abstrich, daß es heutzutage keine Selbstverständlichkeit sei, lebendig nach Hause zu kommen, erwähnte kurz den ältesten Sohn des Nachbarn Gulbies, der vor drei Monaten mit einem Kriegsschiff auf eine Mine gelaufen war, ferner einen Schwager aus Heydekrug, den die Partisanen daran gehindert hatten, lebendig nach Hause zu kommen. Nach so vielen Worten reichte er Hermann die Hand und gab sie nicht wieder her.

Drei Schnäpse für drei Männer, Erwin zählte noch nicht. Kurat stieß an, wischte, nachdem er getrunken hatte, mit dem Ärmel über den Mund, zündete die Pfeife wieder an, die in der Aufregung ausgegangen war, griff Hermanns Arm, zog ihn zur Tür und sagte, er wolle ihn bei Licht besehen.

Huschke schnitt den Aalen die Köpfe ab, konnte aber nicht verhindern, daß sie noch ein Weilchen im Eimer schlängelten. Erst als sie ihnen die Haut abgezogen hatte, wurden sie ruhig. Sie brachte dem Fischer ein paar handliche Happen des rohen Fisches, dazu den Salzpudel. Kurat salzte kräftig, schob ein Stück nach dem anderen in den Mund und tränkte nach mit einem Schluck aus der Meschkinnesflasche.

Vom rohen Fisch bekommt der Mensch Bandwürmer, schimpfte die Oma.

Der Fischer war der einzige im Haus, der den Aal roh essen konnte, den anderen würgte er doch mächtig. Sogar dem Jungen wollte er nicht rutschen, aber das wird sich finden. Wer ein richtiger Fischer werden will, muß den rohen Fisch annehmen. Die Nehrunger kannten allerlei Geheimnisse um den nüchternen Aal. Die Alten sagten, er schütze vor Krankheiten und helfe bei der Fruchtbarkeit. Braucht ein Fischer dringend einen Sohn, kommt er an rohem Fisch nicht vorbei. Läßt sich auch die Frau zu rohem Fisch überreden, werden es Zwillinge.

Erwin kam mit der Limonadenflasche. Als er eintrat, fuhr Huschke ihm mit der Hand über den Haarschopf. Wer weiß, wie lange ich ihn noch habe? dachte sie. Die Mädchen bettelten um einen Schluck Limonade.

Kurat sprach vom Segen des Meeres, der in diesem Sommer reichlich ausgefallen sei, aber in der letzten Woche mächtig nachgelassen habe. Fische sind empfindliche Lebewesen, die weiterziehen, wenn es ihnen zu unruhig wird. Sie haben genug Wasser bis zum Nordmeer, warum sollen sie sich da aufhalten, wo der Krieg tobt?

Die beiden Mädchen hingen an Erwins Rockschößen und bettelten um Limonade, während der Fischer neu einschenkte. Das Zeug ist gut für Lachen und Weinen, für Abschied und Wiederkommen, für Liebeskummer und Zahnweh.

Auch Erwin bekam einen Schnaps, weil er kurz vor seinem Sechzehnten stand.

Das süße Wasser kannst du den Mädchen schenken, lachte der Fischer.

Der Junge drängte sich zu Hermann. Ob er einen Orden bekommen habe, fragte er, wie schnell Tigerpanzer fahren und wie die V-Waffen aussehen, die gegen England fliegen.

Die Oma behauptete, sie habe nachts, als sie nicht schlafen konnte, eine Wunderwaffe leibhaftig fliegen sehen, eine dicke Zigarre, an beiden Enden glühend und mit einem funkensprühenden Zagel.

Was du gesehen hast, war der Planet Uranus, lachte Kurat, oder Wetterleuchten oder eine Leuchtkugel über der Front. Die Front war schon so nahe, daß die Fischer nachts, wenn sie auf dem Haff ihrer Arbeit nachgingen, die Leuchtzeichen am Himmel sahen und manchmal auch die Kanonen grummeln hörten. Aber sie sprachen nicht viel darüber.

Bist du auch bei den Fliegern wie dein Bruder? fragte Erwin.

Hermann murmelte etwas von Sturmgeschützen und panzerbrechenden Waffen.

Ich werde wohl zur Marine gehen, sagte der Junge.

Du wirst gar nicht gehen! rief Huschke aus der Küche. Danach sprach sie, wie immer, wenn sie ärgerlich war, litauisch, was außer ihr nur die Oma verstand. Ach, der Junge war ihr Sorgenkind. Nun, da er die Schule hinter sich hatte, schon konfirmiert war und dem Vater helfen konnte, kam er in den Krieg. Und was das schlimmste war: Er konnte es nicht abwarten.

Ein russisches U-Boot hat einen Frachter vor Sandkrug torpediert, tat Erwin geheimnisvoll. Das Schiff liegt am Strand und kann besichtigt werden. Wenn du willst, fahren wir mit dem Fahrrad hin und sehen uns den Spaß an.

Daß die Russen U-Boote haben! wunderte sich Mutter.

Die Frauen standen zusammen, Hermann hörte, wie Huschke sagte, sie würde viel drum geben, wenn ihr Sohn ein Jahr später auf die Welt gekommen wäre, dann bliebe ihm vieles erspart.

Nach dem Zwischenfall mit dem Unterseeboot sprachen sie nur noch über heitere Dinge. Die Oma ging hin und hielt die Zeit an: Sie berührte das Pendel der Standuhr, da hörte das Ticken auf. Der Fischer erzählte von früheren Sommern. Die Herrschaften aus Königsberg kamen nun schon im zweiundzwanzigsten Jahr, und wenn der fünfundzwanzigste Sommer anbricht, werden wir wohl ein großes Fest feiern müssen. Im Jahre 47, wenn nichts dazwischenkommt.

Wißt ihr noch: Im ersten Sommer brach die große Düne zusammen, das gab einen Donnerschlag, als wollte die Welt untergehen.

Als die Ufa einen Liebesfilm drehte, gab es auch einen kleinen Weltuntergang. Der jugendliche Held mußte mit einem brennenden Kurenkahn im Haff versinken. »Die Liebe geht, wohin sie will« hieß der Film.

Das brachte den Fischer zu der Frage, ob Hermann schon eine Braut habe.

Wie soll einer zur Braut kommen, wenn er im Krieg zu tun hat? mischte sich die Oma ein. Die Braut des Soldaten ist das Gewehr, heißt es im Lied.

In Predin drehten sie einen Segelfliegerfilm. Das war in dem Jahr, als der Hitler die Macht ergriff, oder ein bißchen früher. Heinz Kallweit spielte eine Statistenrolle, und Kurat fuhr mit Huschke nach Cranz, um den Jungen im Kino zu sehen. Damals fing es an mit seiner Fliegerei, es hat ihn nicht mehr losgelassen.

Die Segelflieger gehen auch auf die Flucht, sagte Kurat. Sie sollen in der Rhön eine neue Heimat finden. Dafür kommen andere Flieger. Er zeigte mit dem Daumen über das Haff nach Osten. Aus der Tilsiter Gegend fliegen sie abends ein. Bevor der Morgen graut, verschwinden sie wieder. Wir hören sie Nacht für Nacht, sie singen so sonderbar, sie haben ihre eigene Melodie.

Huschke besorgte die Abwäsche. Erwin holte mit der Pee-de Wasser aus dem Ziehbrunnen. Die Oma gab dem Pendel einen Sterniksel, damit die Zeit wieder ihren Weg gehen konnte. Lina und Gesine hüpften vor dem Haus über das Seil. Vor der Kirche sangen die Kinder diesen Abzählvers:

Eent, twee, dree, veer, fief, sess, sewe, wo es bloß mien
    Schatz geblewe?
Es nich hier on es nich doa, es woll en Amerika.

Ach ja, Amerika. Der junge Preuß, der als Maat auf einem Minensucher fuhr, soll in amerikanische Gefangenschaft geraten sein.

Wo es keine Menschen gibt, ist immer Frieden.

Abends wanderten sie zum Leuchtturm, ein Spaziergang, um den Vater gebeten hatte. Es sei da etwas zu besprechen. Unter Männern. Das längste Stück schwiegen sie. Vater lauschte den Schreien der durchziehenden Vögel. So früh im Sommer Wildgänse.

Das ist das beste Vogelfutter, sagte Vater und meinte die Haffmücken, deren Schwärme vom Wasser herübertrieben. Stare und Schwalben übernachteten gern in den Schilfwäldern und traktierten sich an Haffmücken. Die kleinen Tiere stechen nicht, sind aber lästig, wenn man sie einatmet und sie im Hals steckenbleiben.

Ein gewisses Nachleuchten von den Sandbergen erhellte den Abend. Auch das Haff gab von dem Licht, das es getrunken hatte, an die Nacht zurück. Im Süden stand eine blasse Mondsichel.

Zunehmend Licht, sagte Vater und deutete auf das Gestirn.

Der Leuchtturm gab seinem Namen keine Ehre. Düster stand er am Haffufer wie ein abgestorbener Weidenbaum.

Warum gibt er keine Signale?

Wegen der Flieger.

Vater fing an, die Vogelarten aufzuzählen, die gern nachts ziehen. In den Morgenstunden sei der Vogelzug am stärksten, gegen Abend höre er meistens gänzlich auf. Von den Staren, die die schnellsten Zugvögel sind, hatte Vater schon oft erzählt. An diesem Abend tat er es wieder. Sie legen, du wirst es nicht glauben, in einer Stunde fünfundsiebzig Kilometer zurück.

Hermann blickte ihn von der Seite an und spürte, wie es in ihm rumorte.

Vorgestern habe ich einen sonderbaren Vogel am Strand von Kunzen getroffen, den Knutt, den sieht man heutzutage nur noch selten, sagte Vater.

Er fragte ihn nach der Arbeit.

Kein Mensch kauft neue Uhren. Mit Reparaturen habe ich noch einiges zu tun, immer häufiger bleiben Uhren stehen. Neulich reparierte ich eine Taschenuhr, die von einer Kugel getroffen war. Du kennst doch die Geschichte vom Alten Fritz und seiner Schnupftabakdose. So war es dem Besitzer der Taschenuhr ergangen, Taschenuhren können lebensrettend sein.

Plötzlich blieb Vater stehen. Der Sand läuft aus der Uhr, sagte er düster.

Erschrocken von soviel Schwermut, wandte er sich sogleich anderen Themen zu, erkundigte sich nach Essen und Trinken in Italien und den Südfrüchten. Er versuchte zu lachen, erwähnte den großen Dichter, den es vor hundertfünfzig Jahren auch nach Italien gezogen habe. Ich wäre mit deiner Mutter auch gern nach Venedig gefahren, aber als wir heirateten, waren die Zeiten lausig.

Ja, es flogen Wildgänse.

Bist du über Berlin gekommen?

Ich habe wenig von der Reichshauptstadt gesehen, weil es dunkle Nacht war.

Ist Berlin sehr zerstört?

Hermann zuckte die Schultern, weil es doch dunkle Nacht gewesen war.

Vater schilderte die Schönheit der Stadt und der brandenburgischen Umgebung, erwähnte die Hochzeitsreise, die er mit Mutter unternommen hatte. Schöneberg, Schöneiche, Niederschönhausen, es kam viel Schönes darin vor, und es war eine schöne Zeit. Er begann das Lied von Schöneberg im Monat Mai zu pfeifen, brach plötzlich ab, weil ein anderes Singen über dem Haff ertönte. Es klang, als sei noch ein Schiff unterwegs.

Nächstes Jahr im Mai feiern Mutter und ich Silberhochzeit. Vater erwähnte einige Weinflaschen, richtige Friedensware, die er in der Münzstraße zurückgelegt hatte. Ich hoffe doch sehr, daß du es einrichten kannst, an unserem Fest teilzunehmen.

Ja, das wird sich wohl machen lassen.

Vom Gemäuer des Leuchtturms fiel ein Schatten, ein Liebespaar kam ihnen entgegen. Als die beiden merkten, daß sie nicht allein waren, lösten sie sich und gingen in gehörigem Abstand nebeneinander ohne ein Wort des Grußes vorüber, um sich hinter ihnen wieder zu vereinigen.

Am Haff stehend, zeigte Vater zur anderen Seite. Er sprach von Seeadlern, die im Memeldelta ihre Horste hatten. Vor Jahren sei er mit dem Fernglas am Rußstrom spazierengegangen, um Seeadler zu beobachten. Heute sei diese Gegend nur noch mit Sondergenehmigung erreichbar.

Der Leuchtturm warf seinen Schatten ins Haff, und sie sahen, daß er kein Ende nahm, daß er auslief im schwarzen Wasser und irgendwo drüben, wo die Seeadler hausten, gegen das Festland stieß. Sie umkreisten den Turm, das Singen wurde stärker, sie hörten deutlich, daß es aus der Höhe kam.

Es gibt auch andere Vogelzüge, behauptete Vater. Fast jeden Abend bekommen wir Besuch aus dem Osten.

Wu ... wu ... wu ... sangen die großen Vögel.

Noch sind es Aufklärer, sie werfen keine Bomben, sie ziehen sehr langsam über den Himmel und beobachten uns. Nacht für Nacht geht das so, Mutter kann nicht schlafen, wenn sie den Singsang hört. Wenn Vollmond ist, werden die anderen auch kommen.

Wu ... wu ... wu ... sang es über den Dünen. Es zog einen Bogen zum Samland hinüber und kehrte wieder zurück.

Es kommt immer näher, und keiner weiß, wie es mit Anstand zu Ende gehen soll.

Der Führer weiß es, hätte Hermann vor einem Jahr geantwortet, jetzt schwieg er. Er spürte, wie unsicher Vater geworden war. Dieser Mann, der im Ersten Weltkrieg mit der Gasmaske durch Frankreich marschiert war, wußte nicht mehr, wie die Sache mit Anstand zu Ende gebracht werden sollte. Er war nie ein großer Anhänger des Führers gewesen. Nur widerwillig und erst 1934 trat er in die Partei ein, weil er fürchtete, Kunden zu verlieren, wenn er es nicht täte. Er hatte sich gefreut über die Erfolge dieses einfachen Mannes. Österreich war heimgekehrt, das Memelland ans Reich gefallen. Wer von Rossitten nach Nidden reisen wollte, mußte nicht mehr die lästige Grenze passieren. Und schließlich die Siege in den ersten Kriegsjahren. Aber nun ängstigte ihn das Singen der feindlichen Aufklärer, und er wußte nicht, wie es mit Anstand enden sollte.

Als wir vor zwei Wochen ankamen, wollte Mutter gleich wieder umkehren, so laut klang der Kanonendonner von der Memel. Am 12. August endete die Abwehrschlacht nördlich des Stromes, seitdem ist es still.

In der Nähe sprangen Fische.

Sie blickten über das Wasser und dachten beide, wie lange es wohl noch still bleiben würde.

Hast du dich zu einem Offizierslehrgang gemeldet?

Ja, aber es ist ungewiß, ob sie mich abstellen.

Vater hielt es für wichtig. Diese Lehrgänge dauern mindestens acht Wochen, sie finden natürlich nicht an der Front statt, sondern in Tirol oder in einem Schwarzwaldtal. Aber das wagte er nicht auszusprechen, also schwiegen sie wieder, bis Vater Wirballen erwähnte. Der Name wurde kürzlich im Wehrmachtsbericht genannt. Schwere Abwehrkämpfe bei Wirballen, hieß es. Weißt du, wo Wirballen liegt?

Na, mindestens zweihundert Kilometer östlich.

Sie haben einen Sinn für Jahrestage, das muß man ihnen lassen, fuhr Vater fort. Ihre Sommeroffensive begann am 22. Juni, genau an dem Tag, an dem wir vor drei Jahren in Rußland einfielen.

Vater sagte »wir«. Er fühlte sich mitbeteiligt, vielleicht sogar mitverantwortlich für das, was im Juni 1941 begonnen hatte. Übrigens fing Napoleon seinen Rußlandfeldzug auch am 22. Juni an.

Soviel ich weiß, ist die russische Sommeroffensive längst zusammengebrochen.

Zusammengebrochen ist nicht der richtige Ausdruck, erwiderte Vater. Sie ist vor der ostpreußischen Grenze zum Stehen gekommen. In fünf Wochen hat die Rote Armee fünfhundert Kilometer Geländegewinn erzielt, ist von Witebsk bis Kaunas und Augustowo in einem Zuge durchmarschiert. Das hat es nicht einmal bei unseren großen Kesselschlachten zu Beginn des Rußlandkrieges gegeben.

Vater erzählte vom Ostwall, von den Tausenden, die mit Schaufel und Spaten an der Grenze einen sieben Meter tiefen Graben aushoben. In ihm sollte alles versinken, was aus dem Osten kam.

Wenn der Ostwall nicht hält, muß ich Mutter in Sicherheit bringen. Vielleicht nach Apolda in Thüringen. Da lebt ein Kriegskamerad aus der Flandernzeit.

Thüringen ist gut, Apolda liegt im Herzen Deutschlands und kann niemals zerstört werden.

Bei den Verwandten in Bad Pyrmont wäre Mutter auch gut aufgehoben, fuhr er fort. Sie ist gesundheitlich angeschlagen. Eigentlich müßte sie in den warmen Süden, Italien wäre etwas für Mutter. Aber sie braucht auch die jodhaltige Luft der See, vor allem braucht sie Ruhe.

Vor dem Leuchtturm gluckerte das auslaufende Wasser. Es war so, als tauchte hinter ihnen Schweden am Horizont auf. Nach Göteborg müßte man reisen, das früher einmal Gotenburg geheißen hatte. Aber sie lassen keinen raus, nach Schweden schon gar nicht.

Das Dorf lag im Finstern. Die Lichter waren gelöscht, die Fenster verdunkelt, damit die feindlichen Flieger Rossitten nicht sehen konnten. Nur der ausgeglühte Sand leuchtete nach. Die Sonne hatte ihren Platz geräumt für die Sichel des Mondes, die, an unsichtbaren Ketten aufgehängt, über dem Bernsteinmeer schwebte. Hinter dem Mond mußte Schweden liegen. Das Haff schwarz wie ausgelaufener Teer. Kein Licht blinkte am anderen Ufer, kein Schiff fuhr mit sichtbaren Positionslaternen von Labiau nach Memel. Auch die Fischerkähne, die nach der Fischereiordnung verpflichtet waren, brennende Laternen mitzuführen, hatten ihre Lichter ausgepustet. Wo immer Menschen lebten, blieb es dunkel; das ganze Land glich einem finsteren Kohlensack.

Was Schweden betrifft, dachte ich nicht nur an Mutter, sondern auch an dich, fing Vater wieder an. Rettet Eure Kinder, schreibt Onkel Karl. Ich denke, er hat recht. Wenn es einen Weg gäbe, auch dich …

Er sprach nicht weiter.

Das wäre ja Fahnenflucht! Es wäre auch nicht anständig. Wir können nicht jetzt, wo es brenzlig wird, das Schiff verlassen.

Aber es geht unter, es geht langsam unter.

Vater berührte flüchtig seinen Arm. Dann kehrten sie um, und jeder dachte sich seinen Teil.

Was hältst du vom 20. Juli? fragte er, als sie die ersten Häuser erreichten.

Eine solche Frage hatte noch niemand gestellt, genau genommen war es verboten, so zu fragen.

Als der Führer siegte, jubelten sie ihm zu. Kaum gibt es die ersten Rückschläge, trachten sie ihm nach dem Leben. Auch das hielt Hermann nicht für anständig.

Vielleicht wäre uns vieles erspart geblieben, sagte Vater. Er kam nahe zu ihm und berührte seine Hand. Glaubst du immer noch an den Führer und die Partei?

Ihr habt uns diesen Glauben beigebracht, wir haben nichts anderes gelernt. Nun sollen wir damit aufhören? Es geht doch nicht mehr um den Führer und die Partei, es geht um Deutschland.

Wie feierlich das klang. Er erschrak selbst über seine Worte, die an Feldgottesdienste und Totenfeiern für gefallene Kameraden erinnerten.

Vater klammerte sich an seinen Arm.

Du hast ja recht, mein Junge, du hast so recht.

Wir können nicht mehr aussteigen, Vater. Wir müssen weitermachen und hoffen, daß es ein gutes Ende nimmt.

Vater zog sein Schnupftuch aus der Hosentasche und schneuzte sich.

Du sollst nicht schlecht von mir denken, erklärte er. Es ist nur, daß Eltern ihre Kinder nicht verlieren wollen. Wir haben schon Heinz hergeben müssen, wenigstens dich wollen wir behalten.

Heinz ist vermißt.

Das glaubt Mutter auch. Sie stellt sich vor, daß er in einem Gefangenenlager in Cornwall lebt und eines Tages über das neutrale Schweden einen Brief schreiben wird. Aber wir beide wissen es anders: Wer über dem Ärmelkanal abstürzt, ist tot.

Den Rest des Weges sprach Vater allein. Daß er vorsorglich die letzten Dinge geregelt habe, daß Mutter – das wirst du doch verstehen – zunächst alles bekommt, das Geschäft mit den vorhandenen Waren, auch die Versicherungspolice der Provinzial-Anstalt Ostpreußen. Mutter wird es brauchen, um ihren Lebensunterhalt zu bestreiten. Nach ihr bekommst du, was übrigbleibt, denn wir haben nur noch dich. Sollte Heinz sich wirklich melden, müßtest du mit ihm teilen.

Vater rechnete ihm den Wert des Geschäftes vor. Ein Berliner Juwelier habe ihm zu Friedenszeiten über hunderttausend Mark geboten. Vor allem die Lage im Herzen der Stadt mache es wertvoll, die unmittelbare Nähe zu Paradeplatz und Steindamm, Schloß und Dom seien in Sichtweite. Da wird immer das Leben pulsieren, da wird nie das Licht ausgehen.

Vater bückte sich nach einer Feder.

Kraniche, sagte er. Kaum zu glauben, daß sie jetzt schon in ihre Winterquartiere fliegen.

Nicht du, sondern ich müßte die letzten Dinge regeln, fing Hermann an. Es könnte gut sein, daß du jemanden zum Erben bestimmst, der, wenn es ans Erben geht, gar nicht mehr da ist.

Vater schneuzte sich wieder.

Natürlich bist auch du gefährdet. Aber dieser Krieg ist anders, er tötet nicht nur Soldaten, sondern auch Zivilpersonen. Ich fürchte, wenn sie später die Zahlen zusammenrechnen, wird sich zeigen, daß im Zweiten Weltkrieg mehr Zivilisten umgekommen sind als Soldaten.

Die Aussicht, einen Uhrmacherladen in der Münzstraße zu

erben, kam ihm lächerlich vor. Auf keinen Fall wirst du Uhrmacher, dachte er. Deine Hände sind zu grob. Von der Schulbank zu den Soldaten, mehr hatte er nicht gelernt. Die Zukunft lag so fern wie die unsichtbare Elchniederung oder das schwedische Gotenburg. Erst überleben, danach denken wir uns Berufe aus.

Süddeutschland wäre auch ein Platz für Mutter, sagte Albrecht Kallweit. An den Bodensee kommt der Frühling immer zuerst.

Er verriet ihm, daß auch die Vogelwarte im Aufbruch sei. Sie packen ihre Karteikarten in große Kisten und schicken sie ins Reich, die Vogelwarte Rossitten soll an den Bodensee verlegt werden. Ich habe Mutter nichts davon gesagt, um sie nicht zu beunruhigen.

Das Dorf hatte sich zur Ruhe begeben, die Gespräche in den Gärten waren verstummt, hier und da flatterten Nachtvögel im Geäst der Pappeln.

Nachdem Vater alles gesagt hatte, sprach er nur noch über die Zugvögel. Ein Wurf Odinshühnchen sei ihm vor einer Woche begegnet, sehr seltene Strandläufer, die man nicht jeden Tag zu sehen bekomme. Über dem Haff übten schon die Starenschwärme. Bald werden die Krähen kommen. Wenn die Zugvögel durch sind, gehört die Nehrung den schwarzen Brüdern. Im Oktober fallen die Frostkrähen ein, auf dem Haff finden sich die ersten Eisschollen, Fischer und Fische fallen in Winterschlaf.

Vater sprach von seinem Freund, dem Vogelprofessor, der, wenn er noch lebte, bestimmt nicht auf die Flucht ginge. Weißt du noch, wie wir beide nach Rossitten fuhren, als dem Thienemann ein Gedenkstein gesetzt wurde? »Großer Gott, wir loben dich« meißelten sie in den Stein, danach zogen Millionen Vögel über sein Grab.

Licht erhielt Rossitten von den Gestirnen. Der Mond stand nicht mehr über der Düne, sondern hing in der Takelage dümpelnder Kurenkähne. Nur wenige Sterne am Himmel.

Du mußt Mutter gut zureden, daß sie ins Reich fährt, sagte

101

Vater, bevor sie das Fischerhaus betraten. Nach Apolda soll sie reisen oder nach Bad Pyrmont oder an den Bodensee. Am besten, du nimmst sie mit, wenn du an die Front fährst.

Im Hafen kralende Männerstimmen. Hin und wieder flammten Feuerzeuge auf. In der Nähe der Mole sprangen Fische.

Im Frühling kommen sie wieder, sagte Vater.

Wer?

Die Zugvögel. Es ist ein ewiges Kommen und Gehen, nichts kann sie aufhalten, nicht einmal der Krieg.

Hermann sprach davon, daß er in den nächsten Tagen die Segelflugschule Predin besuchen werde.

Mutter gegenüber darfst du den Namen nicht erwähnen. Mit Predin fing für sie das Unglück an. Du wirst in der Flugschule nichts mehr vorfinden, die meisten Segler sind schon fort.

Kurat erwartete sie am Gartentor.

Unsere Brieftauben, die Memeler Hochflieger, sind wieder unterwegs, sagte er lachend und deutete zu den Sternen.

Vater zündete die Petroleumlampe an und versteckte sie unter dem Blätterdach der Fliederlaube, damit die Hochflieger nicht das Licht entdeckten. Mutter, die auf die Rückkehr ihrer Männer gewartet hatte, kam in die Laube und klagte über die herbstliche Kühle.

Du solltest zur Kur nach Süddeutschland fahren, schlug Hermann vor. Auf der Insel Mainau blühen auch im Winter die Rosen.

Mutter lachte. Ja, wenn ihr mitkämt und wenn kein Krieg wäre, würde ich gern fahren.

Vater holte sein ornithologisches Tagebuch, setzte sich neben die Petroleumlampe und begann zu schreiben. Seit zwanzig Jahren führte er Buch, notierte darin, was er in der Vogelwelt erlebt hatte. Zeitpunkt und Stärke der Vogelzüge, die jeweiligen Wetterverhältnisse, Temperaturen und Windrichtungen. Er glaubte, sein Tagebuch sei ein wissenschaftliches Dokument. Eines Tages wollte er es der Vogelwarte vermachen. Dort wird man es auswerten und wichtige Schlüsse ziehen.

In den Abendstunden des 22. 8. 1944 die ersten Züge von Wildgänsen. Sehr hoch. Kurs Südwest. Wind Nord/Nordost. 18 Grad um 20.00 Uhr.

Vom Bett aus hörte Hermann durchs offene Fenster Gelächter. Es kam von der Terrasse des Kurhauses, gerade so, als wäre dort eine Kinovorstellung zu Ende gegangen. Er dachte an einen Revuefilm, einen Tanzfilm mit Gesang und hübschen Frauen.

In Mailand marschierte einmal die halbe Kompanie ins Militärbordell, aber er meldete sich freiwillig zum Wachdienst. Als die Männer zurückkehrten, bedauerten sie ihn. Sie erzählten von starken Brüsten und diesen Dingen, von denen er nichts wußte.

Mutter betrat die Stube und setzte sich auf die Bettkante. Du bist wie ich, sagte sie. Du kannst auch nicht schlafen.

Augenblicklich verstummte das Gelächter auf der Terrasse. Zurück blieb das Rufen der Nachtvögel, das Rauschen der Brandung von der See und dieses unheimliche Singen der russischen Aufklärer.

Mehr ein Fremdling als jemals, ist nun ein jeder ge-
  worden.
Uns gehört der Boden nicht mehr; es wandern die
  Schätze;
Gold und Silber schmilzt aus den alten heiligen For-
  men;
Alles regt sich, als wollte die Welt, die gestaltete,
  rückwärts
Lösen in Chaos und Nacht sich auf, und neu sich ge-
  stalten.

Goethe: »Hermann und Dorothea«

Mittwoch, 23. August 1944. Das Rasseln der Kette am Ziehbrunnen weckte ihn. Huschke rumorte in der Küche. Der Fischer holte das Fahrrad aus dem Schuppen, ölte die Kette,
prüfte den Luftdruck und stellte es abfahrbereit vor die Haustür.

Radfahren also. Willst du uns schon wieder verlassen? waren
Mutters Worte gewesen, als er den Fischer um das Fahrrad gebeten hatte. Sie hätte es lieber gesehen, wenn er in ihrer Nähe
geblieben wäre. In der schattigen Laube sitzen, vielleicht einen kurzen Spaziergang zur Mole oder zur Vogelwarte, aber
immer in ihrer Nähe.

Möchtest du noch ein Täßchen Tee? Iß noch etwas Mohn-
kuchen! Bekommen die Leute in Italien auch Erkältungen?

So sprach sie, um Zeit zu gewinnen. Als sie fragte, wann er
heimkehren werde, erwähnte er den späten Nachmittag. Im
letzten Friedenssommer war er mit seinem Bruder von Rossitten nach Memel und zurück an einem Tag geradelt. Radfahren
war ihnen eine Art Wehrertüchtigung gewesen, eine Abhär-
tung des Körpers, eine Übung in Ausdauer. Heute wollte er nur
über die Nehrung bummeln, im Sand liegen, vielleicht baden.

Radfahren also. Der Lieblingssport der Nehrunger war das
gerade nicht. Zu mächtig wühlte der Sand auf den unbefestig-
ten Wegen. Patschlöcher und Steinhaufen zwangen immer
wieder zum Absteigen, am besten ging es noch mit Vollbal-

lonreifen. Herbst, Winter, Frühling waren schlechte Zeiten für Radfahrer, nur im hohen, trockenen Sommer ging es, der August 44 war geradezu eine Einladung für Radler.

Über dem Haff hing die Sonne und machte sich daran, den über Nacht ausgekühlten Dünensand zu erwärmen. Mutter strich Brote für ihren Radfahrer. Huschke brachte eine Schürze voller Augustäpfel, die über Nacht gefallen waren.

Es wird heiß, meinte Kurat und schlug vor, Flüssigkeit mitzunehmen. Daran hatte Huschke längst gedacht. Sie zog eine Kanne Buttermilch, die sie am Abend zum Kühlen in die Tiefe gegeben hatte, aus dem Brunnen.

Fährst du nach Norden oder Süden? fragte Vater.

Er wußte es noch nicht.

Wenn es nach Süden geht, könntest du auf dem Rückweg in Ulmenhorst vorbeikommen, ich werde dort den Tag verbringen.

An Reiserouten bot die Nehrung keine große Auswahl. Es gab nur die eine Straße, den alten Postweg von Cranz nach Sandkrug, auf dem schon die Königskinder gefahren waren. Als Fahrräder und Automobile noch nicht erfunden waren, auch keine Postflugzeuge die Briefe von Königsberg nach Memel transportierten, brauchte die Reitpost für die Nehrungsstraße achtzehn Stunden mit dreimaligem Wechsel der Reiter und Pferde. Heute holten die Sarkauer die Nehrungspost mit dem Fuhrwerk von der Bahn in Cranz ab und brachten sie bis nach Rossitten. Dort spannten die Rossittener an und fuhren den Postsack nach Pillkoppen. So ging es weiter bis Nidden und Schwarzort. Zur Sommerzeit, wenn Schiffe verkehrten, kam die Post übers Wasser.

Er packte Badesachen auf den Gepäckträger. Huschke schüttete ihm die Augustäpfel in eine Tüte. Die Mingeoma bat darum, Hoaskebrot mitzubringen. Das macht lustig, weil es über die Grenze gegangen ist.

Mutter bestand darauf, daß er einen Pullover mitnähme. Es sei morgens recht kühl, vielleicht werde es windig, oder es gäbe ein Gewitter.

Wenn du wieder da bist, essen wir dein Lieblingsgericht, versprach sie.

Lina und Gesine liefen ein Stück neben dem Fahrrad her, bis ihnen die Puste ausging. Wo die Dorfstraße in die Nehrungsstraße mündete, entschied er sich für Norden, ließ sich Zeit, bummelte von einer Straßenseite zur anderen, blieb gelegentlich stehen, um Spuren zu lesen oder einfach in die Stille zu lauschen. Allein auf einer sandigen Straße, begleitet von grauen Telefonmasten und einem geheimnisvollen Summen. Niemand kam ihm entgegen, keiner überholte ihn. Mit seinem Bruder wäre er rechts zu den Predinbergen abgebogen, um die Segelflugschule zu besuchen. Nun fuhr er an Predin vorbei und entdeckte zwischen roten Kiefernstämmen das Meer. Es sah ruhig aus und gelassen, ohne jede Aufregung. Er roch es, hörte es aber nicht, denn der ablandige Wind hatte die Brandung einschlafen lassen. Auf der anderen Straßenseite der Schutzwald, der die Dünen am Wandern hindern sollte. Über dem Wald Berge so weiß, als wäre über Nacht Schnee gefallen. Vor Pillkoppen fand er frischen Elchkot auf der Straße. Dort hörte er zum erstenmal das Meer.

Er schob das Fahrrad in eine Schonung und machte sich auf den Weg nach oben, barfuß im kühlen Sand. Mit jedem Schritt, den er dem Gipfel näher kam, wurde es heller. Bald mußte er die Augen schließen, weil das Licht ihn blendete. Der Sand leuchtete, der Himmel leuchtete, und die Sonne brachte sogar das unbewegte Haff zum Leuchten. Eine unerhörte Feierlichkeit. Wie Weihnachten, wenn im Dom Choräle erklangen, Schneeflocken auf den menschenleeren Schloßteich taumelten und die Turmuhr nicht aufhören wollte zu schlagen.

Grandiose Landschaften hatte er genug erlebt. Eine Reise um die Halbinsel Sorrent, ein Blick vom Vesuv auf die Bucht von Neapel. Nun stand er auf der Düne vor Pillkoppen, zu seinen Füßen zitterte der Strandhafer, füllten feine Körnchen seine Spuren. Das Fischerdorf Pillkoppen, zehn Steinwürfe tiefer am Haff gelegen, das Wasser wie mit Silberpapier ausgelegt, Fischerkähne ausgesetzt oder auf Grund gelaufen oder untergegangen, was auch immer. Im Süden die Bucht von Rossitten mit dem harten Strich der Mole. Der Leuchtturm, den er mit Vater besucht hatte, unversehrt und nicht leuchtend, daneben das Schloß zwei Meter unter Wasser.

Zum Greifen nahe die Predinberge. Eine Schar Jungen, darunter sein Bruder, rannte den Hang hinunter, um einen Segler in die Lüfte zu ziehen. Das war lange her. Westwärts über den Kiefern das Meer, Heinz und Hermann Kallweit in der Brandung. Auch das lag Jahre zurück. Keine Bernsteinsammler unterwegs. So verlassen hatte er den Strand noch nie gesehen. Fern am blaugrauen Horizont, fast schon im sicheren Schweden, entdeckte er eine dünne Rauchsäule.

Für einen Augenblick kam es ihm vor wie früher, wenn er morgens seine Gottesdienste am Meer gehalten hatte. Alleinsein mit dem endlosen Himmel, mit der Weite des Wassers und den Millionen rieselnder Sandkörner. Ein Frieden, als wäre die Welt stehengeblieben. Auch im Osten, wo die Ströme mündeten und die Front sich näherte, gab es an diesem Morgen nur Frieden.

Vielleicht siehst du alles zum letztenmal, dachte er, und ein Schauder lief ihm über den Rücken. Man müßte sich im Sand eingraben und nie wieder weggehen.

Je weiter er nach Norden kam, desto höher wuchsen die Dünen. Vor Nidden begann die Wüste des ewigen Sandes. Im »Tal des Schweigens« hielt er Rast und aß Mutters Butterbrote, schweigend, versteht sich. Er traf Soldaten, die im Meer badeten. Aus Kuschelkiefern ragten die Rohre ihrer Flakgeschütze. Einige pfiffen dem einsamen Radler nach, sie dachten wohl, er sei ein Mädchen.

Weiter, immer weiter. Im klaren Licht des Nordens entdeckte er sehr fern die Türme der Stadt Memel. Dahinter weiße Wölkchen am Horizont, die lautlos platzten und sich rasch auflösten. Zum Greifen nahe die Landzunge von Windenburg, in der Bucht dahinter war die Mingeoma zu Hause. Der Kirchturm von Heydekrug ragte wie ein Stecknadelkopf

107

aus der Niederung, der alte Sudermann ließ grüßen. Vor der Rußmündung, wo das Haff anfing, sich zum Memeler Tief zu verengen, ankerte ein Minenräumboot.

Zwischen Nidden und Schwarzort badete er in der Ostsee, wollte danach im heißen Sand trocknen, schlief aber ein und fand sich, als er aufwachte, zur Hälfte zugeweht. Die Rückfahrt führte ihn in die gleißende Sonne. Der Weg übersät mit Schischkes, die aus den Kiefern gefallen waren und hörbar in der Hitze platzten. Als er bei Pillkoppen wieder die See erreichte, dachte er an Bernsteinsammeln. Er schob sein Fahrrad durch den Sand, wollte bernsteinsuchend das Ufer abwandern, aber dann begann eine andere Geschichte.

Und will herausnehmen allen fröhlichen Gesang, die
Stimme des Bräutigams und der Braut, die Stimme
der Mühlen und Licht der Laterne, daß dieses ganze
Land wüst und zerstört liegen soll. Und sollen diese
Völker dem König zu Babel dienen siebzig Jahre.
Der Prophet Jeremia, Kap. 25, Verse 10, 11

War es ein Kind oder eine Frau? Ein kleines Mädchen, das von
der Vordüne ins Wasser rannte? Nein, doch eine Frau, eine
junge Frau. Er sah sie im Gegenlicht, eigentlich nur ein Strich
in der überflutenden Helligkeit. Sie stürzte in die Brandung,
für kurze Zeit war niemand da, und er dachte an eine Fata
Morgana. Dann tauchte sie wieder auf, zuerst ihr Kopf, der
auf dem Wasser schwamm wie eine Seerose. Schließlich ihr
Körper. Sie schritt den Sandwall hinauf, machte oben kehrt,
lief erneut ins Wasser. Wie die Kinder im Winter, wenn sie ihren Schlitten immer wieder den Schneehang hinaufziehen,
um hinabzurodeln.

Als er näher kam, sah er, daß sie nackt war. Sie hockte im
Sand. Er drückte auf die Fahrradklingel. Sie warf den Kopf
herum, blieb aber sitzen. Als er einen Steinwurf von ihr entfernt war, erhob sie sich und schritt ohne Eile in die Brandung,
ein langer, schlanker Körper mit weißen Flecken. Wasser
spritzte auf, sie tauchte und kam an einer Stelle zum Vorschein, an der er sie nicht erwartet hatte. Wie ein Haubentau-
cher, dachte er und sah ihr schwarzes Haar auf der Oberfläche
schwimmen.

Er erreichte den Platz, an dem sie gesessen hatte. Zierliche
Fußspuren im Sand. Am Hang der Düne sah er ihre Kleidung,
ein weißes Kleid, Turnschuhe, ein rotes Badelaken. Er schob
das Fahrrad ins Gebüsch, schlenderte zum Strand, tat so, als
habe er etwas verloren, das er suchen müsse, zum Beispiel
Bernstein. Vielleicht schwimmt sie nach Schweden, dachte er.

In Schweden baden alle Mädchen nackt. Das hatte Onkel
Karl erzählt, der eine nackt badende Schwedin geheiratet hatte

109

und in Göteborg geblieben war. Er dachte an Nixen, halb Fisch, halb Weib. In Kopenhagen ist die Kleine Meerjungfrau vom Sockel gefallen und ans Ufer der Kurischen Nehrung gespült. Oder doch eine Fata Morgana? Jedenfalls war sie verschwunden. Nach Norden hin klarer Himmel, im Süden gleißende Helligkeit. Immerhin, ein rotes Badelaken und ein weißes Kleid waren von dieser Erscheinung übriggeblieben.

Er setzte sich auf den Fleck, auf dem sie gesessen hatte, spielte mit dem Gedanken, auch ins Wasser zu springen, um ihr nachzuschwimmen zur schwedischen Küste. Vielleicht müßte er sie retten. Oder er könnte sich in den Sand legen, die Augen schließen und sich schlafend stellen, bis sie nackt aus dem Wasser käme.

Wenn Sie da sitzen bleiben, muß ich ertrinken! hörte er eine helle, fast kindliche Stimme, aber durchaus irdisch. Die Frau stand bis zum Hals im Wasser und winkte ihm zu.

Um ihr Gelegenheit zu geben, ihre Nacktheit unter das rote Badetuch zu tragen, lief er selbst ins Wasser und schwamm Richtung Schweden. Jenseits der Brandung versuchte er sich in Rückenschwimmen und sah, wie sie aus dem Wasser stieg. Aphrodite verläßt das Ägäische Meer. Wieder dieser schlanke Körper, nasses schwarzes Haar, das über die Schultern fiel und kein Ende nahm. Sie schüttelte sich wie ein Pferd, das die Schwemme verläßt, ordnete ihr Haar, ging ohne Eile zu der Sandkuhle, in der ihre Kleider lagen, hüllte sich, wie vorausgesehen, ins rote Badelaken. Es kam ihm vor, als winke sie ihm zu.

Zwanzig Jahre alt und zum erstenmal eine Frau nackt gesehen. In fünfzig Metern Abstand, aber immerhin. Zweieinhalb Jahre Soldat, unzählige Leichen, auch Frauenleichen, aber noch nie eine nackte Frau. Als Halbwüchsiger hatte er mit seinem Bruder die kleinen Mädchen in der Badeanstalt beobachtet, wenn sie sich in den Holzkabinen umzogen. Aber das waren keine Frauen. Ihm waren auch keine Bücher in die Hand gekommen, die nackte Frauen zeigten. Als Aphrodite an den Strand gespült wurde, waren die Fotografen gerade nicht zur Stelle. In den Filmen traten Frauen stets verhüllt auf, ein Küßchen auf den Mund war das Frivolste, was die Ufa sich erlaubte. Aber nun spazierte am menschenleeren Strand zwischen Pillkoppen und Rossitten eine nackte Frau aus dem Wasser. Das rote Tuch wurde zu einem Vorhang, hinter dem sie sich abtrocknete. Sie bückte sich, ließ ihr schwarzes Haar in den Sand fallen.

Er tauchte unter, um seinen Kopf zu kühlen. Sie wird eine von denen sein, die abends ins Kino gehen, die Lippen anmalen und heimlich rauchen. Er blieb lange im Wasser, um ihr Gelegenheit zu geben, sich umzuziehen. Er schaute in die andere Richtung, beobachtete die Wölkchen, die auf der Höhe von Memel über dem Meer platzten und sich rasch verflüchtigten. Artilleriefeuer jenseits von Memel.

Wieder war sie verschwunden, diesmal im Sand. Wo er eben noch den roten Vorhang gesehen hatte, spielte der Wind mit den Halmen des Strandhafers, flimmerte heiße Luft. Halluzinationen, dachte er. Der Film ist zu Ende, du kannst nach Hause gehen.

Aber ihre Spuren waren da. Er mußte ihnen folgen, als er zu seinem Fahrrad in die Weidenbüsche ging, und traf unterwegs den roten Fleck, platt im Sand liegend. Sie kauerte, bedeckt mit dem Tuch, in einer Kuhle und trocknete. Aus dem Tuch schauten unten die kleinen Füße, oben das schwarze Haar. Er überlegte, ob er sich entschuldigen müsse. Eine Frau anzusprechen, von der er wußte, daß sie unter dem roten Tuch nackt im Sand lag, kostete ihn Überwindung. Schließlich sind wir alle nackt, dachte er, unter irgendwelchen Tüchern, Kleidern und Decken sind alle Menschen nackt.

Sie kam ihm zuvor und sagte: Sie haben mich ganz schön erschreckt.

Er war ziemlich sicher, daß sein Kopf rot anlief. Vor sich sah er ein schmales, gebräuntes Gesicht, eine Stupsnase, viel zu kleine Ohren und keine angemalten Lippen.

Weil Sie mich so lange im Wasser festgehalten haben, bin ich unterkühlt und friere entsetzlich.

Er dachte, das sei eine Aufforderung, für Wärme zu sorgen,

sich zu ihr zu setzen und die kalte Gänsehaut so lange zu streicheln, bis sie heiß wurde. Aber ihm fiel nur der Nordwind ein. Der trieb das kalte Wasser aus dem Bottnischen Meerbusen an die Nehrungsküste. Deshalb sei die Ostsee so kalt, erklärte er. Deshalb die Gänsehaut und die blauen Lippen.

Er ging zu seinem Fahrrad, zog sich im Schutz des Weidengestrüpps um und hätte danach zur Straße gehen und davonradeln müssen, wäre ihm nicht in den Sinn gekommen, daß er eigentlich Bernstein suchen wollte. Also schob er das Rad an ihrer Kuhle vorbei, eine tiefe Spur im Sand zurücklassend.

Ich kenne Strände, da ist der Sand so fest, daß man kilometerweit radfahren kann, hörte er ihre Stimme. Sankt Peter-Ording zum Beispiel. An der dänischen Nordseeküste können sogar Autos am Strand fahren.

Also doch die Kleine Meerjungfrau.

Er fragte, ob sie auch per Fahrrad unterwegs sei.

Ich bin am Strand entlangspaziert, bis ich keinen Menschen mehr traf und nackt baden konnte, aber dann kamen Sie.

Er wunderte sich über das Sie. Darf man jemand, der einen nackt gesehen hat, noch mit Sie ansprechen?

Kennen Sie sich aus auf der Nehrung? fing auch er mit dem Sie an.

Überhaupt nicht. Ich besuche die Nehrung zum erstenmal, vielleicht auch zum letztenmal.

Er sprach davon, daß er seine Sommerferien immer auf der Kurischen Nehrung verlebt habe und die Dünen von Sarkau bis Nidden kenne. Hermann Kallweit empfahl sich als Fremdenführer.

Die Sonne näherte sich dem Wasser und färbte den Sand rötlich. Ihr Badetuch leuchtete purpurn. Sie kam ihm vor wie eine jener Puppen, die um die Spieluhr in Vaters Laden tanzten. Vom Himmel in den Sand gefallen vor seine Füße, und er wußte nicht, ob er sie anfassen durfte, ob sie zerbrechlich war wie die Porzellanfiguren, ob der Zauber erlosch, wenn er sie berührte.

Sie wohnte auch in Rossitten. Als er das erfuhr, bot er ihr an, sie auf dem Gepäckträger mitzunehmen.

Nach Rossitten können wir auch zu Fuß gehen, schlug sie vor und zeigte zu ihren Spuren, die sich am Strand verliefen.

Es sind zehn Kilometer, dachte er. Wenn wir ankommen, beginnt es zu dunkeln, und sie wird entsetzlich frieren.

Unter dem Badetuch zog sie sich um, während er Ausschau hielt nach fernen Schiffen. Das rote Tuch fiel neben ihm zu Boden. Zum Vorschein kam ein weißes Trägerkleid, lang bis zu den Knöcheln. Ihr Haar hing über der Schulter und näßte das Kleid.

Er bot ihr an, das Badelaken auf seinem Gepäckträger zu verstauen. Turnschuhe in der Hand, die Füße nackt, so stand sie vor ihm. Zwischen ihnen das Fahrrad.

Auf einmal erschien ihre ausgestreckte Hand über der Lenkstange.

Ich heiße Magdalena, sagte sie.

Er erschrak, denn ihre Hand war kalt wie der Bottnische Meerbusen.

Magda hätte ihm kaum gefallen, Lena auch nicht, aber Magdalena klang schön. Die vielen Vokale, ein Name zum Singen.

Der kommt aus der Bibel, sagte sie. Maria Magdalena war eine jener Frauen, die Jesus begleiteten.

Davon hatte er keine Ahnung, Jesus war ihm zum letztenmal im Konfirmandenunterricht begegnet. Mag sein, daß unter den vielen blassen Konfirmandinnen, die am Sonntag Palmarum frierend in die Kirche einzogen, auch eine Magdalena gewesen ist. Damals sah er die Religion eher von der heiteren Seite. Statt »Jesus meine Zuversicht« sangen die Konfirmanden »Jesus meine Kuh frißt nicht«, und die christlichen Tischgebete seiner Jugend reimten sich so:

> Oh, Dammlichkeit, verloat mi nech,
> verloat mi nech am Desch
> on jeff, dat eck to rechtje Tied
> dat grettste Steck erwesch.

Er nannte seinen Vornamen.

Sie zeigte zum Himmel und fragte, ob er nach ihm benannt sei, dem obersten Herrn der Lüfte, der Hermann Meyer heißen wollte, wenn ein feindliches Flugzeug in den deutschen Luftraum eindringt.

Nein, nach Sudermann.

Er nannte sie Magdalena, und sie sagte Hermann. Damit war das komische Sie aus der Welt.

Heute will keiner mehr Adolf oder Hermann heißen, sagte sie. Joseph ist auch aus der Mode gekommen, und Heinrich, mir graut vor dir!

Durch die Speichen der kullernden Räder sah er ihre weißen Füße, auch die Gänsehaut an den Beinen, die schwarzen Härchen, die im Wind zitterten. Du frierst immer noch, Magdalena.

Hermann der Cherusker wäre auch eine Möglichkeit, spann sie den Faden weiter. Darf man fragen, wo der Held des Teutoburger Waldes seine Waffen gelassen hat und die feldgraue Uniform?

Die hängt in Königsberg im Kleiderschrank.

Also doch. Es wäre auch ein Wunder, wenn es noch junge Männer gäbe, die nicht in einer Uniform stecken.

Schweigend gingen sie nebeneinander, jeder dachte seinen Teil. Sie wußten nichts voneinander, nur so viel, daß er Soldat war und sie einen Namen aus der Bibel trug. Vielleicht sollten sie nun wirklich nach Bernstein Ausschau halten. Mit seinem Bruder war er jeden Morgen zum Strand gelaufen, um das Gold der Ostsee zu suchen, sie hatten sogar nach Bernstein getaucht. Und die Fischer sammelten bei Sturmtagen Bernstein aus dem angeschwemmten Seetang. Nun aber war Sommer, es gab weder Stürme noch Bernstein, nur ihre weißen Füße tapsten neben den kullernden Rädern.

Magdalena schüttelte ihren Schuh aus. Ein kleines goldgelbes Steinchen rollte in die Hand.

Ob das Bernstein ist? fragte sie und fing an, den Stein auf ihrem Arm zu reiben. Er sah zu, entdeckte weiße Flecken auf der Haut, die rot anliefen. Schließlich reichte sie ihm das Steinchen. Er steckte es in den Mund und biß vorsichtig drauf. Ja, es war Bernstein.

Bernstein fühlt sich weicher an als Kiesel oder ein Glassplitter.

Ohne zu zögern, nahm sie auch den Stein in den Mund. Das ist wie Küssen, schoß es ihm durch den Kopf. Sie küßten sich auf dem Umweg über diesen albernen Stein.

Mein Vater ist Uhrmacher und Juwelier, er könnte dir, wenn du viele Steine findest, eine Bernsteinkette machen. Wenn die Herbststürme kommen, gibt es genug Bernstein.

Dann bin ich nicht mehr da.

Ich auch nicht.

Zwischen ihnen das Fahrrad, vor ihnen die Abendsonne auf ihrem Weg ins Meer. Sie watete barfuß durchs auslaufende Wasser, er mühte sich mit dem Rad im trockenen Sand. Beide starrten zu Boden, als suchten sie Bernstein. Der würde gut zu ihrem weißen Kleid passen, dachte Hermann.

Er überlegte, wo sie ihm schon einmal begegnet sein könnte. Vielleicht im Zug nach Labiau? Oder war sie eine jener Rot-Kreuz-Schwestern, die die heimkehrenden Urlauber mit Himbeersaft begrüßt hatten?

Die alten Kuren verbinden mit Bernstein allerlei Aberglauben, sagte er. Bernstein, am nackten Körper getragen, soll vor Dämonen schützen. Auch gegen Kropf, Blasenbeschwerden und den gewöhnlichen Irrsinn hilft Bernstein.

Aber bestimmt nicht gegen den Irrsinn unserer Zeit, sprach sie leise. Der ist nämlich ganz und gar außergewöhnlich und auch nicht heilbar.

Hast du Elche gesehen?

Sie sagte, sie sei erst drei Tage auf der Nehrung, und für Elche habe sie noch keine Zeit gehabt.

Wenn du willst, können wir morgen oder übermorgen dahin wandern, wo die Elche stehen.

Sie reagierte nicht, und er dachte, daß Elche sie nicht sonderlich interessierten. Trotzdem sprach er, weil ihm nichts an-

115

deres einfiel, weiter über Elche. Eigentlich seien sie in der Niederung zu Hause, erst vor siebzig Jahren kamen Elche auf die Nehrung, vermutlich im Winter über das gefrorene Haff. In der Nähe von Rossitten stand ein festes Rudel, und im Herbst versammelten sich alle Elche der Kurischen Nehrung im Möwenbruch ...

Schon wieder Herbst. Die Stürme werfen Bernstein an den Strand, die Elche wandern ins Möwenbruch, die Krähenschwärme fallen ein, aber was wird aus den Menschen?

Im September ist die Brunftzeit der Elche, erklärte er und wechselte auf die andere Seite des Fahrrades, um ihr einen halben Meter näher zu sein. Er hätte gern ihre Hand berührt, um zu prüfen, ob sie immer noch kalt sei. Aber Magdalenas linke Hand trug die Turnschuhe und die rechte das kleine Stück Bernstein.

Sie besaß keinerlei Schmuck. Bernstein auf nackter Haut, dazu ein weißes Kleid würden ihr gut stehen. Er fand keinen Ring an ihren Fingern, weder links noch rechts, also nicht verlobt und nicht verheiratet. Auch fehlten die weißen Streifen, an denen du die Ringträger erkennst. Sie besaß weiter nichts als ein langes weißes Kleid, dessen Saum längst naß geworden war vom Waten im flachen Wasser, und ein goldgelbes Steinchen, das sie wieder in den Mund nahm, bevor sie es in der Spitze ihres Schuhs verwahrte. Hinter ihnen verwischten die Wellen den Sand. Vor ihnen keine Spuren, hinter ihnen keine Spuren. Wie gerade vom Himmel gefallen, wateten sie durch knöcheltiefen Sand.

Schlittschuhlaufen auf dem Schloßteich, fiel ihm ein. Konnte es sein, daß er sie vor der Terrasse von Schwermer, wo die Schlittschuhläufer ihren Punsch tranken, gesehen hatte? Oder in der Schule. Magdalena, ein Mädchen aus den höheren Klassen. Bestimmt war sie älter als er, aber nicht verlobt oder verheiratet.

Hast du Fronturlaub?

Er nickte.

Sie fragte nicht, woher er komme und wohin er nach dem

Urlaub reisen müsse, meinte nur lachend, daß die Urlauber es jetzt nicht mehr weit hätten. Die Fronten kämen ja näher.

Im Süden entdeckten sie Menschen, schwarze Striche am Wasser, vermutlich spielende Kinder.

Die grauen Räder kullerten durch den Sand. Auf dem Gepäckträger leuchtete ihr rotes Badetuch. So nahe war er noch nie einer Frau gewesen.

Sie könnte Lehrerin sein, ging es ihm durch den Kopf. Lehrerinnen fahren in den Ferien gern an die See. Sie sammeln bunte Kiesel, Muschelschalen und Bernstein. Lehrerinnen gab es wie Sand am Meer, die meisten blutjung, gerade selbst erst der Schule entwachsen. »Ich ging im Walde so für mich hin, und nichts zu suchen, das war mein Sinn ...« ließen sie die armen Schüler leiern. Magdalena, die Lehrerin, ging am Strande für sich hin, um nackt zu baden. Wenn das deine Schüler wüßten!

Nein, doch keine Lehrerin. Er konnte sich keine Lehrerin vorstellen, die sich nackt auszieht und in die Brandung läuft. So etwas tun deutsche Lehrerinnen nicht.

Verstohlen musterte er ihre Hände. Könnten sie einen Rohrstock halten? Das Prügeln – bei den Jungen auf den Hosenboden, den Mädchen in die ausgestreckte flache Hand – gehörte zu den vornehmsten Aufgaben der deutschen Lehrerschaft. Für diese Arbeit bist du nicht geeignet, Magdalena. Diese dünnen Ärmchen, diese zarten langen Finger.

Er ließ das Fahrrad in den Sand fallen.

Verpusten, schlug er vor und zeigte den Dünenhang hinauf, wo die Stranddisteln mattblau leuchteten.

Bereitwillig ging sie mit ihm, breitete sogar das rote Badetuch aus. Er durfte sich neben sie setzen, zwischen ihnen eine Handbreit Sand.

Ja, es waren Kinder, die vor Rossitten am Seestrand spielten.

Die sind auch nackt, flüsterte Magdalena und lachte ihn an.

Er wußte, daß sie unter dem weißen Kleid nackt war, daß sie kalte Hände hatte und eine Gänsehaut auf den Armen und daß ihr schwarzes Haar zottelig über die Schultern hing und allmählich trocknete.

Ich habe einen Onkel in Schweden, sagte er und zeigte zur untergehenden Sonne, die im Begriff stand, ins Hafenbecken von Göteborg zu fallen.

»Wenn du einen Onkel in Schweden hast, so danke Gott und sei zufrieden ...« rezitierte die Lehrerin feierlich, um nach einer Weile hinzuzufügen, daß es in Schweden jedenfalls keine Fronten gäbe.

Ihre Hände gruben den warmen Sand.

Er fragte nach den Schlittschuhläufern auf dem Schloßteich. Magdalena behauptete, sie sei einmal bis zum Hals eingebrochen, und das drei Tage vor Weihnachten.

Kommst du auch aus Königsberg?

Sie gab keine Antwort.

Er war ziemlich sicher, sie beim Schlittschuhlaufen gesehen zu haben. Vor drei Jahren oder vier. In zwei Monaten gibt es den ersten Frost, dachte er, vielleicht dachte sie es auch. Das Haff wird zufrieren, die Front über das Eis kommen. Und was wird aus den Schlittschuhläufern?

Ob schon mal jemand mit Schlittschuhen nach Schweden gelaufen ist? Früher hat es Winter gegeben, in denen die ganze Ostsee zufror.

Mein Bruder ist einmal von Cranzbeek nach Rossitten übers Haff gelaufen und am selben Tag wieder zurück.

Die Lehrerin Magdalena wußte auch, daß vor zweihundertfünfzig Jahren der Große Kurfürst die Schweden mit dreitausend Schlitten über das zugefrorene Haff verfolgt hatte.

Er fragte nach ihrem Nachnamen.

Namen sind doch Schall und Rauch, meinte Magdalena lachend. Sie wollte auch die Straße nicht verraten, in der sie wohnte. Schlittschuhläuferin müßte genügen.

Der Sand war kühl geworden und wärmte nicht mehr. Magdalena begann zu frieren.

Er stellte sie sich Pirouetten drehend vor der abendlichen Kulisse des Schlosses vor. Schneeflocken im Haar, die Hände wieder kalt, die Nase rotgefroren. Wie kamen sie nur auf den Winter?

Die Ostsee friert in Nehrungsnähe schnell zu, weil ihr Salzgehalt dort gering ist. Die kurischen Fischer erzählen, daß sie Winter erlebt haben, in denen sie kilometerweit über Schollen und aufgetürmte Eisberge wandern mußten, bis sie das offene Meer erreichten.

1929, behauptete Magdalena. In dem Jahr war die Ostsee völlig mit Eis bedeckt, und man hätte per Schlitten vom Samland nach Schweden flüchten können. Aber damals brauchte niemand zu flüchten.

Also doch Lehrerin. Sie wußte, daß 1929 der kälteste Winter des Jahrhunderts war und der Große Kurfürst die Schweden mit Schlitten über das Haff gejagt hatte. Das wissen nur Lehrerinnen.

Es kam ihm nun doch so vor, als habe der Ringfinger ihrer linken Hand einen schmalen weißen Streifen. Oder machte das die Kälte?

Ich wohne in der Münzstraße.

Befindet sich in der Nähe nicht die größte Buchhandlung Europas, in der Herder als Lehrling gearbeitet hat und Kant heute noch eine eigene Stube besitzt?

Vielleicht doch keine Lehrerin, sondern Buchhändlerin. Kennst du die Geschichte von dem alten Mütterchen, das aus dem ländlichen Domnau zu Gräfe & Unzer nach Königsberg kam?

Ich mecht e graues Buchche kaufen.
Wie lautet denn der Titel, liebe Frau?
Dem weiß ich nich.
Vielleicht kennen Sie aber den Verfasser.
Dem kenn ich auch nich, aber suchen Se man alle Ihre grauen Buchchen vor, wo Se hier im Laden haben, dann werd ich meins schon rausfinden.

Der Krieg, er zieht sich etwas hin.
Der Krieg, er dauert hundert Jahre.
            Brecht: »Mutter Courage und ihre Kinder«

Bevor sie die spielenden Kinder erreichten, schwappte die
Brandung ein Stück Tuch, einen Lappen, einen Sack, jedenfalls graues Zeug an den Strand. Das Wasser wusch und zerrte
daran, riß es zurück, warf es wieder platschend aufs Trockene.
Ein Militärmantel. Jemand hatte sich aus der militärischen Verkleidung gestohlen, um nackt im Bernsteinmeer zu schwimmen.

Betroffen starrte Magdalena auf das nasse Zeug.

Der Mantel gehört einem Fliegermajor, sagte sie.

Er sah, wie sie jede Farbe verlor, und wunderte sich, daß
Magdalena sich in den militärischen Rängen auskannte. War
sie die Frau eines Offiziers des Fliegerhorstes Neuhausen?
»Verliebt, verlobt, verheiratet«, sangen die Kinder, wenn sie an
den weißen Kamillenblüten zupften. Verwitwet kam in ihrem
Reim nicht vor. Dabei gab es Witwen wie Sand am Meer, und
sie wurden immer jünger.

Er untersuchte den Mantel. Das Kleidungsstück wies keine
Einschußlöcher auf. Blutflecken, sollte es sie gegeben haben,
waren von Sand und Meerwasser reingewaschen worden. Eigentlich müßten sie die Taschen umkrempeln, um die Erken-
nungsmarke oder den Namen des Mantelträgers zu finden
oder Bernstein oder irgendeine Kostbarkeit, aber Magdalena
entschied: Wir werden den Mantel begraben.

Mit den Händen buddelte sie ein Loch. Er schleifte das
nasse Zeug über den Strand, versenkte es in der Kuhle. Magdalena kniete nieder und scharrte trockenen Sand auf den
Mantel. Danach holte sie ein Büschel Salzkraut, setzte es so
auf den Sandhügel, daß es wie Blumenschmuck aussah. Ach
ja, Blumen. Vielleicht hatte Magdalena mit Blumen zu tun.

120

Sie suchten das Meer ab, als käme von dort noch etwas, als sei der Mantel nicht alles und nicht das letzte. Der Träger des Kleidungsstückes fehlte.

Hast du schon viele Militärmäntel begraben? fragte sie beim Weitergehen.

Er wollte die Antwort überschlagen, spürte aber, daß sie wartete. Also erzählte er von seiner ersten Begegnung mit dem Tod, die auch etwas mit Mänteln zu tun hatte. Das geschah bei Starijy Niwi. Im Sommer stürmten sie durchs Niemandsland und fanden auf halbem Wege die Reste derer, die im Winter gefallen waren. Auf den Totenköpfen hingen durchschossene Stahlhelme, und die Skelette wurden von grauen Wintermänteln zusammengehalten.

Bitte nicht, flüsterte sie. Bitte nicht diese Uniformen.

Er hätte gern, bevor sie die Kinder erreichten, mit Magdalena gebadet, am liebsten nackt. Aber daran war nicht zu denken. Sie wagte sich nicht einmal mit den Füßen ins Wasser, weil der Besitzer jenes Mantels, den sie begraben hatten, irgendwo umherschwimmen und sein Eigentum zurückfordern könnte. Außerdem fror sie.

Neben der Seenotrettungsstation lagen die Seeboote der Fischer.

Die Kinder tuschelten miteinander und schauten ihnen nach.

Ein Junge fragte nach der Zeit.

Sie blickten sich beide an und lachten. Ihnen war die Zeit verlorengegangen. Der Sohn des Uhrmachers Kallweit hatte keine Uhr mitgenommen.

Vom Seestrand wanderten sie auf Waldwegen, in denen sich die Wärme hielt, zum Dorf. Sie wagte sich sogar aufs Fahrrad. Die letzten fünfhundert Meter saß Magdalena auf dem Gepäckträger, beide Beine zu einer Seite wie die feinen Damen auf den Pferden. Das Rad schlingerte hin und her, sie mußte sich festhalten. Ihre Hände berührten seinen Gürtel, klammerten sich an das Leder. Die Knöchel ihrer Finger drückten in seinen Rücken.

Du hast immer noch kalte Hände, Magdalena.

Es dunkelte, als sie ins Dorf fuhren. Der Ballonreifen hinten fast platt. So schwer bist du doch gar nicht, Magdalena. Sei ehrlich, du wiegst hundert Pfund oder hundertundfünf.

Er klingelte heftig, umkurvte eine Gänseschar und die vielen Patschlöcher. Vor dem Kurhaus sprang sie vom Fahrrad.

Hier wohne ich.

Gäbe es ein Kino, würde er sie zur Abendvorstellung einladen. Aber das einzige Schauspiel, das in Rossitten gegeben wurde, hieß Natur. Sonnenaufgänge und Sonnenuntergänge, Sand auf den Lippen, im Haar und in den Ohren, ein Summen des Windes in den Kiefern, von Westen her das Rauschen des Meeres.

Hinter ihnen war die Sonne ins Wasser gefallen. Von dort kam die Dunkelheit. Nur das Haff leuchtete noch, die Spitze des Leuchtturms ragte ins Sonnenlicht. Im Osten ein goldroter Streifen, kein Feuer, sondern die Farbe des Abends, an die Küste der Elchniederung gemalt.

Ich sehe ziemlich zerzaust aus.

Das Haar ungekämmt, das weiße Trägerkleid in Falten. Magdalena streifte die Turnschuhe über die Füße, hängte das rote Badetuch um die Schulter.

Nun bist du ein Fliegenpilz.

Im »Kurhaus und Gästeheim Hotel Kurisches Haff«, der größten Herberge Rossittens, hatte Magdalena ein Zimmer im ersten Stock mit Blick zur aufgehenden Sonne. Das dritte Fenster von rechts. Ein Einzelzimmer natürlich. Bett, Schrank, Tisch und Stuhl. Besucher durften nicht empfangen werden.

Was willst du morgen unternehmen?

Sie zuckte mit den Schultern. Am Strand wandern, Bernstein suchen und die letzten Tage genießen.

Wieder nackt baden?

Nur, wenn niemand dabei ist.

Sie mußte dringend ins Haus, um zu telefonieren. Ein Ferngespräch nach Königsberg mit Voranmeldung. Danach wollte sie den Sand aus den Haaren waschen.

122

Ans Fahrrad gelehnt, wartete er unter dem Fenster, von dem aus sie die aufgehende Sonne sehen konnte. Er dachte, sie werde es öffnen und ihm zuwinken, aber das große verdunkelte Haus hatte Magdalena verschluckt und wollte sie nicht wieder hergeben.

Glaub mir, Jungche, der Wind kann Sandberge auf-
blasen, aber keine dicken Ärsche.

Kurische Volksweisheit

Die Störche brauchen drei Monate, um nach Afrika zu fliegen.
Drei lange Monate. Solche Bummelanten sind das. Der Vogelprofessor hat es ausgerechnet. Wenn die Störche im April wiederkehren, ist der Krieg zu Ende, so oder so.

Na, dann lieber so.

Jedenfalls werden sie kommen, die Störche und die anderen
Zugvögel, sie kommen immer wieder.

In Rossitten ist der Vogelzug stärker als in Nidden oder
Schwarzort. Die meisten Schwärme kommen quer übers Haff
auf Rossitten zu. Darum errichtete Thienemann hier seine
Beobachtungsstation. Jungvögel sind argloser und lassen sich
leichter fangen und beringen.

Der Heidedichter Löns hat heftig gegen den Unfug der Vo-
gelberingung, wie er es nannte, polemisiert und böse Briefe an
Thienemann geschrieben. Einem Vogel einen Ring um den
Fuß zu legen sei ein unerlaubter Eingriff in die Natur, meinte
dieser Löns. Bester Vogelschutz sei es, die Tiere in Ruhe zu
lassen. Warum müssen wir wissen, wie lange Störche von Ostpreußen nach Südafrika fliegen? Bei jeder Beringungsaktion
sterben ein paar Tiere an Herzschlag, und in Afrika schießen
die Eingeborenen die Störche vom Himmel, um ihren Frauen
die Ringe aus Rossitten zu schenken.

Der Dichter Löns ist im ersten Krieg gefallen. Wäre er am
Leben geblieben, hätte er noch viele böse Briefe nach Rossitten geschrieben.

Auch die Mingeoma wußte von Gottes gefiederten Gästen
und der Gelehrigkeit der Vögel zu erzählen. Dem Krämer Zigan aus Prökuls war im letzten Winter eine Krähe zugeflogen,
die er nicht in den Kochtopf gab, wie es die hungrigen Neh-

124

runger getan hätten, sondern tüchtig fütterte. Er brachte dem Vogel das Sprechen bei, setzte ihn auf eine Stange neben der Ladenbimmel, und immer, wenn ein Mensch den Laden betrat, schrie die Krähe: »Mach die Tür zu, du Knallkopp!« In den ersten Augusttagen, als der Kanonendonner auf Prökuls zurollte, ging der Krämer auf die Flucht. Dem Vogel wollte er das nicht antun und trug ihn zu den Nistplätzen der Krähen am Fluß. Dort gab er ihm die Freiheit. Einen Tag später fuhr Zigan mit seinem Pferdewagen über die Petersbrücke in Ruß. Auf dem Brückengeländer saß eine Krähe und schrie: »Juno, dick und rund!« Da erbarmte sich der Krämer und nahm den Vogel mit auf die Flucht.

In der guten Stube spielte der Deutschlandsender Paupertls »Ein Morgen im Walde«. Dorchen Kallweit saß in weichen Kissen, lauschte der Musik und schrieb an die Tante Rohrmoser. Sie bedankte sich überschwenglich für die Aufnahme und gute Bewirtung ihres Sohnes, unterstrich, daß die Familie nun glücklich vereint sei – bis auf den Ältesten –, erwähnte kurz ihre Geranien und schloß mit der Bemerkung, daß sie bald in die Stadt kommen werde, und zwar zusammen mit dem Jungen. In einem Nebensatz sprach sie die Hoffnung aus, daß der Krieg sich an der Grenze totlaufen werde. Im Ersten Weltkrieg seien die Russen auch nicht bis Königsberg gekommen.

Huschke beschickte die Tiere. Als erstes schicherte sie die Hühner in die Kutz, damit der Fuchs über Nacht nicht Mahlzeit hielt. Von den Nehrungsfüchsen sagt man, daß sie ein gutes Leben führen. Sie fangen brütende Vögel, schnüren am Strand, um tote Fische aufzusammeln, und laufen die Telefonleitungen ab, weil unter den Drähten, vor allem in der Zugzeit, immer ein paar abgestürzte Vögel liegen.

Als Huschke den Schweinen die Drangtonne in den Stall trug, übertönte das Quieken der Tiere Paupertls »Morgen im Walde«. Danach schickte sie die Mädchen ins Bett, zuerst allerdings an den Brunnen, um die Füße zu waschen, die Knie nicht zu vergessen, die ordentlich mit Bimsstein abgerubbelt werden mußten. War das nicht ein Stein aus dem höllenheißen Innern der Erde? Ach, unser Junge hat viel von der Welt gesehen, sogar in die italienischen Vulkane hat er geblickt, wo die Bimssteine herkommen, schrieb Mutter an Tante Rohrmoser.

Die Oma erzählte Schimmerstundengeschichten aus dem vorigen Jahrhundert. Wie der Bauer Leskin aus Kuckerneese seinen Hof am Strom verkaufte und in den Vertrag schreiben ließ, daß der Käufer ihm ein bestimmtes Haus, genau ausgemessen in Breite und Höhe, vier Zimmer und vier Fenster, als Altenteil an die Straße bauen sollte. Der Käufer baute los, vergaß aber den Schornstein.

So haben wir nicht gewettet, schimpfte Leskin und verlangte einen ordentlichen Rauchabzug.

Sie gingen zu Gericht, bekamen auch ein Urteil, aber nicht nach dem Geschmack des Leskin. Der Vertrag spreche nur von einem Haus, ein Schornstein sei nicht erwähnt, schrieb das Gericht.

Als der Frühling kam und die Wege trockneten, machte sich Leskin zu Fuß auf nach Berlin. Er wollte dem König die Sache vortragen. Sieben Wochen und fünf Tage wanderte er, bis er Einzug hielt in die Hauptstadt. Dort wurde er vorgelassen und vom König höchstpersönlich mit einem Taler preußisch Courant beschenkt. Außerdem befahl der König seinem Sekretär, er solle den Bauern Leskin aus Preußisch-Litauen eine Woche lang in der Stadt unterbringen und gut beköstigen. Nach Kuckerneese schickte der Monarch die Order, das Altenteilerhaus des Leskin unbedingt mit einem Schornstein zu bauen.

Nachdem er sich die Stadt besehen hatte, machte sich Leskin auf den Heimweg. In der Tucheler Heide, die zwischen Pommern und dem Polnischen liegt, überfiel ihn ein Räuber, der ihm den königlichen Taler abnahm. Leskin klagte bitter. Er habe ein zänkisches Weib in Kuckerneese, das ihm den Überfall nicht glauben und denken werde, er habe den Taler des Königs im Krug vertrunken. Um den Überfall glaubhaft zu machen, bat er den Räuber, mit seiner Pistole ein Loch

nicht nur in den Hut, sondern auch in die Jacke zu schießen. Sonst werde er seines Lebens in Kuckerneese nicht mehr
froh. Der Räuber tat ihm den Gefallen. Als er beide Kugeln
verschossen hatte und nachladen wollte, warf der Leskin sich
über ihn und nahm den geraubten Taler wieder an sich,
brachte ihn glücklich heim an den Rußstrom, wo das neue
Haus schon gerichtet stand und ein Schornstein schwarze
Rauchfahnen von sich gab. Ja, damals haben die Könige noch
geholfen, und die Räuber besaßen ein gutes Herz. Aber jetzt
ist eine neue Zeit.

Denn sie säen Wind und werden Ungewitter ein-
ernten.

Der Prophet Hosea, Kap. 8, Vers 7

Als er das Haus betrat, blickten sie ihn an, als wüßte er viel zu
erzählen.

Mutter sagte, er spürte, wie sie sich bemühte, es nicht vorwurfsvoll klingen zu lassen: Du bist aber lange unterwegs gewesen.

Er hatte weder Hunger noch Durst, worüber sich alle wunderten.

Sie fragten, wie weit er gekommen sei und was er erlebt
habe.

Er murmelte etwas von Baden und Schlafen in den Dünen.

Die Oma fragte nach Hoaskebrot, das über die Grenze gegangen war.

Erzähl vom Krieg, bat Erwin.

Danach war ihm überhaupt nicht zumute. Krieg war ihm
so fern wie Napoleons Zug nach Rußland, ganz nahe dagegen die Dünen, das Meer, der Strand und Magdalenas kalte
Hände.

Der Fischer behauptete, er habe nachts Nordlicht gesehen,
zuckende Lichtpfeile über der Ostsee. Gerade so, als wüte in
Königsberg ein Feuer.

Wer weiß, was da gebrannt hat?

Nordlicht im August ist ein schlimmes Zeichen, orakelte
die Oma.

Es wird einen frühen Winter geben und wer weiß was
noch, meinte Huschke.

Bevor sie schlafen gingen, trat er auf die Straße. Er hörte Musik im Kurhaus und dachte an einen Schifferklavier-
spieler mit schwarzen Locken und Pomade im Haar, der
aufspielte, während Magdalena auf der Terrasse mit ihrem

128

Offizier tanzte. Oder sie saß an einem weißgedeckten Tischchen und trank den letzten Champagner, den die Luftwaffe
in Frankreich erbeutet hatte. Wer wird den Champagner
trinken, der aus den Trauben des Jahres 44 wächst? Auf der
Terrasse des Kurhauses sah er winzige Kerzen flackern, so
unscheinbar, daß sie aus dreitausend Metern Höhe nicht
auffielen. Er umkreiste das Gebäude, fand einige Fenster offen und stellte sich vor, wie die Kühle der Nacht in ihr Zimmer wehte und die Vorhänge bewegte. Magdalena schlief
schon.

Ein Auto holperte mit abgedunkelten Scheinwerfern über
die Dorfstraße und hielt vor dem Kurhaus. Zwei Uniformierte stiegen aus. Auf der Terrasse blieben sie stehen und
steckten sich an den flackernden Kerzen ihre Zigaretten an.
Als sie die Gaststube betraten, sprangen die Soldaten, die an
den Tischen Karten gespielt hatten, auf und grüßten militärisch.

Später ging auch er in die Gaststube. Keiner beachtete ihn,
nur ein älterer Mann, der an der Tür saß und so tat, als lese er
Zeitung, blickte auf und musterte ihn streng.

Immerhin, die Bedienung war weiblich.

Er wollte einen Glühwein bestellen und auf Magdalena
warten, aber die Bedienung sagte, das Restaurant habe schon
geschlossen.

Wenn geschlossen ist, dann ist geschlossen, dachte er und
ging, blieb eine Weile am Zaun stehen und beobachtete die
Gardinen, die der Wind bewegte. Er meinte, Stimmen zu
hören.

Im Süden, auf Kunzen zu, brüllten Kühe in die beginnende
Nacht. Vom Hafen her drang unterdrücktes Lachen herüber.
Im Fischerhaus schliefen sie schon, oder sie taten, als ob sie
schliefen. Bestimmt lag Mutter wach am offenen Fenster und
lauschte den Geräuschen der Nacht.

Von Träumen konnte keine Rede sein. Weder Magdalena
erschien ihm noch sonst eine Frau, weder nackt noch im weißen Kleid. Er schlief so fest, daß er die einfliegenden russi-

schen Flugzeuge nicht hörte, auch den Ruf des Käuzchens nicht und die Frauenstimmen auf der Terrasse des Kurhauses. Um Mitternacht sagte der Wehrmachtsbericht, daß an der italienischen Front keine größeren Kampfhandlungen stattfänden.

Der Krieg ist auch der Vater der guten Prosa.
Friedrich Nietzsche

Donnerstag, 24. August, Sankt Bartholomäus, der Tag der Fruchtbarkeit. In der Bartholomäusnacht wurde ein furchtbares Blutbad angerichtet, aber das ist lange her.

Das Radio sprach von Kämpfen bei Paris und Durchbruchsversuchen der Amerikaner am adriatischen Küstenabschnitt.

Wenn Italien verlorengeht, brauchst du nicht so weit zu reisen, meinte Vater beim Frühstück.

Nördlich des Memelstromes hatten sich Plünderer in den geräumten Dörfern an fremdem Hab und Gut vergriffen, die Polizei erschoß fünfzehn Personen auf der Stelle. Auch das meldeten die Morgennachrichten.

Im Osten schöpfte der Krieg Atem, gab den Früchten Zeit zu reifen, erlaubte den Pflügern, die Scholle zu brechen, und ließ die Spinnweben des Altweibersommers ihre Netze knüpfen. Die Zugvögel störte er nicht, am Himmel blieb er sichtbar in den Kondensstreifen hochfliegender Maschinen, die von See her kamen, die Nehrung rasch überquerten und sich in den Wolkenbergen der Memelniederung verirrten.

Kurat war früh in den Hafen gegangen, um die Kähne, die mit der aufgehenden Sonne einliefen, zu begrüßen. Er brachte die Nachricht nach Hause, die Fischer hätten Neunaugen gefangen. So früh im Jahr Neunaugen!

Es kommt zeitig, und es wird auch zeitig gehen, murmelte Huschke.

In Heydekrug zahlen sie für Neunaugen gutes Geld, wußte die Oma. Sie bat darum, ihr Schwiegersohn solle sie mitnehmen, wenn er mit Neunaugen nach Heydekrug fahre. An der Minge wollte sie aussteigen.

Wer weiß, ob in Heydekrug noch Fischmarkt ist, murmelte Huschke.

Etwas Sonderbares habe sich auf dem Haff zugetragen, berichtete der Fischer. Gegen fünf Uhr in der Frühe sei eine meterhohe Welle übers Wasser gekommen, ohne daß jemand eine Bombenexplosion oder eine Sprengung an der Küste gehört hatte. Das Wasser stank entsetzlich nach Petroleum.

Wenn die Wägen ohne Pferde durch die Lüfte fahren,
wenn die Männer sich kleiden wie die Frauen
und die Frauen wie die Männer,
dann beginnt eine neue Welt.

Das hatte die Oma in einer Schrift gelesen, die außer ihr niemand kannte. Sie sagte es gern auf, wenn es unheimlich wurde, wenn die Nordlichter schon im August leuchteten, die Käuzchen in den Nächten schrien oder ohne ersichtlichen Grund hohe Wellen über das Haff gingen.

Mutter saß neben ihm am Frühstückstisch. Gelegentlich fuhr sie mit der Hand über sein Haar, als wollte sie es glätten. Sie entfernte Fussel von seinen Ärmeln und wollte wissen, ob er gut geschlafen habe. Wie sollte er erklären, daß er nicht mit ihr in der Fliederlaube sitzen würde? Vater kam ihm zu Hilfe. Er fragte, ob Hermann ihn zur Beobachtungsstation begleiten wolle, dort werde der Sommerzug der Rauchschwalben erwartet.

Ich habe jemand am Strand kennengelernt, wir sind zum Baden verabredet.

Kein Wort war gefallen über das Geschlecht dieses Jemand, aber alle, die es hörten, wußten Bescheid. Erwin verließ grinsend den Raum, der Fischer versteckte sich hinter Tabaksqualm, Huschke tat so, als habe sie nicht recht verstanden, nur Mutter ging aus dem Zimmer und sagte, sie müsse Honig holen.

Die Katze umschnurrte seine Beine.

Wenn de Koater danze well, gevt dat boald Hochtied! rief die Oma über den Tisch.

Huschke ermahnte sie, nicht so vorlaute Reden zu führen. Überall ist Krieg, und du redest von Hochzeit.

Ach, Kind, wenn emmer stell best, krechst ok ine Kerch Prejgel, antwortete die alte Frau.

Er konnte es nicht erwarten, zu ihr zu gehen. Verstohlen blickte er zum Kurhaus und erkannte, daß das dritte Fenster im Obergeschoß geöffnet war. Magdalena sah die Sonne über dem Haff aufgehen.

Als er gegangen war, legte Albrecht Kallweit seiner Frau die Hand auf die Schulter und sagte: Der Krieg macht die Kinder früh erwachsen.

Wer weiß, was das für eine ist, klagte Dore Kallweit.

Wenn einer alt genug ist, um Soldat zu spielen, darf er auch eine Braut haben, entschied der Fischer.

Aber er ist noch nicht volljährig, er hat weiter nichts gelernt als den Krieg.

> Noch trauriger als die Frische ist die Kurische Neh-
> rung. Hier ist nichts als Sandwüste.
>
> *Bericht eines Reisenden um 1800*

Das Kurhaus in Händen der Soldaten. Eine Gruppe saß auf
der Terrasse, andere luden Kisten auf einen Lastwagen. Am
Zaun standen Kinder. Sie sind gern bei den Soldaten, sie laufen ihnen nach, sie winken ihnen zu, sie lauschen ihren Liedern, und wenn die Soldaten schießen, sammeln die Kinder
die leeren Patronenhülsen als Spielzeug für ihre Kinderstu-
ben. »Wenn die Soldaten durch die Stadt marschieren, öffnen
die Mädchen die Fenster und die Türen …« lernte die deutsche Jugend das fröhliche Soldatenleben im Volkslied kennen.
Und auf dem Exerzierplatz der Trommelplatzkaserne hatte
Hermann unzählige Male gesungen: »Es ist so schön, Soldat
zu sein …«

Außer den Soldaten beherbergte das Kurhaus auch Frauen.
Da wären die Zimmermädchen zu erwähnen, die die Betten
schüttelten wie Frau Holles Goldmarie, die meisten von ihnen
Litauerinnen und Ukrainerinnen, die der Krieg nach Rossitten verschlagen hatte. Auf der Terrasse saßen Frauen beim
Frühstück, Blitzmädchen oder BDM-Führerinnen oder Lehrerinnen. Magdalena war nicht dabei.

Die Bedienung empfing ihn mit der Bemerkung, sie dürfe
nur den Gästen des Hauses und Soldaten servieren. Er sagte
ihr, daß er nicht bedient werden wolle, sondern verabredet sei
mit jemand, der im Kurhaus wohne. Wieder dieses unbe-
stimmte Jemand.

In der Vorhalle zu warten war ihm unangenehm, weil die
Blitzmädchen über ihn tuschelten und die Bedienung sich
denken konnte, wer dieser Jemand war.

War Magdalena ohne ihn zum Meer gewandert, um Bernstein zu suchen oder nackt zu baden?

Plötzlich sah er sie auf der Treppe, wieder in Weiß, an den Füßen rote Sandalen. Ihr Haar war zu einem Knoten gebunden, am Morgen sehen Lehrerinnen immer so streng aus.

Sie sprach kurz mit der Bedienung, kam zu ihm und sagte, daß sie auf einen Telefonanruf warte. Kein Händedruck, kein Lächeln, vor der Klasse zeigen Lehrerinnen niemals ihre Gefühle.

Frau Rusch, Ihre Anmeldung Königsberg! hörte er eine Stimme.

Also Frau Rusch. Vielleicht doch verheiratet oder verwitwet oder sonst irgend etwas.

Als sie wiederkam, schien sie erleichtert zu sein.

Es geht, sagte Magdalena.

Erst jetzt reichte sie ihm die Hand, und er fand, daß sie kein bißchen wärmer war als gestern.

Also, was unternehmen wir? Baden, wandern, die Elche belauschen?

Sie rannte auf ihr Zimmer und kam mit einer Tasche wieder. Er sah das rote Badelaken, darunter eine Flasche mit gelber Flüssigkeit. Wieder trug sie keinen Schmuck, sondern nur diesen blassen Streifen am Finger, oder bildete er sich das ein? Magdalena duftete nach Lavendel.

In der Küche pfiff ein Teekessel. Türen schlugen, Soldaten kamen und gingen, erstatteten Meldung, einige grüßten im Vorbeigehen.

Der zweite Tag mit Magdalena begann damit, daß sie vorschlug, den Hafen zu besuchen. Fische riechen, sagte sie. Sie schlenderten an den sich ausruhenden Kähnen vorbei. Er erklärte ihr die Rossittener Wimpel und blieb vor der Neringa stehen.

Den Namen fand sie schön. Ob die Herren Standesbeamten Neringa als Mädchennamen ins Register eintragen würden?

Mein Gott, sie dachte an Kinder. Vielleicht hatte sie Kinder, die bei den Großeltern in der Stadt lebten. Magdalena eine Mutter, Kriegerwitwe mit Kind?

Er erzählte ihr die Geschichte seiner überraschenden Heimkehr. Die Eltern wie in jedem Sommer auf der Nehrung. Ich reise ihnen nach. Und wen treffe ich? Dich.

Magdalena überhörte den letzten Satz, sie war beschäftigt mit den Wimpeln und den merkwürdigen Namen der Kurenkähne. Am Ende der Mole blieben sie stehen. Hier hätte er die Begrüßung nachholen können, die er der vielen Soldaten, der Blitz- und Zimmermädchen wegen versäumt hatte. Aber zwischen ihnen stand die dämliche Tasche mit dem roten Tuch und dem gelben Sprudel, auch kam Magdalena allen Umarmungen zuvor, indem sie fragte, ob er nach dem Ende des Urlaubs dorthin reisen müsse. Sie zeigte über die Wasserfläche ostwärts.

Nein, in die entgegengesetzte Richtung.

Das war natürlich viel zu unbestimmt für den Erdkundeunterricht und hätte ihm die Note mangelhaft eingebracht, aber die Junglehrerin Rusch ließ es für diesen Spätsommermorgen gelten. Also einmal quer durch Deutschland.

Er fragte, ob sie mitkommen wolle, nicht an die Front, sondern bis Heidelberg oder Rothenburg ob der Tauber.

»Kraft durch Freude« fährt nicht mehr, antwortete sie. Außerdem muß ich bei meinen Eltern bleiben, die brauchen mich.

Also keine Kinder, sondern alte Eltern, die vielleicht krank sind und um die sie sich kümmern muß.

Es stank nach Fisch, Teer und diesem Teufelszeug aus Krüllschnitt und Lindenblättern, das die Fischer rauchten. Von Süden her, wohl aus Cranzbeek, näherte sich ein Schiff. Er schlug vor, mitzufahren bis Nidden, aber Magdalena schüttelte den Kopf. Sie wollte lieber wandern. Vielleicht fürchtete sie sich vor den vielen Menschen, sie wollte nicht gesehen werden. Ihm war es recht, mit ihr allein durch die Kiefernplantagen zu spazieren, sich in der Kupstenlandschaft zwischen Haff und Meer, wo ihnen niemand begegnen konnte, zu verirren.

Als der Dampfer Laut gab, kamen Kinder zur Mole gerannt wie immer, wenn sich Besuch ankündigte. Die Lehrerin Rusch fragte ein Mädchen nach der Schule.

Nächste Woche fängt sie wieder an, vielleicht auch gar nicht mehr, weil doch Krieg ist.

Wenigstens die Kinder haben ihre Freude am Krieg, sagte sie bitter. Er sorgt für Ferien ohne Ende.

Sie wanderten zur Plantage, wo sich die Kühle hielt und die Bäume nach ausgelaufenem Harz dufteten. Nachdem sie die Nehrungsstraße überquert hatten, hörten sie die Brandung. Das Rauschen kam ihnen stärker vor als gestern, der Wind wehte aus Nord.

Auf einer Lichtung trafen sie äsende Rehe, eines davon weiß wie der Dünensand.

Albinos kommen hier häufig vor, erklärte er. Der Sand, das Meer, die Sonne, diese Flut von Licht lassen die Tiere zu immer größerer Helligkeit mutieren.

Neben der Station zur Rettung Schiffbrüchiger spielten wieder Kinder. Als sie sie kommen sahen, versteckten sie sich hinter den aufliegenden Booten. Liebespaare belauschen, hieß das Spiel.

Sie marschierten geradeaus, bis ihre Füße naß wurden. Die Wellen, um einiges höher als gestern, kamen von Schweden und liefen weiß aus. Ein Morgen, um Bernstein zu suchen und zu finden.

Er fragte, wie lange sie auf der Nehrung bleiben wolle.

Bis zum Sedanstag, antwortete Magdalena.

Aha, die Lehrerin Rusch begann mit dem Examen. Wann war der Sedanstag? Damit konnte sie ihn nicht in Verlegenheit bringen, denn in der Pimpfenzeit hatten sie ihn oft besungen, den 2. September; bei Sonnenwendfeiern, auf Nachtmärschen und an Lagerfeuern war die Hitler-Jugend zum fernen Sedan gezogen.

Es störte ihn, daß sie länger auf der Nehrung bleiben wollte als er. Gab es keine Möglichkeit, in ihrer Nähe zu bleiben? Er könnte krank werden oder den Urlaub verlängern aus wichtigem Grund. Ist Verliebtsein etwa kein wichtiger Grund? Frauengeschichten hat ein Soldat sich aus dem Kopf zu schlagen. Wo kämen wir da hin?

Vielleicht reise ich auch früher ab, erklärte Magdalena. Meinem Vater geht es nicht gut, einen Wetterumschwung spürt er schon Tage voraus.

Sie erwartete einen Wetterumschwung. Natürlich, jeder Sommer mußte ein Ende haben. Sturm und Regen wird es geben, danach beginnt der Herbst und die Zeit der Bernsteinsammler. Er stellte sich die Nehrung ohne Magdalena vor. Überall toter Sand und kaltes Wasser. Wie die Zeit davonlief. Schon zählte er die Stunden. Bald wird der Sommer zu Ende gehen und niemals wiederkehren.

Welche Krankheit hat dein Vater?

Magdalena zögerte. Nichts Bestimmtes, sagte sie schließlich. Vor zehn Jahren war er in Schutzhaft, wie man das nannte. Seit seiner Entlassung kränkelt er, und niemand weiß, woran es liegt.

Vor zehn Jahren! staunte er.

Ich weiß nicht, wie du zu ihnen stehst und ob ich es dir sagen darf. Mein Vater war Kassierer für eine Partei, die ihnen nicht gefiel. Gleich nach der Machtübernahme kam er in Schutzhaft. Es ist besser, wir inhaftieren dich, als daß du von SA-Leuten totgeschlagen wirst, sagte der Polizist, der Vater abholte.

Nach dieser Krankengeschichte schwiegen sie lange.

Kann es sein, daß du Lehrerin bist?

Sie lachte und schüttelte heftig den Kopf. Sehe ich so streng aus?

Er zählte weitere Berufe auf, doch sie lachte nur.

Mein Beruf ist leicht zu erraten. Männer sind eben Soldaten, nichts anderes.

Und wenn die Soldatenzeit vorüber ist?

Er wußte nicht, was dann geschehen sollte, außerdem glaubte er, daß die Soldatenzeit nie vorübergeht.

Sie veranstalteten eine Art Beruferaten. Krankenschwester fiel ihm ein, Kindergärtnerin, Bibliothekarin, Luftwaffenhelferin. Immer nur schüttelte sie lachend den Kopf.

Also Rumpelstilzchen.

Sie fanden keinen Bernstein, was auch daran lag, daß sie ei-

138

gentlich nicht suchten, sondern jeder vor sich hindachte. Sie wanderten auf Sarkau zu, sahen weit und breit kein angeschwemmtes Holz von untergegangenen Kähnen oder Rettungsflößen, fanden überhaupt nichts außer Sand, Wasser und Wind, was natürlich daran lag, daß sie nicht suchten. Die Dünen dampften, Sandfahnen wehten himmelwärts, hielten sich in der Luft, bis sie auf die alte Poststraße fielen oder sich auf der Haffseite ins Wasser senkten.

Er trug ihre Tasche. Zufällig berührten sich die Hände. Er sagte, er müsse sie wärmen, und gab sie nicht wieder her. Sie waren sich nun so nahe wie nie zuvor.

Gut, daß du keine Uniform trägst, flüsterte sie. In Uniform wären wir uns nie nahegekommen.

Ihnen voraus, über dem Wasser schwebend, der dunkle Streifen der samländischen Steilküste. Ein Schnellboot raste parallel zum Ufer nordwärts und erinnerte daran, daß Krieg war. Sie warteten auf die Bugwelle. Als sie kam, rannten sie die Vordüne hinauf. Hinter ihnen brach es mit mächtigem Schwall herein und spülte bis zum Strandhafer.

Sie rasteten im Windschutz der Düne, wo die Hitze unerträglich war. Magdalena begann, sich zu entkleiden. Sie streifte die weiße Bluse über den Kopf, knöpfte den Rock auf und ließ ihn in den Sand fallen.

Hast du noch nie gesehen, wie eine Frau sich auszieht? rief sie schnippisch.

Zum Vorschein kam ein Badeanzug, blau wie die Blumen der Königin Luise.

Das ist zum Lachen, ihr schießt und tötet, jeden Tag habt ihr mit Verwundeten und Toten zu tun, aber wie eine Frau sich auszieht, davon habt ihr keine Ahnung.

Sie löste ihr Haar und ließ es über die Schulter fallen.

Na, was ist? Willst du nicht baden?

Sie rannte voraus. Bis zur Hüfte in der Brandung stehend, winkte sie ihm zu. Er mußte an Nixen, Sirenen und Meerjungfrauen denken, von denen jeder weiß, daß sie ihre Opfer in die Tiefe locken und nicht wieder hergeben.

139

Das Wasser kalt wie der Bottnische Meerbusen. Er tauchte und hielt Ausschau nach Bernstein für die weiße Haut und das weiße Kleid, fand natürlich nichts, was auch daran lag, daß er eigentlich nicht suchte. Über ihm schwebte ihr kornblumenblauer Körper, den er nicht zu berühren vermochte, weil unter Wasser die Perspektiven verschwammen. Er griff ständig daneben.

Sie tauchte und kam mit einer Handvoll Steine vom Meeresgrund zum Vorschein. Magdalena behauptete, sie habe einen Schatz gefunden, es waren aber weiter nichts als schwarze Kiesel, die sie in hohem Bogen ins Meer warf.

So sieht es aus, wenn du mit einer Schrotflinte ins Wasser schießt.

Ach, der Herr denkt schon wieder ans Schießen.

Sie rannten durchs auslaufende Wasser. Bevor er sie greifen konnte, tauchte sie unter, kam an einer Stelle zum Vorschein, an der er sie nicht vermutet hatte. Er schwamm unter Wasser mit offenen Augen, sah ihren Körper hinter einem grünlichen Schleier. Ob es zwischen Finnland und Schweden schon Eis gab? Noch sechs Tage, dann begann der September. In Lappland fällt der erste Schnee, in Sibirien friert die Erde, und um Spitzbergen treiben Eisschollen. Magdalena fährt in die Stadt, du fährst an die Front, der Sommer ist zu Ende.

Jenseits der Brandung tauchten sie auf und schwammen nebeneinander. Immer geradeaus, dann landen wir in Gotland, sagte er.

Nach Schweden kommen wir beide nie, antwortete Magdalena.

Ihm fiel auf, daß sie wir gesagt, ihn mit einbezogen hatte, als hätten sie eine gemeinsame Reise geplant. Er dachte an Hochzeitsreisen von Gotenhafen nach Gotland oder Göteborg und fühlte sich in diesem Augenblick stark genug, mit Magdalena übers Meer zu wandern bis an die schwedische Küste.

Zum Trocknen legten sie sich in ein Tal der Vordüne. Zwischen ihnen das rote Tuch und der heiße Sand. Er sah Krümel über ihren Körper rieseln und sich sammeln in Tälern und

Senken. Von ihren Haaren tropfte es, ihre Lippen waren spröde. Die kurische Sonne, der kurische Sand und das salzige Wasser haben deine Lippen platzen lassen, Magdalena. Was hast du für winzige Ohrläppchen? Er entdeckte Einstichstellen im Ohr. Du hast Ohrringe getragen und vielleicht auch einen Ring am Finger. Nun könntest du den kornblumenblauen Badeanzug ausziehen, Magdalena, weil das Zeug am Körper so schlecht trocknet. Auf Gotland baden die Mädchen auch nackt und liegen unbekleidet am Strand, um zu trocknen.

Sie vergrub ihre Füße im Sand, die Kinder nannten das Backofenspielen.

Über den Predinbergen kreiste ein Segelflugzeug, es gab sie also noch, die stillen Segler der Kurischen Nehrung.

Er beobachtet uns, flüsterte Magdalena.

Hermann erzählte von seinem Bruder, der als Statist in dem Ufa-Film »Rivalen der Luft« mitgewirkt hatte und danach selbst Segelflieger geworden war. Einmal lag er am Strand, ein Schatten glitt über die Düne, und eine gefüllte Limonadenflasche schlug neben ihm ein. Heinz winkte ihm zu und flog, mit den Tragflächen wackelnd, aufs Meer hinaus.

Die Segelflieger sind alle zur Luftwaffe gegangen, bemerkte Magdalena.

Heinz meldete sich im Sommer 39 freiwillig.

Und wo ist er jetzt?

Über dem Ärmelkanal verschollen, von einem Feindflug nicht zurückgekehrt, wie es in der Militärsprache heißt.

Das hätte er nicht sagen dürfen. Magdalena riß die Füße aus dem Backofen, richtete sich auf, pustete den Sand von ihrem Körper, blickte zum Wasser, als suche sie den Ärmelkanal. Mein Gott, auf einmal war er meilenweit entfernt von ihren tropfenden Haaren, den kleinen Ohrläppchen, den geplatzten Lippen und dem blauen Badeanzug. Sie blickte dem abziehenden Segelflieger nach und schien an etwas zu denken, das jenseits der Erdkrümmung im Meer versunken war.

Seitdem Heinz fort ist, beschäftigt sich Vater nur noch mit den Zugvögeln.

Das ist auch Fliegen, meinte sie. Dein Vater fliegt dem verlorenen Sohn hinterher.

In diesem Augenblick schoß ein Vogelschwarm von Norden her über die Düne. Hunderte grauer Punkte, die in großer Höhe ihre Kehren und Kurven flogen.

Stare, sagte er.

Alle fliegen fort, nur wir müssen bleiben, flüsterte Magdalena. Nicht mal nach Schweden dürfen wir schwimmen.

Er sprach von den Stränden zwischen Tunis und Tripolis, deren endlose Dünen längst nicht so weiß aussahen wie der Sand der Kurischen Nehrung.

Also Afrikakämpfer, sagte sie und rümpfte die Nase. Einer, der im Mittelmeer gebadet, unter Palmen und Zypressen gelegen hat. Ich hätte da eine Frage an den Herrn Soldaten: Gibt es in der Wüste Sahara Frauen?

Er hätte sie gern berührt, wenigstens ein Ohrläppchen. Oder die spröden Lippen oder ihr schwarzes Haar, das zottelig auf dem roten Tuch lag. Er hätte gern den Sand von ihren Armen gepustet, den blauen, allmählich trocknenden Badeanzug gestreichelt und ihre Füße erneut im Backofen begraben. Aber der dämliche Segelflieger beobachtete sie, und dort unten lag der Ärmelkanal, und jemand war vom Feindflug nicht zurückgekehrt, sondern ins Wasser gefallen.

Ich glaube, Le Havre liegt auch am Ärmelkanal, sagte sie plötzlich.

Jawohl, in Geographie war er gut. Dort ungefähr lag Gotland und ein Stück weiter Göteborg, wo Onkel Karl auf sie wartete. Und Le Havre war gerade im Begriff verlorenzugehen.

Er lag neben ihr und dachte an die geplatzte Unterlippe und den Krieg. Du brauchst viel Zeit, um mit ihr die Nehrung hinauf- und hinabzuwandern, nachts in den Dünen zu schlafen, am Abend mit den Fischern hinauszufahren, Arm in Arm auf den Promenaden der Seebäder zu spazieren, in Palmnicken nach Bernstein zu graben. Für alles brauchte er Zeit, aber sie fehlte ihm vor allem. Flüchtig und keineswegs ernsthaft kam ihm der Gedanke, einfach auf der Nehrung zu bleiben, sich in einem Backofen einzugraben, mit ihr in jenen Dörfern unterzugehen, die vor hundert Jahren vom Sand verweht waren.

Er pustete Kuhlen in den Sand, blickte verstohlen zu ihren Hügeln, die nicht begraben werden wollten. Das ist der Unterschied: In der Sahara ziehen Kamele durch den Wüstensand, auf der Kurischen Nehrung liegen Frauen im Strandhafer.

Magdalena lachte und warf Sandkörner auf seine Füße.

Rommel, der oberste aller Afrikakämpfer, soll schwer verwundet sein, bemerkte sie.

In diesem Augenblick kam das Schnellboot zurück, wieder gab es einen Schwall am Ufer. Danach herrschte Stille.

Als ihr Badeanzug getrocknet war, wanderten sie weiter in den Mittag hinein. Ach, sie hatten noch viel zu erwandern. Die Nehrung war endlos lang, sie war warm und hell, sie besaß schattige Kuhlen, über die der Wind strich, die niemand einsehen konnte, auch die Segelflieger nicht, nur die Milane, die über den Dünen kreisten.

Hier ruhen wir und sind in Frieden und leben ewig
sorgenlos.

Inschrift am Tor eines kurischen Friedhofes

Wenn es einen Flecken Erde gibt, für den das Wort von der
stehengebliebenen Zeit gilt, hier war er zu finden. Die Dünen
hatten die Zeit verschüttet, sie begraben wie die Dörfer, von
denen die Dichter sangen. Sanduhren rieselten ihre Ewigkeiten ohne Ende.

Die Kuren glaubten, die Nehrung sei ein Lebewesen, das sich
bewege und atme. Über Nacht verändert es seine Lage, gibt
sich Höhen und Tiefen, zuweilen fällt die Nehrung in Schlaf.
Ihre Sandfahnen flattern wie weißes Haar. Sie gibt und nimmt,
sie wächst und schwindet. Nie ist sie stumm. Ihre Gräser summen, das Klirren der durch die Luft irrenden Sandkörnchen
erfüllt den Morgen und den Abend. Schläft der Wind ein, singen die Vögel. Nachts, wenn alles schweigen will, rauscht an
ihrem Bett die Brandung.

In jedem Menschenleben verliert die Nehrung eine stein-
wurfbreite Sandfläche ans Meer; in der Gegend von Rossitten
bricht sie Jahr für Jahr zwei Meter ab. Das alte Cranzer Kurhaus liegt vom Wasser begraben draußen in der Ostsee. Neu
errichtete Kurhäuser warten auf kommende Fluten. Das Meer
stürmt heran, die Nehrung weicht zurück. Was im Westen
verlorengeht, gewinnt sie im Osten. Tag und Nacht treibt der
Sand über die Steilhänge. »Es gibt keinen grausig schöneren
Anblick als eine Wanderdüne im Sturm«, schrieben die alten
Reiseführer. Bei heftigem Seewind senken sich Sandfontänen
aufs Wasser und geben dem Haff eine milchige Farbe. Das Haff
wird bezuckert, sagen die Nehrunger. Jeden Tag, den Gott
werden läßt, taumeln Millionen Sandkörner in seine Tiefe. Sie
füllen das Haffbecken, tauchen als Sandbänke wieder auf wie
die Toten der Nehrung, die auf sonderbare Weise auferstehen.

Vor dem Pillkoppener Friedhof liegt ein Findling mit der Inschrift »Versandet im Jahre 1900«. Nicht mehr lange, dann öffnen sich die Gräber, kehren die Toten zurück wie auf dem ausgewehten Pestkirchhof von Nidden, dessen menschliche Überreste in der Sonne bleichen.

Das südliche Haff liegt einen Meter höher als die See. Irgendwann wird der schmale Streifen nachgeben, das Haff sich ins Meer ergießen. Wenn die Nordweststürme hineindrücken oder im März, wenn Eisbarrieren die Ströme verstopfen, reicht das Wasser bis zu den Füßen der Dünen, und die Fischer schöpfen sich auf der Dorfstraße die Schlorren voll. Dem steigenden Haff konnte auch das Schloß von Rossitten nicht standhalten. Vor Jahrhunderten zerstört, wurden seine Ruinen überflutet. Zu gewissen Tagen sieht man seine Reste auf dem Grund, und an stillen Sommerabenden erklingt ein Lachen aus der Tiefe, ein Gläserklirren, vermischt mit harten Schlägen der Schwerter auf metallener Rüstung. Zu hohen Feiertagen steigen Gesänge empor, darüber das einsame Läuten einer Glocke. Die Fischer sagen, daß in den Ruinen des Schlosses die Aale zu Hause sind.

Nach Norden zu wird das Haff flacher. Wer alt genug wird, kann es noch erleben, wie die Natur von der Windenburger Ecke nach Nidden eine Sandbrücke baut. Um der Schiffahrt eine Straße zu geben, mußten sie schon vor hundert Jahren den Sand aus dem nördlichen Haff baggern. Dabei fanden sie vor Schwarzort gewaltige Bernsteinlager und gaben der Gegend den Namen Preußisch-Kalifornien. An die sechshundert Arbeiter wühlten mit Dampfbaggern in drei Schichten Tag und Nacht, förderten pro Jahr an die 75 000 Kilogramm Bernstein, genug Stoff, um königliche Schlösser auszustatten und dem russischen Zaren ein Bernsteinzimmer zu schenken. Als das Jahrhundert dem Ende zuging, erschöpfte sich Preußisch-Kalifornien, die Bagger verstummten, der Sand rieselte in die Kuhlen. Aber immer noch wandern junge Frauen barfüßig die Strände ab, um Ausschau zu halten nach einer hübschen Brosche.

145

Auch unterirdisch lebt die Nehrung. Das Grundwasser drückt so mächtig, daß stellenweise der Sand zu schwimmen beginnt. Graugrün schimmern die nassen Stellen des Triebsandes am westlichen Fuß der Dünen. Die Nehrunger schlagen ehrfurchtsvoll das Kreuz und erzählen ihren Sommergästen schaurige Geschichten von Roß und Reiter, die im Triebsand untergegangen sind, von Elchen, die in den nassen Mahlstrom gerieten und elendig sterben mußten. Der Zarenhof in Sankt Petersburg erfuhr mit einiger Verspätung vom großen Sieg der verbündeten Heere bei Waterloo, weil dem reitenden Boten, der die Nachricht überbringen sollte, auf der Poststraße zwischen Sarkau und Memel beide Pferde im Triebsand steckenblieben und die Beine brachen. Auch ein deutscher Dichter, der auf der Nehrungsstraße ins russische Reich reisen wollte, geriet mit seinem Wagen in den tückischen Sand. Pegasus mußte absteigen; die Nehrunger hatten einige Mühe, die hohe Poesie auszugraben. Es hat dem Dichter Kotzebue nicht viel geholfen, daß er vom Triebsand errettet wurde, kurze Zeit später traf ihn auf offener Straße die Kugel eines Revolutionärs. Im Jahre 1824, kurz vor Weihnachten, versank ein Reisender aus Hamburg mit Namen Müller samt Wagen und vier Pferden vor Schwarzort und ward nicht mehr gesehen. Mit Mann und Roß und Wagen sind viele im Triebsand geblieben. Auch grollt die Düne zuweilen. Wenn das hochdrückende Grundwasser Hohlräume entstehen läßt, die in der Trockenzeit einbrechen, klingt es wie unterirdisches Gewitter. Die Düne ist böse, sagen die Nehrunger.

Oft wollte die Nehrung schon Insel werden. Unweit Sarkau duckt sie sich tief, lädt Meer und Haff ein, sie zu überfluten. »Die See geht bei Sarkau ins Haff«, schrieben die Chronisten vor vierhundert Jahren in die Bücher. 1830 vereinigten sich bei schwerem Sturm und Wasserrückstau im Haff für einige Tage die Gewässer, See und Haff feierten Hochzeit. Zuletzt brach die See im Dezember 1895 durch, und immer geschah es zwischen Sarkau und Rossitten.

Doch die Pest ist des Nachts gekommen.
Mit den Elchen über das Haff geschwommen.
Agnes Miegel: »Die Frauen von Nidden«

In der Mittagshitze erreichten sie Sarkau. Hier wäre es an der
Zeit, sich nach geräucherten Flundern umzusehen. Früher
brannten neben der Dorfstraße die Räucherfeuer, und die
Fremden schauten zu, wie die Fische goldgelb wurden. Nach
fünf Jahren Krieg waren die Flundern ausgestorben und von
den Räucherfeuern auf die Lebensmittelkarten gewandert.
Den Fischweibern blieben die »Sarkauer Gänse«, nämlich Nebelkrähen, die die Nehrung in so großer Zahl heimsuchten,
daß es keine Mühe bereitete, einige zu fangen und in die Bratpfanne zu geben. Sie jedenfalls waren bezugscheinfrei und ließen sich auch vom Krieg nicht vertreiben. Wenn alles geht,
werden die Krähen bleiben.

Da es keine geräucherten Flundern gab, veranstalteten sie
ein Picknick in den Dünen. Als Magdalena die Brote aus-
packte, berührten sich ihre Hände. Das geschah später noch
einmal, als sie aus derselben Flasche tranken.

Gemeinsam aus einer Flasche trinken ist wie küssen, dachte
er. Fast einundzwanzig Jahre alt, vielleicht in vier Wochen
schon tot, aber noch nie eine Frau geküßt. Sie kam ihm so
überlegen vor, so erwachsen. Er fühlte sich wie ein kleiner
Junge, der bei Pythagoras aufgehört und danach nur noch
Krieg gespielt hatte.

Wir kennen uns erst zwei Tage. Mit dieser Bemerkung errichtete sie eine Grenze, die er nicht zu überschreiten wagte.

Erst zwei Tage, aber in einer Woche mußte er zurück in den
Krieg. Vielleicht geht die Welt unter, ohne daß er Magdalenas
Ohrläppchen berührt hat oder ihr schwarzes Haar oder ihre
spröden Lippen.

Das Segelflugzeug war jenseits der weißen Berge niederge-

147

gangen, kein Schnellboot raste die Küste entlang, am Strand fehlten die Kinder. Der Himmel frei von Kondensstreifen und feindlichen Aufklärern. Die Luft flimmerte. Der Strandhafer wisperte.

Wieder das gleiche Ritual. Ein ausgebreitetes Badetuch. Dominierend die Farbe Blau, im Hintergrund ein dunkles Rot und viel Weiß. Der Sand, die Gischt, die Brandung, der sonnendurchflutete Himmel, alles weiß, auch die Haut an gewissen Stellen. Wie leicht sie war.

Sie lachte. Es wäre schön, wenn du hier bleiben könntest und ich auch hier bleiben könnte. Dann rief sie sich zur Ordnung und sagte: Aber jeder muß ja seine Pflicht erfüllen.

Es gibt keine vollkommenere Harmonie als den Formationsflug der Stare. Wie sie ihre Schleifen, Kehren und Spiralen ziehen, immer im gleichen Abstand zueinander, von geheimnisvollen Kräften geleitet, vermutlich einer Melodie, die nur sie hören. Oder es ist das Heulen des Windes, wenn die kleinen Flügel die Luft schneiden. Kein Künstler vermag diesen Einklang darzustellen. Auch die Bomberverbände, deren Pulks, wenn es Nacht wird, aus den westlichen Wolkenbänken auftauchen, können es nicht mit ihnen aufnehmen.

Sand, der alles beherrschende Stoff. Er rieselte aus Magdalenas Haar, aus ihren Ohrmuscheln und Achselhöhlen, er setzte sich zwischen die Zehen und scheuerte an den nassen Fingern, er klebte und krümelte, er sammelte sich auf den spröden Lippen, knirschte zwischen den Zähnen und schmeckte salzig.

Hinter ihnen geballte Sommerwolken, über dem Meer ein ungetrübter Himmel. Keine Geräusche. Doch, der Wind sang, und am Strand gluckste das Wasser.

Die Lippen, die Hände, die Ohrläppchen, alles salzig.

Der Starenschwarm ließ sich fallen, raste im Tiefflug übers Wasser, fast die Brandungswelle berührend, erhob sich aufs neue, verschwand hinter dem Kamm der Düne, stieg steil in den Himmel.

Er streichelte die Gänsehaut. Die Kälte kam von der eisigen

Meeresströmung zwischen Finnland und Schweden. Dagegen mußten sie etwas tun.

Du zitterst ja, Magdalena.

Jetzt nur nicht sprechen.

Der Starenschwarm stürzte im Steilflug ins Meer. Im Norden baute der Himmel Wolkentürme. Das Meer atmete tief, und die Erde atmete und Magdalena, die ihre Augen geschlossen hielt und sich an ihn klammerte.

Er wußte nur, daß er so etwas noch nie erlebt hatte. Und alles schmeckte salzig.

Starenschwärme sind die sicheren Vorboten des Herbstes. Sie üben die Symphonie des Abschieds, das ewige Spiel von Gehen und Kommen. Auch sie müssen über eine Front fliegen.

Nichts mehr war kühl. Die Füße im heißen Sand, die Arme ohne Gänsehaut.

Wir kennen uns erst zwei Tage, der Sand läuft aus der Uhr. Aber die Mingeoma wird die Zeit anhalten, unser August wird nie zu Ende gehen.

Warum umgaukelt der Schmetterling die Stranddistel?

Er versuchte, die Farbe Blau zu entfernen, und sie ließ es geschehen. Das Weiß nahm überhand. Magdalena behauptete, sie sehe ein Segel von Schweden her kommen. Das konnte nicht sein, denn sie lag in einer sandigen Kuhle, über sich nur der nackte Himmel, darin nicht die Sonne, sondern sein Gesicht.

Bläulich schimmernde Libellen umkurvten ihre Körper. Über die Haut rieselte Sand und sammelte sich in der Kuhle des Bauchnabels. Du wirfst Schatten, Hermann Kallweit …

Endlich kehrte die Sonne wieder.

Man müßte fliegen können, sagte Magdalena und meinte die Starenschwärme, die über der See ihre Künste vorführten.

Schließlich sahen sie einen Milan, der, von Norden kommend, die Nehrung ohne Flügelschlag überquerte.

Wenn wir jetzt einschlafen, verbrennen wir.

Also lieber baden.

149

Sie wanderten zum Wasser, zum erstenmal sah es so aus, als wären sie eins. Magdalena spritzte ihn naß und lachte.

Hast du noch nie ein Mädchen gehabt?

Mag sein, daß er errötete, jedenfalls gab er keine Antwort.

Als sie die Brandung durchstießen, sahen sie tatsächlich sehr fern und verschwommen ein weißes Segel auf dem Weg nach Schweden.

Zur Ehre Gottes und seiner Natur
Inschrift der Beobachtungsstation Ulmenhorst

Auf dem Rückweg machten sie einen Abstecher nach Ulmenhorst, er hoffte, seinen Vater dort zu treffen.

Das ist Magdalena Rusch, wird er sie vorstellen, und Vater
wird sie wohlwollend anschauen und ihr die Hand geben.

Am Abend in der Fliederlaube das gleiche. Das ist Magdalena Rusch, wird er zu Mutter sagen. Wir haben uns soeben
verlobt ... Nein, das wird er nicht sagen, es wäre ihm peinlich.

Mutters strenger Blick über den Rand ihrer Brille. Ihr kennt
euch erst zwei Tage.

Ja, zwei Tage, aber wir haben keine Zeit.

Wer weiß, was das für eine ist? wird Mutter denken und
sich schmollend in ihre Stube zurückziehen. Der Junge ist
noch keine einundzwanzig, in einer Woche muß er fort.
Warum dieses Mädchen?

Vater war nicht in Ulmenhorst, es war überhaupt niemand
da. Magdalena setzte sich auf die Treppe. Das ist nun das
ganze Wunder der Vogelwarte Rossitten, so eine kleine Holzhütte, lachte sie.

Ulmenhorst, inmitten der Zugbahn der Vögel, wurde erbaut von dem Vogelprofessor, der Rossitten berühmt gemacht
hatte. In der unruhigen Zeit nach dem Ersten Weltkrieg verirrten sich Revolutionäre aus Königsberg auf die friedliche
Nehrung und verwüsteten die Beobachtungsstation aus Gründen, die niemand erfahren hat, aber die nun mal zu einer Revolution gehörten. Möglicherweise waren sie nur betrunken.
Thienemann reiste durch Europa, um Geld zu sammeln für
ein neues Ulmenhorst. Eine halbe Million Mark sollte der Bau
kosten, aber die große Inflation, die der Revolution folgte,
fraß alle Gelder. Wären nicht holländische Vogelfreunde mit

151

einem erklecklichen Betrag zur Ehre Gottes und seiner Natur eingesprungen, Ulmenhorst wäre nie wieder aufgebaut worden, Stare, Krähen, Schwalben und Finken hätten unberingt von Nord nach Süd und von Süd nach Nord ziehen müssen. Mag sein, daß Vater auch einen kleinen Betrag für den Aufbau von Ulmenhorst gespendet hat.

Sie saßen vor der Hütte, die so verlassen aussah, als wäre auch die Vogelwarte auf die Flucht gegangen.

Warum heißt die Lachmöwe Lachmöwe? fragte Magdalena und versuchte, das Vogelgeschrei nachzuahmen. Sie pfiff auf dem Daumen wie ein Pferdeknecht, sie fing an, die Vogelhochzeit zu singen: Es wollt ein Vogel Hochzeit machen, fideralala, fideralala …

Du bist albern, Magdalena.

Sie rannte um die Hütte. Er griff sie und hätte sie, wäre die Tür nicht verschlossen gewesen, in den Raum getragen. Im Innern befand sich, das wußte er von früheren Besuchen, ein Sessel und ein Bett, auf dem zu Lebzeiten der Vogelprofessor geruht und seine Pfeife geraucht hatte.

Wo hat der Thienemann mit seiner Eule Kaffee getrunken? fragte sie.

Du meinst Hanne, den Uhu, den Thienemann so gezähmt hatte, daß er mit ihm gemeinsam zu Tisch sitzen konnte. Mein Vater hat den sonderbaren Vogel oft erlebt.

Sie sang die dritte Strophe der Vogelhochzeit. Als er sagte, daß dieses nicht die Jahreszeit sei, in der die Vögel Hochzeit machen, legte sie ihm den Finger auf den Mund.

Nicht so was sagen. Wir wollen Herbst und Winter überleben, im Frühling machen die Vögel Hochzeit.

Der Milan kreiste über Ulmenhorst.

Der Professor hat ihn geschickt, sagte Magdalena lachend. Er soll aufpassen, daß keine Unbefugten in die Hütte einbrechen und auf seinem Sofa Hochzeit feiern. Vielleicht haben die Revolutionäre, die Ulmenhorst zerstörten, auch nur Hochzeit feiern wollen.

Du bist albern, Magdalena.

Sie versuchte, seine Haare um ihren Finger zu wickeln. Dauerwellen, kicherte sie. Was geschieht, wenn ein Soldat mit Dauerwellen an die Front kommt? Warum heißt die Lachmöwe Lachmöwe?

Du bist wirklich albern, Magdalena.

Warum mußt du überhaupt zurück? fragte sie plötzlich. Die Zugvögel müssen fliegen, aber für Menschen gibt es kein Naturgesetz, das sie zwingt, am 31. August in einen Zug zu steigen, nach Italien zu fahren, um sich totschießen zu lassen.

Er blickte sie staunend an und wunderte sich, daß sie beide das gleiche gedacht hatten. Mit Magdalena durch die Dünen wandern, nach Schweden schauen, sich in den Sand eingraben und auf den Frühling warten, wenn die Vögel zurückkehren.

Das ist wirklich albern, sagte sie und hängte sich an seinen Arm. Jeder muß seine Pflicht tun.

Was hatte sie für Pflichten? Warum machte sie ein solches Geheimnis darum?

Mein Vater behauptet, von Ulmenhorst sieht man bei klarem Wetter die Türme Königsbergs.

Das glaubte sie nicht. Die Stadt liege an die achtzig Kilometer entfernt und habe keine hohen Türme. Sie gaben sich Mühe, Königsberg zu finden, aber im Süden, wo es liegen mußte, flimmerte nur die Hitze, ein feiner Staubvorhang zog von den Hängen um Sarkau zum Haff.

Er wollte wissen, in welcher Straße sie zu Hause war.

Du sollst nicht soviel fragen.

Sie lachte und legte ihm den Finger auf den Mund.

Vor meiner Abreise möchte ich mit dir ins Kino gehen. Wenn du mir sagst, wo du wohnst, hole ich dich ab.

Hier ist Kino genug! rief sie und zeigte zum Meer, zum unbewegten Haff und der Dünenlandschaft im Norden. Kino macht keinen Spaß mehr, die Zeiten werden immer trauriger und die Filme immer lustiger.

Ich brauche deine Adresse, um dir Feldpostbriefe zu schreiben.

Er malte die Nummer 58282 C in den Sand für den Fall, daß auch sie ihm schreiben wollte.

Sie schüttelte unwirsch den Kopf. Er spürte, wie sie sich entfernte, plötzlich so weit oben schwebte wie der kreisende Milan. Also lassen wir das. Keine Briefe. Wir verabreden uns für den nächsten Frühling ... wenn die Vögel Hochzeit machen. Am Abend vor der Abreise gehen wir ins Kino. Die letzte gemeinsame Vorstellung. Mittendrin reißt das Zelluloid, Sirenen ertönen, das Licht geht aus ... Also lassen wir das.

»Es geht alles vorüber, es geht alles vorbei«, sangen sie in jenem Sommer in den Kinos. Ach, wenn sie geahnt hätten, wie es vorübergeht!

Irgend etwas stand zwischen ihnen. Du bist so abweisend, Magdalena.

Weihnachten sehen wir uns zum Schlittschuhlaufen auf dem Oberteich, irgendein Weihnachten. Und im nächsten Sommer wieder im kurischen Sand, wie versprochen.

Im Herbst werden in Italien die kleinen Singvögel gefangen, vielleicht auch die Soldaten, wenn man sie nicht vorher totschießt.

In Innsbruck werde ich die erste Postkarte an dich einstekken.

Ach, bei den lustigen Tirolern, bemerkte sie spöttisch. In Tirol gibt es doch auch Frauen, mit denen du ins Kino gehen kannst. Sie summte das Lied von den Tirolern, die lustig sind, ihr Bettchen verkaufen und auf Stroh schlafen.

Agnes Rohrmoser hatte den Kallweitkindern das Tirolerlied beigebracht und stets erwähnt, daß die Salzburger auch lustig und froh sind, aber keineswegs ihre Bettchen verkaufen.

Sie schliefen nicht auf Stroh, sie lagen im Dünensand, und im Augenblick standen sie auf den Bruchbergen vor Rossitten, der Seewind spielte in Magdalenas Haaren, und sie hing an seinem Arm. »Der Blick von den Bruchbergen nach Nordosten gehört zu den schönsten Aussichten der Kurischen Nehrung«, sagte ein Reiseführer, den Magdalena aus der Stadt mitgebracht hatte.

154

Zu ihren Füßen das Möwenbruch, ein Ort für allerlei Spektakel, jetzt in ungewohnter Stille. Lachmöwen und Kiebitze, die dort für ständiges Geschrei sorgten, hatten längst das Weite gesucht.

Alle sind fort, flüsterte sie.

Wenn der Krieg vorbei ist, reisen wir auch nach Tirol.

Mein Gott, was hatten sie vor! Schweden besuchen. Eine Hochzeitsreise von Gotenhafen nach Göteborg und zu den lustigen Tirolern.

Südlicher als Berlin war sie nie gewesen. Berlin als Fünfjährige. Sie erinnerte sich an U-Bahn-Züge, die in schwarze Tunnel stürzten und über Hochbrücken kletterten.

Seitdem Vater krank ist, können wir nicht mehr herumreisen.

Hinauf zum Großglockner wird er mit ihr steigen. Wir werden in die schneebedeckten Berge klettern, irgendwann, im nächsten Jahr oder im übernächsten oder in irgendeinem Jahr. Den Großglockner gibt es noch in Ewigkeiten, was mit uns wird, weiß keiner.

Er wurde den Gedanken nicht los, daß sie einem anderen gehörte. Du wanderst mit ihr durch die Dünen, und der, dem sie gehört, liegt verlaust in einem Schützengraben oder auf der Holzpritsche eines Gefangenenlagers und träumt von seiner Magdalena. Er schämte sich.

Bei der Heimkehr wollte er sie überreden, mit ins Fischerhaus zu kommen. Er erwähnte Huschkes Bienenstich und geräucherte Flundern. Das ist Magdalena Rusch, wird er zu Vater und Mutter sagen.

Nein, lieber nicht, wehrte sie ab, ich habe noch Dringendes zu erledigen.

Was gab es, das dringender war, als mit ihm zusammenzusein? Wollte sie einen Entschuldigungsbrief schreiben an den, der verlaust in einem Schützengraben lag?

Als er sagte, daß er sie abends im Kurhaus besuchen werde, schüttelte sie den Kopf. Das ginge nicht.

Er schlug einen Abendspaziergang zur Mole vor.

155

Auch das nicht, vielleicht morgen.

Sie kamen ins Dorf, wie sie ausgezogen waren. In gehörigem Abstand zueinander, zwischen ihnen die Tasche mit dem roten Tuch und dem nassen Badezeug. Gewisse Unterschiede fielen nicht sonderlich auf. Bei der Verabschiedung vor dem Kurhaus konnten sie die Hände nicht loslassen. An Küssen war dagegen nicht zu denken, denn es starrten sie zwei Dutzend Fenster an, von den Kindern auf der Dorfstraße ganz zu schweigen.

Er eilte in die Kirchenstraße und umarmte unterwegs Telefonmasten. Schon an der Gartenpforte spürte er, daß sie Bescheid wußten. Wie sie ihn anblickten! Erwin grinste, Lina und Gesine tuschelten. Die Mutter musterte ihn streng, als wollte sie feststellen, ob er das Abenteuer unversehrt überstanden habe. Vater und der Fischer besprachen ernste Dinge, Huschke tat so, als werde sie dringend in der Küche gebraucht. Nur die Oma konnte nicht an sich halten: Es ist nicht gut, daß der Mensch allein sei, rezitierte sie aus der Heiligen Schrift.

Niemand kannte diese Frau. Die meisten Sommergäste Rossittens waren alte Bekannte, die immer wiederkehrten. Diese aber war vor vier Tagen mit dem Schiff gekommen, ohne männliche Begleitung. Es hieß, sie wollte eigentlich nach Schwarzort fahren, aber weil der Schiffsverkehr nach Norden unterbrochen war, blieb sie in Rossitten. Lina und Gesine hatten sie in der Plantage gesehen und bei ihren Wanderungen am Strand. Sie war immer allein, bis sie Hermann Kallweit traf.

Der Revolver war schnell mit leisem Geraschel entsichert. Samsonow legte ihn auf die Erde, in die umgestülpte Mütze hinein, zog den Säbel, küßte ihn. Fand tastend das Medaillon seiner Frau, küßte es ... Nach fünftägigen Kämpfen ... wurde ein großer Teil der Zweiten Armee vernichtet. Der Kommandierende hat sich erschossen. Die Reste der Armee fliehen über die russischen Grenzen.

Solschenizyn: »August vierzehn«

Erzähl vom Krieg, bat Erwin. Der Junge saß auf dem Brunnenrand, ließ die Beine baumeln und fummelte mit seinem Taschenmesser an Weidenstöcken herum.

Ach, der Krieg! Er kam ihm so fern vor, so versteckt hinter Dünen, Wäldern, Meeren und dem schneebedeckten Bergmassiv des Großglockners. Was gab es da viel zu erzählen?

Dem Posten ist verboten, die Waffe aus der Hand zu legen, sich zu setzen, zu legen oder anzulehnen, zu essen, zu trinken, zu rauchen, zu schlafen, sich zu unterhalten, Geschenke anzunehmen, über seinen Posten hinauszugehen oder ihn vor Ablösung zu verlassen.

Das hatten sie in der Rekrutenzeit gelernt. Denken war nicht verboten. Wenn er wieder auf Posten steht, wird er an Magdalena denken.

Warst du bei Monte Cassino?

Die von Monte Cassino sind alle tot.

Sie sind gefallen wie die Spartaner, meinte der Junge. Er sagte den Vers auf, den sie bei der Hitler-Jugend gelernt hatten, den Vers von den heldenhaften Spartanern, die am Thermopylenpaß starben. Kampf bis zum Letzten, keiner blieb übrig. So zeugt man neue Helden.

Wie unterscheidet sich das MG 42 vom MG 34?

Es gibt nichts Schöneres, als vom Krieg zu erzählen. Überall saßen Halbwüchsige den Fronturlaubern zu Füßen, um zu hören, wie es im Krieg zugeht. Von Heldentaten im hohen Norden oder im tiefen Süden berichteten sie. Wie die Feinde gelaufen sind, die feindlichen Panzer brannten und Flugzeuge vom Himmel fielen. Verwundete, die aus dem Feuer getragen wurden, Rettung in letzter Minute. Beispiele großer Kameradschaft. Alle Kriegsgeschichten nehmen ein gutes Ende, die schlimmsten Dinge behält jeder für sich. Niemals werden Birkenkreuze erwähnt und aufgeriebene Einheiten, die nur noch fünf Mann zählten. Eine Granate explodierte über dem Zelt des Hauptverbandsplatzes: Darüber ist kein Wort zu verlieren. Nur wenn die Heimkehrer ein paar Schnäpse getrunken haben, erzählen sie von rätselhaftem Gewehrfeuer hinter der Front, von den Säuberungen des Hinterlandes durch Erschießungskommandos und den mit nackten Leichen gefüllten Güterwagen, die das Getto von Riga verließen.

Auf dem Dienstplan steht eine Putz- und Flickstunde mit Gesang. Was singen die Soldaten? »Schwarzbraun ist die Haselnuß ...« Aber bitte so laut, daß die Fenster klirren.

Erzähl vom Krieg.

Er wäre lieber mit Magdalena in ein Land gefahren, das der Krieg vergessen hatte.

Setzt ihr in Italien Vergeltungswaffen ein? Sind alle amerikanischen Soldaten Neger? Haben die Tommys wirklich rote Haare?

Erwin steckte die aus Weidenholz geschnitzte Pfeife in den Mund, stieß einen schrillen Pfiff aus, so daß die Hühner flüchteten und das grau-weiße Peterle erschrocken von der Fensterbank fiel. So ungefähr wird es klingen, wenn die Trillerpfeife auf dem Kasernenhof ertönt.

Sein Schnitzwerkzeug war ein einfaches Fuppkemesser mit zwei Klingen und einem Korkenzieher. Er hatte das Messer vor einem Jahr für treue Pflichterfüllung vom Jungzugführer geschenkt bekommen. Zum Schnitzen war es kaum zu gebrauchen, aber Erwin hatte die Hoffnung, daß sein Vater ihm ein richtiges Schnitzmesser übermorgen auf den Geburtstagstisch legen werde.

Er rammte die Klinge in den Stamm des Apfelbaumes, wo sie tief steckenblieb, und der Schaft zitterte.

Wie weit reicht eine Panzerfaust?

Von Kunzen her drang Gesang herüber. Die Pimpfe in der Jugendherberge sangen ihr Gutenachtlied, nicht »Lieber Mond, du gehst so stille«, sondern »Es zittern die morschen Knochen ...«

Der Junge redet mir zuviel vom Krieg, sorgte sich Kurat. Wir fangen Fische, aber keine Menschen.

Um ihn auf andere Gedanken zu bringen, schickte er Erwin mit Angelschnüren zum Kahn.

Vater erwähnte beiläufig, daß vor dreißig Jahren die Schlacht von Tannenberg geschlagen wurde und Samsonow sich die Kugel gab.

So was wie Tannenberg brauchen wir wieder, seufzte Mutter.

Als die Oma Tannenberg hörte, horchte sie auf, in dieser Heldengeschichte kannte sie sich aus. Sie wußte die Lieder, die dem Retter Ostpreußens damals gedichtet worden waren, auswendig aufzusagen:

Da sprach der General Hindenburg:
Nun feste, Kinder, drauf und durch!
Da ging's ans Fegen und ans Mähn
Hei, wie's die deutschen Jungs verstehen.
An den blauen Seen,
den Seen von Masuren.

Die Oma war dabei, als der Retter Ostpreußens im Frühling 15 in Tilsit Einzug hielt. Die Kinder bekamen schulfrei, Hindenburg ritt gemächlich über den Markt, ließ sich von den Marktfrauen mit Eiern und Speck beschenken sowie mit Tilsiter Käse, den er den Verwundeten ins Lazarett zu bringen versprach, denn der Retter Ostpreußens mochte keinen Käse.

Ja, einen solchen Helden müßten wir wieder finden. Aber der Hindenburg ist seit zehn Jahren tot, geblieben sind nur die kleinen Talglichter, die seinen Namen tragen und so spärlich leuchten, daß kein feindlicher Flieger sie entdecken kann.

Ach, der erste Krieg war so fern, er konnte keinem mehr weh tun. Vater hatte ihn an der Westfront erlebt. Fritz Kurat verließ gerade die Schule, als er anfing. Sein Vater nahm ihn mit zum Fischen aufs Haff, so daß er von jenem Krieg nicht allzuviel merkte.

So fern und doch erst dreißig Jahre her.

Von denen, die 70/71 gefochten hatten, lebte keiner mehr. Auch die Oma kannte den deutsch-französischen Krieg nur vom Hörensagen.

Je weiter zurück, desto schöner.

Welches Fest feierten die Preußen am 31. März?

Das Pariser Einzugsfest und Napoleons Ende. Vom Befreiungskrieg ist nur in Erinnerung geblieben, was die Augen leuchten und die Herzen höher schlagen ließ: die Gründung der preußischen Landwehr. Das Königsberger Landwehrbataillon stürmte am 19. Oktober 1813 das Tor der Grimmaschen Vorstadt und drang als erstes in die Stadt Leipzig ein.

Und wie erging es dem feinen Herrn Murat, der mit seinen Franzosen in Königsberg residierte? Am Neujahrsmorgen 1813 versammelten sich fünfhundert Rekruten auf dem Königsberger Schloßplatz. Ein Korporal ging durch die Reihen und trat einem, weil er schief stand, so heftig in den Unterleib, daß der ohnmächtig zusammenbrach. Daraufhin schlugen die anderen den Korporal tot, es gab einen kleinen Aufstand auf dem Schloßplatz, auch eine Heldentat. Dieser Murat wagte es nicht, mit seinen Truppen einzuschreiten, sondern verlegte sein Hauptquartier schleunigst nach Elbing, weil er sich in Königsberg nicht mehr sicher fühlte.

Es macht Spaß, von früheren Kriegen zu erzählen. Sie sind so angenehm, ihr Leiden ist verklärt, ihre Toten sind verstummt.

Was geschah am Vormittag des 30. Dezember 1812 in der

Poscherunschen Mühle bei dem Dorf Tauroggen? Ganze Schulklassen pilgerten über den Memelfluß, um die Stelle zu besichtigen.

Vielleicht sind die Russen schon in Tauroggen, sagte Huschke.

Damals kamen sie als Freunde und Befreier vom napoleonischen Joch. Aber das ist lange her.

Unser Königsberg erreicht der Russe nie, behauptete Mutter. Im August 14 blieben die Kosaken auch vor Königsberg stecken, anschließend verliefen sie sich in den masurischen Seen, und unzählige Kosakenpferde irrten herrenlos durch Ostpreußen. Sie hatten ihre Reiter abgeworfen und konnten nicht nach Hause finden. Für den Pflug taugten sie nicht. Sie waren auch zu schwach, beladene Rübenwagen aus dem Dreck zu ziehen. So endeten die meisten in den Gulaschkanonen.

Vor zweihundert Jahren waren Russen in Königsberg, behauptete Vater. Während des Siebenjährigen Krieges beschwerte sich der Alte Fritz bitter darüber, daß seine Ostpreußen sich zu sehr mit dem Zaren eingelassen und ihre Töchter an russische Offiziere verheiratet hätten. Aber das lag eine Ewigkeit zurück und war bald nicht mehr wahr.

Die aus dem Osten brauchen nicht wiederzukommen, behauptete Huschke. Sie haben genug angerichtet. Nur die Oma legte ein gutes Wort für die Russen ein. Sie sind auch christliche Menschen, und jeder von ihnen hat eine Mutter. Als die Kosaken im August einrückten, hat die Oma, die damals noch eine stattliche Frau in den besten Jahren war, zwei Hühnern und einem Hahn den Kopf abgeschlagen, um dem Besuch ein kräftiges Süppchen zu kochen. Die Herrschaften saßen zu Tisch, nach der Suppe bedankten sie sich mit einer tiefen Verbeugung. Die Milch, um die sie erst freundlich baten und die sie danach kannenweise nahmen, bezahlten sie mit Rubel und Kopeken. Die Oma hatte einige dieser Münzen in der Schlafkammer unter dem Kopfkissen aufbewahrt und dachte, sie zu verwenden, wenn wieder Besuch aus dem Osten kommen

161

sollte. Sechs Wochen Russenzeit hatte sie erlebt. Huschkes
Bruder, der Bruno, war sechzehn Jahre alt, wie unser Geburtstagskind übermorgen sein wird. Die Kosaken taten ihm nichts
zuleide, nur daß die Herren Offiziere darauf bestanden, von
Bruno per Kutsche über Land gefahren zu werden. Bevor sie
abzogen, schickte ein Offizier den sechzehnjährigen Bruno in
die Feldscheune. Wenn wir dich nicht sehen, brauchen wir
dich nicht mitzunehmen, erklärte er. Ja, das waren feine Herren. Sechzehnjährige galten ihnen als Kinder, die sich in Feld-
scheunen verstecken durften.

Geholfen hat es dem Bruno wenig, denn zwei Jahre später
holte ihn der deutsche Kaiser. Für den ist er gefallen und liegt
begraben in einer Gegend, deren Namen keiner aussprechen
kann. Die gefallenen Russen, die verstreut in der Feldmark, in
Straßengräben und hinter der Feldscheune lagen, wurden von
den Bauern mit Fuhrwerken eingesammelt. Man begrub sie
in einer langen Reihe nebeneinander und setzte ihnen einen
Gedenkstein in deutscher und kyrillischer Schrift. Zweimal im
Jahr pilgerten die Schulkinder, darunter auch Huschke, zu den
Russengräbern, um sie zu pflegen und mit Blumen zu schmükken. 1939, als das Memelland zum Großdeutschen Reich kam,
verboten die neuen Herren diese Wanderungen. Sie sagten, es
sei unanständig, wenn deutsche Kinder Blumen auf Russen-
gräber legten. So änderten sich die Zeiten.

Huschkes Onkel Alfons fuhr im August 14 mit der Eisenbahn Richtung Paris. Lange Zeit schrieb er nicht. Eines
Nachts hörten sie Pumpenschläge auf dem Hof. Sie sahen
einen Mann, der am Brunnen stand und aus dem Ziehei-
mer Wasser trank. Erst dachten sie, es wäre ein Fremder, ein
russischer Soldat, ein entlaufener Kriegsgefangener, der immer
wieder zur zwölften Stunde kam, um zu trinken. Als das
Mondlicht die Nächte heller werden ließ, erkannten sie den
nächtlichen Besucher: Es war Alfons. Niemand wagte, ihn anzusprechen. Auch er selbst schwieg in allen Nächten. Aber
drei Wochen später kam die Nachricht vom Oberkommando,
daß Alfons in der Gegend von Diedenhofen gefallen sei. Welch

162

ein weiter Weg vom großen welschen Reich bis zur Gartenpumpe in der Memelniederung!

Den zweiten Krieg lernten die Nehrunger im Frühsommer 41 kennen. Er brachte so viele Soldaten in die Dünen, daß man getrost sagen konnte, das Militär habe die Nehrung überschwemmt. Sie kampierten unter Kuschelkiefern in Höhlen und Zelten, badeten in der Ostsee, saßen an Lagerfeuern und sangen schwermütige Lieder. Am 21. Juni gab der Oberfischmeister die Anordnung, die Fischer sollten nicht auslaufen. Das sei höchster Befehl von oben. Auch die Prediner Segelflieger stiegen nicht in die Lüfte, und der Haffleuchte ging am Abend des 21. Juni das Feuer aus. Als der Himmel sich am 22. Juni, der ein Sonntag war, lichtete, kamen Maschinen im Tiefflug über die Ostsee. Vor dem Nehrungsstreifen hoben sie ab, überquerten die Dünen mit einem Hüpfer und senkten sich wieder zur Wasserfläche des Haffs. Den Sonnenaufgang begleitete schweres Artilleriefeuer. An jenem Morgen nahm Kurat seinen zwölfjährigen Sohn an die Hand und stieg mit ihm auf die Düne, um zu sehen, wie der Rußlandkrieg anfing. Die Sonne erhob sich aus dem Haff, als sei nichts geschehen. Rauchwolken gab es keine, sie hörten nur das endlose Grummeln von der Grenze. Schon um die Mittagszeit wurde es still und blieb so ganze drei Jahre. Erst im August 44 kehrte der Kanonendonner an die Memel zurück.

Der Krieg kommt und geht, wie er will, behauptete die Oma.

Ein leises Wummern, das die Oma als Gewitter am Memelstrom deutete, drang von Osten herüber. Über dem Haff stand ein Viertelmond, unter dem Gestirn sahen sie einen roten Lichtstreifen. Das ist ein anderes Gewitter, meinte der Fischer.

Als sich im Haus nichts mehr regte, kam Mutter, um gute Nacht zu sagen. Sie beugte sich über ihn wie früher, erzählte aber nicht vom kleinen Häwelmann, der zum Mond reisen wollte, sondern fragte nach dieser Person.

Er wußte nichts mehr als ihren Namen.

Trefft ihr euch morgen wieder?

Als er ja sagte, ging sie schweigend hinaus. Er war sicher, daß Mutter Erkundigungen einziehen würde über eine gewisse Magdalena Rusch.

Am nächsten Morgen meldete der Wehrmachtsbericht, sowjetische Bomber hätten das Stadtgebiet von Tilsit angegriffen. Danach brachte das Radio in einer beschwingten Stunde die »Dorfschwalben aus Österreich« zu Gehör.

> In Sturm und Wetter ist Gott der Retter
> *Grabspruch auf einem Nehrungsfriedhof*

Freitag, 25. August. Was bietet die Kurische Nehrung den Liebespaaren? Sandstrände ohne Ende, Spaziergänge in schattigen Kiefernwäldern, Verstecke in den Dünen, die keiner findet, Ausfahrten mit der Pferdekutsche, Elche belauschen, dem Wind zuhören, Bernstein am Meer. Wie man weiß, wird es den Liebenden niemals langweilig. Sie zählen Sandkörner auf der Haut, hören den Lerchen zu und sehen dem Wind nach. An diesem Morgen stiegen sie aufs Fahrrad.

Wieder schob der Fischer sein Herrenrad aus dem Schuppen und machte es reisefertig. Für das Fräuleinche war Huschkes Damenrad bestimmt, das der Fischer im letzten Friedensjahr gekauft hatte und das seitdem ungenutzt auf der Lucht stand. Huschke fürchtete sich vor den kullernden Rädern und verweigerte das Radfahren mit der Begründung, die Nehrung sei für diese Art Sport zu sandig. Also staubte das Rad nun schon fünf Jahre vor sich hin und wartete darauf, daß Lina oder Gesine in die Höhe wuchsen, um damit den Kirchhofsberg hinabzuradeln. Der Junge war unter keinen Umständen auf ein Damenrad zu bringen, das hätte unmännlich ausgesehen, geradeso wie Dauerwellen im Haar oder bunte Röcke tragen.

Du solltest das Flickzeug nicht vergessen, im heißen Sand könnten die Reifen platzen, meinte Kurat, während Huschke für das Übliche sorgte: Himbeersaft, Augustäpfel, Möhren und Tomaten aus dem Garten.

Ob es regnen wird?

Die Nehrung kennt nur schönes Wetter, behauptete der Fischer. Er sprach davon, daß er mit dem Jungen hinausfahren werde, um rechtzeitig zum Geburtstag wiederzukommen.

165

Kannst deine Braut zur Geburtstagsfeier mitbringen, sagte er.
Essen und Trinken haben wir genug, und Platz ist reichlich.

Vater begleitete ihn zur Straße, um zu sagen: Am Stadtrand
von Paris sind Kämpfe ausgebrochen, es kam eben durch die
Nachrichten.

Noch hing Nebel über dem Wasser. Von der Ostsee her
grüßte blauer Himmel, aber über dem Haff war die Sonne in
einem weißen Brei ertrunken.

Trotzdem wird es ein sonniger Tag, behauptete Kurat. Du
weißt ja, wenn Engel reisen ...

Sein Engel wartete vor dem Kurhaus. Wieder ein rotes
Tuch in der schwarzen Tasche. Also baden, in den Dünen
trocknen, wieder baden und so weiter. Einen blauen Badeanzug brauchst du nicht mehr, wir kennen uns, Magdalena.

Da er beide Räder führte, hatte er keine Hand frei, seinen
Engel zu begrüßen. Wegen des kühlen Nebels hatte sie einen
Pullover übergestreift, ihre Lippen schienen leicht gerötet,
auch duftete sie nach Kölnisch Wasser.

Kannst du überhaupt radfahren?

Sie lachte ihn aus und behauptete, sechs Jahre lang mit dem
Fahrrad zur Hindenburgschule am Nordbahnhof gefahren zu
sein.

Heiter war sie und ausgelassen. Kaum saß sie auf dem Fahrrad, bimmelte sie so heftig, daß die Hühner auseinanderstoben.
Als erstes fuhren sie zum Briefkasten, um einen Brief einzu-
stecken, den Magdalena an ihre Eltern geschrieben hatte. Gegen Briefe an die Eltern ließ sich nichts einwenden, sie waren
ihm angenehmer als Briefe an Ehemänner, Verlobte oder Verstorbene. Wenn der Zehnuhrdampfer die Post mitnähme,
könnte der Brief morgen in der Stadt sein.

Sie wollten nach Nidden. Natürlich mit den üblichen Pau-
sen in Dünen und Kiefernschonungen. Warum heißt die Kuschelkiefer Kuschelkiefer?

Trotz sechsjähriger Übung auf dem Schulweg sahen Magdalenas Versuche mit Huschkes Fahrrad eher unbeholfen aus.
Sie wird im Sand umkippen und dir in die Arme fallen, dachte

166

er, als sie aus dem Dorf radelten. Kaum waren die letzten Häuser passiert, sprang sie vom Fahrrad, wickelte eine Thermosflasche aus dem roten Laken und behauptete, darin befinde sich heißer Kaffee, und zwar echter Bohnenkaffee, nicht dieser Muckefuck aus den Kaffee-Ersatz-Tüten von Kathreiner.

Er fragte nicht, wo sie nach fünf Jahren Krieg richtigen Kaffee aufgetrieben hatte. Deutschland hielt viele Länder besetzt, seines Wissens aber keines, in dem Kaffee wuchs.

Magdalena goß die braune Flüssigkeit in die Verschlußkappe.

Heißer Kaffee ist gut gegen kühlen Nebel.

Sie tranken abwechselnd. Am Rand der Kappe entdeckte er eine rötliche Färbung. Also doch eine, die die Lippen anmalte. Vom Kaffee ermutigt, begrüßte er sie richtig, wie er es nannte, das heißt, er nahm ihren Kopf in beide Hände und prüfte, ob die Lippen wirklich rot gefärbt waren.

Die Cherusker sind aber mutig! rief sie und lachte.

Zu Fuß den Schwarzen Berg hinauf, auch ein Mittel gegen die Morgenkühle. Auf halbem Weg gerieten sie außer Atem, Magdalenas Gesicht leuchtete wie eine reifende Tomate. Oben sahen sie den zweigeteilten Himmel. Über dem Meer das helle Blau, bis nach Schweden reichend, davor der weiße Strich der Brandung, am Strand die ersten Bernsteinsammler. Auf der anderen Seite die Nebelwand, die Leuchtturm und Mole verhüllte, als hätte sich aus der Niederung ein weißes Tier erhoben und sei über das Haff gekrochen wie im Winter die Schneestürme, die von Nordosten kommen und die weißen Dünen noch weißer machen.

Ob sie wußte, daß Tilsit bombardiert worden war? Er sagte es lieber nicht, denn er wollte sie nicht beunruhigen, stellte sich aber vor, wie in Tilsit schwarzer Rauch und Nebel ineinanderflossen und die Glut der niedergebrannten Häuser zugedeckt wurde von dem weißen Brei.

Unsichtbar unter ihnen die Vogelwiese. Sie hörten das Gezeter der Möwen, das Spektakeln der Krähen, in der Höhe die klagenden Rufe der Wildgänse. Als ein Schuß fiel, erhob sich

167

eine flatternde Wolke aus dem wabernden Nebel und floh Richtung See.

Wer darf hier schießen? fragte Magdalena.

Es werden Soldaten sein, Soldaten dürfen alles, vor allem schießen.

Noch immer wußte er nicht ihren Beruf. Sie hatte lange, schmale Hände, sicher beherrschte sie Stenographie. Konnte er sich Magdalena vor einer Schreibmaschine vorstellen?

Er fragte wieder nach ihrer Wohnung in Königsberg.

Sie erwähnte eine kleine Straße in Tragheim, die er nicht kannte. Sie sei nicht weit von einer Straßenbahnhaltestelle entfernt; jeden Morgen fahre sie mit der Elektrischen ins Stadtzentrum.

Was sie da arbeite, wollte sie nicht sagen, Magdalena lachte nur.

Also eine geheime Dienststelle. In diesen Tagen war vieles geheim, nichts durfte laut gesprochen werden, überall hörte der Feind mit.

Kennst du den Unterschied zwischen dem Dritten Reich und einer Straßenbahn? fragte Magdalena und blickte ihn spöttisch an. Es gibt keinen, fuhr sie fort. Bei beiden steht vorn der Führer, hinter ihm steht das Volk. Wer nicht hinter ihm steht, sitzt. Zwischendurch wird kassiert, abspringen während der Fahrt ist verboten.

Magdalena kicherte. So ein großer Führer wird doch wohl einen kleinen Witz vertragen können.

Er überging den großen Führer und den kleinen Witz und fragte nach ihrem Alter.

So etwas fragt man eine Frau nicht.

Nach dieser Abfuhr brachte er nicht mehr den Mut auf, sich nach Familienständen zu erkundigen. Ledig, verheiratet, verlobt, verliebt, verwitwet, alles wäre möglich.

In zwei Monaten werde ich einundzwanzig, sagte er.

Noch minderjährig, aber zum Töten alt genug, bemerkte sie. Danach schwiegen beide und dachten das gleiche.

Über den Predinbergen ging endlich die Sonne auf, das

heißt, sie kroch verschwommen wie hinter Milchglas aus dem Nebel, erst mild wärmend, dann in blendender Helligkeit. Um diese Zeit starteten früher die ersten Segelflieger zu ihren Rundflügen über Nehrung und Haff. Nun lag die Segelflugschule Predin menschenverlassen in der Sandwüste, vor den Hallen hingen die alten NSKK-Fahnen, zwei Uniformierte standen Posten und gaben deutlich zu verstehen, daß die Gegend verbotenes Gelände sei. In Rossitten ging das Gerücht um, in den Hallen von Predin lagerten geheimnisvolle Waffen.

In kürzester Zeit erwärmte die Sonne den Morgen. Der Sand wurde heiß, die Luft flimmerte, und Magdalena streifte den grünen Pullover über den Kopf.

Sollte den Menschen ein geruhiger Frieden, welcher
die Wollust auf dem Rücken mit sich trägt, nicht
schädlicher sein als Mars?

Grimmelshausen: »Simplicissimus«

»Die Lachmöwen verlassen ihre Plätze«, schrieb Albrecht
Kallweit, in der Laube sitzend, in sein ornithologisches Tagebuch, dabei häufig abschweifend. Wir werden den Jungen gemeinsam zur Bahn bringen, schrieb er nicht, dachte es aber.
Wir werden mit ihm die Nehrung verlassen, und wenn er fort
ist, werden wir in der Stadt bleiben. Wir werden den Laden
öffnen, die stehengebliebenen Uhren anstoßen und das tun,
was unsere Pflicht ist.

»Ihr gackerndes Geschrei gab der Lachmöwe den Namen.
Das Möwenbruch ist voller Gelächter, wenn fünfzigtausend
Vögel auf einmal spektakeln. Im Mai traktieren sich die Neh-
runger an Möweneiern. Die Lachmöwe legt gewöhnlich drei
Eier. Nimmt man sie weg, legt sie mehr und mehr, denn die
Tiere unterliegen dem merkwürdigen Zwang, immer drei
Eier im Nest zu haben. Das wissen nicht nur die zweibeinigen
Eiersammler, sondern auch die Füchse, die im Frühling eine
gute Zeit haben.«

Italien ist gut für den Jungen, dachte er und blickte über sein
Tagebuch hinweg. In Italien ist der Krieg nicht so grausam, seit
Wochen meldete Italien keine größeren Kampfhandlungen.

»In Ulmenhorst haben sie Rotkehlchen gefangen, die aus
Russisch-Karelien kommen, jedenfalls trugen sie Ringe mit
kyrillischen Schriftzeichen. Sie müssen über den Finnischen
Meerbusen, die baltischen Länder und die Fronten hinweg
zur Kurischen Nehrung gekommen sein. Nun werden sie mit
ihren kyrillischen Ringen Deutschland überfliegen, die Alpen
erreichen und in Italien den Amerikanern in die Hände fallen.
Erstaunlich, daß die Russen es fertigbringen, Singvögel zu beringen.«

Wenn der Junge Dore mitnähme, vielleicht nach Radolfzell, wäre vieles leichter. Der Bodensee hat ein mildes Klima,
das wissen auch die Rotkehlchen.

»Vorgestern erlebte Ulmenhorst eine kleine Sensation, auf
dem Dach der Beobachtungsstation landete ein Storch, ein
Nachzügler aus dem Baltikum. Er wird Afrika nicht mehr erreichen, sondern vorher in einer Bratpfanne enden.«

Dore ist unglücklich, weil der Junge sich an diese Frau ver-
schwendet. Die Zeit ist so kostbar, sagt sie. Er aber konnte den
Jungen gut verstehen. Warum sollen Soldaten sterben, ohne
zu wissen, was eine Frau ist? Vor fünfundzwanzig Jahren war
er mit Dore auch durch die Dünen gewandert, hatte in tiefen
Sandkuhlen gelegen und mit ihr an einsamen Stränden gebadet.

»Im vorigen Jahrhundert glaubte man, daß Zugvögel in
zehn Kilometern Höhe über allen Wolken ihre Bahn ziehen.
Thienemann fand heraus, daß der Vogelzug in Höhen zwischen drei und dreihundert Metern stattfindet. Sehr hoch, im
Keilflug, ziehen die Brachvögel mit ihren melodischen Wan-
derrufen; nur an stürmischen Tagen halten sie sich flach über
dem Wasser. Hoch fliegen auch die Störche, die bis zu dreihundert Kilometer an einem Tag zurücklegen. Trotzdem sind
sie Monate unterwegs, sie verbummeln ihre Zeit in den Tälern des Balkans, verweilen an der türkischen Riviera und spazieren an den Ufern des Nils. Die Weltenbummler haben
keine Eile, nur im Frühling zieht es sie mit Macht zurück in
den Norden.«

Gott weiß, was im Frühling sein wird. Wenn wir nur den
Zugvögeln folgen könnten, die so beharrlich über Länder und
Meere ihren Weg finden, von nichts aufgehalten, nicht einmal
vom Krieg. Am 31. August werden wir den Jungen zum Bahnhof bringen. Dore wird bestimmt weinen. Es wäre besser, sie
säße mit im Zug.

Er hätte den Jungen gern behalten, ihn am liebsten in den
Dünen vergraben oder zu Onkel Karl nach Schweden geschickt. Aber es ging seinen Gang. Vor zehn Jahren hätte man

noch etwas tun können, aber damals gab es weiter nichts als Jubel. Nun war es zu spät. Wie die Zugvögel, einem inneren Zwang gehorchend, ihren Weg zogen, folgten die Menschen diesem Einen. Ein gewaltiger Mahlstrom hatte sie mitgerissen. Sehenden Auges trieben sie dem Abgrund zu und feierten unterwegs ihre kleinen Feste. Albrecht Kallweit wird seine Pflicht erfüllen und weiter Uhren reparieren, bis alle Uhrwerke stehenbleiben. Mutter wird am Fenster sitzen, wo jetzt die Geranien blühen, und in ihren bunten Büchern blättern, die so schöne Titel trugen wie »Über Land und Meer«, »Bei den Hottentotten in Afrika«, »Jenseits der Berge«. Da die neuen Hefte immer grauer und dünner wurden, griff sie gern auf alte Zeitschriften zurück, las in der »Gartenlaube«, der »Georgine« und im »Wahren Jakob«, Hefte aus dem vorigen Jahrhundert, die im Keller der Münzstraße die Zeit überlebt hatten. Sie wird lesen und lesen, bis etwas Furchtbares geschieht.

Wie war das mit dem Storchengericht? Wenn die Störche sich im August zum Abflug sammeln, werden einige ausgesondert, geschlagen, gehackt und vertrieben. Sie stehen traurig am Rand der Wiese und wissen nicht, warum sie so fremd sind. Die Alten sagen, die Störche halten Gerichtstag. In Wahrheit merzen sie die kranken und schwachen Tiere aus, die dem langen Flug nach Afrika nicht gewachsen wären.

Aber die Störche sind doch gute Tiere, sagte der kleine Hermann, als Vater ihm die Geschichte vom Storchengericht zum erstenmal erzählte.

Die Natur ist weder gut noch schlecht, bekam er damals zur Antwort.

Das ist der Unterschied: Die Tiere wissen nicht, daß
sie sterben müssen.

Vor Pillkoppen wuchs ihnen eine Staubwolke über den Weg.
Sie dachten, es sei eine Windhose, die Sandfontänen vor sich
hertrieb, bis sie das Brüllen der Rinder hörten. Aus dem Staub
wuchsen schwarz-weiße Leiber, die Tiere drängten Kopf an
Kopf, besprangen sich, rannten mit erhobenen Schwänzen die
Böschung hinauf, versuchten, zum Wasser auszubrechen. Jugendliche Reiter umkreisten die Herde, trieben die Tiere mit
Rufen und Peitschenschlägen zur Eile an, hinter ihnen kläfften
Hunde.
Sie schoben ihre Fahrräder in die Kiefernschonung und ließen die Herde vorbeiziehen. Milchkühe mit prall gefüllten Eu-
tern, die gegen die Beine schlugen. Einige bluteten. Fliegenschwärme hingen über der Herde, grünlicher Kot bedeckte
den Weg. Es stank.
Heim ins Reich, sagte Magdalena und hielt ihr Taschentuch
vor die Nase. Nun flüchten schon die Kühe, aber wir bummeln durch die Gegend, als könnte uns nichts geschehen.
Kaum hatte sich der Staub gelegt, näherte sich eine zweite
Herde. Sie rätselten, woher die Tiere kamen. Auf der Nehrung gab es kaum Rinder. Sie mußten aus dem Litauischen
über das Memeler Tief getrieben worden sein. Können Kühe
überhaupt schwimmen?
Sie wußten es beide nicht, denn sie waren Kinder der Großstadt.
Unsere Pioniere werden sie mit Prähmen über das Haff gesetzt haben, meinte Hermann.
Sie mieden den verschmutzten Weg und wichen zum Meer
aus, wo sie ihre Räder durch den nassen Sand schieben mußten. Das Gebrüll von der Straße her sagte ihnen, daß weitere

Herden folgten, Tausende von Rindern flohen vor der näher rückenden Front über die Nehrung.

Die See lag still, sie stank nicht, sondern atmete ruhig. Die Wellen brachen fast lautlos, hinterließen keine Schaumkronen oder auslaufende Gischt. Weit draußen erblickten sie Fischerboote.

Morgen feiert Erwin Kurat seinen sechzehnten Geburtstag, sagte er. Du bist auch eingeladen.

Sie lachte, etwas zu schrill, wie ihm schien.

Deine Mutter sieht es bestimmt nicht gern, wenn ich komme. Mütter denken immer, Frauen wollen ihnen den Sohn wegnehmen.

Außerdem hatte sie etwas anderes vor.

Sie rasteten am Strand, wo sie das traurige Brüllen der Tiere nicht erreichte. Kein Laut drang in ihre Oase, der Wind hatte sie vergessen.

Hier könnten wir bleiben, bis der Weltuntergang vorüber ist, sagte Magdalena.

Sie tranken Himbeersaft, aßen Huschkes Kläräpfel, und jeder dachte an seinen Weltuntergang.

Kaum hatte sich der Nebel verzogen, belebte sich der Himmel. Ein Flugzeug malte eine weiße Brücke vom Festland zur Nehrung.

Ich möchte nicht, daß er uns fotografiert, wie wir im Sand liegen und Himbeersaft trinken, sagte sie. Der sowjetische Generalstab wird uns auswerten, wir kommen als kriegswichtiges Dokument in die Archive.

Sie beobachteten den Himmelsmaler, der sehr langsam und in großer Höhe seine Kehren flog.

Denkst du oft an deinen Bruder?

Ich habe ihn sehr bewundert. Als er abstürzte, war ich sechzehn Jahre alt und stolz, einen Bruder zu haben, der fürs Vaterland gefallen ist. Damals wollte ich es ihm gleichtun.

Heute nicht mehr?

Statt zu antworten, nahm er sie in den Arm.

Jetzt habe ich dich, sagte er nach einer Weile.

Mutter hatte von Anfang an etwas gegen die Fliegerei. Meine Männer haben es mit dem Fliegen, jammerte sie. Albrecht Kallweit verbrachte seine Zeit bei den gefiederten Fliegern der Vogelwarte, ihr Sohn Heinz fuhr jeden Morgen mit dem Fahrrad zur Segelflugschule und kam spätabends heim, während sie unter den Malven vor dem Fischerhaus saß, den Wolken nachschaute, die über das Haff gingen. Waren nicht auch sie wie die Zugvögel?

Und was trieb der jüngste Sohn? fragte Magdalena.

Entweder lief er zum Baden an den Seestrand, oder er sah den Fischern im Hafen zu. Oft saß ich neben Mutter in der Fliederlaube und spielte mit ihr Kaschlon. Wenigstens du bleibst bei mir, sagte sie dann und ließ mich gewinnen.

Jetzt bist du auch ausgeflogen, meinte Magdalena und pustete ihm die Haare von der Stirn. Vielleicht fliegen wir eines Tages nach Schweden.

Hatte sie fliegen oder fliehen gesagt?

Er hätte nicht den Bruder, die Segelfliegerei, den Ärmelkanal und Mutters Hoffnung, Heinz könnte von einem englischen Kriegsschiff aufgefischt worden sein, erwähnen sollen. Das brachte sie zurück zu diesem unseligen Krieg.

Magdalena behauptete, die Vermißten seien alle tot. Sie sagte es mit einer solchen Gewißheit, daß es sich zum Erschrecken anhörte.

Sie schreiben vermißt, um den Angehörigen eine Hoffnung zu lassen, aber die Wahrheit hat einen anderen Namen.

Als der Maler sein Kunstwerk vollendet hatte und Richtung Osten verschwand, der weiße Kondensstreifen sich in Wattebäusche auflöste, die der offenen See zutrieben, geschah etwas Neues. Über dem Festland wuchs eine Rauchsäule schnell in die Höhe und verfärbte sich von Schwarz zu Violett.

Hatten sie den Himmelsmaler abgeschossen?

Ist dort die Front? fragte sie.

Nein, bestimmt nicht. Die Front verlief jenseits von Memel und Njemen, viel weiter entfernt, auf keinen Fall in der Gegend, wo der Rauch aufstieg.

Die Säule wuchs und wuchs, als wollte sie ein Loch in den Himmel bohren.

In Heydekrug gibt es das Sägewerk Kolitz mit einem großen Holzlager. Wenn das in Brand gerät ...

Hast du schon Menschen getötet? fragte Magdalena.

Er war mit dem brennenden Holzlager beschäftigt und fand keine Antwort.

Ich bin Soldat, fiel ihm schließlich ein. Damit war alles gesagt.

Ich habe noch nie neben einem Mann gesessen, der getötet hat.

Das klang wie ein Vorwurf, eine Erinnerung an das fünfte Gebot: Du sollst nicht töten. Vielleicht ist sie fromm, dachte er. Vielleicht gehört sie zu jenen Heiligen, die den Kriegsdienst verweigern und lieber in die Gefängnisse gehen, als zu schießen.

Einen oder viele?

Wir sind keine Jagdflieger, die ihre Abschüsse auf die Tragflächen malen. Wir zählen nicht. Wir wissen nicht mal, ob unsere Granaten treffen und wen sie treffen. Es ist ein unsichtbares Töten wie bei den Bomberpiloten, die ihre Last ausklinken und davonfliegen, ohne zu wissen, was sie anrichten.

Ist es wahr, daß viele deutsche Städte in Schutt und Asche liegen?

Er zögerte. Von zerstörten Städten zu sprechen galt schon als zersetzende Propaganda. Sein Urlauberzug hatte nur Städte durchquert, die wenig zerstört waren. Ohne zu lügen, konnte er behaupten, daß Hildesheim, Paderborn, Würzburg und das barocke Dresden im August 44 noch unzerstört waren.

Nach Königsberg kommen sie nie, wußte Magdalena. Ihr Vater hatte ausgerechnet, daß die Bomber, um von der englischen Küste nach Königsberg und zurück zu fliegen, so viel Treibstoff mitnehmen müßten, daß sie keine Bomben tragen könnten.

176

Über das Haff kamen die Fäden des Altweibersommers und verhedderten sich in den Zweigen der Bergkiefern. Sie schwiegen und sahen der Rauchwolke nach. Er spürte, wie der Krieg sie auseinanderbrachte, einen unsichtbaren Vorhang zwischen sie zog.

In ganz Europa findest du kaum noch einen Mann, der nicht getötet hat, klagte Magdalena. Von 1914 bis 1944 immer nur töten. Außerdem sind diese Männer noch gute Väter, treue Ehemänner, sie können lachen, zärtlich sein und mit ihren Kindern spielen; es ist der reinste Irrsinn.

Erste Wolkenschatten segelten über die Nehrung, warfen dunkle Tücher auf den weißen Sand, bewegten sich in gemütlichem Kutschentempo aufs Haff zu. Von der Rauchsäule brach die Spitze ab und schwebte nordwärts. Er behauptete, es sei ein gewöhnliches Feuer, ein Blitz habe eingeschlagen, ein Bauernhof brenne nieder oder das Holzlager des Sägewerks Kolitz.

Auf der Heerstraße der fliehenden Rinder kamen sie an einem stinkenden Kadaver vorbei. Das Tier lag, die Beine dem Himmel zugekehrt, im Sand und glotzte sie an.

Die Krähen werden eine gute Zeit haben, sagte er.

Sie malten sich aus, wie die Krähenschwärme einfielen, um den Kadaver in Stücke zu reißen.

Kommst du morgen zum Geburtstag?

Sie wußte es noch nicht. Sie besaß kein Geschenk, und sie würde sich fremd vorkommen in der Geburtstagsgesellschaft.

Wir kennen uns erst drei Tage, flüsterte sie.

Jawohl, und in weiteren drei Tagen kennen wir uns nicht mehr.

Hinter Pillkoppen trafen sie Bunker, in den Dünenhang geworfene Zementklötze, auf denen Vierlingsflakgeschütze standen. Soldaten langweilten sich unter einem mit Tarnnetzen überzogenen Zeltdach. An offenem Feuer briet eine Rinderhälfte, die Männer hatten sich schon bedient an dem vielen Fleisch, das über die Nehrung getrieben wurde.

Erneut kam ihnen eine Herde entgegen. Einer der beglei-

177

tenden Reiter zog die Pistole und erschoß ein lahmendes Tier. Es drehte sich ein paarmal im Kreise, schwankte, brach vornüber, zuckte heftig und verendete, ohne viel Blut zu vergießen. Nur aus dem Maul tropfte es hellrot.

Magdalena wandte sich ab. Das ist auch Krieg.

In einem menschenleeren Land König sein heißt
nichts sein.

Vor hundertzwanzig Jahren ging die Welt in Kunzen unter. Ein
lautloser Untergang. Keine Wände gaben nach, keine Dächer
stürzten ein, nur der Sand krümelte Tag und Nacht durch Fenster und Türen, füllte geräuschlos die Räume, breitete sich aus
wie die Schneeschanzen im Winter. Sand und Schnee sind sich
ähnlich, sie gehorchen nur dem Wind. Die letzten Bewohner
des Dorfes flohen nach Rossitten. Hier zog einer fort, weil die
Düne den Zaun niederdrückte und zum Fenster hineinschaute, dort verlor ein anderer seine Nahrung, weil der Sand den
Garten zudeckte und den Brunnen verschüttete. Einige blieben bis zuletzt und warteten auf ein Wunder; es bleiben immer einige bis zuletzt und warten auf Wunder. Im Herbst
1825 begrub die Wanderdüne das letzte Haus. In ihm lebte mit
seiner Mutter Fischer Hein, damals ein siebenjähriges Kind. Er
wußte noch nicht, daß er hundert Jahre alt werden sollte, um
als Augenzeuge berichten zu können, wie sein Dorf vom Sand
überwältigt wurde. Er erzählte immer das gleiche, wie es eines
Morgens nicht hell werden wollte, weil der Sand in den Fenstern lag. Der Mutter gelang es nur mit Mühe, die Tür zu öffnen. Sie nahm ihren Jungen an die Hand und wanderte nordwärts auf Rossitten zu. Es muß ein Sonntag gewesen sein, denn
als sie gingen, gaben die Glocken von Kunzen noch einmal
Laut, bevor auch sie im Sand verstummten.
Fischer Hein wurde alt genug, um zu erleben, wie der Sand
sein Elternhaus freigab. Nachdem der Wind siebzig Jahre un-
ermüdlich von West nach Ost geweht hatte, erblickten 1895
die Gebeine des Kirchhofes das Licht der Sonne. Spielende
Kinder fanden Menschenknochen und brachten sie dem
Pfarrer, der drei Fuhrwerke ausschickte, die Toten zu bergen.

Sie sammelten die Knochen des freigewehten Friedhofes in Hehlwagen, schafften sie nach Rossitten, wo sie in einem feierlichen Gottesdienst, wiederum an einem Sonntag, erneut der Erde übergeben wurden. Die Düne nimmt, die Düne gibt. Das alte Fischerdorf Kunzen besaß heute nur ein Schullandheim. Das elektrische Licht war bis zu ihm noch nicht vorgedrungen, morgens und abends zogen die Kinder in Reih und Glied zum Strand, um sich mit Haffwasser zu waschen. Gelegentlich hörte man sie singen.

Zwischen Pillkoppen und Nidden lag Negeln, hatte gelegen, muß man sagen. Es schlief auch seit mehr als hundert Jahren, weil ihm der Flugsand durch Türen und Fenster gesickert war und die Schornsteine zugeschüttet hatte. Die Feuer erloschen, die Stimmen verstummten, die Dächer ertranken, zuletzt ging der Kirchturm unter. Die Alten sagten, das Leben habe nie aufgehört, sondern sich nur in die Tiefe zurückgezogen. Die Düne atmete, aus ihrem Innern dampfte der Rauch der hundert Jahre, und an stillen Sommerabenden hörten die, die hören wollten, Gesänge im Berg. Gelegentlich sind weiße Gestalten, über der Düne schwebend, in der Abenddämmerung gesehen worden.

Vor Nidden das »Tal des Schweigens«, daneben der alte Pestfriedhof. Die Pest ist über das Haff gekommen, hat die alte Dichterin gesungen. Mit den Elchen oder den Heukähnen, jedenfalls von Osten ist sie gekommen wie jedes Unheil. Sie wanderte schneller als die Düne, es dauerte seine Zeit, bis sie sich im Sand totlief. Sie raffte so viele hin, daß die Nehrung menschenleer wurde wie am ersten Schöpfungstag.

> Nichts Bessers weiß ich mir an Sonn- und Feier-
> tagen,
> Als ein Gespräch von Krieg und Kriegsgeschrei,
> Wenn hinten, weit, in der Türkei,
> Die Völker aufeinander schlagen.
>
> *Goethe: »Faust«*

Bevor sie Nidden erreichten, bestiegen sie den höchsten
Punkt der Nehrung, die Hohe Düne. Von unten sah sie aus
wie eine brennende Halde, aus der weißer Rauch kräuselte.
Die Düne brennt, sagten die Nehrunger, wenn der Berg
Rauchzeichen von sich gab.

Sie gingen, wo noch niemand gegangen war. Ein Berg am
Ende der Welt. Keine Fußspuren. Im Sand ein sirrendes Geräusch, es floh davon, bevor sie es greifen konnten, Sphären-
musik oder Kinderstimmen aus der Tiefe. Jeder Fußabdruck
verwehte, kaum daß sie ein paar Schritte gegangen waren.
Oben angekommen, sahen sie keine Spuren mehr.

Im Sand sitzend, blickten sie auf das berühmteste der kurischen Fischerdörfer. Hinter ihm das Haff, dahinter das Festland, schon so nahe, daß einzelne Baumgruppen zu erkennen
waren. Kaum noch sichtbar der Rauch über Heydekrug; die
Wolke war in den Norden geweht, wo sie hingehörte. Kein
Feindflugzeug über der Nehrung, keine Fotografen am Himmel. Die Kondensstreifen, die der Himmelsmaler als Brücke
zwischen Festland und Nehrung gebaut hatte, waren längst
zur schwedischen Küste getrieben und in Sicherheit.

Sudermann kam aus Heydekrug, bemerkte Magdalena.
Seine »Reise nach Tilsit« ist heute nur mit Sondergenehmigung möglich, Tilsit ist Frontgebiet.

Nicht schon wieder Krieg! dachte er.

In Nidden besaß Thomas Mann ein Sommerhaus, fuhr sie
fort. Sein letzter Sommer war 1932.

Und wo ist er jetzt?

Sie wußte es nicht. Nur so viel, daß er nicht mehr in

Deutschland lebte. Vielleicht war er tot. Es gab viele, von denen niemand wußte, ob sie noch lebten oder schon tot waren oder nur totgeschwiegen. Hermann Sudermann jedenfalls befand sich längst im Jenseits.

Sonderbar ist das schon, meinte sie. Da besitzt Deutschland einen Nobelpreisträger, und keiner weiß, wo er geblieben ist. In der Schule erwähnt man ihn mit keinem Wort, seine Bücher sind aus den Bibliotheken verschwunden.

Hermann Sudermann war tot, durfte aber in Deutschland bleiben, Thomas Mann lebte, war aber in Deutschland gestorben.

Schwiegermutterberg, sagte Magdalena und lachte. Auf dem Schwiegermutterberg stand sein Haus, jetzt ist es wohl leer.

Wenn nicht Lehrerin, dann ist sie Bibliothekarin oder Verkäuferin in Europas größter Buchhandlung am Paradeplatz, dachte er. Sie kannte Thomas Mann und Hermann Sudermann.

Nein, mit totem Papier habe ich nichts zu tun!

Also etwas Lebendiges: Kindergärtnerin vielleicht, Krankenschwester oder doch Lehrerin.

Sie schüttelte den Kopf und sagte, daß sie weder mit Kindern, Kranken noch Tieren zu tun habe.

Was blieb da noch übrig? Das Meer, die Berge, die Flora? Er begann zu raten. Als er von Blumen sprach, lachte sie.

Ein Blumenmädchen! Das hätte dir eher einfallen können. Magdalena, umgeben von einem duftenden Blütenmeer, von Astern, Sommerphlox und Dahlien, rote Rosen nicht zu vergessen.

Es muß ja jeder irgendwie seine Pflicht tun. Da ich Blumen mag, übernahm ich eine Aushilfstätigkeit im Blumengeschäft Perlbach nahe dem Parkhotel, gar nicht weit von deiner Münzstraße entfernt. Wir hätten uns längst treffen können, aber du warst ja anderweitig beschäftigt.

Das wird Mutter gefallen, sie mag Blumen.

Er nahm ihre Hände. Sie sahen blaß aus wie die Lilien, und als er sie lange genug gedrückt hatte, bekamen sie rote Flecken.

182

Ein kriegswichtiger Betrieb sind wir gerade nicht, aber auch in traurigen Zeiten braucht man Blumen.

Trauerfeiern, schoß es ihm durch den Kopf. Blumen sind dem Tode sehr nahe, in ihrem Blühen selbst schon sterbend. Er stellte sich ihre Hände Kränze flechtend und Sträuße bindend vor, sah auch die kleinen Gestecke, die den Toten nachgeworfen werden. Die Blütenpracht, in der sie arbeitete und lebte, der süßliche Duft, der sie umwehte, alles schon vom Tode gezeichnet. Magdalena inmitten sterbender Blumen, ein weißer Todesengel mit schwarzen Haaren. Blumen also. Darauf hättest du früher kommen können. Ihre Hände gehörten den Blumen.

Und was hast du vor deiner Aushilfe bei Perlbach gemacht?

Ach, lassen wir das, sagte Magdalena und hielt ihm den Finger auf den Mund.

Das tausendfach gemalte Fischerdorf, berühmt in den Kunstakademien wie jener Flecken im bremischen Moor, hatten die durchziehenden Rinderherden ebenfalls verunstaltet. Auf der Straße lagen Kuhfladen und stanken. Auch hier fehlten die Sommergäste. Am Hafen saßen Maler, die der Krieg vergessen hatte. Sie versuchten zum tausendstenmal und immer wieder, Kurenkähne für die Ewigkeit festzuhalten, malten die gelben Sandberge, rotstämmige Kiefern und den Italienblick des Thomas Mann. An blau und dunkelrot bemalten Holzhäusern vorbei führten sie ihre Räder. Oft blieben sie stehen, er fragte nach den Blumen in den Vorgärten und ließ sich von Magdalena die lateinischen Namen erklären. Sonnenblumen bis an die Dachtraufen, rosa Wicken, am grauen Holz rankend. Der Mohn blühte weiß und lila wie in den Rübenfeldern. Ein fremder Duft zog die Hänge hinauf, ein Gemisch aus Räucherfisch und Rosenöl.

In einem Krug kaufte er rote Limonade, die Magdalenas Lippen färbte.

Die ist nicht kußecht, stellte sie fest.

Er wollte das auf der Stelle ausprobieren, aber sie ließ es nicht zu, weil Kinder in der Nähe spielten, Maler und Fi-

183

scher zusahen. Außerdem macht ein deutscher Soldat so etwas nicht, jedenfalls nicht am hellichten Tag auf der Dorfstraße von Nidden.

Sie wären bis Schwarzort geradelt, um die Reiherkolonie zu besuchen, von der Vater viel erzählt hatte, aber der Limonadenverkäufer behauptete, Schwarzort sei gesperrt und liege in Reichweite der russischen Artillerie. Vaters Reiher unter Kanonenbeschuß! Hoffentlich sind die seltenen Vögel davongeflogen. Wohin fliegen Reiher, wenn der Krieg kommt?

Die Limonade hatte Kirschgeschmack und war doch kußecht. Das zeigte sich, als sie die Räder den Hang hinaufschoben, an dem unter hohen Kiefern Thomas Mann gesessen hatte. Er hätte ihr gern Blumen gepflückt, gekauft, gestohlen, wie auch immer, aber sie wären in der Hitze augenblicklich gestorben. Am letzten Abend in der Stadt, wenn sie sich verabschieden, wird er ihr Blumen schenken. Das wäre in hundert Stunden.

Bietet Brot den Flüchtigen. Denn sie fliehen vor
dem Schwert, ja, vor dem bloßen Schwert, vor dem
gespannten Bogen, vor dem großen Streit.
Der Prophet Jesaja, Kap. 21, Verse 14, 15

Auf dem Heimweg erzählte Magdalena von Helene, einem
Mädchen aus der Nachbarschaft, das über Nacht reich geworden war. Sie war ein schüchternes Kind, das immer allein
spielte und sich bei Dunkelheit nicht aus dem Hause traute.
Als Helene erwachsen wurde, zog sie mit ihrer Mutter fort.
Wohin, hat niemand erfahren. Im August 1944 wurde sie zur
Millionärin. Und das kam so: Anfang des Monats verbreiteten
die Zeitungen zum erstenmal den Steckbrief eines gewissen
Dr. Goerdeler, der deutscher Reichskanzler geworden wäre,
wenn die Bombe des 20. Juli den getroffen hätte, dem sie
zugedacht war. In den Ausgaben vom 9. August wurde der
Steckbrief wiederholt. Eine Million Mark Belohnung war für
die Ergreifung des Verräters ausgesetzt, außerdem ein Händedruck des Führers.
    Der, den sie suchten, kam aus der Gegend von Stuhm in
Westpreußen. Bevor er Verräter wurde, war er Oberbürger-
meister der Stadt Leipzig. In den zwanziger Jahren, als Helene
ein Schulmädchen und Magdalena ein kleines Kind gewesen
waren, amtierte er als Zweiter Bürgermeister der Stadt Königsberg in Preußen. In den Sommermonaten lebte er im Ostseebad Rauschen, wo auch Helene mit ihren Eltern die Ferien
verbrachte. Sie traf den vornehmen Herrn gelegentlich auf
der Seepromenade, wo er freundlich seinen Sommerhut lüftete und die Vorübergehenden grüßte. Zwanzig Jahre später
stand sein Steckbrief in den Zeitungen.
    Zu dieser Zeit arbeitete Helene, sie war ledig und kinderlos,
in der Lohnbuchhaltung eines Fliegerhorstes im Samland. Eines Morgens frühstückte sie mit anderen Zivilangestellten des
Fliegerhorstes in einem Gasthaus bei Rauschen. Am Fenster

saß ein älterer Herr, der die Zeitung las. Er hielt die Hand schützend vor sein Gesicht, aber als er die Zeitung umblätterte, sah Helene sein Profil. Der Mann kam ihr bekannt vor. Vor zwanzig Jahren war er ihr auf der Promenade von Rauschen begegnet und hatte freundlich den Hut gezogen.

Helene begab sich in den Nebenraum, bat den Wirt um Papier und schrieb auf einen Zettel: Am Fenster sitzt Dr. Goerdeler.

Der Wirt griff zum Telefon.

Der Mann am Fenster warf ein paar Münzen auf den Tisch und verließ eilig das Gasthaus. Helene stand hinter der Gardine. Sie sah, wie er Richtung Rauschen marschierte, er hatte es sehr eilig.

Von der anderen Seite kamen zwei Uniformierte auf Fahrrädern, sie stürmten mit gezogener Waffe ins Gasthaus.

Helene führte sie vor die Tür und zeigte ihnen den Weg, den der Mann eingeschlagen hatte.

Sie schwangen sich auf die Räder. Kurz vor Rauschen überholten sie den zügig ausschreitenden Wanderer. Sie bremsten scharf.

Sind Sie Dr. Goerdeler?

Der Angesprochene bejahte. Sie verhafteten ihn und brachten ihn zurück ins Gasthaus. Als Helene sie kommen sah, flüchtete sie zur Toilette, wo sie sich erbrach und bitterlich weinte. Durchs Schlüsselloch sah sie den Mann aus der Nähe. Als die Uniformierten um eine Gegenüberstellung baten, weigerte Helene sich, die Toilette zu verlassen.

Sie setzten ein Protokoll auf, das den Uniformierten das Hauptverdienst an der Verhaftung des Verräters zusprach. Helene weigerte sich zu unterschreiben. Sie allein habe den Mann am Fenster erkannt und den entscheidenden Hinweis gegeben. Nachdem dieser Satz im Protokoll stand, unterschrieb sie. Die Uniformierten gingen leer aus, die Million nebst Händedruck des Führers stand ihr alleine zu. Wie versprochen.

Kurz darauf meldeten die Blätter, daß es »dank der Aufmerksamkeit einer Zivilangestellten der Luftwaffe gelungen sei, den Verbrecher Dr. Goerdeler festzunehmen«. Da alles geheim bleiben mußte, verlegten sie den Ort der Festnahme von der Samlandküste an den Stuhmer See in Westpreußen.

Helene blieb voller Unruhe. Sie weinte nicht mehr, doch erschien ihr nachts das Bild des freundlichen Herrn, wie er auf der Promenade von Rauschen lustwandelte, seinen Hut lüftete und die Sommergäste grüßte. Ihre Menstruation setzte aus, obwohl sie keinen Verkehr gehabt hatte.

Die große Hoffnung, ihr Bild werde in der Zeitung erscheinen und sie vor allen Volksgenossen auszeichnen, erfüllte sich nicht. Die Leute von der Zeitung sagten, es sei nicht gut für Helene, abgebildet zu erscheinen. Nicht einmal ihren vollständigen Namen schrieben sie ins Blatt.

Vor Antritt der Reise zum Führer wurde sie plötzlich krank. Es stellte sich eine Entzündung der rechten Hand ein, jener Hand, die sie dem Führer reichen wollte.

Der schrieb ihr einen freundlichen Brief. Sie solle ihn besuchen, wenn sie gesund sei.

Dr. Goerdeler aber marschierte seinem Tode entgegen. Warum kehren alle gefährdeten Menschen dahin zurück, wo sie einmal zu Hause waren und bekannt sind? Sie suchen Geborgenheit in vertrauter Umgebung und wissen nicht, daß gerade dort Verrat und Denunziation auf sie lauern. In unbekannte Wälder laufen, sich in tiefe Höhlen eingraben, in den Bergen einschneien lassen, nur so gibt es ein Überleben.

Ob eine Million Reichsmark ausreichen? fragte Magdalena.

Verrat bleibt Verrat, gab er zur Antwort. Da darf man kein Mitleid haben.

Sie lächelte ihn an.

Vielleicht, wenn wir mal nach Schweden fliegen, wirst du darüber anders denken.

> Es wird kein Stein auf dem anderen bleiben.
> *Matthäus, Kap. 24, Vers 2*

Rückfahrt auf der von den fliehenden Rindern aufgewühlten und beschmutzten Straße. Die Tiere waren fort, der Gestank hatte sich verzogen, der Kot war getrocknet. Sie fuhren der Sonne entgegen mit dem Wind im Rücken. Ab Pillkoppen mieden sie die von Kuhdreck und Kadavern verunstaltete Nehrungsstraße, bogen ab zum Seestrand, der menschenleer und angenehm kühl war.

Noch immer kein Bernstein.

Wir können nichts finden, weil wir nicht richtig suchen.

Im Herbst, wenn die Stürme das Meer aufwühlen, gibt es neuen Bernstein.

Im Herbst sterben die meisten Menschen.

Zwischen ihnen stand das Unaussprechliche, das jeden Soldaten begleitet: Wir werden uns nie wiedersehen! Er stellte sich vor, über die Nehrung zu wandern, bis der Schnee fällt und das Haff erstarrt. Immer nur wandern, in windgeschützten Sandburgen liegen, mit den Fischern hinausfahren, unter Strohdächern schlafen, den tschilpenden Sperlingen zuhören, Krähen fangen und auf die Zugvögel warten, die im Frühling kommen, wenn sich die Nehrung mit einem Teppich weißblühenden Pfefferkrauts schmückt.

Bernsteinsammeln im Herbst. Die Vögel sind fort, das Meer ist kalt, und niemand liegt nackt in den Dünen. Im Herbst werden auch Magdalenas Blumen welken, bis auf die weißen Chrysanthemen. Sie ist kein Blumenmädchen, sondern selbst eine Blume, die Menschengestalt angenommen und sprechen gelernt hat. Aber du mußt am 31. August in den verdammten Zug steigen, sonst kommen sie dich holen.

Fliegen müßte man können. Wir setzen uns in Predin in einen Segler und stellen neue Weltrekorde auf. Dreißig Stunden bis Göteborg. In Schweden wird niemand wegen Fahnenflucht erschossen.

Es rumorte in ihm. Ab und zu schaute er zu ihr. Magdalena dachte das gleiche: Nie mehr auseinandergehen.

Gefangenschaft wäre eine Möglichkeit. In Amerika soll das Leben der Kriegsgefangenen erträglich sein, Amerika hat auch einsame Strände und weiße Dünen, nur an Bernstein mangelt es. Aber wo bleibt Magdalena in der langen Zeit der Gefangenschaft?

Wie ist es mit der englischen Sprache? Latein hatte ihm mehr gelegen als I, you, he, she, it … Magdalena beherrschte vor allem die Sprache der Blumen: Helionthus, Dahlia variabilis, Malva, Chrisanthemum, Lencanthemum …

Wenn die Störche wiederkehren, ist der Krieg zu Ende. So oder so. Bis dahin läuft der Sand aus der Uhr. Vaters Uhren werden es nicht überleben.

Noch die letzten Stunden genießen. Ein Wunsch wird erfüllt, ein Glas Wasser vor dem Verdursten. Ausgestreckt auf ihrer roten Decke liegen. Magdalena schön und naß. Sie hält die Augen geschlossen, sieht ihn kommen und lacht. Sein Schatten fällt auf ihren Körper. Immer wieder baden, ausziehen und anziehen. Die Sonne, dieser Riesenscheinwerfer, beleuchtet Magdalenas Enthüllung.

Wer gibt ihnen das Recht, Menschen durch halb Europa zu schicken, damit sie in der Toskana sterben? Am Arnoabschnitt waren neue Kämpfe entbrannt.

Es war dumm, sich jetzt zu verlieben. Der eine fährt an die Front und weiß nicht, ob er wiederkommt, der andere wartet zu Hause. Wir machen uns nur unglücklich, aber es läßt sich nicht umkehren. Es geht seinen Weg.

Vielleicht sollten wir warten, bis alles vorbei ist, sagte sie plötzlich.

Sie hat das schon einmal erlebt, fuhr es ihm durch den Kopf. Sie hat jemand verloren und möchte es nicht ein zweites Mal durchleiden.

Er nahm sich vor, mit heiler Haut heimzukehren. Keine Heldentaten mehr, nur überleben. Mit einem Segelflugzeug nach Gotland fliegen, mit dem Schiff von Gotenhafen nach Göteborg. So oder so.

Wir werden uns Feldpostbriefe schreiben. Jawohl, die Post funktionierte noch, die Benachrichtigungen der Angehörigen Gefallener oder Vermißter kamen pünktlich.

Die Adresse in Tragheim wäre übrigens mit dem Zusatz zu versehen: Bei Jankowski.

Sind das deine Eltern?

Sie nickte. Magdalena Rusch, geborene Jankowski. Also doch verheiratet oder verwitwet. Was mag da vorgefallen sein?

Dürfen es auch Briefe an das Blumengeschäft Perlbach sein?

Lieber nicht, entschied Magdalena.

Eines Tages wird Dore Kallweit bei Perlbach erscheinen, um einen Strauß zu kaufen oder einen Kranz zu bestellen. Sind Sie nicht die Person, die unserem Sohn den Kopf verdreht hat? wird sie sagen. Schreibt er Ihnen noch Briefe?

Das wäre Mutter zuzutrauen. Sie wird Magdalena in ein Café einladen. Während sie sich gegenübersitzen und Kirschtorte essen, wird sie sagen: Liebes Kind, lassen Sie die Finger von unserem Sohn. Sie passen nicht zueinander, er ist so jung und unerfahren.

Ein ähnliches Gespräch wird in Tragheim stattfinden. Wenn der erste Feldpostbrief eintrifft, wird Frau Jankowski vorwurfsvoll ihre Tochter anschauen und sagen: Schon wieder ein Soldat?

Du weißt doch, Mutter, wird Magdalena antworten, es gibt nur noch Soldaten. Keine Handwerker, keine Büroangestellten, keine Beamten, alle Männer sind Soldaten, und alle haben getötet.

Wir haben immer noch keinen Bernstein gefunden, weil wir nicht richtig suchen.

Weißt du, daß Bernstein brennen kann?

Dann lassen wir ihn lieber im Meer, damit er nicht Feuer fängt.

Er sah sie in einem blumengeschmückten Raum, umgeben von Kränzen mit schwarz-weißen Schleifen. An einem düsteren Novembermorgen läutet die Türglocke, das Ehepaar Kallweit betritt das Blumengeschäft Perlbach und bestellt einen Kranz.

Wir haben nur Chrysanthemen, sagt die hübsche Verkäuferin.

Ja, der Frieden! Was wird aus dem Loch, wenn der
Käs' gefressen ist?

Brecht: »Mutter Courage und ihre Kinder«

Er saß am runden Tisch in der Laube und reparierte eine Taschenuhr. Es kam gelegentlich vor, daß Fischer ihm Uhren
brachten, die nicht gehen wollten, denn in Rossitten wußte jeder, daß der Besucher aus Königsberg zwar ein Liebhaber der
Zugvögel war, in der Stadt aber einen Uhrenladen besaß. Sie
bezahlten seine Arbeit mit Fischen, die Huschke räucherte
und in einer Kiste verpackte, damit der Uhrmacher den Winter über gut davon hatte, denn Räucherfisch hält lange. Im Fischerhaus gab es nur die mannshohe Standuhr, deren gemüt-
liches Ticken das Gebäude mit Leben erfüllte und die vollauf
genügte, den Bewohnern die Zeit anzusagen. Vor Jahren hatte
Vater dem Fischer ein Chronometer geschenkt, eine robuste
Arbeitsuhr, aber dem Fischer war sie zu schade. Er verwahrte
sie in seinem Nachttisch und versprach, sie an hohen Feiertagen, von denen es nur drei im Jahr gab, zum Kirchgang in die
Westentasche zu stecken. Auf dem Haff brauchte er keine
Zeit. Er richtete sich nach den Gestirnen, die ihn immer rechtzeitig ankommen ließen.

Dore saß neben ihm vor einem Stapel ausgelesener Hefte
aus sehr fernen Zeiten, als die Tiroler noch lustig waren, die
Soldaten fröhlich durch die Stadt marschierten, die Zigeuner
dem Kaiser keinen Zins zahlten, die Fähnlein an den Lanzen
flatterten und die Wildgänse durch die Nacht rauschten. Die
Oma hatte sich ihren Schaukelstuhl nach draußen bringen lassen. Sie sah gern zu, wenn die winzigen Kunstuhren so aku-
rat auseinandergenommen und wieder zusammengesetzt
wurden, daß kein Rädchen übrigblieb. Seine Arbeit begleitete
sie mit aufmunternden Sprüchen. De Seeger, de Seeger, es e
Menschenbedröger, reimte sie, was im Hochdeutschen hieß,

daß die Uhren die Menschen betrügen, aber so genau wußte es die Oma nicht. Es reimte sich jedenfalls.

Huschke wühlte im Garten. Ihre Männer fischten. Vielleicht brachte es ja Glück, in den Morgenstunden des Geburtstages – gegen fünf Uhr in der Frühe war der Junge auf die Welt gekommen – noch einmal die Netze auszuwerfen. Lina und Gesine kamen angelaufen und riefen, daß die Radfahrer auf dem Wege in die Kirchenstraße seien.

Na, dann werden wir die Braut besehen können, freute sich die Oma.

Sie radelten bis zur Gartenpforte. Er öffnete die Tür und ging voraus. Sie führten die Räder zur Fliederlaube, Hermann stellte sie an die Hauswand.

Ich möchte euch Magdalena Rusch vorstellen.

Vater nahm umständlich die Brille ab und hatte Mühe, sie ins Futteral zu fingern.

Mutter ließ den Löffel in die Teetasse fallen, so daß es eine kleine Fontäne gab. Dann erhob sie sich. Die kleine Person, die so schwach und zerbrechlich aussehen konnte, wuchs empor, wurde groß und furchteinflößend wie die Germania auf der Siegessäule.

Ach Rusch, sagte sie nach einer sehr langen Pause. Ich kenne einen Schuster Rusch, der lebt in Ponarth.

Wie sie es sagte, hatte es einen Unterton, den jeder verstand, denn Ponarth war eine ärmliche Gegend und der Schuster eher ein Hungerleider.

Magdalena erklärte, daß sie mit jenem Schuster nicht verwandt sei und in Tragheim wohne.

Es wäre nun angebracht, dem Besuch einen Platz anzubieten, ihm Tee einzuschenken und den Teller mit selbstgebackenen Keksen auf den Tisch zu bringen. Vater räumte schon sein Handwerkszeug beiseite, um Platz zu schaffen, aber Mutter blätterte zerstreut in ihren Zeitschriften, sprach von den armen Leuten in Ponarth, unter ihnen ein Schuster namens Rusch. Wie kühl und geschäftsmäßig sie sein konnte. Auf Mutters Stirn tauchten rote Flecken auf, die Brillengläser funkelten. Vater vertiefte sich in das Innenleben der Taschenuhr.

Hermann brachte die Räder in den Schuppen, Magdalena wartete vor der Haustür und fror.

Dieses Warten wäre nicht lange zu ertragen gewesen, aber nun erschien Huschke, um den Besuch zu begrüßen. Sie drückte den Mädchen Kekse in die Hand und schickte sie auf die Straße, denn sie fand es unpassend, wenn Lina und Gesine wieder Maulaffen feilhielten, an der Tür herumlungerten und zuhörten, was erwachsene Menschen sich erzählten. Huschke war es auch, die Magdalena einen Stuhl anbot, schnell eine Tasse holen wollte und übriggebliebenen Raderkuchen. Magdalena erklärte, sie sei in Eile und müsse schnell ins Kurhaus.

Wie lange bleiben Sie auf der Nehrung, Frau Rusch? wollte Mutter wissen, als Magdalena sich verabschiedete. In ihrer Stimme schwang ein leiser Vorwurf mit, eine Frage, wie es denn möglich sei, daß in der heutigen Zeit, in der jeder auf seinem Posten zu stehen und seine Pflicht zu erfüllen habe, eine junge Frau so unbeschwert über die Nehrung spazieren und in den Tag hineinleben konnte, während andere den Heldentod starben.

Bis der Sommer vorbei ist, antwortete Magdalena und ging lächelnd davon.

Hermann begleitete sie. Auf der Straße hörte er, wie Mutter sagte – sie sagte es eigentlich nur zu ihrem Mann, aber doch so laut, daß jeder, auch die Spaziergänger auf der Straße, es hören konnten – sie sagte: Der arme Junge, vielleicht ist sie eine von denen, die mit Soldaten geht. Oder sie ist verheiratet.

Wenn ihr den Krieg nicht tötet, wird er euch töten.
Victor Margueritte

Magdalena überraschte ihn mit dem Vorschlag, gemeinsam im Kurhaus Abendbrot zu essen. Fischsuppe gebe es immer und sogar ohne Marken. Also eine Einladung.

Auf der Terrasse trafen sie einen älteren Mann, der an der Brüstung lehnte und rauchte.

Ist eine Nachricht eingetroffen? fragte Magdalena.

Der Mann schüttelte den Kopf und drückte die Zigarette aus.

Vor dem Essen wollte sie sich waschen und umziehen.

Ich fühle mich wie eine lebende Wanderdüne, rief sie, bevor sie im großen Haus verschwand.

Hermann wartete. Der Mann nahm neben der Tür Platz und entfaltete eine Zeitung. Über ihm hingen bunte Tücher wie vom Himmel gefallene Fallschirme. An den Fenstern klebten die üblichen Plakate: »Psst, Feind hört mit!« Der Kohlenklau trug schwer an einem Sack. Darunter las er, daß die Cranzer Lichtspiele am ersten September eine Vorstellung in Rossitten geben werden. Auf dem Programm stand »Die goldene Stadt«.

Magdalena erschien in neuer Verkleidung. Ein hellblaues Kostüm, weiße Schuhe, eine weiße Perlenkette. Der Anblick überwältigte ihn so, daß er kurz die Augen schloß. Über allem ein Duft, den er nicht zuordnen konnte, vielleicht so wie brennender Bernstein.

Die Bedienung empfahl wie erwartet Fischsuppe. Die gehe auf der Nehrung niemals aus, eher gebe es keinen Sand mehr.

Er tippte auf das Kinoplakat.

Schade, daß ich am ersten September nicht mehr da bin, sagte er. Ich hätte dich gern nach Prag eingeladen.

195

Sie behauptete, den Film schon zu kennen. Aber mit ihm würde sie ihn gern noch einmal sehen. Man müßte mal nach Prag reisen.

Ich war in Prag, sagte er und zählte Städte auf, die er kannte: Innsbruck, Rom, Neapel, Florenz, Mailand. Das ist das Schöne am Soldatenleben, man kommt viel herum.

Sie fragte nach Paris.

Paris sparen wir uns für die Zeit nach dem Krieg auf, wenn es dann noch etwas zu reisen gibt.

Der Mann an der Tür raschelte mit der Zeitung.

Die Suppe kam und dampfte.

Er sah sich, während er in der Suppe rührte, mit Magdalena durch Europa reisen, nach Paris, Göteborg und Venedig. Straußwalzer ohne Ende. Rückkehr ins verschneite Königsberg zwischen Weihnachten und Neujahr. Sonja Henie dreht Pirouetten auf dem Schloßteich, im Café Schwermer dampft der Glühwein.

Wie hast du es angestellt, Urlaub zu bekommen? fragte sie. Seit der Invasion herrscht doch allgemeine Urlaubssperre.

Er erzählte von Tscherkassy, dem Sonderurlaub und daß er zweieinhalb Jahre nicht zu Hause gewesen war.

Zweieinhalb Jahre! Magdalena griff seine Hand und streichelte sie.

Kannst du Schlittschuh laufen? fragte er.

Ein bißchen.

Also treffen wir uns Weihnachten auf dem Schloßteich. Oder lieber auf dem Oberteich. Der Oberteich ist einsamer, er kennt stille Winkel unter hängenden Weiden, wo die Liebespaare zusammenstehen und sich warmknutschen.

Nach dem Herbstregen tritt der Pregel über die Ufer, der erste Frost läßt die Wiesen bei Ponarth, wo der Schuster Rusch Schlittschuh laufen darf, spiegelblank werden.

In vier Monaten ist Weihnachten.

Wer weiß, wo wir Weihnachten Schlittschuh laufen?

Wieder raschelte die Zeitung. Die Bedienung schenkte Fischsuppe nach und bemerkte, es gebe reichlich davon.

196

Magdalena als Eisprinzessin, nicht im weißen Kleid, sondern im weißen Pelz. Die Stiefelchen sind weiß, um sie taumelnde Flocken, natürlich auch weiß. Wenn sie stürzt, wird er sie auffangen. Der Gedanke, mit ihr durch den Winter zu bummeln, über Schloßteich, Oberteich und die Ponarther Pregelwiesen, machte ihn närrisch. Glühwein trinken, abends in »Die goldene Stadt« gehen, danach zieht sie ihren weißen Pelzmantel aus, zum Vorschein kommt die in der kurischen Sonne gebräunte Haut. Vater spendiert eine Flasche Rotwein aus Friedensbeständen.

Ein Pferdefuhrwerk rumpelte vorüber. Auf dem Rücksitz saßen Sommergäste, die von einem Ausflug heimkehrten.

Wir könnten auch eine Kutschfahrt unternehmen, schlug er vor. Vielleicht morgen oder übermorgen.

Sie sagte, daß sie Pferde bisher nur aus der Ferne gesehen und noch nie berührt habe.

Warum bist du so traurig, Magdalena? Sie kam ihm entrückt vor, so als spaziere sie durchs goldene Prag oder an den Ufern der Seine. Und er wußte nicht, wie er sie zurückholen sollte.

Warum heißt die Kuschelkiefer Kuschelkiefer?

Sie lachte und zupfte an seinem Ohrläppchen.

Der alte Mann faltete die Zeitung zusammen und ging.

Alles ist möglich. Nur Fingerhandschkes över Fuust-
handschkes trekke, dat geit nich.

Die Oma von der Minge

Du mit deinen Gespenstergeschichten! schimpfte Huschke.
Sie sind wahr, Kind, sie sind wahrhaftig wahr.

Die alte Frau schlug das Kreuz und schüttelte sich, denn
ihr lief selbst ein Schauer über den Rücken, wenn sie nach
Einbruch der Schimmerstunde die Gespenster beschwor. Sie
erzählte vom Maar, der einmal aufs Dach, dann durch den
Schornstein gestiegen war, um sich ihr auf die Brust zu setzen,
schwer wie ein gefüllter Kartoffelsack. Von ihrem gefallenen
Bruder, der um Mitternacht zum Brunnen kam, um zu trinken, von Pferden ohne Köpfe, die in der Geisterstunde über
die Straße galoppierten, als wenn der Deibel Dreck haspelt,
und von feurigen Drachen, die zwei Kirchtürme hoch zwischen Tilsit und Ragnit über die Memel flogen.

Es ist gut zu wissen, was unter den Gespenstern vorgeht,
sagte die Oma. Glück und Unglück melden sich an, auch
schwere Krankheit und Tod.

Die heutige Zeit hat andere Gespenster, murmelte Huschke. Das Nordlicht leuchtet schon im August, nachts brummen
die Flieger, die Jugend singt von den Wildgänsen, ein Lied der
Sehnsucht nach Ferne und voller Angst vor dem Tod.

Ja früher, da waren die Gespenster menschlich, auf ihre
Weise sogar gut, auch wenn sie Schabernack trieben und
Mensch und Tier erschreckten. Dem Tischler Gaidies war die
Frau mit neunzehn Jahren im Kindbett gestorben. Das Kind
blieb ihm und wurde von einer Amme genährt. In Neumond-
nächten, wenn alle schliefen, kam die junge Frau wie ein Nebelstreifen durchs Türschloß, um die Wiege ihres Kindes zu
schaukeln. Manchmal sang sie leise. Aber wenn der Tischler
nach ihr greifen wollte, wehte sie davon durchs Schlüsselloch.

Huschke band, während die Oma sich mit den Gespenstern beschäftigte, einen Kranz aus Schlangenmoos, das die Mädchen im Wald gesammelt hatten, denn morgen wird nicht nur der Junge Geburtstag feiern, sondern auch der alte Baldruschat zum Kirchhof getragen werden. Sie gab Stockrosen in das Geflecht, besprenkelte den Kranz mit Wasser, damit er frisch blieb bis morgen.

Lina und Gesine saßen auf dem Fußboden. Sie hörten gern zu, wenn die Oma Gespenstergeschichten erzählte, obwohl Huschke klagte, daß die Mädchen das Bett näßten, wenn es gar zu gruselig wurde mit den Geistern. Erzähl den Kindern was Lustiges, Oma!

Also gut, etwas Lustiges. Sie schickte die Mädchen los, ihre Wuschen zu holen. Die legte sie so auf den Fußboden, daß es wie ein Hühnernest aussah. Huschke stiftete dreizehn Eier, nicht mehr und nicht weniger, denn die Dreizehn galt als Glückszahl. Nun sollt ihr sehen, wie die Niederunger eine Glucke verhexen. Erst versuchte sie, die grau-weiße Katze als Glucke abzurichten und auf die Eier zu setzen, aber Peterle sprang verstört zur Fensterbank und wollte sich um nichts in der Welt verhexen lassen. Gesine holte ihren Teddybären und gab ihn als Glucke auf das Eiernest. Die Oma strich ihm dreimal über die Plüschohren Richtung Osten, spuckte dem Teddy auf den Zagel, was ihn bannen sollte, damit er als Glucke nicht weglief und die Eier sich erkälteten. Lina holte ein Stück Kreide aus ihrem Schultornister. Die Oma feuchtete sie mit Spucke an und malte vier Kreuze auf den Fußboden, und zwar so um das Nest verteilt, daß jedes in eine Himmelsrichtung zeigte. Nun konnte die Glucke nicht mehr das Nest verlassen, aber auch das Böse, etwa ein Fuchs oder ein Iltis, wurde durch die Kreuze abgehalten, die Eier aus dem Nest zu stehlen. Mit den Händen machte die Oma einige Verrenkungen über dem Nest und dem geduldig ausharrenden Teddybären. Dann fiel sie in die litauische Sprache, die auch eine schöne Melodie hat, während Lina und Gesine schweigend verharrten.

Es ist weiter nichts als heidnischer Aberglaube, unterbrach Huschke die Hexerei.

Damit war der Zauber hin. Der Teddy verließ das Nest, die Oma saß erschöpft in ihrem Lehnstuhl. Auch der Aberglaube gehört dem lieben Gott, seufzte sie.

Sie kam nun, weil es lustig sein sollte, zu den menschlichen Gespenstern. Davon gab es ein Exemplar in Kuckerneese, das hieß Bruse und war so beleibt, daß es selbst im strengsten Winter nicht über den Rußstrom gehen konnte, weil das Eis unter ihm gebrochen wäre. Der dicke Bruse war zwischen Tilsit und Memel für allerlei Schabernack bekannt, einmal traf es auch ihn. Er hatte sich überfressen und davon schwere Bauchschmerzen bekommen. Seine Frau sollte ihm heiße Flinsen backen und auf die Bauchdecke legen, ein Rezept, das normalerweise hilft. Sie briet ihm eine schöne Pfanne voll, vergriff sich aber und legte nicht die Flinsen, sondern die heiße Pfanne auf den dicken Bauch. Das weitere kann sich jeder vorstellen, auch die rote Sonne, die ein paar Wochen vom Bauch des dicken Bruse leuchtete, bis sie in Schorf und Eiter unterging. Es hieß, die Frau habe sich mit Absicht vergriffen, weil ihr noch einige Rechnungen offenstanden. Gut Freund waren die Eheleute nicht. Einmal zankten sie sich so gewaltig, daß der dicke Bruse auf den Hof rannte und die zum Lüften aushängenden Federbetten aufschlitzte. Ach, die schönen Daunen wehten davon wie im Schneegestöber.

Der Bruse ging auch gern in den Krug, um sich die Schlorren vollzuschöpfen. Wenn es der Frau zu lange dauerte, fuhr sie im Einspänner hinterher, ihn abzuholen. Meistens war er nicht mehr bei sich, wenn sie die Gaststube betrat. Dann sprach er sonderbare Dinge, ahmte den Herrn Jesus nach und rief: Weib, was habe ich mit dir zu schaffen? Meine Stunde ist noch nicht gekommen!

Weil die Winter langweilig waren, gingen die Niederunger gern zu Gericht. Bei allen Amts- und Landgerichten der Gegend war der dicke Bruse bekannt, in den Akten wurde er als notorisch geführt. Einmal vergaloppierte er sich mächtig, weil er einen Beleidigungsprozeß um eine trächtige Sau zu führen unternahm. Dem Nachbarn war das Tier, das dem Bruse gehörte, unpassend über den Weg gelaufen, und er hatte ihm mit seinem Stock einen Hieb auf das Hinterteil gegeben. Darauf wurde das Schwein mucksch, verweigerte gekränkt die Nahrung und verwarf neun tote Ferkel. Der dicke Bruse klagte auf Beleidigung. Nicht daß er sich persönlich getroffen fühlte oder den Schaden für die neun Ferkel ersetzt haben wollte, er klagte im Namen des Schweins auf Wiederherstellung der Ehre. Der Amtsrichter fand das noch spaßig, gab der Klägerin einen menschlichen Namen, nannte das Schwein Emma Bruse und verurteilte den stockwütigen Nachbarn, fünf Mark Buße an die Schweinegilde zu zahlen, außerdem folgenden Text in die Zeitung zu setzen:

Die dem Schwein Emma Bruse mit einem Stockhieb zugefügte Beleidigung nehme ich mit dem Ausdruck tiefsten Bedauerns zurück.

Die Richter beim Landgericht vertrugen soviel Spaß nicht mehr. Sie schickten dem Bruse eine dicke Rechnung und ermahnten ihn, in Zukunft nicht mehr die Würde des Gerichts mit Schweinegeschichten zu verletzen.

Weil der Bruse weitläufig zur Verwandtschaft gehörte – in der Niederung galten fast alle Menschen als miteinander verwandt –, wurde er auch zu Huschkes Hochzeit eingeladen. Er kam mitten im Sommer per Schlitten angereist. Als sie ihn fragten, warum er die Pferde so quäle, antwortete er, daß die litauischen Hochzeiten ihre Zeit dauerten. Es könnte leicht geschehen, daß auf der Rückreise Stiemwetter herrsche. Daß die Hochzeiten in der Niederung sich hinzogen, war allgemein bekannt. Die längste soll ein gewisser Jochen Grunwald an der Gilge gefeiert haben. Er wählte den Monat März, weil um diese Zeit noch nicht viel auf den Feldern zu bestellen war, geriet aber schwer in den Schaktarp. In der Hochzeitsnacht krachte und donnerte das Eis, der Fluß brach, und sie fanden am Morgen das Haus von Wasser umzingelt. Länger als sieben Tage mußten sie Hochzeit feiern, bis das Wasser sich verlaufen hatte. Zum Schluß aßen sie nur Pellkartoffeln und sahen den Meschkinnes in leeren Flaschen vor sich stehen.

Nach Huschkes Hochzeit hat der dicke Bruse nicht mehr lange gelebt. Im April, als das Eis mürbe wurde, ging er mit schwerem Kopf über den Rußstrom, geriet unter die Schollen und tauchte im Mai zwanzig Kilometer stromabwärts wieder auf. Damit hatte sein Schabernack aber immer noch kein Ende. Auch auf dem Kirchhof konnte er es nicht lassen, die Frau zu ärgern. Sie hatte ein Fläschchen Petroleum gekauft für die Grablampe und dachte bei sich: Warum soll ich die Flasche nach Hause mitnehmen? Ich werde sie hinter dem Grabstein unter dem Kadikbusch verstecken, und wenn ich sonntags nach dem Kirchgang vorbeikomme, schenke ich dem Grablicht neues Petroleum ein. Zu Hause angekommen, fuhr ihr ein mächtiger Schreck in die Glieder, denn die gute Stube stank nach Petroleum. Verschüttet hatte sie nichts, denn sie war mit der Petroleumflasche gar nicht im Haus gewesen, sondern vom Kodderjuden gleich zum Friedhof gegangen. Ihre Nachbarin, die das zweite Gesicht hatte, ließ sich nicht davon abbringen, daß ihr Mann, der verstorbene Bruse, inzwischen dagewesen sei und das Petroleum in der guten Stube verschüttet habe. Er will keinen Gestank an seinem Grabstein, er möchte lieber Schnaps, sagte das zweite Gesicht. Da ging die Witwe wieder zum Friedhof, stellte eine volle Schnapsbuddel unter den Kadikbusch und brachte die Petroleumflasche zurück nach Hause. Der Gestank hörte auf, und siehe da, als sie am nächsten Sonntag den Kirchhof besuchte, war die Schnapsflasche bis auf einen Daumenbreit Bodensatz ausgetrunken.

Womit wir wieder bei den menschlichen Gespenstern wären, schimpfte Huschke.

Die Standuhr schlug die volle Stunde. Nebenan in der Kirche erklang Orgelspiel, die Organistin übte für die morgige Beerdigung. Die Oma sang, das Christentum zog wieder ein, und die Gespensterstunde nahm ein Ende.

Als der Krieg ausbrach, waren seine wirklichen
Schrecken ein Segen im Vergleich mit der un-
menschlichen Macht der Lüge.

Boris Pasternak: »Doktor Schiwago«

Vater hatte noch bei Tageslicht die Uhr zusammengebaut, nun
stand er am Gartenzaun und wartete auf seinen Sohn.

Paris ist verlorengegangen, empfing er ihn.

Eben noch hatte er mit Magdalena über Paris gesprochen,
nun war es verlorengegangen.

Huschke deckte wieder den Tisch, weil sie dachte, er müsse
Hunger haben. Als er sagte, daß er im Kurhaus gegessen habe,
nahm sie die Teller schweigend beiseite. Sie verstand es so,
daß er ihr Essen nicht mochte.

Die Oma empfing ihn mit einem passenden Spruch aus der
Schrift, seine Braut betreffend: Ein Mann wird Vater und
Mutter verlassen, um seinem Weibe anzuhangen.

Ach, du mit deinen Redensarten, schimpfte Huschke.

Es ist alles so ungewiß, fing Vater an. Keiner weiß, was in einem Monat sein wird. Deshalb solltest du dich nicht zu sehr
binden, mein Junge.

Das war Mutters Stimme. Sie hatte Vater beauftragt, ihm
zu sagen, daß Paris verlorengegangen sei und man sich nicht
binden dürfe, die alte Logik der Mütter. Sie selbst hatte sich
in ihre Stube zurückgezogen. Migräne, behauptete Vater.

Auf dem Tisch lagen ihre bunten Hefte. Hermann blätterte
darin, plötzlich fielen ihm kleine Papierschnitzel entgegen,
die Mutter aus der Zeitung ausgeschnitten hatte.

Unser ältester hoffnungsvoller Junge, der Kriegsfreiwil-
lige Werner Naujoks, Gefreiter einer Nachrichtenabtei-
lung, kehrt nie wieder heim. Er fiel im Osten am 5. Mai
1942 im blühenden Alter von 18 Jahren in vorderster Linie für Führer und Vaterland.

War das nicht der Junge vom Kohlenhändler Naujoks aus der Wrangelstraße?

Inzwischen haben sie auch ihren zweiten Sohn verloren, sagte Vater.

Mein Gott, Mutter hatte Todesanzeigen gesammelt. Er kannte alle, die da mit Trauerrand und schwarzem Kreuz in der Zeitung erschienen waren. Über den Torwart der Schüler-Eishockeymannschaft las er:

> Hart traf uns die Nachricht, daß unser guter, sonniger Junge, mein einziger Bruder, der Gefreite in einem Panzerregiment des Deutschen Afrika Korps
>
> Alfred Butschkies
>
> nie mehr heimkehrt. Er fiel am 26. Juni im Alter von 19 Jahren in den harten Kämpfen bei Marsa Matruk.

Nur über Heinz gab es keine Todesanzeige, denn Heinz war nicht tot, sondern in den Ärmelkanal gefallen.

Mutter erschien dann doch noch, um ihm zu sagen, daß sie auch im Kurhaus gewesen sei.

Ich habe mit Tante Rohrmoser telefoniert. In der Stadt ist es ruhig, auf dem Schloßteich unternehmen sie sogar Lampionfahrten.

Es tauchte auf einmal die Frage auf, wie lange sie noch auf der Nehrung bleiben wollten.

Es wäre schön, wenn du vor deiner Abreise noch ein paar Tage in der Stadt verbringen könntest, schlug Mutter vor. Die Kinos spielen, die Theatersaison hat angefangen, wenn wir übermorgen Rossitten verlassen, hättest du noch etwas von der Stadt.

Er schüttelte den Kopf und sagte, daß er mit Magdalena zurückfahren werde.

Mutter raffte die Zeitschriften zusammen und verschwand in ihrer Stube.

Ob es bald Hochzeit gibt? wollte die Oma wissen.

Was du immer hast, schimpfte Huschke. Sie kennen sich drei Tage, und du redest von Hochzeit.

Unsere Zeit hat es eilig. Wenn du nicht schnell heiratest, bist du eher unter der Erde.

November hielt die Oma für einen guten Monat, um Hochzeit zu feiern. Im November sind die Pochel dick und die Gänse genudelt. Sie beschäftigte sich eine Weile mit der Zubereitung des Hochzeitsmahles, versteifte sich auf Gänsebraten, geriet dabei vom November in den August, denn im August werden die Gänse auf die Stoppelfelder getrieben. Ach, die ganze Gegend am Memelstrom war ein einziges Gänseparadies. Im August sammelten die Gänse die Felder ab, im September und Oktober fütterte man sie mit Dampfkartoffeln, Rübenschnitzeln oder Hafer bis zum Schlachtfest um Martini. Von den Gänsen kam sie zu den Betten, die bei einer richtigen Hochzeit das Hauptstück sind. Zehn Gänse mußten ihren Hals lang machen, um ein Oberbett nebst Kopfkissen mit Daunen zu füllen, damit die Braut schlafen konnte wie im siebenten Himmel.

Die Katze kauerte vor der Standuhr und tat so, als höre sie der Oma zu. In Wahrheit beobachtete sie den unermüdlichen Pendelschlag. Als die Uhr die volle Stunde schlug, sprang sie vor Schreck auf die Fensterbank.

To wat hät de Katt e Schnorrboart? fragte die Oma. Manchmal liebte sie es, Fragen zu stellen, auf die sie keine Antwort erwartete. Warum also trägt die Katze einen Schnurrbart? Warum heißt die Lachmöwe Lachmöwe und die Kuschelkiefer Kuschelkiefer?

Vor zwei Monaten Rom, im August Florenz, jetzt Paris. Die großen Namen gingen verloren, die Festung bröckelte, aus ihren Mauern rieselte ständig Gestein. Eine Kunststadt nach der anderen fiel dem Feind in die Hände, die Kunst ging betteln.

Es ist alles molsch, sagte Huschke.

Vater saß vor dem schwarzen Kasten, der fröhliche Volksmusik verbreitete. Er wartete auf Wehrmachtsberichte und die immer selteneren Sondermeldungen von großen Siegen.

Huschkes Freude waren dagegen die Wunschkonzerte am Sonntagnachmittag, wenn eine Tenorstimme »Es steht ein Soldat am Wolgastrand« sang. Aber solche Wünsche nahm der Sender nicht mehr an, seitdem eine ganze Armee am Wolgastrand untergegangen war. Der »Chor der Gefangenen« war auch aus der Mode gekommen. Dafür sangen helle Stimmen vom Memelstrand, von Schelde, Maas und Rhein. Wenn keiner mehr sang, stimmte die Oma die »Wacht am Rhein« auf Ostpreußisch an. Das ging so:

> Et bruust e Roop wie Donnerhall,
> Napoleon huckt em Schwienestall …

Kurat hatte den schwarzen Kasten vor Jahren angeschafft, um den Wetterbericht zu hören, was für einen Fischer wichtig ist. Mit fortschreitendem Krieg kam das Wetter aber nicht mehr im Radio vor. Sie machten ein Geheimnis darum, als sei es kriegswichtig. Der Feind sollte nicht erfahren, ob über dem Kurischen Haff die Sonne schien.

Dafür mischten sich immer häufiger Störsender in die fröhlichen Weisen. Die Front rückte näher und brachte fremde Laute aus dem Äther mit. Eine halbe Drehung nach rechts, schon rief eine Stimme aus Moskau: »Hinein ins Massengrab!« Ein paar Takte Beethoven, bevor der Störsender diese Botschaft überbrachte: »Deutsche Soldaten, der Krieg ist verloren, kämpft nicht mehr für die faschistischen Verbrecher.«

Huschke schlug das Kreuz.

Der Kasten wird uns noch ins Gefängnis bringen, klagte sie und brachte ihn mit einer kurzen Drehung des Knöpfchens wieder auf die richtige Wellenlänge. Danach sprach sie litauisch, was sie gern tat, wenn sie ärgerlich war. Auch die Frömmigkeit äußerte sich ihr in dieser Weise. Wenn Huschke betete oder kirchliche Lieder sang, geschah es in dieser schönen Sprache.

Der Luftlagebericht meldete, das Reichsgebiet sei frei von

Feindfliegern. Danach Musik aus dem Egerland, die keiner störte.

Es ist alles molsch, sagte Huschke, und jeder wußte, was sie meinte, nämlich die Welt draußen, die gefährliche Kondensstreifen an den Himmel malte und Kriegsschiffe die Nehrungsküste rauf- und runterfahren ließ.

Während Paris verlorenging, wurde im Berliner Marmorsaal der Film »Die Frau meiner Träume« uraufgeführt. Marika Rökk sang: »In der Nacht ist der Mensch nicht gern alleine«, was einen tieferen Sinn hatte. Nachts heulten die Sirenen, kamen die Bomber, sangen die Fliegermotoren. Von den vielen, die nachts an die Fenster klopften, um sich still und ohne Spur zu verabschieden, ganz zu schweigen. Noch nie zuvor waren die Nächte so dunkel und doch so laut.

Im Deutschlandsender sang Erna Berger von »Lerche und Nachtigall«. Das Reichsprogramm brachte die Operette »Die Nacht mit Casanova«.

Auch die Zehn-Uhr-Nachrichten blieben dabei: Keine Feindflieger über dem Reichsgebiet.

Als alle schliefen, kam Mutter zu ihrem Sohn, um ihm zu sagen, daß sie Erkundigungen eingeholt habe. Die Frau ist dreiundzwanzig Jahre alt und arbeitet in einem Blumenladen.

Mutter, Mutter, was richtest du damit an!

De Tied vergeit, dat Licht verbrennt, dat ole Wief,
dat starvt nich.

Ostpreußische Sterbewache

26. August 1944, ein Sonnabend. Der Junge feiert Geburtstag,
er wird sechzehn Jahre alt und mannbar. Aber noch ist er mit
dem Kahn unterwegs, um Fische zu fangen, erst am Nachmittag wird er feiern. Der Geburtstag begann mit einem Knall,
der morgens um halb sechs die Bewohner aus dem Schlaf riß.
Der Lärm kam vom Haff oder noch weiter vom Festland her
und war so gewaltig, daß die Tauben vom Kirchdach flüchteten. Wäre nicht Krieg gewesen, hätte man denken können, sie
schießen dem Geburtstagskind Salut. Huschke bekam Angst,
es könnten feindliche Schiffe sein, die unter Wasser fahren
und Torpedos auf Kurenkähne abfeuern.

Für Unterseeboote ist das Haff zu flach, beruhigte Vater sie.

Da die Ursache des Lärms nicht ermittelt werden konnte,
trösteten sie sich damit, daß eine Düne eingestürzt sei. Außerdem war Krieg.

Am Vormittag fehlte noch die Hauptperson, und Huschke
mußte zur Beerdigung des alten Baldruschat. Sie richtete
sich vor dem Spiegel für das Folgen her, ließ die bunte
Tracht, die die Kurenfrauen gern zum Kirchgang anzogen,
im Schrank, legte wie am traurigsten Tag der Christenheit,
dem Karfreitag, einen dunklen Faltenrock an, schnürte das
schwarze Mieder um den Leib, band ein weißes Tuch um
den Kopf und wartete auf das Bimmeln der Totenglocke.
Während des Wartens erzählte die Oma – mehr für sich und
die andächtig lauschende Katze – von den Begräbnissen in
der Niederung, die an Größe und Feierlichkeit den Hochzeiten nicht nachstanden, von den mit Singen und Lesungen aus
der Schrift angefüllten Wachabenden und den gelegentlich
ausbrechenden Besäufnissen. Ein rechter Niederunger nimmt

jede Gelegenheit wahr, seinen Glauben mit Meschkinnes zu stärken.

Wer weiß, vielleicht ist es die letzte Beerdigung, sprach Huschke zu ihrem Spiegelbild.

Tote gibt es doch immer! rief die Oma.

Tote schon, aber es könnte an Lebenden fehlen, sie zu begraben.

In den letzten Wochen beschlichen sie dunkle Ahnungen. Sie sprach sonderbare Dinge, schlief schlecht wegen des ewigen Wu ... wu ... wu ... am Himmel und zählte die Stunden bis zu Erwins sechzehntem Geburtstag. Sie hoffte, die Schreiber der Gestellungsbefehle würden den Jungen vergessen.

Ob Fritz mich morgen an die Minge zurückbringt? fragte die Oma das geschmückte Spiegelbild.

Was willst du an der Minge, Mutter?

Er hat es versprochen. Wenn der Junge sechzehn Jahre alt ist, bring' ich dich nach Hause, hat er gesagt.

Sie war ihrem Schwiegersohn ein bißchen böse, weil er sie zum Narren gehalten hatte. Anfang August, als der Kanonendonner mächtig rumorte, war er mit dem Kahn gekommen und hatte gesagt: Deine Tochter ist nicht ganz gesund, und dein Enkel wird bald sechzehn und wünscht zu seinem Ehrentag den Besuch der Großmutter.

Na ja, wenn einer so kommt, kann man nicht nein sagen. Die alte Frau war zum Fischer in den Kahn gestiegen, aber als sie die Nehrung erreichte, war Huschke längst wieder guter Dinge. Sie dachte gleich, daß der Fischer sie an der Nase herumgeführt hatte, denn des Krieges wegen wäre sie nie und nimmer von der Minge geflohen. Krieg kann warten. Aber wenn die eigene Tochter das Haus nicht mehr beschicken kann, wird es Zeit zu reisen.

Nun bist du hier, erklärte Huschke damals, jetzt mußt du bleiben bis zum Geburtstag. Bei uns bist du sicher, auf die Nehrung kommt kein Krieg, so ein schmaler Sandstreifen lohnt nicht für Krieg.

Bevor Huschke zum Folgen aufbrach, pflückte sie einen

209

Strauß Blumen im Garten. Die Nehrunger halten sich deshalb schöne Gärten, weil sie bei Beerdigungen nicht in Verlegenheit geraten und mit leeren Händen vor der Sandgrube stehen wollen. Das Gesangbuch in der einen Hand, den Blumenstrauß in der anderen, trat sie auf die Straße und vermengte sich mit den anderen Frauen, die der Kirche zuströmten. Lina und Gesine lugten aus der Tür. Kindern war die Teilnahme an Beerdigungen verboten, es schickte sich nicht, wenn sie zusahen, wie erwachsene Menschen herzergreifend weinten.

Sechs Fischer begleiteten den Sarg zur Aussegnung in die Kirche. Eine Schulter trug den Sarg, die Hand hielt die Mütze. Hinter ihnen wallten die weißen Kopftücher. Die Orgel setzte so kraftvoll ein, daß die Tauben wieder aus dem Turmgebälk aufschreckten. Danach übernahmen die Frauenstimmen das Regiment, mit schrillem Diskant und langen Schleifen zwangen sie die Organistin, ihnen zu folgen.

Die Aussegnung dauerte nur kurze Zeit. Früher konnte sich jeder Verstorbene aussuchen, ob er in Deutsch, Litauisch oder Kurisch zu Grabe getragen werden wollte, aber seit einigen Jahren war nur noch die deutsche Sprache erlaubt. Vor den Augen des Gekreuzigten wurde der Sarg geschlossen. Der Trauerzug wanderte singend zum Kirchhof, voraus das Totenbrett, das das Grab des Verstorbenen schmücken sollte. Bei Männern war es ein schlichtes Kreuz, den Frauen wurde dem Kreuz – wegen möglicher schlechter Witterung – noch eine kleine Bedachung mitgegeben.

Ein letzter Gesang auf dem Kirchhof, sehr fern und im Dorf kaum hörbar. Auf dem Rückweg schabberten die Frauen schon wieder über zu erwartenden Kindersegen, Krampfadern und andere Unpäßlichkeiten. An der Mole legte ein Dampfer an, aber keiner stieg aus, um die Nehrung zu besuchen.

Die Nähe des Meeres und der Mangel an großen
Waldungen längs der Küste sind schuld daran, daß
die Luft sich durch die Seewinde oft sehr schnell ab-
kühlt. Sonst ist die Luft auf der Nehrung gesund, wo-
von ein dauerhafter Körperbau und das hohe, oft 80
bis 90, nicht selten 100-jährige Alter der Bewohner
den Beweis gibt.

»Topographisch-statistische Uebersicht des Regierungs-
Bezirks Königsberg«, Tilsit 1848

Wozu braucht die Kurische Nehrung Pferde? Da die Nehrunger keine Zäune kennen, lassen sie ihre Tiere frei laufen,
so daß es geschehen kann, daß dem Spaziergänger plötzlich
Pferde über den Sandweg galoppieren. So mancher Urlaubs-
gast ist auch schon aufgeregt nach Hause gekommen, um zu
berichten, daß er Elche gesehen habe, dabei war es nur das
magere Hinterteil eines grauschimmeligen Wallachs. Im Winter brauchen die Nehrunger die Pferde für die Eisfischerei.
Dann stehen die Tiere, in Decken gehüllt, in der Februarkälte
auf dem windigen Haff und warten darauf, die Netze aus den
Wuhnen zu ziehen. Zur Sommerzeit fahren die Nehrunger
gern mit Kutschen spazieren, um den Fremden zu zeigen, wie
schön ihre Sandwüste ist. Was den Berlinern die Autodrosch-
ken am Alexanderplatz, sind den Rossittenern die Pferdekut-
schen, die sich an der Mole langweilen und auf ankommende
Schiffe warten. Von Kutschen zu sprechen ist reichlich übertrieben, denn was da mit breiten Rädern durch den kurischen
Sand klappert, sind einfache Bollerwagen, mit denen anderswo Hühner und Schweine zum Markt oder Milchkannen
in die Meierei gefahren werden. Die Kutscher sind meistens
alte Männer, die für die Fischerei nicht mehr taugen, die sich
aber auskennen in den Geheimnissen der Nehrung, die wissen, wo die Schätze vergraben, die Friedhöfe verweht sind
und die Kirchtürme aus dem Sand ragen, so daß man Pferde
an die Wetterfahne binden kann.

Am frühen Mittag hielt vor dem Kurhaus das Wägelchen des Emil Sarkut, bespannt mit zwei braunen Pferden, die kleiner aussahen als die Ackergäule des Festlandes, aber doch einiges größer als die russischen Panjepferdchen. Sarkut hatte mehr als siebzig Nehrungssommer erlebt; mit der Zeit hatte der Wind so heftig an ihm gerissen, daß ihm sämtliche Kopfhaare ausgegangen waren. Von seinen Zähnen behauptete er, sie seien ihm ins Haff gefallen. Geblieben war ein Rauschebart von der Art, wie ihn der unglückliche Samsonow trug, der vor dreißig Jahren im Masurischen eine Schlacht verlor und sich daraufhin ins Jenseits beförderte. Sarkut döste auf dem Querbrett, ein Schudelchen, das auf den Namen Bravo hörte, hielt neben ihm Wache. Als die Gäste kamen, stupste der Hund ihn an, Sarkut nahm kurz die Pfeife aus dem Mund, um wortlos zu grüßen.

Ein Liebespaar, wie jeder sehen konnte. Kaum saßen die beiden auf dem mit Decken ausgelegten Rücksitz, als sich das Fuhrwerk klappernd in Bewegung setzte. Sarkut fragte nicht nach wohin und woher, sondern ließ den Pferden, die den Weg zu allen Sehenswürdigkeiten kannten, ihren Lauf. Die Auswahl war gering. Haff und Meer setzten jeder Kutschfahrt natürliche Grenzen, und die Gefahr des Steckenbleibens in den sandigen Dünen verbot jedes überflüssige Herumkutschieren abseits des Weges.

Ein Liebespaar also. Das kam selten vor und im Krieg immer seltener. Der Kutscher Sarkut hatte längst herausgefunden, daß es auch Sinn eines Krieges ist, die Geschlechter eine Weile getrennt zu halten. Die Männer marschieren zu den Fronten, die Frauen sitzen zu Hause und singen traurige Lieder. Aber diese beiden hatten sich gefunden, was ein Blinder mit 'nem Krückstock fühlen konnte. Sarkut verhielt sich still, um nicht zu stören, sah auch nicht rückwärts, um jede Peinlichkeit zu vermeiden, denn es könnte sein, daß die beiden sich gerade um den Hals fielen oder einen Butsch gaben. Einem Kutscher ist es verboten, sich nach seinen Gästen umzudrehen.

212

Es roch nach Pferd, schweißigem Leder und jenem Kraut, das in Pfeifen verbrannte. Ungeziefer umschwärmte die Tiere. Wenn Sarkut eine Bremse entdeckte, die sich in den Weichteilen niederlassen wollte, um sich an Pferdeblut zu betrinken – Blut bedeutete dem Ungeziefer geradesoviel wie dem Nehrunger der Meschkinnes –, nahm er die Peitsche und drückte dem Biest das Leben aus.

Als sie die Nehrungsstraße erreichten, öffnete er zum erstenmal den Mund und fragte, ohne sich umzudrehen – wegen der bekannten Peinlichkeiten –, ob die Herrschaften Richtung Sarkau oder geradeaus durch die Plantage zur See fahren wollten oder doch lieber rechts ab auf Pillkoppen zu. Trab sei möglich, wenn gewünscht, aber Trab stuckert, Galopp sei ausgeschlossen wegen der sandigen Straße.

Magdalena entschied sich für den Weg durch die Plantage.

Also mang die Humpels, sagte Sarkut.

Bald war es so still, daß sie nur die Pferde prusten, die Sielen knirschen und die Räder den Sand mahlen hörten, so still, daß Sarkut die Schweigsamkeit nicht länger ertrug.

Worüber wollen wir plachandern? Es kam einmal ein Madamche aus Königsberg zu Besuch, eine stramme Person, so lang wie breit, die unbedingt auf die Hohe Düne steigen wollte. Oben angekommen, fiel sie hin und rutschte auf dem Hosenboden an die dreißig Meter abwärts. Auf die Frage, wie es denn so gewesen sei bei der Rutschpartie, antwortete das Madamche: Imposant, imposant!

Auf dem Rücksitz lachte keiner. Daran konnte Sarkut erkennen, daß die beiden wirklich verliebt waren, denn Liebe ist eine so ernste Sache, sie verträgt keinen Spaß. Der junge Herr hatte den Arm auf ihre Schulter gelegt, seine Finger spielten mit ihren schwarzen Haaren, und das Fräulein schaute verträumt in die Ferne, als hätte es dort etwas verloren.

Über ihnen malten Flugzeuge Kondensstreifen. Sie kamen von Süden, überquerten die Nehrung bei Pillkoppen, zogen eine Schleife um die Stadt Heydekrug und verschwanden dort, wo der Memelstrom herkommt.

Das ist der Iwan, sagte der Kutscher und drohte den Fliegern mit der Peitsche. Auf Pferdefuhrwerke schmeißt er keine Bomben, das lohnt nicht. Wir Kuren haben auch den Glauben, daß Bomben bei uns nichts ausrichten können, weil der weiche Sand sie sofort verschluckt. Sie buddeln sich so tief ein, daß sie das Explodieren vergessen.

Am Seeufer angekommen, stieg Sarkut vom Bock, ging zu einer bestimmten Stelle, scharrte mit den Stiefeln, bückte sich und brachte ein daumengroßes Stück Bernstein, das er dem Fräuleinche überreichte. Lieber so was am Hals tragen als einen Strick.

Auch das fanden die jungen Leute nicht spaßig. Sie waren so ernst und ehrbar, bestimmt hatten sie Liebeskummer oder Abschiedsschmerzen, jedenfalls waren sie durch nichts zum Lachen zu bewegen. Schnaps, den der Kutscher für solche Fälle vorn im Futteral mit sich führte, wollten sie nicht trinken. Also trank er allein und fing an zu erzählen, mehr für sich und den Hühnerhund als für seine Gäste, sprach also gewissermaßen in den Wind. Er zeigte die Stelle, an der ein Sturm – es mochte zwanzig Jahre her sein – eine Matrosenleiche angespült hatte. Der unbekannte Tote sollte, wie es Brauch war, auf dem Rossittener Friedhof bestattet werden, aber Lehrer Donder bat sich seinen Kopf aus, zu Studienzwecken, wie er es nannte. Er säuberte ihn mit Spiritus, präparierte ihn inwendig und von außen und stellte den Matrosenkopf im Schulhaus aus, ein Lehrstück für die Kinder, denen er zeigen wollte, wie viele Löcher ein richtiger Kopf hat, wie das menschliche Gebiß beschaffen ist, wie es mit den Ohren steht und den Augen, wo der Verstand sitzt, wenn er denn da ist. Also thronte der Matrosenkopf auf dem Pult im Klassenzimmer, die Kinder grüßten ihn jeden Morgen freundlich und nahmen ihn an wie einen guten Bekannten. Doch dem Toten paßte diese Zurschaustellung nicht. Er fing an, im Schulhaus zu spuken, nachts fielen Stühle um, Fenster sprangen auf, im Rauchfang flatterten schwarze Vögel. In der Johannisnacht polterte der Matrosenschädel vom Lehrerpult auf den Fußboden, zerbrach aber nicht. Als der Poltergeist anfing, Schulhefte verschwinden zu lassen, und sich sogar unterstand, auf die Wandtafel schweinische Sprüche zu malen, öffneten sie das Matrosengrab und bestatteten den Schädel. Danach herrschte Ruhe.

Hinten lachte keiner.

Sarkut schlug vor, der Königin Luise einen Besuch abzustatten und auf dem Stein zu hucken, auf dem die Königin sich ausgeruht hatte, bevor sie, eskortiert von bewaffneten Reitern, vor dem Korsen nach Memel floh. Es soll übrigens das letzte Mal gewesen sein, daß ein Mensch von Westen nach Osten geflohen ist, später ging es immer in die andere Richtung.

Oder wir fahren dahin, wo die Elche stehen und lauschen.

Da das Liebespaar nicht reagierte, erzählte Sarkut von der Nacht, in der er sich verspätet hatte und mit dem Mond, der über Sarkau hing, heimkehrte. Am Kreuzweg blieben die Pferde stehen und ließen sich weder mit Schlägen noch guten Worten bewegen, einen Schritt zu tun. Im Mondlicht sah er Gestalten, die auf der Düne tanzten. Sie waren, er mochte es im Beisein einer Dame gar nicht aussprechen, splitterfasernackt, aber doch so weit entfernt, daß er ihr Geschlecht nicht erkennen konnte. Sarkut meinte, es seien Feen gewesen oder Elfen oder sonstige Fabelwesen, die einen vergrabenen Schatz bewachten, vielleicht ein Schloß aus Bernstein oder ein Säcklein voller Goldmünzen. Von Zeit zu Zeit müssen auch die Gespenster zum Lüften ins Freie, bei dieser Gelegenheit waren sie zufällig mit dem Pferdekutscher Sarkut zusammengetroffen. Er rief ihnen ein paar deftige Flüche zu, die er im Beisein einer Dame nicht wiedergeben mochte. Sofort verschwanden die Geister im Berg, die Pferdchen konnten wieder laufen und der Mond über Sarkau scheinen.

Magdalena ließ halten, um Blumen zu pflücken. Aus Schafgarbe, Kamille, wilden Stiefmütterchen, Dünenrosen und Bergnelken band sie einen Strauß.

Ein Geburtstagsgeschenk?

Ich werde nicht kommen.

Dann werde ich dich abends im Kurhaus besuchen.

Morgen ist Sonntag, sagte Magdalena. Was wollen wir an unserem letzten Sonntag unternehmen?

An der Haffküste vor Pillkoppen ließ Sarkut die Pferde verpusten. Er erzählte von einem Elch, dem vor Jahren an dieser Stelle die Hitze so zu Kopf gestiegen war, daß er ins kühle Haff lief, wo ihn auf der Stelle der Schlag traf. Elche sind eigentlich gute Schwimmer, aber dieser ging unter, sein Kadaver trieb Monate später bei Ostwind an. Aus dem nahe gelegenen Krug holte Sarkut kalten Tee und geräucherte Flundern, mußte aber erfahren, daß dem jungen Paar weder nach Essen noch Trinken zumute war. Liebe ist eine auszehrende Angelegenheit, die den Appetit verdirbt, dachte er.

Am Fuße des Ephaberges trafen sie Frauen, die Kartoffeln im Dünensand verscharrten. Wegen des hohen Grundwassers kannten die Nehrunger keine Keller und ließen ihre Kartoffeln im Sand überwintern. Im nächsten Frühjahr soll es auch noch Bratkartoffeln geben, und im Mai kommen wieder Saatkartoffeln in die Erde.

Zurück ging es am Haffufer. Rechter Hand ragte die Steilwand der Sturzdüne, hoch wie drei Kirchtürme. Der Strand war hier so schmal, daß eines der Pferde nasse Füße bekam und die linken Wagenräder pausenlos durchs Wasser schälten. Von den kullernden Rädern tropfte es. Kein Wind wehte, auch die Wellen hatten sich zur Ruhe begeben. Hier sangen keine Vögel, raschelte kein Gras, nur sirrender Sand fiel in die Totenstille.

Als der Weg sich weitete, sie die Haffleuchte schon vor Augen hatten, von der um diese Tageszeit noch jeder hoffen konnte, daß sie bei Einbruch der Dämmerung Leuchtsignale aussenden werde, als Hermann gerade für den Sonntag eine Kanufahrt auf dem Haff vorschlagen wollte, donnerten drei Schlachtflieger, von der Windenburger Ecke kommend, im Tiefflug übers Wasser. Es sah so aus, als wollten sie ihre glänzenden Leiber in die Sturzdüne jagen, doch zogen sie kurz vor dem Berg hoch und schossen über den Kamm hinweg. Im Wasser spritzten kleine Fontänen auf, schließlich auch im

Sand. Als die Maschinen schon hinter der Düne waren, hörten sie das heftige Tacken der Bordkanonen. Hermann riß Magdalena vom Wagen. Sie warfen sich flach auf den Boden, preßten ihre Körper aneinander und dachten das gleiche.

Die Pferde bäumten sich auf, Sarkut fuchtelte mit den Armen, schwang die Peitsche, der Wagen schwankte davon, der Hund fiel jaulend in den Sand.

Nach wenigen Minuten kehrten die Maschinen wieder. Sie zogen eine Schleife um den Leuchtturm, den sie auch beschossen, und verschwanden nordwärts im Memeler Tief, weiter nichts zurücklassend als den Gestank von Flugbenzin. Auf der Höhe von Pillkoppen verfolgte das Tacken einer Vierlingsflak die abziehenden Maschinen.

Vor dem Dorf bekam Sarkut seine Pferde zum Stehen. Er wendete und fuhr zurück, um die verlorengegangenen Gäste aufzusammeln. Die saßen traurig am Fuß der Düne, das Fräuleinche weinte und weigerte sich, die Kutsche zu besteigen.

Anständig war das nicht, so die Tiere zu erschrecken, sagte Sarkut.

Wo war der Hund geblieben? Er rief, pfiff auf dem Daumen, suchte das Wasser ab, konnte das Tier aber nicht finden.

Wenn es brenzlig wird, läuft er immer nach Hause, tröstete sich Sarkut und holte ein graues Schnupftuch aus der Hosentasche, das er Magdalena reichte mit der stummen Aufforderung, die Tränen abzuwischen.

Ihr seid beide gesund geblieben, sagte er. Das wäre doch ein Grund, sich zu freuen und ein Schnäpschen zu trinken.

Nun schießen sie schon auf Pferdewagen, flüsterte sie. Bald werden sie badende Kinder töten und die Bauern hinter dem Pflug. Es wird immer unmenschlicher.

Sie stieg dann doch auf, sprach bis zur Einfahrt ins Dorf kein Wort, jeder dachte sich sein Teil. Wie nahe sie dem Tode gewesen waren. Eine Verwundung, und du hättest nicht nach Italien fahren müssen, fiel ihm ein. Du wärst in ein Lazarett am Oberteich gekommen, und Schwester Magdalena hätte Tag

217

und Nacht an deinem Bett gesessen, um ihren kranken Soldaten zu pflegen.

Der Kutscher holte die Flasche aus dem Futteral und reichte sie nach hinten.

Hermann tat ihm den Gefallen und nahm einen Schluck, Magdalena schüttelte sich.

Vor dem Kurhaus kam ihnen ein Mädchen entgegengelaufen.

Ein Ferngespräch für Frau Rusch! rief es.

Sie sprang vom Wagen und eilte ins Haus. Hermann zahlte dem Kutscher, was er verlangte, dazu einen kleinen Gefahrenzuschlag.

So ist das mit den Frauen! rief Sarkut und zeigte mit der Peitsche zum Hauseingang. Wenn es lustig werden soll, laufen sie einem weg!

In diesem Augenblick kam, unversehrt, aber ein wenig aus der Puste, der Hühnerhund Bravo angelaufen, kroch unter die Decke zu Sarkuts Füßen und ward nicht mehr gesehen.

Er wartete eine Weile, aber Magdalena kam nicht. Als er ins Haus ging und nach ihr fragte, erhielt er zur Antwort: Frau Rusch hat sich zur Ruhe begeben und wünscht, nicht gestört zu werden.

Auf dem Weg zur Kirchenstraße fiel ihm ein, daß sie sich für Sonntag nicht verabredet hatten.

Als die sowjetischen Truppen deutschen Boden betraten, riefen die Politarbeiter die Soldaten und Offiziere auf, wachsam zu sein, sich gegenüber der deutschen Bevölkerung, die sich loyal verhielt, human zu zeigen, die Ehre und Würde des Sowjetmenschen zu wahren und die Vernichtung materieller Werte ... nicht zuzulassen.

»Geschichte des Großen Vaterländischen Krieges«

Sie warteten auf die Heimkehr des Geburtstagskindes. Vom Fest war schon soviel zu merken, daß Huschke, als keiner zusah, mit der Schürze ihre Augen auswischte, während sie den Stuhl des Jungen mit einer Girlande aus Eichenlaub schmückte. Hermann saß mit den Eltern in der Laube, endlich so nahe, wie Mutter es immer gewünscht hatte: der Junge an ihrer Seite, Vater Zeitung lesend gegenüber, also die ganze Familie vereint. Huschke stiftete, gewissermaßen als Vorschuß, ein Stück Mohnstriezel. Sie sprachen Belangloses. Die Schlachtflieger, die fliehenden Rinderherden und die weibliche Person, die sich im ersten Stock des Kurhauses zur Ruhe begeben hatte und nicht gestört werden wollte, blieben unerwähnt. Mutter sagte nur einmal, mehr für sich und nicht zum Zuhören bestimmt: Da kommt einer von der Front nach Hause und kann hier von einer Kugel getroffen werden.

Zur Sprache kam Hermanns Kinderkleidung, die in der Münzstraße im Schrank hing und auf sinnvolle Verwendung wartete.

Vielleicht sollte ich sie zur Sammelstelle der Winterhilfe bringen.

Ja, bring nur, Mutter, bring.

Von der Kleidung, die Heinz gehörte und die seit der Luftschlacht um England unberührt im selben Schrank hing, sprach sie kein Wort. Auch die prachtvolle HJ-Führer-Uniform gehörte nicht zur Winterhilfe.

Lina und Gesine spielten vor der Villa des Herrn Floericke,

nebenbei hielten sie Ausschau nach der Neringa und ihrem Geburtstagskind. Dieser Floericke, erklärte Vater, ist ein Gelehrter aus Hessen gewesen, der schon im vorigen Jahrhundert den Vogelzug in Rossitten beobachtete, gewissermaßen ein Vorläufer des Vogelprofessors. Und nichts ist von ihm übriggeblieben als die Villa, die er sich zu Kaisers Zeiten in den Rossittener Sand bauen ließ.

Warum schlackert der Wippstert immer mit dem Zagel? fragte die Oma die grau-weiße Katze, eine jener vielen Fragen, auf die sie keine Antwort erwartete. Sie erzählte – auch das war für das Peterle gedacht –, wie der Wingelschieter vor sechzehn Jahren auf die Welt gekommen war an einem Sonntagmorgen, also ein Sonntagskind. In der Memelniederung war der Glaube verbreitet, ein Mensch, der in der Sonntagnacht geboren wird, bekommt das zweite Gesicht. Von solcher Art Weitsichtigkeit war beim Erwin noch nichts zu merken. Gut sehen konnte er ja. Wenn er mit dem Vater das Haff befuhr, erkannte er meilenweit voraus, ob der Baum an der Küste eine Birke oder Eller war. An klaren Stellen sah er bis zum Grund des Haffs, wo die Steine lagen, die der Teufel in alten Tagen zum Spaß ins Wasser gekrümelt hatte. Das zweite Gesicht wird sich später einstellen, wenn der Junge in die Jahre kommt. Erst muß er lernen, auf innere Stimmen zu hören. Mit sechzehn blickt er nur geradeaus mit seinen wasserblauen Augen, lacht und grinst, weiß mancherlei, aber vieles auch nicht und rein gar nuscht vom zweiten Gesicht. Als der Junge geboren wurde, kam die Oma zum erstenmal auf die Nehrung, um ihrer Tochter beizustehen und dem Schwiegersohn die Suppe zu kochen, während Huschke im Kindbett lag. In ihrer Erinnerung war es auch ein schöner Sommer, vor allem herrschte Frieden.

Vater schrieb eine Zahlenreihe auf den Zettel und schob ihn über den Tisch.

Das ist der Code für unseren Tresor.

Er zählte die Kostbarkeiten auf: drei goldene Uhren, immerhin Friedensware. Schuldverschreibungen der Bank der ostpreußischen Landschaft zu dreieinhalb Prozent. Einige Stücke Bernstein mit Inklusen. Eine Lebensversicherungspolice der Provinzial Ostpreußen über die ungeheure Summe von fünfzigtausend Reichsmark, zahlbar beim Tode des Uhrmachers Albrecht Kallweit oder spätestens an seinem 65. Geburtstag, also im Jahre 1955.

Hermann steckte den Zettel ein und hörte, wie Mutter den Wunsch äußerte, auch die Briefe von Heinz in den Tresor zu geben. Sie hatte großes Zutrauen zu dem stählernen Ungetüm, das als feuerfest galt und dem weder Kriege noch Brandkatastrophen etwas anhaben konnten.

Er wunderte sich, wie wenig sie sich zu sagen hatten. Alles Bedeutungsvolle blieb ausgespart. Mutter berührte gelegentlich seine Hand, Vater sprach von den Jungvögeln, die nun, nachdem die Alten fort seien, sich auch in den Süden aufmachten. Den Sichelstrandläufer hielt er für den prächtigsten aller Zugvögel.

Mutter schob Hermann die Hälfte ihres Mohnkuchens auf den Teller, weil sie den Glauben hatte, er brauche so etwas dringender als sie.

Zwischen ihnen lag das Unaussprechliche, der Gedanke, daß schon viele in einen Zug gestiegen sind, um niemals wiederzukehren. So vieles geschieht zum letztenmal: diese Geburtstagsfeier, dieser Sommer, daß wir uns sehen, alles zum letztenmal.

Kommt die Frau Rusch auch? fragte Mutter.

Er schüttelte den Kopf und sagte, daß Magdalena Dringendes zu erledigen habe.

Mutter wirkte erleichtert, sie plauderte plötzlich unbeschwert über das milde Klima des Bodensees, die Heilquellen Pyrmonts und ein Wiedersehen dort im nächsten Sommer. Sie erzählte lachend, daß sie den kalten Osten in den ersten Jahren ihrer Ehe Klein-Sibirien genannt und sich oft nach dem lieblichen Weserbergland gesehnt habe. Auf einmal brachte sie den Dr. Gervais ins Spiel, der vielleicht eine Bescheinigung schreiben könnte, daß der Junge Plattfüße hat oder eine kranke Hüfte, damit er zurückgestellt wird oder wenigstens nicht an die Front muß, sondern in einer Schreibstube, vielleicht unweit von Bad Pyrmont, seinen Dienst verrichten kann.

Vater und Sohn blickten sich an; damit war dieses Thema beendet.

Hermann erwähnte das Klassentreffen, das Lehrer Priebe nach dem Krieg veranstalten wollte, im »Blutgericht«, wenn dort genügend Rotwein vorhanden ist.

Am Wein wird es nicht liegen, meinte Vater. Nur, daß die Hälfte deiner Klassenkameraden schon unter der Erde ist.

Mutter schluckte ein Aspirin, sie klagte über einen heißen Kopf und ging in ihre Stube, um ein wenig zu ruhen.

In der Küche backte Huschke. Der Pierag, wenn er gut sein soll, muß an dem Tag gebacken werden, an dem er auf den Tisch kommt. Die Oma gab gute Ratschläge zum Teigkneten, nannte Riemelkes, die Huschke aufsagen sollte, damit der Pierag ordentlich geht. Auch mußt du schöne Gedanken mit hineingeben, Kind, vielleicht von einem hohen Haus mit zwölf Fenstern oder von einer weiten Reise.

Bloß das nicht, bloß keine weite Reise, dachte Huschke und knetete kräftig. Sie wußte nur einen Gedanken, den knetete sie hin und her und war nicht davon abzubringen: Sie werden den Jungen holen. Heute wird er sechzehn, morgen kommt der Briefträger.

Sie nehmen doch keine Kinder, beruhigte die Oma ihre Tochter.

Ach, Mutter, dieser Krieg ist anders als deine Kosakenzeit. Sie geben nicht Ruhe, bis kein Stein auf dem anderen steht. Kein Wald ist tief, keine Düne hoch genug, um den Jungen zu verstecken, sie werden ihn holen. Den Gerhard vom Fischer Preuß haben sie geholt und in Sarkau auch schon drei. Wenn sie ihn nicht holen, wird der Erwin sich freiwillig melden. Der will nicht länger Teerjunge auf dem Kahn seines Vaters sein, sondern die Kluft der Blauen Jungs tragen, um die Welt kennenzulernen, den mächtigen Atlantik und das liebliche Mittelmeer.

Am liebsten hätte sie Hermann gebeten, dem Jungen ins Gewissen zu reden, ihm die Lust am Soldatspielen auszutreiben, aber sie wagte es nicht und dachte auch, daß solche Wünsche verboten seien.

Sie rief die Mädchen und hielt sie an, Erwins Ehrenplatz zu schmücken. Sie sollten Birkenlaub holen, das schon die Herbstfärbung angenommen hatte. Sechzehn Hindenburgkerzen kamen auf den Tisch, in die Mitte das große Lebenslicht. Erwins Konfirmationsanzug wurde aus dem Schrank geholt, Huschke bürstete ihn und hängte ihn zum Lüften auf die Wäscheleine. Dazu fiel der Oma der Konfirmationsspruch ihres Enkelsohnes ein: Sei getreu bis in den Tod, so will ich dir die Krone des Lebens geben.

So ein schöner Spruch, aber die neue Zeit meinte ihn anders. Das Treusein betraf nicht mehr den Herrn Jesus, sondern jenen anderen. Und auf Erwins Fahrtenmesser, das er als Jungscharführer geschenkt bekommen hatte, stand der Spruch: »Deutsch sein heißt treu sein.«

Bleibt noch zu sagen, daß der Junge gutes Geburtstagswetter hatte. Wieder stand die alte gelbe Sonne über dem Meer und wärmte den Dünensand. Keine Flugzeuge rumorten, keine Kondensstreifen bauten Brücken, seltsamerweise zogen auch keine Vogelschwärme südwärts. Nicht einmal der Wind summte sein altes Lied; um die Wahrheit zu sagen, es gab ihn nicht, den Wind. Sie erlebten einen der letzten Sommertage am Ende der Welt.

Nein, über das Wetter konnte der Junge nicht klagen. Wäre da nicht diese unzeitgemäße Unruhe gewesen, die jeder zu greifen vermochte. Die Vögel riefen anders, der Wind summte anders, und die Fische, die Fritz Kurat nach Hause brachte, hatten traurige Augen. Der Nehrung wird ein Unglück zustoßen, es lag in der Luft.

Ich sag: daß der Krieg einmal aufhört, ist nicht gesagt. Es kann natürlich zu einer kleinen Paus kommen. Der Krieg kann sich verschnaufen müssen, ja, er kann sogar sozusagen verunglücken. Davor ist er nicht gesichert, es gibt ja nix Vollkommenes allhier auf Erden. Einen vollkommenen Krieg, wo man sagen könnt: an dem ist nix mehr auszusetzen, wirds vielleicht nie geben.

Brecht: »Mutter Courage und ihre Kinder«

Die Heimkehr zog sich hin. Weil kaum Wind wehte, setzten sie die breite Fock, trotzdem blieb der Kahn, als er in die Bucht einlief, fast bewegungslos liegen, das Geburtstagskind mußte zum Paddel greifen, um nachzuhelfen. Als Lina und Gesine sie kommen sahen, liefen sie nach Hause, um Bescheid zu geben. Vater und Sohn versorgten die Neringa, hängten die Netze auf, trugen die Fische dahin, wo sie hingehörten. Nachdem das geschehen war, entschied Kurat: Der Junge braucht zur Feier des Tages einen Haarschnitt. Also zog sich die Sache weiter in die Länge, nur wegen der Haare. Im Fischerhaus stieg die Spannung, nicht gerade zum Siedepunkt, aber doch über die heißeste Zeit des Tages hinweg in den späten Nachmittag hinein. Während der Junge mit den Haaren beschäftigt war, wusch der Fischer sich am Brunnen, zog die gute Hose an, dazu ein gestärktes Hemd. Im Küchenschaff hielt er nach Trinkbarem Ausschau und lobte Huschke, weil sie gut vorgesorgt und Fisch gegen Schnaps getauscht hatte.

Das Haareschneiden besorgte der Nachbar. Er berechnete nicht wie sonst fünf Dittchen, sondern schenkte die neue Haarpracht dem Geburtstagskind. Huschke bekam einen Schreck, denn ihr Junge sah so kurz geschoren aus, als wäre er schon bei den Soldaten.

Lina und Gesine singen: »Ich freue mich, daß ich geboren bin.« Platz nehmen auf dem Ehrensitz. Die anderen bilden einen Kreis, sogar die Oma quält sich aus ihrem Schaukelstuhl, um dabeizusein. Die Mädchen, die ihren großen Bruder sonst eher necken, machen einen artigen Knicks und überreichen selbstgepflückte Blumensträuße. Händeschütteln. Von Gesundheit ist die Rede, und an jedem Tag, den Gott werden läßt, soll er einen Fisch am Zagel halten. Huschke zündet die Kerzen an. Der Fischer macht sich an den Flaschen zu schaffen. Auf dem Tisch steht ein Eschenbrett mit dem eingebrannten Spruch: »Wem Gott will rechte Gunst erweisen, den schickt er in die weite Welt.« Die Oma weiß für die zweite Zeile einen besseren Text: »den schickt er in die Wurstfabrik ...« Sie lachen. Huschke hat Tränen in den Augen. Ihr wäre die Wurstfabrik allemal lieber als Madagaskar oder die blaue Biskaya. Der Fischer wickelt ein Schnitzmesser aus und wirft es so auf den Geburtstagstisch, daß die Spitze im Holz steckenbleibt. An den langen Winterabenden, die bald kommen werden, wird er dem Jungen die Kurenschnitzerei beibringen. Die Oma hat nuscht zu schenken außer guten Wünschen und frommen Sprüchen. Im Winter, wenn das Eis hält, kommst zu Besuch an die Minge, damit ich dich drei Tage mästen kann, sagt sie.

Von Albrecht Kallweit kommt eine Taschenuhr und das Versprechen »lebenslänglicher Reparatur«, wobei offenbleibt, ob er das Leben der Uhr, des Uhrenträgers oder des Uhrmachers meint. Dore Kallweit überreicht ein Büchlein, das die Schlacht um Narvik beschreibt. Hermann erinnert sich der Rauchermarken, die er als Fronturlauber bekommen hat, aber nicht braucht. Der Fischer holt eine Schachtel aus der Tasche und bietet dem Jungen eine »Juno dick und rund« an. Mit Volldampf voraus! heißt das. Die erste Zigarette vor aller Augen.

Das Geburtstagskind zwängte sich in seinen Konfirmationsanzug, die Uhr steckte Erwin so in die Westentasche, daß die herausbaumelnde Kette ihn würdig und erwachsen aussehen ließ.

Jetzt ist er mannbar, sprach die Oma. Sie sagte litauische Verschen auf, die keiner verstand, über die aber alle lachten. Huschke kämpfte mit den Tränen wie immer bei allzu gro-

225

ßer Feierlichkeit. Lachen und Weinen huckten bei ihr auf einem Stuhl.

Nun konnte das Tafeln beginnen. Es gehörte sich, Mittag, Vesper und Abendbrot in einem aufzutragen und dafür zu sorgen, daß der Tisch sich niemals leerte. Pierag und Bienenstich teilten sich die Tafel mit sauren Gurken und gebratenen Klopsen. Fisch gab es reichlich, und zwar geräuchert, gebraten und gekocht. An Wurst fehlte es nicht. Für die Oma zum Knoakebesuckeln ein Hühnerbein, das zuvor der Suppe Kraft gegeben hatte, aber immer noch zu schade war, weggeschmissen zu werden. Huschke schnitt die ersten Scheiben frischen Brotes.

Wenn du Brot schneidest, riecht es wie Kornaust, sagte der Fischer.

Schmeckt alles gut, is aber zuwenig, beschwerte sich die Oma. Sie vermißte den Hammelbraten, der einem Sechzehnjährigen wohl zustand.

Huschke erklärte den Mangel damit, daß eben Krieg sei und die Hammel nicht mehr so leicht in die Bratpfanne liefen wie zu Friedenszeiten, auf der Nehrung schon gar nicht.

Der Brauch verlangte es, daß die Tische sich bogen. Wenn Platz fehlte, kamen die gehäuften Teller mit Bratenfleisch und Speckscheiben auf die Fensterbank, wo Huschke, gewissermaßen als ständigen Nachtisch, einen Teller Zinkulies bereitgestellt hatte, nämlich getrocknete Flunderstücke, die jeder in Ruhe vor sich hin kauen konnte, damit die Zeit vergeht.

Zum Trinken gab es Kaffee-Ersatz vom Herrn Kathreiner, für die Kinder gestreckte Vollmilch und für Erwachsene Peperinnis, ein Getränk, das gewöhnlichen Korn mit gemahlenem Pfeffer vermengte und durch die Mischung eine Schärfe annahm, die Pferde umwarf und alles Ungesunde im Körper ausmerzte. Es kamen auch Nachbarn, um zu gratulieren und dem Peperinnis etwas von seiner Schärfe zu nehmen. Der Kathreiner-Mann lachte, der Mohrenkopf aus Batavia zeigte seine weißen Zähne, Jesus ging über das Wasser und segnete die überladene Tafel, die Standuhr tickte die Zeit.

Als die Oma ihren Peperinnis ausgetrunken hatte, wurde sie
kiewig und erzählte von vergangenen Tanzvergnügen im Hotel »Germania« in Heydekrug. Es sei höchste Zeit, dem Geburtstagskind das Tanzen beizubringen, damit es eine Braut
bekommt. Als der Fischer bemerkte, daß im Krieg nur die
Teufel tanzen dürfen, erzählte die Oma, daß im »Germania«
noch vor vier Wochen die Herren Offiziere hinter verhängten
Fenstern mit Mädchen getanzt hätten, die aus dem Litauischen gekommen waren. Im Krieg geht eben alles.

Sie sprachen dies und das, über gestern und vorgestern, am
meisten über Essen und Trinken. Huschke schenkte ein und
legte vor. Sie stand oft hinter dem Jungen und strich einmal,
nur um zu fühlen, ob der Haarschneider gut gearbeitet hatte,
über seinen Kopf.

Lina und Gesine verwahrten die Katze im Uhrenkasten und
hatten ihre Freude daran, wenn das Tier sich ängstlich duckte,
weil das Pendel ihm über die Ohren strich. Die Oma ging hin
und hielt um zehn Minuten nach fünf die Zeit an, damit das
Peterle Ruhe hatte.

Auch Mutter trank ein Gläschen Pfefferschnaps zur Hälfte
aus, schüttelte sich aber so heftig, daß der Rest verkleckerte.
Als sie sich gefaßt hatte, sagte sie, das Zeug sei eigentlich für
Menschen ungenießbar und gehöre in die Drangtonne.

Der Fischer fragte Hermann nach seiner Braut.

Der redete sich darauf hinaus, daß Magdalena Wichtiges zu
erledigen habe und nicht kommen könne.

Vielleicht ist sie schon abgereist, bemerkte Mutter.

Zu den Klopsen, rund wie Männerfäuste, fiel der Oma das
Schweineschlachten ein. Vor Jahren geschah es, daß das Blut
der geschlachteten Tiere in den Mingefluß sickerte und die
Fische anlockte. Die Fischer warfen ihre Netze aus und fingen
so reichlich, daß der Tag zweifach gesegnet war, mit frischem
Schweinefleisch und einem Pungel Fische. Fritz Kurat behauptete, das sei Fischerlatein oder Schweinelatein, Fische gingen
nicht auf Blut, jedenfalls nicht die, die er kannte, die Plötzen,
Schleie und Neunaugen.

227

Das Licht wurde golden. Noch wärmte es, aber über dem Sand sammelte sich schon die Kühle. Die Dünen glühten nach, bis sie dunkelrot wurden und endlich erloschen.

Es wird der letzte Sommer sein, sagte Mutter plötzlich.

Darauf wußte keiner was zu sagen, nur der Fischer meinte, nachdem er sich lange bedacht und seinen Peperinnis getrunken hatte, daß die Sommer kein Ende nähmen. Immer wieder gehe über dem Haff die Sonne auf, um hinter den Dünen in der See zu versinken. Die Vogelschwärme kommen und gehen wie die Fischschwärme und diese wiederum wie die Gewitter, die sich über dem Samland zusammenbrauen, um von dort landeinwärts zu ziehen. So sei es immer gewesen, so werde es bleiben.

Nur ob wir bleiben, das weiß keiner.

Mutter brachte mit dieser Bemerkung einen unangemessenen Ernst in die heitere Feier und zwang Vater zu der Antwort: Im Augenblick ist alles ruhig.

Ja, die Ruhe vor dem Sturm, murmelte Huschke.

Sie blickten Hermann erwartungsvoll an. Ihn hielten sie für zuständig, darauf etwas zu sagen, über die Ruhe vor dem Sturm und den letzten Sommer.

Was meinst, werden wir standhalten? fragte der Fischer.

Die Gotenlinie steht, über die Alpen kommt der Feind nie.

Er wunderte sich über die Gewißheit, mit der er das sagte.

Vielleicht werden sie mit Schiffen kommen, orakelte Huschke.

Oder mit Flugzeugen, fügte Mutter hinzu.

Die größte Gefahr kommt aus dem Osten, behauptete Vater und erzählte von einem unbekannten Mann, der eine Uhr zur Reparatur gebracht und ihm einen Witz erzählt hatte: Was ist der Unterschied zwischen Adolf Hitler und der Sonne? Nun ja, die Sonne geht im Osten auf. Mehr sagte er nicht, es war auch genug, und die Uhr hat er bis heute nicht abgeholt.

Niemand lachte, denn es war gar kein Witz.

Unterm Russ' läßt uns der Führer bestimmt nicht fallen,

sagte die Oma. Eher schickt er uns den Engländer auf den Hals.

Huschke strich der alten Frau ein Stück Brot, belegte es mit Leberwurstscheiben, entfernte die harte Kruste, schnitt kleine Würfel und legte ihr vor.

Zur Leberwurst mußte der passende Schnaps her. Das Zeug hieß Pillkaller und gehörte nach Mutters Urteil auch besser in die Drangtonne.

Während sie den Pillkaller probierten, saß der Held des Tages mit einer Juno auf den Lippen an seinem Ehrenplatz und betrachtete sein Leben. Was sollte er anfangen mit sechzehn Jahren? Für eine Braut war er noch zu jung. Fischen konnte er schon, Schnaps trinken und rauchen durfte er ab heute in der Öffentlichkeit. Blieb nur das Soldatspielen.

Da die Oma die Zeit angehalten hatte, wußten sie nicht, wie spät es war. Erwin zog lässig das Geburtstagsgeschenk des Uhrmachers aus der Westentasche und las vom Zifferblatt ab, was die Stunde geschlagen hatte: siebzehn Uhr und fünfzig Minuten.

»Dem Glücklichen schlägt keine Stunde«, zitierte Mutter aus ihren bunten Heften. Aber wo gab es noch Glückliche? Im Fischerhaus war die Zeit stehengeblieben, aber sonst raste sie davon. Hermann sah sie auf den Hauptbahnhof zueilen, alle Standuhren, Taschenuhren, Sonnenuhren und Sanduhren trafen sich dort um 17.50 Uhr. Zur gleichen Zeit starteten in der ostenglischen Grafschaft Kent zwei Aufklärungsmaschinen, um Richtung Nord/Nordost zur Meerenge vom Skagerrak zu fliegen.

Vier Stunden hatte er Magdalena nicht gesehen, es kam ihm vor wie eine Ewigkeit.

Weißt du nicht, o großer Fürst, daß mehr durch den
Wein als durch das Schwert fallen?

Grimmelshausen: »Simplicissimus«

Bevor es dunkelte, erteilte der Fischer, nachdem er einige
Schnäpse getrunken hatte, seinem Sohn zu dessen Ehrentag
eine Unterweisung in Sachen der Fischrechte, wobei er die
Hoffnung hegte, aber nicht aussprach, daß das Wissen um die
Dinge dem Jungen so viel Freude bereiten werde, daß er auf
abenteuerliche Reisen nach Madagaskar und anderswo ver-
zichten konnte.

Die vorkommenden Fische kannte er längst, auch die ge-
schickteste Art, ihrer habhaft zu werden. Nur im Theoreti-
schen mangelte es noch ein bißchen. Von wann zum Beispiel
datiert die Fischereiordnung für das Kurische Haff? Kann es
sein, daß ein preußischer König sie vor 150 Jahren erlassen
und ein anderer König sie fünfzig Jahre später ergänzt und erneuert hat? Das läßt sich nicht bestreiten. Die Fischereiordnung ist gewissermaßen der Katechismus der kurischen Fischer. Sie enthält so sonderbare Bestimmungen wie die, daß
bei einer Schlägerei auf dem Haff jeder Beteiligte vierzehn
Tage zur Abkühlung ins Gefängnis muß.

Das Kurische Haff ist Deutschlands größtes Binnengewässer. Es ist um vieles größer als der Bodensee, von den anderen Poggenteichen im Reich ganz zu schweigen. Auch das
ließ sich nicht bestreiten. Das Haff ist so gesegnet mit Fischen, daß jeder, der an seinen Ufern lebt, davon satt werden kann. Die Fischer haben ihre zugewiesenen Bezirke,
die offene See dagegen ist frei und kann ohne Abgaben be-
fischt werden. Nur ist die Ostsee, verglichen mit dem Haff,
ein ärmliches Gewässer. Die Nehrunger leben vom Netz, die
Niederunger betreiben außerdem die Landwirtschaft, was
sie reicher erscheinen läßt. Doch das ist nur äußerlich. Sie

sind halb Fischer, halb Bauer und begreifen beides knapp zur Hälfte.

An dieser Stelle protestierte Huschke leise und behauptete, Kurat habe sich eine Frau vom Festland geholt, weil die Niederunger mehr Mitgift einbringen.

Mitten durchs Haff läuft die Grenze der Fischrechte zwischen den Nehrungern und den Niederungern. Daß sie eingehalten wird, dafür sorgt ein Oberfischmeister, der in größeren Fischerdörfern einen Fischmeister und in kleinen Flecken einen Fischschulzen unter sich hat. Da der Junge den Namen des Fischmeisters von Rossitten kannte, hatte er die Prüfung schon zur Hälfte bestanden.

Kurat kam zu einem Punkt, der etwas brenzlig zu erklären war. Es ging um die Vermehrung, nicht der Fische, sondern der Fischer. Das Fischrecht hängt vom Boden ab. Wird vierzig Jahre lang von einem bestimmten Anwesen aus nicht mehr gefischt, erlischt die Berechtigung. Deshalb muß ein Fischer eine Frau nehmen und Kinder in die Welt setzen. Da Mädchen zum Fischen nicht taugen, müssen Söhne her, die die Fischerei fortführen. Mädchen sind hübsch anzusehen, aber ein Fischer, dem nur Mädchen geboren werden, ist ein geschlagener Mann. Weil Jungs so wichtig sind, haben die Nehrunger allerlei Mittelchen erfunden, die helfen sollen, das männliche Geschlecht voranzubringen. Sie werden aber geheimgehalten und nur am Hochzeitsabend mündlich überliefert, denn sie haben den Aberglauben, sobald etwas geschrieben ist, verliert es seine Zauberkraft.

An dieser Stelle grinste das Geburtstagskind.

Du weißt wohl schon, wie es gemacht wird, brummte Kurat und war froh, daß er die weitere Vermehrung der Fischer überschlagen konnte.

Es pressiert nicht! rief die Oma. Der Erwin wird schon eine Braut finden.

Dem echten Nehrunger ist das Haff die liebste Straße. Im Sommer befährt er es mit dem Kahn, im Winter mit dem Schlitten, und wenn die Wege unpassierbar sind, bleibt er zu

231

Hause. An die fünfzig Kurenkähne befahren das Gewässer, dazu ein halbes Hundert Netzkähne. Für die offene See halten sich die Nehrungsfischer vier Dutzend Seeboote, die einen Motor und stinkendes Öl brauchen, während die Kurenkähne allein mit Gottes Wind gehen. Leewer go eck in de Woald Pilzkes sammle, als met so enem Stinkerkoahn rutfoahre, behauptete der Fischer.

Was ist der Unterschied zwischen einem Halb- und einem Vollfischer? wollte er wissen.

Na, die Vollfischer sind immer betrunken.

Diese Antwort brachte dem Prüfling einen Mutzkopp ein.

Kurat kam auf die Keitelfischerei mit dem großen Netz zu sprechen, das Bedeutendste, was das Haff zu bieten hatte. Dafür braucht es eine besondere Erlaubnis, denn ein Keitelnetz wühlt den Boden auf, nimmt alles mit, was ihm in die Quere kommt. Keitelfischerei muß mit Verstand betrieben werden, sonst ist das Haff bald leer. Das Fischen mit der engmaschigen Reuse, dem Stintbeutel, war dagegen kaum erwähnenswert, denn der Stint galt nicht als Speisefisch, sondern war Hühner- und Schweinefutter. Wenn es gar zuviel wurde mit dem Meeressegen, kamen die Bauern mit Rübenwagen zu den Kähnen, um Stint zu laden, der in Scheffeln zugemessen wurde wie in den Mühlen das Mehl.

Früher knüpften die Fischer ihre Netze selber, was als besondere Kunst galt. Aber die brauchst du nicht zu lernen, denn seit neuestem kommen die Netze aus einer Fabrik. Die Fischer müssen sie nur noch teeren, damit sie lange halten. Während des Krieges trat ein gewisser Mangel an Netzen ein, weil die Fabrik mehr Tarn- als Fischernetze herzustellen hatte. Wenn Frieden ist, werden wir neue Netze kaufen.

Nach weitem Ausholen und immer enger werdenden Kreisen streifte der Fischer auch den Aberglauben, soweit er das Fischgerät und den Kahn betraf. Neue Netze müssen mit Salz bestreut werden, damit sie gut fangen. Auch nimmt ein Fischer, wenn er zum erstenmal ein Netz im Haff versenkt, bestimmte Kräuter mit, die er in die Maschen hängt, damit es den Fischen angenehm riecht und sie nicht merken, daß es ein neues Netz ist. Seine Netze muß ein Fischer gut verwahren, damit der böse Blick nicht auf sie fällt und sie einen schlechten Fang geben. Vom Teufel ist zu sagen, daß er sich an sonnigen Tagen gern auf dem Wasser aufhält und mit Windhosen und Luftkreiseln daherkommt, um die Fischer zu erschrecken. Wenn du einen Wirbel über dem Wasser siehst, mußt du ein Messer oder Beil mit der scharfen Kante gegen den Wind halten, schon gleitet der Teufel am Boot ab. Im Herbst empfiehlt es sich, die roten Beeren der Eberesche mit aufs Schiff zu nehmen und in den Mast zu hängen, denn vor ihnen fürchtet sich der Teufel. Manchmal kann der Hinkefuß auch gut Freund sein. Einigen Fischern, die ihm erlaubten, auf dem Kahn auszuruhen, half er später beim Fischfang und verschaffte ihnen große Beute. Die Nehrunger glauben daran, daß der wundersame Fischzug, den der Herr dem Apostel Petrus am See Genezareth bescherte, in Wahrheit ein Werk des Teufels war. Der wollte sich mit Petri Stuhl gut stellen und versorgt bis heute den Vatikan mit Zander und Brassen.

Nach dem Krieg werden wir einen neuen Kahn bauen und ihm den Namen Neringa II an den Bug malen, versprach Kurat. Das alles werden wir tun, wenn der Krieg zu Ende ist.

Um diese Zeit erreichten die britischen Aufklärer die Küstenlinie von Skagen. Die Standuhr zeigte immer noch zehn nach fünf.

233

Der furchtbar ergreifende Anblick des in seiner Art
großartigen Schauspiels hatte in den nahen und ent-
fernteren Straßen, welche weithin von der glühend-
roten Atmosphäre erleuchtet wurden, eine große
Menge Menschen versammelt, unter welcher sich
neben der Bewunderung der Gewalt des vernichten-
den Elements auch das lebhafteste Bedauern über
den Untergang eines der schönsten Gebäude unserer
Hauptstadt, in welchem die Kunst ein Jahrhundert
lang viele ihrer herrlichsten Triumphe gefeiert, viel-
fach aussprach.

*»Intelligenzblatt für Litthauen« über den Brand der
Berliner Oper am 19. August 1843*

Na, was is, Fritzke? Du hast versprochen, mich an die Minge
zurückzufahren.

Kurat erwähnte den Krieg, der sich gerade ein bißchen ver-
puste, aber bald wieder toben werde. An der Minge sei es
nicht geheuer, meinte er. Auf den Brücken steht Feldgendarmerie, um Deserteuren und Fahnenflüchtigen den Rückweg
zu verlegen. Nachts springen Partisanen mit Fallschirmen ab,
überfallen einsame Gehöfte und schneiden alten Menschen
die Kehle durch. In so eine Gegend willst du fahren?

Du sollst ihr nicht Angst einjagen, flüsterte Huschke und
gab ihrem Mann einen Sterniksel in die Seite.

Gesagt ist gesagt, klagte die Oma. Im übrigen hielt sie es mit
Jesaja, Kapitel 28, Vers 16: Wer glaubet, der fliehet nicht.

Viele, die Anfang August geflohen waren, hatten wieder die
Heimreise angetreten, weil es still geworden war. Wenn nicht
geschossen wird, darf der Mensch nach Hause. So war es auch
im ersten Krieg. Kaum zogen die Kosaken ab, kehrten die
Flüchtlinge heim und fegten die Pferdeäpfel aus ihren Schlaf-
stuben.

Die Oma hatte sich ausgedacht, wie sie den Feind, wenn
er an die Minge käme, gebührend empfangen wollte. Eine
Pfanne Bratkartoffeln wird sie brutzeln, das essen alle Solda-

ten gern. Vielleicht verstehen sie die litauische Sprache, so daß man ein bißchen plachandern kann. Jedenfalls muß der Mensch, wenn der Krieg kommt, zu Hause sein. Verlassene Häuser haben es schwer, sie gehen leicht in Flammen auf und werden schnell verwüstet. Wenn aber eine alte Frau vor der Haustür sitzt, werden die fremden Soldaten an ihre eigene Babuschka denken und freundlich sein.

Und wer soll uns die Krähen rupfen? fragte der Fischer. Keiner versteht das so gut wie du.

Aber Krähenzeit ist erst im Oktober! rief die alte Frau. Da wollte sie längst zu Hause sein. Sie machte sich Sorgen um den Garten, der nach drei Wochen Abwesenheit reichlich verwildert sein mußte. Die Blumen blühten für sich, ohne daß jemand etwas davon hatte.

Wenn du zum Markttag nach Heydekrug fährst, mußt mich mitnehmen, Fritzke.

Den Heydekruger Fischmarkt besuchten die Nehrungsfischer gern. Wenn sie ihren Fisch verkauft hatten, gingen sie in den Krug, um sich zu stärken für die Rückreise. Ein richtiger Kure, der an Gott glaubt, besucht zwar keinen Krug, aber dieses Gebot galt nur für die Nehrung. Die Niederung sahen die Fischer als heidnisches Ausland an, wo der liebe Gott ein Auge zudrückt und auch ein Kure sich betrinken durfte.

Heydekrug ist längst geräumt, erklärte Huschke.

Ihr wollt mich bloß als Paslack behalten, schimpfte die Oma.

Zum Trankochen brauchen wir dich auch, erklärte der Fischer. Wenn die Stichlingsschwärme kommen, werden wir im Garten ein Feuer anzünden und in einem großen Kessel ein paar Zentner Stichlinge aufkochen. Du könntest im Schaukelstuhl neben dem Feuer sitzen, mit einem Spatenstil den Sud umrühren und, wenn genug Fett oben schwimmt, es mit der Suppenkelle in den Eimer schöpfen. Zwei Zentner Stichlinge geben Petroleum für einen langen Winter.

Ach ja, der Winter, der jedenfalls wird kommen wie in jedem Jahr.

235

Vielleicht können wir dich im Pferdeschlitten nach Hause bringen, meinte Kurat. Das schaukelt nicht so wie im Kahn.

Vor einer solchen Heimreise grauste der Oma. Im Winter ankommen, wenn die Stuben kalt, die Fenster befroren sind und die Pumpe voller Eiszapfen hängt, ist ein schweres Los. In der kalten Jahreszeit muß der Mensch zu Hause hucken, den Ofen einkacheln, heißen Tee trinken und Äpfel in die Bratröhre geben.

Ein schöner Sommerabend, aber sie sprachen vom Winter. Kurat erzählte, wie sie an einem Oktobertag bei stillem Wetter zum Fischen ausgelaufen waren. Kaum hatten sie die Netze und Reusen gelegt, fiel Frost auf das Haff, am Morgen saßen sie fest im Eis, und wäre nicht die liebe Sonne aufgegangen, um die Kähne aus dem kalten Gefängnis zu befreien, sie hätten bis Ostern auf dem Haff zubringen müssen. So ist der Winter.

Das Geburtstagskind sprach vom Eissegeln, von einer Tour mit dem Segelschlitten nach Cranzbeek oder zur Deimemündung und wieder zurück. Huschke zerstörte diese Winterfreuden mit der Bemerkung: Die werden schon mit dir Schlitten fahren. Dabei zeigte sie nach oben und meinte die Herren, die die Einberufungsbefehle schrieben.

Wenn der Nordost ums Haus heult und alle noch leben und gesund sind, wird Kurat mit seinem Sohn hinterm Ofen sitzen und Kurenwimpel schnitzen. Dafür hat der Junge das Messer bekommen, blank wie reines Silber. Er könnte mit ihm auch die Eisfischerei versuchen. Mit der Eisaxt Wuhnen ins Haff schlagen, die Netze mit Stangen unter das Eis schieben, mit Klöppeln aufs Holz des Bullerbretts trommeln. Der Lärm lockt die Fische an, vor allem die neugierigen Kaulbarsche, und schon sind sie im Netz. Wegen des Lärms sprachen die Nehrungsfischer auch von der Klapperfischerei, die sie aber mehr zum Zeitvertreib als zum Sattwerden betrieben.

Einmal traf Kurat einen Jungen mit einem Pungel Fische, die er aus der Reuse gestohlen hatte.

Woher hast du die Fische?

Na mitgenommen, man muß doch sehen, wie man lebt.

Dagegen ließ sich nichts einwenden, zumal man Fische, die sich in eine Reuse verirrt haben, gar nicht stehlen kann, denn sie sind noch frei, sie können noch umkehren.

Im Februar, wenn das Tageslicht wiederkehrt, werden wir Eis ernten. Wir sägen mächtige Blöcke aus dem Haff, fahren sie mit Bollerwagen ins Genossenschaftshaus und decken sie mit Moos ab, damit die Fische es im nächsten Sommer kühl haben.

Wer weiß, was im nächsten Sommer sein wird?

Na, warm wird es sein wie in jedem Sommer. Deshalb ist Eis nötig.

Wenn es ein strenger Winter wird, könnte Huschke übers Haff wandern zu ihrer Mutter, wie sie es schon einmal getan hatte im Jahre 41. Damals ging sie zu einer Beerdigung an die Minge, mußte aber unverrichteter Dinge heimkehren, weil die Erde zwei Meter tief gefroren war und die Trauerfeier ausfiel.

Nach dem Februar kommt der Schaktarp, die nasse Zeit, wenn die Schneeschmelze die Niederung in ein Meer verwandelt und die Kähne auf Dorfstraßen spazierenfahren. Den Schaktarp sollte ein Christenmensch lieber verschlafen, Hochzeiten und Kindtaufen in andere Jahreszeiten verlegen und das Sterben hinausschieben.

Nach dem vierten Peperinnis näherten sie sich dem Frühlingsmonat März, der das Eis brechen läßt. Wenn der Frühling plötzlich kommt und der Ostwind weht, türmt er mächtige Schollen an den Nehrungsstrand. Der Westwind treibt den Sand, der Ostwind stapelt das Eis, sagen die Kuren. Vor der Kirche von Rossitten lag schon mal eine drei Meter hohe Eisbarriere.

Die Oma richtete eine Scherzfrage an die Mädchen: Watt es, wenn de Schornstienfeger enne Schnee fällt?

Sie wußten es nicht.

Dann es Winter, lachte sie.

Du müßtest an Onkel Karl nach Göteborg schreiben, flüsterte Mutter.

Ja natürlich, in Schweden gab es auch einen Winter. Da lagen die Mädchen nicht nackt an den Stränden, sondern in warmen Betten. Mit dem Segelflieger nach Gotland ... Hochzeitsreise von Gotenhafen nach Göteborg ... Die Gotenlinie wird gehalten ... Vom Vesuv ziehen die letzten Goten zum Meer ... Der verdammte Schnaps zeigte Wirkung.

Eines Morgens geht von Haus zu Haus die Nachricht: Das Haff trägt. Die Rossittener laufen zur Mole, um das Wunder zu bestaunen. Die Wege werden aufs Eis verlegt, dort mit Fichtenbüschen ausgesteckt, damit sich keiner verirren kann. Die Pferde bekommen scharfe Stollen und die Schlitten überlange Deichseln. Wenn ein Pferd einbricht, sollen die Deichseln auf dem Eis liegen und das Tier so lange über Wasser halten, bis genug Männer kommen, um es am Schwanz herauszuziehen.

Findet man Bernstein im Eis? fragte Vater.

Jawohl, das kann vorkommen. Das Eis umzingelt den Bernstein. Wenn es schmilzt, fallen die Stücke in den Sand, denn Bernstein kann nicht schmelzen.

Nur im Feuer schmilzt er, sagte Vater. Bernstein brennt wie Kohle und verbreitet einen Duft nach Weihrauch und Myrrhe.

Warum sollte man Bernstein ins Feuer geben?

Warum heißt die Kuschelkiefer Kuschelkiefer?

Wenn das Haff trägt, werden sie über das Eis kommen, flüsterte Huschke und zeigte zum östlichen Ufer.

Die Tataren sind auch über das Eis gekommen und vor dreihundert Jahren die Schweden und noch früher die Moskowiter.

Dieser Peperinnis wirkt bis in die Haarspitzen.

Ach, du grieset Kattke! Nun war das Peterle wieder in den Uhrenkasten gesprungen.

In England war die Zeit nicht stehengeblieben. Zweihundert Lancaster-Bomber ließen ihre Motoren warmlaufen. Die beiden Aufklärer hatten Skagen überflogen und nahmen Kurs auf Göteborg.

Euch aber will ich unter die Heiden streuen und das
Schwert ausziehen hinter euch her, daß euer Land
soll wüste sein und eure Städte verstöret.

3. Buch Mose, Kap. 26, Vers 33

Huschke geriet in Sorge, der eine oder andere könnte Hun-
gers sterben, deshalb stellte sie Wasser auf den Herd, gab, als
es kochte, einige Ringel Rotwurst hinein, kramte Mostrich
aus dem Küchenschrank und deckte erneut den Tisch, nun
aber in der Laube, denn es wollte ein milder Abend werden.
Das letzte Licht hatte sich aufs Haff verzogen, die Wasserfläche leuchtete rötlich, und die Kinder, die auf der Dorfstraße
spielten, glichen entlaufenen Indianern. Es begann die blaue
Stunde, die die Schatten der Dünen aufs Haff hinauswandern
läßt. Lachen an der Mole, Plätschern im Wasser, ferner Gesang und über ihnen der Abendzug der Vögel.

Sie versammelten sich in der Fliederlaube, um »Spoaskes
to vertelle«, Meschkinnes zu trinken, zu essen, immer wieder
zu essen, bis der Mond aufging. Das Geburtstagskind hockte
auf dem Brunnen, versuchte sich schon mit dem neuen
Schnitzmesser, Lina und Gesine hüpften über das Seil. Die
Oma stimmte das Lied von den fünf wilden Schwänen an,
aber Huschke ermahnte sie, nicht so laut zu singen, weil es
die Herrschaften stören könnte. Daraufhin wechselte sie ins
Litauische, das störte weniger. Außerdem waren keine traurigen Lieder erwünscht, Geburtstage sind fröhliche Feiern wie
Hochzeiten.

Bis zur Hochzeit wird es noch ein Weilchen dauern. Der
Junge ist erst sechzehn und weiß gerade so viel, daß es zwei-
erlei Menschen gibt. Vielleicht macht der Sohn des Uhrmachers eher Hochzeit, eine Braut hat er schon. In dieser Zeit ist
alles möglich. Schnelltrauungen gibt es und Nottrauungen
kurz vor der Entbindung, damit das Kleine einen Vater bekommt. Sogar Ferntrauungen haben sie erfunden. Da telefo-

niert einer aus Italien mit seiner Braut in Insterburg, und wenn
er den Hörer auflegt, sind die beiden Mann und Frau.

Wo bleibt da die Hochzeitsnacht? Es gibt in Deutschland
bestimmt einige tausend Frauen, die unberührt zu Kriegerwitwen geworden sind. So etwas macht der Krieg.

Huschke trug Ringelwürste auf, die Oma nahm sich eine
geplatzte Wurst, weil das besser kaute. Sie sprach ein Tischge-
bet von der lustigen Sorte – aber der liebe Gott verstand ja
Spaß: »Willst du dich mit Schmeling messen, mußt du Du-
decks Würstchen essen.«

Solche Aufforderungen hingen in den Läden, als die Flei-
scher noch froh waren, wenn ihnen Würste abgekauft wurden. Na, das ist lange her.

Vom Boxer Schmeling hörte man auch keine Heldentaten
mehr. Ob der bei den Soldaten ist? Es wäre doch schade, wenn
sie einen so starken Mann totschießen.

Die Dämmerung kam die Straße herauf, kletterte an den
roten Ziegeln der Kirche empor und senkte sich auf die Dächer. Aus dem Kiefernwald wehte ein Geruch nach Harz und
Tannenzapfen. Noch immer war Sonnabend. Wenn ihr still
seid, hört ihr das Rauschen der Brandung.

Im Kurhaus klimperte ein Klavierspieler »Puppchen, du bist
mein Augenstern«. An der Mole kicherten die jungen Leute.
Da trafen sich die Marjellchens und Lorbasse, um die Beine
übers Wasser baumeln zu lassen. An der Mole fing es an, das
Herumpoussieren und Nach-den-Zöpfen-Greifen. Erwin wäre
gern zur Mole spaziert, aber als Geburtstagskind war er die
Hauptperson, die auf dem Brunnenrand sitzen und zuhören
mußte, was die Alten erzählten.

Die Georginen gingen schlafen. Der Klavierspieler verstummte. Nun hörten sie die Brandung.

Als Huschke Hindenburgkerzen anzündete, leuchteten die
Gesichter rot.

Es könnte Gewitter geben. Meistens wachsen die Gewit-
terwolken aus dem Deimefluß und ziehen gegen den Wind
übers Haff. Von See her kommen sie nur selten, und von der

Stadt Memel, die im klaren Norden liegt, ist noch nie ein Gewitter zur Nehrung gezogen.

Zu einer richtigen Geburtstagsfeier gehört eigentlich eine Quetschkommode. Doch der einzige im Dorf, der sie spielen konnte, war bei Orscha gefallen. Das Instrument hatte er zu Hause gelassen, es lag im Wäschesack, wartete auf bessere Zeiten und einen neuen Musikanten. Nach dem Zwischenfall bei Orscha kam die Musik nur noch von einem Piano im Kurhaus, auf dem Fremde für Fremde spielten.

Von Westen her schlich die Dunkelheit ins Dorf. Der Leuchtturm, der nun Signale geben sollte, blieb unsichtbar. Jenseits des Haffs, bestimmt schon über dem Festland, schmückten Leuchtkugeln den Himmel. Alle sahen das magische Licht, aber niemand verlor ein Wort darüber.

Die Alternative zum Sterben heißt nicht ewiges Leben, sondern: ein wenig später sterben.

Als es gänzlich dunkel war, stahl Hermann sich davon und schlenderte zum Kurhaus. Unterwegs traf er den Nachtwächter, der von einem großen Feuer redete und zu den Leuchtkugeln zeigte. Piepe goahne nannten die Nehrunger den Nachtwächterdienst, der reihum von Haus zu Haus ging und nur die Feuerwache betraf. Diebe und Einbrecher kamen nicht vor, weil es diesen Herrschaften zu mühevoll war, die sandigen Wege heraufzukommen. Eine Flucht von der Nehrung mit einem Sack voller Diebesgut war auch nicht gerade ein Vergnügen; du hast nur eine Straße und von beiden Seiten das Wasser. Also wohin willst du ausreißen?

Die Fenster des Kurhauses waren geschlossen. Er warf Steinchen ans Glas und kam sich vor wie ein dummer Junge, der den Mädchen nachläuft. Einer Sonnenblume, die über dem Gatter hing, riß er den Kopf ab. Er wird sie Magdalena schenken. Sie wird die Blüte auf die Fensterbank legen, dort leuchtet sie wie eine Laterne.

Frau Rusch möchte nicht gestört werden, hieß es immer noch im Kurhaus.

Ist sie auf ihrem Zimmer?

Vor einer halben Stunde ist sie fortgegangen.

Warum entzog sie sich ihm? Sie besaßen nur noch wenige Stunden, und Magdalena brachte es fertig, ohne ihn fortzugehen.

Hat Fräulein Rusch eine Nachricht hinterlassen?

Keine Nachricht ist auch eine Nachricht.

Zur Nehrungsstraße und wieder zurück, zur Vogelwarte hinauf und an die Mole. Wollte sie allein sein, um sich auf etwas vorzubereiten, das ihn nichts anging? Hinauf zum Walgumberg und wieder hinunter. Sie war ihm verlorengegangen. Sie schwamm nach Schweden, sie suchte Bernstein, sie tanzte mit den Elfen am Fuß der Düne, sie wird auf Nimmerwiedersehen im Berg verschwinden.

Er suchte sie am Leuchtturm und wünschte sich, daß endlich der Mond aufginge. Aus dem Schatten des Gemäuers löste sich eine Gestalt, ein weißes Gespenst, das dem Dorf zuschwebte. Er wagte nicht zu rufen, aus Furcht, der Geist könnte sich verflüchtigen, übers Wasser schreiten und sich auflösen. Die Gestalt kam näher, er erkannte ihre Bewegungen und sah, daß Magdalena ihr Haar straff zusammengebunden hatte. Sie sah streng aus.

Ich habe dich gesucht!

Du feierst doch Geburtstag.

Ach, sie essen und trinken nur, erzählen ihre alten Späße und Geschichten, da hatte ich Sehnsucht nach dir.

Sie gingen nebeneinander und sprachen kein Wort. Sie wanderten am Haffufer entlang den Dünen entgegen, deren sanfte Ränder sich vom Himmel abhoben. Nur um etwas zu sagen, sprach er von der blauen Stunde, die längst vorüber war. An ihre Stelle war die schwarze Stunde getreten.

Ist Blau nicht die Farbe der Trauer? fragte sie.

Hast du mit deinen Eltern telefoniert?

Mein Vater ist ein bißchen krank, ich werde früher abreisen.

Das war gut, das war sehr gut. Der Gedanke, daß Magdalena auf der Nehrung bliebe, während er abreisen mußte, war ihm unerträglich. Vielleicht können wir gemeinsam in die Stadt fahren.

Sie stapften die Düne hinauf. Oben setzten sie sich in den Sand und warteten auf den Halbmond, der über der Niederung aufgehen, einen flachen Bogen zum Haff und dem Samland schlagen sollte, um in der Ostsee zu versinken. Für diese Wegstrecke hatte er sechs Stunden Zeit.

Sie begann zu frieren. Er zog die Jacke aus und hängte sie über ihre Schulter. Er suchte ihre Nähe. Sich nur nicht wieder

243

verlieren. In sechs Stunden fällt der Mond in die Ostsee. So lange wollte er mit ihr zusammenbleiben.

Du hast ja Schnaps getrunken!

Das Zeug heißt Peperinnis, es ist scharf wie die Hölle, aber es wärmt.

Kannst mir etwas abgeben von der vielen Wärme.

Du darfst mir nicht mehr weglaufen.

Sie lachte. Du wirst auch weglaufen, bis Italien wirst du laufen!

Die Düne lag unbeweglich, kein Sandkorn rieselte. Sie war kalt.

Drüben liegt unsere Stadt, sagte Magdalena und zeigte nach Süden.

Er behauptete, in Friedenszeiten habe er abends von der Düne aus den Lichtschein gesehen, nun sei die Stadt verdunkelt. Als sie lange genug nach Süden geblickt hatten, kam es ihnen vor, als ob doch ein leiser Schimmer, ein heimliches Nachleuchten zu erkennen sei. Königsberg strahlte wieder.

Tut es dir leid, daß wir uns kennengelernt haben? fragte er.

Nein, überhaupt nicht, aber es macht vieles schwerer.

Sie drückte ihm ein Stückchen Bernstein in die Hand, einen Stein mit sanften Rundungen und hell wie Rapshonig.

Vielleicht kann dein Vater etwas Schönes daraus machen.

Eine Brosche oder einen Ring?

Es war ihr egal.

Er steckte den Stein in die Tasche und war froh, ein Verbindungsstück gefunden zu haben. Der Bernstein wird sie wieder zusammenführen. Vielleicht schon Weihnachten. Magdalena ruft im Laden des Uhrmachers Kallweit an und fragt, ob die Brosche fertig ist. Sie fährt in die Münzstraße, um das Schmuckstück abzuholen. Sie betritt den Laden. Nicht Vater empfängt sie, sondern der auf Weihnachtsurlaub gekommene Sohn. Sie umarmen sich vor den tickenden, schlagenden und bimmelnden Uhren. Anschließend bummeln sie zum Schloßteich. Schlittschuh laufen bis in die Nacht.

Der Mond ging endlich auf. Er betrachtete ihn durch den

244

Stein, der dem Gestirn eine purpurne Farbe gab. Magdalena zählte Sterne und behauptete, sie seien kleine Fenster in einem großen Haus. Für Sterne gibt es keine Verdunkelungsvorschriften.

Gemeinsam suchten sie den Großen Wagen, fanden mit seiner Hilfe den Polarstern und den Weg nach Norden. Ja, nach Norden müßten wir reisen. Zu Onkel Karl nach Göteborg oder noch weiter.

Magdalena zitterte.

Ich weiß nicht, ob es gutgeht, flüsterte sie, und er wagte nicht zu fragen, was »es« bedeutete.

Er hätte die Nacht mit ihr auf der Düne verbringen können, aber Magdalena fror.

Morgen ist Sonntag, sagte er und erwartete Vorschläge, was zu unternehmen sei. Irgend etwas Großartiges. Es war ihr letzter Sonntag. Wenn wieder Sonntag ist, wird er an der adriatischen Küste sein. Und Magdalena?

Was machst du am nächsten Sonntag?

Den Blumen die Köpfe abschneiden.

Wie gesagt, er hätte mit ihr die Nacht auf der Düne verbringen können, aber Magdalena fror. Sie wollte zurück zum Kurhaus.

Vielleicht muß ich schon morgen in die Stadt, flüsterte sie.

Wenn du fährst, fahre ich mit dir.

Sie gingen Hand in Hand, und es war ihm so, als hörte er ihr Herz schlagen.

Das verdunkelte Kurhaus sah aus wie von Menschen aufgegeben. Vor der Terrassentür küßte sie flüchtig seine Stirn, dann war sie verschwunden.

Er blickte zu ihrem Fenster. Es blieb dunkel. Bis ans Ende der Mole bummelte er, sah dem Mond zu, der seine silbrigen Streifen über das Wasser hängte und in fünf Stunden in die Ostsee fallen sollte. Es kam ihm vor, als hätte er sie für immer verloren.

Gegen zehn Uhr meldete er sich zur Geburtstagsfeier zurück.

Hast du nach dem Wetter gesehen? fragte Mutter.

Das Wetter hat einen anderen Namen, lachte Kurat.

Die Aufklärer hatten Südschweden überflogen und nahmen Kurs auf Bornholm. Die zweihundert Bomber erreichten Skagen.

Krieg ist ein Umweg zum Selbstmord, aber ein Umweg mit gutem Gewissen.

Friedrich Nietzsche

Auf der Nehrung geht der Sommer plötzlich zu Ende. Die Nächte werden klar und kühl, hinter Sarkau verfärben sich die Laubbäume, Birken verstreuen ihre kleinen Blätter und lassen sie vom Wind über das Haff tragen. Auch der September hat noch schöne Tage. Du mußt nur da sein, um sie zu erleben. Der Uhrmacher Kallweit wird im September seinen Laden öffnen, die Oma wird an die Minge fahren, und was aus Erwin wird, weiß der liebe Gott. Morgen ist Sonntag, da kann der Briefträger keine Post bringen.

Am 1. September wird der Krieg fünf Jahre alt, sagte Vater. Er dauert schon länger als der Erste Weltkrieg, und keiner weiß, wie lange es noch gehen wird.

September ist der Monat mit dem größten Fischsegen, meinte Kurat. Vor ein paar Tagen hörte er das Gerücht, der Russe habe die Memel vergiftet, das Gift breite sich mit der Strömung aus und töte jedes Leben, auch die Fische.

Also wird es kein guter Fischmonat, murmelte Huschke.

Wenn der Junge mitfährt, werden wir genug fangen.

Ein Viertel des Fanges stand dem Jungen zu, denn er war nun Gehilfe. Er wird sein Viertel Huschke bringen, Kurat wird die ihm verbleibenden drei Viertel dazugeben, so daß der ganze Segen bei Huschke auf einen Haufen kommt.

Wenn du mit dem eigenen Sohn fischen gehst, bringt es ordentlich was. Holen sie ihn aber zu den Soldaten, wird Kurat sich nach einem neuen Gehilfen umsehen müssen, vielleicht im Litauischen oder an der Minge, wo er schon Huschke gefunden hatte. Es wird ein Lahmer oder Buckliger sein, denn alle Gesunden waren anderweitig beschäftigt.

So redeten sie und blickten in die Dunkelheit, die erst das

247

Haff, dann die Dünen und schließlich den Himmel verschluckte.

Hat das Fischen ein Ende, nehmen wir uns die Krähen vor. Das wird ein Spektakel geben, wenn die gefräßigen Krähen auf der Nehrung einfallen und Schwarz zur vorherrschenden Farbe wird. Wir brauchen Krähenfedern, um die Betten vollzustopfen, denn nicht jeder kann auf Gänsedaunen schlafen. Dann ist es schon Oktober. Wenn die schwarzen Brüder einfallen, verlassen die Fischer ihre Kähne, um ihre Netze nicht ins Wasser zu werfen, sondern im Möwenbruch auszulegen. Als Lockvogel nehmen sie eine lebende Krähe mit, die sie mit beschnittenen Flügeln ins Fangnetz setzen. Dazu legen sie Fische aus, die die Krähen gern fressen. Ist keine lebende Krähe zur Hand, tut es auch ein toter Lockvogel, notfalls muß ein schwarz geratenes Haushuhn herhalten. Die Schwärme, die oben durchziehen, sollen denken, es sei ihnen eine Tafel gedeckt. Schon fallen sie ein, um dem Lockvogel Gesellschaft zu leisten. Der Fischer lauert im Gestrüpp. Kaum hat sich das Fangnetz mit Krähen gefüllt, zieht er es zu, zählt die Beute und beginnt mit der Arbeit, das heißt, er muß die zappelnden Vögel vom Leben zum Tod befördern. Damit dies auf humane Weise geschieht, haben die Nehrunger das Krähenbeißen erfunden. Die linke Hand greift den Vogel, die rechte hält seinen Schnabel zu, damit die Krähe in ihrer Angst dem Fischer nicht das Auge aushackt. Beide Hände führen den Vogel an den Mund, der spitze Vorderzahn drückt mit einem kurzen Biß die Schädeldecke ein, schon läßt das Tier die Flügel hängen. Die Nehrunger behaupten, so zu sterben sei gesund und menschlich, es gehe schneller, als Hühnern den Kopf abzuhacken, Gänse zu stechen oder Karnickel mit einem Handkantenschlag ins Jenseits zu befördern. Wem das Beißen zuwider ist oder wer keine Zähne mehr hat, nimmt ein Hammerchen mit oder eine Zange, um der Krähe den Schädel einzudrücken. Den Vögeln den Hals umzudrehen halten die Nehrunger für unanständig. Sie glauben auch, daß gebissene Krähen besser schmecken als geschossene, weil letzteren noch Pulvergeruch anhaftet und die Tiere bis in den Kochtopf verfolgt.

Sind die Krähen tot, bindet der Fischer sie an einen Stock und trägt sie überrücks nach Hause. Dort wartet kochendes Wasser auf sie. Sie werden gerupft, die Spiehlen am offenen Feuer abgebrannt, die Leiber ausgenommen und in Fässern eingepökelt.

Die Nebelkrähen brüten im nördlichen Rußland, erklärte Vater. Zweimal im Jahr ziehen sie über die Nehrung. Im Oktober bringen sie den Winter mit.

> Der Krieg ist noch lange nicht zu Ende.
> *Brecht: »Mutter Courage und ihre Kinder«*

Hat der Junge ein Schnitzmesser, muß er auch das Schnitzen lernen. Wer nicht schnitzen kann, bekommt keine Braut.

Kurat, obwohl nach den Schnäpsen auch nicht mehr sicher mit den Händen, holte sein Schnitzwerk aus der Kammer, um dem Jungen zu zeigen, wie er das Messer zu führen und am Holz anzusetzen habe. Weiches Lindenholz mußte es sein.

Jeder Fischer schnitzt den Wimpel für den eigenen Kahn und gibt ihm die vorgeschriebene Farbe. Schwarz-Weiß sind die Farben der Nehrung. Jedes Dorf hat sein bestimmtes Zeichen, damit die hohe Aufsicht erkennen kann, woher der Kahn kommt, denn der liebe Gott und der Fischmeister sehen alles.

Zum Schnitzen habt ihr im Winter Zeit, wenn die Fische unter dem Eis liegen, sagte Huschke.

Wer weiß, was im Winter sein wird?

Früher schnitzte Kurat auch für die Fremden und stellte seine Kurenwimpel zum Verkauf an den Staketenzaun. So mancher reiche Herr aus Berlin oder den Rheinlanden klopfte an seine Tür, um ein Stück zu erwerben, das er zu Hause über sein Bett hängen oder ans Gartentor schlagen wollte als Erinnerung an schöne Sommertage auf der Kurischen Nehrung. Im Sommer 44 hatte er noch keinen Wimpel verkauft, weil an Sommergästen fehlte, die wenigen Besucher auch andere Wünsche hatten, als sich Kurenwimpel über das Bett zu hängen.

Über die weiteren Schnitzkünste, die ein Fischer beherrschen muß, wollen wir heute nicht reden, weil Geburtstag ist und es lustig sein soll. Irgendwann wirst du auch dein Grabkreuz schnitzen müssen, Erwin Kurat. So verlangt es der

Brauch. Für Grabkreuze braucht das Messer hartes Eschenholz.

Wo sind nur die vielen Menschen geblieben? Früher kam alle zwei Wochen das Anüsmannke ins Dorf, ein zu kurz gewachsenes Kerlchen, das immer Trab lief und außer Atem war. Anüs! Anüs! Schöne, süße Anüs! rief das Mannke und klabasterte mit seinen Schlorren über das Pflaster. Seitdem wir Krieg haben, ist es verschwunden. Zum Soldatspielen war es zu klein geraten, vielleicht ist das Anüsmannke als Rumpelstilzchen zum Theater gegangen. Oder es hat nichts mehr zu verkaufen. So wird es sein, dem Anüsmannke sind die schönen, süßen Anüs ausgegangen.

Auch die Zigansche ließ sich nicht mehr blicken. Vor dem Krieg wanderte sie gern durch die Dörfer, um aus der Hand zu lesen und das Glück vorauszusagen. Schon von zehnjährigen Mädchen wußte sie, wie viele Kinder sie einmal bekommen werden. Bei Huschke traf sie mit dreien richtig, nur daß sie zwei Jungs und ein Mädchen vorausgesagt hatte, aber solche unbedeutenden Abweichungen kannst du einer alten Frau nicht übelnehmen. Ja, die Zigeuner sind weiß Gott wohin gegangen, jedenfalls sind sie nicht mehr lustig. Von ihnen sagte man, daß sie ihre Kinder nach dem Leitspruch erziehen: Wer nicht stiehlt, bekommt auch nichts zu essen. Aber sonst sind sie gute Menschen, die auch einen Gott haben.

Den Pracher hat schon lange keiner mehr gesehen. Vor sieben Jahren, mitten im Frieden, verschwand der Kleiderjude, den sie Kattunrieter nannten, weil er seine Stoffballen so schwungvoll auseinanderreißen konnte wie kein anderer. Sie sagten, er sei nach England gefahren, um neue Stoffe zu holen, aber zurückgekommen ist er nicht.

Spurlos verschwunden ist auch der dumme Erich, der schon von weitem seine Mütze schwenkte und immer rief: Schönes Wetter heute! Für solche Ausrufe kann man doch keinen Menschen verwahren. Vielleicht ist er in seiner Dummheit ins Haff gefallen oder unter das Eis geraten.

Viele sind nicht mehr, dafür gibt es andere. Soldaten kommen und gehen, Gefangene marschieren durch die Dörfer und singen Lieder, die keiner kennt.

Die Oma erzählte vom Leiermann, der auch nicht mehr lebte. Wenn er mit dem Kasten ins Dorf kam, liefen Alt und Jung zusammen, um zuzuhören. Beim Hören allein blieb es nicht. Bald tanzten sie auf der Straße, daß die Flicken flogen, sogar der kleine Affe auf dem Leierkasten tanzte mit.

Das war lange vor dem ersten Krieg und ist heute nicht mehr wahr, sagte Huschke.

Ach, Kind, ich komm' mit den Kriegen ganz durcheinander, aber als ich jung war, haben wir zur Leierkastenmusik getanzt.

Es fehlten viele. Der August Broscheit, ein gottesfürchtiger Mann, der Tag und Nacht arbeitete, ist auch nicht mehr. Er erzog seine sieben Kinder nach dem Bibelspruch: Herr, züchtige mich, aber mit Maßen. Jeden Tag prügelte er einen durch, was mit den sieben Wochentagen gerade so hinkam. Nur am heiligen Sonntag verbot er sich das Schlagen, so daß das Jüngste immer leer ausging. Wenn er geprügelt hatte, mußten die Kinder der Reihe nach antreten, ihm die Hand küssen und sich bedanken. Viel geholfen hat es nicht. Der fromme Vater ist tot, seine sieben Kinder hat es verstreut in alle Winde. Von den Jungs sind einige im Gefängnis, weil sie von ihrem Glauben nicht lassen wollten, der ihnen verbietet, Soldat zu spielen.

Lieber im Gefängnis als tot, murmelte Huschke.

Da könnt ihr mal sehen, wie gut ihr es habt, ermahnte Kurat die Mädchen. Huschke verteilte nur gelegentlich Mutzköpfe, für die sich keiner bedanken mußte. In schlimmen Fällen gab es Strafarbeiten auf, etwa Schlick aus den Netzen pulen oder Schischkes sammeln. Der Fischer schlug seine Mädchen überhaupt nicht. Dem Jungen hatte er früher ab und zu eine Wucht gegeben, aber nun war der ein Mann, der mit dem Schnitzmesser umzugehen lernte und aus Zeitungspapier ordentliche Zigaretten drehen konnte. Nun brauchte der nichts mehr.

Die Geburtstagsfeier wollte kein Ende nehmen. Vor Mitternacht sollte der Junge Schlorren werfen, damit sie erfahren, ob er zu Hause bleibt oder in die Fremde gehen muß. Dazu sollte er sich auf den Rücken legen und den rechten Holzschuh über den Kopf schmeißen. Zeigte der Klumpen zur Tür, war eine baldige Reise zu erwarten.

Erwin lehnte es ab, sich vor allen Leuten auf den Rücken zu legen, zum erstenmal zeigte er, was ein richtiger Mann ist.

Schlorrenwerfen geht nur zu Silvester, sagte Huschke. Sie war froh, daß ihm diese Probe erspart blieb, denn sie wußte es längst: Sie werden den Jungen holen, egal, wohin die Klumpen fliegen.

Huschke brachte Lina und Gesine ins Bett und blieb bei ihnen, bis sie gebetet hatten.

Die Oma sprach davon, daß hoffentlich bald Schwiensvesper aufgetragen werde.

Der männliche Teil der Geburtstagsgesellschaft begab sich kurz vor Mitternacht auf die Straße, um nach dem Wetter zu sehen, wie die Herren sagten. In Wahrheit wollten sie ihre Köpfe auslüften.

Schwiensvesper brauchen wir nicht mehr, weil alle genug gegessen haben. Schlorrenwerfen sparen wir uns auf für Silvester. Den Männern genehmigte der Fischer einen letzten Pillkaller mit einem Runzel Leberwurst.

In der Nacht führte die britische Luftwaffe unter
Verletzung schwedischen Hoheitsgebietes Terrorangriffe gegen Kiel und Königsberg. Besonders in
Wohngebieten, an Kulturstätten und Wohlfahrtsein-
richtungen entstanden Schäden.

Wehrmachtsbericht vom 27. August 1944

Vor dem Schlafengehen suchte Albrecht Kallweit wie gewöhnlich den schwarzen Kasten auf, um die letzten Nachrichten zu hören. Am Arno-Abschnitt hatte es schwere
Kämpfe gegeben. Davon wollte er dem Jungen lieber nichts
sagen.

Wenige Minuten vor Mitternacht unterbrach der Sender
sein Programm. Eine kraftvolle Männerstimme teilte mit,
daß feindliche Bomberverbände im Anflug auf die Danziger
Bucht seien. Danach verstummte das Radio. Die einzige Station, die auch bei schwersten Luftangriffen auf Hamburg,
Köln und Berlin stets ihr Programm fortgesetzt hatte, der
Reichssender Königsberg, verfiel in tiefes Schweigen.

Mutter zog sich, nachdem sie von der Radiomeldung gehört hatte, in ihre Stube zurück.

Danziger Bucht klang viel zu unbestimmt. Gotenhafen
könnte gemeint sein, Zoppot, die Städte Danzig oder Elbing.
Königsberg jedenfalls lag nicht an der Danziger Bucht, sondern am Pregelfluß und dem Frischen Haff. Außerdem waren
die Königsberger nicht zu Hause. Die meisten verlebten den
Sommer an der Samlandküste in Cranz, Neukuhren oder Rauschen, die Schulkinder hatten noch Ferien, und wer konnte,
fuhr wenigstens am Wochenende hinaus ans Meer. Warum
eine menschenleere Stadt angreifen? Zurückgeblieben waren
die Straßenbahnschaffner und die Platzanweiserinnen in den
Filmtheatern, auch die Kranken und Alten. Agnes Rohrmoser
begoß am 26. August, bevor es dunkelte, Mutters Geranien.
Danach schrieb sie einen langen Brief an ihre Salzburger in
Gumbinnen, den sie am Sonntag morgen vor dem Kirchgang

in den Briefkasten werfen wollte. Helene bestieg in den Abendstunden einen Zug, der sie von Königsberg über Korschen und Rastenburg ins Führerhauptquartier bringen sollte, wo sie den bewußten Händedruck und einen Scheck in Empfang nehmen wollte, um Millionärin zu werden.

Die Männer gingen noch einmal vor die Tür, um nach den Gestirnen zu schauen. Etwas Sonderbares lag in der Luft, ein Vibrieren, ein feines Summen fiel aus der Höhe, der monotone Gesang von Motoren. Es war nicht das klagende Wu ... wu ... der russischen Nähmaschinen, sondern glich dem dumpfen Dröhnen einer Riesenwelle, die von See her der Küste zubrandete. Keine wandernden Lichtpunkte am Himmel, Mond und Sterne blieben unter sich, der Lärm war unsichtbar.

Jetzt ist Königsberg dran, sagte Vater.

Er sprach ohne jede Erregung, als wären es Zugvögel, die oben ihre Bahn zogen.

Kurat stocherte in seiner Pfeife, stopfte sie neu, trat, als er das Feuerzeug anratschte, in den Schutz der Hauswand, damit sie ihn von oben nicht sehen konnten.

Sie wagen es, tausend Kilometer über Deutschland zur östlichsten Großstadt zu fliegen, hörte Hermann seinen Vater sagen. Sie haben keine Angst, es gibt keine Verteidigung mehr, unser Reichsluftmarschall heißt längst schon Meyer.

Kurat brummte etwas von Schrotflinten sowie Pfeil und Bogen.

Ein Singsang wie von hochfliegenden Schwänen. Schallwellen liefen voraus, von Nordwest nach Südost, prallten auf die Wasserfläche oder wurden vom kalten Dünensand verschluckt. Wenn die Welle den halben Mond erreicht, wird der das Gleichgewicht verlieren und ins Meer stürzen.

Das Brummen wurde so stark, daß Huschke es in der Küche hörte, die Abwäsche beiseite legte und auch vor die Tür trat. Mutter dagegen schloß das Fenster, sie hatte die Neigung, den Kopf unter der Bettdecke zu vergraben.

Im Dorf wurde es lebendig. Wie Glühwürmchen glimmten hier und da Zigaretten. Im Kurhaus hörten sie Türen schlagen und laute Stimmen. Der Nachtwächter vergaß, die Zeit auszupfeifen.

Ich war noch nie in Königsberg, sagte der Fischer. Die Stadt lag nur achtzig Kilometer südlich, aber sie war ihm eine fremde Welt, die letzte Station vor Berlin. Seine Städte, die er kannte, waren mit dem Kahn zu erreichen. Memel hatte er besucht, in Tilsit war er mit Huschke gewesen, als sie sich hübsch machte und die Dinge kaufte, die eine junge Frau für die Hochzeit braucht.

Im Süden heulten Sirenen.

Das wird in Cranz sein, erklärte Kurat.

Einige rannten zur Mole, weil sie von dort den freien Blick übers Haff nach Süden hatten. Über dem Samland zuckten Scheinwerfer, grellweiße Stangen, die sich kreuzten, Zelte am Himmel, in die Nacht gebaute Pyramiden. Lange hielt sich ein großes X an jener Stelle, an der sie die Stadt vermuteten.

Vor dem Kurhaus sprang der Motor eines Autos an, Befehle wurden gerufen. Obwohl der Himmel voller Flugzeuge war, schaltete jemand die Terrassenbeleuchtung ein. Glas klirrte.

Hermann wollte zum Kurhaus laufen, aber Mutter kam aus ihrer Stube und klammerte sich an seinen Arm.

Du mußt jetzt bei uns bleiben, flüsterte sie.

Der Gedanke, daß die Bomber unterwegs sein könnten, den Uhrmacherladen in der Münzstraße auszuradieren, zu vernichten, zu verbrennen, in Schutt und Asche zu legen, wie immer man es nannte, kam ihnen nicht. Was sie am Himmel sahen, glich dem Schauspiel auf einer Freilichtbühne, gänzlich fern und nicht für sie bestimmt. Im Süden wurde es hell, aber nicht vom Mond, sondern von den Leuchtschirmen, die die vorausfliegenden Aufklärer warfen. Das langsam zur Erde gleitende Licht bot einen schönen Anblick, ein Silvesterfeuerwerk der besonderen Art, der Stern von Bethlehem über der preußischen Krönungsstadt. Wie glühende Metalltropfen fiel es aus den niederschwebenden Tannenbäumen, darüber die Wölkchen platzender Flakgranaten. Sonderbarerweise war es ein Stummfilm, der dort gegeben wurde. Niemand hörte die

Abschüsse der Flak, das Rascheln des herniederregnenden Stanniolpapiers, das Heulen der Bomben und ihre dumpfen Einschläge. Der Wind stand so, daß er den Lärm in andere Gegenden trieb.

Es war abgemacht, am Abend vor der Abreise ins Kino zu gehen, nicht zu einem Stummfilm, sondern in »Die goldene Stadt«. Nun war daraus eine rote Stadt geworden. Das Weiß der Leuchtschirme vermischte sich mit der Farbe des Blutes, die aus der Erde stieg und dem Himmel zuwuchs. Auch Schwarz war wieder gefragt. Wie Wunderkerzen im See ertranken die Leuchtschirme, wenn sie tief genug gefallen waren, in den schwarzen Rauchschwaden. Ein Militärauto raste die staubige Dorfstraße entlang Richtung Sarkau. Hermann bestand darauf, zum Kurhaus zu gehen. Mutter wollte ihn unbedingt begleiten. Sie hatte die Eingebung, mit Tante Rohrmoser in der Münzstraße telefonieren zu müssen, um ihr zu sagen, daß sie die Geranientöpfe von den Fensterbänken nehmen und alle Klappen schließen solle, damit kein Rauch eindringe. Rauch beschmutzt die Gardinen, er zieht sogar in die Schränke, wo die gute Damastwäsche liegt.

Sie gingen gemeinsam zur öffentlichen Fernsprechstelle. Auf der Terrasse empfingen sie die ukrainischen und litauischen Dienstmädchen, die miteinander tuschelten.

Man muß sie wecken, sagte Mutter und meinte die Tante Rohrmoser, um die sie sich Sorgen machte, weil sie vergessen könnte, in den Luftschutzkeller zu laufen.

Er fragte eines der Mädchen nach Magdalena.

Frau Rusch mußte dringend in die Stadt, antworteten mehrere Stimmen gleichzeitig. Die Soldaten haben sie im Auto bis Cranz mitgenommen.

Um nicht umzufallen, klammerte er sich ans Terrassengeländer. Das Metall war heiß und verformte sich in der Gluthitze, deren Ursache er nicht ausfindig machen konnte. Die Mädchen tuschelten. Wie sie kicherten, wie sie lachten, wie sie ihn schadenfroh anschauten. Oder bildete er sich das nur ein? Das Terrassengeländer jedenfalls war heiß.

Ich habe es dir gesagt, sie ist eine, die mit Soldaten geht.

Was geschieht, wenn eine Brandbombe in einen Blumenladen fällt? Blumen brennen nicht. Auch deine Geranien auf der Fensterbank sind gänzlich ungefährdet, Mutter.

Er raffte sich zu der Frage auf, ob das Fräulein Rusch eine Nachricht hinterlassen habe.

Davon wußten die albernen Dinger nichts, nur daß Frau Rusch in Eile gewesen sei und ihr Gepäck zurückgelassen habe.

Mutter wollte der Tante Rohrmoser unbedingt sagen, daß es an der Zeit sei, den Luftschutzbunker aufzusuchen. Sie brauche nicht hinaufzugehen, um die Geranien zu retten, sie müsse jetzt nur an sich denken. Natürlich bekam sie keinen Anschluß, Mutter erreichte nicht mal das Fräulein vom Amt, denn bei Fliegerangriffen hat jedes unnötige Telefonieren zu unterbleiben.

Energisch griff sie nach seiner Hand und zog ihren zwanzigjährigen Sohn mit sich, als müßte sie ihn zur Schule begleiten. Komm! sagte sie und rauschte an den kichernden, tuschelnden Dienstmädchen vorbei.

Vater drehte an den Radioknöpfen, suchte Sender und Lebenszeichen. Schweden müßte doch erreichbar sein. Armer Vater, nun sind es nicht mehr die Wildgänse, die die Nehrung südwärts überqueren, sondern die metallenen Vögel mit ihren Bombenlasten.

Nach einer halben Stunde erloschen die Leuchtschirme. Ein feuriges Rot schmückte den Horizont. Aus dem Rot quollen schwarze Wolken, türmten sich zu einem kolossalen Gebirge.

Mitten in der Nacht begann Mutter zu packen.

Morgen fahren wir mit dem ersten Schiff, entschied sie. Und du kommst mit.

Sie haben durch die Ernennung Hitlers zum Reichskanzler einem der größten Demagogen aller Zeiten
unser heiliges deutsches Vaterland ausgeliefert. Ich
prophezeie Ihnen feierlich, daß dieser unselige
Mann unser Reich in den Abgrund stoßen und unsere Nation in unfaßliches Elend bringen wird, und
kommende Geschlechter werden Sie verfluchen in
Ihrem Grabe, daß Sie das getan haben.
Ludendorff an Hindenburg nach der Ernennung
Hitlers zum Reichskanzler, 1933

Sonntag, 27. August 1944. Das Radio berichtete von den Erfol-
gen der Luftabwehr, zählte die vernichteten feindlichen Flugzeuge und bestätigte die glückliche Heimkehr der Nachtjäger.
Es folgten heimatliche Klänge: »Ännchen von Tharau«.

Mutter war als erste auf den Beinen, vermutlich hatte sie
gar nicht geschlafen. Sie entwickelte eine praktische Geschäf-
tigkeit wie lange nicht mehr, legte Kleidungsstücke parat,
putzte Hermanns Schuhe und ihre eigenen, deckte zusammen
mit Huschke den Frühstückstisch.

»Das ist der Tag des Herrn«, sangen die Männerchöre im
Radio.

Die Sonne stieg wie an jedem Morgen ungetrübt und keineswegs von Rauchfahnen verschleiert aus dem Haff; sie hatte
nichts zu verbergen.

Es wird Zeit, sagte Mutter. Ihre größte Sorge war, ob überhaupt noch Schiffe verkehrten. Wenn nicht, nehmen wir ein
Fuhrwerk nach Cranz und fahren von dort mit der Bahn weiter.
In die Bahn setzte sie großes Vertrauen, die Königsberg-Cranzer-Eisenbahn hatte noch immer ihre Fahrpläne eingehalten.

Während des Frühstücks erfuhren sie aus dem Radio, daß
auch in Tilsit Bomben gefallen waren. Nicht die Engländer,
sondern russische Flieger hatten Tilsit bombardiert. Die Feinde hatten sich verabredet, die einen flogen von Westen ein,
die anderen aus dem Osten.

Und wir sitzen mittendrin, seufzte Mutter.

Vater murmelte etwas von retten, was zu retten ist. Vermutlich meinte er den Laden und den Tresor mit den Schuldverschreibungen der Ostpreußischen Landschaft zu dreieinhalb Prozent.

Ein dünner Nebelstreifen deckte das Wasser, oder war es doch Rauch, der nachts in der Stadt emporgewirbelt war und sich nun auf das Haff senkte?

Mutter aß kaum. Hoffentlich ist Tante Rohrmoser in den Keller gelaufen, sagte sie.

Huschke packte schon wieder Verpflegung ein.

Die Mädchen im Kurhaus hatten gesagt, Magdalena sei ohne Gepäck abgefahren. Wer ohne Gepäck abreist, muß wiederkommen, um es zu holen. Hermann war entschlossen, auf sie zu warten.

Von der Straße her rief einer über den Zaun, es habe den Norden der Stadt getroffen, die Cranzer Allee und Tragheim.

Die Münzstraße liegt Gott sei Dank nicht im Norden, stellte Mutter erleichtert fest.

Vater erwähnte den feuerbeständigen Tresor und sprach über das Verhalten von Bernstein bei großer Hitze. Die Steine schmelzen und erkalten zu neuem Bernstein. Statt einer Mücke verewigen sich Bombensplitter und Papierfetzen, in tausend Jahren findet jemand ein Stück Bernstein und darin eingeschlossen eine Zeitung vom 26. August 1944.

Das Blumengeschäft Perlbach lag ebenfalls nicht im Norden. Im übrigen können Blumen gar nicht brennen.

Er gab Vater den Stein, den Magdalena ihm anvertraut hatte. Vielleicht kannst du eine Brosche daraus anfertigen.

Vater hielt ihn gegen das Licht.

Im Winter werde ich Zeit haben, murmelte er.

Wir dürfen die Flundern für Tante Rohrmoser nicht vergessen, fiel Mutter ein. Versprochen ist versprochen.

Huschke holte Zeitungspapier, um geräucherte Flundern einzupacken.

260

Die Oma kam aus ihrer Kammer und fragte nach dem Grund der Unruhe.

In Königsberg sind Bomben gefallen, erklärte Huschke. Die Herrschaften wollen hinfahren, um nach dem Rechten zu sehen.

So ein Krieg kommt und geht, wie er will, klagte die alte Frau. Ach, der erste Krieg war von anderer Art. Die Armeen kamen nur im Kutschentempo voran, wenn Flugzeuge auftauchten – meistens bunte Doppeldecker –, warfen sie keine Bomben. In ihnen saß ein Mann mit Fernglas und besah sich die Landschaft. Daran kann jeder sehen, daß die Welt schlechter geworden ist in den dreißig Jahren.

Gegen zehn Uhr sollte das Schiff eintreffen, das fahrplanmäßig von Nidden nach Cranzbeek verkehrte. Vater und Mutter saßen neben gepackten Koffern in der Laube. Huschke zog sich für den Kirchgang an, denn es war Sonntag. Im schwarzen Rock, einer blauen Bluse und einem weißen Kopftuch trat sie vor die Tür. »Die Sonntagstracht der Kurenfrauen ist sehr hübsch«, schrieb der Reiseführer für die Kurische Nehrung.

Huschke verabschiedete sich und ging, wie es ihre Gewohnheit war, in die Kirche. Der Fischer spazierte im Garten auf und ab, hielt sich bereit, den Herrschaften das Gepäck zu tragen, wenn das Schiff wirklich kommen sollte.

Hermann ging noch einmal ins Kurhaus. Das Fräulein vom Amt war immer noch nicht in der Lage, private Ferngespräche in die Gauhauptstadt zu vermitteln, aber er wollte ja gar nicht telefonieren, sondern nur fragen, ob das Fräulein Rusch vielleicht doch eine Nachricht hinterlassen hatte. Die Bedienung brachte ein Stück Papier, ein abgerissenes Kalenderblatt des 25. August, auf dessen Rückseite Magdalena in Eile ohne Anrede, ohne ein Wort der Zuneigung flüchtig hingekritzelt hatte:

Ich muß zu meinen Eltern. Komme heute abend, spätestens morgen zurück. Warte auf mich. Deine M.

Er nahm den Zettel an sich, studierte die Schrift, die ihm weich und geschwungen vorkam, ohne Spitzen und Kanten. So schreiben Blumenmädchen.

Als Vater ihn an der Gartenpforte empfing, zeigte er ihm den Zettel und sagte, daß er nicht mitfahren werde, sondern warten müsse.

Hoffentlich kann Mutter das verstehen.

Natürlich verstand sie es nicht. Sie begann zu weinen, erwähnte die brennende Stadt, in die er sie allein fahren lassen wollte, nur dieser Frau wegen. Ihr Weinen ging in lautes Schluchzen über und steigerte sich zu einem Aufschrei des Schmerzes, als Vater sagte: Der Junge ist alt genug. Das kränkte Mutter tief, sie fühlte sich von allen allein gelassen.

Die Glocken begannen zu läuten. Ein Kirchgänger erzählte dem Fischer, die See habe über Nacht massenhaft tote Vögel angespült. Hatte der Rauch der brennenden Stadt die Vögel in die Irre geleitet? Was geschieht mit Zugvögeln, die über eine Stadt fliegen, die in Flammen steht? Darüber schrieben die ornithologischen Lehrbücher kein Wort, auch der Vogelprofessor hatte sich ausgeschwiegen. Von Thienemann wußte Vater nur, daß Zugvögel, wenn sie übers Wasser fliegen, manchmal in kalten Nebel oder Regen geraten. Das Gefieder friert, sie stürzen ab und werden tot an den Seestrand getrieben.

Womit niemand gerechnet hatte, der Dampfer aus Nidden kam tatsächlich.

Kurat und Hermann trugen das Gepäck. Mutter weinte nicht mehr. Sie ging schweigend zwischen ihren Männern, der Fischer auf Klotzkorken hinterher.

Ich werde mit Professor Schwarz reden, sagte Vater.

Warum mit Professor Schwarz?

Er ist ein wichtiger Mann an unserer Universität. Ich werde ihn fragen wegen deines Studiums. Wir müssen weiterdenken, an die Zeit nach dem Krieg denken.

An der Mole trafen sie einen Fischer, der über Nacht draußen gewesen war. Er hatte das Feuer vom Kahn aus beobachtet und behauptete, so ungefähr habe der Untergang von Sodom und Gomorrha ausgesehen. Vor seinen Augen sei ein Flugzeug brennend ins Haff gestürzt, eine halbe Stunde habe es auf dem Wasser gelegen und schaurig gelodert, einen bestialischen Gestank verbreitend.

Der Dampfer war voll besetzt. Sicherlich auch Reisende, die wie Vater und Mutter in die Stadt wollten, um nach dem Rechten zu sehen. Was für ein schönes Schiff! Weiß wie die Dünen des Nordens, weder von Rauch noch von Aschenresten beschmutzt. Als es Laut gab, flogen die Möwen von den Dalben.

Vater drückte ihm ein paar Geldscheine in die Hand, bevor er das Schiff bestieg.

Die letzten Dinge sind geregelt, sagte er.

Mutter umarmte ihn wortlos.

Hermann versprach, vor der Reise an die Front zu ihnen zu kommen, vielleicht morgen schon.

Die Kirchenglocken läuteten ihren sonntäglichen Gesang, als wäre nichts geschehen.

Hast du die Zahlenreihe für den Tresor?

Ja, Vater.

Paß auf dich auf, wir haben nur noch dich! Es ist alles geregelt, du mußt nur am Leben bleiben.

Angenehm ist es nicht, in eine brennende Stadt zu fahren, meinte der Fischer und vermutete, daß man sie gar nicht einlassen werde. Für den Fall sollten sie gleich umkehren, am besten schon mittags wieder da sein und im Fischerhaus bleiben bis September. Kurat versprach, ihnen die gute Stube freizuhalten.

Behutsam, ohne jeden Lärm legte der Dampfer ab. Mutter hob schüchtern ein weißes Taschentuch.

Ein furchtbar wütend Schrecknis ist der Krieg. Die
Herde schlägt er und den Hirten.

Schiller: »Wilhelm Tell«

Während sie dem Dampfer nachblickten, kam ein Fischerkahn in die Bucht. Als er nahe genug war, sahen sie unter dem
Vorsegel eine Leiche

Neuerdings fischen wir Menschen! rief der Mann am Ruder. Ein Engländer war dem Fischer ins Netz gegangen, gewiß
einer der Bomberpiloten aus der vergangenen Nacht. Er hatte
ihn zurückwerfen wollen, denn was gingen ihn tote Engländer an? Weil er aber fürchtete, der Tote könnte wieder und
wieder ins Netz gehen, das Netz von seiner Schwere sogar reißen, nahm er ihn an Bord, damit er Ruhe gab.

Die Mole erlebte die Anlandung eines toten Engländers.
Nachdem zwei Mann ihn in eine Plane gerollt hatten, hievten
sie ihn aus dem Kahn auf die Planken. Da lag er und trocknete. In seiner Fliegeruniform sah er recht manierlich aus. Sie
entdeckten keine Einschüsse, kein Blut an der Kleidung, nur
etwas blaß sah er aus. Auffallend die roten Haare, was ja häufiger vorkommen soll bei diesen Engländern. »Rote Haare,
Sommersprossen sind des Teufels Volksgenossen«, hieß es in
einem Spottlied, das die Kinder allen Rothaarigen nachriefen.

Der Dorfpolizist erschien, um die Leiche zu begutachten.
Er untersuchte den Fund von allen Seiten, ließ sich erklären,
wo ungefähr die Leiche ins Netz gegangen sei, und markierte
auf seiner Haffkarte die Stelle auf halbem Wege von Sarkau
nach Rinderort. Der Fischer, der den Toten geborgen hatte,
fragte lachend, ob es für Engländer auch Finderlohn gäbe, die
Fliegerstiefel könnte er gut gebrauchen.

Vier Männer trugen die Leiche zur Aufbewahrung in einen
der Kühlräume, in denen üblicherweise Fische lagerten. Danach beratschlagten sie, was weiter geschehen sollte. Sie ka-

men zu dem Schluß, den Toten wie alle Schiffbrüchigen, die an der Nehrung angeschwemmt werden, auf dem Dorffriedhof beizusetzen, denn schließlich waren auch die Engländer Christen. Nur die Glocke wollte man ihm nicht läuten.

Wie merkwürdig leer das Fischerhaus war. Niemand saß in der Laube. Die Mingeoma spielte mit der Katze und wartete auf das Ende des Gottesdienstes, damit Huschke erzählen konnte, worüber der Pfarrer gesprochen hatte. Erwin dammelte untätig herum und rauchte zum Zeichen seines Erwachsenseins eine Zigarette nach der anderen. Als er von dem Toten im Fischernetz hörte, rannte er zur Mole. Er wollte sich, da er mit solchen Leuten bald öfter zu tun haben würde, den toten Engländer genauer ansehen.

Das hat dein Vater vergessen, sagte Kurat und drückte Hermann ein Schreibheft in die Hand, das ornithologische Tagebuch, in das Vater seine Beobachtungen des Vogelzuges einzutragen pflegte. Die letzte Notiz vom 26. 8. 1944 lautete:

Heute sind Millionen Schwalben über die Nehrung geflogen. Es kommt mir vor wie eine Flucht.

Was willst du jetzt anstellen? fragte der Fischer.

Er wußte es nicht. Jedenfalls mußte er auf Magdalena warten.

Kurat stellte den Volksempfänger an. Lustige Musikanten spielten Weisen aus dem Egerland. Es war schließlich Sonntag.

Hier ist nichts als ewige Sandwüste. Alle drei bis vier Meilen eine Poststation, deren Posthalter sich durch Grobheit auszeichnen.

Bericht eines Nehrungsreisenden aus dem 19. Jahrhundert

In alter Zeit, als die heidnischen Götter noch auf der Nehrung spukten, Potrimpos den Possekel schwang und Pikolos mit dem Meer sprach, in alter Zeit geschah es, daß in einer Sturmnacht auf halbem Wege zwischen Sarkau und Rossitten Schiffe landeten. Eine gepanzerte Ritterschar, deren Sprache niemand kannte, sprang an Land. Sturmlaternen voraustragend, suchten die Ritter den Weg durch die Dünen und gelangten zur Kunzener Kirche, die damals noch nicht dem Sand zum Opfer gefallen war. Zu mitternächtlicher Stunde pochten sie ans Tor. Als der Pfarrer am Fenster erschien, verlangten sie, daß er ihnen die Kirche öffne und einen Gottesdienst halte. Im Licht der Fackeln sah der fromme Mann zwischen den Grabkreuzen einen weißhaarigen Greis, der in einer Sänfte saß und einen edelsteinbesetzten Stab mit sich führte. Neben ihm ein liebliches Mädchen, kaum den Kinderschuhen entwachsen.

Die Ritterschar drängte in das Gotteshaus. Fackeln leuchteten einen Halbkreis um den Altar aus. Männer trugen die Sänfte mit dem ungleichen Paar vor das Kruzifix. Einer der Ritter trat vor und forderte in lateinischer Sprache, der Pfarrer solle das Paar auf der Stelle trauen.

So geschah es.

Nach vollzogener Trauung stellte sich keineswegs Hochzeitsfreude ein. Keine Becher klangen, keine guten Wünsche wurden gesprochen. Die Braut sah totenbleich aus, auch zitterte sie von der Kühle der Nacht.

Der Weißhaarige winkte den Pfarrer zu sich und überreichte ihm ein Goldstück. Er befahl, auf der Stelle einen Trauergottesdienst zu halten. Als der Pfarrer fragte, wer gestorben sei, deutete der Alte auf die junge Braut an seiner Seite.

Ein Chor sang lateinische Totenlieder.

Die Fackeln loderten.

Der Pfarrer sprach von der Schönheit der Jugend und der Vergänglichkeit allen Lebens. Als er erwähnte, daß auch der Herr Jesus in jungen Jahren den Tod habe erleiden müssen, gebot ihm der Weißhaarige Einhalt.

Genug damit! rief er.

Das Mädchen kniete vor dem Altar nieder. Der Alte warf dem Prediger ein weiteres Goldstück zu und forderte ihn auf, das Gotteshaus zu verlassen. Kaum war er vor der Tür, hörte er im Innern der Kirche einen Schuß. In Eile verließen die fremden Ritter das Gotteshaus. Sie formierten sich zu einem langen Zug, der singend dem Meer zustrebte. Die Sänfte, die sie trugen, war leer.

Als der Pfarrer im ersten Morgenlicht die Kirche betrat, fand er die kindliche Braut, die Arme weit ausgebreitet, tot vor dem Altar liegen. Statt des Myrtenkranzes trug sie Dornen im Haar. Er eilte zum Strand, aber die Schiffe waren auf und davon. Wo sie geankert hatten, fanden spielende Kinder Jahre später einen metallenen Becher mit der Schrift: Silent leges inter arma.

Auf der Nehrung hielt sich der Glaube, es seien die räuberischen Viktualienbrüder gewesen oder die letzten Wikinger oder der König von Thule mit seinen Getreuen. Den Becher gaben die Nehrunger in die Kunzener Kirche zum Andenken an die grausige Bluttat. Dort hing er, bis die große Sandflut kam. In einer stürmischen Nacht, die jener glich, in der die fremden Ritter gelandet waren, verschwand der Becher aus dem Gotteshaus und wurde nie wieder gefunden.

Aber ich täusche mich nicht mit leichter Hoffnung in diesen
Traurigen Tagen, die uns noch traurige Tage versprechen:
Denn gelöst sind die Bande der Welt; wer knüpfet sie wieder
Als allein nur die Not, die höchste, die uns bevorsteht!

Goethe: »Hermann und Dorothea«

Ein geschenkter Tag, dessen Stunden nutzlos dahintropften.
Huschke erzählte, der Herr Pfarrer habe vom Ende aller Tage
gesprochen und vom Feuer, das vom Himmel fallen werde.
Danach ging sie in die Küche zu ihrem Feuer.

Ein Sonntag, als wäre nichts geschehen. Die Kirchgänger
verweilten auf der Straße, um zu plachandern, Fuhrwerke
klapperten heimwärts, aus den Schornsteinen kräuselte bläulich, ohne jede Eile der Rauch der Mittagsfeuer. Die Sonn-
abendzeitungen, die erst am Sonntag die Nehrung erreichten,
brachten diese Schlagzeile:

Wie Ostpreußen es schaffte! Lieber schippen als räumen!
Das ist die Parole, nach der Ostpreußen zum Bau der
Schutzstellungen an seiner Grenze angetreten ist.

Solche Meldungen machten Mut. Im Inneren der Zeitung
stand ein großer Bericht über die Tannenbergschlacht vom
August 1914; es klang gerade so, als sei sie gestern geschlagen
worden.

Kurat machte sich auf der Neringa zu schaffen, denn am
Abend wollte er auslaufen wie an jedem Sonntag.

Willst nicht mitkommen? fragte er Hermann. Das bringt
dich auf andere Gedanken.

Eben das wollte er nicht, keine anderen Gedanken. Nur an
Magdalena denken und auf sie warten. Wenn sie käme, müßte
er da sein, denn jede Stunde war kostbar, er wollte keine Zeit
verlieren.

Das Radio meldete Einzelheiten. Der Angriff habe neuneinhalb Minuten gedauert und den Norden der Stadt getroffen, Tragheim vor allem. Nur wenige Opfer in der Cranzer Allee, aber immerhin Opfer. Stolz meldete das Gerät den Abschuß von achtzig Flugzeugen, es sprach die Erwartung aus, der Feind werde bei so hohen Verlusten nicht wiederkommen.

Huschke fragte, ob sie ihm Kartoffelflinsen brutzeln solle. Als Kind mochtest du Flinsen am liebsten.

Heiße Flinsen auf den nackten Leib gelegt, sind gut gegen Bauchweh, wußte die Oma. Nur wenn die Schmerzen vom Schnaps kommen, hilft es nicht. Auch nicht bei Liebeskummer.

Er saß in der Fliederlaube auf dem Platz, der eigentlich Mutter gehörte. Um die Köpfe der Sonnenblumen summten Bienen, die Malven dufteten nach Sommer. Weiße Schmetterlinge gaukelten durch die Gärten und verfingen sich in den Fäden des Altweibersommers. Auf der Straße liefen Kinder den Kohlweißlingen mit Weidenruten nach, um sie totzuschlagen, denn sie hatten gelernt, daß die Schmetterlinge Volksschädlinge sind wie Ratten und Mäuse und die vielen anderen Feinde.

Das Kurhaus behielt er im Auge. Sie könnte mit dem Fischauto kommen, das täglich Rossitten anfuhr, um frische Fische abzuholen. Sobald sie weiß, daß ihre Eltern wohlauf sind, wird sie zu ihm zurückkehren, vielleicht mit jenem Militärauto, mit dem sie nachts davongefahren war.

Er blätterte in Vaters Tagebuch, überflog die Hinweise auf Schnepfen, Strandläufer und Graugänse. Am 8. August, dem Tag ihrer Ankunft, hatte Vater geschrieben:

Unser 22. Sommer auf der Nehrung. Ob es wohl der letzte sein wird?

Das Reiben der Kartoffeln ist das mühevollste am Flinsenbakken. Huschke sah, wie er litt, und dachte, Kartoffelflinsen seien Medizin gegen Liebeskummer. Als sie auftischte, aß er nur wenig.

Das macht die traurige Liebe, orakelte die Oma und schlug vor, die heißen Flinsen doch lieber auf den nackten Bauch zu legen.

Erwin nahm ihn mit zum Angeln. An Sonntagen, wenn es langweilig wurde, warf er gern die Angel ins Haff, und zwar an jener Stelle, wo das Schloß untergegangen war, weil im alten Gemäuer die Aale hausten. Nachdem er die Schnüre gelegt hatte, setzten sie sich ins Gras und schauten den Möwen zu, wie sie Tiefflug übten.

Erzähl vom Krieg, bat Erwin.

Wie Krieg ist, hast du gestern nacht gesehen. Hier sind es die Engländer, in Italien fliegen die amerikanischen Bomberverbände über uns nach Süddeutschland.

Erwin malte sich aus, die feindlichen Flugzeuge reihenweise im Meer zu versenken. Eine Kanone wollte er erfinden und neben das Leuchtfeuer von Brüsterort stellen, eine Geheimwaffe, die nicht Granaten, sondern Lichtstrahlen lautlos in den Himmel schießt. Wie ein Schneidbrenner wird das heiße Licht den Fliegern die Flügel versengen, so daß sie lautlos ins Meer fallen. Eine Sturzwelle wird es geben bis zu den Dünen hinauf.

Oder soll ich lieber zu den Nachtjägern gehen?

Der, den er fragte, lag im Gras und dachte an Magdalena. Er sah sie in Tragheim durch die Straßen eilen und ihre Eltern suchen. Er beobachtete sie, wie sie Blumen aus dem brennenden Laden rettete. Spätestens morgen wird sie kommen, um mit ihm durch die Dünen zu wandern.

Erwin erzählte, wie der Jungzug Rossitten vor einem Jahr den Flakschießplatz Brüsterort besucht hatte. In HJ-Uniform saßen sie am Rande der Steilküste und sahen zu, wie die 2-Cm-Flak Übungsschießen veranstaltete, noch nicht mit Lichtstrahlen, sondern mit gewöhnlichen Granaten. Die Geschütze feuerten vom Strand aus auf einen Luftsack, der von einem Flugzeug über die Ostsee gezogen wurde.

Der Wind raschelte in den Pappeln, Tauben gurrten im Gemäuer des Leuchtturms, und die Wellen liefen lautlos zu ihren Füßen aus.

Da die Aale, die in den Ruinen des Schlosses hausten, nicht beißen wollten, schlenderten sie zurück ins Dorf. Unterwegs fragte Erwin, wie lange er wohl üben müsse, um einen Nachtjäger zu fliegen.

Bei meinem Bruder ging es sehr schnell. Im Sommer 39 saß er noch in einem Segelflieger, zwölf Monate später stürzte er schon in den Ärmelkanal.

Um 14.35 Uhr sollte der Dampfer aus Cranzbeek eintreffen, doch er fiel ohne Angabe von Gründen aus. Für den Abend wurde ein weiteres Schiff erwartet.

In die Dünen mochte er nicht steigen, weil ihn jedes Sandkorn an Magdalena erinnerte. Baden am Seestrand wäre möglich gewesen, aber es hätte ihn zu sehr von Magdalenas Heimkehr entfernt.

Vater und Mutter waren längst zu Hause. Von Rossitten nach Cranzbeek benötigte der Dampfer eineinhalb Stunden, danach eine Dreiviertelstunde Bahnfahrt. Vom Nordbahnhof zur Münzstraße werden sie mit der Elektrischen fahren. Vater inspiziert als erstes seinen Laden, wirft einen Blick in den Tresor, Mutter plaudert mit Tante Rohrmoser über den heißen Sommer, die üppig blühenden Geranien und die schönen Tage auf der Nehrung.

Vom Schullandheim marschierte eine Kinderschar in Dreierreihe durchs Dorf. Zwei größere Mädchen in BDM-Kluft gingen voraus, das eine erinnerte ihn aus der Ferne an Magdalena. Als sie die Kirche erreichten, stimmten sie ein Lied an. Sie sangen vom höchsten Berg, auf den sie steigen wollten, um ihr Deutschland aus Herzensgrund zu grüßen. Die großen Mädchen lachten ihn an, keine sah im entferntesten aus wie Magdalena.

Kurat machte sich bereit, um hinauszufahren.

Na, hoffentlich fischen wir nicht auch tote Engländer.

Huschke machte sich Sorgen, die Flieger könnten Bomben auf Fischerkähne werfen.

Im Dunkeln sieht uns keiner, antwortete Kurat.

Gegen fünf Uhr nachmittags verließ die Neringa die Bucht.

Um diese Zeit brauste ein Militärauto ins Dorf, hielt auf die Mole zu, bremste scharf vor dem Wasser. Nicht Magdalena, sondern zwei Offiziere stiegen aus und fragten nach dem toten Engländer. Nachdem sie ihn von allen Seiten inspiziert, seine Uniform auch nach Dokumenten durchsucht hatten, befahlen sie, ihn aufs Verladedeck ihres Lastwagens zu tragen. Dann fuhren sie mit ihm davon Richtung Sarkau. Im Dorf verbreitete sich das Gerücht, der tote Tommy werde zu jenem Ort gebracht, wo er seine Schandtaten begangen hatte. Sie werden ihn in den Trümmern der niedergebrannten Häuser an der Cranzer Allee begraben. Daran habt ihr wohl nicht gedacht, ihr feinen Engländer, daß ihr zusammen mit den Opfern eurer Bomben in die gleiche Kuhle kommt.

Es wollte Abend werden, und er wanderte nun doch zur Düne, immer gewärtig umzukehren, wenn er ein Auto sähe oder ein von Süden kommendes Schiff. Eine geradezu närrische Sehnsucht hatte ihn befallen. Er sah Magdalena hier und da zwischen den Kupsten, glaubte ihre Stimme zu hören, entdeckte ein rotes Badelaken im Sand und erschrak, weil es anderen gehörte. Er meinte, sie nackt, das Haar im Wind wehend, den Hang hinunterlaufen zu sehen, auch fand er ihre Spuren.

Wenn sie käme, würde er mit ihr auf der Nehrung bleiben, in verwehten Dörfern leben, mit den Elchen durch die Wälder streifen, bis das furchtbare Elend des Krieges vorbei ist. Oder sie nehmen sich ein Boot und treiben mit östlichen Winden über See, bis am Horizont Schweden auftaucht. Es kam ihm so sinnlos vor, auf andere zu schießen und selbst erschossen zu werden. Warum und wofür? Zwanzig Jahre alt und schon sterben. Gerade eine Frau kennengelernt und schon sterben. Was ihm bisher so selbstverständlich erschienen war: fürs Vaterland kämpfen, für den Führer, für Deutschland bis zum Endsieg, jetzt erschien es ihm lächerlich unnötig.

Die Sonne fiel ins Meer, und ihm kamen Zweifel, ob sie je wieder auftauchen würde. In großer Höhe überquerten Vögel den Sandstreifen, er hörte ihre klagenden Rufe, konnte sie

aber nicht zuordnen. Die Zugvögel orientieren sich an den
Sternen, hatte Vater ihm gesagt, als er fünf Jahre alt war. Ist der
Himmel wolkenverhangen, steigen sie so hoch, bis sie die
Sterne sehen können, sie brauchen die Sterne.

Der Abenddampfer aus Cranzbeek fiel aus, es kamen überhaupt keine Schiffe mehr, die Kurenkähne blieben unter sich.
Er betrat das Kurhaus, um zu telefonieren, in Wahrheit wollte
er fragen, ob Magdalena eingetroffen sei oder sich gemeldet
habe.

Wir haben keine Nachricht von Frau Rusch, sagte das Kurhaus.

Auch ein Ferngespräch mit der Münzstraße kam nicht zu-
stande. Das Fräulein vom Amt erklärte, private Gespräche
nach Königsberg dürften noch nicht vermittelt werden.

Im Sonntagabendprogramm des Deutschlandsenders erklangen »Liebeslieder und Serenaden«. Er mußte sie allein
hören.

Hier in Königsberg leben die Bekenner aller Religio-
nen und aller Konfessionen in Frieden und Eintracht
neben- und miteinander.

Festrede des Königsberger Oberbürgermeisters Brink-
mann anläßlich der Einweihung der Neuen Syn-
agoge am 25. 8. 1896

Montag, 28. August. Heute ist Goethes Geburtstag, hätte Vater am Frühstückstisch gesagt. Sie hatten schon viele Goethe-
Geburtstage auf der Nehrung erlebt, und immer war es Vater
gewesen, der den Dichterfürsten beim Frühstück ins Gespräch gebracht hatte. Meistens folgte die Frage, in welchem
Jahre der Herr Geheimrat das Licht der Welt erblickt habe
und, wenn sie zufriedenstellend beantwortet wurde, nach
dem Ort der Geburt.

An diesem Morgen war niemand da, solche Fragen zu stellen. Huschke backte Brot, während er allein am Frühstückstisch saß, an Goethe dachte und von ihm zu Magdalena ab-
schweifte: »Ich ging im Walde so für mich hin …«

Brotbacken war auch ein Fest. Huschke schichtete Birken-
scheite im Backofen auf, legte Zeitungspapier unter, ratschte
ein Streichholz an und ließ Rauchwolken aus dem Schornstein
schweben, die an davonziehende Ozeandampfer erinnerten.
Die Fischer draußen sollten es sehen. Huschke backt Brot, sollten sie denken und sich freuen. Als sie den Sauerteig in den
Knettrog schüttete, kreischte sie laut, denn der Teig mußte sich
erschrecken, damit er kräftig ging und das Brot gut schmeckte.

Die Mingeoma bat sich den Knust des ersten Brotlaibes aus.
Bis es soweit war, gab sie sich Mühe, den einsamen Frühstücks-
esser und die grau-weiße Katze zu unterhalten, diesmal mit
Fischgerichten.

Fesch schmeckt morgens on owens, nich woahr, Musche-
katzke?

Sie erzählte von den Schleien in den Flüssen der Niederung, die sich tief im Modder einwühlen und nur mit schwe-

274

ren Grundnetzen zu bewegen sind, in die Bratpfanne zu wandern. Plötzen soll der Mensch nur im Notfall essen, weil sie stachelige Gräten haben und nur zum Suppekochen taugen. Am besten flutschen Neunaugen, sagte der Reiher, als er den ersten im Hals hatte. Auf geröstete Neunaugen verstehen sich die Leute des Städtchens Ruß. Von weit her kommen die Fremden, um Rußer Neunaugen zu verzehren; auch dem Hermann Sudermann sollen sie gemundet haben.

Ät, soveel du kannst! Wenn em Krieg best, gewt dat keene Flundern mehr!

Sie bat ihn, wenn er Hochzeit macht, mit der Braut an die Minge zu kommen. Die feinen Leute reisen ja lieber nach Venedig, aber die Niederung wird dir besser bekommen, sie ist auch fruchtbarer; bei uns schlägt es schon nach drei Tagen an.

Sie versprach, gefüllten Hecht zu braten, ein Gericht zum Huckenbleiben und besonders geeignet für die Fortpflanzung. Drei Pfund muß der Hecht wiegen, ein richtiger Lorbaß soll es sein, damit es sich lohnt, ihm das Fell über die Ohren zu ziehen. Pulst ihm das Fleisch von den Gräten, mahlst es durch, knetest Butter, Eier und Reibebrot rein, schmeckst ab mit Pfeffer und Salz, gibst den ganzen Klumpatsch in die Fischhaut, nähst zu und legst den gefüllten Hecht in die Bratpfanne. Wenn er durchgebraten ist, stellst du ihn mit der Pfanne auf den Tisch, gibst ihm ins Maul ein Zippelchen Zitrone, damit es gut aussieht.

Sie hielt sich noch eine Weile mit Essen und Trinken auf, versprach dem Brautpaar, wenn es denn käme, am zweiten Tag ein Gericht Schuppnis zu kochen, das aus Erbsen, Kartoffelbrei und geräuchertem Schweinskopf besteht, auch etwas für liebende Leute.

Er blickte aus dem Fenster zum Kurhaus.

Kein Auto hielt vor der Terrasse, niemand kam oder ging. Die Soldaten schienen fort zu sein, auch die Frauen. Keine Schiffe auf dem Haff, die Wasserfläche so leer, als hätte ein Sturm alles, was auf dem Haff fuhr, ans jenseitige Ufer geworfen.

Nachdem sie mit den Fischgerichten durch war, erging sich die Oma in doppeldeutigen Bibelsprüchen. Wo euer Schatz ist, wird auch euer Herz sein, sagte sie und zeigte zum Kurhaus. Sie erzählte von den klugen Jungfrauen, die das Öl in ihren Lampen bereithielten, um den Herrn nachts zu empfangen.

Das Kurhaus wagte er nicht mehr zu betreten, weil die Stubenmädchen ihn schon auslachten. Magdalenas Fenster blieb geschlossen. Auf der Terrasse frühstückte niemand, das Klavier gab keinen Ton von sich, vor dem Eingang flatterten die üblichen Fahnen.

Wie doch die Zeit verrann! Nur noch drei Tage, dann geht der August zu Ende.

Ein »Fieseler Storch« überflog die Nehrung von Süd nach Nord. In Friedenszeiten wäre damit die Luftpost von Königsberg nach Memel gekommen, aber im August 44 beförderte der Himmel keine Liebesbriefe mehr. Die kamen erdverbunden mit dem Fahrrad des Briefträgers Bednat. Als Huschke ihn die Straße heraufkommen sah, verzog sie sich in die hinteren Räume, weil sie ein amtliches Schreiben, ihren Sohn Erwin betreffend, erwartete. Aber Bednat ging wortlos vorüber, brachte auch keinen Liebesbrief, womit Hermann heimlich gerechnet hatte. Er klopfte an andere Türen, und als er weit genug entfernt war, erzählte Huschke, daß der Sohn des Briefträgers vor vier Wochen gefallen sei. Bednat mußte sich den betreffenden Brief selbst zustellen und seinen Empfang quittieren. Der Junge war neunzehn Jahre alt, und es soll in Holland geschehen sein. Darüber wunderte sie sich am allermeisten, daß die Deutschen auch in Holland, wo es doch nur Blumenfelder und Windmühlen gab, Krieg führten.

Nachdem der Rauch sich gelegt hatte und in Huschkes Backofen nur niedergebrannte Glut war, schob sie die Brotlaibe hinein, murmelte Unverständliches und verweilte kurz in Andacht. Danach hatte sie Zeit, die Hände in den Schoß zu legen und sich zu besinnen, wie sie es nannte, denn das Brot backte von allein.

Über dem Predinberg kreisten Segelflugzeuge. Er stellte sich vor, Heinz käme, um seinen Bruder und Magdalena mitzunehmen zu Inseln, die keiner kannte, auf denen nichts weiter geschah, als daß Bäume wuchsen, die Brandung rauschte, der Wind summte und Magdalena nackt durch den Sand lief. Aber solche Inseln gab es nur noch in ihren Köpfen. In Wahrheit rumorte es in jedem Winkel der Erde, alle Inseln schwankten, überall stiegen Rauchsäulen empor, wurden Menschen abgeholt und gebracht, an die unschuldigsten Strände spülten Leichen.

Auf die Flucht gehen heißt auch, sich von seinen Toten verabschieden. Wer flieht, kehrt nie wieder, um
bei ihnen begraben zu werden.

Als die Fischer heimkehrten, lagen die Brotlaibe warm auf dem
Küchentisch. Huschke schlug das Kreuz, schnitt die ersten
Scheiben und tischte sie auf mit Butter und Griebenschmalz.
Die Oma bestand auf dem Knust, weil sie daran einen Tag
lang mümmeln konnte, was guttat gegen die Langeweile.

Ein toter Engländer war ihnen nicht ins Netz gegangen,
aber auch an Fischen herrschte Mangel. Eine ruhige Nacht sei
es gewesen, ohne Feuerschein und Bombengeschwader, sagte
Kurat. Vater und Sohn hätten abwechselnd geschlafen.

Erwin fragte, ob der Briefträger dagewesen sei.

Als Huschke verneinte, blickte er in den Backofen.

Dein Briefträger kommt noch früh genug, sagte Huschke
ärgerlich.

Der Duft des Brotes erfüllte den Raum, es war wie Feiertag.

Frisches Brot ist eine Gabe Gottes, verkündete die Oma aus
ihrem Schaukelstuhl. Seht bloß, wie die Butter schmilzt und
in die warmen Poren einsickert.

Kurat erkundigte sich, ob die Braut zurückgekehrt sei.

Wie kannst du fragen? fiel Huschke ihm ins Wort. Wenn
sie da wäre, wäre er nicht hier.

Wenn Magdalena bis morgen nicht kommt, werde ich auch
in die Stadt fahren.

Sie beratschlagten, wie die Reise am besten zu bewerkstel-
ligen sei. Auf Schiffe war kein Verlaß mehr. Vielleicht könnte
er mit dem Fuhrwerk nach Sarkau fahren und von dort per
Bus zur Eisenbahn. Erwin schlug vor, ihn mit dem Kahn nach
Cranzbeek zu bringen. Das dauere seine Zeit, aber auf die Neringa sei wenigstens Verlaß.

Das Radio erwähnte den Ort Tauroggen. Die historische

Mühle war nicht etwa in feindliche Hände gefallen, nein, davon konnte keine Rede sein, nur hatten sie bei Tauroggen eine bedeutende Feier abgehalten, wie um zu zeigen, daß sie noch da waren. Von Aufmärschen, Ansprachen und Gesängen war die Rede.

So etwas wie Tauroggen könnten wir wieder gebrauchen, brummte Kurat. Waffenstillstand an der Grenze, die verfeindeten Herrscher reichen sich die Hände und sagen: Es ist genug.

Eher nimmt der Teufel zur Rechten Gottes Platz, als daß die Herren aus Berlin und Moskau sich vertragen, meinte Huschke.

Verrat sei es nicht gewesen, hatte Studienrat Priebe den Jungen der Oberprima im Herbst 1941 erklärt. Die Konvention von Tauroggen galt ihm als Beispiel politischer Klugheit, ja sogar eines gewissen Heldenmutes. Nach der Vertreibung Napoleons gab es am Zarenhof eine Partei, die das russische Reich bis an die Weichsel ausdehnen wollte, um einen eisfreien Ostseehafen zu gewinnen. Wäre Preußen nicht von Napoleon abgefallen, hätte es seine östliche Provinz an Rußland verloren.

Was meinst, Hermannke, haben wir den Krieg verspielt? Kurat stellte die Frage beiläufig, als ginge es ums Wetter oder die Fische, aber alle, die es hörten, erschraken.

Er zuckte die Schultern. Vorgestern hätte er die Frage noch heftig verneint, heute ertappte er sich dabei, daß er wünschte, es wäre verspielt, es hätte ein Ende, er könnte, ohne jemandem Rechenschaft zu geben, reisen, wohin er wollte, jedenfalls nicht an die italienische Front.

Wie soll ich wissen, was aus diesem Krieg wird? sagte er leise.

Damals hat der Abfall von Napoleon die Provinz gerettet. Von wem sollen wir heute abfallen, um Ostpreußen zu retten?

Sie beschäftigten sich mit der Frage, wie ein Fischer auf die Flucht gehen kann. Pferd und Wagen besitzt er nicht, von der Nehrung fährt keine Bahn ins Reich. Die wenigen Autos, die sich auf die Nehrung verirren, sind für Soldaten bestimmt, nicht für Flüchtlinge. Also muß er per Kahn verreisen, bevor das Haff zufriert.

Wenn das Eis hält, werden sie kommen, murmelte Huschke düster.

Für die Flucht von Fischern gab es keine Vorbilder. Der General Rennenkampff hatte die Nehrung nicht erreicht, sondern sich in der wasserreichen Elchniederung festgelaufen. Damit hatte sich eine Flucht im ersten Krieg erübrigt.

Fischer flüchten nicht, entschied die Oma. Fischer gehen mit den Fischen.

Was aber, wenn auch die Fische flüchten? Kurat sprach davon, die Familie in die Neringa zu laden, zum Fischen auszulaufen, bei schlechtem Wetter die Orientierung zu verlieren und nicht heimzukehren.

Huschke blickte ihn starr an. So was kannst du denken?

Ja, daran dachte er und dachte es immer wieder. Seitdem die Flüchtlinge aus Memel und die Viehherden durchgekommen waren, konnte er nicht mehr davon loskommen. Er selbst spürte keine Angst vor dem, was aus dem Osten drohte. Es ging ihm mehr um den Jungen. Entweder holen die Deutschen ihn oder die Russen. Es kann nicht gutgehen mit einem Menschen, der sechzehn Jahre alt ist, wenn die Zeiten sind, wie sie sind.

Ausflüge wie die, an die der Fischer dachte, müßten bald geschehen, solange das Memeler Tief passierbar ist und der Junge noch keine Einberufung bekommen hat. Kommt der Winter zu früh, sind die Fischer im Haff gefangen, sie werden zu Fuß flüchten müssen mit einem Pungel auf dem Rücken und den Kindern an der Hand.

Aber vorher bringst du mich an die Minge, Fritzke, bat die Oma.

Vielleicht kommt es auch anders, erklärte Kurat mit fester Stimme. Der Ostwall hält, die Welle bricht, die fremden Flieger fallen vom Himmel, und jeder bleibt, wo er zu Hause ist. Ein Fischer bei seinen Fischen.

Euer Land ist wüste, eure Städte sind mit Feuer verbrannt; Fremde verzehren eure Äcker vor euren Augen.

Der Prophet Jesaja, Kap. 1, Vers 7

Endlich erreichte er die Münzstraße. Mutter in heiterer Stimmung. Es sei alles unzerstört! rief sie in den Apparat. Vater katalogisiere im Laden die Waren, Tante Rohrmoser habe nach ihm gefragt und lasse herzlich grüßen. Die Bomben hätten kaum Schaden angerichtet, eben nur in Tragheim. Einige Straßenbahnen kämen mit Verspätung, das sei schon alles. Die Eisenbahn verkehre wie gewohnt. Du kannst kommen.

Er fragte nach dem Blumengeschäft Perlbach.

In der Innenstadt sind überhaupt keine Bomben gefallen, bei Perlbach blüht es wie eh und je.

Morgen werde ich kommen.

Vergiß nicht, Vaters Tagebuch mitzubringen. Er hat es schon sehr vermißt.

Mutter hatte im Küchenschrank ein Tütchen Korinthen gefunden, die dort aus besseren Zeiten liegengeblieben waren. Brotsuppe mit Korinthen versprach sie ihm zu kochen, wenn er morgen käme.

Er wunderte sich, daß sie nicht nach Magdalena fragte. Die Person schien aus ihrem Gedächtnis gelöscht, vielleicht wußte sie auch, daß Magdalena nicht auf die Nehrung zurückkehren würde.

Plötzlich brach die Verbindung ab, vermutlich aus kriegswichtigen Gründen. Wie mit einem Messer abgeschnitten. Er hielt den Hörer eine Weile in der Hand und war sicher, daß Mutter das gleiche tat. Brotsuppe mit Korinthen waren ihre letzten Worte gewesen.

Es kam doch noch ein Abenddampfer aus Cranzbeek, aber ohne Magdalena. Ein Passagier, den er fragte, erzählte von

Bränden im Norden der Stadt, die inzwischen gelöscht seien. Das Leben verlaufe normal.

Das Zimmer im Kurhaus hatte sie bis zum 30. August bezahlt. Spätestens dann mußte sie ihr Gepäck abholen. Er malte sich aus, Bote zu spielen, das Gepäck mitzunehmen und in Tragheim – bei Jankowski – abzugeben. Unmöglich, wird das Kurhaus sagen. Wir können Ihnen das Gepäck nicht aushändigen, weil Sie keine Legitimation besitzen. Wer sind Sie denn?

Nicht einmal Magdalenas Koffer durfte er tragen.

Gegen Abend zog das lange erwartete Gewitter auf. Es kam vom Festland, kroch gegen den Wind über das südliche Haff auf Sarkau zu, blieb an den Dünen hängen und schob sich an der Küste entlang nordwärts. Wetterleuchten über dem Wasser, aber kein Grummeln, kein Donnern. Sie saßen vor der Tür und warteten auf den erlösenden Regen. Kein Tropfen fiel, die Dorfstraße blieb staubig, der Dünensand trocken. Eine Sturmböe riß an den Pappeln, von den Birken wirbelten gelbe Blättchen. Einigen Sonnenblumen brach der Gewittersturm die Köpfe.

Im Gewitter kommen keine Flieger, meinte Kurat.

> Laß die Toten ihre Toten begraben!
> *Matthäus, Kap. 8, Vers 22*

Dienstag, 29. August 1944. Vor dreißig Jahren siegten die Deutschen bei Tannenberg. Der russische Oberkommandierende gab sich die Kugel. Über den Gräbern war Gras gewachsen. An den Ufern der masurischen Seen wisperte es im Schilf, der Friede zum Greifen nahe und doch nur ein Atemholen.

Dem Haff fehlten die Schiffe. An der Mole sprachen sie davon, daß überhaupt keine mehr kämen, weil der Passagierverkehr nicht kriegswichtig sei. Wer zu Wasser reisen möchte, müsse den Kahn nehmen, das dauere ein bißchen länger, koste aber weiter nichts als Zeit und Wind.

Erwin ging früh zum Hafen, um die Neringa aufzuklaren.

Huschke sorgte wieder für Reiseverpflegung. An Hunger werden wir jedenfalls nicht sterben, sagte sie. Die Mingeoma murmelte etwas von Henkersmahlzeit.

Kurat saß auf der Bank, paffte seine Pfeife, hielt Ausschau nach dem Wetter und dachte hin und her. Hermann überbrachte dem Kurhaus in verschlossenem Umschlag eine Nachricht für Magdalena: »Bin bei meinen Eltern in der Münzstraße. Am 30. abends wollten wir ins Kino gehen, am 31. muß ich fahren.«

»Es geht alles vorüber, es geht alles vorbei …« sangen die Mädchen, die im Kurhaus die Dielen schrubbten. Der große Schlager der Saison, bei dem sich jeder seinen Teil denken konnte. »Nur zwei, die sich lieben, die bleiben sich treu«, endete der Refrain. Für wen schrieben sie solche Texte?

Der Himmel trübte sich ein, über dem Haff hingen Wolken, aber es wollte nicht regnen.

Wenn Sturm aufkommt, darfst du den Jungen nicht fahren lassen, sagte Huschke im Vorübergehen.

283

Der Junge weiß auch im Sturm mit dem Kahn umzugehen, erwiderte Kurat.

Auf Wiedersehen sagen. Lina und Gesine machten scheu ihren Knicks. Huschke wischte die Hände an der Schürze ab und sprach vom nächsten Sommer.

Die Oma zeigte ihr zahnloses Lachen und erinnerte daran, mit der Braut an die Minge zu kommen, am besten im Heumonat, wenn ihr so lange warten könnt.

Kurat begleitete ihn zum Kahn. Sie gingen ohne Eile, und der Fischer nahm sich Zeit, zwischen den Pfeifenzügen Grundsätzliches zu sagen: Heutzutage ist Am-Leben-Bleiben das wichtigste ... Immer vor dem Wind segeln und nicht untergehen, darauf kommt es an ... Den Kopf einziehen, wenn es donnert ... Jeder hat nur ein Leben und muß aufpassen, daß es ihm nicht abhanden kommt ...

In den Gärten glühte der Sommer nach. Die Dahlien plusterten sich, an langen Stangen wucherten Feuerbohnen in den Himmel, die Malven versuchten, in die Fenster zu klettern, die Lilien leuchteten weiß und gelb. O du alte stille Nehrung! Wie friedlich du bist, wie gelassen siehst du dem entgegen, das kommen wird. Als könnte dir nichts zustoßen.

Kurat ließ Grüße an Vater und Mutter ausrichten, auch das Fräuleinche wurde, obwohl eigentlich noch unbekannt, mit Grüßen bedacht. Beiläufig erkundigte sich der Fischer nach ihrem Beruf. Als er von Blumen hörte, lachte er.

Es ist ein schöner Beruf, aber für die Nehrung taugt er nicht. Bei uns hat jeder Blumen genug. Wer Blumen braucht, bekommt sie geschenkt.

Erwin saß auf einem Pfahl, die Neringa dümpelte im Wasser.

Kurat taxierte das Schiff und fand, daß der Junge alles richtig gemacht hatte.

Nachmittags werdet ihr in Cranzbeek sein, meinte er. Und bevor es Nacht wird, sitzt du bei deiner Mutter am Küchentisch ... Wenn nichts dazwischenkommt.

Die genaue Reisedauer bestimmt der Wind, dem die Neringa, ein flaches Boot ohne Kiel, ausgeliefert sein wird. Auf

284

Grund konnte sie nicht laufen, auch die Steinhaufen im Sarkauer Winkel und vor der Deimemündung sowie jene Felsen, die die liebestolle Riesin an der Windenburger Ecke verstreut hatte, konnten ihr nichts anhaben, denn sie glitt wie eine Feder über das Wasser.

Erwin sprang in den Kahn, Hermann folgte. Er hörte den Fischer von der Meschkinnesflasche sprechen, die für den Notfall unter dem Strohsack verwahrt lag. Breitbeinig stand Kurat auf dem Steg und stopfte seine Pfeife. In Gedanken übte er das Abschiednehmen. So wird sein Junge auch die Nehrung verlassen, um mit dem Schiffchen in die weite Welt zu fahren. Wenn der Krieg nicht bald ein Ende findet, holt er alle jungen Menschen und gibt sie nicht wieder her.

Hier wirst du nie wieder anlegen, schoß es Hermann durch den Kopf, als der Kahn aus der Bucht glitt. Der Sand wird ins Meer wehen, die Zugvögel werden sich andere Straßen suchen, die Elche werden aussterben, ebenso die Fische. Nichts wird mehr sein, wie es war.

Der Fischer stand wie ein Denkmal in den Rauchwolken seiner Pfeife. Als der Wind das graue Segel füllte, legte Kurat die rechte Hand über seine Augen. Der Kahn gewann Fahrt, die Gestalt am Ufer wurde eins mit den schlanken Pappeln, die vom Horizont her grüßten. Der Wind fiel von den Dünen aufs Wasser, er brachte Sandkörnchen mit, die die Gesichter röteten.

Die 3. Weißrussische Front erreichte nach Abwehr von Gegenangriffen nordwestlich und westlich Kaunas im August die Linie Raseinen-Suwalki und stand unmittelbar vor der ostpreußischen Grenze. Am 29. 8. 1944 begann sie, den Angriff auf Ostpreußen vorzubereiten.

»Geschichte des Großen Vaterländischen Krieges«

Es stank nach Fisch und Teer und jenem sonderbaren Brackwasser, das nur im Kurischen Haff vorkommt. Das Großsegel am Vordersteven blähte sich mäßig, manchmal klatschte es ans Holz und gab den Blick frei zur Küste. Nicht, daß sie rauschende Fahrt machten, es glich eher einer Kutschreise auf dem Wasser. Hermann kauerte im Windschatten, stemmte die Füße gegen das Seitenholz und zählte die Streichholzmännchen der Chaussee von Karkeln. Hinter ihnen versank die grüne Oase im Dunst, der über die Dünen quoll. Ein letzter Blick zu den lichten Wäldern um Sarkau, den weißen Düneninseln vor Rossitten, den Staubfahnen von Pillkoppen und zu Magdalenas Barfußspuren. Wenn du wiederkehrst, vielleicht in fünfzig Jahren, wird die Nehrung zweihundert Meter östlich im Haff liegen.

An Steuerbord die Jugendherberge von Sarkau. Erwin übergab ihm das Ruder und turnte auf dem Vorschiff herum, am Strand hatte er Mädchen entdeckt. Er rief ahoi, schwenkte seine Mütze und benahm sich wie ein Seeräuber oder wie Hans Albers, den er vom Kino her kannte. Es überkam sie, geheimnisvolle Inseln zu entdecken, Seeungeheuern nachzufahren, einen Freitag für Robinson zu finden, vergrabene Schätze zu suchen, unbekannten Rauchzeichen am Horizont zu folgen. Das graue Segel knatterte, Möwen verfolgten den Kahn. Erwin spuckte gegen den Wind und fluchte litauisch, was ihm die Mingeoma beigebracht hatte.

Erzähl vom Krieg, sagte er plötzlich und lehnte sich an die Planken. Sei ehrlich, du kannst es nicht erwarten, an die Front zu kommen.

Nein, so war das nicht. Jeder Soldat freut sich auf den Urlaub, und wenn es zurückgeht, hat er ein mulmiges Gefühl im Bauch, denn draußen geht es immer um Leben und Tod.

Macht dir Krieg keinen Spaß mehr?

Solange du nicht getroffen wirst, macht es Spaß.

Erwin holte Tabak aus seiner Hosentasche, drehte geschickt mit einer Hand eine Zigarette und fragte, ob er auch von dem Zeug probieren wolle.

Er nahm ihm eine Zigarette ab. Sie duckten sich unter das Holz, Erwin ratschte ein Feuerzeug an und behauptete, von nun an seien sie mit Dampf unterwegs, gerade so wie die Schiffe der Cranz-Memel-Gesellschaft.

Dich hat es aber nicht getroffen, griff er den Faden wieder auf.

Das ist ein Wunder, erklärte Hermann. Aber es kommt immer näher, und irgendwann …

Wer raucht, kann schweigen. Das ist das einzig Gute an der Raucherei. Sie pafften Erwins Kriegsmischung, mehr Stengel als Tabakblätter, in die Seeluft, dachten an den Krieg, jeder an seine Art von Krieg. Erwin torpedierte Schiffe, die brennend im Atlantik untergingen, Hermann träumte von Robinsons Insel, auf der auch ein Mädchen namens Magdalena lebte, mit dem er durch die Wälder wandern wollte.

Wo geht Krieg am besten, zu Wasser, zu Lande oder in der Luft?

Hermann warf die Kippe über Bord und sagte, daß es überall beschissen sei.

Sein Gegenüber klopfte mit der Faust gegen das teergetränkte Holz, schnippte Asche ins Wasser und erbat sich nähere Aufklärung über die Waffengattungen. Von der Infanterie hieß es im Lied, daß sie die Krone aller Waffen sei. Aber du mußt gut zu Fuß sein. Kurische Fischer, die von Kindesbeinen den wiegenden Gang auf Klotzkorken gelernt hatten, waren für die Infanterie nicht zu gebrauchen. Panzer erschienen ihm zu eng, in ihnen bekommt ein Mensch, der an frische Luft gewöhnt ist, Platzangst. Fliegen wäre was Ordentliches,

287

aber nicht mit einem Segler wie die vom Predinberg, sondern wenn schon, dann als Sturzkampfbomberpilot, der mit schaurigem Geheul Bomben auf London, Rotterdam oder Calais fallen läßt. Erwin breitete die Arme aus und schaukelte wie die alte »Tante Ju«, wenn sie nach Hause kommt. Dann sang er den Refrain des Fliegerliedes, das er im HJ-Unterricht gelernt hatte: »Die stolzen Maschinen, sie wackeln, den Feind hat der Teufel geholt ...«

Über die Marine wußte er am besten Bescheid. Schnellboote würden ihm gefallen. Mit mächtiger Bugwelle das Meer pflügen, durch meterhohe Brandung jagen, in einer halben Stunde von Rossitten nach Memel. Er vertraute Hermann an, daß er sich freiwillig melden werde, aber Vater und Mutter dürften nichts davon erfahren. Am liebsten freiwillig zu den Schnellbooten, um den Atlantikwall zu bewachen.

Den gibt es nicht mehr.

Dann eben die Nordseeküste. Schnellboote vor Helgoland! Das wäre doch auch was Ordentliches. Oder im Skagerrak aufpassen, daß die Engländer nicht in die Ostsee eindringen.

Sie segelten nahe dem Ufer, wo die Nehrung grün aussah und der Sand sich unter dem hohen Dach der Pappeln und Birken verlor. Im Vorbeifahren zählten sie die Fischerhäuser von Sarkau.

Erwin erkundigte sich nach militärischen Auszeichnungen, nach EK I, EK II und noch höheren Orden. Was muß einer anstellen, um ein Ritterkreuz zu bekommen?

Er erzählte von einem Ritterkreuzträger, der vor einem Jahr Rossitten besucht hatte. Eine Woche lang lebte er im Kurhaus, um sich von seinen Heldentaten auszuruhen. Vor seiner Abreise gab er ein großes Fest, an dem sogar Frauen teilnahmen. Fünf Tage später soll er über dem Meer abgestürzt sein. Das Ritterkreuz ging mit ihm unter.

War Magdalena auch dabei?

Erwin wußte es nicht. Er hatte sich die Frauen, die mit dem Ritterkreuzträger feierten, nicht näher angesehen. Nur den Ritterkreuzträger, den kannte er gut. Ein großer Kerl war es, mit blonden Haaren und einem Schmiß im Gesicht, wie ihn die Doktoren tragen. Den würde er jederzeit wiedererkennen, aber er sei ja leider tot.

Erwin holte die Meschkinnesflasche unter dem Strohsack hervor, zog mit den Zähnen den Korken, trank selbst und ließ Hermann trinken. Danach spuckte er über die Planken ins gurgelnde Wasser.

Was willst du werden?

Fischer wie mein Vater, aber erst einmal Soldat. Und du wirst wohl Uhrmacher?

Hermann schüttelte den Kopf. Dafür hatte er zu grobe Finger. Eher Ornithologe an der Vogelwarte, Nachfolger jenes berühmten Vogelprofessors, den Vater so verehrte. Vielleicht auch Kurenfischer oder Blumenverkäufer bei Perlbach oder Ritterkreuzträger, der mitten im Krieg auf der Terrasse des Kurhauses ein großes Fest geben darf, sogar mit Frauen.

Wie geht das eigentlich mit Mädchen? wollte Erwin wissen. Macht es wirklich großen Spaß draufzuliegen, wie sie alle sagen, oder ist es eher eine Quälerei?

Hermann fühlte sich als Sachverständiger angesprochen, als einer, der in diesen Dingen Bescheid wußte. Dabei war er so unbedarft, wie ein Zwanzigjähriger nur sein konnte. Wenn im militärischen Unterricht das Thema »Pflege der Geschlechtsteile« dran war, hatte er immer einen roten Kopf bekommen. Auf das Präservativ, das jeder Soldat beim Ausgang aus der Kaserne in der linken Tasche des Waffenrocks tragen mußte, hatte er stets verzichtet mit der Begründung, daß er so etwas nicht brauche. Als er bei einer Kontrolle auffiel, hatte der Unteroffizier vom Dienst gesagt: Was bist du denn für ein Heiliger!

Kannst die Wahrheit sagen, grinste der Seeräuber. Lina und Gesine haben dich mit ihr in den Dünen liegen sehen.

Sie lachten beide, und Erwin wollte wissen, ob er diese Magdalena heiraten werde.

Morgen gehe ich mit ihr ins Kino.

Kino ist was Reelles! rief er und zählte die Filme auf, die er gesehen hatte. »... reitet für Deutschland« hatte ihm am besten gefallen. Wenn es die Kavallerie noch gäbe, würde er sich freiwillig zu den Pferden melden. Reiten ist auch was Reelles. Immer an der frischen Luft, über Stoppelfelder fliegen, fast so schnell wie die Schnellboote.

Ich habe noch keine Braut, gab Erwin zu, deshalb kann ich ruhig zu den Soldaten gehen.

Mit dieser Feststellung war das heikle Thema erledigt. Sie konnten sich nun dem Hafen von Cranzbeek zuwenden, der steuerbords auftauchte. Er war Ausgangspunkt aller Dampfer, die nach Nidden, Schwarzort und Memel, nach Labiau und Heydekrug, ja sogar nach Tilsit fuhren, wenn sie denn fuhren. Fischerkähne verirrten sich nur selten nach Cranzbeek.

An der Anlegestelle empfing sie ein heilloses Gedränge. Frauen, Kinder und alte Männer saßen auf Taschen, Körben und Rucksäcken. Sie warteten auf etwas Unbestimmtes, ein Schiff oder einen Zug oder auf den nächsten Tag. Als Erwin anlegen wollte, kam ein Uniformierter angelaufen und schimpfte, daß Fischerkähne hier nichts zu suchen hätten. Sie erwarteten jeden Augenblick die Ankunft eines größeren Schiffes, ein Kahn sei da nur im Wege.

Also brachten sie es schnell hinter sich. Hermann sprang an Land. Der Junge reichte ihm Koffer und Tasche. Dabei berührten sich flüchtig ihre Hände.

Wir werden uns bestimmt wiedersehen, irgendwann. Vielleicht bei den Soldaten.

Und wenn du Hochzeit feierst, schickst mir eine Einladung.

290

Die letzten Trecks der Bauern von Heydekrug und all den Dörfern zwischen Memel und Tauroggen sind längst über die Brücke gerollt, nun liegt sie gesprengt im Fluß ... Auf ostpreußischen Straßen rollen die Wagen der Grenzbauern, die in Sicherheit gebracht werden. Auf großen Leiterwagen ruht ihre Habe in Kisten und Decken. Darüber große Planen. Lang sind die Kolonnen.

Zeitungsreportage vom Herbst 1944

Kaum hatte er festen Boden betreten, kamen zwei Kettenhunde. Weil sich so viele aus dem Staub machten, hatte die vorausschauende Führung Feldgendarmerie an den markanten Verkehrsknotenpunkten, an Bahnhöfen, Brücken, Häfen und Kreuzungen postiert. Niemand sollte den ihm vorausbestimmten Heldentaten entgehen. Sie warfen neugierige Blicke unter die Verdecke der Flüchtlingswagen, um zu sehen, ob sich vielleicht ein Mann unter 60 Jahren oder ein junger Bursche darunter versteckt hielt. Der Volksmund, immer noch zu Späßen aufgelegt, nannte sie Heldenklau.

Als sie in seinen Papieren lasen, daß er übermorgen an die Front zurückkehren müsse, wünschten sie ihm gute Reise und gutes Gelingen, was immer damit gemeint sein mochte. Es waren freundliche Leute.

Von Cranzbeek nach Cranz fuhren keine Züge, vorerst jedenfalls nicht und wiederum aus kriegswichtigen Gründen. Aber die Hauptstrecke von Cranz nach Königsberg sei trotz gewisser Störungen fahrplanmäßig in Betrieb, hörte er und beschloß, zu Fuß nach Cranz zu marschieren, eine Kleinigkeit für einen Soldaten. Dem Schlängeln des Flusses durch Wiesen und Sumpfgelände folgend, traf er Angler, die am Wasser saßen und von der Welt vergessen worden waren. Ein Liebespaar duckte sich im hohen Gras und zwang ihn, an Magdalena zu denken. Am Fluß liegen, die Augen schließen, aufwachen, wenn der Sturm vorüber ist, vielleicht im nächsten Sommer.

Früher als erwartet erreichte er die Stadt, die sich rühmte, das östlichste Seebad des Deutschen Reiches zu sein. Cranz gab sich Mühe, auch im fünften Kriegsjahr noch etwas von sich herzumachen. Villen mit Seeblick, Cafés, eine Strandpromenade mit regem Auf und Ab, Kinder, die im Sand buddelten, junge Frauen, die den grauen Zeiten zum Trotz schön aussahen. Die Luft sommerlich heiter, die Menschen ohne Eile. Keines der Häuser zerstört. Unter bunten Sonnenschirmen saßen kaffeetrinkend die Sommergäste. Zur See hin sah er eine müde Brandung, die es leid war, immer wieder ans Land zu stürmen. Kein Militär in der Stadt, nur eine Gruppe Verwundeter, begleitet von Rot-Kreuz-Schwestern, kam ihm entgegen. Die Schwestern hatten die Männer, nicht älter als er, in weiße Binden gewickelt, einige halfen sich mit Krücken, zwei wurden im Rollstuhl spazierengefahren. Es war ihm unangenehm, diesem Elendszug zu begegnen, darum bog er in eine Seitenstraße ab.

Kopfbahnhof Cranz, Endstation Ostsee. Wer hier den Zug verläßt, kann zehn Minuten später im Wasser liegen. Er hielt vor einer Bude, die Limonade und Speiseeis verkaufte. Daneben ein Blumenstand. In Wassereimern blühten Astern und Stockrosen. Eine junge Frau, nicht älter als Magdalena, hantierte mit den Blumen, band sie zu handlichen Sträußen und beschnitt die Stengel. Er kaufte Astern und sagte sich, daß sie für seine Mutter bestimmt seien. Mit Magdalena wird er – statt Blumen – ins Kino gehen. Morgen mit der Straßenbahn nach Tragheim, bei Jankowski klingeln und sagen, wer immer auch öffnet: Ich bin mit Magdalena verabredet. In zehn Tagen Heimaturlaub hatte er es immer noch nicht fertiggebracht, einen jener Filme zu sehen, der nur Erwachsenen gestattet war. Morgen mit Magdalena wird es geschehen.

In seinen Kindheitserinnerungen standen auf dem Cranzer Bahnhof ständig Züge herum, die gerade gekommen waren oder abfahren wollten. Nun fand er den Bahnhof gänzlich leer, als wäre er von der Königsberg-Cranzer Eisenbahngesellschaft vergessen worden. Halbwüchsige schlenderten über die

Gleisanlagen, als suchten sie etwas. Zwischen den Schienen blühte Kamille.

Nachdem er ein Billett gelöst hatte, hörte er, daß der nächste Zug wohl erst nach Einbruch der Dunkelheit fahren werde. Die Bahn sei ein wenig überlastet, weil nach dem Bombenangriff vom Sonntag viele Königsberger, die an der See in Ferien waren, überhastet in die Stadt zurückkehrten, um nach dem Rechten zu sehen. Er bummelte ziellos durch die Straßen, ärgerte sich über die sinnlos vergeudeten Stunden und stellte sich Erwins Heimkehr nach Rossitten vor. Es dunkelte früh an diesem 29. August, weil der Himmel wolkenverhangen war. In der Nähe des Bahnhofs fand er eine Gaststätte, die ihm Schnittkesuppe anbot, dazu ein Stück Räucherspeck auf Urlauberkarte und eine Scheibe trockenes Schwarzbrot. Von der Gaststätte aus versuchte er, telefonisch die Münzstraße zu erreichen, um die Verspätung zu melden, kam aber nicht durch.

In Kriegszeiten ist Telefonieren Glückssache, sagte die Wirtsfrau und schenkte von der roten Suppe nach.

Der Deutschlandsender übertrug die Operette »Das Land des Lächelns«. In der Suppe rührend, stellte er sich vor, mit Magdalena unter Apfelblüten zu wandern im kommenden Mai. »Dein ist mein ganzes Herz«, sang eine unbekannte Männerstimme.

Jemand betrat die Gaststube, um zu sagen, soeben sei ein Zug eingetroffen. Hermann machte sich auf den Weg zum Bahnhof, fand in dem abfahrbereiten Zug einen Fensterplatz, von dem aus er sehen konnte, wie die Dunkelheit das östlichste Seebad des Reiches überfiel. Nur über dem Meer blieb es hell.

Die Abfahrt verzögerte sich. Niemand vermochte einen Grund zu nennen, außer dem, der immer genannt wurde: Es war eben Krieg. Der Krieg rechtfertigte alles. Sollte eines Tages die Sonne nicht aufgehen, wird es am Krieg liegen.

Immer mehr Menschen strömten zum Bahnhof. Bald waren alle Plätze im Abteil besetzt. Als eine junge Frau mit einem Kleinkind auf dem Arm sich hineinzwängte, stand er auf und opferte seinen Fensterplatz.

Er besaß kein Buch, das ihn zerstreuen könnte, keine Zeitungen wurden ausgerufen. So blieb ihm weiter nichts als zu denken. Er dachte sich mit Magdalena in der letzten Reihe im Kino, im heißen Sand der Dünen, und als es völlig dunkel war, dachte er an den Tod, an die Friedhöfe, die er mit ihr auf der Nehrung besucht hatte, an den vom Himmel gefallenen Engländer und den Ritterkreuzträger bei seinem Fest auf der Terrasse des Kurhauses. Wie nahe Liebe und Tod zusammengehörten. Ihn schauderte bei dem Gedanken an morgen und übermorgen.

Ein redseliger alter Mann erzählte, er sei nach dem Angriff am Sonntag Hals über Kopf aus der Stadt geflohen, müsse nun aber heimkehren, weil er ein Aquarium mit Fischen zu versorgen habe.

Aquarien können jedenfalls nicht brennen, dachte er.

Im Zug stehend und auf die Abfahrt wartend, fiel ihm ein Brief ein, der erste Feldpostbrief, den er Magdalena schreiben würde. Liebe Magdalena, wird er beginnen, ich liege im Gras neben den Geschützen, sehe den Wolken nach, die nordwärts ziehen und eines Tages, vielleicht übermorgen, bei Dir eintreffen werden. Um mich herum blühen mehr Blumen, als Du je bei Perlbach gesehen hast; in Italien gibt es nämlich riesige Felder mit wild blühendem Mohn. Schade, daß wir in der roten Pracht Krieg spielen müssen.

An dieser Stelle korrigierte der Briefschreiber seinen poetischen Überschwang: Natürlich blühten im September keine Mohnfelder mehr.

Früher konnten wir von Cranz aus die Aura Königsbergs sehen, sein abendliches Leuchten, erklärte der alte Mann. Aber nun ist die Stadt duster.

Als der Zug plötzlich anruckte, waren alle so überrascht, daß ein Ach und Oh durch die Reihen lief. Lieber Gott, wir fahren wirklich! Eine Schaffnerin erschien und lächelte Hermann an. Das Kind auf dem Arm der jungen Frau schlief. Der

294

alte Mann blickte angestrengt nach draußen und entdeckte Wolkenlücken, aus denen die ersten Sterne schimmerten. Im Nebenabteil sang eine Zarah Leander »Heimat deine Sterne«. In jener Zeit und in jener Gegend wurde noch viel gesungen. Auf Wanderungen und bei Kutschfahrten, in Zügen, auf Schiffen und zur abendlichen Schimmerstunde. Singen hält gesund, pflegte die Oma von der Minge zu sagen.

Er nahm sich vor, vom Nordbahnhof zu Fuß durch die abendliche Stadt zu gehen. Bis zur Ankunft am Nordbahnhof wollte er sich Feldpostbriefe ausdenken. In der Toskana ist es im September noch sehr warm, schrieb er. Ich werde den Schiefen Turm von Pisa besuchen und Dir ein Foto schicken, damit Du sehen kannst, wie ich den Turm halte. Auch diesen Satz mußte er korrigieren, der Schiefe Turm befand sich schon in feindlicher Hand.

Nach einer halben Stunde Fahrt hielt der Zug auf freier Strecke.

Es ist eben Krieg, sagte der alte Mann.

Von der Stadt war nichts zu erkennen, im Westen sahen sie einen schmalen Lichtstreifen, das Ende des Himmels über dem Meer.

Jemand öffnete das Fenster und lehnte sich hinaus.

Es zieht! schrie eine Frauenstimme, obwohl kein Windhauch wehte.

Einer steckte sich am geöffneten Fenster eine Zigarette an und blies den Rauch hinaus in die Nacht. Der Lichtschein des Feuerzeuges huschte über das Gesicht des schlafenden Kindes. Die junge Mutter blickte auf und lächelte.

Wir liegen in einem Tal, in dem Wein wächst, wird er schreiben. Eine Geschützstellung in romantischen Weinbergen ist ein sonderbarer Anblick. Einige Trauben sind schon süß.

Von den Feldern des Samlandes kam ein sonderbarer Geruch. War es der Duft des zweiten Heus, oder reifte noch irgendwo der Hafer? Jenseits des Bahndamms in einem Dorf, das niemand sah, hörten sie ein dumpfes Wummern, wohl ein

Dreschkasten bei der Arbeit, auch bellten Hunde. Brandgeruch zog durchs Fenster. Kam er von der Zigarette oder von Kartoffelfeuern? Dieser Sommer hatte es in allem eilig, er konnte es nicht abwarten und entzündete schon im August die ersten Kartoffelfeuer.

Der alte Mann klagte über die Verspätung. Er mußte mit der Straßenbahn vom Nordbahnhof zu den Hufen und fürchtete, die letzte Bahn zu verpassen.

Sind die Blumen für die Braut? fragte er und deutete auf den Strauß, den Hermann im Gepäcknetz abgelegt hatte.

Die junge Frau schaute auf und lächelte.

Für meine Mutter.

»Wenn du noch eine Mutter hast, dann danke Gott und sei zufrieden«, deklamierte der Alte.

Es ging auf elf Uhr zu, und sie fuhren immer noch nicht.

Wir werden zu Fuß in die Stadt gehen müssen, schimpfte eine Frau und rechnete aus, daß es an die zehn Kilometer sein müßten.

Im Nebenabteil schnarchte jemand. Um das Schnarchen zu übertönen, sang die Leander von der Heimat und den Sternen.

An Magdalena denkend und den roten Mohn auf den italienischen Schlachtfeldern, schrieb er seinen Feldpostbrief zu Ende. Auf der langen Eisenbahnfahrt nach Italien wird er ihn zu Papier bringen, in München einstecken oder in Innsbruck oder Bozen. Ich liebe Dich, Magdalena.

Der Menschen Leichname sollen liegen wie Garben
hinter dem Schnitter, die niemand sammelt.

Der Prophet Jeremia, Kap. 9, Vers 22

Kurz nach Mitternacht lief ein Zittern durch den Zug, als
hätte jemand mit dem Vorschlaghammer auf die Schienen geschlagen. Er öffnete die Augen und wunderte sich, daß er fror.
Von der Küste her drang ein Tosen herüber, als schlügen Brandungswellen gegen hohe Felsen. Der Sender Königsberg meldete, bevor er verstummte, den Anflug feindlicher Bomberverbände auf die Danziger Bucht. Die im Zug hörten es nicht,
sie vernahmen nur das Heulen der Sirenen. Einige öffneten
die Fenster und lauschten hinaus. Über der Stadt sahen sie ein
fahles Licht von den Scheinwerfern, die den Himmel abtaste-
ten und sich an Wolkenbänken brachen.

Das Kind erwachte und begann zu weinen. Hermann sah,
wie die junge Frau es an die Brust legte. Sie ist eine Kriegerwitwe, dachte er. Und das Kind eine halbe Waise.

Einige sprangen auf den Bahndamm, kletterten die Böschung hinauf, um besser sehen zu können. Aus den Wolken
fielen die ersten Leuchtschirme. Nun wurde es richtig hell,
auch der Zug stand im gleißenden Licht. Es spiegelte sich in
den Scheiben, wuchs ringsum aus den Feldern und erreichte
die, die auf der Böschung standen. Jemand sagte, die Leuchtschirme seien an der Wolkendecke aufgehängt, dort baumelten sie wie die Lampions beim Kinderfest.

Kurz vor ein Uhr erreichte die erste Welle die Stadt. Vom
Zug aus erkannten sie die Wahrzeichen, den Turm des Schlosses, den Dom, den längst erloschenen Funkturm. Es kam ihnen
vor, als hätte die Stadt sich festlich geschmückt, so erleuchtet
war sie in den langen Jahren der Verdunkelung nie gewesen.
Auf der Böschung standen wie Strichmännchen die Zuschauer, hoch über ihnen rollte die Brandungswelle.

297

Das sind Hunderte, sagte eine Stimme. Sie waren vorgestern da, warum kommen sie heute wieder?

Am Sonntag gab es die Vorspeise, heute folgt das Hauptgericht, antwortete eine Frau, die im Schatten des Bahnwagens kauerte.

Die Sirenen verstummten. Einen Augenblick lang war es gänzlich still, bis auf den Gesang am Himmel. Dann wummerten die Flakgeschütze.

Vorgestern befanden sich die meisten Königsberger an der See, meinte der alte Mann, der zu den Hufen mußte wegen des Aquariums und der Fische. Der erste Angriff lohnte nicht, weil niemand da war. Inzwischen sind die Königsberger wieder zu Hause.

Aber es sind doch Wolken! rief die Frau. Wie kann man aus Wolken Bomben werfen? Sie können nicht sehen, wo sie hinfallen.

Sie brauchen nichts zu sehen, murmelte der alte Mann. Irgend etwas treffen sie immer.

Die ersten Einschläge klangen wieder so, als hätte jemand mit dem Vorschlaghammer auf die Schienen geschlagen.

Magdalena wird ihren kranken Vater in den Luftschutzkeller begleiten. Dore und Albrecht Kallweit werden Schmuck und Dokumente an sich nehmen, eilig die Wohnung verlassen, sie doppelt verriegeln. Der nächste Bunker wäre am Paradeplatz. Tante Rohrmoser, die schon immer schlecht zu Fuß war, wird trotz Mutters Drängen darauf bestehen, in ihrer Küche zu bleiben. Sie wird die Kerzen auspusten, sich am Küchenschemel festhalten und auf Entwarnung warten. Mag sein, daß sie Handschuhe strickt für die Soldaten und den kommenden Winter. Stricken ging ihr auch in der Dunkelheit gut von der Hand. Und wenn das nicht mehr gelingen wollte, könnte sie beten. Die Salzburger, die um ihres Glaubens willen geflohen waren, hielten sich immer noch für fromme Leute.

Ich werde diesen Zug nicht verlassen, sagte die Kriegerwitwe, nachdem das Kind sich satt getrunken hatte und wieder eingeschlafen war.

Recht so, antwortete der alte Mann. Sie werden keinen Zug in eine brennende Stadt schicken. Am besten, wir übernachten hier. Aber ich muß zu den Hufen und den Fischen. Wenn nicht anders, gehe ich zu Fuß.

Das Getöse über ihnen wurde so mächtig, daß jeder begriff: Dies ist kein Ablenkungsmanöver, dies ist der große Angriff auf eine siebenhundertjährige Stadt, auf die östlichste Großstadt des Reiches, die vom Krieg unberührt geblieben war, die sich nach fünf Kriegsjahren immer noch bemühte, heiter und gelassen zu sein. Sie werden das Krönungsschloß der preußischen Könige, die vierhundert Jahre alte Universität und ihren großen Philosophen zerstören.

Vom Flugplatz Neuhausen stiegen Nachtjäger auf.

Das Bahnpersonal lief mit Taschenlampen den Bahndamm ab und verbreitete die Nachricht, der Zug werde halten, bis der Angriff vorüber sei.

Meine Tochter liegt im Krankenhaus der Barmherzigkeit! rief eine Frau.

Krankenhäuser werden nicht bombardiert, behauptete das Zugpersonal.

Aber es sind Wolken, sie können die Krankenhäuser gar nicht erkennen.

In diesem Augenblick riß die Wolkendecke kurz auf, ein Dreiviertelmond hängte sein bleiches Totengesicht über die alte Stadt und verschwand so plötzlich, wie er gekommen war.

Einige kletterten auf die Wagendächer, um besser sehen zu können. Er hörte das Trappeln der Füße und die aufgeregten Stimmen. Das Kind wird wieder aufwachen, dachte er. Vorgestern hatte er von Rossitten aus einen Stummfilm gesehen, nun bekam das Inferno einen Ton. Ins Flakfeuer mischten sich schwere Detonationen, die die Fenster zittern ließen. Die Erde dröhnte. Vom Nordbahnhof her krochen die Schallwellen den Schienenstrang entlang, das Metall knisterte und knackte.

Nie und nimmer werden wir diesen Zug verlassen, sagte die Kriegerwitwe zu dem Kind.

Als die Rauchwolken sich vor das Licht warfen, wurde es mit einem Schlage dunkel. Der Rauch verschluckte die Scheinwerfer und die aus den Leuchtschirmen fallenden Sterntaler. Dann wuchs aus ihm ein blutiges Rot, als wäre die Erde aufgebrochen und hätte ihr Inneres ausgespien. Der Zug bekam einen rötlichen Anstrich, die Gesichter, das Glas der Fenster und das Metall leuchteten rot. Glühend sah die Stadt aus und böse. Noch immer, aber nun mit einer rötlichen Aura, grüßte der Schloßturm.

Das sind die Speicher! rief einer, als hohe Funkensäulen emporschossen. Vier Wochen Trockenheit machen ein gutes Feuer.

Ein Flugzeug stürzte wie eine Fackel in den Glutofen und vergrößerte den Brand.

Das Zugpersonal befahl, in den Wagen zu bleiben, niedergehende Granatsplitter könnten die Draußenstehenden verletzen.

Sie rätselten, welche Stadtteile bombardiert wurden.

Ich glaube, sie haben das Herz getroffen, sagte der Mann von den Hufen.

Konnte es sein, daß die Hitze aus dem Königsberger Backofen bis zu ihnen herüberwehte? Jedenfalls spürten sie, daß es wärmer wurde, unter anderen Umständen hätte man von einer lieblichen Maiennacht reden können. Wind kam auf. In seiner Gier sog das Feuer aus allen Himmelsrichtungen Sauerstoff in die brennende Stadt.

Feuersturm, erklärte eine Stimme. In Hamburg sei der Feuersturm vor einem Jahr so heftig gewesen, daß er die durch die Straßen fliehenden Menschen in die Glut gerissen habe.

Hermann dachte an wehende Hüte, Gardinen und Geranientöpfe, sonderbarerweise auch an Papierfetzen aus der größten Buchhandlung Europas. Das alles machte sich im Feuersturm auf und davon.

Nach einer Stunde verstummte der Lärm, die leeren Bomber flogen über ihnen zur See.

Man müßte sie alle ersäufen! rief eine Stimme ihnen nach.

Nicht Mitleid oder Traurigkeit beseelte diese Menschen, sondern die nackte Wut. Jeder wäre imstande, einen von denen da oben, die nach verrichteter Arbeit ihren Heimflug antraten, eigenhändig zu erwürgen. Das vergessen die hohen Herren, die so etwas anrichten: Aus jeder Glut wächst neuer Haß, der weitere Feuersbrünste gebiert, immer wieder, ohne Ende. In Coventry, in Warschau, in Hamburg, nun auch in Königsberg.

Das Brummen der abfliegenden Bomber wurde leiser und versank in der See. Zurück blieb der jaulende Wind und das Feuer. Es fraß sich in den südlichen Horizont, färbte die Rauchwolken purpurn. Das bleiche Totengesicht des Dreiviertelmondes schaute kurz zu, bevor es sich hinter Wolken verbarg. Vergeblich warteten sie auf das Signal Entwarnung. Auch die Sirenen hatten ihre Stimme verloren.

Der zweite Angriff wurde behindert durch eine
niedrige Wolkendecke. Die Piloten warteten geduldig, bis sie eine Lücke in den Wolken fanden und
ihre Mission erfüllen konnten.

Aus dem Tagebuch des Bomber Command über den
Angriff auf Königsberg vom 30. 8. 1944

Der 30. August war eine Stunde und zwanzig Minuten alt,
als von Wagen zu Wagen die Nachricht lief, der Zug werde
nicht in die Stadt fahren, sondern nach Cranz zurückkehren.
Er verließ den Wagen, mit ihm der alte Mann. Auf dem
Schotter des Bahndamms fiel ihm ein, daß er die Blumen
vergessen hatte. Du kannst nicht mit einem Blumenstrauß in
eine brennende Stadt wandern, dachte er. Vielleicht wird die
junge Frau die Blumen an sich nehmen. Sie jedenfalls fuhr
mit dem Kind zurück nach Cranz, ins bedeutendste Seebad
des Ostens, ein angenehmer Ort für junge Kriegerwitwen
mit Kindern.

Es waren nur wenige, die auf dem Bahndamm Richtung
Stadt marschierten. Neben dem Alten sah er einen Mann, dessen rechter Arm verschwunden war, statt dessen baumelte ein
Jackenärmel und ließ ihn aussehen wie eine Vogelscheuche.
Hinter ihm zwei Frauen mit halbwüchsigen Kindern. Sie folgten dem Schienenstrang, immer bereit, in den Graben zu springen, wenn ein Zug kommen sollte.

Eine laue Sommernacht. Der ohne Arm redete vom Hel-
denzeugen.

Wir brauchen keine Helden, davon gibt es schon zu viele,
antwortete eine der Frauen.

Die Kinder hatten Mühe mit den großen Schritten, die die
Schwellen des Bahndamms vorgaben. Bald blieben sie zurück,
mit ihnen die Mütter.

Der Einarmige sprach vom Peipussee und daß er dort neben
einer Birke seinen Arm vergraben habe.

Löschwasser haben sie genug, erklärte der Alte. Er zählte

die Wasserstellen der Stadt auf, die beiden Teiche und die Arme des Pregelflusses. An Wasser wird es nicht mangeln.

Den Oberteich sollten sie lieber nicht leer pumpen, dachte Hermann. Dort war er mit Magdalena zum Schlittschuhlaufen verabredet.

Die Schönheit Königsbergs kommt von seinen Gewässern, behauptete der Mann von den Hufen. Nur wenige Städte Deutschlands seien so damit gesegnet, allenfalls Hamburg und Schwerin räumte er einen gleichen Rang ein.

Sie sprachen über die Schönheit einer Stadt, die in Flammen steht. So ungefähr muß es ausgesehen haben, als Nero von einem der sieben Hügel auf das brennende Rom blickte.

Der Oberteich friert nicht so schnell zu, weil ihn warme Zuflüsse speisen. Trotzdem war an Schlittschuhlaufen vorerst nicht zu denken, nach dieser Feuernacht wird überhaupt kein Gewässer mehr zufrieren.

Der Peipussee friert immer zu, behauptete der Einarmige. Von Dezember bis März bedeckt ihn eine Eisschicht, auf dem Eis stehen nachts die Wölfe und heulen den Mond an.

Sie marschierten zu dritt der Wärme entgegen. Schon glaubten sie, das Prasseln der Flammen, das Bersten der Dachpfannen zu hören, doch es war nur der Wind, der an Bäumen riß.

Was mag aus den Schwänen des Schloßteiches geworden sein?

Vermutlich sind sie, als die ersten Bomben fielen, aufgestiegen wie die Nachtjäger, um pregelabwärts zu fliegen zu ruhigeren Gewässern. Hat jemand in der Nacht, als Königsberg brannte, weiße Schwäne durch schwarze Rauchschwaden fliegen sehen?

Ja, fliegen müßte man können. Mit dem Segelflugzeug nach Bornholm und weiter zu Onkel Karl, genau die Strecke, die die Engländer geflogen sind.

Ob die Schwäne weiß bleiben?

Wenn es vorbei ist, gehen wir ins »Blutgericht« und betrinken uns an Rotwein, schlug der Einarmige vor.

Dann lieber in die Konditorei Amende, um die berühmte

303

Kirschtorte zu probieren, erklärte der Alte, verbesserte sich aber und empfahl die Bäckerei Zappa, deren Käsetorte einen guten Ruf bis ins Reich genoß.

Im Café Schwermer werde ich mit Magdalena Glühwein trinken. Das sagte er nicht, dachte es aber und spürte den Geschmack des heißen Getränks auf den Lippen.

Der Einarmige erzählte von einem Keller im Studentenheim am Nordbahnhof. Dort suche seine Verlobte immer Zuflucht, wenn es Alarm gebe. In der Frühe werde er sie abholen, mit ihr den Steindamm entlangbummeln und sie zu ihrer Arbeitsstelle bringen.

Wo arbeitet sie? fragte Hermann.

Bei Gräfe & Unzer.

Das ist bei mir um die Ecke, wir haben den gleichen Weg.

Nicht auszudenken, wenn auch Gräfe & Unzer in Flammen stünde. Die Werke des großen Philosophen steigen himmelwärts und fallen als Ascheflocken auf die Felder des Samlandes. Nur gut, daß Blumen nicht brennen können.

Wenn die Münzstraße in Flammen steht, ist auch die Uniform hinüber, fiel ihm ein. Hermann Kallweit muß im leichten Sommeranzug an die Front fahren und erklären, gerade von den Dünen der Kurischen Nehrung zu kommen. Auch die schmucke Kluft seines Bruders hat der Feuerteufel geholt.

Sie sahen, daß in der Stadt ein Vulkan ausgebrochen war. Feuer bis zu den Wolken, der Dreiviertelmond längst verdunkelt. Dazu eine eigenartige Stille, kein Sirenengeheul, kein Flakfeuer, kein Motorengeräusch am Himmel. Nur der Wind sauste. Er riß an den Bäumen und sang in den Telefonleitungen. Die Luft schmeckte nach Rauch. Gab es einen Maler, der diese Farben für die Nachwelt festhalten konnte? Oder einen Fotografen, dessen Hand nicht zitterte, wenn sie auf den Auslöser drückte?

Der Zug kann nicht weiterfahren, weil sich in der Hitze die Schienen verformt haben, behauptete der von den Hufen.

Sie bückten sich und betasteten das Eisen. Es schien tatsäch-

304

lich wärmer zu sein. Sie malten sich aus, wie die Glut den Schienenstrang entlanggekrochen kommt und irgendwann ein glühender Bandwurm vor ihnen auftaucht.

In der nördlichen Vorstadt, nicht weit vom Bahnhof Maraunenhof entfernt, hielten sie auf einer Anhöhe. Es war ungewiß, ob sie weiterkonnten, denn es wurde tatsächlich so heiß, als hätte Huschke die Tür ihres Backofens geöffnet. Vor ihnen das Feuermeer, in den Flammen die bekannten Türme, aber nicht mehr lange. Was flog da lodernd über die Stadt hinweg? Das waren Dächer, die sich von ihren Häusern gelöst hatten, vom Wind davongetragen wurden und krachend niederstürzten, dabei neue Feuer entzündend.

So geht die Welt unter, murmelte der Alte.

Als sie sich anschauten, mußten sie lachen. Gesichter wie die Kohlenträger, geschwärzt durch die vom Himmel fallende Asche. Papierfetzen taumelten im Wind, ein halb verbrannter Lieferschein der Dampfwäscherei Schwerendt flatterte ihnen vor die Füße. Den Westen der Stadt, in dem die vornehmen Viertel von Amalienau und den Hufen lagen, schien das Feuer verschont zu haben. Der Einarmige behauptete, das sei gewollt. In Hamburg hätten sie auch die Arbeiterviertel bombardiert und nicht die Villen an der Alster, von Blankenese ganz zu schweigen. In Berlin sei die schöne Gegend am Wannsee bis heute unzerstört.

Die ersten Menschen, die sie trafen, standen fassungslos vor ihren Häusern und blickten zu der brennenden Stadt. Eine Frau brachte ihnen eine Kanne Wasser.

Da drin kann keiner mehr leben, sagte sie und zeigte in das Flammenmeer.

Hermann fragte nach einer bestimmten Adresse in Tragheim.

Tragheim haben sie vorgestern bombardiert.

Hermann nahm die Kanne und goß sich die Flüssigkeit über den Kopf. Nun dachte er klarer.

Der Alte behauptete, keinen Fuß mehr vor den anderen setzen zu können. Er war zufrieden, daß die Hufen nicht brannten. Auch Aquarien können nicht brennen, ebensowenig Blumen. Auf der Eingangstreppe eines fremden Hauses nahm er Platz, um zu schlafen.

Der Einarmige studierte indessen Fahrpläne an einer Straßenbahnhaltestelle. Ihm genügte es, am frühen Morgen am Nordbahnhof anzukommen, um seine Braut aus dem Keller des Studentenheims zu holen und zur Arbeit in die große Buchhandlung zu begleiten.

Vom Bahnhof Maraunenhof rannte Hermann Richtung Innenstadt. Fliehende Menschen kamen ihm entgegen, sie hatten sich in nasse Laken gehüllt und dampften, als hätten sie gerade ein Thermalbad verlassen. Er fragte, woher sie kämen, aber sie wußten es nicht. Er erwähnte die Münzstraße. Den Namen hatten sie noch nie gehört.

Als der Morgen des 30. August graute, stand eine Rauchsäule über der Stadt bis zu den Sternen. Um sechs Uhr vierundzwanzig sollte die Sonne aufgehen, aber sie verweigerte ihren Dienst. Das Radio meldete, es befänden sich keine Feindflieger über dem Reichsgebiet.

> Und in denselbigen Tagen werden die Menschen
> den Tod suchen und nicht finden; werden begehren
> zu sterben, und der Tod wird von ihnen fliehen.
> *Die Offenbarung des Johannes, Kap. 9, Vers 6*

Er stand in den Anlagen am Oberteich, vor sich die brennende
Stadt. Auch das Wasser brannte, auf seiner Oberfläche schwammen schwarze Klumpen. Eine von Gendarmen bewachte Stra-
ßensperre. Die Schutzleute erklärten, niemand dürfe weiter,
Königsberg sei zur verbotenen Stadt geworden. Es werde noch
Tage dauern, bis die Stadt wieder betreten werden könne. Für
die Geretteten sei eine Auffangstelle nahe Kalgen eingerichtet.

Als sie hörten, daß er Soldat auf Urlaub sei, forderten sie ihn
auf, bei den Rettungsarbeiten zu helfen. Es gebe einen Sammelplatz der Helfer nahe der Pferderennbahn.

Morgen geht mein Urlaub zu Ende, erklärte er. In die Stadt
bin ich nur gekommen, um mich von den Eltern zu verabschieden und von meiner ... Was sollte er sagen? Verlobten,
Braut, Freundin? Ach, er wollte nur bei Perlbach einen kleinen Blumenstrauß kaufen.

Vielleicht gibt dir die Sammelstelle einen Schein, der den
Urlaub verlängert, erklärte einer der Polizisten.

Fahr bloß schnell zu deiner Einheit, Junge! rief der andere.
Was hier geschieht, ist schlimmer als an der Front.

Er fragte sie nach der Münzstraße, aber sie wußten nichts
Genaues. Nur soviel, daß die Münzstraße im Zentrum lag,
also im Feuer. Vaters Tresor wird ausgeglüht, der Bernstein-
schmuck geschmolzen und mit einem angenehmen Duft verweht sein. Mutters Geranien hat der Feuerwind über die Dächer getragen, Tante Rohrmoser hat sich auf die Reise ins
Salzburgische begeben.

Wie steht es um das Blumengeschäft Perlbach?

Das Parkhotel soll unversehrt sein, aber das Stadttheater
steht in Flammen.

Tragheim jedenfalls war diesmal verschont geblieben. Er könnte bei Jankowski anklopfen, nach Magdalena fragen, das rußbeschmierte Gesicht waschen, ins Bett fallen und bis zur Abfahrt seines Zuges nicht mehr aufstehen. Wenn der Hauptbahnhof zerstört ist, fahren die Züge nicht zur Front, fiel ihm ein.

Den Sammelplatz fand er in Kalthof, gleich neben den Friedhöfen, die wie die vornehmen Viertel im Westen nicht brannten. Ein Kreisleiter in brauner Uniform empfing ihn mit markigen Worten: Das sollen die verdammten Engländer bezahlen! Der Führer wird es denen zeigen! Nun erst recht. Wir halten durch bis zum Endsieg.

Sie sind doch Soldat, warum tragen Sie keine Uniform?

Die hängt im Kleiderschrank in der Münzstraße.

Na, da hängt sie gut.

Er bekam Drillichzeug und Militärstiefel, für den Kopf einen Stahlhelm zum Schutz gegen Funkenflug und eine Gasmaske wegen des Rauchs. Während des ganzen Krieges hatte er keine Gasmaske getragen, hier in seiner Vaterstadt brauchte er sie. Mit ihren Gasmasken sahen sie aus wie Gespenster.

Er wurde einem Lastauto zugeteilt, das an den Rand der brennenden Innenstadt fahren sollte, so nahe wie möglich dem Glutofen, um Überlebende zu retten. Der Wagen fuhr mit Licht, obwohl es nicht nötig gewesen wäre, denn das Feuer verbreitete Helligkeit genug. Er fuhr auch Schlangenlinie, denn auf den Straßen lagen überall brennende Häuflein; es waren wohl Kleiderbündel. Französische Kriegsgefangene von der Schichauwerft, die ihnen zugeteilt wurden, gossen aus Milchkannen Wasser auf die Räder, damit die Gummireifen in der Gluthitze nicht platzten. Sie fuhren und fuhren, und es wollte nicht Tag werden.

Es zeigte sich, daß die Stadt nur von Süden her zu erreichen war. Sie überquerten den Pregel, rasten durchs nächtliche Sackheim, plötzlich hielt der Wagen vor dem Hauptbahnhof. War es denn möglich, daß der bedeutendste Verkehrsknotenpunkt der Stadt, kriegswichtig über alle Maßen, unversehrt geblieben war? Die Züge konnten weiterrollen für den Sieg, an die Fronten und in die Reichshauptstadt. Ihr seid mir schöne Helden der Lüfte, dachte er. Eine vierhundert Jahre alte Universität in Asche legen, aber den Hauptbahnhof schonen, Schloß und Dom in Flammen setzen, aber den Hafen unversehrt lassen. Der gänzlich unzerstörte Hauptbahnhof erinnerte ihn daran, daß er unbedingt Magdalena finden mußte.

Vom Hauptbahnhof stadteinwärts ging es nur drei Straßenzüge, dann mußte der Lastwagen vor einer Feuerwand halten. Menschen taumelten ihnen entgegen mit angekohlter Kleidung und versengten Haaren, Handtücher um den Kopf gewickelt, Taschentücher vor dem Mund. Die Franzosen warfen sie wie Strohgarben auf die Ladefläche. Dort hockten sie, zitterten und schluchzten.

Keine Leichen aufladen! schrie einer. Leichen können warten.

In der Vorstädtischen Langgasse kamen sie bis zum Alten Garten. Aus dem Gebäude der Reichsbahndirektion schoß es lichterloh, die Deutsche Reichsbahn fuhr mit allen Fahrplänen zur Hölle. Vor einem brennenden Haus saß ein Mann und weigerte sich, das Lastauto zu besteigen. Er sagte, er müsse auf eine gewisse Anna warten, die vor einer Stunde in den Keller gelaufen sei, um ein paar Gläser Eingemachtes zu retten. Die Franzosen packten ihn an Armen und Beinen, trugen ihn auf den Wagen, während er laut nach einer gewissen Anna schrie.

Was die Münzstraße anbetrifft, mein Junge, die bleibt heute geschlossen, die ist nicht erreichbar.

Aber der Bunker am Paradeplatz wird standgehalten haben.

Der Bunker schon, aber ob die Insassen die Hitze überlebt haben, ist fraglich.

Wie gesagt, die Sonne sollte um sechs Uhr vierundzwanzig aufgehen, aber ein Rauchgebirge versperrte ihr den Weg. Aus dem Gebirge fielen ständig Zeitungsfetzen, Stoffreste und, den fliehenden Schwänen gleich, die Fahnen sehr weißer Gardinen. Über den Pregelwiesen geisterten die silbrigen Irrlichter der Stanniolstreifen.

309

Er dachte an Blut und offene Wunden, zum Beispiel Brandverletzungen. Von einem brennenden Gebäude fällt ein Dachziegel auf seinen Kopf, Hermann Kallweit kommt ins Lazarett, eine Krankenschwester namens Magdalena pflegt ihn, bis der Krieg zu Ende ist.

In den Grünanlagen am Pregel fanden sie Obdachlose, die mit Kinderwagen, Schiebkarren und Fahrrädern aus der Stadt geflohen waren, einige fast nackt, weil sie sich die brennenden Kleider vom Leib gerissen hatten. Es stank nach verbrannten Menschenhaaren. Er sah auch spielende Kinder. Die Kleinsten lagen, in Handtücher gewickelt, unter Büschen, deren Blätter über Nacht welk geworden waren.

Am liebsten wäre er durch die Grünanlagen gelaufen, um bekannte Gesichter zu suchen, aber der verdammte Lastwagen fuhr und fuhr, raste durch die glühende Stadt, solange Treibstoff in ihm war. Aus Steinhaufen züngelten Flammen, es stank nach Phosphor und Magnesium. Zum Glück gab es den zweiarmigen Fluß, der, als wäre nichts geschehen, von Ost nach West dahinströmte und nicht brannte. Als er über eine Brücke schaute, sah er im schwarzen Aschenbrei Leichen dümpeln. Gestorben waren auch die Bäume. Verkohlte Äste ragten über die Straße, aus Baumstümpfen züngelten Flammen.

Es hätte ein heiterer Spätsommertag sein können, aber es wollte nicht hell werden. Der Wind trieb süßlichen Gestank über die Trümmer, Passanten hielten sich nasse Tücher vors Gesicht. Am Brandenburger Tor versperrten zwei eingestürzte Häuser den Zugang zur Innenstadt. Später hieß es, alle Ziegeltore, die leuchtenden Wahrzeichen der Stadt, nämlich Königstor, Roßgärter Tor, Brandenburger Tor und der Dohnaturm, hätten in jener Nacht eine graue Farbe angenommen und nie mehr abgelegt. Von den Dünen bei Rossitten erzählten sie, daß ein Aschenregen niedergegangen sei, wodurch sie ihr weißes Leuchten für immer verloren hätten.

In der Haberberger Mittelschule, dem Stadtzentrum nahe, entstand ein neuer Sammelplatz für die Geretteten. Hermann fragte nach Namen, Straßen und Hausnummern. Die Münzstraße kam nicht vor.

Ob es wohl möglich wäre, die Münzstraße von Osten her über den Schloßteich zu erreichen?

Junger Mann, der Schloßteich steht in Flammen!

Wie das? Wie kann ein Teich brennen?

Es soll eine Stelle geben, wo die Listen der Toten aushängen. Auch in den Krankenhäusern könnte man fragen, sofern sie noch da sind.

Das Bergen der Leichen überließen sie den Kriegsgefangenen. Die klapperten mit Handwagen durch die Stadt, verzogen keine Miene, lachten nicht oder weinten, sondern verrichteten stumm ihre Arbeit, schichteten Frauen, Kinder und alte Leute übereinander, banden sich nasse Tücher vor Nase und Mund; erstaunlich, wie schnell der Verwesungsgeruch einsetzte.

Ein Ukrainer bat Hermann um Feuer. Eine ganze Stadt stand in Flammen, aber ihm fehlte es an Feuer für eine Zigarette.

Im Schloßteich sollen Leichen liegen.

Um der Hitze zu entfliehen, sprangen die Menschen ins kühlende Wasser. Danach fiel Phosphor und setzte das Wasser in Brand.

Was mag aus den Schwänen des Schloßteiches geworden sein?

Nach allem, was geschehen ist, werden sie den Schloßteich zuschütten und in einen Friedhof verwandeln müssen. Für Schlittschuhläufer ist er jedenfalls bis auf weiteres gesperrt.

In den Morgenstunden fand das Radio die Sprache wieder:

In der Nacht führte die britische Luftwaffe unter Verletzung schwedischen Hoheitsgebietes Terrorangriffe gegen Stettin und Königsberg. Den Angriffen gingen ablenkende Manöver gegen Berlin, Hamburg und Westdeutschland voraus. 600 viermotorige Britenbomber kamen in einem weit ausholenden Anflug über das Nordseegebiet

311

und Dänemark. Südschweden wurde im Verbandsflug überquert. Die Bombardements hatten Terrorcharakter. Ohne Erdsicht streuten die Maschinen ihre Bomben durch die dicht geschlossene Wolkendecke auf Wohngebiete und Kulturstätten.

Der Einarmige erreichte das Studentenheim am Nordbahnhof. Er fand seine Verlobte wohlbehalten im Keller und schlief mit ihr ein halbes Stündchen in einer Kellerecke, bevor er sie zur Arbeitsstelle brachte. Dort stellten sie fest, daß Gräfe & Unzer über Nacht davongeflogen war.

Der Königsberger Oberlandesgerichtspräsident schickte dem Reichsjustizminister Tage später folgenden Bericht:

Dem Angriff englischer Flieger auf Königsberg in der Nacht zum 27. August 1944 folgte am 30. August in der Zeit von 1 bis 2 Uhr ein besonders schwerer Terrorangriff. Die Bomben fielen in geschlossenem Teppichabwurf. Der Schwerpunkt des Angriffs lag hauptsächlich auf dem Stadtkerngebiet, das – von geringen Ausnahmen abgesehen – in allen seinen Teilen vernichtet ist. Das zerstörte Gebiet hat einen gleichmäßigen Durchmesser von drei Kilometern. Von Verwaltungs- und sonstigen öffentlichen Gebäuden sind total beschädigt Oberpräsidium, Regierung, Kreisleitung, Finanzamt, Reichsbank, Reichsbahndirektion, Börse (Gauwirtschaftskammer), Haus der Arbeit, Deutsche Bank, Landesbank, Bank der Ostpreußischen Landschaft, Dresdner Bank, Stadtsparkasse, neun Kirchen, darunter der Dom mit dem Kantgrab und die Schloßkirche, die Universität, das Schloß mit sämtlichen Museen und dem Oberlandesgericht, das Opernhaus und die alte Universität.

In dem am Nordbahnhof gelegenen Amts- und Landgerichtsgebäude, das neben zahlreichen Brandbomben auch kleine Sprengbomben erhalten hat, ist der Dachstuhl fast vollständig, das obere Geschoß zum größten Teil abgebrannt. Erwähnenswert erscheint mir, daß am 30. 8. um 9 Uhr, also sieben Stunden nach Ende des Angriffs, eine Strafkammer in dem teilweise noch brennenden Hause eine Sitzung durchgeführt hat, in der von fünf Sachen vier verhandelt wurden.

Um Plünderer sofort aburteilen zu können, hat das Sondergericht vor- und nachmittags, auch sonntags Bereitschaftsdienst; erfreulicherweise sind bisher erst sehr wenige Fälle zur Aburteilung gekommen.

Der Verlust der Habe trifft viele schwer. Der Sieg
wird uns für alles entschädigen. Königsberg wird
schöner denn je erstehen. Eure Kinder werden in
eine glückliche Zukunft hineinwachsen.
Aufruf des ostpreußischen Gauleiters Koch an die
Königsberger nach dem Bombenangriff vom 30. 8.
1944

Was wäre noch zu berichten über diesen vorletzten August-
tag? Daß die Sonne das Aufgehen verweigerte, sagten wir
schon. Daß er erschöpft einschlief auf einer Bank nahe dem
Hauptbahnhof, daß er Magdalena durchs Feuer gehen sah und
Vaters Uhren schlagen hörte, daß jemand sagte, die hohe Zeit
der Chronometer werde noch kommen, wenn Millionen Uhren ihren Besitzer wechseln müssen und nur die Standuhr im
Hause des Fischers noch die Zeit anzeige.

Es wird noch Tage dauern, bis die Münzstraße betreten
werden kann.

Soviel Zeit hatte er nicht.

Im Hauptbahnhof liefen tatsächlich Züge ein. Sie krochen,
von Süden kommend, langsam unter das flache Dach, nahmen
Frauen und Kinder auf und verließen die Stadt Richtung
Preußisch-Eylau und Heiligenbeil.

Er begleitete einen Lastwagen mit Obdachlosen nach Kalgen, der Sammelstelle am Frischen Haff. Auf einem Anger,
gestern noch Rastplatz der Enten, Gänse und Schafböcke, lagerten Tausende. Auch gab es Zelte. Dazwischen, als wäre es
noch nicht genug mit dem Feuer, züngelten hier und da kleine
Flammen, die Ausgebombten kochten Suppe. Auch Gulaschkanonen verrichteten ihren Dienst.

Er hielt Ausschau nach dem Uhrmacher Albrecht Kallweit
und seiner Frau Dore, fragte nach einer Magdalena Rusch und
dem Namen Jankowski. Siebentausend Königsberger über-
schwemmten den Anger von Kalgen, er kannte nicht einen.

Es hingen Listen aus, in die die Geretteten ihre Namen ein-

getragen hatten. Mit dem schwarzen Zeigefinger fuhr er die
Reihen entlang, fand weder Kallweit noch Jankowski, aber ei-
nen Fritz Rusch, wohl den Schuster aus Ponarth, von dem
Mutter gesprochen hatte. Er jedenfalls war gerettet.

Der Lastwagen brachte ihn zurück zum Feuer. Er umging
die brennende Innenstadt, um nach Tragheim zu gelangen,
und erreichte am frühen Nachmittag Magdalenas Adresse.
Das Haus, das sie genannt hatte, war unzerstört, es war auch
bewohnt. Im Garten spielten Kinder. Es hing sogar Wäsche
auf der Leine, wie vergessen, wie von vorgestern.

Eine Magdalena Rusch sei hier nicht gemeldet, erfuhr er
von der Frau, der die Wäsche gehörte. Ein Ehepaar Jankowski
auch nicht!

Es kam ihm vor, als stürzten weitere Häuser, Brücken und
Kathedralen ein.

Was ist los mit dir, Jungche? sagte die Frau. Hast deine Mutter verloren? Wein man nicht, bis zur Hochzeit wird alles besser!

In vier Stunden begann die Abendvorstellung im Kino, aber
er konnte Magdalena nicht finden. In zwölf Stunden verließ
sein Zug den Hauptbahnhof, wenn er bis dahin nicht in Ohnmacht fiel, Fieber bekam oder den Verstand verlor. Er konnte
sich nicht erinnern, jemals so traurig gewesen zu sein wie an
diesem Nachmittag, als der Himmel sich über der immer
noch brennenden, züngelnden, rauchenden Stadt lichtete, der
Rauch blasser wurde und der Nachmittagssonne einen ersten
Blick auf das Trümmerfeld gestattete.

Ich werde nicht abfahren, bevor ich nicht weiß, was aus ihr
geworden ist, schwor er sich. Kaum ausgesprochen, schämte
er sich dessen. Er dachte nur an das Mädchen und hatte Vater
und Mutter vergessen. Die Münzstraße brannte nieder, und
niemand hinderte sie daran. Du weinst hier wie ein kleiner
Junge, aber es bleibt so viel zu tun. Heinz hat seine Pflicht getan, aber du irrst durch eine brennende Stadt und jammerst
um ein Mädchen.

Er lehnte am Zaun des Hauses in Tragheim und wußte nicht

315

weiter. Hatte es diese Magdalena nie gegeben? Eine Fata Morgana über den kurischen Dünen? Magdalena und der sommerliche Himmel, das Haff, die Brandung, der weiße Sand, die Kähne, der Hafen … alles nur Luftspiegelungen? Die einzige Wahrheit war eine niederbrennende Stadt.

Aber dann eine neue Hoffnung: Magdalena befindet sich auf dem Weg zur Nehrung, um ihr Gepäck abzuholen. Magdalena an Bord eines weißen Schiffes, in ihrer Begleitung Dore und Albrecht Kallweit. Mutter läßt sich herab, ein paar freundliche Worte mit ihr zu wechseln. Wenn jetzt noch der Junge kommt, sind wir alle vereint, wird sie sagen und Magdalena in das »wir« einbeziehen. Schon taucht die Haffleuchte auf, dahinter grüßen die Dünenberge. In den Gärten leuchten Sonnenblumen. Kurat empfängt die Gäste mit offenen Armen, Huschke denkt an ein kräftiges Abendbrot. Jetzt müßte nur noch der Junge kommen!

Ihn überfiel eine rasende Sehnsucht nach der Nehrung. Er sah sich mit dem Fischer an der Mole stehen, mit Magdalena durch den Sand laufen, mit Mutter in der Fliederlaube sitzen, mit Vater den Zugvögeln nachschauen. In Wahrheit irrte er ziellos durch die Stadt, erreichte gegen Abend den Nordbahnhof, der zwar beschädigt, aber noch leidlich intakt war. Er wollte sich nach Zügen Richtung Cranz oder Labiau erkundigen, fand aber keine Person, die ihm Auskunft geben konnte. Über den Steindamm drang er zur Innenstadt vor. Die meisten Feuer waren erloschen, aber die Trümmer glühten nach, Aschenstaub wehte ihm entgegen. Ein Fuhrwerk ohne Pferde klapperte über Königsbergs vornehme Einkaufsstraße. Russische Kriegsgefangene zogen einen Leiterwagen, wie ihn die Bauern des Samlandes zum Heueinfahren verwenden. Sie luden Leichen auf.

Er wandte sich ab und kotzte auf den Bürgersteig. Die Münzstraße sah er aus der Ferne, eigentlich sah er sie überhaupt nicht. Es kam ihm vor, als wenn an der Stelle, an der sie einmal gewesen war, Flammen züngelten. Der Paradeplatz unter Trümmern versunken. Gräfe & Unzer mit seinen Bü-

316

chern in alle Winde verstreut. Straßenbahnschienen hatten sich verformt, noch immer war der Asphalt flüssig. Zum Schloß- teich kein Durchkommen, auch nicht zum Dom. Eigentlich müßte er weinen, aber es kamen keine Tränen, was sicherlich an der Hitze lag, die aus Steinhaufen, Kellerlöchern und Fen- sterhöhlen strömte.

Früh begann es zu dunkeln. Es war der Abend, an dem He- lene im Führerhauptquartier empfangen wurde. Sie erhielt den Millionenscheck und verwahrte ihn sorgfältig in ihrem Täschchen. Nach dem Händedruck des Führers verspürte sie ein heißes Glühen bis in die Fingerspitzen. Da ihre Vaterstadt niedergebrannt war, rieten ihr die Herren Offiziere, nicht nach Königsberg zurückzufahren. In Elbing suchte sie sich ein neues Quartier. Dem brennenden Königsberg stiftete sie 50 000 Reichsmark zum baldigen Wiederaufbau. Die gleiche Summe ging ans Rote Kreuz für gute Zwecke. 800 000 Reichsmark legte sie in sicheren Anleihen und Schuldver- schreibungen der Bank der Ostpreußischen Landschaft an. 4000 Mark hob sie bar ab, um sich persönliche Geschenke zu kaufen, ein modisches Hütchen, eine Bernsteinkette für den Hals, einen Reisekoffer. Auch erstand sie ein Bild des ostpreu- ßischen Malers Moldenhauer, das später in Berlin verbrannte. Ihr Königsberg hat Helene nie mehr gesehen.

> Werdet ihr aber die Einwohner des Landes nicht vertreiben vor eurem Angesicht, so werden euch die, so ihr überbleiben laßt, zu Dornen werden in euren Augen und zu Stacheln in euren Seiten.
>
> *4. Buch Mose, Kap. 33, Vers 55*

Es wurde Zeit, daß er sich eine Uniform beschaffte. Ohne Uniform sah er aus wie ein Lumpensammler.

Du mußt in eine Kaserne gehen, sagte ein Polizist, der die brennende Stadt bewachte.

Was soll man davon halten, daß die Kasernen der Stadt unbeschädigt geblieben waren? Vor den Toren standen wie immer bewaffnete Posten, die Schreibstuben arbeiteten fleißig, die Kleiderkammern waren gut besetzt. Er zögerte, die Trommelplatzkaserne zu betreten. Wenn du wieder einen grauen Rock trägst, kannst du nicht mehr aussteigen, dann sitzt du in dem Zug, der dich nach Italien bringt. Er müßte Magdalena finden. Mit ihr ins Bett gehen und nicht wieder aufstehen. Sie werden denken, er sei in der Brandnacht umgekommen, sie werden ihn aus den Listen streichen. Sie werden ihn nicht suchen. Er sah sich jene Bahnstrecke zurücklaufen, die er gekommen war. Magdalena an seiner Seite. Sie werden in Strohbergen übernachten und von den Früchten des Feldes leben. Dann fiel ihm sein Bruder ein, und er schämte sich.

Dem wachhabenden Unteroffizier gab er folgende Erklärung ab: Morgen endet mein Urlaub. Ich muß zurück an die Front, aber meine Uniform ist in der Münzstraße verbrannt.

Sie erlaubten ihm, gründlich zu duschen, Aschenreste und Ruß von seinem Körper zu entfernen, erste Voraussetzung für eine Neueinkleidung. Während der Säuberungsprozedur entdeckte er, daß sein rechtes Bein blutete. In der Sanitätsstube reinigten sie die Wunde mit Jod und klebten ein Pflaster drauf. Für eine Einlieferung ins Lazarett reichte es nicht aus.

Bis zur Hochzeit wird alles besser, behauptete der Sanitäter, ein alter Mann, der nur noch für diese Art Dienst zu gebrauchen war. Das hatte er schon einmal gehört. Also gut, bis zur Hochzeit.

Wenig ausrichten konnte die Sanitätsstube gegen den blauen Nagel seines linken Daumens.

Die Farbe Blau wird dir noch lange erhalten bleiben, sagte der Sanitäter. Nächstes Jahr im Mai bekommst du einen neuen Daumen.

In der Kaserne bekam er ein ordentliches Essen.

Die Musterung im Spiegel ergab, daß er schmuck aussah. Magdalena hätte ihre Freude an ihm gehabt ... Oder nicht? Sie mochte Uniformen nicht sonderlich leiden. Männer in Badehosen waren ihr lieber. Er lachte, zum erstenmal an diesem traurigen Tag.

Lauf nicht gleich in die Innenstadt! sagte die Kleiderkammer. Da wirst du sofort wieder dreckig.

Aber einmal mußte er noch in die Stadt. Er konnte Königsberg unmöglich verlassen, ohne einen Blick auf die Münzstraße geworfen zu haben, auch das Blumengeschäft Perlbach wollte er besuchen. Die Uniform erleichterte ihm den Marsch. Alle Straßensperren durfte er ungefragt passieren, denn er gehörte dank der Uniform zu denen, die hier etwas zu suchen hatten. Er wunderte sich, daß andere Uniformträger ihn militärisch grüßten. Wie mechanisch grüßte er zurück, indem er die Hand an die Mütze legte, bis ein Hauptmann ihn zur Rede stellte und behauptete, daß seit kurzem die Soldaten mit ausgestrecktem rechtem Arm zu grüßen hätten.

Das also war die Münzstraße. Immerhin noch erkennbar, aber nur an ihren Fassaden. Die Fenster waren noch Fenster, wenn auch ohne Glas. Durch die Höhlen blickte der rauchverhangene Himmel, die Dächer eingestürzt oder davongeweht. Die Straße übersät mit Trümmern. Es war der Münzstraße weiter nichts geschehen, als daß sie gebrannt hatte, Haus für Haus, von oben bis unten. Ob Tote unter den Trümmern lagen? Es beruhigte ihn, daß er in der ganzen Straße keinen Verwesungsgeruch spürte.

Er stromerte durch die dunkle Stadt, in der es überall noch

319

loderte, knisterte und räucherte. Gelegentlich stürzten, wie von unsichtbarer Hand gestoßen, Mauern ein, Staub und Asche wirbelten auf. Der Innenstadt fehlte jedes Leben. Sie war nicht nur ausgebrannt, ihr waren auch die Menschen abhanden gekommen, die Bäume, Sträucher und Blumen. Du spazierst über einen Friedhof, dachte er.

Wenn nun alle, die ihn etwas angingen, tot wären! Warum sollte er dann noch leben? Der Gedanke erleichterte es ihm, Richtung Hauptbahnhof zu marschieren. Natürlich fuhren noch Züge. Wenn nichts mehr fährt, an die Front geht es immer. Vergeblich hielt er Ausschau nach Blumenständen und Blumenmädchen. »Ein Volk. Ein Reich. Ein Führer« hing wie immer über den Bahnsteigen. Suppe gab es aus einem Kübel des Roten Kreuzes. Die Frauen, die sie ausschenkten, sahen aus, als hätten sie lange nicht geschlafen. Ein leerer Zug kroch unter das Bahnhofsdach. Ohne zu fragen, stieg er ein und warf sich in die Polster der zweiten Klasse. Da niemand mit ihm im Abteil saß, konnte er sich gehenlassen. Er weinte hemmungslos. Wenn das der Führer wüßte!

Er stellte sich schlafend und schrieb mit geschlossenen Augen weiter an seinem Brief. Zunächst änderte er die Adresse. Nicht an Jankowski in Tragheim richtete er die Post, sondern an das »Kurhaus und Gästeheim, Hotel Kurisches Haff« in Rossitten zur gefälligen Weiterleitung an Frau Magdalena Rusch. Einen zweiten Brief an Dore und Albrecht Kallweit adressierte er zum Fischer Kurat in die Kirchenstraße mit lieben Grüßen an Tante Rohrmoser. Er war nun ziemlich sicher, daß sich alle auf der Nehrung versammelt hatten. Sie saßen in der Fliederlaube und sprachen über vergangene Zeiten, als die Zigeuner noch lustig waren und dem Kaiser keinen Zins zu zahlen brauchten. Der Fischer holte die Meschkinnesflasche, und die Oma von der Minge erzählte ihre Wippchen.

In der ersten Stunde des neuen Tages verließ der Zug – nur mäßig besetzt – die zerstörte Stadt. Weil er sich so rasch davonmachte, entging ihm der Aufruf des ostpreußischen Gauleiters »An meine Königsberger«, der in den Morgenausgaben der Zeitungen wiedergegeben wurde. Auch nahm er nicht mehr an folgenden Vergünstigungen teil, die die Führung den Überlebenden versprochen hatte:

Jeder Königsberger erhält eine Zusatzlebensmittelkarte für drei Tage. Auch Alkohol, Süßwaren und Bohnenkaffee gelangen schnellstens zur Verteilung.

So nahm der August sein Ende. Im August reift die Beere, der September hat die Ehre, sagt ein südliches Sprichwort. Er fuhr in den Süden zu den reifenden Beeren, aber mit anderen Gedanken, als er gekommen war. Es kam ihm plötzlich so sinnlos vor, weiterzukämpfen, zu töten und Städte in Trümmerfelder zu verwandeln. Seitdem er Magdalena kannte, wollte er nicht mehr weitermarschieren, bis alles in Scherben fällt. Er wollte nur noch leben und wäre gern ausgestiegen, um seiner Wege zu gehen zu sandigen Stränden und lichten Wäldern, aber der Zug ratterte monoton über das Eisen, fuhr heulend durch Tunnel, dröhnte auf hohen Brücken und war durch nichts aufzuhalten.

Die großen Feiertage des August hatte er hinter sich: Laurentiustag, Mariä Himmelfahrt, Sankt Bartholomäus. Am 1. August wurde der Teufel aus dem Himmel gejagt, am 30. August starb Königsberg. Morgen beginnt der September. Fünf Jahre Krieg! Am 1. September 1939 hatte er, damals noch ein Schuljunge, zum erstenmal Luftschutzsirenen gehört. Für die alten Masuren war der 1. September der Tag, an dem Kain seinen Bruder Abel erschlug. Nach allem, was am 1. September begonnen hat, wird das wohl seine Richtigkeit haben. Am 1. April erhängte sich Judas Ischariot, den Untergang Sodoms datierten sie auf den 1. Dezember, er stand also noch bevor.

An Schlaf war nicht zu denken. Ein Morgen dämmerte, frei von Rauchschwaden. Er wunderte sich, daß immer noch Sommer war. An den Flüssen und Seen dümpelten Boote im leichten Wellengang, Angler saßen an Böschungen und sahen dem Zug nach. Auf abgeernteten Feldern hüteten barfuß laufende

Kinder Gänse, Martini ließ grüßen. Vierspännig zogen die Pflüger über die Äcker, um die trockene Erde zu brechen für eine neue Saat, Möwenschwärme und Krähen folgten ihnen. Auf den Stoppelfeldern sammelten Kinder die wunderlichen Stanniolstreifen, die der Wind aus Königsberg herübergetragen hatte. Die Mädchen flochten sie als Schmuck in ihr Haar. Hier und da hingen Papier-, Gardinen- und Kleiderfetzen in den Bäumen, sogar Gänsedaunen, wie von Frau Holle ausgeschüttelt, trieben über das Land.

Das Radio meldete anhaltendes Sommerwetter. Am Morgen um neun Uhr wurden in Danzig neunzehn Grad gemessen, für Königsberg fehlten die Temperaturangaben.

Mützenwetter für den, der keinen Hut hat, pflegte Tante Rohrmoser zu solchen Tagen zu sagen.

Als der Zug über die Weichselbrücke rasselte, schien es, als zerreiße ein Vorhang. Er flog mit den Zugvögeln südwärts, zurück blieb ein schwarzes Loch, unheimlich, drohend, ungewiß. An größeren Bahnhöfen, wenn der Zug länger Aufenthalt hatte, schlenderte er durch die Hallen und fragte nach Sommerblumen.

Königsberg nach der Zerstörung

> Noch einmal entfaltete sich meine ostpreußische
> Heimat in ihrer ganzen rätselvollen Pracht. Wer die
> letzten Monate mit offenen Sinnen erlebte, dem
> schien es, als sei noch nie vorher das Licht so stark,
> der Himmel so hoch, die Ferne so mächtig gewesen.
>
> *Hans Graf von Lehndorff*

Der September kam friedlich ins Land. Die Kraniche über-
querten die Nehrung, folgten der Küstenlinie südwärts und
wurden von niemand gestört. Die Vogelwarte schloß sich den
Zugvögeln an, auch die Segelflieger flogen auf und davon.
Klar und kalt stieg der Herbst aus dem Haff. Auf das Weiß der
Dünen legte sich das noch strahlendere Weiß des Rauhreifs.

Weil es so friedlich war, wagten sich auch die Fische wieder
in die Netze. Kurat fuhr Abend für Abend mit seinem Sohn
hinaus, sie fingen reichlich. Wir werden den Segen brauchen
für den langen Winter und wer weiß wofür, sagte Huschke.

Als von Norden her die Krähen einfielen, die Vogelwiese
sich schwarz färbte, unterbrachen sie die Fischerei und verlegten sich aufs Krähenfangen. Auch diesen Segen werden wir
brauchen für den langen Winter und wer weiß wofür, sagte
Huschke.

Die befürchtete Post blieb aus. Der Briefträger klagte, es kämen überhaupt keine Briefe mehr. Niemand wisse, was er
schreiben solle und an wen. Nicht einmal die Herrschaften
aus der Münzstraße meldeten sich, um ihre gute Heimkehr
anzuzeigen. Dafür kam ein Brief aus Italien. Hermann Kallweit wollte wissen, ob die Eltern sich gemeldet hätten, er be-
käme keine Post und mache sich Sorgen. Nebenbei fragte er,
ob eine Magdalena Rusch ihr Gepäck aus dem Kurhaus abgeholt habe.

Erwin mußte die Antwort schreiben, weil dem Fischer die
Worte nicht so flossen und Huschke zu oft Deutsches und Litauisches durcheinandergerieten. Er teilte mit, daß die Krähen
die Nehrung überfallen hätten, und schrieb über die Fische,

die zurückgekehrt waren. Das Gepäck der besagten Frau befinde sich noch im Kurhaus, und zwar auf der Lucht. Die Sommergäste aus der Münzstraße hätten sich nicht gemeldet. Sonst sei es still, vom Krieg nuscht zu merken.

Eines Abends gestand Huschke dem Fischer, daß sie den Brief, wenn er kommen sollte, auf der Stelle in den Ofen werfen und es allein vor dem Herrgott auf ihr Gewissen nehmen werde.

Er verbat sich solche Reden und beschwor sie, mit dem Jungen kein Wort darüber zu sprechen.

Auch im Fischerhaus nahm die Stille überhand. Die Mädchen gingen zur Schule, die Oma saß, solange es warm war, neben der Standuhr und spann Wolle, später verzog sie sich an den Kachelofen. Sie machte sich nützlich bei den Krähen, die Huschke rupfte und am offenen Feuer abbrannte, während die Oma sie ausnahm und dem Katzke reichlich vom Gekröse gab. Auch beim Räuchern und Einpökeln ging sie Huschke zur Hand. Als diese Arbeit getan war, wurde es ihr langweilig, und sie klagte, daß sie an der Minge vieles zu beschicken habe.

Der Fischer redete ihr zu, ein paar Wochen zu bleiben und abzuwarten, aber sie wollte reisen. Eines Morgens stand sie, kaum daß das Licht über dem Haff erschien, mit umgehängter Tasche, den Krückstock geschultert, vor der Haustür, um zu Fuß nach Hause zu wandern. Sie gedachte, die Nehrung hinauf bis Memel zu spazieren und auf der anderen Seite bergab gen Heydekrug; von dort sollte sie der Milchwagen an die Minge mitnehmen.

Kurat nahm ihr den Krückstock aus der Hand und führte sie ins Haus zurück.

Du wirst dir den Tod holen, sagte er, aber sie antwortete ihm mit Jesaja, Kapitel 28, Vers 16.

Danach wurde sie mucksch, verweigerte die Nahrung und hörte auf zu singen. Ihrer Tochter sagte sie, sie werde, sobald der Frost komme, zu Fuß über das Eis gehen, und niemand könne sie davon abhalten. Wenn Krieg kommt, bleibt der

Bauer bei seinem Land, der Fischer bei seinen Fischen und eine alte Frau in ihrem Garten.

Sie bangt sich so, sagte Huschke. Wenn du sie nicht nach Hause fährst, stirbt sie uns unter den Händen.

Zu Hause wird sie auch sterben, antwortete Kurat.

Da die Friedlichkeit mit Händen zu greifen war, weder im Norden noch Osten Kanonendonner grollte, mußte er die Oma an die Minge fahren. Um ihr die Reise angenehm zu machen – weil es schon herbstlich kühl und windig war –, baute er aus Kiefernholz einen Unterstand, eine Art Hütte, die er mitten in den Kahn setzte. Darin sollte die alte Frau windgeschützt und unter Dach über das Haff segeln. Daß er mit dieser Kiste Größeres vorhatte, verschwieg er, denn die Zeit war noch nicht gekommen.

Eines Morgens brachen sie auf, die Oma im schwarzen Kleid wie zum Kirchgang. Huschke und die Mädchen begleiteten sie zur Mole, wo der Fischer und Erwin warteten.

Weiß Gott, ob wir uns wiedersehen, flüsterte Huschke.

Die Oma lachte. Wenn die Russen kommen, werd' ich Litauisch mit ihnen reden, das wird helfen.

Da es warmes Wetter war, ließ sie sich nicht bewegen, in die Hühnerkutz, wie sie den Unterstand nannte, zu steigen. Sie nahm Platz auf dem Fischbrett, die Beine in eine Decke und den Kopf in einen Schal gewickelt, so hielt sie Ausschau nach festem Land.

Sie landeten am frühen Nachmittag. Der Fischer begleitete sie zu ihrem Haus, Erwin trug die Tasche. Ein bißchen wunderte sie sich, daß so viele nicht zu Hause waren, auch die verkrauteten Gärten fielen ihr unangenehm auf. Der Poluda war ausgeflogen, der Gubitsch auf und davon, vom Geruleitis gar nuscht zu sehen. Weil der September aber ein überaus friedlicher Monat war, hatten einige auch den Heimweg angetreten, um nach dem Rechten zu sehen. Die Frau Hanisch aus dem Nachbarhaus kam ihr entgegengelaufen und begrüßte die Oma mit Freudentränen. Beim alten Bartsch am Ende der Straße räucherte der Schornstein, was sie für ein gutes Zeichen hielt.

Ihr Haus war unversehrt, nur der Garten schrie nach einer ordnenden Hand. Die Pumpe gab sofort Wasser, und siehe da, als die Oma den Schalter drückte, brannte auch die Lampe. Der Fischer kachelte Herd und Ofen ein, um das Haus, das ein wenig schimmelig roch, auszutrocknen. Als die Rauchzeichen in den Himmel kräuselten, wußte jeder: Die Oma ist angekommen.

Sie bestand darauf, ihren beiden Männern, bevor sie die Rückfahrt antraten, eine Suppe aus dem Garten zu kochen, denn mit leerem Magen darf kein Mensch die Minge verlassen. Sie gab Mohrrüben, Petersilie und Schnittlauch hinein, reichlich Zwiebeln, Porree und Sellerie, dazu ein Stück Speck, groß wie eine Männerhand. Da sie gerade beim Ernten war, band sie ein Dutzend Zwiebelchen zusammen als Mitbringsel für ihre Tochter auf der Nehrung.

Nachdem alles gesagt und besprochen war, die Suppe zur Neige ging, Erwin auf Bitten der Oma ein paar Äpfel vom Baum geschüttelt hatte zum Mitnehmen und für die Bratröhre, nachdem das alles geschehen war und der Ofen gemütliche Wärme abstrahlte, ließen sie die alte Frau allein und begaben sich mit gutem Wind aufs Haff. Unterwegs warfen sie kurz die Netze aus, um wenigstens Abendbrot mitzubringen, denn ein Fischerkahn, der leer an der Mole anlegt, ist ein trauriger Anblick.

Huschke empfing sie mit sorgenvollem Gesicht. Die Standuhr war stehengeblieben und durch nichts zu bewegen, die Zeit anzuzeigen. Die grau-weiße Katze saß vor dem Uhrenkasten und wartete vergeblich auf den Pendelschlag. Ja, wenn der Uhrmacher aus Königsberg da wäre, der wüßte zu helfen.

Das sowjetische Oberkommando stellte den Fronten mit seiner Direktive vom 24. 9. 1944 neue Aufgaben. Die 1. Baltische Front hatte einen Stoß in allgemeiner Richtung Memel zu führen. Sie sollte im Abschnitt Palanga-Memel-Memelmündung die Ostseeküste erreichen ... Der Beginn des Angriffs wurde auf den 1./2. Oktober festgesetzt.

»Geschichte des Großen Vaterländischen Krieges«

Die Stadt hatte sich ausgeglüht. Ihre Steine waren erkaltet, die Leichen aus dem Schloßteich geborgen und bestattet, irgendwo. Durch die Trümmerstraßen fuhren wieder die Elektrischen, umkurvten den Turm des Schlosses, hielten wie gewohnt vor der Universität und dem Dom, ohne daß Fahrgäste zustiegen. Die Fenster zeigten mehr Bretter und Pappe als Glas, die Lichtspielhäuser, sofern sie noch spielten, noch Häuser waren und Licht besaßen, zeigten heitere Filme von »Fritze Bollmann« und den »Dreien von der Tankstelle«. In den Blumenläden übernahmen die Herbstastern das Regiment, auch die Trauerblume Chrysantheme war häufiger gefragt. Dem »Blutgericht« war der Rotwein ausgegangen, über seinen Trümmern hing trotzig ein Transparent: »Uns geht die Sonne nicht unter«.

Sie ging aber doch mit fortschreitendem Herbst immer früher unter und später auf. Die Einkellerungskartoffeln wurden aufgerufen, ebenso die Winterfeuerung. Das Winterhilfswerk sammelte unverdrossen Geld und Wollstrümpfe für noch kältere Zeiten. Schon am 18. September gingen die Kinder wieder in Ferien, damit sie auf dem Lande beim Kartoffelsammeln helfen konnten. Keine Flugzeuge störten die Kartoffelsammler und die Nachtruhe, abgesehen von einem Fotografen der Royal Air Force, der die Stadt umkreiste, um festzustellen, ob gute Arbeit geleistet worden war. Die östliche Provinz kam in den Nachrichten nicht mehr vor, der Krieg tobte in anderen Gegenden. In den Wehrmachtsberichten von der Südfront ging es um so schöne Namen wie Toskana, Lombardei und Venezien, in Le Havre an der Kanalküste kämpften die letzten Helden. Der Feldpostbrief, den er an Magdalena Rusch per Adresse Kurhaus Rossitten geschickt hatte, kam ohne nähere Angaben nach Italien zurück. Die Adressaten erreicht hatte offenbar sein Brief an die Münzstraße. Obwohl er wußte, daß die Münzstraße postalisch nicht mehr existierte, hatte er an die alte Adresse geschrieben, hoffend, jemand werde schon wissen, was aus den Bewohnern geworden sei, und den Brief nachsenden.

Endlich erreichte ihn Post aus Königsberg. Einen kurzen Augenblick hoffte er, es könnte ein Brief von Magdalena sein. Als er ein Schreiben seines Vaters in Händen hielt, war er auch zufrieden. Ein bißchen schämte er sich, daß er lieber eine andere Nachricht gehabt hätte.

»Der Luftschutzbunker, in den wir uns in jener Nacht begaben, hat Gott sei Dank standgehalten«, schrieb Vater. »Mutter und ich sind vorübergehend in einer Schule in Ponarth untergebracht.«

Ponarth, war das nicht die arme Gegend, in der der Schuster Rusch lebte?

»Wir sind beide wohlauf, Mutter ein wenig geschwächt von der üblichen Herbsterkältung.«

Über das, was der Münzstraße zugestoßen war, schrieb Vater kein Wort. Nur, daß er tüchtig beim Trümmerräumen helfe und schon Schwielen an den Händen habe, ihm die körperliche Arbeit an der frischen Luft aber gut bekomme. Außerdem gebe es für Trümmerräumen Sonderrationen an Nährmitteln.

Am Ende des Briefes teilte Vater mit: »Unsere langjährige Nachbarin, die Tante Rohrmoser, mußten wir leider zur letzten Ruhe geleiten.«

Kein Wort davon, woran sie gestorben war. Er stellte sich ihre Beerdigung vor. Die Verwandtschaft aus der Gumbinner Gegend war zum Folgen gekommen. Glocken läuteten. Ein Trauerzug bewegte sich durch die unzerstörte Altstadt zum Sackheimer Tor. Straßenbahnen hielten, Passanten blieben stehen und zogen den Hut. Am Grabe sprach der Pfarrer vom

329

Leidensweg der Salzburger und daß es der Agnes Rohrmoser nicht vergönnt gewesen sei, das Land ihrer Väter zu besuchen. Zurück ließ sie jene düstere Stube mit den alten Bildern und ausgestopften Vögeln, einen mächtigen Kachelofen voller Erinnerungen und eine Stimme, die wunderliche Geschichten erzählte.

»Wir werden, sobald es geht, nach Bad Pyrmont reisen«, teilte Vater mit.

Es folgte ein Hinweis auf die Brennbarkeit von Bernstein: »Stell dir vor, das berühmte Bernsteinzimmer, das unsere Soldaten aus dem Leningrader Raum nach Königsberg geschafft hatten, ist ein Opfer der Flammen geworden. Es hat die gewaltige Hitze nicht ertragen und sich in nichts aufgelöst.«

In seinem Antwortbrief bat Hermann um Nachforschungen nach Magdalena Rusch.

Den Tresor in der Münzstraße wagte er nicht zu erwähnen, auch fragte er nicht nach Vaters Uhren. Ausführlich beschrieb er die italienischen Farben und die anhaltende Wärme. Er habe in der Adria gebadet. Bald werde die Weinlese beginnen, verkündete er. Keine Erwähnung fand die leichte Verwundung am Oberarm, eigentlich nur ein Hautkratzer und nicht der Rede wert.

Am 1. Oktober teilte der Uhrmacher Kallweit der Vogelwarte Rossitten mit:

> Habe in den letzten Tagen ein eigenartiges Phänomen beobachtet. Hunderte von Graugänsen rasteten in den Trümmern der Vorstädtischen Langgasse. Ich halte diese Veränderung des Vogelzuges für bemerkenswert und möchte empfehlen, die näheren Umstände zu erforschen. Hochachtungsvoll. Albrecht Kallweit

Ohne viel Nachdenken war ihm die Floskel »Hochachtungsvoll« in die Feder geflossen. Er merkte es erst, als er den Brief eingeworfen hatte und es zu spät war, korrigierend das übliche »Heil Hitler« unter das Schreiben zu setzen.

Eine Antwort bekam er nicht. Anfangs glaubte er, die Vogelwarte habe sich an der ungewöhnlichen Schlußformel gestört, dann neigte er zu der Annahme, daß es in Rossitten niemand mehr gebe, der Briefe beantworten konnte. Die Post an die Vogelwarte wurde weitergeleitet zum Bodensee, wo sie nach Ende des Krieges, als »Hochachtungsvoll« wieder angebracht war, eingetroffen sein dürfte.

Korrekt mit »Heil Hitler« war dagegen das Ersuchen der Eheleute Kallweit unterschrieben, die Stadt verlassen zu dürfen, um nach Bad Pyrmont zu reisen. Hier kam auch prompt eine Antwort, allerdings nicht im Sinne der Antragsteller. Er werde gebraucht, es seien noch Trümmer zu räumen. Erst wenn die Stadt vollständig wiederhergestellt sei, könne an weitere Reisen gedacht werden. Im übrigen sei das Umherreisen von Privatpersonen unerwünscht, es behindere den kriegswichtigen Eisenbahnverkehr.

> Wanderer, kommst du nach Sparta, verkündige dort,
> du habest
> Uns hier liegen gesehn, wie das Gesetz es befahl.
> *Distichon des Simonides über die Schlacht bei den*
> *Thermopylen*

Und nun der Oktober. Über dem Haff waberten morgens und abends die Nebel, ihre weißen Schwaden umgarnten die Kähne. Die Dünen sahen grau aus, nicht von der Asche, sondern von der Feuchtigkeit. Die Ostsee brandete heftiger, aber niemand nahm Notiz davon, es sammelte auch keiner Bernstein. Schiffe legten nur noch selten an, meistens kamen sie in militärischer Mission. Alle Fremden hatten die Nehrung verlassen, es wurde stiller, viel stiller.

Bis zum Morgen des 5. Oktober. Da erklangen von Memel her die Stimmen der Kanonen, und der Fischer sagte zu seiner Frau: Es geht wieder los.

Das Radio erwähnte Fluß und Ort Minge mit keinem Wort, trotzdem lief Huschke besorgt durchs Haus.

Es liegt nur am Wind, sagte der Fischer. Der trieb ihnen den Kanonendonner zu, als feuerten die Geschütze in Omas Garten. In Wahrheit kam der Lärm von weit her aus dem Litauischen. Abends erblickten sie einen roten Feuerschein im Norden, wo es nie Gewitter gab. Die Stadt Memel brannte.

Als sie in den Betten lagen, bat Huschke den Fischer von Herzen, er möge zur Minge reisen, um die Mutter zu holen. Eigentlich hatte er andere Pläne, aber sie bat ihn so dringlich, daß er nicht nein sagen konnte. Nur der Junge durfte nicht mitkommen, darauf bestand Kurat. Den schicken wir zum Bernsteinsammeln an den Strand oder zum Aalangeln in die Ruinen des Schlosses. Vielleicht kann er dir die letzten Kartoffeln ausgraben. Auch die Mohrrüben müssen aus der Erde. Wir werden sie brauchen.

Im Morgengrauen, als der Donner wieder heftiger einsetzte, begab er sich zur Mole, um den Kahn aufzuklaren. Über dem Festland entdeckte er Rauchsäulen, die wie abgestorbene Bäume in den Himmel zeigten. Huschke begleitete ihn, und als Kurat ablegen wollte, fragte sie, ob sie mitkommen solle.

Geh du nach Hause und beschäftige den Jungen, damit er nicht auf dumme Gedanken kommt.

Er hielt gerade Kurs auf die Rauchsäulen zu, blickte sich nicht um, denn er wußte, wo er war und wie die Kurische Nehrung vom Haff her aussieht. Die Pfeife ging ihm aus. Er trank aus der Flasche und bedachte, während er mit sich und der Neringa allein dahinsegelte, was gewesen war und was vielleicht kommen wird. Hin und wieder spuckte er über die Planken zu den Fischen.

Als sich das Land zu erkennen gab, Kurat schon einzelne Häuser, Straßen und Alleebäume sehen konnte, kam ein Schnellboot längsseits. Ein schmächtiges Kerlchen in Marineuniform schrie durchs Megaphon, daß eine Weiterfahrt unmöglich sei, im Raum Heydekrug werde gekämpft.

Kurat erklärte, daß er nicht nach Heydekrug, sondern an den Mingefluß fahren wolle, um eine alte Frau abzuholen.

Das ganze Memelland hat den Räumungsbefehl erhalten, es ist niemand mehr da, den man abholen könnte, verkündete das Megaphon.

Also sehen wir uns in einem anderen Leben wieder, murmelte Kurat und drehte bei.

Es dunkelte bereits, als er in Rossitten eintraf. Weil er allein kam, weinte Huschke ein bißchen, stellte aber keine Fragen. Die Oma wird Litauisch mit ihnen sprechen, und sie werden ihr nichts tun, sagte der Fischer.

Der Junge kam nach Hause und erzählte, die Nehrungsstraße sei voller Flüchtlinge aus Memel. Den ganzen Tag seien sie südwärts gezogen, gerade so wie die Viehherden im August. Er fragte seinen Vater, ob er den Feind gesehen habe.

Mir ist nur ein Schnellboot begegnet mit einem Grünschnabel wie du, der mir zugerufen hat, daß die Fahrt an die Minge verboten ist.

333

Nachts hörte der Junge, wie sie am Ofen saßen und miteinander sprachen.

Wir werden auch flüchten, sagte Kurat.

Du willst flüchten, aber meine Mutter soll an der Minge bleiben! antwortete Huschke.

Sie nehmen sich alle Frauen, heißt es.

Das ist weiß Gott nicht christlich.

Auch die Kinder sind vor ihnen nicht sicher, sie nehmen sich zwölfjährige Mädchen.

So was ist im ersten Krieg nicht vorgekommen, meinte Huschke.

Ja, der erste Krieg war noch ein menschlicher Krieg.

Die Eltern gingen in die Kammer, in der Lina und Gesine schliefen. Danach kamen sie zu ihm und standen vor seinem Bett. Erwin stellte sich schlafend.

Am Morgen ging es weiter mit dem Gegrummel im Nordosten. Die Rote Armee erreichte die Seeküste bei Palanga, für ein Bad in den Wellen war es schon zu kühl. Nimmersatt, das nördlichste Ostseebad des Reiches mit seinem schönen hungrigen Namen, ging verloren, nachdem die letzten Gäste abgereist waren. Die Bewirtschaftung des Gutes Matzicken, auf dem Hermann Sudermann seine Kindheit verlebt hatte, ging in andere Hände über.

Die Fischer trafen sich im Hafen, um über dieses und jenes zu reden. Die wenigen, die Seeboote besaßen, sprachen davon, daß sie per Schiff das Samland besuchen wollten. Die meisten gaben zu verstehen, daß sie bleiben werden. Was sollte ihnen Schlimmes widerfahren? Sie hatten nichts Böses getan, also wird man ihnen auch nichts tun. Warum ihnen die Hütten anstecken oder die Kähne versenken? Es wird weitergehen wie zu allen Zeiten, denn Fischer braucht es immer.

Tauroggen wurde nach erbitterten Kämpfen geräumt, gab der Wehrmachtsbericht bekannt; die preußisch-russische Waffenbrüderschaft gegen Napoleon fand ein Ende. Was mag aus der berühmten Mühle geworden sein? Mühlen sind gefährdet,

334

sie brennen gern, ihre Flügel heben ab, sie machen sich auf und davon.

Das Radio meldete, daß »Versuche des Gegners, unseren Brückenkopf um Memel einzudrücken«, gescheitert seien. Ein Brückenkopf also. Wenn Memel ein Brückenkopf ist, muß die Rote Armee am Haff stehen. Bald wird sie einen Abstecher nach Nidden und Schwarzort unternehmen. Die Rote Armee auf der Kurischen Nehrung! Wer hätte das gedacht! Ob sie den neuen Herren gefallen wird, die Wunderwelt des Sandes und Windes? Auch sie werden Gedichte schreiben und Bilder malen über den Zauber der Nehrung.

Als Kurat hörte, daß Flüchtlinge von der Windenburger Ecke mit Kähnen in Pillkoppen eingetroffen seien, nahm er sein Fahrrad und fuhr die Nehrungsstraße nordwärts. In Pillkoppen eingetroffen, fragte er nach einer Frau Bruschkat vom Mingefluß, erhielt aber keine Antwort. Nur soviel, daß das Städtchen Minge gestern mit Flüchtlingen verstopft gewesen sei.

Wie steht es um Heydekrug?

In Heydekrug war schon der Russe.

Was sagt man über Prökuls?

Auf der Straße Prökuls-Heydekrug kamen russische Panzer den Flüchtlingstrecks entgegen. Wir sprangen ab und rannten zu Fuß über die Felder, bis wir die Haffküste erreichten. An die viertausend Menschen standen bei Windenburg am Wasser und warteten darauf, daß wieder wie in uralter Zeit eine Brücke nach Nidden entstünde. Im Schutze der Dunkelheit wurden sie mit Schuten und Kähnen zur Nehrung übergesetzt.

In den Gebieten Ostpreußens, die in den ersten An-
griffstagen von den sowjetischen Truppen besetzt
worden waren, befanden sich nur Frauen, Greise
und Kinder. Das Zusammentreffen mit der Roten
Armee machte auf sie einen großen Eindruck. Viele
staunten darüber, daß die Soldaten und Offiziere der
Roten Armee nicht zerlumpt, ausgemergelt, schlecht
bewaffnet und grob waren, sondern entgegen ihren
Erwartungen gut gekleidet, gesund, freundlich und
kinderlieb auftraten.

»Geschichte des Großen Vaterländischen Krieges«

Am Vormittag wühlte sie im Garten, denn über Nacht hatte es
Rauhreif gegeben, so daß es Zeit wurde. Mohrrüben in Fülle
und Kartoffeln so reichlich, daß sie wohl bis Pfingsten reichen
würden. Sie wollte noch ein Fäßchen sauren Kumst einlegen,
denn der Winter ist lang, und der Magen braucht Abwechs-
lung.

Gegen zehn Uhr hörte sie einen gewaltigen Knall. Vielleicht ist die Luisenbrücke in Tilsit in den Strom gefallen. Die
arme Königin wird sich im Grabe umdrehen.

Tatsächlich kam der Lärm von der See, wo die Kreuzer
»Lützow« und »Prinz Eugen« ihre Kanonen abfeuerten und
in den Kampf um die Stadt Memel eingriffen. Aber davon
wußte die Oma nichts.

Fremde hasteten vorüber und forderten sie auf mitzukom-
men, denn es sei höchste Zeit.

I wo! winkte sie ab. Wenn einer so alt ist wie ich, ist es immer höchste Zeit.

Als sie zum Mittagessen ins Haus ging, spürte sie, daß niemand mehr da war. Die Schornsteine räucherten nicht mehr.
Nur Tiere waren geblieben. In Nachbars Apfelgarten sprangen blökende Kälber umher, Katzen saßen vor den Haustüren, putzten gelangweilt ihren Schnurrbart, die Hunde hörten
nicht auf, ihre Höfe zu bewachen.

Nachdem sie die Mittagssuppe gegessen hatte, wollte sie ein bißchen schlafen, aber die Krähen ließen sie nicht zur Ruhe kommen. Ein ganzer Schwarm war eingefallen. Die schwarzen Vögel hingen in den Bäumen, saßen auf Pumpenschwengeln und Dachfirsten, rissen sich auf dampfenden Misthaufen um Würmer und spazierten gravitätisch die Dorfstraße entlang, als gehörte ihnen alles. Als die Oma vor die Tür trat, um sie wegzuschichern, blieben sie unbeirrt sitzen, als führten sie hier das Regiment. Da wurde ihr doch ein wenig bange zumute.

Das Krähenspektakel nahm erst ein Ende, als am Ortseingang Schüsse fielen. Der Schwarm erhob sich, verdunkelte kurz den Himmel und schwebte davon Richtung Haff. Vermutlich werden sie zur Nehrung fliegen, wo Huschke lebte mit den Kindern und immer noch Frieden herrschte. Die Krähen waren fort, aber das Gewehrfeuer hörte nicht auf. Die Hunde, die bellend ihre Höfe bewacht hatten, verstummten einer nach dem anderen. Die Katzen flüchteten in leere Scheunen. Ein Gehöft begann zu brennen. Rauchschwaden wälzten sich die Straße entlang und zogen in die Richtung, in die die Krähen geflogen waren.

Gegen drei Viertel drei stürmten fünf Mann in den Vorgarten. Einer trat die Tür ein. Die alte Frau ging den Herrschaften entgegen, wollte fragen, ob sie ihnen den Rest der Mittagssuppe vorsetzen dürfe, als ein Feuerstoß aus der Maschinenpistole den großen Spiegel zertrümmerte. Ach, das schöne Kristallglas!

Litauisch verstanden sie kein Wort, denn sie kamen, wie an ihren runden Gesichtern und den schmalen Augen zu erkennen war, aus sehr fernen Gegenden. Als nächstes schossen sie ihren toten Mann von der Wand, was zu verstehen ist, denn auf dem Bild trug er eine Uniform, nicht die des Führers, sondern des Kaisers, aber Uniform ist Uniform. Sie vergingen sich auch am Küchengeschirr, schossen ein Loch in den Wassereimer, so daß die Flüssigkeit in die Stube plätscherte. Schließlich schickten sie die alte Frau vor die Tür. Sie wollten

337

allein sein, wenn sie die Betten aufschlitzten, vom Sofa den Plüschbezug entfernten und das Fensterglas klirren ließen.

Einer folgte ihr in den Garten.

Weiter! zeigte er. Zum Deich hinauf sollte sie gehen. Dawai! Dawai! rief er.

Als sie einen Steinwurf entfernt war, niemand das Weiße in ihren alten Augen, das Lachen um die Mundwinkel, die Falten des Alters, das graue Silberhaar unter dem schwarzen Kopftuch erkennen konnte, als sie nur noch ein dunkler Strich war, der sich langsam dem Wasser zubewegte, geschah es, daß der Soldat sein Magazin leerfeuerte und die letzten Krähen, die als Nachzügler auf den Dächern ausgeharrt hatten, erschreckt davonflogen.

Denn Liebe ist stark wie der Tod, und ihr Eifer ist fest
wie die Hölle. Ihre Glut ist feurig und eine Flamme
des Herrn, daß auch viele Wasser nicht mögen die
Liebe auslöschen noch die Ströme sie ersäufen.

Das Hohelied Salomos, Kap. 8, Verse 6, 7

Einer der letzten schönen Tage. Huschke gräbt Dahlienknol-
len aus der Erde, denn es will Winter werden. Sie denkt, daß
sie die Blumen im nächsten Jahr, wohl in den ersten Maitagen,
an anderer Stelle setzen und vorher Mist in die Erde geben
wird, damit sie, wenn der Sommer kommt, üppig blühen. Sie
denkt an den Frühling und den August des kommenden
Jahres.

Während sie gräbt, sieht sie eine Person vom Kurhaus kommen, eine junge Frau in dunkler Kleidung. Am Zaun bleibt sie
stehen und fragt, als Huschke den Rücken gerademacht: Hat
bei Ihnen nicht die Familie Kallweit gewohnt?

Huschke nickt und wischt die Hände an der Schürze ab.

Die Frau tritt näher. Huschke denkt, daß sie schon einmal
vor ihrer Tür gestanden hat.

Ich wollte sie in der Münzstraße besuchen, aber die Münzstraße gibt es nicht mehr.

Sie sieht blaß aus, sie hat Ränder unter den Augen, und sie
trägt Schwarz.

Huschke fragt, ob sie Trauer habe.

Mein Mann ist in Frankreich gefallen, sagt die Frau. In der
Stadt Le Havre ... Schon am 24. August. Ich habe es erst vor
einer Woche erfahren.

Huschke murmelt Litauisches.

Waren Sie im August nicht schon einmal bei uns?

Ja, es war ein schöner Sommer, antwortet die junge Frau.
Das große Feuer hat alles zerstört, auch seine Feldpostnummer. Ich dachte, Sie könnten mir helfen. Hat er nicht aus Italien geschrieben?

Huschke schlägt das Kreuz und spricht Litauisches.

339

Wir reisen auch bald, sagt sie und schüttelt heftig den Kopf.

Ich mußte damals den Kontakt zu ihm abbrechen, weil es nicht anders ging. Ich nannte ihm einen falschen Namen und eine Adresse, die nicht stimmte. Aber nun bin ich allein und möchte ihn wiedersehen.

Großer Gott, flüstert Huschke.

Die Frau reicht einen Zettel über den Zaun.

Huschke liest: Magdalena Gröben, Tiergartenstraße 27, Mittlere Hufen, Königsberg.

Haben Sie Kinder?

Dafür hatten wir keine Zeit, antwortet die Frau und lächelt müde. Mein Mann war bei der Luftwaffe. Wir waren elf Monate verheiratet, lebten aber nur drei Wochen zusammen. Im Sommer wollten wir ein paar Tage auf der Nehrung verbringen. Ich hatte schon ein Zimmer für uns bestellt, aber wegen der Invasion in der Normandie bekam er keinen Urlaub. Da bin ich allein auf die Nehrung gefahren.

Huschke murmelt Litauisches.

Ich reise jetzt zurück in die Stadt und werde dort bleiben, solange es geht, sagt die Frau.

Wir reisen auch bald.

Die Frau reicht die Hand über den Zaun. Huschke erschrickt von den kalten Fingern.

Dann geht sie. Huschke sieht ihr nach, wie sie davonschwebt. Sie spaziert gemächlich, fast könnte man sagen, sie lustwandelt auf der staubigen Straße zum Kurhaus. Dort wird sie unsichtbar.

Das macht der Krieg, murmelt Huschke und fängt wieder an zu graben.

Sie hat über diese Begegnung kein Wort verloren, nicht einmal dem Fischer hat sie es erzählt. Es kam ihr unschicklich vor, fast unanständig, daß eine junge Frau an dem Tage, an dem ihr Mann im fernen Frankreich zu Tode kam, mit einem anderen in den Dünen der Kurischen Nehrung lag. Nur dem Mohrenkopf hat sie es gesagt, aber der konnte schweigen.

Dem fliehenden Volk Israel öffnete sich das Rote
Meer, den flüchtenden Ostpreußen fror das Haff zu
einer festen Straße.

Es wurde Zeit. In den Zeitungen erschien der Erlaß über die
Gründung des Volkssturms. Männer zwischen sechzehn und
sechzig Jahren sollten das Vaterland retten. Der Junge war
sechzehn Jahre und sieben Wochen alt!

Back noch einmal Brot, Huschke. Such die Papiere zusammen und verwahr die Einmachgläser in der Wäschezich.

Wohin willst du fahren?

Den Zugvögeln nach, antwortete er und zeigte zum Himmel.

Willst du mit dem Fahrrad auf die Flucht gehen?

Wir haben die Neringa, das Wasser und den Wind, das muß
reichen.

Großer Gott, er will mit dem Kahn flüchten!

Kurat machte sich jetzt viel an seinem Boot zu schaffen,
verstärkte die Bohlen, baute den Unterstand aus und gab ihm
ein Dach aus Brettern. Er besorgte Fender, die er von außen
um den Kahn legte, denn er rechnete mit Treibeis.

Pack die Betten ein und nimm mit, was warm hält!

In der Dunkelheit trugen sie Säcke auf den Kahn, gefüllt
mit Kartoffeln, Mehl und etlichen Gläsern Eingemachtes.
Dazu ein Fäßchen Sauerkraut.

Nein, an Hunger werden wir nicht sterben.

Für alle Fälle nahm der Fischer ein Netz mit, um es unterwegs auszuwerfen.

Huschke bestand darauf, auch Hühner einzuladen.

Was soll das für eine jämmerliche Flucht werden mit dem
Federvieh an Bord! schimpfte Kurat. Der Hahn wird krähen,
die Hühner werden seekrank, und wenn sie legen, gibt es weiter nichts als Brucheier.

341

Da er seiner Frau in den letzten Tagen nichts abschlagen konnte, tat er ihr den Gefallen und baute dem Federvieh einen Verschlag, damit es auch auf die Reise gehen konnte. Für jedes Familienmitglied ein weißes Huhn, dazu den rotbraunen Hahn. Den übrigen Hühnern schlug Huschke den Kopf ab, sie gingen wie die Krähen in eingepökeltem Zustand auf die Flucht.

In ordentlichen Zeiten schlachtete Kurat sein Schwein drei Wochen vor Weihnachten, meistens zum Nikolaustag. Aber nun ging es unordentlich zu, und so kam es zu einem Schlachtfest im Oktober, an einem Freitag. Der Pochel wog keine zweieinhalb Zentner, die Mast sollte erst beginnen, aber dafür reichte die Zeit nicht mehr. Am Abend loderte ein Feuer in Kurats Garten, das Schwein quiekte um sein Leben, Lina und Gesine hielten sich die Ohren zu und flüchteten hinter die dicken Mauern der Kirche. Das Brühwasser kochte heftig, der Dampf stieg in die kalte Oktobernacht. Schlachter Ehret wetzte die Messer, daß es den Ohren weh tat. Huschke stand mit Eimern und Schüsseln bereit, die Ärmel hochgekrempelt, um Blut zu rühren. Auf dem Festland grummelten die Kanonen.

Wenn sie dein Feuer sehen, werden sie in unseren Garten schießen, sagte Huschke und wunderte sich, daß die Verdunkelungsvorschriften nicht fürs Schweineschlachten galten.

Kaum hatte das Tier den letzten Laut von sich gegeben, kniete Huschke nieder, rührte mit bloßen Händen das Blut, das aus dem Körper schoß, rührte und rührte, damit es nicht klumpte und vorzeitig dick wurde. Nun kehrten auch die Mädchen aus ihrem Versteck zurück und sahen zu, wie das Schwein im Schein der Fackeln ausgenommen und auf die Leiter gebunden wurde. Über dem Feuer brannten sie die Borsten ab.

Hast du Genehmigung, ein Schwein zu schlachten? fragte Ehret, nachdem er seine Arbeit getan hatte.

Ein Schwein pro Jahr steht jedem zu ohne Genehmigung, erwiderte Kurat. Wir haben seinen Tod um acht Wochen vorgezogen.

Wie immer gab es Schnaps.

Haben wir noch Zeit, Blutwurst anzurühren?

Ein Schlachtfest ohne Blutwurst ist rein gar nuscht, behauptete Kurat, aber Huschke meinte, es sei gar kein Schlachtfest, sondern eine Art Notschlachtung. Wurstsuppe werden die Mädchen nicht mehr zum Schmecken austragen können. Auch an Rauchwürsten wird es mangeln, denn die brauchen ihre Zeit.

Sie schnitten den Speck in handliche Stücke, räucherten ihn über dem Feuer kurz an und trugen ihn in einem Kartoffelsack auf den Kahn.

Nein, an Hunger wird die Familie Kurat nicht sterben.

Sie arbeiteten die Nacht über an dem Schwein, schliefen in den Tag hinein, der ein goldener Oktobertag werden wollte, und kamen erst auf die Beine, als der Briefträger in die Kirchenstraße einbog. Huschke sah ihn kommen, wollte hinauslaufen, aber Kurat befahl ihr, in der Küche zu bleiben. Er selbst ging zur Gartenpforte, redete mit dem Postmann über das Wetter und die nassen Füße, nahm das amtliche Schreiben entgegen, quittierte den Empfang, steckte seine Pfeife an, blieb am Gartenzaun stehen, bis die Amtsperson außer Sichtweite war, schlenderte unauffällig, als wüßte er nicht recht, was zu tun sei, zum Geräteschuppen, schloß die Tür hinter sich, öffnete den Brief, las ihn gründlich, las auch zweimal und entdeckte plötzlich, daß die Feuerstelle, an der sie nachts dem Schwein die Borsten abgebrannt hatten, noch Glut besaß. Er stocherte in der Asche, ging in die Hocke, pustete das Feuer an, gab das Papier hinein und blieb stehen, bis eine kleine Flamme es verzehrte. Nachdem sie erloschen war, trampelte er die Asche auseinander, ging zu Huschke, von der er wußte, daß sie am Küchenfenster gestanden und zugesehen hatte, und sagte: Nun wird es wirklich Zeit.

Dem Jungen gab er Order, auf den Kahn zu gehen, sich in den Unterstand zu legen und auf Vorrat zu schlafen. Wir werden eine weite Reise antreten, sagte er. Und du mußt mir helfen. Nimm die Paddel mit, denn es könnte sein, daß da, wo wir hinfahren, kein Wind ist.

343

Um die Mittagszeit kam einer vorbei und behauptete, das Städtchen Minge sei in feindliche Hand gefallen. Huschke blieb nicht viel Zeit, darüber nachzudenken. Sie fuhr aber doch ein Stückchen den lieblichen Mingefluß abwärts, sah sich unter tiefhängenden Weidenbüschen spazierengehen und bei der Heuernte auf den Wiesen der Niederung.

Kurat sprach mit den Nachbarn. Er wolle der Frau und der Kinder wegen zu anderen Fischgründen aufbrechen, sagte er, und alle wußten, wie es gemeint war.

Die Sonntagskleidchen der Mädchen wanderten auf den Kahn, ebenso Erwins Konfirmationsanzug und des Fischers schwarze Kluft für Beerdigungen. Huschke legte die Kette aus den Schuppen des seltenen Ukeleifisches um ihren Hals, ein Pungelchen Bernstein, von den Kindern am Meer gesammelt, drückte sie Lina in die Hand; man wird das Gold der Ostsee brauchen. Zehn Laibe Brot, frisch gebacken und noch duftend, wurden in weiße Laken gewickelt und zum Wasser getragen. Nein, an Hunger werden wir nicht sterben.

Um drei Viertel vier erlebten sie ein kleines Wunder. Die Standuhr, die seit Wochen geschwiegen hatte, fing an zu schlagen.

Wir sollten sie mitnehmen, sagte Huschke, andächtig vor dem Uhrenkasten stehend. Sie verwahrte die schweren Gewichte in einem Kissenbezug. Kurat legte die Uhr flach, die Mädchen faßten vorn an, der Fischer hinten, so trugen sie sie wie einen Sarg aus dem Haus, und bei jedem Schritt gab die Standuhr leise klagende Töne von sich.

Huschke goß Wasser ins Herdfeuer. Eine Hand griff das Gesangbuch, die andere trug die Tasche mit den Papieren in deutscher und litauischer Sprache. Den Haustürschlüssel nahm sie an sich, schloß aber nicht ab, denn auf der Nehrung war es Brauch, daß alle Türen offenblieben.

Haben wir alles bedacht?

Was wir vergessen haben, brauchen wir nicht, antwortete der Fischer.

Als die Häuser sich in die Dämmerung kuschelten, der

dunkle Leuchtturm wie ein Schatten seiner selbst vom Haffufer her grüßte, die Dünen ihr abendliches Grau annahmen,
legte die Neringa ab, und niemand war da, der ihr nach-
winkte. Mit halbem Wind segelten sie aufs Haff, als ginge es
zum Fischen. Unterwegs begegneten sie Kähnen aus Karkeln
und Sarkau, die so taten, als sei Fischefangen immer noch das
wichtigste.

Nach Stunden näherten sie sich dem Leuchtfeuer von Rinderort, das auch keine Zeichen mehr von sich gab. Da hielt
Kurat es für an der Zeit, den Jungen aus dem Verschlag zu rufen, um ihn zu unterweisen.

Hör mal zu, sagte er. Wir werden nun das Kurische Haff
verlassen, nicht für immer, aber doch für eine gewisse Zeit.
Wir werden in den Deimefluß segeln, von dort in den Pregel
und weiter zum Frischen Haff. Was danach kommt, weiß keiner. Es geht nicht um dich oder mich, sondern darum, daß wir
deine Mutter und die Mädchen in Sicherheit bringen müssen.
Ich denke, wir werden bis ins Pommersche kommen. Dann
müssen wir weitersehen. Die Arbeit werden wir uns teilen.
Ich werde tagsüber auf dem Kahn stehen, du in der Nacht.
Wenn es hell wird, wirst du in deinen Unterstand kriechen
und dich nicht blicken lassen, weil es gefährlich ist. Ich habe ihnen gesagt, daß du zum Volkssturm einberufen bist, aber
der Volkssturm muß warten, bis wir im Pommerschen ankommen.

Kurat holte die Schnapsflasche.

Darauf werden wir beiden Männer einen trinken.

Als sie getrunken hatten, bemerkte er noch, daß niemand
ihn sehen dürfe. Wenn sie dich finden, schießen sie dich tot,
sagte der Fischer.

Wie Diebe in der Nacht verließen sie das Kurische Haff, das
ihr eigen gewesen war, solange sie denken konnten. Lina und
Gesine froren erbärmlich. Huschke sprach die meiste Zeit litauisch. Hinter ihnen standen rote Leuchtkugeln am Himmel
und gaben dem Wasser eine schöne Farbe.

345

> Die antikommunistische Greuelpropaganda der Fa-
> schisten führte zu ungeheurer Verwirrung und Panik
> unter der Bevölkerung Ostpreußens, als sich die
> Rote Armee näherte.
> *»Geschichte des Großen Vaterländischen Krieges«*

Noch einmal kam ein Brief aus Königsberg. »Stell dir vor, es
ist Schnee gefallen. Einen Tag lang lagen die Trümmer weiß
bezuckert und sahen schön aus. Deinem Wunsch, Nachforschungen bezüglich Magdalena Rusch anzustellen, bin ich
gern nachgekommen. Leider habe ich nichts ermitteln können. In den amtlichen Papieren, soweit sie die Brände überdauert haben, ist ihr Name nicht zu finden.«

Dem Brief war eine Zeitungsnotiz beigefügt, ein kurzer Bericht über den Festakt, den die Universität Königsberg zum
100. Geburtstag des Philosophen Nietzsche am 15. Oktober
1944 begangen hatte.

> Wir ehren heute den einsamen Friedrich Nietzsche.
> Diese Gestalt steht geistig neben uns, und wir grüßen sie
> über die Zeiten hinweg als einen Nahverwandten.

Der, den sie ehrten, bewunderte die Juden und verachtete alle
Nationalisten. Das erwähnten sie nicht. Er haßte Sozialisten
und Christen, das war ihnen recht. Sie nahmen sich, was sie
brauchten, vor allem den Übermenschen. Der saß, als Vater
seinen letzten Feldpostbrief nach Italien schrieb, im Wald bei
Rastenburg, über Weltkarten gebeugt, aber die Hände zitterten schon.

»Den Pregel herab kommen jetzt des öfteren Kurenkähne«,
schrieb Vater. »Nachdem das Memeler Tief Frontgebiet geworden ist, fliehen die Haffischer über Deime und Pregel zu
uns. Es ist ein malerischer Anblick, wenn die Kähne, die wir
von unseren Besuchen auf der Nehrung so gut kennen, durch
die Stadt gleiten. Aus Rossitten haben wir keine Nachricht.

Am Reformationstag wollte Mutter zu einem Gottesdienst. Dabei stellten wir fest, daß alle Kirchen in unserer Nähe zerstört sind. Also mußten wir zu Hause des Reformators gedenken. Leider ist unsere alte Lutherbibel auch ein Raub der Flammen geworden.«

Mutter fügte dem Brief den Satz hinzu, daß die nächste Post wohl aus Bad Pyrmont kommen werde.

»Wir werden diesen Brief nun gemeinsam zum Postamt tragen«, schloß Albrecht Kallweit. »Anschließend unternehmen wir einen Abendspaziergang um den Schloßteich. In der Münzstraße sind wir lange nicht mehr gewesen.«

Zweitausend Kilometer sind wir marschiert und haben die Vernichtung all dessen gesehen, was wir aufgebaut hatten. Nun stehen wir vor der Höhle, aus der heraus die faschistischen Angreifer uns überfallen haben ... Es ist unnötig, von Soldaten der Roten Armee zu fordern, daß Gnade geübt wird. Sie lodern vor Haß und vor Rachsucht. Das Land der Faschisten muß zur Wüste werden, wie auch unser Land, das sie verwüstet haben. Die Faschisten müssen sterben, wie auch unsere Soldaten gestorben sind.

Tagesbefehl des sowjetischen Armeeführers Tschernjakowski vom 12. 1. 1945

Im November deckte eine Eisschicht das kurische Wasser, schmolz aber schnell. In den ersten Dezembertagen wurde das Haff endgültig zur festen Straße. Die Kähne, die nicht dem Fischer Kurat gefolgt waren, lagen eingefroren am Strand, als trügen sie Trauer. Die Fischerei fand ein Ende. Ans Eisfischen mochte niemand denken, weil es an Pferden fehlte, die Netze aus den Wuhnen zu ziehen. Wer Pferd und Wagen besaß, war längst nach Süden aufgebrochen. Die Dampfer, die die Sommerfrischler nach Rossitten, Nidden und Schwarzort gebracht hatten, gaben keinen Laut mehr. Auch sie waren auf die Flucht gegangen. Jahre später wird man einige von ihnen auf dem Elbestrom bei Hamburg sehen, sogar in Heidelberg am Neckarstrand werden Boote ankern, die das Kurische Haff durchpflügt haben.

Auf der Nehrung herrschten die Krähen. Niemand stellte ihnen Netze. Das Kurhaus schloß »bis auf weiteres«. Im Fischerhaus befroren die Scheiben und wollten nicht wieder abtauen. Der Schornstein gab keinen Rauch von sich, Kurats Gartenpumpe schmückte sich mit Eiszapfen. Als der erste Schnee fiel, fehlte es an Fußspuren, nur Kaninchen und Krähen hinterließen ihre Abdrücke vor der Haustür. Die wenigen Menschen, die geblieben waren, konnten sich nicht erinnern, den Nehrungsstreifen jemals so einsam erlebt zu haben. Nachdem das Haff zur Eisstraße geworden war, fühlten sie sich dem Krieg um einiges näher. Wie dick muß Eis frieren, um eine Armee zu tragen? Eines Morgens, die Nehrung war im Winterschlaf versunken, fanden sie Spuren, die über das Haff gekommen und wieder zurückgegangen waren. Sie verriegelten nun doch ihre Haustüren.

Heydekrug kam in den Wehrmachtsberichten nicht mehr vor, der Mingefluß geriet in Vergessenheit. Den Brückenkopf Memel gab es noch. Tilsit, die schönste Stadt des preußischen Nordens, verlor die der Königin geweihte Brücke. Sie fiel nach einer schweren Detonation in den Strom. Über den Wäldern des Festlandes gingen Fallschirme nieder. Auf einsamen Höfen schlugen nachts die Hunde an. Wenn die Bauern am Morgen ihren Kuhstall betraten, fanden sie die Kühe abgemolken an der Kette. Spuren über Spuren im Schnee, nicht nur von Hasen und Füchsen, sondern auch von entlaufenen Gefangenen und Partisanen. Es wurde unheimlich.

Die Ruinen von Königsberg deckte der Schnee gnädig zu. Das Königstor glich dem von Caspar David Friedrich gemalten Gemäuer eines verfallenen Klosters im Pommerschen. Krähenschwärme fielen in die Stadt ein, belagerten den verstümmelten Turm des Schlosses und erfüllten die Schutthalden mit heiserem Krahen. Albrecht Kallweit gelang es, in einer Baracke, aus deren Fenster das Rohr eines Kanonenofens ragte, eine bescheidene Uhrmacherwerkstatt herzurichten, wo er sich endlich wieder mit Dingen beschäftigen konnte, die ihm lagen. Er wanderte gelegentlich zur Münzstraße, konnte aber nichts Brauchbares in den Trümmern finden. Dore war nicht zu bewegen, die wüste Gegend zu besuchen. Sie machte sich Gedanken, wie die sechste Kriegsweihnacht zu begehen sei. An Weihnachtsbäumen herrschte kein Mangel, nur mochte niemand sie aufstellen, weil sie an jene Christbäume erinnerten, die in den Augustnächten vom Himmel gefallen waren. Eine Ration Rum wurde aufgerufen, damit der heiße Grog nicht ausging. Die Kirchen in den Vororten, soweit sie nicht ausgebrannt unter dem Schnee lagen,

berichteten von einem lebhaften Besuch; einige Pfarrer sprachen davon, daß es das letzte Weihnachtsfest in Königsberg
sein werde.

Auf den Teichen liefen an den Feiertagen tatsächlich
Schlittschuhläufer ihre Kurven, darunter auch Soldaten auf
Weihnachtsurlaub und Verwundete mit weißen Kopfverbän-
den aus den Lazaretten. Mädchen, die wie Magdalena aussahen, tummelten sich bis zum Dunkelwerden auf dem Eis. Das
Café Schwermer schenkte den Schlittschuhläufern des Schloßteiches keinen Glühwein aus. Um die Wahrheit zu sagen: Es
gab das Café Schwermer nicht mehr. Wohl aber das Blumengeschäft Perlbach, in dem längst die Papierblumen die Ober-
hand gewonnen hatten.

Aus Italien gingen keine Weihnachtsgrüße ein. Die kriegsbedingten Verzögerungen werden die Feldpostbriefe im Januar eintreffen lassen, spätestens zu Ostern. Also kein Grund
zur Besorgnis.

Der Pregelfluß fror stellenweise zu, an eine Kahnfahrt war
wegen starken Eisgangs nicht mehr zu denken. Eine Frau Tie-
fenthaler, Mitglied der salzburgischen Gemeinde von Gumbinnen, fragte brieflich bei Dore und Albrecht Kallweit an,
was aus der Tante Rohrmoser geworden sei. Seit den traurigen
Augusttagen habe sie keine Nachricht von ihr.

Soldaten an allen Ecken und Enden. Ostpreußen wird gehalten bis zum letzten Atemzug! »Das kann doch einen See-
mann nicht erschüttern«, ließ das Radio singen.

Endlich wurde es Januar. In die Trümmer fiel der zweite
Schnee. Das Eis des Kurischen Haffs wuchs zu einer solchen
Dicke, daß die Nehrunger mit Pferdeschlitten zur Verwandtschaft in die Niederung hätten fahren können, aber es wollte
keiner fahren. Nicht einmal Schlittschuhläufer und Schien-
chenfahrer tummelten sich in der Rossittener Bucht, obwohl
das Eis hielt und glatt war ohne Rillen und Brüche. Einsame
Fischer hockten hinter aufgespannten Decken neben den
Eislöchern und warteten auf das Zucken der Angel. Am Ostseestrand türmten sich Eisbarrieren, hinter denen hörbar die

350

Brandung schlug. Nach der ersten Januarwoche war zu spüren, daß die Tage länger wurden, aber auch kälter. Die Sonne blickte früher über die Schneewehen und fiel später in die Dünen. Bald werden die ersten Zugvögel heimkehren.

Im August 14 hatte der Befehlshaber der Nordarmee ein Telegramm mit der allerhöchsten Weisung erhalten, die Festung Königsberg schleunigst einzuschließen. Damals gelang es ihm nicht, den Befehl auszuführen. Nach dreißig Jahren mußte er es noch einmal versuchen. Am Morgen des 13. Januar weckte die noch nicht geflohenen Ostpreußen ein Trommelfeuer von zweieinhalb Stunden Dauer. Der Lärm war so groß, daß es keinen Flecken in der Provinz gab, an dem er nicht zu hören gewesen wäre. In Königsberg stürzten einige Ruinen ein, das erhalten gebliebene Fensterglas vibrierte, Putz rieselte von den Wänden. Die Dritte Weißrussische Front verschoß an jenem Morgen einhundertsiebzehntausend Granaten.

Das ist ja lauter als im Juni 41, sagte Dore Kallweit.

Im August 14 besetzte die Narew-Armee Allenstein, blieb aber nur wenige Tage. Im Januar 45 zog die Rote Armee erneut in die Stadt ein, um lange zu bleiben. Gerade achtzehn Jahre hatte das riesige Denkmal auf dem Schlachtfeld von Tannenberg gestanden, da sprengten deutsche Pioniere es in die Luft, um zu verhindern, daß Soldaten der Roten Armee an der weihevollen Stätte ihr Wasser abschlugen. In der Nacht zum 20. Januar überschritten Teile der Baltischen Front im Raum Tilsit die zugefrorene Memel und nahmen die Stadt im Sturm. Der alte Sudermann drehte sich im Grabe um, weil seine schönste Geschichte einen anderen Namen bekommen mußte. Der Königin Luise verschlug es die Sprache.

Am 23. Januar sollte ein Zug die Gauhauptstadt verlassen, um nach Berlin zu fahren. Das Ehepaar Kallweit begab sich mit geringem Gepäck zum Hauptbahnhof, löste Fahrkarten und hatte schon die Sperre zum Bahnsteig passiert, als ein Polizeioffizier der Menschenmenge mitteilte, es dürften nur Frauen mit Kleinkindern den Zug besteigen. Die übrigen Fahrgä-

351

ste verwies er auf den Schiffsverkehr von Pillau nach Danzig und Swinemünde, ferner auf die Züge, die in den nächsten Tagen fahrplanmäßig verkehren sollten. Schon tags darauf wurde es zur Gewißheit, daß jenes der letzte Zug gewesen ist, der Königsberg verlassen und Berlin erreicht hat. Am 24. Januar standen sowjetische Panzer bei Elbing auf den Schienen und verwehrten den Zügen die Weiterfahrt. Statt einer Fahrkarte nach Berlin erhielt Albrecht Kallweit die Einberufung zum Volkssturm. An seinen Sohn schrieb er: »Mit siebenundfünfzig Jahren werde ich nun auch meinen Teil beitragen in diesem Kampf um Sein oder Nichtsein. So erfüllen wir alle unsere Pflicht: Du, ich und unser Heinz.«

Ende Januar hörte die Stadt Memel auf, ein Brückenkopf zu sein. Die letzten Verteidiger überquerten das Memeler Tief, zogen auf der Nehrungsstraße wie im August die Rinderherden an Nidden und Rossitten vorbei nach Süden. Sie drangen ins Kurhaus ein, verlangten heißen Grog und fragten nach dem Weg.

Am 4. Februar berichtete das sowjetische Informationsbüro, Truppen der Dritten Weißrussischen Front hätten die Hafenbesatzung von Cranz vernichtet und die Ostseeküste erreicht. Einen Tag später triumphierten die Moskauer Zeitungen mit der Meldung: »Die Kurische Nehrung in Ostpreußen ist vollständig besetzt.« Die schönen Namen Sarkau, Rossitten, Pillkoppen, Nidden und Schwarzort versanken in den Wanderdünen und wurden nie wieder freigeweht.

Das Bataillon erhielt 60 bis 80 Hitlerjungen im Alter von 14 bis 15 Jahren als Rekruten zur Ausbildung. Mit einiger Erschütterung nahmen sich alle Dienstgrade dieser noch halben Kinder an … Mit einem Eifer ohnegleichen haben sich diese Jungen in die Ausbildung gestürzt. Zum größten Teil konnten sie nicht mit Stahlhelmen ausgerüstet werden, da diese zu groß waren und ihnen beim Schießen über die Augen fielen. Wegen ihrer Jugend erhielten sie als Sonderverpflegung weder Alkohol noch Zigaretten, sondern Bonbons und Schokolade.

Bericht des Hauptmanns Schröder über die Ausbildung Königsberger Hitlerjungen im Februar 1945

Zu Lichtmeß unternehmen die Bauern große Ausfahrten, damit das Korn gut wächst. Im Februar 45 fahren sie besonders weit. Ihre Fuhrwerke überqueren das Eis des Frischen Haffs, sie klettern die Böschung zur Nehrung hinauf und denken nicht daran, am Abend heimzukehren. Die Frische Nehrung, die lieblichere Schwester der Kurischen Nehrung, die weniger Sand und mehr Grün zu bieten hat, empfängt die Reisenden mit trostlosen Anblicken: Pferdekadaver neben der Straße, zusammengebrochene oder zusammengeschossene Wagen, Kreuze am Wegrand. In einer Kiefernschonung steht ein verlassener Kinderwagen mit Inhalt, steifgefroren. Eine alte Frau wird zum Sterben in den Wald gelegt.

Der Kurischen Nehrung bleiben solche Bilder erspart. Auf dem zu Stein und Bein gefrorenen Kurischen Haff klappern keine Flüchtlingswagen, keine Granateinschläge im Eis beunruhigen die Fische. Der Krieg hat die kurische Gegend vergessen.

Dem General Rennenkampff gelingt es, mehr als dreißig Jahre nach Erhalt des entsprechenden Befehls, Königsberg einzuschließen. Die Stadt wird zur Festung. In ihr repariert Albrecht Kallweit mit klammen Händen Uhren, die stehenzubleiben drohen. Während der Arbeit denkt er viel an Ita-

353

lien, wo die Sonne schon wärmt und die Olivenhaine blühen. Jeden Tag marschiert er zum Dienst. Er trägt ein Gewehr, den Karabiner 98, und am Arm eine Binde, die ihn als Volkssturmmann kennzeichnet. Dore hat das Sprechen verlernt, nachdem sie in einer Menschenschlange vor einem Brotladen unweit des Nordbahnhofs in Ohnmacht gefallen ist und von Sanitätern versorgt werden mußte. Sie liest viel. Wenn die Elektrizitätswerke den Strom abschalten, zündet sie Kerzenstummel an, um zu lesen.

Daß eines Morgens eine junge Frau an die Tür geklopft und erklärt hätte, sie käme von Magdalena Rusch, die dringend um die Feldpostnummer ihres Sohnes bitte, entspricht keineswegs der Realität, sondern gehört zu den Träumen, die in der Frühlingssonne Italiens geträumt wurden. Die noch nicht zerstörten Lichtspielhäuser der Stadt zeigen weiterhin und trotz allem den heiteren Musikfilm »Du kannst nicht treu sein«.

Mit klingendem Spiel marschieren blasse Hitlerjungen zu ihrer Vereidigung über den Steindamm. Erwin Kurat ist nicht dabei, weil sein Vater ihn in einer Holzkiste eingesperrt hält. Von einer Heldentat ist noch zu berichten, die jenen Kindern gelang, dem Ausbruch bei Metgethen. Um den Ring zu sprengen und wieder Anschluß an den Seehafen Pillau und das Samland zu finden, stürmen an die tausend Hitlerjungen westlich von Königsberg gegen die sowjetischen Linien. Nur wenige überleben. Es heißt, es sei der letzte Sieg einer deutschen Einheit im Zweiten Weltkrieg gewesen. Die gefallenen Kinder erhalten posthum das Eiserne Kreuz. Die Zeitungen schreiben von dem Wanderer, der nach Sparta kam, um zu verkünden, daß er sie liegen sah, wie das Gesetz es befahl. Den Tod der Kinder rechtfertigen sie damit, daß vielen Frauen, alten Leuten und noch kleineren Kindern sowie zahlreichen Verwundeten die Rettung aus der belagerten Stadt über die Ostsee gelungen sei. Noch keine sechzehn Jahre alt und schon Helden! Jenen aber, die den Todesmarsch der Hitlerjungen von Metgethen befohlen haben, erscheinen nachts immer noch die Gespenster.

»Wie du vielleicht gehört hast, ist Königsberg wieder frei«, schreibt Albrecht Kallweit nach Italien. »Ich werde mich nun bald aufmachen, um Mutter nach Pillau zu den Schiffen zu bringen. Nur muß sie erst gesund werden. Wenn sie fieberfrei ist, werden wir reisen.«

Früh kehren die Zugvögel heim. Albrecht Kallweit begibt sich, wenn das Wetter es zuläßt, zu einem Aussichtspunkt am Pregelfluß und wundert sich, daß die gefiederten Gäste so ohne Furcht nach Nordosten fliegen. Er lauscht dem vertrauten Singsang, der ihn an die Nehrung erinnert. Gern wäre er in Ulmenhorst. Die Schnepfen kommen als erste, gefolgt von den keilförmigen Geschwadern der Wildgänse, die die Stadt überqueren, als ginge sie das, was unten geschieht, nichts an. Früh zeigen sich die Stare. Als der Winter die Stadt noch einmal mit Schnee überschüttet, sitzen sie hubbernd in den Ruinen und flöten traurige Lieder. Kaum bricht das Eis, sind auch die Schwäne wieder da. Sie wassern auf dem Oberteich, meiden aber den von Trümmern verunstalteten Schloßteich.

»Gestern erlebten wir eine ergreifende Feier für die Gefallenen von Metgethen. Sie hatten die Toten auf dem Domplatz aufgebahrt. Viele Mütter waren da und weinten um ihre Kinder.«

Zur Vorbereitung des Sturms auf Königsberg bereitet der Stab der sowjetischen Samlandgruppe ein Modell der Stadt im Maßstab 1 : 3000 vor. Das Modell veranschaulicht das Geländerelief, enthält die Verteidigungsanlagen und Gebäude und entspricht exakt dem Stadtplan. Vor Beginn des Angriffs wird allen Kommandeuren bis hinunter zum Zugführer ein Stadtplan mit einheitlicher Numerierung der Häuserblocks und wichtiger Objekte ausgehändigt. Dabei unterläuft dem Stab der Samlandgruppe insofern ein Fehler, als er auf die Stadtpläne des Jahres 1939 zurückgreift, nicht wissend, daß es seit August 44 zahlreiche Häuserblocks nicht mehr gibt und einige wichtige Objekte unwichtig geworden sind.

In einem letzten Brief, von dem niemand weiß, ob er in Italien ankommen, ob er Königsberg überhaupt verlassen wird, schreibt Albrecht Kallweit:

> Unsere Stadt versinkt. Die Trümmer sind grau und naß, der Schnee drückt sie nieder. Alles wird flacher, die Häuser, Bäume, Kirchen und Türme. Ich denke, daß eines Tages eine große Flut von den Pregelarmen in die Straßen spülen wird. Wir gehen unter wie die Nehrungsdörfer im Sand. Niemand weiß, was draußen geschieht. Die Nehrung ist vermutlich schon überflutet, und das Memelland liegt längst unter dem Meeresspiegel ... Heute morgen ist neuer Schnee gefallen.

Eine Woche vor Ostern läuten die Sterbeglocken. Sowjetische Flieger schütten über eintausendfünfhundert Tonnen Bomben auf Königsberg und vollenden, was die britischen Bomber acht Monate zuvor begonnen hatten. Am Bombardement beteiligt ist auch die französische Fliegereinheit Normandie-Njemen. Zurück bleibt eine siebenhundertjährige Stadt, die ihr Gesicht und ihre Menschen verloren hat und bald auch keinen Namen mehr haben wird. Am 9. April 45 ging die Sonne dann doch unter. Und die Flut stieg und stieg.

Das Frühjahr kommt! Wach auf, du Christ! Der
Schnee schmilzt weg! Die Toten ruhn! Und was
noch nicht gestorben ist, das macht sich auf die Sok-
ken nun.

Brecht: »Mutter Courage und ihre Kinder«

Kurat erreichte die See. Natürlich wagte er sich nicht aufs offene Wasser, sondern schlich unter Land an der Küste südwärts, verhedderte sich ein paar Tage in den Mündungsarmen
der Weichsel, gelangte nach Gotenhafen, wo er Linas wegen
eine Pause einlegen und Hustensaft kaufen mußte. Das Kind
plagten Fieber und Durchfall, was von der nassen Kälte kam.
In den Flußmündungen schwammen Eisstücke, durchsichtig
wie Fensterglas, die Ostsee wurde kälter und kälter.

Statt das Vaterland zu retten, lag der Junge auf dem Strohsack. Von den Heldentaten der Hitlerjungen bei Metgethen
erfuhr er kein Wort, dafür las er Hefte über die Helden von
Narvik und die Gebirgsjäger im Kaukasus. Gebirgsjäger wäre
auch eine Waffengattung, die ihm liegen würde, nur müßte er
sich beeilen, weil es immer weniger Gebirge gab.

Huschke sprach litauisch. Wenn die Mädchen nicht einschlafen konnten – wegen der kalten Füße –, erzählte sie ihnen
Geschichten aus der Kinderzeit. Wie sie am Fluß bis Kuckerneese gewandert war und mit dem Heukahn flußabwärts nach
Hause reiste. Ja, mit einem Heukahn hätten wir auf die Flucht
gehen sollen, der wäre weich und warm gewesen. Und Sommer müßte es sein. Sie erzählte von den Kosaken, die im August 14 ins Dorf gekommen waren auf sonderbaren kleinen
Pferdchen. An den Sätteln hingen krumme Säbel. Wenn sie
den Kindern Angst einjagen wollten, fuchtelten sie damit wild
durch die Luft, schrien Uräh! Uräh! und sprengten die Dorfstraße hinab. Ja, das war ein lustiger Krieg. Eure Oma kochte
den Kosaken Suppe. Als einer der fremden Krieger sie in den
Arm nehmen wollte, klopfte sie ihm mit der Suppenkelle auf
die Finger. Da lachten die Kosaken. Ja, so ein Krieg war das.

Aus Angst, die Suppe könnte vergiftet sein, aßen sie nicht. Huschkes Bruder mußte erst einen Teller auslöffeln und am Leben bleiben, bis auch sie zugriffen. Zum Dank für die Suppe schenkten sie meiner Mutter einen Hahn, dem sie mit dem Säbel den Kopf abgeschlagen hatten. Als wir uns den Braten näher besahen, erkannten wir, daß es unser Gockel Felix war. Ja, so waren sie, die Kosaken.

Wenn die Mädchen schliefen, saß Huschke in Decken gehüllt neben dem Fischer und dem Jungen. Sie konnte es schwer verwinden, daß Kurat die Mutter an die Minge zurückgebracht hatte. Immer wieder fing sie davon an, und es tröstete sie wenig, daß der Fischer sagte, die Oma beherrsche die litauische Sprache und verstehe sich darauf, gute Suppe zu kochen. Sie hat uns das Leben gerettet, behauptete er. Wäre sie in Rossitten geblieben, hätten wir nicht auf die Flucht gehen können und wären elend zugrunde gegangen, der Junge beim Volkssturm, ich in Sibirien, und was aus dir und den Mädchen geworden wäre, mag der Himmel wissen. Unsere Oma wollte zurück an die Minge, um uns nicht im Weg zu stehen.

Wenn das Gespräch diesen Punkt erreichte, weinte Huschke ein paar Tränen und redete litauisch.

In Gotenhafen geschah es, daß Uniformierte die Neringa nach Fahnenflüchtigen und Drückebergern durchsuchten.

Huschke betete litauisch.

Den Jungen fanden sie nicht, weil er in die halbleere Kartoffelkiste gekrochen war und Huschke ihn mit Bettzeug zugedeckt hatte. Wie aber stand es um den Fischer? Er legte alle Musterungsbescheide und ärztlichen Atteste vor, die besagten, daß Fritz Kurat zum Soldatspielen nichts tauge. Das genügte dem Heldenklau nicht, denn die Zeiten waren so, daß auch Lahme und Halbblinde zu den Waffen greifen mußten. Nur der Umstand, daß die Neringa mit Huschke und den beiden Mädchen gewissermaßen führerlos in Gotenhafen geblieben wäre, wenn sie den Fischer mitgenommen hätten, ließen sie davon absehen, Kurat als letztes Aufgebot in eine Uniform zu stecken.

Es wird wirklich Zeit, sagte der Fischer nach diesem Zwischenfall.

Obwohl Lina noch nicht gesund war, umsegelten sie bei schönem Wetter die Halbinsel Hela, überquerten, ohne es zu wissen, das Grab der »Wilhelm Gustloff« und hielten aufs Pommersche zu. Dort bekam Erwin heftige Zahnschmerzen, durfte aber keinen Zahnarzt aufsuchen. Er trank den Meschkinnes aus, den sie mitgenommen hatten, doch es half nur mäßig.

Das Leben im Holzverschlag langweilte ihn. In der Gegend von Kolberg – sein Zahn war inzwischen abgestorben, jedenfalls schmerzte er kaum noch – besann er sich des Schnitzmessers, das er zu seinem sechzehnten Geburtstag geschenkt bekommen hatte, und begann, einen Kurenwimpel zu schnitzen. Daß Rossitten in Feindeshand gefallen war, erfuhren sie in Swinemünde, vom Sturm auf die Stadt Königsberg Monate nach dem Krieg.

Es blieben nicht viele in der östlichen Provinz. Von den zweieinhalb Millionen Bewohnern starben bis Kriegsende sechshunderttausend, darunter mehr Zivilpersonen als Soldaten. Über eine Million floh mit Schiffen, per Eisenbahn, Pferdefuhrwerken oder zu Fuß Richtung Westen. Für die, die zurückblieben, erfand die Vorsehung andere Leidensnamen: Verschleppung und Hungertyphus.

Nach dem Einzug der Roten Armee zählte die Stadt noch zweihunderttausend Einwohner. Zählen war ihre Lieblingsbeschäftigung. Immer wieder in langen Reihen aufstellen ... ras ... dwa ... tri. Sie sammelten die Überlebenden in bestimmten Stadtteilen und fütterten sie mit frischer Luft. Albrecht Kallweit fand sich im Lager Rothenstein wieder und bekam dort ein paar Monate Gelegenheit, seinem erlernten Beruf nachzugehen, denn die Soldaten der Roten Armee besaßen viele Uhren. Seine Frau Dore sah er zuletzt am 10. April. Es hieß, Frauen und Kinder hätten die Sieger in den Stadtteil Kohlhof verbracht, wo sie in den Gärten das Unkraut wedeten und als Salat verspeisten. Vor die Türen hängten sie Pappschilder mit der Aufschrift »Typhus« in Russisch und Deutsch, um von dem ewigen »Frau komm!« verschont zu werden. Der Militärkommandant verordnete den Deutschen einen Arbeitstag von elf Stunden, Sonntage kamen, weil zu christlich, überhaupt nicht vor. Sechs Monate lang war keine Seife aufzutreiben, Trink- und Kochwasser mußte den Feuerlöschteichen entnommen werden. Viele machten sich zu Fuß auf ins Reich, sind aber nicht angekommen. Im Sommer nach dem Sturm brach eine Typhusepidemie aus. Das Zentrale Krankenhaus legte die Hälfte der eingelieferten Patienten auf den Fußboden, darunter auch Dore Kallweit. Im Infektionskrankenhaus mußten die meisten Erkrankten zu zweit in einem Bett liegen.

Die Stadt bekam einen neuen Namen. Die Soldaten, die sie erstürmt hatten, wurden mit einem besonderen Orden geehrt, der sie als »Kaliningrader« auswies.

Ein Jahr nach dem Krieg – inzwischen war die zweite Typhusepidemie im Abklingen – begann die Entvölkerung des umliegenden Samlandes. Die Diagnose auch hier: Hungertyphus. Weil das Militär dieses Gebiet dringend brauchte, mußten die verbliebenen Zivilpersonen, Feinde ohnehin, schleunigst davon. Über Nacht wurde das Samland zum westlichsten Vorposten der großen Sowjetunion, das Feuer von Brüsterort sein westlichster Leuchtturm.

Es ist nicht wahr, daß nach dem 23. Januar 45 keine Züge mehr nach Berlin gefahren sind. Im Frühling 47 begann wieder ein bescheidener Eisenbahnverkehr. Den unbeschädigten Hauptbahnhof verließen gelegentlich Züge, die mit weiter nichts beladen waren als mit Menschen. Sie reisten in die sowjetisch besetzte Zone, unterwegs starben, bevor der Zug Frankfurt an der Oder erreichte, ein halbes Dutzend Reisende.

Nachdem die letzten gegangen waren, klappte die Geschichte ihr Buch für ein halbes Jahrhundert zu. Die Gegend zwischen Pregel und Memel verschwand von den Landkarten, weder Radio noch Fernsehen oder Zeitungen erwähnten den Landstrich, der zum wahren Niemandsland wurde. Tausend Kilometer westlich lebten einige, die sich der untergegangenen Stadt und des fernen Landes erinnerten, dabei Trauer tragend, wie die gefangenen Juden, die an den Wassern Babylons saßen und weinten. 1952 meldeten Moskauer Zeitungen, daß das Kaliningrader Gebiet der erste atheistische Bezirk der Sowjetunion sei. Ein gottverlassenes Land.

Kein Sieger glaubt an den Zufall.
Friedrich Nietzsche

Als die Sirene am Morgen heulte, eine halbe Stunde früher als
an anderen Tagen, hing über den Wichita Mountains noch der
Nebel der Nacht und hinderte die Sonne daran aufzugehen.
Radio CWS sagte einen heißen Tag voraus, die Melonenfelder würden viel Wasser brauchen. Der dumpfe Ton erinnerte
an den Sound der Railway nach Santa Fe, entfernt auch an das
Heulen der Luftschutzsirenen während des Krieges.

Die aus den Baracken öffneten die Fenster. Männer, nur mit
einer Hose bekleidet, eilten zur Latrine, andere schlenderten,
ein Handtuch um den Hals, zum Waschraum. Vor dem Lager-
tor hatte sich ein Jeep quer zur Fahrtrichtung postiert. Zwei
Soldaten saßen auf der Kühlerhaube und rauchten ihre Mor-
genzigarette. Die Busse, die jeden Tag zum Tor rollten, um die
Gefangenen auf die Melonenfelder zu fahren, waren noch
nicht eingetroffen. Die Gemeinschaftshalle, in der das Essen
ausgegeben wurde, lag im Lichtschein starker Scheinwerfer.
Man hatte wieder vergessen, sie auszuschalten, oft brannten
sie Tag und Nacht.

Kaum war die Sirene verstummt, bildete sich eine Menschenschlange. Es gab immer einige, die die Zeit nicht abwarten konnten, bis die Flügeltore aufsprangen und das Essen in
dampfenden Kesseln vor ihnen stand. Die in der Schlange
klapperten ungeduldig mit den Kochgeschirren. Aus dem
Lautsprecher am Lichtmast vor der Halle dudelte Country-
musik.

Auch das Offizierslager war früher geweckt worden. Die
Herren, die ihre eigene Küche besaßen und die Melonenfelder nicht kannten – ein gefangener Offizier brauchte nicht
zu arbeiten –, kamen mit Bussen ins große Lager. Es geschah

362

nicht oft, daß sie die Soldaten mit den Offizieren zusammen-
führten. Etwas Besonderes mußte vorgefallen sein.

Die GIs setzten den Jeep zur Seite und ließen die Busse ein-
fahren. Nach einem Bogen um das Gemeinschaftshaus hielten
sie neben der Menschenschlange. Die Offiziere stiegen aus.
Miteinander plaudernd, als spazierten sie mit ihren Jagdhun-
den durch die Parkanlagen ostelbischer Güter, gingen sie auf
die Flügeltore zu. Von denen, die in langer Reihe auf Porridge
und, wenn es ein besonderer Tag wäre, Ham and Eggs warteten, schlugen einige die Hacken zusammen. Sie grüßten, wie
die deutsche Wehrmacht bis zum Sommer 44 gegrüßt hatte,
nur einer brachte den rechten Arm hoch, aber es war nicht
klar, ob er es ernst meinte. Jedenfalls brach darüber Gelächter
aus. Hallo, Fritz, was macht die Heimat? rief einer den Offizieren nach. Niemand reagierte, es gab wohl keinen Fritz unter ihnen.

Als die Gruppe das Gemeinschaftshaus erreichte, öffneten
sich dessen Tore. Die Offiziere betraten als erste den Saal, die
anderen folgten. Von Essen keine Spur. Bänke und Tische
standen so, wie sie sie gestern verlassen hatten, es fehlten die
gefüllten Kaffeekannen und das Obst in den Schalen. Auch
die Mitgefangenen der Küchenbrigade mit ihren Porridge-
kübeln und Suppenkellen ließen sich nicht blicken. Vor dem
Tresen, an dem sonst das Essen ausgeteilt wurde, hing ein weißes Laken, ihm gegenüber auf der anderen Seite des Saales,
aufgebockt und in Tücher gehüllt, stand ein Filmprojektor.
Die Offiziere wurden nach rechts in den vorderen Teil des
Saales beordert, die anderen durften Platz nehmen, wo sie
wollten. Als die Gefangenen sich setzten, schepperten sie mit
den Kochgeschirren.

Es mußte etwas Besonderes vorgefallen sein, denn an diesem Morgen räumten sie sogar die Krankenbaracke. Auf
Krücken humpelten die Verwundeten in den Saal, andere
wurden auf Pritschen getragen und kamen nach vorn zu den
Offizieren. Als sie Platz genommen hatten, wurden die Flügeltore geschlossen, die beiden GIs, die auf dem Jeep gesessen

363

hatten, nahmen neben dem Eingang Aufstellung. Jeder hatte eine Maschinenpistole umgehängt.

Zwei Soldaten spulten ein Kabel von einer Trommel und befestigten am Ende ein Mikrofon. Die Musik aus dem Lautsprecher verstummte, als hätte jemand einen Stecker aus der Wand gezogen. Ein junger Offizier trat ans Mikrofon; diejenigen, die sich in den amerikanischen Uniformen und Rangabzeichen auskannten, sagten, er sei ein Major.

Guten Morgen! rief er in den Saal und wartete auf eine Antwort.

Außer dem Klappern der Löffel und Kochgeschirre rührte sich nichts.

Adolf Hitler ist tot, sagte er. Er sprach ruhig, fast beiläufig, machte wieder eine Pause, als wolle er die Wirkung seiner Worte prüfen.

Er hat sich das Leben genommen. Unsere Freunde von der Roten Armee fanden beim Sturm auf Berlin nur noch seine verkohlte Leiche.

Rechts vorn sprang einer auf, riß den Arm hoch und rief: Es lebe der Führer!

So stand er eine Weile wie gelähmt, offenbar unfähig, sich zu setzen oder den Arm sinken zu lassen. Da keiner seinem Beispiel folgte, wirkte die erstarrte Gestalt fast lächerlich, wie sie trotzig dastand, um dem Führer die letzte Ehre zu erweisen.

Sett di man doal, Fiete! ertönte es aus dem Block der Gefangenen.

Der Offizier am Mikrofon tat so, als habe er den Vorfall nicht bemerkt. Er gab seinen Helfern einen Wink. Die begaben sich zu den Fenstern und zogen die Vorhänge zu. Offenbar nahm der deutsche Offizier die einbrechende Dunkelheit wahr, um sich unbemerkt zu setzen, denn als das Licht des Filmprojektors aufflammte, sah ihn niemand mehr stehen.

Britische Truppen haben vor ein paar Wochen das Konzentrationslager Bergen-Belsen befreit und darüber einen Film gedreht, fing der Major an. Wir halten es für angebracht, den Kriegsgefangenen diesen Film zu zeigen.

Nun wurde es vollends dunkel. Deutlich hörten sie, wie jemand im Saal schluchzte, einige schnupften in ihre Taschentücher.

Der Film war eine Art Wochenschau ohne Ton. Er zeigte britische Centurion-Panzer auf dem Vormarsch in der Lüneburger Heide. Dann das Eingangstor von Bergen-Belsen. Dahinter ausgemergelte Gestalten, die sich an Mauern und Zäune klammerten, einige hingen wie leblos aus den Barakkenfenstern. Die Kamera schwenkte zur Lagerstraße, wo sie auf kleine Menschenhäuflein traf, wahllos herumliegend, wie sie hingefallen waren.

Leichen, sagte der amerikanische Offizier.

Offenbar versuchte jemand, aus dem Saal zu fliehen, denn es entstand eine Bewegung auf der rechten Seite, und sie hörten, wie die GIs, die die Tür bewachten, laut wurden.

Einer schlug mit dem Löffel gegen sein Kochgeschirr. Das war ein Signal. Andere stimmten ein, es entstand ein ohrenbetäubendes Konzert der Löffel auf dem hohlen Blech.

Der Major ließ den Film anhalten. Er trat ans Mikrofon und sagte, es werde kein Frühstück geben, es werde überhaupt das Essen an diesem Tage ausfallen, wenn nicht augenblicklich Ruhe einkehre.

Der Stummfilm lief weiter. Der Offizier blieb am Mikrofon und sprach erklärende Worte. In die Dunkelheit hinein fielen die Namen Dachau, Buchenwald, Sachsenhausen, Theresienstadt, nach einer kurzen Pause auch Treblinka und Auschwitz. Er nannte Zahlen, geschätzte Zahlen, wie er zugab, weil die Ermittlungen noch nicht abgeschlossen waren. Als seine Additionsrechnung die Zehnmillionengrenze erreichte, fingen sie im Saal an zu lachen. Vereinzelt ertönten Pfiffe. Während die Skelette von Bergen-Belsen tonlos über die Leinwand wankten, stimmte einer den Seemannsschlager »Wir lagen vor Madagaskar« an, verstummte aber, als er die Zeile erreichte, in der es heißt: »und hatten die Pest an Bord«.

Der Film endete mit dem Bild eines kleinen Mädchens, dessen übergroße Augen leblos in die Kamera starrten. Dann wurden wie von Geisterhand die Vorhänge aufgerissen. Längst war die Sonne über den Wichita Mountains aufgegangen, ihr rotes Licht fiel in die Barackenfenster und traf die tote Leinwand.

Der Major trat noch einmal ans Mikrofon, zog einen Zettel aus der Tasche und verlas Namen. Die Aufgerufenen sollten sich nach dem Frühstück in Baracke 7, der Vernehmungsbaracke, melden. Der letzte Name auf dem Zettel: Hermann Kallweit.

Die Leinwand wurde eingerollt. Die Küchenbrigade trug Kaffeekannen und Suppenkübel in den Raum, dazu Körbe voller Weißbrot. Ham and Eggs gab es natürlich nicht, denn es war doch kein besonderer Tag.

Nach dem Essen fuhren die Gefangenen zu den Melonenfeldern, die Offiziere zurück in ihr Lager, wo sie ihren eigenen Beschäftigungen nachgingen. Einige schrieben an ihren Erinnerungen.

Nicht die Siege in den Kriegen sind gesegnet, sondern die Niederlagen.

Alexander Solschenizyn

Über dem Lager brütete die Hitze, als er das Vernehmungszimmer der Baracke 7 betrat. Er hatte erwartet, dort den jungen Offizier anzutreffen, fand sich aber allein. Auf einem Schreibtisch lag ein Stapel Papiere, daneben eine angebrochene Schachtel »Lucky Strike« sowie ein Feuerzeug. Er blieb am Fenster stehen und sah, fern in der Hitze des Vormittags flimmernd, die Melonenfelder, auf denen die anderen arbeiteten. Wenn die Vernehmung zu Ende ist, wird er auch hinausfahren in die Hitze.

Endlich betrat der Offizier den Raum. In den Händen trug er zwei Pappbecher, gefüllt mit einer braunen Flüssigkeit. Einen stellte er neben Hermann auf die Fensterbank, den anderen trug er an seinen Schreibtisch.

Das war kein großer Tag für die Deutschen, sagte er und schob die »Lucky Strike«-Schachtel über den Tisch.

Als Hermann den Kopf schüttelte, fragte er, ob er nur deshalb nicht rauche, weil es Zigaretten des Feindes seien.

Ich hatte bisher wenig Gelegenheit, mir das Rauchen anzugewöhnen.

Natürlich, Sie sind noch sehr jung.

Der Offizier blickte auf einen Zettel. Einundzwanzig, nicht wahr?

Hermann staunte über das tadellose Deutsch seines Gegenübers. Er hätte ihn gern danach gefragt, trank aber zunächst hastig und mit einem Zug, wie um zu zeigen, daß ihm das amerikanische Zeug nichts ausmache, den Becher leer, die erste Coca-Cola seines Lebens.

Was hat Sie mehr bewegt, die Nachricht vom Tod Hitlers oder der Film über Bergen-Belsen?

Hermann starrte in den leeren Pappbecher.

Der Tod des Führers.

Sie sind wenigstens ehrlich, antwortete der Offizier, kehrte ihm den Rücken zu und blickte hinaus zu den im Dunst verschwommenen Wichita Mountains.

Und wie war es mit Bergen-Belsen? fuhr er fort.

Ich hörte den Namen zum erstenmal. Einige sagen, die Bilder seien gestellt. Sie behaupten, sie hätten den gleichen Film schon einmal vor drei Jahren gesehen, als die Wehrmacht auf ihrem Vormarsch in Rußland die Lager und Gefängnisse Stalins befreite.

Die werden sich noch wundern, was sie zu sehen bekommen, sagte der Offizier und steckte sich eine Zigarette an. Wie kam es zu dem Lärm mit den Kochgeschirren?

Es war wohl so, daß die Leute die Bilder nicht ertragen konnten. Dazu der unausgesprochene Vorwurf: Das habt ihr getan, das hast du verbrochen! Dagegen mußten sie sich wehren, es blieb nichts anderes übrig, als mit den Löffeln auf das Blech zu schlagen.

Haben Sie es auch getan?

Ja.

Aber Sie haben nicht das Lied von Madagaskar gesungen?

Nein.

Ich kenne das Lied sehr gut, sagte der Offizier. Ist Ihnen aufgefallen, daß der Sänger plötzlich stockte, als er zu der Zeile kam: »und hatten die Pest an Bord«?

Nein, das habe ich nicht bemerkt.

Glauben Sie auch, daß Deutschland zwölf Jahre lang die Pest an Bord hatte?

Hermann schwieg.

Der Major blickte ihn herausfordernd an.

Ich weiß es nicht, ich kann es nicht beurteilen. Ich weiß nur, was ich getan habe und was meine nächsten Angehörigen getan haben. Und das ist nach menschlichen Maßstäben nichts Böses gewesen. Um es so zu sagen: Wir hatten nie das Gefühl, die Pest an Bord zu haben.

Der Offizier überflog eine Liste.

Wie ich sehe, sind Sie in Königsberg geboren.

Ja, 1924 in Königsberg.

Das ist der Grund, warum ich Sie sprechen wollte. Ich bin auch Königsberger.

Der Offizier lachte. So klein ist die Welt, zwei Königsberger treffen sich in Oklahoma.

Er nannte seinen Namen: Friedlaender. Ein entfernter Verwandter habe als Professor an der Albertina gelehrt. Kennen Sie vielleicht Friedländers »Sittengeschichte Roms«?

Ich hatte keine Gelegenheit, an der Albertina zu studieren.

Ja, natürlich, Sie sind noch sehr jung. Außerdem befanden sich zu Ihrer Zeit die Werke jüdischer Wissenschaftler längst nicht mehr in den Bibliotheken.

Friedlaender musterte ihn neugierig.

Ich habe Sie zu mir gebeten, weil ich hoffte, von Ihnen Näheres über Königsberg zu erfahren. Wann haben Sie die Stadt zuletzt gesehen?

Am 31. August 1944.

Also nach dem zweiten Angriff.

Als ich abfuhr, räucherte es noch.

Die Art, wie wir in der Endphase des Krieges die deutschen Städte zerstört haben, war gewiß kein Ruhmesblatt der alliierten Kriegsführung, bemerkte Friedlaender. Diese Bombardierungen werden uns noch in hundert Jahren anhängen, so wie euch Bergen-Belsen bis ins nächste Jahrtausend verfolgen wird.

Friedlaender blickte aus dem Fenster.

Ich bin gerade dabei festzustellen, welche Zerstörungen die britischen Bomber angerichtet haben und welche beim Sturm der Roten Armee entstanden sind. Wissen Sie, ob die Löbenichter Langgasse schon zerstört war, als Sie die Stadt verließen?

Die Löbenichter Langgasse gehörte zum inneren Stadtkern, der am 31. August 44 noch nicht betreten werden durfte. Sicherlich war sie total ausgebrannt.

Er dachte, daß dieser Friedlaender wohl in der Löbenichter Langgasse gewohnt habe, und versuchte, sich die Straße vorzustellen, ihre Häuser und Bürgersteige, die Kneipen und Läden, kam aber, da der innere Stadtkern nicht betreten werden durfte, nicht allzuweit.

Königsberg war einmal ein jüdisches Zentrum, erklärte Friedlaender. Dreiviertel aller Juden Ostpreußens lebten dort, 1933 waren es 3500, bei Ausbruch des Krieges nur noch 1500. Die meisten sind ausgewandert wie ich. Im Sommer 34, der übrigens ein sehr heißer Sommer gewesen ist, habe ich Königsberg zuletzt gesehen. Als ich die Stadt verließ, war ich so alt, wie Sie heute sind.

Hermann Kallweit hatte keine Erinnerungen an den heißen Sommer 34, wohl aber an den heißen Sommer 44.

Wie sah es, als Sie Königsberg verließen, in der Vorderen Altstadt aus, in der früher ganze Häuserblocks von Juden bewohnt waren?

Ich sagte schon, die innere Stadt gab es nicht mehr.

Friedlaender lachte ein trauriges Lachen.

Wir Juden haben es nicht einmal fertiggebracht, unsere eigenen Häuser vor den Bomben zu retten. Stehen die beiden Wisente noch vor dem Gerichtsgebäude?

Hermann nickte.

Mein Vater war nämlich Richter am Königsberger Landgericht. Als Kind habe ich ihn oft begleitet, wenn er morgens, die Robe über den Arm gehängt, zu Gericht ging. Immer blieben wir vor den massigen Tieren stehen, und er erzählte mir von ihrer unbändigen Kraft.

Friedlaender lehnte sich zurück, umgab sich mit Rauch, hüstelte, nippte an dem Pappbecher.

Wo sind Sie geboren? fragte er.

Er nannte die Münzstraße und fügte hinzu, daß da kein Stein mehr auf dem anderen stehe.

Ich meine, mich zu erinnern, daß auch in der Münzstraße viele Juden lebten. Meine Eltern gingen häufig auf Besuch in die Münzstraße.

Davon wußte Hermann nichts, zu seiner Zeit war die Münzstraße »judenfrei«.

Erzählen Sie von zu Hause. Was wissen Sie von Immanuel Kant?

Na, soviel, daß er der Erfinder des Kanthakens ist.

Sie lachten beide.

Friedlaender sprach davon, wie er in einem Winter bei Gräfe & Unzer in der Kantstube gesessen und die Werke des größten Sohnes der Stadt studiert hatte.

Soviel ich weiß, hat Kant niemals seine Vaterstadt verlassen, sagte Hermann.

Das waren Zeiten! rief Friedlaender. Von der Geburt bis zum Tode nur in einer Stadt leben und dabei Werke schaffen, die den Erdball bewegen. Niemals fliehen, keine Verschleppungen, Deportationen oder Auswanderungen, immer zu Hause sein.

In den August 34 datierte Friedlaender seine letzte schöne Erinnerung an Königsberg, eine Lampionfahrt auf dem Schloßteich. Am nächsten Morgen reiste er nach London. Die Albertina nahm keine jüdischen Studenten mehr auf, deshalb schickten mich meine Eltern nach England.

Und Ihre Eltern?

Die blieben da, wo sie auf die Welt gekommen waren. Sie haben ihre Vaterstadt auch nicht verlassen.

Meine Eltern blieben auch in der Stadt, erklärte Hermann. Den letzten Feldpostbrief bekam ich im Januar 45.

Friedlaender streckte ihm die Hand entgegen, er berührte sie zaghaft.

Wir haben vieles gemeinsam, unsere Väter und Mütter sind in Königsberg verschollen.

Jemand betrat den Raum und schrie: Let's go!

I'm sorry, antwortete Friedlaender, I just met a friend of my younger days.

Der Besucher starrte Hermann an.

Everything is mixed up, knurrte er und verließ mürrisch den Raum.

Wie haben Sie die Nacht vom 9. zum 10. November 1938 erlebt? fragte Friedlaender.

Vermutlich war ich im Bett.

Sie waren doch schon vierzehn Jahre alt und erinnern sich nicht mehr an die Reichskristallnacht? Standen Sie nicht zufällig in der Lindenstraße, als die Synagoge zerstört wurde? Von der Münzstraße war es nur ein Katzensprung zur Synagoge. Sie müssen gehört und gesehen haben, was in jener Nacht geschah.

Tage später bin ich auf dem Schulweg an der zerstörten Synagoge vorbeigekommen.

Und was haben Sie gedacht?

Es muß etwas Schlimmes an den Juden sein, daß man sie so behandelt.

Friedlaender beschrieb die Synagoge, die unweit des Doms am anderen Pregelufer stand. Daneben befand sich eine jüdische Schule und ein jüdisches Waisenhaus.

Wie meine Eltern mir schrieben, sind Schule und Waisenhaus in jener Novembernacht nicht zerstört worden. Aber die Kinder des Waisenhauses trieb man in Schlafanzügen auf die Straße, und den Vorsteher hätte die SA um ein Haar in den Pregel geworfen.

Von diesen Vorfällen wußte Hermann nichts. Auch die Frage, wohin die Waisenkinder verbracht worden waren, konnte er nicht beantworten.

Friedlaender zog die Schreibtischschublade heraus und warf einen Packen Papiere auf den Tisch, Zeitungsausschnitte und Fotos.

Ich habe alle Berichte über unsere Stadt gesammelt, die sowjetischen Freunde stellten mir einiges Material zur Verfügung.

Hermann blickte ihm über die Schulter. Ein Bild des Schlosses, davor eine Reihe sowjetischer T34-Panzer. Der Festungskommandant Lasch bei der Kapitulation vor dem Bunker am Paradeplatz. Eine endlose Kolonne deutscher Kriegsgefangener, am Dohnaturm vorbeimarschierend Richtung Osten.

Viel ist nicht übriggeblieben, sagte Friedlaender. Schwer vorstellbar, daß wir in einem solchen Trümmerhaufen unsere Eltern wiederfinden werden.

Er hatte vor, nach Königsberg zu reisen und seine Eltern zu suchen. Erst nach London und von dort mit einem Dampfer über die Baltische See zur Pregelmündung. Seine Augen leuchteten, er lachte in Erwartung dieser Reise, die er bald antreten wollte.

Leider kann ich Sie nicht mitnehmen! rief er. Sie sind ja noch POW.

Friedlaender breitete Landkarten aus. Einen Stadtplan, auf dem sie mit dem Finger hin- und herfuhren, dieses und jenes zuordneten, darüber stritten, ob die Straßenbahnlinie 7 zum Zoo fuhr oder die 5.

Schließlich eine Karte der Umgebung. Das Samland und ein Teil der Kurischen Nehrung. Nördlich von Pillau bohrte sich Friedlaenders Finger ins Papier.

Kennen Sie Palmnicken?

O ja, der einzige Ort der Erde, an dem Bernstein im Tagebau gewonnen wird. Als Kind bin ich mit meinem Vater oft in Palmnicken gewesen.

Ich auch, sagte Friedlaender. Wissen Sie, ob es in Palmnikken eine Steilküste gibt?

Ja, aber nicht so steil wie in Rauschen. Von dem großen Hotel – wie hieß es noch? – ging eine Treppe am Steilufer hinunter zum Strand.

Uns liegen Berichte vor, daß es an der Steilküste von Palmnicken ein Massaker gegeben haben soll, erklärte Friedlaender.

Sie beugten sich über die Karte und fuhren mit dem Finger den Küstensaum des Samlandes ab bis zu den Steilküsten.

Massaker an wem?

Das wissen wir nicht genau, weil es kaum Überlebende gibt, die darüber berichten können. Unsere sowjetischen Freunde behaupten, im letzten Winter seien Zwangsarbeiter aus den Lagern von den Wachmannschaften durch Ostpreußen zur

373

Küste getrieben worden. Bei Palmnicken wurden sie über die Steilküste gejagt und unten am Strand von Maschinengewehren zusammengeschossen. Neuntausend sollen den Tod gefunden haben, neuntausend Menschen, darunter dreitausend jüdische Frauen.

Sie schwiegen. Hermann stellte sich neuntausend Leichen am Strand von Palmnicken vor und konnte es nicht glauben, daß dort so viele Platz gefunden hatten. Ob man sie in den Gruben des Bernsteintagebaus verscharrt oder darauf gewartet hat, daß das Meer die Leichen davonspült? Er war sich ziemlich sicher, daß ein solches Massaker nicht stattgefunden hatte, wagte aber nicht, Friedlaender zu widersprechen.

Haben Sie von dem Vorfall gehört? fragte der.

Ich bin seit August 44 nicht mehr in jener Gegend gewesen.

Er war froh, mit der Sache nichts zu tun gehabt zu haben. Ihn schauderte bei dem Gedanken, seine Einheit wäre abkommandiert worden, Maschinengewehre auf der Steilküste von Palmnicken in Stellung zu bringen und in die Tiefe zu feuern. Wenn der Befehl gekommen wäre, hätte auch er abgedrückt, ohne zu fragen.

Sie dachten an das liebliche Palmnicken und suchten Bernstein.

Falls Sie von der Sache hören, bat Friedlaender, ich meine Berichte Ihrer Mitgefangenen oder der Offiziere, wäre ich Ihnen dankbar, wenn Sie es mich wissen ließen. Wir wollen Genaues erfahren. Wir wollen wissen, ob es in Palmnicken eine Steilküste gibt und wer da heruntergefallen ist.

Er griff tiefer in die Schublade, fand dort ein Päckchen, das in Pergamentpapier gewickelt und mit einem Bindfaden umschnürt war. Behutsam löste er den Knoten.

So schön war unsere Kurische Nehrung!

Kleine Schwarzweißbildchen aus dem Fotoalbum der Familie Friedlaender. Die Wanderdünen, das Haff im Abendlicht und am Morgen, Fischerkähne bei der Einfahrt nach Nidden, der Landgerichtsrat Friedlaender nebst Gemahlin und halbwüchsigem Sohn auf der Promenade des Ostseebades

Cranz. Der kleine Friedlaender am höchsten Punkt der größten Düne, Elche im Haff, die Familie Friedlaender anläßlich eines Besuches der Segelflugschule Predin, Vater Friedlaender zusammen mit dem Vogelprofessor Thienemann vor der Beobachtungsstation Ulmenhorst.

Die Bilder verschwammen, Hermann sah sie wie unter Milchglas. Ihre Väter gemeinsam in der Vogelwarte! Vielleicht kannten sie sich. Der Landgerichtsrat Friedlaender gab seine Uhren zur Reparatur dem Uhrmacher Kallweit, bis in der bewußten Novembernacht die Synagoge zerstört wurde und das Ehepaar Friedlaender, nachdem es den Sohn schon früher nach London geschickt hatte, spurlos vom Erdboden verschwand.

So viel haben wir verloren, sagte Friedlaender und tippte auf ein Luftbild der Kurischen Nehrung, das die Dünenlandschaft von Nidden bis Schwarzort zeigte. Er raffte die Bildchen zusammen, warf sie zurück in die Schublade. Abrupt öffnete er die Tür und bedeutete Hermann, daß das Gespräch beendet sei.

Wollten Sie nicht an der Albertina studieren? fragte er, als Hermann schon draußen stand.

Nach dem Abitur mußte ich in den Krieg, im Augenblick studiere ich den Melonenanbau in Oklahoma, aber irgendwann werde ich studieren, am liebsten an der Albertina.

Und was?

Hermann wußte es nicht, er zuckte ratlos die Schultern.

Versuchen Sie es mit der Archäologie, schlug der Major vor. Die Albertina hatte doch ein Archäologisches Institut. Irgendwann müssen wir Königsberg ausgraben, wie Schliemann Troja ausgegraben hat.

SOMMER
VIERUNDNEUNZIG

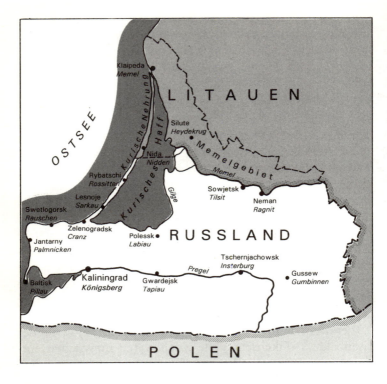

Das frühere nördliche Ostpreußen heute

Und immer wieder die alte Geschichte: Wenn der Zug über die Weichselbrücke rasselt, kirchturmhoch über dem träge fließenden Strom, wenn das Eisen vibriert, ein hohles Poltern aus der Tiefe heraufklingt, die ziegelrote Burg, das mächtigste Bauwerk des Ostens, am Horizont auftaucht, stellt sich das Gefühl des Nachhausekommens ein.

Wieder war es ein heißer Sommer. Die Hitze umwölbte den Kontinent von den britischen Inseln bis Rußland, sie flimmerte über Klaipeda, Kaliningrad und Sowjetsk ebenso wie über Wilnius und Gdansk. In Berlin schmolz der Asphalt, in Bad Pyrmont vertrockneten die Gärten, selbst in Göteborg und Radolfzell zersprangen einige Thermometer.

Wer die Stadt mit der Eisenbahn verlassen hat, muß mit der Eisenbahn heimkehren. Viele Züge waren inzwischen entgleist, ihre Wege nach Osten mit Brettern vernagelt, zwischen den Gleisen wucherte Gras, Kühe weideten auf den Schienensträngen, die einst Lebensadern gewesen waren. Der Hauptbahnhof hatte eine fremde Schrift bekommen und einen fremden Namen: Südbahnhof. Die Uhren zeigten Moskauer Zeit, die Schildchen mit den Zielbahnhöfen wiesen in kyrillischer Schrift nach Sankt Petersburg, Minsk, Kiew und Samarkand. Unerreichbar Berlin hinter der Erdkrümmung, untergegangen am Horizont der Geschichte. Wo einst Postreiter und vierspännige Kutschen die Strecke Sankt Petersburg-Königsberg-Berlin-Paris zurückgelegt hatten, brütete Sommerhitze über verblichenem Steppengras. Eine verlassene Gegend am Ende der Welt.

Wie gesagt: Wer mit der Bahn wegfährt, kehrt mit der Bahn wieder. Im August 94 wagte sich, von Süden kommend, ein

Zug in die Stadt, die nicht mehr brannte, die Zeit genug gehabt hatte, auszukühlen und ihre Wunden zu heilen. Einfahrt in den Südbahnhof an einem Donnerstag bei schwerer Hitze. In den Abteilen saßen alte Leute, denen viel Sand aus den Uhren gelaufen war, die es sich abgewöhnt hatten, weiter nach Osten zu denken als bis zum Oderstrom. Nun konnten sie es kaum fassen, daß der wunderliche Lauf der Weltgeschichte ihnen diese Reise zugespielt hatte. Daß wir das noch erleben dürfen! sagten sie immer wieder. Da hatte die deutsche Eisenbahn, deren Fahrpläne von den Namen Insterburg, Eydtkuhnen, Tilsit, Labiau und Königsberg nichts wußten, eines Tages einen Zug zusammengestellt für eine Reise ins Vergangene. Es war wieder erlaubt, an den Schalter zu treten und um eine Fahrkarte nach Königsberg zu bitten, versteht sich mit Retour. Auch wußten die Schalterbeamten sofort, welches Königsberg gemeint war. In einem halben Jahrhundert der Abgeschiedenheit hatten sie auf dem Wort Kaliningrad bestanden. Sagte jemand, er sei in Königsberg geboren, konnte es geschehen, daß die fortschrittlichen, der Zeit immer vorauseilenden Mitmenschen ihn mit vorwurfsvollen Blicken eines Besseren belehrten: Sie meinen wohl Kaliningrad! In Königsberg geboren zu sein klang wie von vorgestern.

Aber nun fuhren sie nach Königsberg, in ihr altes Königsberg. Das Erstaunen stand ihnen noch im Gesicht geschrieben. Ein halbes Jahrhundert mußten sie glauben, die Orte ihrer Kindheit nie wiederzusehen, das königliche Königsberg, das ehrwürdige Tilsit, das salzburgische Gumbinnen, den großen Pferdemarkt zu Wehlau. Plötzlich tat sich jener Vorhang auf, der aus Eisen gewesen war. Das liebliche Memel wurde erreichbar, wenn auch unter anderem Namen. Von dort aus eine vorsichtige Annäherung an Tilsit mit einem verstohlenen Blick über den Strom. Erste Spaziergänge im Sand der Nehrung. Ein Fischerdorf namens Nidden kam ins Gedächtnis. In Büchern und Reiseberichten stand wieder zu lesen, daß Thomas Mann dort in einem früheren Leben seine Spuren hinterlassen und den Italienblick gerühmt habe. Die Geschichte wehte den Sand der Verwüstung fort, die Wanderdünen wanderten, zum Vorschein kamen die alten Friedhöfe.

Es bedurfte keiner Lautsprecherdurchsage, sie kannten sich aus. Ab Heiligenbeil standen sie am Fenster, um zu sehen, wie die Stadt ihnen entgegenwuchs. Die meisten waren Frauen. Ihren Männern war in den Jahren zuviel in die Quere gekommen, gefallen im Krieg, umgekommen in Gefangenschaft, verschleppt in die Wälder Sibiriens; die überlebenden reisten ungern nach Osten.

Meine Mutter fuhr mit der »Gustloff«, sagte eine, während sie am Fenster auf ihre Stadt warteten. Ich überlebte, weil ich zur Kinderlandverschickung im Riesengebirge war.

Ach, das Riesengebirge war auch aus der Dämmerung der Geschichte aufgetaucht. Wie heißt der Rübezahl heute?

Über die »Wilhelm Gustloff« wäre noch einiges zu sagen, weil viele Passagiere des stolzen Schiffes, das im Januar 45 unterging, aus Königsberg kamen. Diese Frau befand sich jedenfalls auf Kinderlandverschickung und überlebte.

Fünf Männer und siebzehn Frauen. Vier Männer in Begleitung ihrer Ehefrauen, ein feiner Herr, drüben am Gang sitzend, reiste solo. Er trug einen Spazierstock bei sich, oder war es ein Regenschirm?

Aber Herrche, zu Hause braucht der Mensch keinen Regenschirm, in Ostpreußen scheint immer die Sonne, sagte die Frau von der Kinderlandverschickung.

Aber einmal ging sie doch unter, antwortete der feine Herr, der in seinem hellen Sommeranzug mit blauer Krawatte und rotem Tüchlein in der Brusttasche etwas zu elegant aussah für diese Reisegesellschaft.

Feiner Pinkel, tuschelten die Frauen.

Über die ostpreußischen Sommer kann man sich wirklich nicht beklagen, aber so unerträglich heiß wie im August 94 ist es nie gewesen.

Der Sommer 44 war auch schön und hatte ein sehr heißes Ende, erklärte der feine Herr.

Der Zug schlich in die Bahnhofshalle. Auf den Bahnsteigen

wieder Soldaten, nur andere Uniformen. Ein merkwürdiger Geruch, den niemand zuordnen konnte, wehte durch die offenen Fenster. Lautsprecher dröhnten.

Spricht einer von euch Russisch?

I wo, wir fahren nach Hause! Warum sollten wir Russisch lernen?

Es gab auch Blumenstände. Alte Frauen, Gummistiefel an den Füßen, weiße Tücher um den Kopf gewickelt, graue Schürzen um den Leib gebunden, verkauften feuerrote Gladiolen und aufgeplusterte Georginen. Die Königsberger Fischweiber haben sich auf Blumen verlegt und sind zum Hauptbahnhof umgezogen, sagte einer.

Der feine Herr machte sich an einem der Blumenstände zu schaffen. Sie sahen, wie er sich über die Wassereimer beugte und den Duft einatmete. Er stand unschlüssig vor der Blütenpracht, schließlich kaufte er der Babuschka ein Bündel Phlox ab. Die Frau nahm die Blumen aus dem Wasserkübel, es tropfte heftig auf den Zementfußboden. Sie beschnitt die Stengel, wickelte den Strauß in Zeitungspapier. Er reichte ihr einen Fünfmarkschein, sie ihm den Strauß.

Spasibo!

Herrche, Sie verderben die Preise! Fünf Mark sind zuviel für eine Handvoll Blumen, beschwerte sich die Kinderlandverschickung.

Mir sind sie es wert, antwortete der feine Herr.

Was mag er mit dem Strauß vorhaben? In dieser Hitze leben Blumen nur von elf bis Mittag. Wem will er Blumen schenken?

Die Reisegruppe wurde erwartet. Eine junge Frau erklärte, sie sei ihnen als Dolmetscherin und Fremdenführerin zugeteilt, sie freue sich auf eine gemeinsame Woche in der Kaliningrader Oblast. Ihren Namen gab sie mit Gagarina an. Den habe sie bekommen, weil sie in dem Jahr geboren wurde, als der Kosmonaut Gagarin den Weltraum eroberte.

Das mit der Fremdenführerin kannst du dir schenken, Gagarina. Die aus dem Zug sind keine Fremden. Sie kennen sich

382

aus, sie waren hier zu Hause. Du bist zu jung, um denen etwas vorzumachen, Gagarina. Was weißt du vom letzten Sommer in dieser Stadt? Das Preußenschloß hast du nie gesehen, den Dom nur als Trümmerhaufen. Über die Königsallee, die für ein kurzes Weilchen Hermann-Göring-Straße hieß, und den Hansaplatz, der als Adolf-Hitler-Platz unterging, bist du nie spaziert. Nicht du wirst uns, sondern wir werden dir etwas erzählen, Gagarina, damit du die Geschichte deiner Stadt kennenlernst.

Er sah ein wenig hilflos aus mit seinen Blumen. Wohin mit dem Strauß neben Koffer und Tasche, die er zu tragen hatte? Es war auch viel zu heiß für Blumen. Also ging er zu Gagarina und überreichte ihr den Strauß. Er verneigte sich tief, fast hätte er ihr die Hand geküßt. Gagarina war überwältigt. Mit dem Blumenstrauß im Arm zog sie voraus dem Ausgang zu. Dort stand ein Bus, der die Besucher zu einem Hotelschiff am Pregelufer bringen sollte. Die meisten gaben aber nur ihr Gepäck in den Bus.

Hör mal, Gagarina, wir wollen lieber zu Fuß zum Pregel wandern, um uns ein bißchen umzusehen, wir kennen uns hier aus.

Also gut, zu Fuß. Vor dem Bahnhof besichtigten sie die erste Attraktion, einen überlebensgroßen Mann auf einem Sokkel. Gagarina sagte, er habe der Stadt den Namen gegeben. Kalinin sei ein Freund Stalins und einer der größten Verbrecher der Sowjetunion gewesen. Das erklärte sie lächelnd, als sei es gar nichts.

Der feine Herr drängte sich vor und fragte, welcher Art die Verbrechen waren.

In der großen Säuberung hat Kalinin, weil Stalin es verlangte, seine eigene Frau den Henkern ausgeliefert.

Und so ein Mensch gibt der alten Preußenstadt seinen Namen? Jemand spuckte vor der Statue auf den heißen Asphalt.

Aus der schattigen Halle des Bahnhofs quollen Menschenmassen, die sich auf dem von Kalinin bewachten Platz sammelten, in Gruppen herumstanden, hier einen kleinen Handel

383

anfingen, dort zusammen rauchten oder tranken. Alte Frauen verkauften nicht nur Blumen, sondern Babuschkapuppen, Landhonig und Käse, der vermutlich aus Tilsit kam, aber einen anderen Namen trug. Nur Fische fehlten. Für Fische war es zu heiß, ebenso für Blumen. Die Königsberger Fischweiber waren damals Berühmtheiten. Jeder Reisende aus dem Reich besuchte sie am Hafen, um sich von ihnen als »Pomuchelskopp« beschimpfen zu lassen.

Gagarina erklärte die Stadt. Der feine Herr hielt sich abseits, blieb aber doch so nahe, daß er ihre Stimme hörte: Hier begann die Vorstädtische Langgasse ... Drüben wütete das Feuer ... Bis zu dieser Stelle brannte es ...

Der große Brand war fünfzig Jahre her, auch im August und ebenso heiß.

Linker Hand geht es zum Brandenburger Tor, behauptete Gagarina.

Wenigstens die Tore sahen wieder ziegelrot aus.

Seht mal hier, seht mal dort! schnatterten die Frauen. Gagarina mahnte zur Eile, denn um 13 Uhr sollte es Mittagessen auf dem Schiff geben.

Der feine Herr trat zu ihr und flüsterte, er wolle die Stadt allein erkunden. Zum Mittagessen werde ich auf dem Schiff sein, versprach er.

Sprechen Sie Russisch? fragte Gagarina.

Das nicht, aber ich kenne mich aus.

Er ließ die Gruppe vorausgehen. Als er sie nicht mehr hörte, als er allein war mit sich und dem Lärm der Stadt, fühlte er sich angekommen. Aber was für ein Zuhause war das? Fremd geworden und verunstaltet. Leere Flächen, wie eben vom Schutt befreit, kaum Grün.

Wo damals das Feuer geendet hatte, sprach ihn einer an, um zu sagen, daß er vor fünfundzwanzig Jahren in der Stadt Kiel gewesen sei. Damals ließ die Sowjetunion im kapitalistischen Ausland Fischereischiffe bauen. Als Ingenieur habe er zwanzig Monate den Bau begleitet und in Kiel eine gute Zeit gehabt.

384

Kein Zweifel, dies ist die Vorstädtische Langgasse. Nein, verirren konnte er sich nicht, er kannte sich aus.

Er würde gern die Stadt an der Förde besuchen, erklärte der Ingenieur, kenne aber keinen in Deutschland, der ihm eine Einladung schicke. Ohne Einladung bekomme er keinen Reisepaß. Was diesen Punkt betreffe, habe sich seit der kommunistischen Zeit nichts geändert. Kommst du aus Kiel?

Der feine Herr schüttelte den Kopf und nannte den Namen Berlin.

Berlin sei auch eine bedeutende Stadt, in die er gern reisen möchte, aber auch dort habe er keinen, der ihm eine Einladung schicke. Er habe jetzt viel Zeit zum Reisen. Als Schiffbauingenieur habe er kaum noch etwas zu tun. Um die Wahrheit zu sagen, er bewache rostende Schiffe im Hafen und warte auf eine Einladung aus Deutschland, am liebsten nach Kiel.

Endlich ein bekanntes Gebäude: die alte Börse. Ein wuchtiger Würfel, aus der Ferne manierlich anzusehen, doch jeder Schritt, der ihn näher brachte, ließ den Putz bröckeln. Der Koloß schien unbewohnt zu sein. Er wunderte sich, daß ausgerechnet der Tempel des Kapitalismus den Weltuntergang im Sozialismus überlebt hatte, verschont von britischen Bomben und den Granaten der Roten Armee.

Neben der Börse auf der Brücke stehend, entdeckte er in der Ferne das Schiff, zu dem die Gruppe marschierte. Gagarina in der Mitte, den Blumenstrauß in der Hand. Er hielt sich am Geländer fest, weil ihm Zweifel kamen, ob er es schaffen könnte, diese Stadt allein zu besichtigen. Er beschloß, das Wiedersehen an dieser Stelle abzubrechen, denn was vor ihm lag, ging über seine Kräfte. Außerdem war es zu heiß. Die Innenstadt später, Münzstraße und Schloßteich noch später. Vielleicht in der Abenddämmerung, wenn die Gegenstände ein mildes Licht annehmen, nicht so kraß und grell in die Augen springen. Mit Gagarina zu Mittag essen, danach ausruhen, in der Koje liegen und an vorgestern denken. Häuser errichten, Uhren aufziehen, die Gedanken fünfzig Jahre zurückschicken und Königsberg ausgraben wie Troja.

385

Nachdem er geruht hatte, setzte er die Erkundigungen auf eigene Faust und eigene Rechnung fort. Nach fünfzig Jahren fühlte er sich so, als wären die Sommerferien gerade zu Ende gegangen. Die Luft roch wie damals, die Wolken trugen den gleichen seidenen Schleier, das Sonnenlicht fiel im gewohnten Einfallswinkel aufs Wasser und spiegelte sich in den gleichen Scheiben … Nein, das Fensterglas war damals zu Bruch gegangen. Auf den großen freien Flächen baute er die alten Häuser, brachte sie in die richtige Reihe, versah sie mit Hausnummern und Straßenschildern, ließ die früheren Bewohner wieder einziehen und wunderte sich, daß die Frauen, die er auf der Straße traf, nicht gealtert waren.

Die Stadt hatte ein Herz gehabt. Wo es verschüttet lag, breitete sich die Steppe aus wie jenseits von Samarkand. Grasland beiderseits der Hochstraße. Auf der Dominsel wucherten lila Trümmerblumen, wie sie in den Nachkriegsjahren die Schutthalden deutscher Städte verschönert hatten. Die unbebauten Flächen, die weiten Straßen und Plätze erlaubten es, Luftschlösser zu bauen. Am Horizont, wo der Turm des Schlosses hätte grüßen müssen, entdeckte er ein schwarzes Ungeheuer, eine Art Betonbunker aus Kriegszeiten, gewiß etwas Militärisches, vielleicht ein Hubschrauberlandeplatz.

Und dann diese Erscheinung:

Eine Frau kam über die Brücke. Dunkles, über die Schulter fallendes Haar, ein federnder Gang, keine grauen Strähnen, keine Falten im Gesicht. Sie erinnerte ihn an Elfen, die über dem Dünensand schwebten, an Nixen, die aus dem Schaum der Brandung auftauchten. Ein Menschenleben lang war sie ihm entglitten, nun sah er sie in der flimmernden Hitze. Bevor sie auf der Brücke zusammentrafen, löste sich das Bild auf, er begegnete einer Frau mittleren Alters, die einen Korb Gemüse aus der Stadt trug.

Ein junger Mann wollte ihm Bernstein verkaufen. Mit den Fingern einer Hand zählte er die Dollarscheine, die die Bernsteinkette kosten sollte. Der feine Herr winkte ab. Er kannte niemand, dem er mit einer Bernsteinkette aus Königsberg eine Freude hätte bereiten können. Außerdem hatte er etwas gegen Bernstein, das Zeug wühlte ihn auf, und es war feuergefährlich.

Der von Tauben und Möwen beschmutzte Betonklotz stand unweit jener Stelle, an der er das Preußenschloß ausgraben wollte. Den Eingang zum »Blutgericht« fand er verschüttet. Hart kam ihn die Münzstraße an, vor allem deshalb, weil sie nicht da war. Nur noch als gedachte Linie, als erinnerte Häuserzeile erschien sie ihm, wie eine Fata Morgana über den Plattenbauten schwebend. Es bereitete ihm Mühe, den Uhrmacherladen Kallweit wiederauferstehen zu lassen, auch die Geranien auf der Fensterbank entzogen sich seiner Phantasie, sehr deutlich erkannte er dagegen das Gesicht der Agnes Rohrmoser, über alte Schriften gebeugt, vorlesend und erzählend. Zwei Kinder saßen ihr zu Füßen und hörten zu.

Der Schloßteich rettete ihn, denn ihn gab es wirklich. Wie damals schoben junge Frauen Kinderwagen um das Gewässer, Enten zogen ihre Bahnen, selbst die Schwäne waren kaum gealtert. An Winterabende und die möglichen Schlittschuhpartien mochte er nicht denken, mit siebzig Jahren gehen die alten Esel nicht mehr aufs Eis tanzen. Aber eine abendliche Bootsfahrt mit Lampions, wie sie der junge Friedlaender erlebt hatte, bevor er die Stadt Richtung London verließ, hätte er gern unternommen. Man müßte Gagarina fragen, ob die Lampions noch leuchten.

Das Parkhotel nicht niedergebrannt, aber stark gealtert. Es beherbergte eine Bank, von Blumen keine Spur. Statt Rosen im Blumengeschäft Perlbach verkaufte eine Frau Valuta am Bankschalter, einen Rubel für nicht mal fünf Pfennige. Armes Rußland.

Die Füße wie Blei. Das kommt von der Hitze. Er schaffte es bis zum Paradeplatz, vertrat sich vor dem Bunker des Festungskommandanten Lasch die Beine, lehnte sich an ein Denkmal des bedeutendsten Sohnes der Stadt, nicht Kalinin. Kinder umzingelten ihn, sie wollten Ansichtskarten verkaufen, zehn Stück für eine Mark. Natürlich Ansichten der alten, unzerstörten Stadt, die Gegenwart wäre keinen Groschen wert gewesen.

Jemand winkte heftig. Er wollte ihm den Laschbunker zeigen, ein Museum der letzten Tage. Nur das nicht! Ihm genügte der letzte Sommer, er brauchte nicht die letzten Tage und dieses düstere Relikt.

Das Städtische Krankenhaus hatte überlebt, auch mit der »Barmherzigkeit« war der Krieg gnädig umgegangen. Als er dem Dohnaturm zustrebte, sah er wieder eine Frau an der Mauer stehen. Langes dunkles Haar, weißes Kleid, kein bißchen gealtert.

Du wirst wunderlich, dachte er und wischte sich über die Augen. Aber die Gestalt blieb, sie stand am Wasser und warf den Schwänen Brotkrumen zu. Er stellte sich neben sie, beobachtete ihre Hände.

Sind Sie hier geboren? fragte die junge Frau.

Dort drüben.

Er zeigte über den lärmenden Damm hinweg Richtung Münzstraße.

Wenn Sie hier geboren sind, kennen Sie sich besser in Kaliningrad aus als ich. Ich weiß nur, was meine Mutter mir erzählt hat. Die lebte hier bis 1945.

Kann es sein, daß Ihre Mutter in Tragheim wohnte und mit Vornamen Magdalena hieß?

Die Frau schüttelte den Kopf. Meine Mutter heißt Elisabeth, sie wohnte unweit der Luisenkirche, und jetzt lebt sie in Hannover.

Mein Gott, sie war so jung wie Magdalena damals.

Die Frau wollte ins Bernsteinmuseum am Dohnaturm. Er hätte sie gern begleitet, schon der Kühle wegen, die ihn hinter dem dicken Gemäuer erwartete, aber es sollte nicht so aussehen, als liefe ein alter Mann jungen Mädchen nach. Außerdem regte ihn Bernstein immer so auf. Darum ging er in die andere Richtung, überquerte die Straße, blieb mitten auf dem Fahrdamm stehen, um einen Lkw passieren zu lassen, und stellte sich vor, daß er, wenn er weiterginge, nach Tragheim zu Jankowski käme.

Wenn wir alt werden, wird die Geschichte jung. Die Beinahebegegnung mit Magdalena wühlte ihn mächtig auf. Sie hatte sich völlig aus seinem Gedächtnis entfernt, aber nun war sie wieder da, so überaus deutlich und kaum gealtert. Vier Tage hatte er sie damals durch die Dünen begleitet, aber jede Bewegung, ihr Gang, ihre Gesten hatten sich ihm eingeprägt. Es kam ihm vor, als sei sie ganz in seiner Nähe.

Vermutlich ist sie umgekommen beim zweiten, dem großen Angriff. Sie fuhr in das Inferno wie die Motte ins Licht. Wenn sie überlebt hat, wird sie die Stadt mit dem letzten Zug verlassen haben oder mit dem letzten Schiff. Falls dieses Schiff den Namen »Wilhelm Gustloff« getragen hat, wären ein paar Kränze in der Ostsee zu versenken. Kaum zu glauben, daß sie bis zum Sturm im April 45 geblieben ist. Magdalena und die siegestrunkenen Soldaten, ihn schauderte bei dem Gedanken. Wenn sie auch das überlebt hat, auch die Hunger- und Typhuswellen der Nachkriegsjahre, wäre sie jetzt eine Babuschka mit schlitzäugigen Enkelkindern, der deutschen Sprache kaum noch mächtig. Vielleicht verkauft sie Blumen an irgendeiner Bahnstation zwischen Kaliningrad und Samarkand.

Die Wrangelstraße führte an der Mauer des Oberteichs entlang. Lkws polterten vorüber, ölstinkende Militärfahrzeuge und hupende Taxis. Erstaunlich schnell erreichte er den Hansaplatz. Aufmärsche in Braun und schmetternde Fanfarenstöße fielen ihm ein. Auf seinem Schulweg war ihm stets das Straßenschild Adolf-Hitler-Platz begegnet, es hatte sich ihm tief eingeprägt. Wo er das Eingangstor zur Ostmesse vermutete, fand er Lenin, auf einem Sockel stehend. Dahinter der gute alte Nordbahnhof, Ausgangspunkt aller Abenteuerreisen, ein Bahnhof, der nur schöne Ziele kannte: Rauschen, Neukuhren, Cranz, Georgswalde, Warnicken, Perlen einer langen Kette. Der »Rasende Litauer« versuchte von hier aus, in eineinhalb Stunden nach Tilsit zu fahren.

An John Friedlaender in Delaware wäre zu melden, daß die steinernen Wisente noch leben. Mit gesenkten Schädeln gehen sie aufeinander los, um ihre Kräfte zu messen. Der Sockel des Denkmals ist beschmiert mit kyrillischen Buchstaben.

Und dann ein Uhrengeschäft am Steindamm. Hinter der Schaufensterscheibe russische Uhren, von denen man sagt, sie seien unverwüstlich wie T34-Panzer. Wohin hatte es die Uhren seiner Kinderzeit verschlagen? Die freche Kuckucksuhr, die Spieluhr mit der ewigen Melodie von »Üb immer Treu und Redlichkeit«? Er legte das Ohr an die Scheibe, hörte aber keinen Ton.

Das Schiff ist fest in deutscher Hand, sagte einer, der aus jener Zeit kam, als Narvik fest in deutscher Hand war, Kreta, Tobruk und Sewastopol. Sie tranken deutsches Bier und russischen Wodka, nannten das Gemisch deutsch-russische Freundschaft, ließen Gorbatschow hochleben und gaben ihrer Stadt einen neuen Namen: Kantstadt. Die Bedienung war russisch und sah hübsch aus. Bald werden sie singen »Kehr' ich einst zur Heimat wieder, früh am Morgen, wenn die Sonn' aufgeht …«, oder sie lassen die Wildgänse durch die Nacht rauschen, und wenn sie noch mehr trinken, werden sie die »morschen Knochen« zittern lassen. Keiner von ihnen war jünger als sechzig Jahre, sie lebten in den Liedern, die sie in ihrer Jugend gelernt hatten.

Gagarina verkündete, die Gruppe werde morgen mit dem Bus nach Baltisk fahren. Das sei zwar militärisches Sperrgebiet, aber sie habe eine Sondergenehmigung für die Besucher aus Deutschland erhalten.

Wir fahren nicht nach Baltisk, sondern in unser schönes altes Pillau, korrigierte eine Frau.

Gagarina lachte. Ach ja, es sind alte Leute, sie kennen nur die alten Namen.

Der feine Herr ging zu ihr und bat, ihn von der Reise nach Baltisk zu entbinden. Er müsse morgen dringend etwas erledigen.

Sie blickte ihn traurig an. Nun habe ich eine Sondergenehmigung besorgt, und du willst nicht mitkommen nach Baltisk, sagten ihre schwarzen Augen.

Der Schiffskoch hatte sich Königsberger Klopse mit Kaperntunke ausgedacht. Gagarina nannte sie Kaliningrader Klopse,

391

was ein ziemliches Gelächter auslöste. Dazu gab es Bier aus Hamburg und eine Bedienung, die hübsch aussah und entfernt an Magdalena erinnerte.

Ich versteh' euch Russen nicht! rief die Kinderlandverschikkung über den Tisch. Berlin, Hamburg, Köln und Stuttgart lagen 1945 auch in Trümmern, aber jetzt sind es schöne Städte. Warum muß Königsberg so aussehen, als wäre der Krieg gestern zu Ende gegangen?

Darauf wußte Gagarina keine Antwort außer der, daß sie ihr Kaliningrad für eine schöne Stadt hielt.

Erzähl mal, Herta, was du mit dem Haustürschlüssel erlebt hast.

Also, na ja, das war so: An einem nebligen Januartag des Jahres 45 schloß eine junge Frau die Tür ihres Hauses ab und schob den Schlüssel unter die dritte Dachpfanne, nahm ihre Kinder an die Hand und ging auf die Flucht. Ein halbes Jahrhundert später kommt eines der Kinder zurück, greift unter die dritte Dachpfanne und findet den verrosteten Schlüssel. Die jetzigen Bewohner des Hauses lachen. Nun wissen wir, daß du hier geboren bist, sagen sie und umarmen die Besucherin. Der Schlüssel paßt noch immer. Sie schenken ihr den Schlüssel. Die Frau wickelt ihn in Zeitungspapier und verwahrt ihn im Handtäschchen.

Bei Klopsen und Kaperntunke erzählte sie die Geschichte, holte den verrosteten Schlüssel aus dem Täschchen und ließ ihn um den Tisch wandern.

Gegenüber meldete sich einer und gab an, daß er nur des Bernsteins wegen gekommen sei. Seine Leidenschaft sei das Bernsteinzimmer. Er habe sich schon in stillgelegten Bergwerksstollen des Harzes umgesehen, kürzlich habe er Nachforschungen in Sachsen unternommen, was nach der Wiedervereinigung ohne weiteres möglich sei. Aber keine Spur von Bernstein. Nun wolle er vor Ort, wie er es nannte, der Sache nachgehen. Schließlich sei das Bernsteinzimmer zuletzt in Königsberg gesehen worden.

Für die, die sich nicht auskannten, wozu auch Gagarina gehörte, erzählte er kurz die Geschichte. Ein Geschenk des Preußenkönigs an den russischen Zaren aus dem Jahre 1716. Wände und Decke eines ganzen Zimmers im Zarenschloß werden mit Bernstein ausgeschlagen. 1941 beginnt die Belagerung Leningrads, das Schloß fällt in deutsche Hand. Das Bernsteinzimmer wird in Kisten verpackt und dahin geschafft, wo es hergekommen ist, nach Königsberg. Dort bleibt es und wartet auf den Endsieg. Seitdem ist es verschollen.

Vermutlich wurde das kostbare Stück in einem Nebenraum des Laschbunkers am Paradeplatz gelagert, erklärte der Bernsteinsucher.

Gagarina geriet in Sorge, der Mann könnte mit Spitzhacke und Spaten den Paradeplatz umwühlen, darum mischte sie sich ein: Der Laschbunker besaß keine Nebenräume.

Ach, Gagarina, du bist auf die Welt gekommen, als Gagarin zu den Sternen flog. Was weißt du von den Nebenräumen des Laschbunkers? Natürlich gibt es heute keine Nebenräume mehr, aber damals war alles möglich. Das ist eben das Geheimnis des Bernsteinzimmers.

Ist das Bernsteinzimmer nach dem großen Feuer im August 44 noch gesehen worden? Der feine Herr am Kopfende des Tisches mischte sich ein und behauptete, Bernstein sei brennbar und verbreite im feurigen Zustand angenehme Düfte. Aber im August 44 habe es in den Trümmern nur nach Verwesung gestunken.

Zweihundertfünfzig Millionen Mark sei das Zimmer heute wert.

Angenommen, es würde gefunden, wem sollte es gehören?

Na klar, dem russischen Zaren. Geschenkt ist geschenkt, und wiederholen ist gestohlen.

Gagarina erklärte vorsorglich, die Miliz habe jede Grabung auf Kaliningrader Gebiet untersagt. Dann kam sie zum Kopfende des Tisches.

Es sind lustige Leute, sagte sie zu dem feinen Herrn. Der eine sucht einen verrosteten Schlüssel, der andere das Bernsteinzimmer. Was suchst du in Königsberg?

393

Er lachte sie an und überlegte.

In deutscher Sprache gibt es den Frauennamen Magdalena. Kannst du mir sagen, wie der auf russisch heißt?

Gagarina nahm neben ihm Platz und nippte ein wenig von dem Likör, den die Besucher »Kosakenblut« nannten.

Lena gibt es, sagte sie. Meistens nennt man sie Helena, aber Magda kommt bei uns nicht vor.

Gagarina erklärte, daß sie gern Deutschland besuchen möchte, um ihre Sprachkenntnisse zu verbessern und zu sehen, ob die deutschen Städte wirklich so schön aufgebaut sind.

Unweit des Nordbahnhofs geriet er in eine Gegend, die ihm gänzlich fremd vorkam. Er folgte einer Gruppe älterer Frauen, die Johannisbeeren und Blaubeeren in Wassereimern trugen. Hinter einem Torweg empfing ihn das Treiben eines orientalischen Marktes, ein Menschen- und Stimmengewirr, Musik und Geschrei, auch roch es nach Gewürzen und säuerlicher Milch. Bald war er Teil eines Menschenknäuels, der sich behäbig einem Mittelpunkt zuschob, den er hinter Buden und Markthallen vermutete. Im Torbogen bildeten Frauen Spalier, er sah weiße Kopftücher, graue Röcke und Gummistiefel. Die Arme der Frauen waren mit bunten Deckchen, Tüchern und Teppichstücken behängt, die sie stumm feilboten. Unterwäsche hing auf der Leine, graue Nachthemden, die bis zu den Knöcheln reichten, bewegten sich im Wind. Eine Frau hatte mehrere Büstenhalter über den Arm gehängt, dort baumelten sie wie geschlachtete Gänse. Wohin er auch blickte, er sah nur alte Frauen. Der Markt lebte von den Babuschkas, die ihre Zwiebeln, Karotten und Johannisbeeren anboten, mit grauen Händen Geldscheine unter den Rock schoben und Wechselgeld abzählten. Es waren fröhliche Menschen, die mit blutbeschmierten Kitteln und Kartoffelhänden herumstanden und das Lachen nicht verlernt hatten. Einige verkauften Blumen.

Im Innenhof packte er den Fotoapparat aus und knipste, die Sonne im Rücken, die im Torbogen stehenden Babuschkas, übrigens das erste Bild dieser Reise. Was er bisher gesehen hatte, war ihm des Fotografierens nicht wert gewesen. Er folgte einer fernen Musik, den Klängen einer Balalaika, und erreichte die Stelle, an der zwei Männer in Kosakenkostümen

395

zu tanzen versuchten. Ein Betrunkener wälzte sich auf nassen Steinen neben einem Wasserhydranten.

Ein Korb frisch gegrabener Kartoffeln, daneben ein Bund Mohrrüben mit Kraut, lebendige Hühner in einem Drahtkäfig, die Parade der Beerenverkäuferinnen. Rot, gelb, schwarz, blau leuchtete es aus Eimern, Gläsern und Körben. Was Wälder, Wiesen und Gärten des Samlandes zu bieten hatten, war auf diesen Markt gewandert und suchte ein paar Rubelchen. Im Triumphzug kam ihm ein Kuhkopf entgegen, noch mit Fell und Hörnern versehen, die Zunge hing aus dem Maul, die Augen weit aufgerissen. Eine Frau trug ihn wie eine afrikanische Wasserträgerin. Er fotografierte beide, die lachende Frau und den glotzenden Kuhkopf.

Weißgekalkte Hallen umstanden den Marktplatz. An einer Wand hing ein Coca-Cola-Plakat, so riesig wie früher die Transparente vom fortschreitenden Sozialismus. Neben kyrillischen und englischen Texten fand sich am Rande ein deutscher Aufkleber: »Hast du im Bett dich heißgewühlt, trink Coca-Cola eisgekühlt!«

Aus einem riesigen Demijohn floß klare Flüssigkeit in Schnapsgläser. Der Mensch muß schließlich leben, vor allem muß er trinken, wenn es heiß ist. Es stank nach Rübenschnaps.

Er traf einen, der wie ein Bruder Iwan Rebroffs aussah. Auf einem Podest stehend, gab er Trauriges über die Wolga von sich. In der Halle für Milch und Käse dröhnte ein Männerchor aus dem Lautsprecher, beim lebenden Geflügel waren es Kinderstimmen.

Auf braunem Packpapier lagen die ersten Augustäpfel, kümmerlich gelb, denn es war ein trockener Sommer, in dem die Äpfel nicht recht wachsen wollten. Zwei graue Hände hielten ihm faustgroße Tomaten im Übergang von grün zu rot entgegen.

Nemcy! Nemcy! rief ihm eine Stimme nach. Sie hatten längst erkannt, daß er ein Fremder war, und Fremde, die im Sommer 94 in Kaliningrad auftauchten, konnten nur Deutsche sein.

Einzug in die Halle der Milchprodukte. Sie leuchtete weiß vom Dach bis zu den Bodenfliesen. Sie nötigten ihn, ein Stück Käse zu probieren, und er wunderte sich, als er hörte, es sei echter Tilsiter. War denn nichts anderes von dieser schönen Stadt übriggeblieben als der Name eines Käses?

Schmand! Schmand! rief eine Frau, die in einer Schüssel weißen Brei rührte.

Das ist Glumse und kein Schmand, sprach er sie an.

Die Frau lachte. Ach Gott, ihr waren doch wirklich Glumse und Schmand durcheinandergeraten. Das kommt davon, wenn man so lange die deutsche Sprache nicht sprechen darf.

Sie beugte sich vor und flüsterte ihm zu: Weißt was, ich glaub', Ostpreußen wird wieder deutsch. Es kommen schon jeden Tag Leute, um sich die russische Wirtschaft zu besehen. Eines Tages schicken sie Ostpreußen heim ins Reich.

Er fragte nach einer Magdalena Rusch.

Sie kannte diese Frau nicht. Wenn es sie wirklich gäbe, würde sie einen anderen Namen tragen. Deutsche Namen sind nicht mehr.

Er kaufte ihr für teure Valuta ein Glas Honig ab, nachdem sie versichert hatte, den Honig hätten ihre Bienen an einer Lindenallee nahe Tapiau zusammengetragen. Mit dem Honig in der Tasche streifte er hinüber zur Abteilung Fleisch und Blut. Frauen rührten mit nackten Armen den roten Saft in großen Bottichen. Auf dem Steinfußboden versickerten rote Rinnsale. Die Halle roch zum Erbrechen, trotzdem gab es, worüber er sich wunderte, keine Fliegen. Hühner hingen ungerupft mit langen Hälsen von der Decke und erinnerten an Witwe Bolte. Zwei Frauen stemmten einen Schweinskopf auf einen Hauklotz. Sie lachten, der Schweinskopf stierte, er fotografierte. Sie baten ihn, ein Bildchen zu schicken.

Wenn ich wieder in Kaliningrad bin, werde ich ein Bild mitbringen.

Im Weggehen sah er, wie die eine zur Axt griff und den Schweinskopf spaltete.

Geschrei und Gegacker in der Ecke des lebenden Geflügels.

397

Sie führten vor, wie Hühnern der Kopf abgeschlagen und das Gekröse aus dem Leib gerissen wird. Ein Zigeuner spielte Klarinette, zwei Kinder wanderten mit einem Blechnapf umher und sammelten Scheine. Ein Mongole verkaufte pechschwarzen Tabak.

An einem Laternenmast traf er eine junge Frau, die nur so herumstand, als hätte sie nichts zu verkaufen. Sie deutete auf die Kamera und auf sich. Er sollte sie fotografieren. Sie stellte sich in Pose, stemmte einen Arm in die Seite, hob ein Bein leicht an, so daß der Rock über das Knie rutschte. Er drückte auf den Auslöser. Die Frau gab mit Gesten zu verstehen, daß sie bereit sei, für ein weiteres Foto die Bluse auszuziehen, natürlich nicht hier im Menschengewühl, sondern irgendwo dort hinten in den alten Häusern. Als er darauf nicht einging, bat sie um einen kleinen Schein für das Bild, das er von ihr geknipst hatte.

Magdalena wäre über siebzig Jahre alt. Sie jedenfalls wird nicht am Laternenmast stehen. Eine der alten Frauen mit Johannisbeeren, Karotten oder toten Hühnern könnte Magdalena sein. Überall die gleichen Gesichter, umgeben von grauen Strähnen, ein freundlich lächelnder Mund, Krähenfüße um die erloschenen Augen. Wenn sie sprachen, wurden Zahnlücken sichtbar, gelegentlich auch grell leuchtendes Gold.

Und dann das Erlebnis mit den Zwiebelchen. Eine alte Frau verkaufte Zwiebeln, weiter nichts als Zwiebeln, zwei Drahtkörbe voll. Ab und zu schnitt sie eine Knolle durch, pellte sieben Schalen und aß die Zwiebel roh wie einen Apfel. Weil ihr dabei die Tränen kamen, wischte sie ständig mit der Schürze im Gesicht herum. Er fotografierte die weinende Zwiebelfrau und drückte ihr, weil sie tränennaß in die Kamera geblickt hatte, einen Tausendrubelschein in die Hand. Sie ließ den Schein unter der Schürze verschwinden, zeigte einladend auf ihre Zwiebelchen. Der Herr möge sich bedienen.

Er hatte genug an dem Tapiauer Lindenhonig zu tragen, was sollte er mit Zwiebelchen?

Sie nahm ein paar Prachtexemplare aus dem Korb und hielt

sie ihm unter die Nase. Er schüttelte den Kopf. Sie sammelte kleine Zwiebeln, eine ganze Handvoll, und wollte sie ihm in die Tasche schütten.

Er winkte ab. Da holte sie unwirsch den Schein unter der Schürze hervor und reichte ihn zurück.

So war es doch nicht gemeint! Ich brauche weder den Rubelschein noch die Zwiebeln.

Sie begann zu schimpfen, schrie so laut, daß es in den Hallen zu hören war. Als die Umstehenden fragten, zeigte sie mit dem Finger auf den feinen Herrn.

Er wußte nicht, was sie ihm vorwarf. Als er davongehen wollte, rannte die Alte hinterher, in den Händen immer noch zwei schöne große Zwiebelchen. Am Torbogen stellten sich ihm finstere Gestalten in den Weg. Die Frau holte ihn ein, sie keifte heftig.

Es fand sich jemand, der behauptete, des Deutschen mächtig zu sein. Er bot sich an, den Dolmetscher zu spielen.

Also, die Babuschka sagt, du hast sie bestohlen.

Er erklärte ihm, was vorgefallen war, daß er keine Zwiebeln brauche und die Frau den Tausendrubelschein behalten könne für das Foto, das er von ihr geschossen habe.

Aber du hast ihre Ehre gestohlen, erwiderte der Dolmetscher.

Jetzt weinte die Alte wieder. Sie kam nah heran, und er spürte, wie sie ihm die Zwiebelchen in die Jackentasche steckte.

Eine Menschenmenge hatte sich versammelt. Er kam sich vor wie auf einer Bühne, auf der das Stück »Die Zwiebelchen oder Die gestohlene Ehre« gegeben wurde. Er sah Kuh- und Schweinsköpfe über sich, auch Karnickel. Nachdem die Alte ihm die Zwiebelchen in die Tasche gesteckt hatte, zog sie triumphierend davon. Der Dolmetscher blieb, bis er für seine Dienste auch einen Tausendrubelschein bekommen hatte. Die finsteren Gestalten gaben den Weg frei. Seine Jacke beulte sich. Die Zuschauer klatschten. Die Vorstellung war zu Ende.

Wenn du alt bist, kannst du nicht mehr lange schlafen. Frühmorgens wanderte er schon an Deck auf und ab, um herauszufinden, ob die Stadt einen anderen Atem hatte. Zwischen Domruine und Ruine des Hauses der Räte hangelte sich das Licht empor. Ein heißer Tag wollte beginnen, ein Samstag. Hätte nicht der Schornstein der Zellstoffabrik Koholyt Rauch in den Himmel geblasen, wäre der Morgen wolkenlos gewesen. Nun aber zog ein schwarzer Streifen über die südliche Vorstadt. Ein Taxi brachte die letzten Nachtschwärmer zum Schiff. Eine alte Frau fegte die Straße.

Am Wochenende fahren die Königsberger nach Cranz, so war das immer gewesen. Ohne zu frühstücken, machte er sich auf den Weg zum Nordbahnhof. Die Züge zur See verließen die Stadt am Nordbahnhof, so war das immer gewesen. Hunde liefen ihm nach. Wenn er stockte, blieben sie stehen, ging er weiter, trotteten sie hinterher. Vor dem Nordbahnhof versprühte ein Tankwagen Wasser.

Von Königsberg nach Cranz, das ist so wie von Berlin nach Potsdam, von Hamburg nach Travemünde, von Dresden in die Sächsische Schweiz oder von München in die Berge. Als es die Bahnstrecke noch nicht gab, fuhren sie per Kutsche oder ritten zu Pferde. Am 2. August 1914 fuhr die Bahn nach Cranz, als wäre nichts geschehen, am 31. August 1939 blieben die Ausflügler in Cranz, weil sie Fliegerangriffe auf ihre Stadt befürchteten. Am Sonntag, den 22. Juni 1941 – das Seebad Cranz erfreute sich schon eines lebhaften Besuches –, wunderten sich die Kurgäste beim Frühstück, daß das Geschirr klapperte und die Fensterscheiben zitterten, Ende August 1944 wunderte sich keiner mehr. Wer am 26. August 44 gleich nach

400

Feierabend – die meisten arbeiteten sonnabends bis dreizehn Uhr – die Stadt mit der Eisenbahn in nördliche Richtung verließ, von Cranz aus mit dem Fahrrad auf die Nehrung radelte, am Haffstrand sein Zelt aufschlug und nicht zu früh einschlief, konnte aus sicherer Entfernung dem ersten Angriff zuschauen. Wer mutig genug war, am Sonntag nicht in die Stadt zurückzukehren, am Montag die Arbeit ausfallen zu lassen, wer es auch am Dienstag noch auf der Nehrung aushielt, entging dem Inferno des zweiten Angriffs. Jene aber, die zwischen den Angriffen in die Stadt zurückkehrten, um nach dem Rechten zu sehen, wie sie sagten, fuhren ins Verderben.

Am Wochenende fahren die Königsberger nach Cranz. Heute hieß Cranz Zelenogradsk und war immer noch die letzte Station vor dem Meer. Der erste Zug wurde um neun Uhr erwartet. Der Bahnsteig füllte sich, gestern die Babuschkas auf dem Wege zum Markt, heute die Jugend von Kaliningrad auf dem Wege an die See. Junge Männer trugen lärmende Transistorradios spazieren, es duftete aufdringlich nach Parfum. Tief unten – solange er denken konnte, befand sich der Nordbahnhof in einer Schlucht – staute sich die Hitze. Breit und mächtig der Schienenstrang. Das war nicht mehr die liebliche Samlandbahn früherer Tage, die Königsberger Eisenbahn hatte Anschluß gefunden an die russische Spur, sie fuhr durch die Kontinente zum Pazifischen Ozean und nicht mehr nach Berlin. War der Nordbahnhof nicht ein Kopfbahnhof gewesen? Diese Eigenschaft hatte er aufgegeben, die Gleise liefen mitten hindurch zum Hafen und Südbahnhof.

Die Wartenden sahen heiter aus. Sie hörten Musik und waren fröhlich gestimmt wegen des vor ihnen liegenden Sommertages an der See im »bedeutendsten Seebad des deutschen Ostens«. Zoppot war doch auch bedeutend, behaupten die Danziger. Aber war Zoppot ein deutsches Seebad? fragen die anderen. Schon geht es los mit den Attributen. Sotschi auf der Krim und Zelenogradsk an der Ostsee sind die bedeutendsten Seebäder Rußlands. Stimmt das wirklich? Ist die Krim schon

401

Rußland und Zelenogradsk noch Rußland? Die Geschichte wird sehen. Es bestand einmal die Absicht, eine Hochzeitsreise von Gotenhafen nach Göteborg zu unternehmen. Göteborg gab es immer noch, aber Gotenhafen hatten die Landkarten vergessen. Wer weiß, wo Gotenhafen liegt? Na, die Alten auf dem Schiff, die werden es wissen. Aber Hochzeitsreisen gibt es keine mehr. Die Kartographen können kaum folgen, so schnell ändert sich die Geographie, nur das Hotelschiff im Kaliningrader Hafen befand sich fest in deutscher Hand.

Endlich lief der Zug ein. Am Kopf der Lokomotive, eines ungeheuer breiten, wuchtigen Stahlkolosses, prangte der rote Sowjetstern; die Dekorateure der russischen Eisenbahn vermochten dem Zeitgeist ebensowenig zu folgen wie die Kartographen. Zehn Wagen zog die Lokomotive vom Südbahnhof zum Nordbahnhof, und als der Zug dort ankam, sah er so aus, als wäre er längst überfüllt. Wäre der Nordbahnhof ein Kopfbahnhof geblieben, hätten keine vollbesetzten Züge zur Weiterfahrt einlaufen können. Nun warteten Tausende, um ans Meer zu fahren, aber ihr Zug war überfüllt, weil am Wochenende alle Königsberger nach Cranz reisen und, um dem Gedränge am Nordbahnhof zu entgehen, schon am Südbahnhof einsteigen. Die Wartenden hofften, einige Passagiere würden den vollbesetzten Zug verlassen, um neuen Fahrgästen Platz zu machen, aber niemand stieg aus, alle wollten an die See. So begann der Sturm auf die Königsberg-Cranzer Eisenbahn. Weil er ein alter Mann war und sie sahen, daß er sich nicht auskannte, ließen sie ihm den Vortritt, das heißt, sie schoben ihn den Tritt hinauf in den Wagen. Er klammerte sich ans Holz, griff nach einer Eisenstange, spürte einen weichen menschlichen Körper neben sich, einen Ellenbogen in seiner Seite. Abgesehen von dem Plärren eines Transistorradios erfolgte der Sturm auf den Eisenbahnzug lautlos.

Bekanntlich sind die Wagen der russischen Eisenbahn breit und geräumig. Sie bieten vielen Platz, aber nur, wenn sie nicht überfüllt sind. Auf langen Bänken saßen Mütter und umklammerten ihre Kinder, in den Gängen Körper an Körper, aus den Fenstern hingen Köpfe und Arme. Ein Geruch, als hätte jemand Lysol verschüttet, verbreitete sich von Wagen zu Wagen. Keiner rauchte, um dem Nebenmann nicht Löcher ins Hemd zu brennen oder Asche in den Kragen zu schütten. Aber die Radios dröhnten. Chopin gegen Tschaikowsky, und beide wurden übertönt von Elvis Presley, dessen »Poor Boy« die Wagen zittern ließ und einige Reisende zu rhythmischen Bewegungen verführte.

Im Sommer fahren die Königsberger nach Cranz. Dieser Seebäderzug erinnerte stark an indische, afrikanische oder chinesische Eisenbahnen, auf deren Wagendächern weiß gekleidete Gestalten sitzen und deren Türen und Fenster mit Menschen behängt sind. Draußen fünfundzwanzig Grad, in den Wagen ging es auf die fünfunddreißig zu. Dafür gab es die angenehme Erwartung des kühlen Wassers, also Hoffnung genug.

Was er für unmöglich gehalten hatte, trat ein: Die russische Eisenbahn, die mit der breiten Spur und den geräumigen Wagen, schluckte alle, die am Nordbahnhof gewartet hatten. Dampfende, schwitzende Leiber dicht an dicht, niemand konnte fallen. Die Mädchen dufteten nach Flieder, die Kinder nach Milch, die Männer überhaupt nicht. Als der Zug sich in Bewegung setzte, brachte der Fahrtwind Kühlung durchs Fenster. Er riß an den Haaren und ließ bunte Tücher flattern. Frische kam auch aus der Tiefe durch ein Loch im Boden, groß wie zwei Männerfäuste. Schotter, Schwellen und verblühte Kamille huschten unten vorüber. »They call me poor boy«, sang Elvis. Gespreizte Hände suchten Halt an der Decke. Ein Soldat in Uniform bewahrte Haltung. Schweißtropfen fielen von seiner Nase in die Bluse. Er lachte. Zwei junge Männer drehten so lange an ihrem Musikkasten, bis sie Hardrock gefunden hatten. Niemand protestierte gegen den Lärm, geduldig fuhren die Königsberger in die Sommerfrische.

Wie lange ließ sich das ertragen? Von Königsberg nach

Cranz fährt die Bahn eine Dreiviertelstunde, eine Kleinigkeit, wenn man bedenkt, daß die Transsibirische Eisenbahn eine Woche unterwegs ist, um den Pazifischen Ozean zu erreichen.

Alte Leute sollten solche Reisen nicht unternehmen, sie gehen aufs Herz. Eine Frau, die neben ihm in einem Menschenknäuel untergegangen war, japste heftig nach Luft. Ihr Gesicht lachte wie ein runder Kürbis aus der Tiefe.

Sie sind bestimmt Deutscher, sagte das Kürbisgesicht beim ersten Halt, vermutlich in Quednau, aber Genaues konnte er nicht feststellen, denn er sah nur Menschen und keinen Bahnhof. Wieder stieg niemand aus, denn alle, die in diesem Zug waren, wollten an die See. Schließlich wurde ein Kind aus dem Fenster gehalten, dem schlecht geworden war. Es landete unsanft auf dem Bahnhof von Quednau und weinte.

Ja, Sie sind Deutscher, sagte die Frau. Die Fremden, die zu uns kommen, sind alle Deutsche. Kein anderer besucht uns, nur die Deutschen haben uns nicht vergessen.

Er wollte sie etwas fragen, aber da schob sich ein mächtiger Oberkörper vor das Kürbisgesicht, ein schwer atmender Busen, von Schweißbahnen durchzogen, drückte gegen seinen Arm. Was geschieht, wenn hier einer ohnmächtig wird? Umfallen ging nicht. Aber niemand dachte an Ohnmacht, sie waren guter Dinge, denn sie fuhren ans Meer.

Durch einen Lichtspalt blickte er ins Freie und erschrak über die Öde draußen. War die Königsberg-Cranzer-Eisenbahn nicht ständig durch belebte Dörfer gefahren? Hatten nicht an den Bahnhöfen Fuhrwerke, mit Milchkannen beladen, gestanden? War es nicht so, daß überall Hunde gebellt und Kinder gewinkt hatten? Diese Bahn fuhr durch ein leeres Land, durch eine Gegend, die so aussah, als hätte der Krieg erst vorgestern aufgehört und gestern noch der Hungertyphus gewütet. Die asiatische Steppe hatte sich ausgebreitet. Zwei Reiter trieben eine Viehherde über Land. Bis zum Horizont keine Kirchtürme, geradeaus ging es nach Samarkand. Hätte es nicht die Alleen gegeben, die immer noch Schatten warfen, von Ost nach West und von Süd nach Nord liefen, er hätte das Samland nicht wiedererkannt.

Knoblauchgeruch hing über den Köpfen. Sein Ellenbogen drückte in irgendwelche Weichteile, vermutlich war es der schwer atmende Busen. Warum fiel ihm Solschenizyns »Archipel Gulag« mit den Sträflingstransporten nach Karaganda ein?

Das Kürbisgesicht kam wieder zum Vorschein. Sie habe nichts gegen die Deutschen, sagte die Frau. Auch im Krieg hätten die Deutschen keine Gelegenheit gehabt, ihr Böses anzutun, denn zu jener Zeit befand sie sich in Stalins Lagern. Meinen Vater ließ Stalin 1937 erschießen, weil er zu viele Sprachen kannte. Ich lernte auch Sprachen, sogar Deutsch, dafür gab mir das Väterchen fünfundzwanzig Jahre.

Unter ihnen wuselte auf halber Höhe im Unterholz der Beine und Bäuche ein kleines Kind mit einer rosa Schleife im schwarzen Haar. Es mußte da mächtig dunkel sein, außerdem fielen von den Körpern pausenlos Schweißtropfen in die Tiefe.

Ja, wenn es die Alleen nicht gäbe! Neben der Bahnlinie entdeckte er eine Straße mit alten Lindenbäumen, die bis zur Erschöpfung geblüht hatten und nun müde die welken Zweige hängen ließen, auch schon Blätter verloren. Auf einem Telefonmast nisteten Störche. Konnte es sein, daß dieses trostlose Land nicht mehr genügend Dächer besaß für seine Störche?

Die Frau drängte sich heran, um zu sagen, daß Nikita Chruschtschow ihr die Freiheit geschenkt habe. Sie hielt ihm einen Zettel unter die Nase, auf dem angeblich ihre Rehabilitierung dokumentiert war.

Mein Vater kannte zu viele Sprachen, sagte sie. Sie müssen wissen, er war Diplomat. Nikita Chruschtschow hat auch ihm die Ehre wiedergegeben, aber es hat nicht mehr geholfen.

Karaganda, so ein schöner Name und so eine traurige Geschichte.

Im Paß der Frau, den sie demonstrativ vorwies, fand sich ein Stempel, der ihr erlaubte, kostenlos mit der Eisenbahn durchs

405

große Rußland zu fahren, eine kleine Entschädigung für die Jahre in Karaganda und den frühen Tod ihres Vaters. Demnächst werde sie zum Baikalsee und ans Chinesische Meer reisen.

Da tauchte sie wieder auf, die rosa Schleife. Und aus dem Dunkel blickten ihn zwei glühende Augen an.

Er wunderte sich über die gelassene Freundlichkeit dieser Menschen. Mit geduldiger Erwartung, ohne zu schimpfen oder zu stöhnen, ertrugen sie diese mörderische Reise. Wohin er auch blickte, er bekam ein Lächeln zur Antwort. Dieses gutmütige, brave Volk soll die Oktoberrevolution angezettelt haben? Zum Lachen. Eine Clique von Intellektuellen hat das schwächste Glied einer Kette mißbraucht, um für eigene Rechnung Revolution zu spielen.

Früher fuhren die Züge keine Dreiviertelstunde bis Cranz. Früher bauten sie den Störchen Scheunendächer als Nistplätze, und in den Vorgärten ließen sie Georginen blühen. Früher trug Magdalena eine rosa Schleife im schwarzen Haar, und Karaganda war ein schöner Name.

Zelenogradsk war Kopfbahnhof geblieben. Ein paar hundert Meter vor dem Meer endete die Reise. Der Zug hielt noch nicht, als schon die Türen aufsprangen, ein träger Brei sich über Bahnsteig und Geleise ergoß, von dort in die Straßen flutete, um sich Richtung Strand zu verlaufen.

Grüßen Sie die Deutschen, sagte die Frau, die Nikita Chruschtschow begnadigt hatte, bevor sie sich vom Menschenstrom davontragen ließ.

Am Straßenrand kaufte er Augustäpfel und ein kühles Getränk. Als ein Kind ihm alte Ansichtspostkarten des »bedeutendsten Seebades des deutschen Ostens« anbot, erwarb er sie mit dem Gedanken, die Bildchen zu vergrößern und zu Hause an die Wand zu heften.

Endlich die Ostsee. Mehr Menschen als Sand. Das Wasser hatte sich zurückgezogen, als fürchte es sich vor diesem Ansturm. So weit das Auge reichte, sah er schöne junge Menschen, die durch die auslaufende Brandung spazierten, im

Sand lagen, ihren Körper der Sonne entgegenstreckten. Unzählige Magdalenas wanderten vorbei und blickten ihn herausfordernd an, als wäre er ein alter Bekannter.

Auf der Promenade stehend, genoß er die Kühle, die der Wind von der See herüberwehte. Plötzlich sah er sie, die gute alte Nehrung. Von Cranz ausgehend, zog ein weißer Sandstreifen an der See entlang nach Norden. Er war menschenleer. Oder doch nicht? Es kam ihm vor, als spaziere sehr fern eine einsame Gestalt von Sarkau nach Rossitten.

Erzähl mal, Trudke, wie du dein Kinderbett gefunden hast. Das geschah in Domnau, weit draußen vor der Stadt, wo das Insthaus stand, in dem das Trudke vierzehn Jahre lang gelebt und in einem rotlackierten Holzbett geschlafen hatte. Bis zur Flucht. Nun war sie wieder in Domnau gewesen und hatte eine alte Frau getroffen, die vor ihrem Haus unter Lindenbäumen saß. Die Bäume, die damals kaum den Dachfirst erreicht hatten, erdrückten das kleine Haus. Sie hatten geblüht wie lange nicht mehr und sahen aus wie mit Schnee bedeckt. Das Grün ihrer Blätter war untergegangen, der Nektar tropfte auf die Erde, ein Duft erfüllte das Haus wie vergossener Honig.

Das Haus hat der Hitler gebaut, ließ die Oma ausrichten.

Das Trudke durfte eintreten und es besichtigen. Den Herd, den Kachelofen, die Stiege zur Lucht, sie fand alles so, wie es zu Hitlers Zeiten gebaut worden war. Unter dem Dach, beladen mit Gerümpel und Winterkleidung, das rotlackierte Kinderbettchen. Sie durfte auf der Bettkante Platz nehmen. »Guten Morgen, Frau Sonne, wie hast du geschlafen?« fiel ihr ein und ein Abendgebet mit Blick aus dem Fenster ins Geäst der Linden: »Lieber Gott, mach mich fromm, daß ich in den Himmel komm.« Das alte Kinderbett ertrug es, nur das Trudke konnte die Tränen nicht halten. Die Babuschka setzte sich zu ihr auf die Bettkante und wischte auch ihre Augen, denn alle Menschen haben ein Kinderbett voller Erinnerungen. Lindenbäume, tropfender Honig, eine alte Frau in einem alten Insthaus, das der Hitler gebaut hat, irgendwo südöstlich von Königsberg, auf Domnau zu. So wunderliche Reisen unternehmen wir heute.

Weiß jemand, wie Rossitten heißt? fragte der feine Herr über den Tisch hinweg.

Soll was mit Fischen zu tun haben, meinte die Frau von der Kinderlandverschickung.

Rybatschi, erklärte Gagarina.

Habt ihr bemerkt, daß die Königsberger Kasernen noch alle stehen? Weder die Bomben im August haben ihnen etwas anhaben können noch der Sturm im April. Was lehrt uns das? Eine Krähe hackt der anderen nicht die Augen aus. Das Militär hilft sich, wo es kann. Warum sollten sie die Kasernen zerstören, die sie für ihre Neueinquartierung brauchten?

Hier gehört die Geschichte hin von dem Mann, der an einem Nachmittag im Sommer 94 vor der Kaserne an der Cranzer Allee stand, in die er 1940 als junger Rekrut eingerückt war. Auf dem Kasernenhof exerzierten wieder Rekruten. Er bat Gagarina, mit dem Posten vor dem Tor zu sprechen. Der wünschte keinerlei Wortwechsel, sondern rief einen Offizier. Der Offizier ließ die Rekruten abtreten und begab sich zum Kasernentor.

Vor vierundfünfzig Jahren habe ich hier gedient, ließ der Besucher über Gagarina ausrichten und zeigte auf den Gebäudekomplex hinter dem Exerzierplatz.

Also ein Faschist, antwortete der Offizier und lachte.

Nur ein Soldat der großdeutschen Wehrmacht.

Und wo hast du gekämpft?

Woronesch, Orel, Kurland.

Karascho.

Gagarina übersetzte, daß der Offizier in sowjetischer Zeit Major gewesen sei, jetzt russischer Oberst und daß er noch nirgendwo gekämpft habe, nur ein bißchen in Afghanistan, aber das sei ein Kampf gegen Banditen gewesen, kein ordentlicher Krieg.

Das Kasernentor öffnete sich. Als sie den Hof betraten, sprangen die Rekruten auf und standen stramm. Der Offizier erklärte ihnen, daß sie einen leibhaftigen faschistischen Soldaten vor Augen hätten, der bei Woronesch, Orel und in

409

Kurland gekämpft und zuvor in dieser Kaserne geschlafen habe.

Dreimal ließ er sie hurra rufen.

Gagarina lachte und hielt sich die Ohren zu.

Der Besucher durfte das Gebäude betreten. Gagarina auch, obwohl sie eine Frau war, aber hier trat sie nur als Dolmetscherin auf. Der düstere Gang wie 1940. Dritte Tür rechts. Zwei Pritschenreihen an der Wand, dazwischen Holzspinde.

Sag bloß, du hast auch dein rotlackiertes Kinderbettchen gefunden? rief einer über den Tisch.

Es waren die alten Pritschen aus dem Jahre 40. Nur daß er sie größer in Erinnerung hatte, vor allem länger.

Ein Händedruck unter Männern über die Pritsche hinweg, Freundschaft. Der Offizier bot ihm eine Zigarette an, Gagarina bekam keine, denn sie war nur eine Dolmetscherin. Sie standen am Fenster, blickten über den Kasernenhof und rauchten schweigend. Die Soldaten kommen und gehen, aber die Kasernen bleiben, dachten beide.

Nach einer Zigarettenlänge begleitete der Offizier den Besucher zum Tor. Die Rekruten mußten wieder strammstehen und den faschistischen Soldaten grüßen. Bevor sie sich verabschiedeten, wandte der Offizier sich an Gagarina und bat zu übersetzen, daß er den Besucher beneide, weil er einen richtigen Krieg gekämpft habe. Heute habe man es nur mit Banditen zu tun. Ein letzter Händedruck. Freundschaft.

Fährst du mit uns zur Kurischen Nehrung, Gagarina? Wir wollen mit den Elchen baden gehen und sehen, ob die Zugvögel noch über Rossitten fliegen.

Gagarina lächelte vielsagend. Die Kurische Nehrung ist Naturschutzgebiet und darf nur mit besonderer Genehmigung betreten werden, erklärte sie.

Aber hör mal, Gagarina, du hast die Genehmigung für den Kriegshafen Pillau bekommen, warum solltest du nicht die Erlaubnis für die Kurische Nehrung beschaffen? Es darf auch fünf Mark pro Nase kosten.

Gagarina lächelte vielsagend. Wir werden sehen.

Eine Frau aus Dortmund-Aplerbeck erzählte, daß sie zum drittenmal zu Hause gewesen sei. 1992 habe sie ihren Bauernhof in der Gegend von Darkehmen zum erstenmal besucht. Sie traf dort Leute aus Kasachstan mit vielen Kindern. Man ging durchs Haus und die Ställe und fand alles so vor, wie sie den Hof verlassen hatte. Sie aßen Hammelfleisch, tranken Wodka und sangen gemeinsam das Volkslied »Am Brunnen vor dem Tore«. Schließlich tauschten sie ihre Adressen. Man schrieb sich Briefe. Die Frau aus Dortmund-Aplerbeck schickte eine Zeichnung, die sie nach fünfzig Jahren aus dem Gedächtnis angefertigt hatte. Sie zeigte die Grundrisse des Hofes mit dem Garten, vor allem den Garten. Ein Kreuzchen markierte die Stelle, an der die Mutter im Herbst 44 etwas vergraben hatte.

Und nun geschieht ein Wunder. Als sie ein Jahr später die Leute aus Kasachstan besucht, findet sie auf einem Tischchen aufgebaut, was die an der bezeichneten Stelle ausgegraben hatten: Silber und Kristall, einen Drahtkorb voller Einmachgläser, im August 44 eingelegte Gurken, süßsauren Kürbis, sogar gebratene Klopse, alles noch genießbar!

Wie kommt es, daß im nördlichen Ostpreußen immer noch Vergrabenes gefunden wird, im Süden dagegen nichts mehr? fragte einer.

Das liegt am Winter. In der Elchniederung, bei Gumbinnen, Insterburg und Darkehmen vergruben sie ihre Schätze schon im Oktober. Zu der Zeit war die Erde noch weich und ungefroren. Auf das Vergrabene senkte sich der Winterschnee, und als er im Frühling schmolz, vermochte niemand zu erkennen, wo die Schätze ruhten. Im südlichen Ostpreußen griffen sie erst im Januar zu Hacke und Spaten, wühlten den Schnee beiseite, schlugen den hartgefrorenen Boden auf, um ihre Kostbarkeiten hineinzugeben. Als die Sieger mit Stangen und Speeren die Gärten absuchten, haben sie vieles gefunden.

Nasdrowje.

Wie heißt du? fragte eine Frau das Mädchen, das die Getränke brachte.

Anja.

Na, das ist auch ein schöner deutscher Name. Wo bist du geboren, Anja?

In Kaliningrad.

Und wann bist du geboren?

1973.

Ach, Anja, du bist so jung, du hast vom großen Krieg nichts erlebt.

Das Mädchen lächelte.

Sind deine Eltern auch in Kaliningrad geboren?

Mein Großvater hat Kaliningrad erobert. Danach holte er sich eine Frau aus Nowosibirsk, denn es gab in der Kaliningrader Oblast nicht genug Frauen. Meine Mutter ist in Kaliningrad geboren, als die letzten Deutschen die Oblast verließen. Ich bin schon eine Kaliningraderin der zweiten Generation.

Großer Gott, wie sind wir alt geworden! Ihr Großvater hat Königsberg erobert, eine Mutter hat im heißen Sommer 44 Gurken eingelegt und vergraben, ein Diplomat wurde erschossen, weil er zu viele Sprachen beherrschte, seine Tochter fuhr nach Karaganda, und das rotlackierte Kinderbettchen steht immer noch in dem Haus, das der Hitler erbaut hat. Wir gehören gar nicht mehr in diese Welt, wir sind von vorgestern. Aber es bewegt uns immer noch, wir kommen nicht davon los.

Ist jemand unter uns, der die Bombenangriffe im August 44 miterlebt hat?

Es meldete sich niemand, auch der feine Herr am Ende des Tisches schwieg und blickte in den vorbeiströmenden Pregel. Er gab sich dann aber doch einen Ruck und fragte Gagarina, warum das Samland so öde aussehe.

Sie wunderte sich über die Frage, denn sie konnte nichts Ödes finden. So sei es schon immer gewesen.

In deutscher Zeit gab es zahllose Dörfer und Bauernhöfe, Gagarina. Wir fragen uns: Wo sind sie geblieben?

Sie lachte. Vielleicht hat der Krieg sie zerstört, und man hat vergessen, sie aufzubauen. Dafür hat Kaliningrad heute mehr Einwohner als Königsberg in deutscher Zeit.

Es ist noch von einem Museum zu erzählen, das draußen in der Steppe liegt. Immer geradeaus Richtung Insterburg, rechts ab, wieder geradeaus, einen Feldweg entlang, der vor einem Wäldchen endet. Dort lebt Goschia, die aus einem Schafstall ein Museum machen will. Der Schafstall gehört zu einem Gehöft, das die Deutschen vor einem halben Jahrhundert verlassen haben, um es genau zu sagen: Mehr ist nicht übriggeblieben als dieser Schafstall. Goschia hat in Wilnius studiert und kennt einige Sprachen, darunter ein bißchen Deutsch. Nun will sie ein Museum einrichten für die vielen Deutschen, die seit ein paar Jahren kommen. Sie ist jung, sie läuft barfuß, an der Tür stehen schwarze Gummistiefel für regnerisches Wetter. Als erstes hat sie den Schafstall weiß gekalkt, damit er leuchtet und die Besucher ihn aus der Ferne sehen können.

Warum lebst du allein in dieser Verlassenheit?

Nein, sie ist nicht allein. Ihre Brüder arbeiten zehn Kilometer entfernt auf der Kolchose und kommen gelegentlich zu Besuch.

Goschia holt Wasser aus einem Brunnen, von dem sie sagt, daß die Deutschen ihn gegraben haben. Sie will Tee kochen, bei Tee spricht es sich besser.

Aufs elektrische Licht ist sie stolz. Die Leitungen sind nach dem Krieg verlegt worden, als die Kolchose hier Schafe züchten wollte. Auf einem Hauklotz steht ein Fernsehgerät und hört nicht auf zu flimmern.

Goschia bringt braunen Zucker für den Tee. Sie lacht viel. Sie ist guter Dinge und hat viele Hoffnungen. Die Deutschen lieben die Kultur, sie werden kommen und ihr Museum besichtigen.

Auf dem Dach des Schafstalls nisten Störche. Störche im Sommer und eine Katze im Winter sind Goschias Begleiter. Nein, sie ist nicht allein.

Die Idee mit dem Museum kam ihr, weil in dieser Gegend so vieles gefunden wurde. Gewehre, Bajonette, Stahlhelme, immer wieder auch Knochen und Totenschädel, also Gegenstände, die in ein Museum gehören.

Von Südwesten zieht ein Gewitter auf. Goschia rührt lächelnd ihren Tee. Es wird dunkel.

Natürlich findet sie auch andere Gegenstände. Eine Milchkanne mit der Jahreszahl 1930 hat sie an die weißgekalkte Wand gehängt. Eisenringe für den Herd, eine richtige Peede, deren hölzerner Tragbügel verrottet war und von den Brüdern erneuert werden mußte. Goschia bringt eine kleine Glocke zum Klingen, die am Klöppel die Inschrift »Gebr. Reschke, Rastenburg« trägt und die Jahreszahl 1906.

Die ersten Blitze zucken, das Fernsehen fällt vorübergehend in Dunkelheit, kommt aber bald wieder.

Auch schöne Bilder hat sie in ihrem Museum. Drüben hängt der Hindenburg. Daneben ein Mann mit Oberlippenbärtchen in brauner Uniform, mit dem Goschia nichts anzufangen weiß, aber die Deutschen werden ihn gewiß kennen.

Der Regen flutet zur Erde und setzt das Storchennest unter Wasser. Die Finsternis erfüllt den Raum, nur das Fernsehen leuchtet.

Was ist in dem Holzkasten, Goschia?

Ein Saxophon.

Ach, spiel uns doch was vor.

Goschia holt das Instrument aus dem Kasten. Sie steht barfuß auf dem Lehmfußboden. Der Regen rauscht, die Blitze zucken, der Donner rollt über die Steppe, das Fernsehgerät flimmert, und Goschia spielt »Love me tender« von Elvis.

An der weißgekalkten Wand hängen Gewehre und Bajonette. Totenschädel in einer Vitrine hören zu, wie Goschia spielt. Ein schwerer Schlag läßt das Fernsehgerät verstummen.

Goschia lächelt.

Sagen Sie den Deutschen, in meinem Museum finden sie alles, was sie verloren haben.

Die Katze flüchtet durchs offene Fenster ins trockene Haus. Die Störche werden naß. Hoffentlich schlägt kein Blitz ins Storchennest. Elvis lebt am Ende der Welt.

Es wäre noch ein Wort über den Königsberger Zoo zu verlieren. Als Albert Wronski aus Bremervörde hörte, daß die Reise nach Königsberg geht, schrieb er einen Scheck über tausend Mark aus. Jungche, sagte er, ich bin zu alt, um in der Welt herumzukajuckeln, aber an mein Königsberg denk' ich noch jede Woche einmal, meistens an den Tiergarten, wo ich als Kind oft gewesen bin und die Affen geärgert habe. Jemand hat mir erzählt, daß die Tiere so elend aussehen, als wären sie 1945 zuletzt gefüttert worden. Sieh zu, daß du für tausend Mark Futter kaufst und die Tiere wieder zu Kräften kommen.

Vielleicht wäre es besser, das Geld einem Königsberger Waisenhaus zu stiften, Opa Wronski.

Nein, die Tiere sollen es haben. Die Menschen haben selbst schuld an ihrem Elend, aber die Tiere können nichts dafür.

Der Erzähler zog den Scheck aus der Brieftasche und zeigte ihn der Runde am Abendbrottisch.

Es ist mir nicht gelungen, das Geld loszuwerden. Haben wollte es jeder, aber keiner konnte garantieren, daß das Futter bei den Tieren ankommt. Du müßtest zu einem Kolchos fahren, dort eine Fuhre Heu und fünfzig Sack Hafer kaufen, immer dabeistehen, wenn sie das Zeug aufladen, auch mitfahren, wenn sie es in die Stadt bringen, sonst bekommen die Hafersäcke Beine, und das Heu wächst auf und davon. In der Stadt mußt du aufpassen, wenn sie den Hafer abladen. Schließlich mußt du ihn mit eigenen Händen an die Tiere verfüttern und darfst dich nicht umdrehen, sonst findest du die Säcke auf dem schwarzen Markt wieder.

Hör mal, Anja, wenn wir dir deutsches Geld geben und dich bitten, am Sonntag in den Tiergarten zu gehen und die armen Tiere zu füttern, wirst du das für uns tun, nicht wahr?

Anja lächelte.

Es gibt keinen Anstand mehr in Königsberg, rief einer, der schon viel »Kosakenblut« getrunken hatte. Auf drei Häuser kommen vier Spitzbuben. Die Mädchen stehen an den Ecken, sogar vor unserem Schiff warten sie. Wäre am Eingang keine Kette, würden sie sich an Bord schleichen und, ohne daß du dich versiehst, in deine Koje kriechen. So heruntergekommen ist Mütterchen Rußland.

Aber unsere Anja ist nicht zu kaufen. Für die sammeln wir jetzt zehn Mark, und damit geht sie am Sonntag in den Zoo und füttert die Affen.

Nasdrowje.

Es ist auch ein gottloses Land geworden, sprach das »Kosakenblut«. Die Kaliningrader Oblast war der erste atheistische Bezirk der Sowjetunion. So etwas muß Folgen haben. Ob man hier noch das siebte Gebot kennt, vom fünften ganz zu schweigen?

Sie fingen an, über den ausgewanderten Gott zu sprechen und daß die Luisenkirche zu einem Puppenmuseum verkommen war.

Menschen ohne Gott kehren in den Dschungel zurück, behauptete jemand.

Gagarina, obwohl des Deutschen mächtig, konnte diesem Gespräch nicht mehr folgen. Von Gott hatte sie noch nie gehört.

Anja brachte Wodka und lächelte.

Nasdrowje.

Aber Friedrich Schiller hatte überlebt. Sein Denkmal stand gegenüber dem Theater in einer Parkanlage. Die Legende erzählt, daß ein Rotarmist beim Sturm auf die Stadt dem Dichterfürsten ein Pappschild um den Hals hängte: »Nicht schießen, er ist ein Dichter.«

Eine hübsche Geschichte, an die wir gern glauben möchten, einer der seltenen Lichtblicke jener Untergangstage, als die an den Bäumen Hängenden Schilder mit anderen Inschriften trugen.

Geben Sie Gedankenfreiheit, Sir! sagte der feine Herr.

Gagarina meldete sich und sagte, das sei von Schiller. In kommunistischer Zeit hätten sie und ihre Kommilitonen Schillers »Don Carlos« gern gehört und gelesen, nur dieses einen Satzes wegen.

Und was hast du erlebt? fragten sie den feinen Herrn.

Da erzählte er ihnen die Geschichte von den Zwiebelchen und der gestohlenen Ehre. Danach bezahlte er, was er getrunken hatte. Anja lächelte. Zwei Mark gab er extra für den Sonntag und die Tiere im Zoo, dann ging er an Deck, klammerte sich ans Geländer und blickte zur Stadt, die zu leuchten schien wie in jener Augustnacht, als er sie zum letztenmal gesehen hatte.

Gagarina folgte ihm und fragte, ob er sich nicht wohl fühle.

Er murmelte etwas von Wodka und »Kosakenblut«.

Es standen tatsächlich Mädchen am Kai und warteten auf harte Valuta. Ach, die wußten nicht, daß nur alte Männer auf dem Schiff wohnten, die zwar genug Valuta besaßen, aber keine Mädchen mehr brauchten.

Unten in der Bar hörte er sie lachen. Wenn sie noch mehr Wodka und »Kosakenblut« trinken, werden sie »Ich hab' mein Herz in Königsberg verloren« singen.

Manchmal kam es ihm vor, als sei Magdalena in seiner Nähe. Im Zug nach Cranz könnte er ihr begegnet sein. Oder sie hatte mit einem Wassereimer voller Blaubeeren, selbst gepflückt in den Wäldern des Samlandes, auf dem Markt gestanden. Oder sie fegte am Nordbahnhof die Straße.

Er schloß die Augen und sah sie in den Dünen liegen. Sandkörnchen rieselten in ihren Bauchnabel. Der heiße Wind der Steppe wehte die Wanderdüne herauf. Er spürte ihn deutlich auf seiner Haut und fühlte die schwarzen Haarsträhnen in seinen Händen.

Unten verstummte das Gelächter, weil jemand das Wort Hungertyphus ausgesprochen hatte. Da waren sie wieder bei der alten, traurigen Geschichte.

Rybatschi also. Soll etwas mit Fischen zu tun haben.

Es gibt da ein großes Fischkombinat, erklärte Gagarina.

Natürlich hatte sie eine Sondergenehmigung für die Kurische Nehrung erhalten, gekauft für fünf Mark pro Nase. Nach dem Frühstück wartete ein Bus vor dem Schiff. Gagarina verkündete, es seien Badesachen mitzunehmen. An einer bestimmten Stelle werde der Bus halten und den Reisenden Gelegenheit geben, ins Meer zu springen.

Der feine Herr behauptete, die Stelle genau zu kennen. Vor fünfzig Jahren habe er dort sein Fahrrad abgestellt.

Was Nidden betrifft, gibt es eine kleine Komplikation, erklärte Gagarina. Alle Deutschen möchten gern nach Nidden, aber zwischen Pillkoppen und Nidden verläuft die russisch-litauische Grenze. Die koste etwas Wartezeit und Geld, wieder fünf Mark pro Nase.

Er saß neben Gagarina, als der Bus durchs Samland rollte. Ab und zu schaltete sie das Mikrofon ein, um dieses oder jenes zu erklären. Sie kenne die Nehrung gut, sagte sie. Als Kind habe sie viele Sommer dort verbracht und sei mit den Komsomolzen per Fahrrad bis Klaipeda gefahren. Aber seitdem die Sowjetunion nicht mehr existiere, gebe es die kleine Komplikation zwischen Pillkoppen und Nidden.

Bis Cranz schnatterten sie durcheinander, aber als der Bus auf die Nehrungsstraße einbog, durch hohen Laubwald Richtung Sarkau rollte, verstummte jedes Gespräch.

Eine Schranke im Wald. Gagarina ging zu einer Holzhütte und schob ein paar Geldscheine durch ein kleines Fenster. Die Schranke schnellte augenblicklich hoch, und es öffnete sich eine Welt von gestern. Vor seinen Augen begann die alte Geschichte zu leben. Magdalena gehörte dazu, Vater und Mutter, der Fischer mit seinen Kindern, Huschke und die Oma von der Minge. Er fand sie kein bißchen gealtert, auch die Dünen so weiß wie in der Erinnerung, die Brandung gewaltig, das Haff unendlich, die Elche majestätisch, der Bernstein funkelnd wie die untergehende Sonne.

Der Wald vor Sarkau war ein halbes Jahrhundert gewachsen und stand üppig im Laub. Hier schliefen die Elche. Von den Sarkauern sagte man: Wenn sie aus dem Dachfenster schauen, sehen sie beide Meere. Immer noch war es ein Fischerdorf mit alten Häusern, aber es fehlten die Räucherfeuer. Den Sarkauern waren die Flundern ausgegangen.

Flundern gibt es in Rybatschi. Da soll ein Fischkombinat sein.

Gagarina erzählte, daß sich vor zehn Jahren die beiden Meere in einer Sturmnacht vereinigt hatten. Sieben Tage lang war die Kurische Nehrung eine Insel, bis sowjetische Pioniere anrückten und das Wasser zurückdrängten. Kein Bild davon erschien in den Zeitungen, denn es geschah in einem verbotenen Land, das auch seine Naturkatastrophen verborgen hielt.

Die Nehrungsstraße trug eine Teerdecke, was von Gagarina als fortschrittlich gepriesen wurde. Nun sei es ein leichtes, die Nehrung abzuradeln, ohne daß die Kullerräder im Sand schlingerten oder durch schmutzige Patschlöcher schälten.

Gibt es noch Elche, Gagarina?

Auf der Kurischen Nehrung sind mehr Elche gemalt worden, als hier jemals gelebt haben! rief einer.

Zwischen Sarkau und Rossitten ließ sie halten. Wissenschaftler aus Sankt Petersburg hätten die Einmaligkeit der Kurischen Nehrung als Vogelzugstraße erkannt und hier eine Vogelstation gebaut. Nein, das sei nicht die alte Vogelwarte, sondern etwas gänzlich Neues. Wer wolle, könne ein halbes Stündchen durch den Wald wandern, um die Station zu besichtigen.

Während die anderen ausschwärmten, blieb er im Bus und tat so, als müsse er schlafen. In Wahrheit dachte er an Ulmenhorst, seinen Vater, den Professor Thienemann und die in großer Höhe kreisenden Milane. Vaters ornithologisches Tagebuch war nicht verlorengegangen, es hatte sogar die amerikanische Kriegsgefangenschaft überdauert und lag in einem Tresor seiner Berliner Wohnung. Testamentarisch hatte er verfügt, daß es eines Tages an die Vogelwarte in Radolfzell gegeben werden sollte zur wissenschaftlichen Auswertung.

Der Fahrer schlenderte um den Bus, rauchte eine Zigarette nach der anderen, schaute durchs Fenster, lachte ihn an und machte eine wegwerfende Handbewegung. Mich interessiert die Vogelstation auch nicht, hieß das wohl.

In diesem Augenblick tauchte John Friedlaender auf, der in der Baracke in Oklahoma erklärt hatte, er werde eines Tages Königsberg ausgraben. Das wird er nicht geschafft haben. Als die Freundschaft der Sieger abkühlte, der kalte Krieg – schon wieder ein Krieg – sich auf die verwüstete Landschaft legte, wurde ihm der Weg nach Königsberg versperrt. Jetzt ist die Stadt frei, und er könnte kommen, von New York nach Kopenhagen und dann weiter über die Baltische See, um im Schutt seiner Kindheit herumzustochern, ein Königsschloß auszugraben, einen berühmten Dom und eine alte Universität. Ein Philosoph wäre aus feuchten Verliesen ans Tageslicht zu befördern und auf den Thron der reinen Vernunft zu setzen. Archäologie ist eine akurate Wissenschaft. Auch Preußen ist inzwischen zu einem Gegenstand der archäologischen Forschung geworden. Dieses wunderliche Gebilde, europäisch schon, als noch niemand an Europa dachte, ein Staat, dessen Bürger Litauisch, Polnisch, Französisch oder Deutsch sprachen, Preußen wäre ebenfalls auszugraben.

Jawohl, Friedlaender könnte kommen, aber er ist schon über achtzig Jahre alt und hat sein Königsberg längst vergessen. Gelegentlich besucht er Montreal, das auch ein Königsberg ist.

Als sie an Rossitten vorbeikamen, verspürte er eine starke Neigung, den Bus anzuhalten und seiner Wege zu gehen. Gagarina versprach, auf dem Rückweg wäre noch Zeit, um in Rybatschi Station zu machen und Kaffee zu trinken.

Der Bus hielt genau an jener Stelle, an der die Nehrungsstraße vor Pillkoppen dicht ans Meer führt. Hier hatte er Magdalena zum erstenmal gesehen. Gestern, vorgestern, vor einem Jahr? Jedenfalls geschah es im August, und es war sehr
heiß.

Einige gingen tatsächlich ins Wasser, andere legten sich still
in den Strandhafer oder wanderten ein Stück an der Küste
entlang, den Blick auf den Boden gerichtet, um ein Andenken
zu finden: Bernstein von der Kurischen Nehrung.

Ja, sie war noch da, die große alte Nehrung. Wie Gott sie er-
schaffen hatte mit ihren Winden und Meeren. Sie war nicht
gealtert, trug kein graues Haar. Die Fahnen des Sandes flohen
wie damals über die Abgründe und stürzten ins Haff. Heiß
und trocken traf das Sonnenlicht die Dünen, die Gräser sangen, die Kiefern verbreiteten harzigen Duft, oben kreiste der
Milan. So kreiste er schon, als die Königin Luise über die Nehrung floh. Dem Reiter, der, von Waterloo kommend, die
Nachricht des Sieges nach Sankt Petersburg trug, flog er voraus, und im August 44 zeigte er den Lancaster-Bombern den
Weg. War die Nehrung immer schon so weiß? Flimmerte das
Licht vor fünfzig Jahren wie an diesem Vormittag? Weiß jedenfalls die vorherrschende Farbe, der Sand, die Gischt der
Brandung, das mit glitzerndem Silberpapier ausgelegte Haff,
auch der Himmel weiß und ausgebleicht von wochenlanger
Hitze. Vergessen am Ende der Welt. Kaum Menschen, keine
Fischer auf dem Haff, keine Jäger in den Wäldern, die Strände
mit angespültem Bernstein endlos leer. Nur ein paar Deutsche
waren zurückgekehrt, als müßten sie hier etwas suchen, das
ihnen verlorengegangen war.

Auf der Nehrung war immer Gottesdienst. Die verwehen-
den Spuren predigten Vergänglichkeit, der Wind sang Ab-
schiede und Wiederkehr, die Brandung rauschte Choräle, und
die Wolken zogen zu anderen Welten einem Frieden entgegen, der irgendwo schlafen gegangen war. Wo keine Menschen sind, ist immer Frieden, sagt das Sprichwort. Die Nehrung hat ihren Frieden gefunden, sie ist ein Ort geworden, um

421

sich zur Ruhe zu begeben. Hier sammeln sich die Elche, um zu sterben. Die Seeadler, wenn sie alt werden, kehren mit einem letzten Flügelschlag heim. Die Nehrung läßt die Menschen verstummen. Sie legen den Finger auf die Lippen und falten die Hände.

Gagarina mahnte zur Weiterfahrt.

Er ging zu ihr und sagte, daß er bleiben werde aus bestimmten Gründen. Gottesdienst, murmelte er, was sie nicht verstand. Wenn der Bus aus Nidden zurückkehre, werde er wieder einsteigen.

Du bist der erste Deutsche, der nicht nach Nidden will.

Der Fahrer drückte seine Zigarette in den Sand und sagte, daß er das gut verstehen könne. Hinter der litauischen Grenze sei es nicht ganz geheuer.

Als der Bus fort war, setzte er sich an den Strand. Im Norden sah er die russisch-litauische Grenze in die Ostsee laufen, Pfähle und ein Turm bewachten sie. Im Süden glitzerte das Wasser, die Sonne stand über der Vordüne, gelber Sand wie hingegossen. Außer Möwen, die den Strand abflogen, traf er kein Lebewesen, sah kein Fischerboot draußen, kein Segel über den Wellen, von Schweden kommend oder nach Schweden fahrend. Eigentlich müßte er Bernstein sammeln oder Jantar oder Gintaras, aber er besaß niemand, für den das Zeug taugte. Er wußte keinen Hals, den eine Bernsteinkette schmükken konnte. Gagarina vielleicht oder die kleine Anja auf dem Schiff.

Er zog sich aus und ging ins Wasser. Als es über ihm zusammenschlug, als er die Kälte in den Adern spürte, fiel sie von ihm ab, die alte Geschichte, und er fühlte sich wie damals, als Magdalena jung war, ihre Haut weiß und das Haar schwarz.

Vom Wasser stapfte er über die Straße zur Düne, diesem Riesensandberg, der immer noch im Begriff stand, sich auf das Fischerdorf Pillkoppen zu stürzen. An der Straße hatten Kinder aus Holzbrettern einen Stand errichtet, sie verkauften Schnitzereien, Muscheln und Fichtenzapfen. Sie verfolgten ihn ein Stück des Weges, dann rannten sie zurück zur Straße.

Der Aufstieg wurde ihm sauer. Die Füße versanken bis zu den Knöcheln in dem aufgewehten Sand, der ihn an die Schneeschanzen des Winters erinnerte, nur eben heiß. Zum Haff hin rieselte es abwärts, Tag und Nacht, sommers und winters. Wäre nicht das Klirren der rieselnden Körnchen gewesen, die Stille hätte ihn überwältigt. Im Dunst des Mittags das Festland, die Windenburger Ecke, jene Brücke zwischen Niederung und Nehrung, deren die Menschen sich nicht mehr erinnerten, wohl aber die Elche. Dahinter ergoß sich die Minge ins Haff und mit ihr der Rußstrom. Die Mingeoma wäre jetzt einhundertzwanzig Jahre alt, wenn sie nicht gestorben ist ... Vor sich entdeckte er Magdalenas Spuren. Auf dem Haff erblickte er den Kahn des Fischers Kurat, unten im Dorf den Rauch der Herdfeuer.

Wenn du siebzig Jahre alt bist, geschieht alles zum letztenmal. Zum letztenmal auf einer Düne der Kurischen Nehrung, zum letztenmal mit nackten Füßen durchs Haffwasser waten, zum letztenmal kreiste der Milan. Die Predinberge gab es noch, aber nicht mehr die Segelflugschule. Kein Segler warf Schatten auf die Hohe Düne, Ikarus war abgestürzt.

Ein Pulk Brachvögel strich über die Wasserfläche. Vater hätte sofort sein Büchlein gezückt, Tag und Stunde eingetragen, die ungefähre Größe des Schwarms, Flughöhe und Flugrichtung.

An heißen Sommertagen erlebt der Nehrungsbesucher das Naturschauspiel einer Fata Morgana, stand in alten Reiseführern. Ihm erschien Magdalena, über der Düne schwebend, etwa in gleicher Höhe wie die Brachvögel. Leichtfüßig kam sie daher, sie berührte nicht den glühenden Sand, sondern wanderte wie auf Wattebäuschen. Hinter ihr die übrigen Mitwirkenden: Albrecht Kallweit mit dem Notizbüchlein in der Hand, schon vom Hungertyphus gezeichnet, neben ihm seine immer klagende Frau Dore, dahinter der fröhliche Fischer und Huschke, weiterhin gut zu Fuß. Lina und Gesine kein bißchen gewachsen, die Mingeoma am Stock humpelnd, Bruder Heinz in total durchnäßter Fliegeruniform. Der einzige, der fehlte, war Erwin Kurat.

Wo die Düne steil abfiel, nahm er Platz und sah dem Sand nach, der die Tiefe aufsuchte. Rechter Hand lag Rybatschi im Licht. Die Mole noch da, aber nur als schwarzer Strich. Aus einem hohen Schornstein fiel Rauch, das mußte das Fischkombinat sein. Der Leuchtturm weiß gestrichen, aber nicht an der Stelle, an der die alte Haffleuchte dem Kurischen Wasser Licht gegeben hatte. Die Häuser hielten sich versteckt hinter Laubbäumen. Pappeln und Birken beherrschten immer noch das Dorf.

Wer sich hier niederlegt, um zu schlafen, wird vom Sand zugeweht und erst in fünfzig Jahren geweckt. Dornröschen, unter der Düne ruhend. Keine Dornenhecke, sondern der ewig singende Sand wird der Prinzessin zum Gefängnis. Irgendwann kommt ein Prinz, pustet den Sand fort, und zum Vorschein kommt eine häßliche alte Frau.

In der Tiefe des Berges hauste Pikolos, in den Lüften herrschte der Milan.

Die Kinder waren ihm gefolgt, sie lärmten und lachten. Als sie den alten Mann barfuß im Sand sitzen sahen, tuschelten sie miteinander.

Der Milan stürzte den Baumkronen zu, fing sich aber und glitt ohne Flügelschlag aufs Haff hinaus.

Warum gab es keine Segelflugzeuge mehr? Gewöhnlich stiegen sie in den Predinbergen auf, fielen zum Haff ab, gewannen wieder Höhe und verschwanden in immer weiteren Spiralen südwärts. Über den Dünen herrscht eine großartige Thermik, erklärte Heinz, bevor er nach England flog.

Hinter ihm der weiße Brandungsstreifen der Ostsee, das gebrochene Wasser am leeren Bernsteinstrand. Mag sein, daß er eingeschlafen war.

Rybatschi also. Das Fischkombinat trägt den Namen »Morgenröte des Kommunismus«, erklärte Gagarina. Täglich werden an die vier Tonnen Fisch gefangen, geräuchert und in alle Welt verschickt.

Und wer fischt?

Es sind Leute vom Weißen Meer und dem Aralsee zur Kurischen Nehrung gekommen. Die kurischen Fischer, die hier einmal lebten, sind am Ende des Großen Vaterländischen Krieges geflohen oder auf die sandverwehten Nehrungsfriedhöfe umgezogen. Ihre Sprache hat der Wind davongetragen.

Als der Bus auf der Rückfahrt sich dem Ort näherte, ging er nach vorn und bat Gagarina, an der Kreuzung zu halten. Er habe in Rybatschi einiges zu erledigen.

Es ist Abend, sagte sie und erwähnte, daß um einundzwanzig Uhr auf dem Schiff ein Abendessen gegeben werde und sie sich beeilen müßten.

Ich werde in Rybatschi zu Abend essen und hier auch schlafen, erwiderte er. Ich kenne mich aus, ich habe Freunde. Morgen oder übermorgen werde ich zurückkommen und danach jeden Abend um einundzwanzig Uhr mit dir auf dem Schiff essen, Gagarina.

Sie wies den Fahrer an zu halten. Eine Weile wartete der Bus mit laufendem Motor, weil Gagarina dachte, der feine Herr könnte es sich anders überlegen. Aber als sie sah, wie er zügig auf das Restaurant zuschritt, das an der Kreuzung neu errichtet war, gab Gagarina dem Fahrer ein Zeichen. Ein wunderlicher Heiliger, dieser feine Herr. Statt Nidden zu besuchen, kraxelte er in den Dünen von Pillkoppen herum. Nun

425

verweigerte er die Rückkehr nach Kaliningrad, um in einem fremden Dorf zu übernachten.

Fischgerichte in großer Zahl fand er auf der Speisekarte, sogar in Deutsch. Natürlich, Rybatschi hat mit Fischen zu tun. Er wollte aber keinen gebratenen Zander essen, sondern nur etwas Kühles trinken. Danach wanderte er ins Dorf.

Seine Erregung wuchs mit jedem Schritt. Rechts und links begegneten ihm die bekannten Häuser. In ihnen zu übernachten, wie er es Gagarina gesagt hatte, erschien ausgeschlossen. Er hatte das nur so dahergeredet, vielleicht auch an das Kurhaus mit mehr als hundert Fremdenbetten gedacht. Du wirst in einem Kurenkahn schlafen oder in den Wald laufen müssen oder zu den Dünen. Wenn Magdalena in jener letzten Nacht nicht so gefroren hätte, wären sie für immer in den Dünen geblieben. Sie wäre nicht Hals über Kopf in die Stadt gefahren, und er hätte sie heute noch.

Fischgeruch wehte die Straße herauf, die seit einem halben Jahrhundert »Straße des Sieges« hieß. Was mag aus den Kurenkähnen geworden sein, von denen Kurat behauptet hatte, daß sie ewig lebten? Er sah keinen einzigen. Im Hafen, wo sie einst aufgelegen hatten, fand er einen erbärmlichen Haufen Schrott. Mitten im Unrat gründelten Enten. Die Fischer vom Weißen Meer fuhren mit Motorbooten aufs Haff, die alten Kähne hatten sie in lausigen Wintern verheizt, ihr teergetränktes Holz wärmte wie schwarze Kohle.

Hier begann die Gartenstraße, dort fing Klein-Berlin an. Auch der Wassergraben namens Jordan plätscherte noch vor sich hin. Kinder, am Daumen lutschend, klammerten sich an verwitterte Staketenzäune. Einige folgten ihm neugierig, bald lief ihm eine Kinderschar nach wie dem Rattenfänger von Hameln. Sie jedenfalls waren noch da, die Kinder. An der Mole begegneten ihm Halbwüchsige, blond und blauäugig wie damals, barfuß wie damals. Als sie ihn sahen, sprangen sie ins Wasser. Auf der »Straße des Sieges« scharrten Hühner, eine Entenschar watschelte dem Haff zu, in den Gärten hing Wäsche, die Apfelbäume trugen schwer. Es wäre noch vieles über

Dahlien, Astern und Sonnenblumen zu reden, die es nicht aufgegeben hatten zu blühen, auch wohl ein Wort zu verlieren über die weißen Chrysanthemen des Blumengeschäftes Perlbach. Auch das Kurhaus wäre zu besuchen. Hinter Birkenstämmen ein zweistöckiges Gebäude, ein geschlossener grauer Klotz, dem jede Freundlichkeit fehlte. Keine Fahnen flatterten, Musik wehte nicht herüber, auf der Terrasse fehlten Gäste und bunte Sonnenschirme. Um es genauer zu sagen: Es fehlte auch die Terrasse. In seinem Besitz befand sich ein Zettel, der ihn legitimierte, das Kurhaus zu betreten und nach dem Gepäck einer gewissen Magdalena Rusch zu fragen. Als er die Tür erreichte, wußte er, daß sich solche Fragen erübrigten, das Kurhaus war geschlossen.

Er schlenderte auf den Schornstein des Fischkombinats zu. Rauch drückte auf die Dächer, es stank, wie gesagt, nach Fisch. Junge Männer mit nacktem Oberkörper trugen Kisten zu einem Lastwagen, die Frau Direktorin stand mit einer Liste daneben und notierte die Fracht. Als eine Kiste aufbrach, sah er, daß sie goldgelbe Sprotten verluden.

Ausflugsdampfer hatte die Mole nicht mehr gesehen, seitdem die Linie Cranz-Memel aus kriegsbedingten Gründen den Betrieb eingestellt hatte, vorübergehend, wie es hieß. Ein grasüberwucherter Betonweg mit Löchern, so empfing ihn die Mole. Weidengestrüpp und Birken hatten sich an ihr festgekrallt. Das Ende unerreichbar, weil querliegende Bohlen und ein mächtiger Steinhaufen den Weg versperrten. Das Betreten der Mole ist verboten! Er vermutete, daß dieser Text in Kyrillisch auf einem Schild stand, das er passierte. Einer der jungen Männer, die die Sprotten verluden, kam ihm gestikulierend nachgelaufen. Die Genossin Direktorin ließ ausrichten, daß die Mole dem Kombinat gehöre und Fremde auf ihr nichts zu suchen hätten, das Betreten sei lebensgefährlich. Er kehrte um, blieb neben dem Lastwagen stehen und gab der Genossin Direktorin, die immer noch Fischkisten zählte, Gelegenheit, ihm einen strengen Blick zuzuwerfen. Diese alten Leute, die neuerdings nach Rybatschi kommen, sind doch

sehr unvernünftig. Sie laufen einfach los, stören den Arbeits-
betrieb und gefährden sich selbst.

Rossitten war alt geworden und müde. Es schien in Zeitlupe
zu leben, die alten Leute schlurften noch bedächtiger, die
Hühner ließen sich Zeit, die Enten watschelten gemächlich.
Geblieben war die grüne Oase zwischen Meer und Haff. Wie
in jedem Spätsommer erfüllte der Herbstzug der Vögel die
Luft.

Schließlich erreichte er die Kirche aus rotem Backstein. Sie
stand am gewohnten Platz, obwohl Gott vor einem Menschenleben ausgezogen war. In seiner Kirche knüpften die Fischer Netze für das Kombinat, auch das Gotteshaus stank nach
Fisch.

Er ging Richtung Kunzen. Er kam an der alten Schule vorbei, dann an der neuen, suchte vergeblich die Vogelwarte, die
hier einmal gestanden hatte, und erreichte ohne viel Zutun
den Staketenzaun des Fischers Kurat.

Ich heiße Kurat und habe hier im Sand gespielt, aber das ist eine Ewigkeit her.

Der so sprach, war ein kahlköpfiger Mann mit grauem Bakkenbart, rundem Gesicht, buntem Hemd und hellbrauner Cordhose, der vor dem Haus des Fischers stand an jener Stelle, an der es einmal eine Fliederlaube gegeben hatte.

So klein ist die Welt! Erwin Kurat in seines Vaters Haus, und der Sohn des Uhrmachers kommt zu Besuch aus Königsberg, wie immer im Sommer. Die beiden Männer umarmten sich.

Ich dachte, du bist in Italien gefallen.

Wollten sie dich nicht zum Volkssturm holen und beim Endkampf um Königsberg einsetzen?

Sie lachten und gestikulierten, sie rüttelten am Staketenzaun, klopften ans Holz der Gartenpforte, zeigten zum Brunnen und schauten hinauf zu den Pferdeköpfen am Giebel.

Eine Frau mittleren Alters trat aus dem Haus. Sie glich nicht im entferntesten jener Huschke, die hier einmal das Regiment geführt hatte. Aber auch sie trug eine Schürze vor dem Leib, an der sie ihre Hände abwischte. Scheu blickte sie zu den Männern.

Auch das wird ein Deutscher sein, dachte sie. Nur die Deutschen wagen sich in diese einsame Gegend, weil sie hier etwas verloren haben. Sie fragen nach diesem und jenem, nach Jantar und den Fischen, nach Elchen, Zugvögeln und Segelfliegern. Die meisten reisen mit dem Bus von Klaipeda an oder über Kaliningrad, einige lassen sich per Taxi bringen, wandern schweigend durchs Dorf und fahren davon, bevor der Abend dämmert. So sind sie, die Deutschen, die alten Leute gebärden sich wie Kinder. Sie behaupten, der Sand sehe anders aus, das Wasser sei schmutziger, der Wind wehe kräftiger, die Fische wüchsen kleiner. Die Nehrung habe es hundert Meter weiter ostwärts verschlagen, sagen sie. Sie wissen auch, wo etwas verschüttet liegt, das ausgegraben werden will. Sie suchen die Ruinen der alten Haffleuchte und die Ruinen des untergegangenen Schlosses, nicht wenige machen sich auf den Friedhöfen zu schaffen. So wunderlich sind sie, diese Deutschen.

Erwin Kurat war vor drei Tagen angekommen. Einmal noch nach dem Rechten sehen, bevor wir so alt werden, daß wir nicht mehr reisen können. Rossitten besaß einmal fünf Gasthöfe, außerdem ein Kurhaus und eine Jugendherberge. In Rybatschi war kein einziges Fremdenzimmer zu finden. Also klopfte er an die Tür seines Elternhauses. Zwei Kinder öffneten, im Hintergrund stand die Frau am Herd. Er sprach kein Russisch, sie kein Deutsch. Die Kinder rannten zum Fischkombinat, um Pjotr zu holen, der drei Jahre in der Hauptstadt der DDR gelebt und dort die deutsche Sprache gelernt hatte. Als er übersetzte, daß der Besucher in dem Haus geboren sei, und zwar in der Kammer zum Garten hin, umarmte die Frau ihn wie einen verlorenen Sohn, der endlich heimgekehrt ist.

Die Familie, die im Fischerhaus lebte, war aus Gomel ans Meer gezogen vor sehr langer Zeit. Die Frau wurde in Rybatschi geboren, und ihre Kinder haben nichts anderes von der Welt gesehen als Rybatschi. Sie luden ihn ein, ein paar Tage in seinem Elternhaus zu verbringen, in der Kammer, in der er zur Welt gekommen war und in der die Oma gelebt hatte, bevor sie zur Minge fuhr.

Die Frau dachte, der Besucher sei ein Bruder oder jedenfalls ein naher Verwandter Erwin Kurats. Mit Gesten gab sie zu verstehen, daß sie auch ihm eine Herberge geben werde. Vielleicht stellen wir eine Pritsche auf, oder wir legen einen Strohsack auf den Fußboden.

Sie verschwand in der Küche, die immer noch die alte Küche war und an deren Kachelwand der Spruch prangte: »An Gottes Segen ist alles gelegen.« Der Mohrenkopf aus Batavia stand nicht auf seinem Platz, einer der Sieger wird ihn mitgenommen haben nach Kubitschew an der Wolga.

Aber nein, der Mohr lebt noch, meine Mutter hat ihn in einen Sack gesteckt und mit auf die Flucht genommen. Er lacht wie eh und je und zeigt seine weißen Zähne.

Die Frau kam mit einer halbvollen Wodkaflasche, wischte zwei Gläser mit der Schürze aus und schenkte ein bis zum Rand.

Also wieder einmal Nasdrowje. Es gibt in diesem Land ständig Anlässe, das Glas zu heben. Worauf wollen wir trinken? Auf das Wiedersehen in Rybatschi? Auf den Untergang Königsbergs? Weißt du noch, wie wir im August 44 mit dem Kahn von Rossitten nach Cranzbeek fuhren? Fünfzig Jahre ist das her.

Nasdrowje.

Die Frau machte sich in der Kammer zu schaffen. Sie sahen, wie sie den Fußboden mit Decken auslegte, einen Sack, den sie als Kopfkissen gedacht hatte, mit frischem Heu aus dem Garten füllte und die Lampe putzte.

Sie saßen vor dem Haus und sahen die Schatten länger werden. Auf dem Haff tuckerten die Boote des Kombinats »Morgenröte des Kommunismus« heimwärts. Kinder spielten im Sand, eine Katze streifte ums Haus, sprang gelangweilt auf den Staketenzaun und würdigte die Fremden keines Blickes.

Was ist eigentlich aus eurer Katze geworden?

Erwin Kurat wußte es nicht. Mitgenommen haben wir sie jedenfalls nicht. Katzen können auch in verlassenen Häusern leben, sie sind überall zu Hause.

Aus der Ferne grüßte das überlebensgroße Bild des Helden aus dem Weltall. Auf einer Ziegelmauer entdeckten sie einen silbernen Leninkopf, der das Fischkombinat fest im Blick hatte und die Werktätigen der »Morgenröte des Kommunismus« ermunterte, ihre wichtige Arbeit treu zu erfüllen.

Die Frau brachte trockenes Brot und gebratenen Fisch, dazu eine Kanne Tee und die fast leere Wodkaflasche.

Es sind gute Menschen, sagte Erwin Kurat. Sie können nichts dafür, daß sie in unseren Häusern leben.

Sie wunderten sich, wie klein das Dorf geworden war. Die Erinnerung hatte ihnen riesige Bilder gemalt, eine meilenbreite Bucht, eine kilometerlange Mole, das Kurhaus glich einem Grandhotel. Die Wirklichkeit hatte alles schrumpfen lassen, und als Erwin Kurat über die Schwelle seines Hauses treten wollte, mußte er sich bücken, um nicht den Kopf zu stoßen. Die Diele, auf der sie bei großen Festen getanzt hatten, schien ihnen ein winziger Raum. Statt Jesus über dem Wasser, einem Bild, das Huschke von der Minge mitgebracht hatte, hing ein Kosmonaut an der Wand, ihm gegenüber der Vater der Weltrevolution. Und wie winzig erschien die ziegelrote Kirche, die in ihrer Erinnerung ein Dom gewesen war, der die Häuser und Bäume weit überragte.

Nach Sonnenuntergang kam der Mann von der Arbeit. Er war Maschinist im Fischkombinat und brachte schmutzige Hände heim. Wieder tranken sie auf die deutsch-russische Freundschaft. Nasdrowje.

Nun sind wir da, wo alles angefangen hat, sagte Erwin Kurat. Sie hatten noch viel zu bereden. Hier stand die Uhr. Wir nahmen sie mit auf den Kahn, aber sie zog Feuchtigkeit an, verspakte und gab keinen Ton von sich. Nun dämmert sie in Gesines Keller vor sich hin und sieht jeden mucksch an, der vorbeikommt.

Wie geht es deinen Schwestern?

Gesine lebt im Oldenburgischen, hat drei Kinder und vier Enkel. Sie will von allem, was im Osten war, nichts sehen und nichts hören.

Erwin Kurat erzählte von seinem Haus im Holsteinischen, nicht weit vom Bungsberg entfernt, was die höchste Erhebung in jener Gegend ist, aber doch nicht hoch genug, um von dort aus zur Kurischen Nehrung zu blicken.

Ja, wenn dein Vater noch lebte, der könnte die Uhr in Gesines Keller zum Schlagen bringen. Dein Vater verstand sich auf Uhren, der besaß eine ganze Stube voller tickender, schla-

432

gender, bimmelnder Uhren. Weißt du, was aus seinen Uhren geworden ist?

Sie werden im August 44 geschmolzen sein. Was übrigblieb, nahmen sich die Sieger. Du weißt doch, nichts liebte die Rote Armee so sehr wie Uhren.

Und die Frauen.

Ja, die Uhren, die Frauen und die Rote Armee, das ist auch eine Geschichte.

Die Standuhr aus Gesines Keller wüßte viel zu erzählen. Wie sie als Hochzeitsgeschenk von der Minge per Schiffchen auf die Nehrung kam, dort treu die vollen und halben Stunden schlug, bis sie per Kahn von der Nehrung fliehen mußte, zuviel Wasser zog und ihre Stimme verlor.

An einem Abend im April jenes Unglücksjahres lief die Neringa in Heiligenhafen ein. Die Ankunft verursachte einen ziemlichen Aufruhr, denn keiner wollte glauben, daß ein Kurenkahn von Rossitten bis zur schleswig-holsteinischen Ostseeküste durchgekommen war, mitten im Winter. Was den sechzehnjährigen Erwin betraf, der mußte sich noch ein paar Tage auf dem Kahn versteckt halten, denn der Krieg war noch nicht zu Ende. Am 20. April 45, einem hohen Feiertag, sagte der Fischer zu seinem Sohn: Eher prügele ich dich windelweich, als daß ich dich aus dieser Kiste rauslasse, damit du kurz vor Toresschluß den Heldentod stirbst. Am 9. Mai 45 bekam Erwin Landgang und suchte als erstes einen Zahnarzt auf.

Ich wäre noch am letzten Tag für Führer und Vaterland gefallen, wenn mein Vater mich nicht in der Kartoffelkiste eingesperrt hätte. Kannst du mir erklären, warum wir so waren?

Weil wir nichts anderes gelernt hatten.

Aber ich schäme mich, es meinen Kindern zu sagen. Die lachen mich aus. Einen Vater zu haben, der bis zum Ende an den Führer glaubte und bereit war, für ihn zu sterben, das begreift heute keiner mehr.

Er fing an, die alten Verse aufzusagen.

Du sollst an Deutschlands Zukunft glauben,
an deines Volkes Auferstehen.
Laß diesen Glauben dir nicht rauben,
trotz allem, allem, was geschehen.

Das haben wir in der Schule geleiert und können es immer
noch.
Sie saßen auf der Bank vor dem alten Fischerhaus und sagten sich gegenseitig Gedichte auf.

Vor allem eins, mein Kind,
sei treu und wahr.
Laß nie die Lüge deinen Mund entweihn,
von alters her im deutschen Volke war
der höchste Ruhm, getreu und wahr zu sein.

Ein Wunder, daß wir es noch nicht vergessen haben.

Mit deinem Volke sollst du gehn
In Sturmesnacht und Sonnentagen,
Du sollst mit ihm das Höchste wagen,
Du sollst mit ihm das Schwerste tragen,
Das Leid bis in den Tod bestehn,
Mit deinem Volke sollst du gehn.

Sie lachten und schlugen sich auf die Schenkel.

Nichts kann uns rauben
Liebe und Glauben zu unserem Land.

Wir können es auswendig und vergessen es nicht.

Als wir nach Frankreich zogen ...
Fern bei Sedan ...
Argonnerwald um Mitternacht ...
Deutschland muß leben, und wenn wir sterben müssen ...

Das haben wir gesungen und gebetet, und danach mußten wir weitermarschieren, bis alles in Scherben fiel. Diese ungeheure Macht der Worte. Diese Verführung.

Fritz Kurat fuhr noch ein paar Jahre vom Holsteinischen aus zum Fischen auf die Ostsee, und zwar mit der Neringa, denn Kurenkähne leben ewig, wie jeder weiß. Doch mit den Jahren brachte er immer weniger heim, denn verglichen mit dem Kurischen Haff ist die Ostsee eine kümmerliche Fischgegend. Sein letzter Wunsch, noch einmal zurückzusegeln im hohen Sommer mit Westenwind, ging nicht in Erfüllung. Durchs Baltische Meer lief eine eiserne Kette. Kein Mensch wagte zu denken, daß jemals wieder ein Fischer in Sichtweite der Kurischen Nehrung seine Netze würde auswerfen können. Als er 1968 starb, gab es die Wanderdünen der Kurischen Nehrung nur noch auf alten Postkarten. Spaziergänge von Sarkau nach Rossitten mußtest du dir im Kopf ausmalen, weil der Eiserne Vorhang dort um einiges eiserner war. Kein Laut, kein Windzug drang herüber, keine Flaschenpost trieb an, kein Fitzelchen Papier schwemmte in die Bucht von Heiligenhafen. Es war gerade so, als wäre jenes Land von der Erdoberfläche verschwunden.

Huschke lebte noch etwas länger. In ihren letzten Jahren sprach sie litauisch mit dem Mohrenkopf, der in ihrer Stube auf dem Fernsehgerät stand. Ihre Gedanken weilten mehr am Mingeufer als auf der Nehrung. Im Holsteinischen konnte sie nie heimisch werden. Sie machte sich, je älter sie wurde, trübe Gedanken um ihre Mutter, die sie im Herbst 44 an die Minge hatte fahren lassen, auf Nimmerwiedersehen.

Erwin Kurat sollte auch Fischer werden und ein modernes Schiff, die Neringa II, erhalten. In den ersten Jahren fuhren Vater und Sohn gemeinsam. Als Fritz Kurat starb, bekam Gesine die Standuhr und Erwin den Kahn, aber die Fischerei lohnte nicht mehr. Er ging lieber zur Post, arbeitete dreißig Jahre für die gelben Autos und beantragte vor zwei Jahren seine Rente. Die Neringa bockte er im Garten seines Anwesens auf, wo sie den Enkelkindern als Spielplatz diente. Eines

435

Tages wird er sie ins Museum geben als letzten Kurenkahn, der die Flucht überlebt hat.

Eine Neringa II gab es schließlich doch noch. Seine Frau, eine Rothaarige aus dem Holsteinischen, brachte als erstes Kind ein Mädchen auf die Welt. Der Vater ging zum Standesamt, um den Namen Neringa eintragen zu lassen. Der Standesbeamte blätterte in dicken Büchern, behauptete, Neringa bedeute Nehrung und sei kein richtiger Mädchenname. Aber der stolze Vater beharrte auf diesem Namen. Er erklärte, daß die alten Kuren ihre Töchter sehr wohl Neringa getauft hätten, außerdem klinge es schön.

So kam das Kind ins Register. Es ist also von drei Neringas zu berichten, dem ausgedienten Kurenkahn, Erwins leibhaftiger Tochter und dem Sandstreifen im Osten, der ewig sein wird.

Am nächsten Morgen unternahmen sie eine Wanderung. So war es immer gewesen, daß Besucher am Morgen nach ihrer Ankunft einen Erkundigungsspaziergang über die Nehrung machten. Erst zur See, von dort, Bernstein sammelnd, am Strand nordwärts bis in die Pillkoppener Gegend, quer über die Düne zum Haff, am Haffufer entlang auf den Rossittener Leuchtturm zu. Ein Rundgang also, fast eine Tageswanderung.

Großer Gott, was haben wir verloren! sagte Erwin, als sie auf der Düne standen und den Sand besichtigten, der ein halbes Jahrhundert gerieselt war.

Nicht verloren, sondern verspielt, antwortete Hermann.

Bist du verheiratet?

Hermann erzählte, daß er dreißig Jahre verheiratet gewesen und seit vier Jahren Witwer sei, daß er zwei Kinder habe, die lieber nach Spanien reisten und die Kurische Nehrung nicht einmal vom Hörensagen kannten.

Da war damals diese Frau, mit der du in den Dünen gelegen hast. Hast du sie bekommen?

Er schüttelte den Kopf. Als ich aus amerikanischer Gefangenschaft heimkehrte, schickte ich dem Roten Kreuz eine Suchanzeige:

Gesucht wird die Blumenverkäuferin Magdalena Rusch, wohnhaft bei Jankowski in Königsberg, beschäftigt im Blumengeschäft Perlbach am Parkhotel, ungefähr 23 Jahre alt. Zuletzt gesehen im August 44 auf der Hohen Düne vor Rossitten.

Aber niemand hat sich gemeldet.

Im Dorf erzählten sie, die Frau sei die Witwe eines hohen Luftwaffenoffiziers gewesen. Aber Genaues wußte keiner.

Sie hat mir das Leben gerettet, sagte Hermann.

Wie das?

Ich hatte mich in sie verliebt und wollte unbedingt leben, um sie wiederzusehen. Ein Verliebter ist für den Heldentod nicht zu gebrauchen.

Sie könnte noch leben, sagte Erwin.

Sie war Floristin im Blumengeschäft Perlbach und könnte tatsächlich noch leben. Wenn nichts dazwischengekommen ist, wird sie leben.

Sie war eine hübsche, eine richtige Prinzessin.

Ja, sie hatte etwas Geheimnisvolles. Mag sein, daß sie verheiratet war oder verlobt oder verwitwet, vielleicht besaß sie sogar Kinder.

Habt ihr nie darüber gesprochen?

In jener Zeit wurde über vieles nicht gesprochen, vor allem nicht über den Krieg und was nach ihm kommen sollte. Es war ein besonderer Krieg, anders als frühere Kriege, in denen die Soldaten ins Feld zogen und ihre Frauen und Mädchen zu Hause auf sie warteten. Dieser Krieg traf auch Frauen und Kinder. Viele Soldaten überlebten und fanden bei ihrer Heimkehr die eigene Familie auf dem Friedhof.

Den Hungertyphus nicht zu vergessen, bemerkte Erwin. Er hat das nördliche Ostpreußen entvölkert.

Sie hieß Magdalena Rusch und könnte noch leben. Wenn ihr nichts zugestoßen ist beim zweiten Angriff oder dem Sturm auf die Stadt, wird sie noch leben.

Hast du sie damals richtig gehabt?

Das liegt so lange zurück, ich weiß es nicht mehr, antwortete Hermann. In unserem Alter fängt man an, diese Dinge zu vergessen.

Sie lachten beide und rechneten sich ihr Alter vor.

Ans lange Band der Küste schlug die Brandung.

Bernstein gibt es immer noch, erklärte Erwin. Bernstein, ein Schmuck für nackte Meerjungfrauen. Wenn eine Frau gar nichts anhat, muß sie wenigstens eine Bernsteinkette tragen, das schmückt ungemein. Gesine erzählt heute noch, wie deine Magdalena nackt am Strand herumgelaufen ist. Meine Schwestern haben sie belauscht und der Mutter davon erzählt. Die wußte sich nicht anders zu helfen, als ihnen zu verbieten, an den Strand zu gehen. Mutter sagte, die Nackte sei eine Meerjungfrau, eine Nixe oder Elfe, jedenfalls kein Wesen von dieser Welt. Gesine meint aber, daß das, was ihr beiden in den Dünen getrieben habt, recht irdisch ausgesehen hat.

Sie besichtigten die Stelle, an der die Meerjungfrauen nackt zu tanzen pflegten, um danach im heißen Sand zu trocknen.

Heute ist es ja keine Kunst mehr, Nackte am Strand zu treffen, aber damals war Nacktheit eine Seltenheit. Nackte Meerjungfrauen lockten die einsamen Wanderer in den Triebsand, vor allem junge Männer, aber auch neugierige kleine Mädchen. Sie kannten die Stellen, wo der Sand nachgab, Fuhrwerk und Stiefel versanken. Und wenn nur noch der Kopf raussteckte, faßten sich die nackten Weiber an den Händen und tanzten kichernd im Kreis. Mit solchen Geschichten ängstigten sie die kleinen Mädchen.

Die Meerjungfrauen verdunkelten auch die Leuchtfeuer, damit Schiffe an der Nehrung strandeten. Ach, es gab viele traurige Geschichten von Schiffen, die im Mahlsand ihr Ende fanden, von Wasserleichen, die ans Ufer gespült, von Bernsteinsammlern gefunden und auf den Nehrungsfriedhöfen begraben wurden. Vor zweihundert Jahren versuchte ein Pestschiff, an der Nehrung zu ankern. Die Nehrunger setzten es mit allen Pestkranken in Brand, ließen die Stelle, an der das Schiff unterging, vom Pfarrer segnen und aßen ein Jahr lang keinen Fisch aus der Ostsee.

Warst du nach dem Krieg in Italien?

In den fünfziger Jahren habe ich Italien besucht, zuerst Padua, wo ich in Gefangenschaft geraten bin, dann Monte Cassino, Aufstieg zum Vesuv, um ein Stück Lava zu holen als Ersatz für jenen Stein, der im August 44 verbrannt ist.

Kann Lava brennen?

439

In jenem Feuer konnte alles brennen, auch Vaters Bernstein ist verbrannt.

Als es wieder erlaubt war, nach Schweden zu reisen, besuchte er Onkel Karl in Göteborg.

Die ganze Familie hätte noch leben können, wenn ihr früher gekommen wärt, sagte der vorwurfsvoll.

Im Vergnügungspark Lieseberg lernte er seine Frau kennen. Der fiel es schwer, mit ihm nach Deutschland zu ziehen, weil Deutschland eine wüste Gegend war.

Also sind deine Kinder halbe Schweden.

Sie reisen am liebsten in die Schären oder nach Teneriffa, von Königsberg wollen sie nichts wissen.

Ja, die Welt hat andere Sorgen. Sie weiß nichts mehr von jenem Krieg, von unserer schönen Nehrung und dem Feuersturm, der die Stadt verwüstete. Meine Tochter fragt oft, woher sie den sonderbaren Namen hat. Wenn ich ihr erzähle, daß es tausend Kilometer entfernt eine Nehrung gibt, die in kurischer Sprache Neringa heißt, schüttelt sie ungläubig den Kopf.

Auf dem Haff sahen sie die Boote des Fischkombinats, die im Geleitzug hinausfuhren und schwarze Rauchfahnen abgaben.

Weißt du, ob Magdalena noch einmal in Rossitten war, um ihr Gepäck abzuholen?

Erwin schüttelte den Kopf. Im Herbst 44 ist keiner mehr nach Rossitten gekommen.

Sie gruben mit den Händen den heißen Sand, der eine Ewigkeit hinauf- und hinuntergeweht war. Sie sprachen über jenen letzten Sommer, als die Front sich näherte, Kondensstreifen den Himmel schmückten, jenseits des Memelstromes Feuer brannten und die Mingeoma auf Nimmerwiedersehen zu ihrem Fluß reiste.

Ja, das war ein Sommer, ganz anders als frühere Sommer.

Und dies wird auch ein letzter Sommer sein. In Heiligenhafen werde ich vielleicht noch einige Sommer erleben und du in deinem Berlin, aber auf der Nehrung ist es für uns der letzte Sommer. Wenn man so alt ist, wie wir sind, geschieht alles zum letztenmal.

Hast du etwas von deinem Bruder gehört?

Hermann schüttelte den Kopf. Verschollen über dem Ärmelkanal, du weißt doch, was das bedeutete. Nur Mutter glaubte bis zuletzt, ihr Ältester werde nach dem Krieg aus englischer Gefangenschaft heimkehren und per Schiff im Hamburger Hafen anlegen. Sie wollte an den Landungsbrücken stehen und ihren Sohn begrüßen.

Unter ihnen lag vieles begraben. Eines Tages wird der Flugsand die Skelette von Rindern freigeben, die über die Nehrung fliehen mußten.

Magdalena könnte noch leben.

Deine Magdalena ist eine alte Babuschka, die am Nordbahnhof tote Fische verkauft.

Sie prüften den Wind und fanden, daß er härter geworden war. Ein Summen wie von Bienenschwärmen lag in der Luft. Sie näherten sich dem alten Friedhof, der an den herumliegenden Steinhaufen und den halb zugewehten Kuhlen erkennbar war, die die Grabräuber zurückgelassen hatten. Der Fischer Kurat besaß hier ein Familiengrab, aber er und Huschke lagen in einem anderen Familiengrab bei Heiligenhafen und sahen den Zugvögeln nach.

Auch Ostholstein hat nämlich eine Vogelfluglinie wie die Nehrung, erklärte Erwin. Von Dänemark her kommen die Schwärme über Fehmarn und fliegen an Heiligenhafen vorbei südwärts. Dein Vater hätte auch bei uns den Vogelzug studieren können, wenn er nur rechtzeitig rausgekommen wäre. Und Uhren hätte es genug gegeben.

Ich kann keine Friedhöfe mehr sehen, sagte Hermann. Vor allem keine Heldenfriedhöfe. Ein Schauer läuft mir über den Rücken, wenn ich die endlosen Reihen sehe. Zwanzig Jahre alt und schon gefallen für Kaiser, für Führer oder Vaterland. Es war so unnütz, so vergeblich. Warum das alles und wofür?

Aber wir beide haben den Schlamassel überlebt, murmelte Erwin. Und darum werden wir uns heute abend betrinken.

441

Sie gingen ins Büro des Fischkombinats und fragten nach einem Taxi. Nachdem sie der Frau Direktorin einen Geldschein über den Tisch geschoben hatten, griff die zum Telefon.

Es werde einige Zeit dauern.

Na gut, sie hatten Zeit genug.

Ohne Eile packten sie ihre Sachen. Erwin Kurat schenkte der Frau einen Hundertmarkschein und ein halbes Pfund Königsberger Marzipan, das er nicht in Kaliningrad, sondern in Lübeck für solche Anlässe gekauft hatte.

Die Frau sagte, sie könnten jederzeit wiederkommen, sie seien gerngesehene Gäste. Da sie es auf russisch sagte, verstanden sie es nicht, aber sie glaubten, daß sie es so gesagt hatte.

Eine Schürze voller Klaräpfel brachte sie aus dem Garten und steckte die Früchte in ihre Taschen. Spasibo.

Erwin ging noch einmal ums Haus, klopfte hier und da gegen die Balken, warf einen Blick in die Tiefe des Brunnens und betrachtete die Malven, die rosarot dem Dach zustrebten. Danach saßen sie auf der Bank und warteten. Das Dorf kam ihnen verlassen vor, als wären seine Bewohner geflohen. Hunde und Katzen streunten durch die Straßen, das Kurhaus lag völlig in Dunkelheit. Die Gedanken schweiften nicht mehr ab zu dem Fenster im ersten Stock. Hermann Kallweit vermochte sich keine Mulden im Dünensand vorzustellen, tief genug für zwei Menschen, über die der Wind strich und die Milane kreisten. Er dachte nicht mehr an Nachtwanderungen zu zweit, begleitet vom vollen Mond, der doppelt leuchtete, einmal am gestirnten Himmel und als Spiegelbild im Haffwasser. Er dachte nur, daß alles bald zu Ende sei.

Das Taxi kam im Schrittempo. Sein Scheinwerferlicht tastete sich an Zäunen entlang. Als es die Kirche im Lichtkegel hatte, hielt es.

Wir wollen nach Königsberg, sagten die beiden Männer.

Sie nahmen hinten Platz. Jeder blickte auf seiner Seite aus dem Fenster und dachte sich seinen Teil. Vor allem, daß ihnen dieser Sandstreifen zum letztenmal begegnet war, die Dünen, die Bernsteinküste, das Haff, alles zum letztenmal.

Morgen werde ich an die Minge fahren, sagte Erwin. Vielleicht gibt es da einen Friedhof und einen Grabstein.

Sie baten den Taxifahrer, das Autoradio auszuschalten.

Im Scheinwerferlicht sahen sie Elche, die über die Straße wechselten.

Keine Traurigkeit wollte sich einstellen. Sie verließen die Nehrung, als bedeutete sie ihnen nichts. Keiner sprach. Die Oma hatte ausgesungen, der Fischer sein letztes Netz geworfen, die Standuhr aufgehört zu schlagen. Niemand war da, der von den vergangenen Dingen erzählen konnte. Ja, der Wind könnte es oder der klirrende, sirrende Sand oder die Wellen, wenn sie brachen. Die Alleen hatten ihre Schatten verloren. Hier und da ein vereinzelter Baum, der sich vergangener Zeiten erinnerte. Die Mauern lernten eine andere Sprache, ebenso die Straßen. Es gab keine Türme mehr und keine Dörfer. Gott war ausgewandert, wer weiß wohin? Bis in die Städte hinein wucherte die Steppe. Eine andere Welt hatte begonnen, das Alte war gegangen. Die Fische besaßen keine Sprache, die Ströme schwiegen, die Friedhöfe fanden endlich ihren Frieden. Wer könnte da noch singen? Der alte Himmel trug noch sein Blau, und Monde stiegen Abend für Abend aus dem Haff, um den Dünen die Farbe Weiß zu geben. Die Vögel müßte man fragen, die nicht aufhörten, zu kommen und zu gehen.

Es sind schon viele Länder untergegangen, aber keines versank so gründlich wie das Land zwischen Memel und Pregel. Als es nach fünfzig Jahren wieder auftauchte, reisten sie hin, um das Wunder zu betrachten, erschraken aber, weil es ein fremdes Land war. Der alte Sudermann war verstummt, seine »Reise nach Tilsit« konnte nicht mehr stattfinden, weil das Ziel einen anderen Namen bekommen hatte. Auch die sarmatischen Klaviere blieben stumm, »Levins Mühle« klapperte an anderen Bächen. Nur die Geschichte vermag noch etwas zu sagen. Wenn alle Namen vergessen sind, wird sie ein neues Lied anstimmen. Morgen schon, denn die Geschichte ist ohne Ende.

Magdalena Rusch, verschollen in Königsberg
Hermann Kallweit, Rentner in Berlin
Heinz Kallweit, vom Feindflug nicht zurückgekehrt
Albrecht Kallweit, gestorben im September 1945 (Hunger-
typhus)
Dorothea (Dore) Kallweit, gestorben im August 1945 (Hun-
gertyphus)
Agnes Rohrmoser, verbrannt am 30. August 1944
die Oma von der Minge, erschossen im Oktober 1944
Fritz Kurat befischte die westliche Ostsee, bevor er 1968 starb
Huschke lebte bis 1979 im Holsteinischen
Erwin Kurat, Rentner bei Heiligenhafen
Gesine wohnt im Oldenburgischen

Lina Kurat bekam im April 1945, als sie noch auf dem Wasser waren, hohes Fieber und verlor das Bewußtsein. Es wird
Zeit, daß wir an Land gehen, sagte der Fischer. An einem Nachmittag erreichte die Neringa die Insel Fehmarn. Während Erwin mit Gesine den Kahn bewachte, trugen der Fischer und
Huschke die in Decken gehüllte Lina durch die Straßen. Zu einer Arztpraxis, die längst keine Sprechstunde mehr hatte, ver-
schafften sie sich Zugang und legten Lina auf die Pritsche.

Was soll ich damit? sagte der alte Doktor. Das Kind ist doch
tot.

Sie trugen sie zurück zum Kahn, setzten die Segel und
schifften um die Insel in den Abend, bis sie eine Stelle fanden,
an der sie Lina begraben konnten. Das geschah auf dem Friedhof nahe dem Ort Heiligenhafen.

Wie lange fährt man von Deutschland nach Ostpreußen?
Fünfzig Jahre. Und einige kommen niemals an.

Und hätte ich es lieblich gemacht,
das wollte ich gerne.
Ist es aber zu gering,
so habe ich doch gethan, so viel ich vermocht.
Denn allezeit Wein oder Wasser trinken,
ist nicht lustig,
sondern zuweilen Wein, zuweilen Wasser trinken,
das ist lustig;
also ist es auch lustig,
so man mancherlei lieset.
Das sei das Ende.

Das andere Buch der Makkabäer, Kap. 15, Verse 39, 40

ARNO SURMINSKI

Kein schöner Land

Roman
360 Seiten, gebunden

»Arno Surminski hat (wieder) einen fulminanten Roman geschrieben, vielschichtig, farbig, spannend, ein Zeitdokument.«

Welt am Sonntag

»Surminski verdröselt die braune und die rote Vergangenheit
miteinander, zieht die Parallelen und rechnet dennoch nicht
platt eine Diktatur gegen die andere auf. Es geht letzten Endes
nicht um Vergeltung, sondern darum, aus der Geschichte zu
lernen, damit wir nicht gezwungen sind, sie zu wiederholen.«

Norddeutscher Rundfunk

ULLSTEIN

ARNO SURMINSKI

Besuch aus Stralsund

Erzählungen
232 Seiten, gebunden

Eine gewisse Karriere

Erzählungen aus der Wirtschaft
168 Seiten, gebunden

»Sämtliche Geschichten beweisen die gelassene Hand dieses Erzählers, seine Freude am Detail und seine Fähigkeit zu farbigen Schilderungen. Auch in kurzen Episoden steckt keine Hast; immer gibt es einen Augenblick des Nachdenkens.«

Welt am Sonntag

ULLSTEIN